BASTEI
LÜBBE

Joan Barthel

Tod in Kalifornien

Ins Deutsche übertragen
von Elisabeth Arens

TRUE CRIME
Der wahre Kriminalfall

BASTEI
LÜBBE

BASTEI-LÜBBE-TASCHENBUCH
Band 13327

Erste Auflage: Juli 1991
Zweite Auflage: August 1991

Deutsche Lizenzausgabe 1991
Bastei-Verlag Gustav H. Lübbe GmbH & Co.,
Bergisch Gladbach
Originaltitel: A Death in California
Lektorat: Dr. Edgar Bracht
Titelillustration: Bastei-Archiv
Umschlaggestaltung: Quadro Grafik, Bensberg
Satz: KCS GmbH, 2110 Buchholz/Hamburg
Druck und Verarbeitung:
Brodard & Taupin, La Flèche, Frankreich
Printed in France
ISBN 3-404-13327-7

Für James E. Cronin,
meinen Lehrer, den
Gründer des Lehrstuhls
für Schriftsteller an der
Universität Saint Louis

Vorbemerkung

Der Inhalt dieses Buches speist sich aus den Erinnerungen zahlreicher Menschen. Der Kern der Geschichte, die sich an einem Wochenende auf einer Ranch im nördlichen Kalifornien abspielte, wurde nach den Erinnerungen von Hope Masters an diese Zeit verfaßt. Gewisse Szenen dieser Geschichte habe ich eher literarisch als in journalistischer Form gestaltet. Dabei mußte ich eine Vielzahl von Quellen auswerten: Polizeiberichte und Notizen, Gerichtsprotokolle und andere amtliche Dokumente, Tonbandaufzeichnungen, Briefe und Tagebücher, aber auch Dutzende Interviews, von denen einige aus der Zeit des dramatischen Geschehens stammen und andere erst geführt wurden, während ich an diesem Buch arbeitete. Die Erinnerung eines Betroffenen stimmte nicht immer mit der des anderen überein, doch mir scheint, das Wichtigste an solchen Aussagen ist nicht ihre Unbestreitbarkeit, sondern ihre Struktur.

Für die Offenheit, mit der sie nicht nur die Ereignisse von 1973, sondern darüber hinaus ihr ganzes Leben und ihre Gedanken diskutiert hat, bin ich Hope Masters außerordentlich dankbar. Das gilt auch für die Mitglieder ihrer Familie, die es mir durch intensive Gespräche ermöglicht haben, Hope Masters besser kennenzulernen.

Ein besonderer Dank auch an all jene Leute, die so viele Stunden – manchmal Tage – mit mir über sich und den Fall geredet haben: den Kriminalbeamten Robert Swalwell von der Staatspolizei Illinois, James Brown und Gene Parker in Tulare County, Kalifornien, den ehemaligen stellvertretenden Bezirksstaatsanwalt James Heusdens; den ehemaligen Bezirksstaatsanwalt Jay Powell; George Carter vom Gericht in Porterville; den Richter Leonard M. Ginsburg; die Anwälte Thomas P. Breslin und Ned R. Nelsen; und Gene Tinch, den Privatdetektiv.

Meinen Dank auch an die Geschworenen Ruthe Snelling und Lois Bollinger, die mir tiefe Einblicke in den Lauf der Verhandlung ermöglichten. Ich schätze die freundliche Mitarbeit von

Taylor Wright und Marthe Purmal und die Gefälligkeit von Tom Masters.

Für ihre Hilfe bei den Nachforschungen bin ich Jenny Vogt und ihren Mitarbeitern im Schreibbüro von Tulare County in Visalia, Kalifornien, sehr dankbar und auch Shirley Askins vom Strafgericht sowie Kevin A. Swanson und Velda J. Poe vom Berufungsgericht in Fresno, Kalifornien.

Für ihre redaktionelle Hilfe danke ich Ellie Kossack und Deborah Lyons. Ich bin den Freunden dankbar, deren Hilfe mir unentbehrlich war: Elizabeth Pace, Linda Berman, Girlie Persad und Zita Drake in New York, Janine Coyle aus Los Angeles. Mein innigster Dank gilt Jim und Anne, die mir so geholfen haben, wie es nur ein Ehemann und eine Tochter können.

Joan Barthel
Mai 1981

Prolog

Es schwirrten so viele hübsche Mädchen durch die Halle, daß der Empfangsangestellte dem Gast, der sich gerade anmeldete, nicht viel Beachtung schenkte. Er hörte nicht den erleichterten Seufzer, den dieser müde aussehende Mann mittleren Alters von sich gab, als er erfuhr, daß noch ein Einzelzimmer für diese Nacht frei und auch der Swimmingpool geöffnet sei. Der Mann stellte seinen Aktenkoffer auf den Boden neben die Rezeption und griff nach dem Anmeldeformular. T. O. Wright, Benton Harbor, Michigan, trug er ein. Firmenname: T. O. Wright und Söhne. Der Angestellte am Empfang, Patrick Rye, entriß seine Aufmerksamkeit den Mädchen in der Halle, um nach einem Schlüssel zu greifen. »Zimmer einhundertzehn«, sagte er zu Mr. Wright. »Erster Stock.«

Der Mann nahm seinen Aktenkoffer und ging durch die Drehtür zurück zum Auto, das er am Eingang abgestellt hatte. Nachdem er um das lange Rechteck des Mariott-Hotels auf den Parkplatz gefahren war, blieb er noch einen Moment hinterm Steuer sitzen. Er war erschöpft von einer Woche, in der er ständig unterwegs gewesen war zwischen Cleveland, Toledo und Ann Arbor, und er sehnte sich nach der Wonne, die ihm das beheizte Schwimmbad verschaffen würde. Bevor er am Montag von zu Hause losgefahren war, hatte er noch einmal nachgesehen, ob er auch seine braune Badehose eingepackt hatte. Schwimmen war der Familiensport der Wrights – vielleicht lag es an der Umgebung, in der sie lebten –, und Schwimmen war auch der Grund, weshalb er an diesem Freitag nicht nach Benton Harbor zurückfuhr. Seine Söhne Taylor und Jamie würden morgen an einem Schwimmwettbewerb in Jackson teilnehmen; dort wollte er sie und den Rest der Familie treffen.

Er nahm seinen Koffer und seine Aktentasche, verschloß das Auto und stellte die Alarmanlage an.

Es hatte keinen Zweck, nur für eine Nacht die Musterkoffer mitzunehmen, denn am nächsten Morgen mußte er schon um neun Uhr in Jackson sein. Diamanten oder sonst etwas Wertvolles hatte er auch gar nicht dabei; T. O. Wright und Söhne handelten mit Modeschmuck: Armbänder und Ketten, goldgefüllte Broschen und Nadeln, Steinringe, von denen er selbst einen trug. Hübscher Schmuck, ein schönes Geschäft.

Zimmer 110 war ein nettes Zimmer wie all die anderen Motelzimmer auch, in denen er schon auf seinen Geschäftsreisen gewohnt hatte. Ein dunkelgrüner Teppich und über dem Bett ein Landschaftsbild in Grün und Gold. Er schaltete das Licht an der Tür an, stellte Koffer und Aktentasche ab und setzte sich auf die Bettkante. Er schaute auf seine Seiko-Uhr: Es war noch früh am Abend, und er griff zum Telefon.

Taylor Ortho Wright III war zweiundvierzig Jahre alt, hatte selbst schon Kinder, dennoch war er mehr zu den ›Söhnen‹ innerhalb der Firma zu zählen. Nach der familienüblichen Ausbildung – Studium der Wirtschaftswissenschaften an der Universität von Missouri – war Taylor III in das Familiengeschäft eingetreten. Jetzt erwartete sein Vater einen Bericht. Die Unterhaltung dauerte ziemlich lang, eine halbe Stunde etwa, darum entschloß er sich, sofort zum Abendessen hinunterzugehen.

Die Kellnerin, die an der Tür vom Restaurant in der Halle stand, bedachte ihn mit einem süßen Lächeln und säuselte: »Es wird etwas dauern heute abend.« Taylor Wright sah an ihr vorbei zu den vollbesetzten Tischen und nickte. »Wie lange ungefähr?«

Ihr Lächeln wurde noch freundlicher. »Anderthalb Stunden ungefähr. Dürfte ich um Ihren Namen bitten, und möchten Sie nicht vielleicht einen Cocktail an der Bar trinken?« Er setzte seinen Namen auf ihre Liste – T. O. Wright. Die Bar war jedoch überfüllt. Er drängte sich zwischen den Barhockern durch, bekam seinen Scotch und das Wasser und schlenderte damit zurück zum Foyer, durch die Halle zum Festsaal, den Geräuschen einer Party folgend.

Am Eingang des Festsaals lächelte ihn eine Garderobenfrau an. Sie war jung – achtzehn, vielleicht zwanzig, schätzte er –, schwarz und hübsch. Ihr Lächeln war so schimmernd, daß Taylor Wright es erwiderte.

»Hallo«, sagte sie. »Gehen Sie auf die Party?«

Taylor schüttelte den Kopf. »Ich gehöre nicht zu der Gruppe.«

»Oh, nicht? Was machen Sie dann?«

Er nippte an dem Scotch und sah sie über den Rand des Glases hinweg an. »Ich bin ein Handelsreisender, Vertreter für Schmuck.«

Sie lächelte immer noch auf bezaubernde Weise. »Oh, das klingt sehr interessant.« Sie schien noch mehr sagen zu wollen, aber in diesem Augenblick trat ein Mann aus dem Gesellschaftsraum und reichte ihr eine Garderobenmarke für seinen Mantel. Nachdem sie dem Mann seinen Mantel ausgehändigt hatte, gab er ihr den ›Welcome‹-Anstecker zurück, den sie sogleich in ein Brett an die Wand steckte, und Taylor kam wieder näher.

»Sie sind Vertreter für Schmuck«, sagte sie, und plötzlich sah Taylor sich auch schon in ein Gespräch über sein Geschäft verstrickt. Aber dann verließ noch ein Herr die Party, weitere folgten, und die hübsche Schwarze war wieder mit den Mänteln beschäftigt. Taylor war gerade im Begriff, in die Halle zurückzugehen, als sie ihm nachrief: »Oh, verschwinden Sie doch nicht gleich! Warum gehen Sie nicht auf die Party? Sie brauchen doch männliche Gäste, und außerdem ist es eine sehr nette Party.«

Fast schüchtern schüttelte er den Kopf. »Ich kann da nicht reingehen. Ich gehöre nicht dazu.«

Ihr Lächeln blitzte erneut auf, sie zog den ›Welcome‹-Anstecker von der Wand und heftete ihn an seine Revers. »Nun sind Sie ein Mitglied«, verkündete sie. »Amüsieren Sie sich gut.«

Sie hatte recht, es war eine nette Party, und Taylor fühlte sich gleich wie zu Hause, als er an lächelnden Menschen vorbei zur Bar schlenderte. Dort setzte er sein leeres Glas ab und bestellte einen Scotch. Immer noch hungrig, nahm er sich einen Teller und schritt das Buffet ab, das überfüllt war mit allerlei köstlichen Sachen – kleine Shrimps, heiße Fleischbällchen in Sauce, kleine heiße Pasteten mit einer pikanten Fleischfüllung.

Nach einem weiteren Scotch begann er sich unter die Leute zu mischen. Die meisten Mädchen, mit denen er sprach, schienen für das Mariott zu arbeiten, und er traf auch ihren Chef, den Hotelmanager John West. Ein anderer, der Wynn Schueller hieß, war zusammen mit Taylors Onkel bei der Marine gewesen. Kleine Welt, nette Party, dachte Taylor, füllte sich noch einen Teller auf und genehmigte sich einige weitere Gläser Scotch. Es war ungefähr gegen zehn Uhr, als John West erklärte, die Party sei zu Ende. Einige der Mädchen drängten sich um ihren Chef. »Oh, bitte lassen Sie die Party noch etwas länger laufen«, quengelten sie. John West lächelte. »Okay«, sagte er, und jeder nahm sich noch etwas zu trinken.

Statt ins Restaurant ging Taylor nach Beendigung der Party in die Bar, wo John West und einige der Mädchen saßen. Hier schien jeder jeden zu kennen, die Barmixer eingeschlossen, die von allen mit Mark und Clark angeredet wurden. Namen, die sich lustigerweise reimten. Eine Frau näherte sich Taylor, er bemerkte sofort, daß sie älter war als die anderen – wenigstens fünfunddreißig, vielleicht vierzig. Ein wenig korpulent, aber eine freundliche Ausstrahlung. Sie hatte lange dunkelbraune Haare, und sie trug ein langes Partykleid in einem blassen Farbton – den man in dem schummrigen Licht der Bar nur schwer erkennen konnte.

»Hallo«, sagte sie und machte es sich auf dem Barhocker neben ihm bequem. Ihm war gar nicht aufgefallen, daß der frei gewesen war. Sie plauderten zwanglos miteinander. Taylor war nicht auf Frauenbekanntschaften aus; als ein Handelsreisender war er nicht gerade ein Nesthocker, aber doch ein verläßlicher Familienvater mit einer guten Frau und vielversprechenden Kindern. Aber es war auch ein einsamer, etwas langweiliger Abend, er empfand es als angenehm, sich mit dieser Frau zu unterhalten. Man kann kein guter Verkäufer sein, wenn man nicht gern Konversation betreibt. »Warum sind Sie hier?« fragte die Frau. »Ich meine, was tun Sie?«

»Ich bin im Schmuckgeschäft«, sagte Taylor. »Ich verkaufe Schmuck. Meine ganze Familie geht dieser Arbeit nach.«

Ein Lächeln glitt über das Gesicht der Frau. »Ah, Sie verkaufen Diamanten.« Es klang nicht wie eine Frage, eher wie eine Feststellung, die Taylor eilig berichtigte. »Nein, mit Diamanten haben wir nichts zu tun. Wir führen Modeschmuck, Ketten hauptsächlich. Wir verkaufen die Waren an Großhändler. Mit Diamanten haben wir nichts zu tun.«

»Welches Gebiet bereisen Sie?« fragte nun der Mann, der auf der anderen Seite von Taylor saß. Taylor drehte sich leicht zu ihm um. »Den ganzen Mittleren Westen«, sagte er. »Unsere Sachen werden in Providence, Rhode Island, produziert, aber ich bereise den Mittleren Westen, das ist mein Gebiet.«

»Ich bearbeite auch den ganzen Mittleren Westen«, sagte der Mann. Er war etwas älter als die Frau, vielleicht fünfundvierzig, fast kahl auf dem Kopf, klein, untersetzt und mit Brille. »Sind Sie auch Handelsvertreter?« fragte Taylor, und der Mann lachte wieder.

»Nein, ich bin Reporter«, sagte er. »Polizeireporter für die Ann-Arbor-Nachrichten.«

Taylor nahm sich noch einen Drink und bemerkte gar nicht, wie der Mann und die Frau weggingen.

Es waren nur noch vier oder fünf Leute in der Bar, die ihren letzten Drink herunterspülten, als Taylor die Bar verließ. Zum Schwimmen war es nun zu spät. Er war zwar nicht betrunken, aber doch froh, daß sein Zimmer im ersten Stock lag. Selbst diese Strecke schien ihm nun ziemlich lang zu sein, als würde er sein Zimmer niemals erreichen.

Endlich, nach scheinbar endlosen, mit Teppichboden ausgelegten Korridoren: Zimmer Nummer 110. Er angelte in der Tasche nach seinem Schlüssel, fand ihn und steckte ihn ins Schloß. Gerade als er den Schlüssel herumdrehte, hörte er sie. »Hallo«, sagte sie sanft. Taylor sah über seine Schulter; in der geöffneten Tür vom Zimmer gegenüber stand eine Frau. Er hatte das Gefühl, daß sie ihn anlächelte.

»Haben wir uns nicht in der Bar kennengelernt?« fragte sie immer noch im sanften Ton, und Taylor erinnerte sich dunkel.

»Möchten Sie noch etwas mit uns trinken?« fragte sie. Als er sich umdrehte und zu einer Antwort ansetzte, wurde er von hinten niedergeschlagen.

Hinterher konnte Taylor sich nicht erinnern, ob er im Gang niedergeschlagen wurde oder im Eingang seines Zimmers. Er wußte nur, daß er danach über den Flur in das Zimmer geschleift worden war, in dessen Eingang die Frau gestanden hatte. Er hörte, wie jemand die Tür schloß. Das Zimmer war dunkel, doch die Tür zum Bad stand etwas offen; im Licht, das aus dem Badezimmer drang, konnte er die Umrisse eines Doppelbettes erkennen, auf dessen Kante ein Mann saß, der sich über ihn beugte, als er auf dem Boden ausgestreckt lag.

Es war nicht der Mann, der behauptet hatte, er sei Reporter. Den anderen, den zweiten der Männer hier, hatte er vorher noch nie gesehen, aber nach dieser Nacht würde er ihn niemals wieder vergessen. Der erste beugte sich über Taylor und packte ihn vorne am Hemd. Die langen dunklen Haare fielen ihm ins Gesicht und berührten schon Taylors Stirn. »Mr. Wright«, sagte der Mann mit tiefer Stimme, »ich denke, Sie werden bemerkt haben, daß Sie in Schwierigkeiten sind?«

Taylor blinzelte zu ihm auf. Der Puls hämmerte bis in seinen Hals hinauf. »Ja, ich schätze, das bin ich«, sagte er. »Ich denke, ich gehe jetzt besser nach Hause.«

Darüber wurde der Mann auf dem Bett ziemlich ungehalten. »Nein, das werden Sie nicht«, sagte er und zerrte Taylor ruckartig auf die Beine. »Okay, Herr Geschäftemacher, nun werden wir mal alles über Sie herausfinden.« Er begann Taylor die Kleider vom Leib zu reißen, und der andere Mann machte mit. Taylor sagte das erstbeste, was ihm einfiel, und das war ein Fehler. »Was sind Sie eigentlich für ein schräger Vogel?« fragte er den Mann mit den langen Haaren, der das Sagen zu haben schien. Taylor wurde erneut geschlagen, diesmal so fest, daß er das Bewußtsein verlor. Als er wieder zu sich kam, stellte er fest, daß er bis auf sein Unterhemd und seine Socken splitternackt war.

Das Zimmer war ruhig, und einen Moment lang dachte Taylor, alles wäre vorbei. Dann wurde er wieder geschlagen, geschüttelt, und jemand sprach in scharfem Ton zu ihm. »Wo sind deine Juwelen? Wo sind deine Musterstücke?« So blutig und zerschunden er auch war, so stur gebärdete Taylor sich doch. »Kein Wort werdet ihr von mir hören«, sagte er. »Erst müßt ihr mich umbringen.« Der Mann, der über ihm stand, drückte ihm eine Kanone in den Mund. Im Licht, das aus dem Badezimmer herüberschimmerte, erkannte Taylor, daß es ein stählerner Revolver war. Er fühlte sich in seiner Kehle hart und kalt an.

Der Mann mit der Pistole spannte den Abzug, und Taylor hörte Stimmen aus der Dunkelheit von jenseits des Bettes, vor dem er halb saß, halb lag.

»Nein, nein, o tu das nicht«, sagten die Stimmen. Die Stimme der Frau übertönte die des Mannes. »Bitte erschieß ihn nicht. Tu das nicht, bitte töte ihn nicht.«

Plötzlich riß der Langhaarige die Waffe aus Taylors Mund und versetzte ihm damit einen heftigen Schlag auf den Kopf. Der Handelsreisende verlor erneut das Bewußtsein, und als er wieder aufwachte, hörte er es in dem dunklen Teil des Zimmers flüstern. Jemand hielt ihm die Hände hinter seinem Rücken fest und band seine Arme und Beine mit einer Krawatte zusammen. Dann wurde es vollig still im Raum.

In Zimmer 107 wurden Andrew J. Vollink und seine Frau kurz nach drei durch laute Stimmen und Gepolter aus dem Nebenzimmer geweckt. Sie hatten schon daran gedacht, sich bei der Rezeption zu beschweren, doch dann verstummten die Geräusche und die Vollinks schliefen wieder ein.

An der Rezeption wurde Patrick Rye von Clifford Gregory, dem Nachtportier, abgelöst, der von elf Uhr abends bis sieben Uhr morgens arbeitete. Als Clifford Gregory um fünf Uhr morgens das Telefon abnahm, beschwerte sich jemand über den Lärm einer Autoalarmanlage irgendwo auf der Westseite des Mariott-Hotels. Cliff rief die Polizei, die sofort einen Beamten schickte. Zusammen mit dem Polizisten ging Cliff auf das Parkplatzgelände, und sie fanden das Auto mit dem eingeschalteten Alarm. Cliff verglich die Zulassung mit der Gästeliste und stellte fest, daß der Wagen T. O. Wright von Zimmer 110 gehörte. Zusammen mit dem Polizisten ging er zum Zimmer 110 und klopfte. Als niemand aufmachte, öffnete Cliff mit dem Generalschlüssel. Das Zimmer war leer, und sie bemerkten nichts Ungewöhnliches. Der Polizist entfernte sich also, und Cliff Gregory kehrte zur Rezeption zurück. Der Alarm tönte immer noch.

Es war fast halb sieben, als Taylor Wright seine Füße endlich losgebunden hatte und aus Zimmer 109 stolperte, völlig mitgenommen und blutverschmiert, seine Hände noch auf dem Rücken gefesselt, trug er immer noch nur sein Unterhemd und seine Socken. Er humpelte den Korridor entlang, bis er ein Zimmermädchen fand, das ihm bis in eine Wäschekammer half, wo er sich setzen konnte, während sie die Rezeption benachrichtigte. Zum zweiten Mal an diesem Morgen rief Cliff Gregory die Polizei, und um halb acht erschienen ein Polizist und ein Inspektor.

In Zimmer 109 herrschte ein heilloses Durcheinander: Auf dem Teppich und an der Wand klebte Blut. Auch auf dem Bett und auf einem Haufen von Kleiderstücken neben dem Bett waren Blutflecken zu sehen. Taylor Wrights Hose lag da, die Taschen waren umgestülpt und das Innerste nach außen gekehrt, seine Jockey-Unterhose hing noch an einem Hosenbein. Der braune Aktenkoffer lag auf dem Bett, doch sonst war fast alles verschwunden: der größte Teil seiner Garderobe, sein Rasierzeug und seine Brieftasche mit Führerschein, VFW und Jachtclubkarte, einer Sears-Roebuck-Karte, Master Charge und American-Express-Karte und außerdem ein Armband, in dem die Initialen T. O. W. III eingraviert waren und das er seit dem High-School-Abschluß besaß.

Sein Zimmerschlüssel lag oben auf dem Kleiderhaufen. Inspector Bunten von der Ann-Arbor-Polizei benutzte ihn, um in Zimmer 110 zu gelangen. Das Zimmer sah unbenutzt aus, das Bett war gemacht, allerdings schien jemand darauf gelegen und die Bettdecke zerknittert zu haben. Eine Ausgabe der Zeitung aus Cleveland vom Vortag lag auf dem Fenster, und im Bad fanden sich eine fast volle Tube Zahnpasta und eine rosa Zahnbürste.

Inspector Bunten entdeckte nur vier versteckte Fingerabdrücke: zwei auf einem Glas auf dem Boden in der Nähe der Tür, einen auf dem Fernseher und einen im Bad auf dem Schalter vor dem Beckenausguß. Er bemerkte herumliegende Handtücher und vermutete, daß sie benutzt wurden, um Fingerabdrücke zu verwischen. Taylors beigefarbener '73er Chevrolet war nicht gestohlen worden, er stand auf dem Parkplatz, der

Kofferraum war offen, die Alarmanlage gab keinen Laut mehr von sich.

Die Polizei setzte sich mit Taylors Frau in Verbindung, Patricia, in der Parkside High-School in Jackson, während des Schwimmfestes. Taylor selbst wurde auf einer Trage aus dem Mariott geholt und mit einem Krankenwagen ins St. Josephs Krankenhaus gebracht. Sein Backenknochen war an vier Stellen gebrochen, seine Nase an zwei; er wurde behandelt, und man riet ihm, einen plastischen Chirurgen zu konsultieren.

Als Taylor das Krankenhaus verließ, ging er nach Hause, um sich zu erholen. Zwölf Tage später, am Mittwoch, dem 21. Februar 1973, war er immer noch zu Hause. Währenddessen stieg ein gut gekleideter Mann im Beverly Hilton Hotel am Wilshire Boulevard in Beverly Hills, Kalifornien, ab und reservierte telefonisch von seinem Zimmer aus bei der Firma Grant-U-Drive in Hollywood ein Auto. Dem Angestellten der Autoverleihfirma erzählte er, daß er für eine Werbeagentur in Detroit arbeite und jetzt unbedingt nach Los Angeles fahren müsse. Dort sei er für General Motors tätig und handele dann einen Vertrag mit MGM aus. Das Auto brauche er für eine Woche.

Wenig später an diesem Nachmittag, gegen halb fünf, erschien er bei der Firma Grant-U-Drive und lieh sich einen nagelneuen Lincoln Continental: weiß, mit schwarzem Dach, nur 155 Meilen auf dem Tacho. Er bezahlte mit einer American-Express-Karte, Nummer 040-106-8895-200AX, und unterschrieb mit dem Namen, der auf der Karte stand: T. O. Wright III.

1

Hope öffnete ihre Augen, schloß sie, öffnete sie wieder, gähnte und reckte sich. Sie hob ihren Kopf und linste zum Ende des Bettes, wo Bill seine Laufübung absolvierte und joggte, ohne vom Fleck zu kommen.

»Wieviel Uhr ist es?« fragte sie und gähnte wieder. Bill drehte sich zu ihr um, ohne die Übung zu unterbrechen. »Fast sieben«, sagte er. »Hallo, Süße.« Hope seufzte, ließ den Kopf zurück aufs Kissen sinken und zog sich die Decke über den Kopf. Frühes Aufstehen würde wohl niemals ihre Sache werden. Bill hingegen war ein Morgentyp, immer um sechs Uhr auf, um im dunklen Schlafzimmer zu trainieren – während er im Fernsehen das Schulprogramm laufen ließ. Manchmal joggte er auch draußen, in dem Morgennebel, der die Hügel oberhalb des Hauses einhüllte; doch ob drinnen oder draußen – jeden Morgen spulte er seine drei Meilen ab, bevor er unter die Dusche ging, sich rasierte, die Kinder weckte und ihnen das Frühstück machte – Granola kaufte er sackweise.

Die größeren Kinder, Keith und Hope Elizabeth pflegte er auf seinem Weg zur Arbeit in der Schule abzuliefern, so daß Hope sich nur mit dem drei Jahre alten K. C. herumzuschlagen hatte. An diesem Morgen beanspruchte K. C. keine Fürsorge; Hopes neue Haushälterin, eine junge Frau, würde ihn in ihrem Zimmer neben der Küche bei sich behalten, und so konnte Hope noch ihr Morgenschläfchen halten. Später würde sie sich mit einer Tasse Kaffee, einer Zigarette sowie einer Handvoll Vitamintabletten auf Trab bringen.

Bill beugte sich über sie und küßte ihre Stirn. »Auf Wiedersehen, Liebes.«

Sie tastete um sich, wollte ihn umarmen, dann riß sie die Augen auf und stützte sich auf ihren Ellbogen. »Halt, warte mal«, protestierte sie. »Wir haben noch nicht über das Wochenende gesprochen.«

»Ich rufe dich vom Büro aus an«, sagte Bill fröhlich. »Außerdem komme ich früh zurück, um drei oder halb vier. Leg dich wieder hin.«

Dann schloß sich auch schon leise die Schlafzimmertür, und als Hope zurück unter die Decke schlüpfte und sich das Kopfkissen bequem zurechtlegte, hörte sie, wie Bill sich mit Keith in dessen Zimmer auf der anderen Seite vom Hausflur unterhielt. Kurz bevor wieder einschlief, hörte sie Keith lachen.

Hope Masters war einunddreißig Jahre alt. Sie war 152 cm groß und wog achtzig Pfund. Mit ihren rauchgrünen Augen, ihrem zarten ovalen Gesicht und dem champagnerfarbenen Haar, das über ihre Schultern fiel, ähnelte sie eher einem temperamentvollen Teenager als einer Mutter von drei Kindern. Ihr ältestes Kind Keith war zwölf, und wenn Hope gerade keine sauberen Sachen zum Anziehen hatte, was des öfteren vorkam, dann schlüpfte sie einfach in seine Jeans. Sie war sehr hübsch, in einer fast kindlich zarten, verletzbaren Art und Weise. Die meisten ihrer Freunde waren Männer.

Hope hatte immer schon in Beverly Hills oder unmittelbar in der Nähe gelebt, und es schien so, als ob sie mit dieser Landschaft verschmolzen wäre, ein echtes Mädchen aus Kalifornien. Nicht etwa weil sie stark oder braungebrannt, strotzend vor Vitalität gewesen wäre – tatsächlich war sie eher dünn, hatte mit einem chronischen Rückenleiden und zu wenig Appetit zu kämpfen –, sondern weil sie ihre Umgebung ganz für sich selbst in Anspruch genommen zu haben schien. Leute, die sie kannten, hielten es für ausgeschlossen, daß sie anders als inmitten von elementaren Widersprüchen leben könnte. Ungeachtet ihrer herausgehobenen sozialen Stellung und ihrer vielen Privilegien führte sie ein Leben, das so unsicher war wie die Erde unter ihren Füßen, die sich nach heftigem Regen lösen und den Hügel hinabrollen konnte.

Hope war kokett und leichtsinnig und gleichzeitig ungeheuer praktisch veranlagt. Sie war ein Pessimist und doch auch unerschöpflich optimistisch. Sie weinte fast nie. Sie konnte impulsiv und großzügig sein, aber auch ein gemeines Ekel; manchmal war sie schrecklich ängstlich, dann wieder einfühlsam und sinnlich, eine nicht einfach zu charakterisierende Person. Ein Mann, der sie gut kannte, nannte sie undurchsichtig. Weltgewandt und zynisch verfolgte sie religiöse Sendungen im Fernsehen, denn nach eigenem Bekunden brauchte sie ständig neue Anregungen, und sie blieb ihren Maximen treu, die sie als Schulmädchen in ein Sammelalbum einzutragen begann, mit dem sie sich von Zeit zu Zeit als Erwachsene erneut befaßte, um es dann zu ergänzen:

> Jeder über vierzig ist für sein Gesicht verantwortlich. Leben ist die Kunst, ohne Radiergummi zu zeichnen. Charakter ist das, was man im Dunkeln ist. Es ist besser, zu lieben und zu verlieren, als nie geliebt zu haben.

Sie wurde am 21. Oktober 1941 in einem jüdischen Krankenhaus geboren. »Das Krankenhaus der guten Samariter war belegt«, erklärte Hope, »so wurde ich im Krankenhaus der Libanonzedern geboren. Meine Mutter wird nie darüber hinwegkommen.«

Sie wurde Hope Elise getauft, doch kurz nachdem ihre Eltern geschieden waren, Hope war gerade zwei Jahre alt, ließ ihre Mutter im Rathaus den Namen Elise aus der Geburtsurkunde streichen.

In ihrer Kindheit hatte Hope über einen Mangel an Abwechslung nicht zu klagen. Ihr Vater, James Stagliano, ein Musiker, den sie ›meinen wilden italienischen Vater‹ nannte, war ein fröhlicher Mann gewesen. Als er zurück in den Osten ging – er spielte im Bostoner Symphonieorchester –, verloren sie sich mehr oder weniger aus den Augen. Doch sein lustiges Naturell schien er nicht verloren zu haben, denn als Hope ihren Vater anläßlich ihres 16. Geburtstages in New York besuchte, nahm er sie mit in den Storchen Club, wo sie beide wegen ›ungebührlichen Tanzens‹ rausgeschmissen wurden.

In den Jahren darauf besuchte Hope die unterschiedlichsten Schulen, war in verschiedenen Häusern und Hotelzimmern zu Hause und wohnte lange Zeit bei den Eltern ihrer Mutter in Holmby Hills. Sie hatten ein riesiges, im spanischen Stil gebautes Haus, mit einem großen Garten und einem Wohnzimmer, das in seiner Weitläufigkeit wie ein Ballsaal anmutete und das mit Samtvorhängen und Kristalleuchtern ausgestattet war.

Hopes Mutter, die auch Hope hieß, aber von ihrer Familie immer ›Honey‹ gerufen wurde, war oft fort – Verabredungen, Tennis, Reisen –, und so kam es, daß sich Hope sehr zu ihrer Großmutter hingezogen fühlte. Sie pflegten nebeneinander auf dem Boden liegend gymnastische Übungen zu machen, wobei Großmutter Geschichten erzählte und Hope erklärte, daß sie, die Tochter, für Honey, ihre Mutter, sorgen müsse und wie dies anzustellen sei. Und in der Tat erinnerte Hope sich später, daß sie schon als Neunjährige für ihre Mutter die Kleider aussuchte.

Im oberen Stockwerk der Villa in Holmby Hills hatte Hope ein großes Zimmer, wo sie zusammen mit ihrer Freundin Phyllis mit Puppen spielte, wenn sie nicht gerade unten, an der großen eichenen Bar des Wohnzimmers, Barmixer und Gast spielten – mit Traubensaft. Sie waren oft allein im Haus, ohne daß ein Erwachsener in der Nähe gewesen wäre. Phyllis erinnerte sich noch lebhaft daran, wie einmal ein männlicher Verwandter von Hope in der Tür erschien und Hope vom Rasen, wo die beiden Mädchen gespielt hatten, ins Haus rief. Kurz darauf hätte Phyllis Geräusche und einen lauten Schlag gehört, und bald schon kam Hope aus dem Haus gerannt, »ein heulendes Häufchen Elend«, so Phyllis, »mit blutverschmiertem Gesicht, und das Blut tropfte ihr aus der Nase«. Die Mädchen rannten in eine leerstehende Wohnung über der Garage, wo sie sich den Rest des Tages versteckt hielten.

In Westlake, einer sehr angesehenen Mädchenschule, trug Hope eine blaue Schuluniform mit kurzen Ärmeln und einer Schärpe, die auf dem Rücken gebunden wurde, weiße Kniestrümpfe und schwarze Schuhe. Sie ging nicht gern auf diese Schule, doch mit ihrem Leben bei der Großmutter war sie eigentlich zufrieden. Als sie elf Jahre alt war, starb die Großmutter, und Hope wurde in die Warner-Avenue-Volksschule versetzt. Zu dieser Zeit verlor Hope auch Phyllis aus den Augen. Hopes Mutter hatte sich gelegentlich mit Phyllis Stiefvater verabredet, doch schließlich heiratete sie einen anderen Mann, und die Mädchen wurden voneinander getrennt.

Hope liebte die Warner-Avenue-Grundschule, doch nach zwei Jahren schickte ihre Mutter sie nach Marlborough auf eine etwas angesehenere Schule, die Hope noch weniger gefiel als

Westlake. Fast jeden Tag kam sie weinend nach Haus. In der 10. Klasse war sie miserabel. Sie schwänzte häufig und gab vor, krank zu sein; sie drohte mit der Ankündigung, durch alle Prüfungen zu fallen, und schließlich, nach langem Taktieren, hatte sie es geschafft, in der elften Klasse wieder eine öffentliche Schule besuchen zu dürfen, die ›Los Angeles High‹. Dort gefiel es ihr wieder ausgezeichnet, aber jetzt kam sie mit den Zukunftsplänen ihrer Mutter in Konflikt. Sie erinnerte sich, daß ihre Mutter einmal gesagt hatte, wer zur Los Angeles High gehe, könne es niemals zu etwas bringen; die wirklich netten Leute gingen alle woanders hin. »Ich finde die Leute, die zur L. A. High gehen, schon viel netter als andere«, stellte Hope fest. »Ich weiß gar nicht, was ›nett‹ zu bedeuten hat.«

Honey setzte sich kurzfristig durch. Hope kehrte nach Westlake zurück, wo sie die elfte Klasse wiederholte. Ihre Mutter hatte es sich so ausgedacht, daß Hope in Westlake ihren Abschluß machen und ihr Debüt auf dem Los-Madrinas-Ball geben würde, um danach nach Stanford zur Universität zu gehen.

Hope jedoch hatte ganz andere Pläne. Kaum siebzehn geworden, brannte sie mit dem Nachbarjungen nach Mexiko durch, und als sie zurückkamen, waren die beiden verheiratet. Ihren Eltern sagten sie nichts davon, aus Angst, die Ehe könnte annulliert werden. Der neunzehnjährige Bräutigam kehrte zu seinen Kursen an die Universität zurück. Hope immatrikulierte sich auch dort. Zwar hatte sie die höhere Schule nicht abgeschlossen, doch im Aufnahmetest glänzte sie mit einem IQ von 183, und so nahm die Universität sie unter Vorbehalt an.

Die zwei Jungvermählten lebten weiterhin getrennt, doch tagsüber sahen sie sich auf dem Unigelände oder trafen sich im nahegelegenen Apartment eines Freundes. Hope wünschte sich ein Kind, wohl vor allem aus dem Grunde, weil sie endlich ein eigenes Zuhause haben wollte. Honey hatte nämlich wieder geheiratet, diesmal einen reichen, prominenten Anwalt, mit dem sich Hope überhaupt nicht arrangieren konnte.

Als Hope schwanger war, hielten sie und ihr Mann es für besser, ihren Familien mitzuteilen, daß sie verheiratet waren. Hopes Mutter war mit dem Bräutigam einverstanden, weil er

Erbe eines ›Keksvermögens‹ war und aus einer angestammten Familie kam, doch seine Mutter heulte stundenlang. Beide Mütter arrangierten dann eine Hochzeit in der All Saints Episcopal Church von Beverly Hills. Zur Trauung trug die Mutter des Bräutigams Schwarz.

Hopes erste eigene Wohnung war ein Apartment in der Stadt, in dem sie und ihr Mann auf Matratzen auf dem Boden schliefen. Als sie im achten Monat schwanger war, teilte ihr Vermieter ihnen mit, daß er keine Kinder dulde. Hope und ihr Mann zogen in eine etwas größere Zweizimmerwohnung. Sie lebten von dreihundert Dollar im Monat, die jeweils zur Hälfte von den Eltern der beiden stammten. Als ihr Sohn achtzehn Monate alt war, entschied sich Hope, noch ein Baby zu bekommen, damit Keith nicht allein aufwachsen würde. Sie wollte gern ein Mädchen, was sie dann nach ihrer italienischen Großmutter Maria Teresa nennen würde. Hopes Mutter war bei der Geburt dabei und bestand darauf, daß das Mädchen ebenfalls Hope heißen sollte. Ihre Schwiegermutter fand Elizabeth schön, weil es ein englischer Name ist, so wurde das Mädchen Hope Elizabeth getauft.

Von da an lebte Hope mit ihrem Mann und den Kindern in einem netten kleinen Haus in Benedict Canyon, das größtenteils von Hopes Mutter finanziert worden war, obwohl sich Hope auch beteiligte mit den zehntausend Dollar, die ihre Großmutter von Holmby Hills schon damals für ihre Hochzeit beiseite gelegt hatte. Hope war jedoch unzufrieden und gelangweilt. Ihr Mann schien die meiste Zeit damit zu verbringen, die Macadamia-Nußbäume im Garten zu bewässern, und ihr gesellschaftliches Leben bestand vornehmlich in den Bridgeabenden mit Honey und ihrem Mann. Hope fing an, diese Abende zu hassen, weil Van wegen des kleinsten Fehlers seines Partners, meistens war dies Hope, aus der Rolle fiel. Manchmal verließ sie in Tränen aufgelöst den Spieltisch, um nachher zu erklären, daß »eine ausgeglichene Person jemand ist, der Bridge und Golf spielen kann und das auch als Spiel betrachtet«.

Als Hope dreiundzwanzig war, reichte sie die Scheidung ein. Ihr Mann weinte, und Hope fühlte sich schlecht, doch sie schwelgte in ihrer neugewonnenen Freiheit. Ihr ging es genauso wie ihrer Freundin Phyllis, deren Leben in der gleichen wechselhaften Art und Weise verlief. Mit neunzehn hatte Phyllis geheiratet, sie bekam einen kleinen Sohn und wurde geschieden. Hope und Phyllis teilten sich oft einen Babysitter, wenn sie zusammen ausgingen, es war damals die Zeit der Go-Go-Girls, und Phyllis erinnerte sich noch genau, wie gut es ihnen gefiel. »Wir hatten als Jugendliche niemals die Gelegenheit, so etwas zu tun, so machten wir es halt später«, erklärte Phyllis. Eines Abends in einem Restaurant traf Hope einen feschen, jungen Marketing-Manager namens Tom Masters. Sie verabredeten sich über vier Monate hinweg regelmäßig. Dann heirateten sie in einer Kapelle, die sie in Las Vegas gemietet hatten. Hope trug ein weißes Minikleid und hatte rosa Rosen im Haar, die Blumen hatte ihr eine andere enge Freundin aus Los Angeles mitgebracht, sie hatte sie im Kühlschrank des Privatflugzeuges ihres Vaters frischgehalten. Kurz vor der Trauung bezahlte Tom nochmals fünf Dollar extra, und jemand zündete die Kerzen an. Sie verbrachten fünftägige Flitterwochen in Las Vegas, wo es ständig um die 40° C heiß war. Ihr Sohn Kirk Craig, dem sie den Kosenamen K. C. gaben, wurde im Januar 1970 geboren. Sechs Wochen darauf trennten sich Hope und Tom – zuerst nur für eine Woche und dann für immer.

So hatte Hope Masters 1973, mit einunddreißig Jahren, ein bewegtes Leben hinter sich, wobei sie auch zahlreiche Gegensätzlichkeiten erlebt hatte, die sich nun alle irgendwie in ihrer Persönlichkeit zu vereinen schienen. Obwohl man sie oft die ›Erbin‹ und ›Gesellschaftsdame‹ nannte, hatte sie für eine solche reichlich viel Zeit damit verbracht, Windeln zu wechseln und Herde zu putzen. Große Summen Geldes, die rechtlich gesehen ihr gehörten, waren fest angelegt, und da Hope keinen Zugriff darauf hatte, mußten sie und ihre Kinder häufig Frankfurter Würstchen essen, mal geschnitten, mal mit Rührei. Einmal lebten sie eine Woche lang von Kartoffeln und Milch. Sie hatte keine Krankenversicherung und keine Kreditkarten. Sie wurde im ›Who is Who‹ geführt, auf der Liste der oberen Zehntausend, und ihre Kinder hatten Anrecht auf eine Gratismittagsmahlzeit der öffentlichen Schulen. Ohne Dienstmädchen fühlte sie sich entsetzlich, und immer wenn sie keines hatte, war sie auf der Suche, obwohl ihr Einkommen von 435 Dollar im Monat – teils von ihren Exehemännern, teils von ihrer Mutter – sie dazu berechtigte, Essensmarken zu bekommen. Sie lebte in Beverly Hills, Kalifornien, eine der teuersten Wohngegenden in den Vereinigten Staaten, wo es keine Straßen, sondern nur Boulevards gibt – dort zu wohnen bedeutete wenigstens eine Zeitlang, daß sie ihr Einkommen durch manch unangenehme Arbeit aufbessern mußte. Zuerst war Hope Kellnerin in einer Cocktailbar in der Stadt, wo die Gäste mit Vorliebe die Stühle herumwarfen, so daß Hope jede Menge zerbrochener Gläser zusammenkehren mußte. Dann verkaufte sie Kleider in einer Boutique für mollige Frauen. Sie arbeitete kurzzeitig für einen Arzt, der sich auf Injektionen spezialisiert hatte. Genauso kurz hatte sie einen Job als Telefonverkäufer, bei dem sie katholische Pfarrer im ganzen Land per Fernleitung anrufen mußte. Ein anderes Mädchen im Büro hielt den Geistlichen mit irgendwelchen ausgedachten Problemgeschichten am Apparat, doch Hope fand das unehrlich, sie zog es vor, sich den Priester ans Telefon holen zu lassen und anzufangen zu erzählen. Meistenteils endete es damit, daß sie ein langes Gespräch führte, jedoch ohne den Vertrag für eine Zeitungsbestellung abzuschließen. Deshalb dauerte diese Arbeit nicht allzu lang.

Das Erzählen war Hopes große Stärke. Sie liebte es, sich zu unterhalten, und wenn sie sich nicht gerade unterhielt, hörte sie auch gerne zu. Es waren diese Zwänge, die die Gegensätzlichkeiten in ihrem Leben zu erklären schienen. Sie hatten den einen Mann verlassen, weil sie ihn für einen langweiligen Stubenhocker hielt, den anderen weil er ihrer Meinung nach an Kindern und Haushalt nicht interessiert war. Sie wollte viel Zeit mit ihren Kindern verbringen, ihr Freund sein und sich mit ihnen befassen, doch darüber hinaus wollte sie sich auch amüsieren und zwar auf eine Weise, wie ihre Schönheit und ihre Persönlichkeit es ihr erlaubten. Als Keith und Hope Elizabeth alt genug waren, um es zu verstehen, versprach sie ihnen, niemals an zwei Tagen hintereinander abends auszugehen, und daran hielt sie sich meistens auch. Wenn sie dann jedoch ausging, traf sie meistens zwei bis drei Verabredungen pro Abend, das hieß, sie besuchte zwei bis drei Nachtclubs, insbesondere in der Zeit, wo sie und Phyllis sich mit Rausschmeißern von Nachtclubs verabredeten. Häufig landeten Phyllis und sie mit ihren Bekanntschaften an solchen Abenden in einem Chinesischen Restaurant am Sunset Boulevard, wo sie Erbsenschoten aßen und bis vier Uhr morgens feierten.

Bestimmte Verhaltensmuster, die ihr durch die Erziehung eingegeben waren, hatten sich offenbar bei Hope festgesetzt: der Bedienung im Restaurant gegenüber trat sie ziemlich arrogant auf. Weichherzig war sie hingegen all denen gegenüber, die sich einsam fühlten oder Probleme hatten; im Laufe der Zeit hatte sie Dutzenden von Herumtreibern und auch davongelaufenen Kindern Obdach gegeben. Ein Freund nannte Hopes Haus einmal ein ›Auffangnetz für Gestrauchelte‹. Wenn ein Kellner, den sie anmaßend behandelte, zusammengebrochen wäre, um ihr unter Tränen seine Probleme zu beichten, hätte sie ihn sicher getröstet, ihm gute Ratschläge gegeben und ihn möglicherweise sogar mit nach Hause genommen. Als ein ehemaliges Hausmädchen von ihr plötzlich schwanger wurde, nahm sie diese bei sich auf, und als das Baby kam, brachte sie die Frau zum Krankenhaus. Dort sagte man ihr, nur Familienangehörige hätten Zutritt zum Kreißsaal; Hope unterschrieb auf dem Anmeldeformular in der für den Vater vorgesehenen Spalte.

Möglicherweise ging sie gerade deshalb mit ihren Gefühlen so großzügig, ja fast überschwenglich um, weil sie selbst den dringenden Wunsch verspürte, geliebt zu werden, und zwar um ihrer selbst willen. Sie wollte einen Mann auf diese Weise lieben, und als sie im Dezember 1972, auf einer Weihnachtsfeier, Bill Ashlock traf, spürte sie sofort, daß er dieser Mann war. Er machte einen stillen Eindruck, ohne langweilig zu wirken, erfolgreich, aber nicht oberflächlich. Er schien seine Gefühle ihr gegenüber genauso direkt und unkompliziert ausdrücken zu können wie sie die ihrigen. Diese Fähigkeit war für Hope sehr wichtig. Hope war der Ansicht, daß es den meisten Menschen schwerfällt zu sagen: »Ich liebe dich« oder: »Ich mag dich.« – »Auf diesem Gebiet habe ich keine Hemmungen. Ich sage es einfach. Und wenn es auch jemand ist, der nur auf der Straße vorübergeht, wenn er mir etwas bedeutet, sage ich es ihm! Ich schenke denjenigen, die ich liebe, immer viel Aufmerksamkeit und Zuwendung. Sie sollen wissen, wie wichtig sie für mich sind, wenn dann irgendwem etwas zustößt, braucht man sich über ungesagte Worte keinen Vorwurf zu machen.«

An diesem Morgen, am Freitag, dem 23. Februar 1973, um halb elf Uhr klopfte Martha Padilla, Hopes neue Haushälterin, an ihre Schlafzimmertür, um Hope mitzuteilen, daß Bill Ashlock am Telefon sei. Hope wurde rasch wach. Bill rief sie jeden Tag vom Büro aus an – normalerweise sprachen sie dann fast eine Stunde zusammen –, auch heute erwartete sie seinen Anruf, doch daß er so früh anrief und verlangte, daß man sie weckte, war ungewöhnlich. Sie richtete sich in ihrem Bett halbwegs auf und griff zum Telefon auf dem Nachttisch, während sie sich auf ihren rechten Ellbogen stützte.

»Hallo«, sagte sie. »Bill?«

»Hopie«, sagte Bill. »Hör dir das mal an. Möchtest du mal laut lachen?«

»Klar.«

»Nun, aus irgendwelchen Gründen will man mich interviewen. So ein Typ hat mich angerufen und gesagt, er macht eine Reportage für die Los Angeles Times über die zehn begehrtesten Junggesellen der Stadt, und mich wolle er interviewen.«

Hope lachte. »Sag ihm, du wärst kein Junggeselle.« Nun mußte auch Bill lachen, doch dann klang er ernst. »Hopie, die Sache ist die, ich möchte mit dieser Sache auf keinen Fall unserer Beziehung schaden, nicht daß du nachher glaubst, ich wäre darauf aus, mich mit anderen Mädchen zu treffen, das bin ich nämlich nicht.«

»Das weiß ich doch, Schatz«, meinte Hope.

»Da ist noch eine andere Sache«, fuhr Bill fort. »Meinst du, daß du durch mein Interview vielleicht Probleme mit deiner laufenden Scheidungsangelegenheit bekommen könntest oder so? Wenn du das für möglich hältst, dann lass' ich es eben.«

»Nein, nein«, meinte Hope. »Das geht schon klar. Geh du nur auf deinen Egotrip und gib dein Interview, es wird doch sicher ganz spaßig werden.«

»Nun, wenn du meinst«, sagte Bill. »Ich mache es also, und werde mich mit ihnen zum Mittagessen treffen. Ich rufe dich danach an.«

»Warte noch«, sagte Hope. »Ich habe da eine Idee.« Sie richtete sich nun weiter auf in ihrem Bett, wechselte den Hörer in die andere Hand und strich ihr langes Haar aus dem Gesicht. »Bill, wenn du während des Gespräches einige Namen von Lokalen erwähnst, und es wird dann später gedruckt, dann bekommen wir vielleicht dort ein Gratisessen oder so. Ich könnte Tom mal danach fragen.«

»Ja, gut«, sagte Bill. »Stell das aber bitte schnell fest, weil der Typ nämlich gleich kommt. Ich treffe mich mit ihm um zwölf Uhr.«

»Mache ich«, sagte Hope. »Ich rufe dich gleich wieder an.«

Bill legte auf, und Hope wählte sofort Masters Nummer. Obwohl Tom und sie schon seit zwei Jahren getrennt lebten, trafen sie sich oft und hielten auch telefonisch miteinander Kontakt; gerade vor ein paar Tagen noch hatte sie ihn angerufen, um ihm zu sagen, daß einer von Bills Werbespots auf der ›Liste der besten Zehn‹ stand. Die ersten Scheidungsunterlagen hatte sie erst vor wenigen Wochen eingereicht. Ihre Ehe war schon vor langer, langer Zeit gescheitert, aber Hope hatte die Scheidung absichtlich hinausgezögert. »Das hätte nur bedeutet, daß ich vom Regen in die Traufe geraten wäre«, erklärte sie. »Wenn ich mich gleich hätte scheiden lassen, wäre mir vielleicht jemand über den Weg gelaufen, den ich dann in einem Anfall von Begeisterung möglicherweise wieder direkt geheiratet hätte.« Sogar schon während der ersten Zeit ihrer Ehe mit Tom hatten sie mehrere Männer angerufen, um ihr zu sagen, daß sie nur auf sie warteten. Jetzt, da sie das Gefühl hatte, ihre Beziehung zu Bill Ashlock sei gefestigt genug, um in eine Ehe zu münden, hatte sie endlich die Scheidung beantragt.

Sie hatte Tom Masters gegenüber gemischte Gefühle. Auf der einen Seite hielt sie sein Benehmen anderen Leuten gegenüber für wenig einfühlsam, ja sogar für kaltschnäuzig. »Wenn ich in deine Augen sehe«, hatte sie ihm einmal vorgeworfen, »ist dort niemand zu Hause.« Obwohl Keith und Hope Elizabeth erst acht und zehn Jahre alt waren, als sie Tom heiratete, hatte sie das Gefühl, daß er ihr die Zeit verübelte, die sie mit ihnen zubrachte. Er wäre sicher gerne öfter mit ihr ausgegangen, und einmal schlug er vor, die Kinder auf ein Internat zu schicken.

Ihre eigene Zeit in Westlake, besonders die Wochen, die sie dort im Internat gewohnt hatte, während ihre Mutter in Europa weilte, war Hope noch zu gut in Erinnerung haften geblieben, als daß sie eine solche Maßnahme für die eigenen Kinder auch nur in Erwägung ziehen wollte. Daraufhin hatten Tom und sie eine grundsätzliche Auseinandersetzung über dieses Thema. Auch wegen ihres gemeinsamen Kindes K. C. lagen sie sich in den Haaren. Toms Eltern, die in Massachusetts lebten, wollten für die Ferien nach Las Vegas fliegen. Tom wollte ihnen den Rest des Weges nach Los Angeles ersparen und mit K. C. ein Zimmer im Cesar's Palace Hotel mieten, damit seine Eltern ihren Enkelsohn zwischen den Shows sehen und mit ihm spielen konnten. Als Hope jedoch darauf beharrte, daß ein solches Unterfangen für einen Zweijährigen nicht das Richtige wäre, bekamen sie erneut Krach. Hope konnte Las Vegas ohnehin nicht leiden. Sie war dort einige Male mit Tom gewesen, der diese Stadt mochte und dort eine Menge Leute zu kennen schien.

Auf der anderen Seite mußte sie einräumen, daß Tom für K. C. ein guter Vater war. Neben den 185 Dollar monatlich, die er an Unterhaltszahlungen regelmäßig leistete, zahlte er noch viele Dinge zusätzlich: K. C.s Jacken und Schuhe, Friseurbesuche und den Zahnarzt. Hope schätzte, daß sich die Sonderausgaben auf ungefähr 3000 Dollar im Jahr beliefen. Jeden Samstag kam Tom, um K. C. irgendwohin mitzunehmen – und wenn es auch nur zum Autowaschen war oder um einen Hamburger zu essen. Er brachte ihn immer samstags abends zurück. Sonntags spielte Tom immer nur Golf, deshalb nahm er den Kleinen an diesem Tag nie mit. Neben seinen samstäglichen Besuchen kam Tom auch manchmal während der Woche vorbei, um mit K. C. zu spielen und mit Hope zu plaudern. In dieser Woche, gerade vor ein paar Tagen, war er nach der Arbeit vorbeigekommen, um sich mit ihnen sein Brathähnchen zu teilen, lange war er nicht geblieben, er hatte gesagt, er müsse sich mit einem Klienten noch auf ein Glas im Beverly Hilton Hotel treffen. Hope erinnerte sich deutlich daran, weil sie wußte, daß Tom das Beverly Hilton haßte, und sie sich nicht erinnern konnte, daß er dort schon einmal hingegangen war, schon gar nicht nur auf einen Drink. Gewöhnlich ging er ins Cock & Bull oder in den Playboy Club, wenn er sich nach der Arbeit noch mit jemandem traf, sie lagen näher zu seinem Büro am Ende des Sunset Strip. Alle Jubeljahre ging er mit irgend jemand Besonderem in die Polo Lounge des Beverly Hills Hotels – die renommierteste Bar der Stadt, doch niemals ins Beverly Hilton. »Warum, um alles in der Welt, gehst du ins Hilton?« erinnerte sie sich, Tom gefragt zu haben. »Du weißt doch, daß man da nie einen Parkplatz findet.« Sie erinnerte sich nicht, was Tom darauf gesagt hatte, oder ob er ihr überhaupt eine Antwort gegeben hatte. Obwohl ihre Ehe mit Tom eine Katastrophe gewesen war, hatte Hope ihm häufig versichert, daß sie ihm sowohl privat als auch beruflich alles Gute wünsche. Sie wußte genau, wieviel ihm an seinem beruflichen Fortkommen gelegen war. Sein Beruf war eine Mischung aus Show- und Mediengeschäft, wenn Hope ihm gut gesinnt war, nannte sie es »das Geschäft mit der Phantasie«, wenn sie böse war »Handel mit nacktem Fleisch«. Schon als Kind, in Neuengland, war Tom immer schon theaterbesessen gewesen. Als Richard Burton in eine nahegelegene Stadt kam, um *Wer hat Angst vor Virginia Woolf?* zu drehen, arbeitete Tom, damals noch Teenager, für eine Filmgesellschaft als (wie Hope es ausdrückte) Handlanger. Richard Burton hatte Tom ein paar Stiefel vermacht, und als Tom nach der höheren Schule nach Kalifornien zog, um sein Glück zu machen, hatte er die Stiefel dabei.

Tom war gerade erst vierundzwanzig, als er und Hope heirateten, doch sein Glück suchte er mit aller Macht. Seinen Namen hatte er schon geändert von Omaster zu Masters, und nun mit siebenundzwanzig hatte er bereits seine eigene Marketing-Agentur gegründet. Dennoch hatte er noch einen weiten Weg vor sich, er fuhr einen fünf Jahre alten Chevy, und im Jahre 1972 hatte er nur 25 000 Dollar Bruttoeinnahmen, mit denen er eine Menge Ausgaben bestreiten mußte, einschließlich der Gehälter für die Büroangestellten. Eine Zeitlang hatte Hopes Freundin Phyllis halbtags für Tom gearbeitet. Dreimal in der Woche, jeweils morgens. Sie fand, Tom sei anspruchsvoll, aber nicht direkt schwierig; als er bemerkte, wie gut sie in Rechtschreibung war, schien er angenehm überrascht zu sein, und Phyllis konnte sich nie über die Art beschweren, wie sie behandelt wurde. Sie selbst war auch ein wenig überrascht gewesen über ihren Vorgesetzten, weil Hope und sie eigentlich längst der Meinung waren, daß Tom ein eher kalter Macho-Typ war. Außerhalb des Büros war Phyllis auch nie besonders gut mit ihm ausgekommen. Mit ihrem Freund, mit Hope und Tom war Phyllis abends des öfteren einmal ausgegangen, und oft hatte sie Grund, sich dabei über ihren Chef zu ärgern. »Man hatte sein Glas kaum bis zur Hälfte ausgetrunken«, klagte sie, »man hatte die Gabel noch nicht ganz aus der Hand gelegt, dann beschloß Tom plötzlich, es sei an der Zeit, zu gehen.« Vielleicht, so vermutete sie, lag es daran, daß sie dort umsonst aßen und tranken – als Leute von der Presse, Tom besaß die nötigen Ausweise und Referenzen –, Tom mußte der Ansicht gewesen sein, er könne dort genauso das Sagen haben wie zu Hause. Nur einmal war Phyllis bei Hope und Tom zum Abendessen gewesen, und sie konnte sich daran erinnern, wie Tom, als sie mit Hope plaudernd im Wohnzimmer saß, plötzlich sagte: »Für mich ist es jetzt Zeit, zu Bett zu gehen. Du kannst jetzt gehen.«

Hopes Ansicht nach war Tom nicht nur ihren Kindern aus erster Ehe gegenüber voller Ressentiments, sondern auch ihren sämtlichen Freunden gegenüber, und deshalb versuchte er auch wohl, ihr Leben zu bestimmten. Mit dem Ergebnis, daß sie tagsüber zu Hause blieb, um abends mit ihm auszugehen. So sehr Hope auch das abendliche Ausgehen zusagte, so wenig gefiel ihr Toms Einstellung. Er bestimmte, was sie anzog und wie sie ihr Haar zu tragen hatte; er bevorzugte ein sehr auffälliges Make-up. »Ich war einfach nur ein schmückendes Beiwerk für ihn«, beschloß Hope. »Er wollte eine richtig auffällige Mieze im Arm, und das war ich dann auch.«

Dennoch hatte sie immer das Bedürfnis gefühlt, Tom bei seinem aufreibenden Beruf zu helfen, wenn sie es konnte. Sie hatte ihm Geld geliehen, ihre eigenen Notgroschen angebrochen, denn sie wußte, daß er einigen Leuten Geld schuldete.

Jetzt rief sie Tom an und erzählte ihm von dem Junggesellen-Artikel über Bill. Sie war der Meinung, daß auch Tom mit einigen Gratismahlzeiten von einem solchen Zeitungsbericht profitieren könnte, sofern in diesem die Namen der Restaurants genannt wurden, in denen die vermeintlich begehrtesten Junggesellen verkehrten.

Tom schien jedoch nicht sonderlich interessiert zu sein. »Ein Artikel wie dieser hat keinen hohen Reklamewert«, sagte er am Telefon. »Wenn solche Artikel über zehn Leute geschrieben werden, finden viele Restaurants und Bars Erwähnung, und die sind dann schnell wieder vergessen.« Hope erinnerte ihn noch daran, daß sie am Wochenende mit Bill fort sei und Martha darauf warte, daß er K. C. Samstag morgen abhole und ihn tagsüber bei sich behalte. Tom sagte, er erinnere sich sehr wohl und legte abrupt auf. Dennoch fühlte Hope sich nicht vor den Kopf gestoßen; sie war immer schon der Meinung gewesen, daß Tom zu den Leuten, die es gut mit ihm meinten, meistens unfreundlich war. Sie dachte, vielleicht hängt das auch mit seiner Arbeit zusammen. Vielleicht war es aber auch Eifersucht auf Bill, die Tom das Gespräch so abrupt hatte beenden lassen, dachte sich Hope. Nicht ihretwegen, sondern wegen K. C., der Bill nämlich sehr gern mochte. Vor dem Abendessen, wenn Bill sich mit seinem üblichen Glas Gin Tonic vor den gasbetriebenen Kamin setzte, saß K. C. meistens in seiner Nähe oder auf seinem Schoß mit einem Glas Tonic oder Limonade, das Bill für ihn eingeschenkt hatte.

Hope rief daraufhin Gary an, einen Anwalt, der ihr Nachbar und guter Freund war. Manchmal war er mit Hope ausgegangen, nicht aus irgendwelchen romantischen Anwandlungen heraus, sondern weil er der Ansicht war, sie solle mehr ausgehen, Leute treffen und sich ein bißchen amüsieren. An dem Abend der Weihnachtsfeier, auf der sie Bill kennengelernt hatte, war sie ursprünglich mit Gary dorthin gegangen. Ungefähr zwei Monate davor hatte sie mit dem Mann, mit dem sie bis dahin zusammengelebt hatte, Schluß gemacht: ein Drehbuchautor mit Namen Lionel. Er hatte die Stadt verlassen, und Hope saß die meiste Zeit allein zu Hause, bis Gary anrief und darauf bestand, daß sie mit ihm zu dieser Party ging.

»Das ist ja lächerlich«, meinte Gary zu Hope. »Lionel ist nun seit zwei Monaten fort, und es ist Zeit, daß du dich mal wieder sehen läßt.« Hope gab zu, sich einsam zu fühlen, deshalb war sie mit Gary zum Abendessen nach Century City gegangen und dann zu einer Party im Century Haus, der Ballsaal war mit fünfzig kleinen runden Tischen bestückt, und dort schienen Hunderte von Leuten zu sitzen, oder sie standen in Grüppchen zusammen. Gary kämpfte sich durch einen Pulk von Leuten, die die Bar belagert hatten. Er holte Getränke und anschließend fanden sie zwei Plätze an einem Tisch, wo Leute saßen, die Gary kannte.

»Dann sah ich auf und blickte in die Augen, die mich quer durch den ganzen Saal fixierten«, erzählte Hope später Phyllis. »Zuerst dachte ich, es wäre Tom, wegen der großen dunklen Augen und dem Bart, denn ich konnte mir nicht vorstellen, wer mich sonst noch dermaßen anstarren sollte. Ich war leicht angetrunken, schätze ich, ich benahm mich etwas albern, deutete in seine Richtung und sagte: ›Seht euch den Typ da drüben an. Ich glaube, das ist mein Exehemann.‹ Später, als ich im Foyer war, kam der Mann zu mir hin. ›Ich wollte mich dafür entschuldigen, daß ich Sie so angestarrt habe‹, sagte er. Und ich entschuldigte mich dafür, mit den Fingern auf ihn gezeigt zu haben«, erinnerte sich Hope. Darauf hatten sie beide lachen müssen.

Er stellte sich vor – William Ashlock –, und sie nannte ihm ihren Namen. »Ich fühle mich hier nicht besonders wohl«, sagte er. »Ich bin zu alt.« Hope lachte wieder. »Ich bin zu alt, Gary ist zu alt, wir sind alle zu alt«, gab sie zurück. Gary kam zu ihnen herüber, und Hope stellte ihm den Herrn vor. Gary schlug vor, zusammen auf eine andere, kleinere Party im Beverly Hilton zu gehen. Sie kamen überein, sich dort bei den Säulen am Eingang zum Festsaal zu treffen. Bill fuhr mit seinem eigenen Wagen, Hope zusammen mit Gary. »Ich schätze, dieser Typ ist einer der nettesten, die uns seit langem begegnet sind«, sagte Gary. »Wenn er dich nach Hause fahren will, ist mir das recht, laß dich nur von ihm heimbringen.«

Bill stand bei den Säulen, genau da, wo Hope ihn gebeten hatte zu warten. Sie verabschiedeten sich beide von Gary und gingen zu jenem Hotelraum, der gemäß dem Motto ›Die wilden zwanziger Jahre‹ dekoriert war. Dort tranken sie etwas und hörten Musik. Dann schlenderten sie durch das Hilton und sahen sich die Schaufenster und Geschäfte an. Als Bill schließlich Hope nach Hause brachte, kam er nur für wenige Minuten noch mit hinein, rief aber schon am nächsten Tag bei ihr an und sagte, er würde gern nach der Arbeit noch vorbeikommen. »Ach du meine Güte«, sagte Hope, »das Haus ist in einem fürchterlichen Zustand, ich habe kein Mädchen, und außerdem kann ich heute abend nicht schon wieder ausgehen.« Bill sagte, die Unordnung mache ihm nichts aus, und sie müßten auch nicht unbedingt ausgehen, er würde etwas zum Essen mitbringen.

Er kam mit einer riesengroßen Pizza vorbei und lernte die Kinder kennen, die ihn auf Anhieb zu mögen schienen. Er blieb nicht über Nacht da, – tatsächlich schliefen er und Hope erst einen Monat später miteinander, als sie übers Wochenende nach Lake Arrowhead fuhren, eines der beiden Wochenenden, die sie zusammen außerhalb der Stadt verbrachten. Doch vor diesem ersten Wochenendtrip war Bill schon Stück für Stück eingezogen, er brachte einen Pullover oder eine Jacke mit und ließ sie liegen, dann seine Gitarre. Bis Ende Januar hatte er sich schon ziemlich häuslich niedergelassen, und sie planten, in ungefähr sechs Monaten zu heiraten, wenn die Scheidungsangelegenheiten endgültig erledigt sein würden, im späten Frühling oder Anfang des Sommers.

Doch sein Apartment in der Stadt am Lafayette Park Place, unweit seines Büros, behielt Bill auch. Ab und zu verbrachten Hope und er dort eine Nacht, wenn sie sich ungestört unterhalten wollten, ohne daß die Kinder um sie herumtollten. Gerade am vorigen Freitag waren sie nach dem Essen zu Bill gegangen, um dort zu übernachten. Sie waren in etwas leichtsinniger Stimmung ins Brown Derby zum Abendessen gegangen, was sie sich eigentlich nicht leisten konnten, es war ja schon Mitte des Monats, und wie üblich hatten sie nur noch wenig Geld übrig. Martha Padilla wohnte damals schon bei ihnen, und obwohl Hope K. C. eigentlich mit dem neuen Mädchen nicht solange allein lassen wollte – Martha war erst siebzehn und neigte dazu, die meiste Zeit mit ihrem Freund im Auto zu verbringen, welches er auf Hopes Auffahrt geparkt hatte –, hatte sie angenommen, K. C. schlafe bereits, und sie wußte, Tom würde ihn am Samstag abholen. Die älteren Kinder würden mit Martha schon zurechtkommen und würden höchstwahrscheinlich am Samstag mit ihren Freunden aus der Nachbarschaft spielen. Deshalb waren sie und Bill auch in sein Apartment gegangen, von wo aus sie dann Martha anrief, um ihr zu sagen, daß sie nicht vor Samstag nachmittag zu Hause sein würde.

Bills Apartment war für die beiden ein gemütliches Plätzchen, um sich zurückzuziehen, und für Bill war es auch der geeignete Ort zum Arbeiten. Oftmals ging er mittags, anstatt zu essen, in sein Apartment, wo er komponierte oder einen Werbetext für einen Spot im Fernsehen schrieb. Bill arbeitete seit drei Jahren als Artdirektor für eine Werbeagentur, die Firma hieß Dailey & Partner. Viele seiner Werbespots und seiner gedruckten Anzeigen hatten Auszeichnungen bekommen, insgesamt waren es achtundzwanzig einschließlich des Internationalen Rundfunkpreises und eines Preises vom Amerikanischen Bund für Werbung.

Bill liebte seine Arbeit. Eines Abends hatte er eine Auswahl seiner Werbespots auf 16-mm-Film mit nach Hause gebracht. Martha Padilla hatte ihre Zwillingsschwester Mary gerufen, die für Hopes Nachbarn, die Smiths, arbeitete, damit sie zusammen mit Hope und den Kindern Bills Heimvorführung mitansehen konnte. Nach jeder Einstellung folgte heftiger Applaus. Den Kindern gefiel besonders der Spot, der in einem eleganten Eßzimmer gedreht worden war: Kristallüster, ein mit Leinen gedeckter Tisch, auf dem edles Porzellan und Blumenarrangements standen. An diesem Tisch speisten zwölf elegant gekleidete Leute. Ein Mädchen trug einen großen wunderbaren Braten auf einem Tablett herein und stellte ihn vor den Gastgeber, der aufstand und ihn in Scheiben schnitt. Dann plötzlich begann alles zu wackeln: Messer und Gabeln, Weingläser und auch der Tisch selbst. Der Gastgeber stöhnte verzweifelt, als er in das Fleisch stach, und je kräftiger er zustach, um so mehr begannen die Dinge zu beben, bis schließlich alle Gläser und Teller vom Tisch fielen und der Lüster wild ins Schwingen geriet. Die Einstellung wechselte in die Küche, wo das Mädchen ›Adolph's Fleischzartmacher‹ über einem anderen Stück Fleisch schwang. »Ein wenig Schütteln im voraus erspart Ihnen das unangenehme Beben am Tisch.«

Hope empfand fast noch mehr Stolz auf Bills Arbeit als dieser selbst. Immerhin war sie an einer seiner Werbearbeiten beteiligt. In einem Layout für ›Occidental Life‹ – es handelte sich um eine Werbung, die Vorteile der Versicherung von Ehefrauen schmackhaft machen sollte –, hatte er Hope als Modell benutzt: Auf dem Bild trug sie ein schwarzes Kleid, und in der Hand hielt sie eine langstielige Rose. Ihre Augen blickten ernst, ihr Ausdruck war süß, doch ernsthaft. Darüber eine Zeile in Großbuchstaben: Was ist, wenn sie zuerst stirbt?

Bill war 1932 in St. Louis geboren worden. An der Universität von Missouri hatte er Journalistik studiert; in seinem ersten Jahr, 1951, war er in die Studentenverbindung Phi Psi eingetreten. Nach dem Abschluß ging er als Pilot zur Luftwaffe. Wieder zurück in St. Louis, hatte er bis 1966 bei einer Werbeagentur gearbeitet, bis er mit seiner Frau und seinen beiden kleinen Töchtern nach Kalifornien gezogen war. Bill liebte Kalifornien. Er paßte sich dem lässigen Lebensstil an, wie es vielleicht nur jemand kann, der bis dahin nur den Schnee und den Schlamm des Mittleren Westens gekannt hatte: bedingungslos und von ganzem Herzen. Voller Begeisterung schwamm er auf der Fitneßwelle mit und war bald braungebrannt und schlank, denn zum Mittagessen pflegte er körnigen Quark und Joghurt zu essen. Seine neuerlangte durchtrainierte Figur bedeutete ihm so ungeheuer viel, daß er sein Portemonnaie nicht mehr in die Hosentasche steckte, und auch nicht eine Streichholzschachtel. An seiner Silhouette wollte er nicht den geringsten Makel sehen. Gewöhnlich ließ er seine Hosentaschen zugenäht, damit er gar nicht erst in Versuchung kam, etwas hineinzustecken. Seine Brieftasche und seine Kreditkarten bewahrte er im Handschuhfach seines Wagens auf oder in seiner Aktentasche. Seine Vorstellung von der Idealfigur waren so festgefügt, daß er Hope vor jeder Gewichtszunahme warnte, obwohl einige ihrer Freunde der Ansicht waren, sie sei zu dünn. »Immer wenn ich mit einer Frau zusammen war, mußte diejenige gleich dreißig Pfund zunehmen«, klagte Bill.

Seit er dünner geworden war, wählte Bill seine Kleidung noch sorgfältiger aus. Er besaß acht Jacketts, alle in unterschiedlichen Farbtönen. Hope hatte seine Kleidertabelle gesehen, auf der notiert war, welches Jackett gut zu welcher Krawatte und zu welchen Hosen paßte. Es gab eine Zeit, erzählte er, da habe er sich für Kleidung nicht interessiert, doch als er etwas Geld aus dem Verkauf des Hauses bekam, das er und Fran sich in Kalifornien gekauft hatten, da hatte er sich auf Drängen eines Mädchens, mit dem er damals befreundet war, eine neue Garderobe gekauft. Dazu gleich einen neuen Kleiderschrank, der fast dreitausend Dollar gekostet hatte. Hope hatte dieses Mädchen nie gesehen, aber sie wußte, daß sie Sandi hieß. Mit ihr hatte Bill es ernst gemeint. Sandi lebte von ihrem Mann Fred getrennt, und Bill, der ebenfalls von seiner Frau getrennt war, zog zu ihr und den vier Kindern. Er erzählte Hope, daß er und Sandi vorgehabt hatten zu heiraten, doch als dann seine Scheidung so gut wie rechtskräftig war und die neue Ehe näherrückte, hatte Bill in letzter Sekunde seine Meinung doch noch geändert. Er zog bei Sandi aus, wohnte in seinem Apartment am Lafayette Park Place und hatte bis jetzt noch nicht seine Unterschrift unter die Scheidungspapiere gesetzt.

Bills Töchter verstanden sich mit Hopes Kindern ausgezeichnet. So entstand eine Gruppe von fünf Kindern im Alter von drei bis zwölf. Bill nahm seine Kinder alle vierzehn Tage am Wochenende zu sich, und des öfteren unternahmen Hope und er etwas zusammen mit allen fünf Kindern.

Wenn Bills Interview in Sachen ›begehrtester Junggeselle‹ Tom in keiner Weise helfen kann, dann vielleicht doch Gary, ihrem Nachbarn, der finanzielle Interessen an einer Restaurantkette hat, dachte Hope. Sie rief also Gary an und erzählte ihm Bills Geschichte. »Gibt es eine Firma oder einen Ort, bei dem es dir nützen würde, wenn er erwähnt wird?« fragte sie. »Was ist mit den Restaurants?«

»Nein, ich glaube nicht«, sagte Gary. »Ich möchte eigentlich nicht, daß mein Name in der Zeitung auftaucht. Aber Bill kann selbstverständlich gerne behaupten, er wäre Mitglied einer meiner Firmen.«

»Nein, darum geht es nicht«, erwiderte Hope. »Ich wollte nur wissen, ob es da etwas gibt, was du gerne in der Zeitung erwähnt sehen würdest.«

»Nein, eigentlich nicht«, sagte Gary wieder. »Danke aber trotzdem, Hopie.«

Zur selben Zeit, da Hope und Gary sich unterhielten, ungefähr um zehn Minuten vor zwölf, trat ein gutgekleideter Mann in einem dreiteiligen Anzug und mit Metallrandbrille und Pfeife aus dem Aufzug im neunten Stock des riesigen modernen Hauses am Wilshire Boulevard. In diesem Gebäude hatten Dailey & Partner ihre Büroräume. Der Mann wandte sich an Sara Monaco, die Empfangsdame, nannte ihr seinen Namen und sagte, er habe eine Verabredung zum Mittagessen mit Bill Ashlock. Sara nickte, kritzelte den Namen auf ein Blatt Papier und verschwand damit in Bills Büro. »Er wird in wenigen Minuten für Sie da sein«, sagte sie dem wartenden Herrn. »Er telefoniert gerade mit seiner Freundin.«

Der Mann lachte. »Das ist ja fast wie Ironie des Schicksals«, sagte er. »Ich bin nämlich hier, um ihn über sein Junggesellendasein zu interviewen.« Er erzählte Sara, daß er für die Los Angeles Times arbeite. Nach einer Weile begab sich Sara in Bills Büro, um ihn zu erinnern, daß er erwartet wurde. Bill zog sich sein Jackett an. »Ich bin schon fertig«, sagte Bill der Empfangsdame, »aber ich habe den Namen von dem Burschen vergessen.« Sara lachte und wiederholte den Namen und ging ihrem Chef voran ins Empfangszimmer. Der Mann mit der Pfeife stand auf und lächelte. Die beiden Männer schüttelten sich die Hände und gingen dann zusammen fort.

Hope stieg aus dem Bett und machte sich auf den Weg, den Korridor entlang zur Küche, um sich eine Tasse Kaffee zu holen. Sie nahm den Kaffee und die Zigaretten mit ins Wohnzimmer und rollte sich für einen Moment mit untergeschlagenen Beinen auf dem Sofa zusammen. K. C. lag auf dem Teppich und beschäftigte sich mit seinen Spielzeugautos. Das Wohnzimmer war groß und gemütlich, Kissen und Bücher bestimmten den Gesamteindruck, ein ganzes Regal war voll mit

Büchern von Nancy Drew, die Hope seit zwanzig Jahren verwahrte. In der Mitte der Wand stand der gasbetriebene Kamin, davor eine gemütliche Sitzbank, ein langes, massives Sofa und ein kleineres im rechten Winkel dazu. Eine Schiebetür führte zu einem kleinen Balkon hinaus, von dort aus konnte man die Straße und die Bäume auf der anderen Straßenseite überblicken. In diesem Haus lebte Hope nunmehr seit vier Jahren.

Hope zog eine Jeans und ein Hemd an, fuhr sich mit einem Kamm durch die Haare, griff sich einen Pullover und sagte zu Martha, sie sei nur kurz fort. Die blassen Sonnenstrahlen des Winters waren herrlich, als sie in ihr Auto stieg, ein '71er apfelgrüner Vega, und sie fuhr vorsichtig die kurze, stark abfallende Einfahrt entlang. Sie setzte weniger vorsichtig zurück, denn der *Drive* war eine Sackgasse und endete wenige Häuser unterhalb des ihren, in einer Wendemöglichkeit, wo die Kinder der Nachbarschaft häufig spielten. Da alle Kinder in der Schule waren, war die Straße nun leer. An der Spitze des Hügels bog sie rechts ab, und fuhr den gewundenen Weg hinab zum Einkaufszentrum von Beverly Hills. Sie fuhr am Haus von Sammy Davis vorbei, das hinter hohen Hecken und einem noch höheren Eisenzaun kaum zu sehen war. Tom hatte sie eines Nachts darauf aufmerksam gemacht, daß Sammy Davis alle Lichter brennen ließ, sein Haus war ständig hell erleuchtet, um Eindringlinge abzuschrecken. Tom schien immer gewußt zu haben, wer in den Villen und 35-Zimmer-Bungalows wohnte, die zwischen diesen Hügeln versteckt lagen; es war eben sein Geschäft, es zu wissen. Als Sharon Tate in einem dieser Häuser ermordet wurde, war Tom – so hatte es Hope empfunden – fast schon bis zur Besessenheit aufgeregt gewesen. Vorbei an dem blaß-rosa Beverly Hills Hotel, überquerte Hope den Sunset Boulevard und fuhr weiter in Richtung Süden, an Königspalmen vorbei, die die Grundstücke säumten und den Häusern auf beiden Seiten etwas Schatten spendeten. Unter denen befand sich auch das Haus ihrer Mutter Honey, dessen Wert auf über eine Million Dollar taxiert wurde. Es hatte keinen Vorgarten, nur eine halbkreisförmige Auffahrt, und die Eingangstür war etwa zehn Meter von der Straße entfernt.

Doch der Rodeo, der Beverly und der Bedford Drive und die

anderen Straßen, die sich zwischen dem Sunset und Wilshire Boulevard erstreckten, waren nicht einfach ein Ort, wo man wohnte. Diese Häuser standen vielmehr symbolisch für alles, was man für Geld kaufen kann, und sie bedeuteten auch Dinge, die nicht für Geld zu haben waren, wie z. B. die Mitgliedschaft im Los Angeles Country Club, wo Honey sich zweimal in der Woche mit ihren Freunden zum Mittagessen oder zum Bridgespielen traf. »Mitglied wird man nicht so sehr durch das, was man ist, sondern durch das, was man nicht ist«, sagte Hope. Sie erklärte, man könne nicht dem Country Club beitreten, wenn man ein Zugereister wäre (es sei denn, man stamme aus den oberen 400 der Ostküste) oder Jude, Katholik, Journalist, Showstar. Sie erzählte oft die Geschichte, die sie über Viktor Mature gehört hatte, der Clubmitglied werden wollte, und dem man beschieden hatte: »Wir nehmen keine Schauspieler auf.« – »Ich bin kein Schauspieler«, soll Viktor Mature erwidert haben, »es gibt 64 Filme, die das beweisen.«

Hope parkte hinter dem Gebäude der Bank, bei der sie einen Scheck einlösen wollte. Mehr als 200 Dollar konnte sie nicht abheben, aber das bekümmerte sie nicht weiter, denn finanziellen Notstand war sie gewohnt. Bill hingegen schien das zu beunruhigen, und vor drei Wochen hatte er ihr Verfügungsvollmacht über sein Konto gegeben. Bisher hatte Hope dieses Konto lediglich mit einem Scheck für Lebensmittel belastet, denn Bill hatte ihr erzählt, daß er Fran 800 Dollar monatlich überweise – die Hälfte seines monatlichen Nettolohnes. Da Fran ganztags arbeitete, fand Hope es übertrieben, daß Bill sie finanziell noch so kräftig unterstützte. Aber als sie ihm vorschlug, doch einfach mal zu fragen, ob sie nicht auch mit weniger auskäme, lehnte Bill kategorisch ab. Offensichtlich fühlte er sich Fran gegenüber schuldig, nicht so sehr wegen der Trennung oder der anstehenden Scheidung, sondern weil er glaubte, seiner Frau gegenüber in den letzten fünf Jahren ihrer zehnjährigen Ehe nicht aufmerksam genug gewesen zu sein. Eines Morgens, als Hope kaum aufgewacht war und Bill gerade aufstehen wollte, sagte er plötzlich: »Weißt du, wenn Fran einmal nicht mit mir aufgestanden wäre, um mir das Frühstück zu machen, hätte ich mich beschwert. Jetzt würde ich dich noch nicht mal aufstehen lassen. Es war schrecklich, was ich von Fran erwartet habe.«

Hope stimmte ihm zu, sie hatte Fran nie kennengelernt, doch nach Bills Erzählungen mußte sie eine vorbildliche Ehefrau gewesen sein. »Finden wir uns damit ab, daß Fran jede Menge gräßlicher, stupider Hausarbeit erledigt hat, von der ich so wenig wie möglich mache«, sagte sie. Sie hatte Fran gegenüber keine Schuldgefühle, denn als sie Bill kennenlernte, hatten er und Fran sich schon getrennt.

Eines Tages stimmte Bill schließlich doch dem Vorschlag zu, die Summe, die er Fran zukommen ließ, zu kürzen. Er wollte Fran anrufen, um die Sache zu besprechen, was Hope für völlig sinnlos hielt. »Es ist albern, sie vorzuwarnen«, erklärte Hope. »Wenn du es ihr im voraus sagst, wird sie kurzfristig an ihrer Situation etwas ändern, um beweisen zu können, daß sie soviel braucht. Geh einfach zum Gericht; tu's einfach.« Bill wollte es nicht auf diese Weise erledigen. »Ich kann sie nicht einfach mit einem Gerichtsbeschluß konfrontieren«, sagte er, und eines Abends rief er Fran an und sagte ihr, daß die Unterhaltssumme für Hope und ihn langsam zum Problem werde. Er fragte sie, ob sie auch mit einigen hundert Dollar weniger im Monat einverstanden wäre. Fran sagte, daß sie dies nicht akzeptiere, und Bill berichtete es Hope. »Sieh mal, ich bekomme nur 185 Dollar im Monat von Tom«, erklärte Hope. »Du bezahlst aber 800 Dollar im Monat, nur damit du dich besser fühlst.« Hope riet Bill, mit seinem Anwalt darüber zu reden, doch als er dazu keine Anstalten machte, sprach sie mit ihrem eigenen.

Von der Bank ging sie rüber zum Supermarkt. Sie ging rasch die Regalreihen entlang und warf die Konserven und Tüten in den Einkaufswagen. Sie beeilte sich, denn wenn Bill, wie er versprochen hatte, früh zurückkäme, konnten sie gleich losfahren. Wenn sie nicht schon am frühen Nachmittag aufbrechen konnten, würden sie in den dichtesten Verkehr geraten. Hope liebte die Wochenenden auf der Ranch, auch wenn ihr dieses Refugium nicht gehörte; Honey und ihr Mann teilten sich den Besitz mit drei weiteren Paaren, die vier Familien wechselten sich an den Wochenenden ab. Besonders an diesem Wochenende konnte es Hope kaum erwarten, dorthin zu kommen. Ihr Rücken schmerzte schon seit einigen Tagen, und die Schmerztabletten halfen nicht viel, außerdem erwartete sie eine anstrengende Woche. Sie mußte wegen der Scheidungssache zum Gericht, und am Mittwoch mußte sie Gastgeberin bei einem *Chips*-Mittagessen sein. *Chips* hieß ›Zirkel der caritativ tätigen Damen‹, die Kolleginnen waren reiche Damen, die sich regelmäßig trafen, um für bedürftige Fälle Geld zu sammeln. Die beiden wichtigsten Aufgaben waren zum einen, bei dem jährlichen, im Santa Monica Saal stattfindenden Ausverkauf zu helfen, wo die Damen ihre getragenen Pelze, Kleidung und Schmuck verkauften, und zum anderen einen jährlichen Weihnachtsausflug in die Stadt zu machen, um ein Heim für ledige Mütter zu besuchen, wo sie einen Baum schmückten und Punsch und Kekse servierten. Die Mitgliedschaft bei den *Chips* war sehr streng reglementiert; entweder gehörte man von Geburt an zu diesem Zirkel oder, was ziemlich selten vorkam, durch eine Einladung. Durch die gesellschaftlichen Kontakte ihrer Mutter, war Hope ein Gründungsmitglied, und obwohl es für ein Chip-Mitglied ungewöhnlich war, in einem Haus mit defektem Dach zu wohnen und Anrecht auf Essensmarken zu haben, war ihr Status als Honeys Tochter unerschütterlich.

Neben dem Gerichtstermin und dem Mittagessen hatte sie auch noch einen Termin für einige Labortests, die ihr der Arzt verordnet hatte. Seit einer Weile schon wurde Hope von einem merkwürdigen Angst- und Schwächegefühl geplagt, und sie hatte deswegen ihren Arzt angerufen. »Es ist wie das Gefühl des herannahenden Todes«, erklärte sie dem Arzt, »und ich mußte jemandem davon erzählen. Ich kann den Tod sehen.«

Der Doktor hörte aufmerksam zu. »Wie sieht er aus?«

»Es ist wie ein Nebel, der mich den ganzen Tag umgibt«, antwortete Hope. »Ich weiß, daß das nicht nur psychologisch bedingt ist, denn ich bin wirklich glücklich. Aber ich werde immer lebloser, und ich weiß nicht warum.«

Als sie zum Haus zurückkam, war Bill noch nicht wieder da, und Martha sagte, er habe auch nicht angerufen. Hope bat sie, ihr die Lebensmittel abzunehmen, und ging zum Telefon. Bills Sekretärin, Helen Linley, gab Auskunft, Bill sei noch nicht vom Mittagessen zurück. Hope hatte Helen Linley noch nie gesehen, doch seit Bill und sie so häufig telefonierten, waren sie sich irgendwie nicht mehr fremd. Helen Linley hatte eine weiche mütterliche Stimme, sie arbeitete schon viel länger als alle anderen für Dailey & Partner, und sie hatte einen erwachsenen Sohn, der bei der Polizei von Los Angeles, Abteilung Mordkommission arbeitete.

»Er erzählte etwas von einem Interview, aber ich kann gar nicht glauben, daß er so lange fort ist«, sagte Hope zu Mrs. Linley. »Wissen Sie, wohin er gegangen ist?« Doch Mrs. Linley wußte es nicht. »Ich hoffe, er kann früh gehen«, meinte Hope, »weil wir heute eigentlich zur Ranch fahren wollten.«

Bills Chef, Cliff Einstein, suchte ihn auch schon seit halb zwei. Cliff war nicht ärgerlich, daß Bill so lange Mittagspause machte, wohl aber ein wenig verwundert. Denn für gewöhnlich gab Bill immer Bescheid, wohin er ging und wann er zurück sein würde; abgesehen davon vermied er lange, ausschweifende Mittagessen. Manchmal, wenn Cliff und Bill etwas zu besprechen hatten, gingen sie zusammen zum Essen. Gewöhnlich gingen sie ins Ma-Ma Lyons, Ecke Western und Sechste Straße oder – bei gehobenen Ansprüchen – ins Windsor an der 7. Straße. Meistens jedoch begnügte Bill sich mit einem Joghurt oder einem körnigen Frischkäse, die er entweder am Schreibtisch oder in seinem Apartment verzehrte, manchmal ließ er die Mittagspause auch ganz ausfallen. Offensichtlich zahlte sich diese Angewohnheit aus: Die meisten Leute hielten Bill für jünger als Cliff, obwohl dieser mit seinen 33 sieben Jahre jünger war.

Cliff Einstein war der Vizepräsident und gestalterische Leiter bei Dailey & Partner, doch er und Bill arbeiteten gleichberechtigt. Cliff hielt Bill Ashlock für einen sehr, sehr guten Werbetexter, den besten in ganz Los Angeles, ja sogar für den besten der Werbebranche überhaupt. Cliff mochte Bill im übrigen auch sehr gern, obwohl sie nicht eng befreundet waren. Er glaubte, daß eigentlich niemand mit Bill so recht eng befreundet war, manchmal allerdings, wenn sie auf Geschäftsreise waren, teilten sie sich ein Hotelzimmer und unterhielten sich ausführlich.

Als Bill um kurz vor drei von der Mittagspause zurückkam, bemerkte Cliff, daß er aufgeregt, ja fast begeistert zu sein schien. »Ich muß dir erzählen, was mir passiert ist«, sagte Bill zu Cliff. »Ich wurde von einem Reporter der Times interviewt für einen Artikel über die begehrtesten Junggesellen der Stadt.« Cliff war erstaunt über den sonst doch eher stillen Bill, er fragte sich auch, wie man Bill als ›begehrt‹ bezeichnen konnte, da er noch nicht einmal geschieden war. Er kannte auch Hope, hatte sie zwar noch nicht persönlich kennengelernt, aber Bill hatte ihm ein Foto gezeigt. Kurz nachdem er sie kennengelernt hatte, entwarf Bill die Anzeige für die Lebensversicherung mit Hopes Bild, das Cliff sehr gut gefiel. Er wußte nur zu gut, daß Bill, würde er über sein Junggesellendasein befragt, innerhalb der ersten fünf Sekunden das Bild von Hope im schwarzen Kleid, mit der langstieligen Rose gezeigt haben würde.

»Erzähl mir mal davon«, sagte Cliff. »Wie sind die auf dich gekommen?«

»Nun, du wirst es nicht glauben«, sagte Bill, »aber sie haben die Mädels bei J. Walter Thompson gefragt, weil J. Walter Thompson die hübschesten Mädchen beschäftigt, und man hat sie gebeten, jemanden vorzuschlagen, und sie sagten ›Fragen Sie Bill Ashlock‹.« Er erzählte Cliff, der Reporter sei sehr interessant und nett, er käme gerade aus Vietnam zurück, und habe ihm von einem anderen Junggesellen erzählt, der für den Artikel interviewt worden sei, einem Piloten der New-Zealand-Fluggesellschaft.

»Die New-Zealand-Fluggesellschaft. Einer unserer Kunden«, sagte Cliff.

»Ich weiß. Das ist ein Zufall«, sagte Bill. »Ich werde unserer Agentur zusätzlich Werbung verschaffen.« Er fragte Cliff einiges über die Größe der Agentur, ihre Fakturierung und ihr Wachstum, und Cliff gab ihm bereitwillig Auskünfte, die er auch in dem Interview verwenden könne.

Dennoch wunderte sich Cliff nach wie vor, daß ausgerechnet Bill ausgesucht worden war. Und auch die Sache mit der New-Zealand-Fluggesellschaft erstaunte ihn. Er wußte, daß diese Fluggesellschaft nur zwei Piloten beschäftigte, von denen aber keiner in Los Angeles wohnte. Sie lebten in Auckland. Etwas anderes hatte Cliff nicht gerade verwirrt, immerhin aber stutzig werden lassen. Bill hatte gesagt, der Reporter habe sich keine Notizen gemacht, er würde alles im Kopf behalten.

Nachdem Bill sich mit Cliff unterhalten hatte, rief er Hope an. »Ich bin gerade zurückgekommen«, informierte er sie. »Ich habe im Brown Derby gratis ein vorzügliches Essen genossen.«

»Ach, ich konnte mir gar nicht vorstellen, wo du so lange gewesen bist«, sagte Hope. »Wie ist es gelaufen?«

»Toll, großartig. Er hat mir viele Fragen gestellt, aber er ist ein sehr angenehmer Typ. Ich habe ihm auch von dir und von unserem Ausflug auf die Ranch erzählt. Und Hopie«, Bill machte eine Pause, »Hopie, er möchte zur Ranch rauskommen und dort ein paar Aufnahmen machen.«

Hope stöhnte. »O nein.«

»Ich habe versucht, es ihm auszureden. Ich sagte ihm: Sehen Sie, ich bin ein sehr langweiliger Typ, ich fahre mit einer Frau dorthin und nehme ihre drei Kinder mit, wir schauen Fernsehen, und es ist völlig uninteressant für Sie.« Hope erwiderte nichts, und Bill fragte schließlich: »Nun, wie denkst du darüber, Hopie? Ist es dir recht, wenn er mitkommt? Er sagte, es würde ein großartiger fotografischer Hintergrund sein, und er will wirklich so gerne mitkommen, daß ich ihm nur ungern absagen möchte, aber wenn du nein sagst, sage ich ihm ab.«

Hope seufzte. »Nein, es ist schon gut. Ich muß aber meine Mutter fragen.«

»In Ordnung, ich habe ihm gesagt, daß ich dich fragen würde, und er will mich um halb sechs zurückrufen. Ich bin bis dahin zu Hause. Ich fahre jetzt los.«

Hope rief ihre Mutter an. »Solange der Name der Ranch nicht in der Zeitung erscheint, wüßte ich nicht, was es ausmachen sollte«, meinte Honey. »Wenn er nur von Pferden und Bäumen Aufnahmen machen will oder von so etwas, soll's mir recht sein.«

»In Ordnung«, sagte Hope. »Ich werde ihm sagen, er soll den Namen der Ranch nicht erwähnen.«

»Und Hope«, fuhr ihre Mutter fort, »ich halte nichts davon, wenn du mit Bill zusammen fotografiert wirst, wie ihr ein gemeinsames Wochenende dort verbringt. Jetzt, da deine Scheidung gerade verhandelt wird, Hopie, macht das keinen guten Eindruck.«

»Nun, er möchte Aufnahmen machen«, sagte Hope.

»Ich möchte nur nicht, daß es so aussieht, als wenn du etwas Ungebührliches tätest«, meinte ihre Mutter.

»In Ordnung«, sagte Hope. Sie wußte nur zu gut, mit jedem weiteren Wort konnte es zu einer Auseinandersetzung über ihre Beziehungen zu Männern kommen, wie sie sie öfter mit ihrer Mutter hatte.

»Ich habe Jim Webb noch nicht erreicht«, erklärte Honey. »Ich habe es Mittwoch versucht und gestern den ganzen Tag und heute, aber keiner geht ran.«

»Dann versuche ich es jetzt auch noch einmal«, sagte Hope. »Wir sehen uns nächste Woche.«

Jim Webb, der Verwalter der Ranch, wohnte ganz in der Nähe des Haupthauses, zusammen mit seiner Frau Teresa und den Kindern. Honey ließ es Jim Webb meist wissen, wann sie hinauskamen, damit er vorheizen und das Licht anschalten konnte. Doch heute meldete sich bei den Webbs niemand, was Hope verdroß. Das Haus würde kalt und dunkel sein, wenn sie und Bill dort ankämen, wann immer das auch sein mochte . . .

Die Pläne für die Gestaltung dieses Wochenendes waren so oft hin und her geändert worden, daß Hope für einen Moment lang daran dachte, die ganze Sache einfach abzublasen. Anfang der Woche hatten sie zunächst geplant, alle Kinder mitzunehmen. Bills und auch ihre; Hopes Freundin Evy sollte mitkommen, um beim Kochen und mit den Kindern zu helfen. Dann hatte Evy einen Rückzieher gemacht, um am Freitag auf eine Party gehen zu können. Hope hatte Licha ins Auge gefaßt, ihr Wochenendmädchen, doch Licha hatte, in letzter Minute, einen Gesangsauftritt für Freitag angetragen bekommen. In der Zwischenzeit wurde Fran Ashlock ärgerlich, weil sie nicht genau wußte, ob nun ihre Mädchen am Wochenende fort sein würden oder nicht. Bill hatte sie vertröstet, sobald er Genaueres wüßte, würde er ihr Bescheid geben. Später hatte sie gehört, wie er zu einem dieser Mädchen gesagt hatte, sie und ihre Schwestern könnten diesmal nicht mitfahren, weil Hope keine Hilfe hätte, aber beim nächsten Mal wäre es anders. Und nun würden sie also von einem Fremden begleitet werden.

Als er die Türklingel hörte, lief K. C. zur Tür und Hope gleich hinterher. Bill hob K. C. auf den Arm und faßte um ihn herum, um Hope einen Kuß zu geben. »Meine Mutter hat gesagt, sie ist einverstanden«, sagte Hope, »solange er den Namen der Ranch nicht erwähnt, und solange er es nicht so darstellt, als ob wir beide eine Affäre hätten.«

»Ich weiß«, sagte Bill. »Ich habe auch mit ihr gesprochen und meine Anweisungen bekommen.«

Um halb sechs klingelte das Telefon. Bill ging zum Telefon, das auf dem Eßtisch stand, und Hope stellte sich direkt daneben.

»Es ist uns recht, wenn Sie mitkommen«, sagte Bill, »aber wir möchten nicht, daß der Name der Ranch erwähnt wird, und es – nun, was Hopie und mich angeht, sollte es wie ein Tagesausflug zur Ranch aussehen. Ich meine ...« Er hörte auf zu reden und hörte einen Moment lang zu.

»Gut«, sagte Bill dann. »Gegen ein Uhr morgen mittag. Nun lassen Sie mich Ihnen erklären, wie Sie dorthin kommen.« Von seinen Aufzeichnungen ablesend, sagte Bill, er solle die nördliche Autobahn nach Bakersfield nehmen, doch von Springville bis zur Ranch fing es an kompliziert zu werden, und Hope wurde langsam nervös.

»Sag ihm einfach, wie er nach Springville kommt«, sagte sie zu Bill, der nickte. »Einen Moment bitte«, sagte er zu dem Anrufer, dann drehte er sich um und hörte, was Hope sagte. »Sag ihm, wie er nach Springville kommt, und wenn er an einer Tankstelle vorbeikommt, soll er uns anrufen und wir leiten ihn dann von dort aus weiter.« Bill wiederholte diesen Vorschlag noch einmal ins Telefon und gab ihm die Telefonnummer der Ranch. »Gut«, sagte Bill. »Wir erwarten dann gegen ein Uhr etwas von Ihnen zu hören.« Er legte auf und wandte sich an Hope, die sich ein wenig ereiferte: »Du warst zu spät, deshalb kommen wir jetzt natürlich auch sehr spät zur Ranch. Was hat er von den Aufnahmen gesagt?«

»Das geht in Ordnung«, erklärte Bill. »Er sagt, er würde den Namen der Ranch nicht erwähnen, und er würde sich auch vergewissern, daß alles einen gesitteten Eindruck macht.« Er blickte sie mit anzüglichem Grinsen an und drehte die Enden seines Schnäuzers, was Hope, die leicht sauer war, etwas aufheiterte. Sie ging ins Schlafzimmer, um ihre Sachen zu packen, dann hielt sie inne, und wandte sich wieder an Bill: »Ich weiß noch nicht einmal den Namen von diesem Typ.«

»Taylor Wright.«

2

Martha trug das Gepäck und die Lebensmittel zum Auto, während Hope und Bill sich von den Kindern verabschiedeten, die sich alle in der Tür zusammengedrängt hatten. Bill nahm K. C. noch einmal auf den Arm, während Hope Martha nochmals alle Anweisungen wiederholte, sie daran erinnerte, daß K. C.s Vater ihn am Samstag morgen abholen würde und daß sie, Martha, nicht eher gehen solle, bis Licha sie am Samstag abend ablöse. Hope vergewisserte sich, daß sie auch die Telefonnummer der Ranch dabeihatte, dann sank sie auf den Beifahrersitz des Vegas, neben Bill, lehnte sich zurück und schloß die Augen.

»Endlich geht's los«, seufzte Hope, als Bill auf die Straße bog und dann den Hügel hinabfuhr. »Ich kann gar nicht glauben, daß wir doch noch wegkommen.« Sie fühlte sich, als wenn sie auf der Stelle im Auto einschlafen könnte. Doch als sie aus der Stadt hinaus waren und in nördlicher Richtung den Highway entlangbrausten, wurde sie wieder munterer und setzte sich aufrecht hin. Bill drehte sich lächelnd zu ihr. »Geht's dir besser?«

»Viel besser«, sagte Hope und kramte in ihrer Tasche nach ihrem Kamm. »Ich bin so froh, daß wir zusammen sind. Nur wir zwei.«

»Ich auch«, sagte Bill.

Dann runzelte Hope leicht die Stirn. »Nun, eigentlich sind wir ja gar nicht allein. Bill, warum unternimmt dieser Kerl eigentlich einen so weiten Ausflug, nur um Aufnahmen zu schießen? Wir hätten uns ein paar Jeans anziehen und uns in Los Angeles vor einen Baum stellen können.«

»O Hopie«, sagte Bill, »warum machst du dir immer um andere Leute Sorgen? Wenn der Kerl den weiten Weg auf sich nehmen will, dann laß ihn doch.«

»Na, ich wünschte mir eben immer noch, er wäre nicht dabei«, sagte Hope. »Wenn er schon die lange Anfahrt in Kauf nimmt, dann müssen wir ihn ja auch wenigstens zum Mittagessen einladen, oder so.«

»Ich fand ihn ganz nett«, erwiderte Bill, »ich denke, er wird dir auch gefallen. Er ist sehr unterhaltsam. Wir haben uns nicht gelangweilt beim Mittagessen.«

»Worüber habt ihr euch denn unterhalten?«

»Ach, über unsere Kriegserlebnisse und über Vietnam. Er sagte, er sei gerade von einem dreijährigen Aufenthalt dort zurück und nutze jetzt die Zeit aus, bis er eine andere Anstellung bekomme.«

»Na, dann hoffe ich, daß ihm sein jetziger Auftrag gefällt«, sagte Hope. »Hast du ihm erzählt, daß einer seiner zehn begehrtesten Junggesellen gestern abend aufgewärmten Fleischkäse gegessen und anschließend vor dem Fernseher gesessen hat?«

Bill lachte. »Da wir gerade von Fleischkäse reden, hast du Hunger?«

»Ja«, sagte Hope. »Mir fällt jetzt erst auf, daß ich heute noch überhaupt noch nichts gegessen habe. Laß uns aber noch ein Stück fahren, bevor wir eine Pause machen.«

Hinter Bakersfield verließ Bill die Autobahn und fuhr die nördliche Route 99 entlang, direkt durch das große San-Joaquin-Tal, das Herz der kalifornischen Landwirtschaft, mit seinen flachen Baumwoll- und Kartoffelfeldern. In Hülle und Fülle wuchsen hier Orangen, Mandeln, Trauben und Oliven auf den bewässerten Feldern.

»O Bill«, sagte Hope, »wäre es nicht wunderbar, wenn wir eines Tages irgendwo auf dem Lande leben könnten? Du könntest auch dort arbeiten, brauchtest nur zwei- oder dreimal in der Woche in die Stadt zu fahren. Die Kinder wären begeistert.«

»Eines Tages werden wir es schaffen, Hopie«, meinte Bill plötzlich sehr ernst. »Wir werden es tun.«

»Ich kann nur nicht meine Mutter damit belästigen«, sagte Hope. »Ich möchte nicht, daß sie für uns ein Haus finanziert, dann meint sie auch gleich, sie könnte unser Leben dirigieren. Ich habe das schon einmal mit ihr durchgemacht, es war wirklich ein fürchterliches Theater.«

»Wir werden es selbst schaffen«, sagte Bill und unterrichtete Hope über neue Geschäftsbeziehungen und Werbeprojekte.

»Ja, ich hoffe nur, daß es bald klappt«, sagte Hope knapp.

»Was hältst du davon, in der Zwischenzeit die Kinder für ein paar Werbespots einzusetzen? Ich denke da an etwas Spaßiges wie beispielsweise Karusselfahren in einem Vergnügungspark, nichts, was die Gefühle der Kinder irgendwie verletzen könnte.«

»Vielleicht«, sagte Bill. »Doch zunächst möchte ich die Occidental-Sache vorantreiben und versuchen, die Leute dazu zu bringen, die Anzeige mit deinem Bild zu benutzen. Sie kommen nächste Woche, um sich alles anzusehen.«

»Gut«, sagte Hope. »Und ich wünschte, du könntest dies hier alles sehen.« Sie deutete aus dem Fenster in die Dunkelheit. »Es ist wirklich jammerschade, daß wir erst nachts hier ankommen bei unserem ersten Besuch. Die Berge hier sind überall mit Wildblumen bewachsen.«

»Ich kann sie ja morgen sehen«, sagte Bill. »Ich bin so froh, daß wir hier sind, da ist es mir völlig egal, wie dunkel oder wie spät es ist.«

Die Ranch lag ungefähr drei Autostunden von Los Angeles entfernt zwischen Bakersfield und Fresno, abgelegen von der Autobahn, in einer kleinen Bilderbuchidylle. Nach Porterville, der nächstgelegenen Stadt von erwähnenswerter Größe, fuhren die beiden in östlicher Richtung durch die Gebirgsausläufer der Sierra Nevada, vorbei an den schwarzen Tiefen des ›Lake Success‹. Vor ihnen lag Springville, ein winziges Bergdorf. »Fahr langsam auf dieser Straße«, warnte Hope. »Wenn wir in Springville sind, sind wir schon zu weit gefahren. Man verpaßt leicht die Abzweigung, sogar bei Tage.«

Außer ihnen war hier niemand unterwegs, nirgendwo sah man Licht. Vor ihnen erhob sich der dunkle Schatten des Berges und verschmolz mit der tiefschwarzen Nacht. Hope äugte aus dem Fenster, um den Verlauf der Straße besser verfolgen zu können. »Hier ist es. Bieg rechts ab.« Es war eine unbefestigte Straße voller Schlamm. Im Scheinwerferlicht konnte Bill ein offenstehendes Tor erkennen, er fuhr etwas schneller, an einem großen weißen Farmhaus mit Veranda vorbei. »Links ab«, dirigierte Hope, »und park hier neben dem Haus.«

Bill wendete und parkte auf dem Platz zwischen Haus und Orangenhain. Das Haus des Verwalters lag hinter den Bäumen im Dunkeln. »Ich schätze, die Webbs sind ausgegangen, das Tor steht ja offen«, sagte Hope. »Vielleicht sind sie aber auch schon zu Bett gegangen. Aber wenn sie schon im Bett wären, hätten sie sicher das Tor geschlossen.« Sie nahm eine Taschenlampe aus dem Handschuhfach, die sie einschaltete, als sie aus dem Auto stieg. »Ich hoffe ja nur, daß meine Mutter sie noch telefonisch erreicht hat, um zu sagen, daß sie vorheizen sollen.« Doch im Haus war es sehr kühl. Sie gingen durch den Seiteneingang hinein, der durch einen Vorratsraum in die Küche führte. Sie schaltete das Licht ein und ging durch die Küche ins Wohnzimmer, wo sie den Thermostat hochdrehte. Als sie die Lampe auf dem Tisch zwischen den Schaukelstühlen anknipste, sah das Zimmer plötzlich warm und einladend aus. Bill kam, blieb mitten im Raum stehen und sah sich um. »Ich finde es ganz toll«, sagte er. »Es ist genauso, wie ich es mir vorgestellt habe.«

Es war ein gemütlicher Raum, freundlich und schlicht wie ein Zimmer in einem Farmhaus des Mittleren Westens. In der Tat hätte man im Mittleren Westen diese Stätte eher als Farm bezeichnet und nicht als Ranch. Jim Webbs Titel als ›Vorarbeiter‹ war auch eher eine ungenaue Bezeichnung, der Mann befehligte keine anderen Rancharbeiter, er ging hauptberuflich einer Arbeit im Krankenhaus von Porterville nach. Er hielt sich aber die Kühe und Pferde auf dem Besitz und bewässerte die Orangenhaine. Letztlich konnte man diesen Ort mit seinen über zwanzigtausend Ar Gebirgsland, seinen zwei tiefen Seen und seinem rauschenden Fluß getrost als Ranch bezeichnen. Hopes Mutter hatte für das Viertel, das ihren Anteil an dem Haus ausmachte, siebzigtausend Dollar bezahlt.

Es war ein schönes Fleckchen für zwei Verliebte. Bill saß am Ende des Sofas, in der Nähe des Kamins, und ließ das Interieur auf sich wirken: Ein langer Couchtisch trennte das Sofa von zwei Schaukelstühlen, zu beiden Seiten des Sofas standen Tische mit jeweils einer Messinglampe. Hinter dem Sofa war ein geräumiger Eßplatz mit einem ovalen Tisch, an dem acht Leute sitzen konnten. Über der Anrichte an der gegenüberliegenden Wand waren zwei aus Holz geschnitzte Stockenten. Auf einem Regal an der Wohnzimmerwand stand eine Tasse mit der Aufschrift: Vaters Schnurrbart, und dann sah man eine ganze

Reihe von *Reader's-Digest*-Büchern. Zwei Sturmlampen standen an beiden Enden des Kaminsimses.

Bill grinste. »Wenigstens dürfte man keine Schwierigkeiten haben, um von hier wegzukommen.« Fünf Türen führten aus dem Wohnzimmer hinaus. Hope öffnete die größte, die Eingangstür, die auf die vordere Veranda führte, und Bill stellte sich zu ihr. »Laß uns einen Spaziergang machen«, sagten sie beinahe gleichzeitig und lachten.

Zwei Maulbeerbäume standen wie vertraute Wachtposten im goldenen Lichtschein, der vom Haus aus auf sie fiel. Bill blieb stehen und blickte auf das Haus, das jetzt erleuchtet, freundlich und anheimelnd aussah, mit Holzbänken auf der Veranda, einem Gong, der über den Stufen der Veranda hing und einem Stoß fein säuberlich gestapeltem Kaminholz.

»Ich finde es großartig«, sagte er noch mal. »Ich möchte nie wieder zurück nach Los Angeles.«

»Dort unten ist ein Fluß«, sagte Hope und ging mit raschen Schritten voraus, so daß er sie erst am Rande eines Hügels einholte, der zu dem Fluß hin abfiel. In einiger Entfernung konnten sie das Rauschen des Wassers hören. »Es ist der Tule-Fluß«, sagte Hope. »Er ist nicht sehr groß, aber er ist klar und sauber, und er hat einen kleinen, netten Sandstrand, er lädt richtig zum Schwimmen ein.«

Sie holte eine Zigarette hervor, und Bill zündete sie an. Er rauchte nicht, hatte sich jedoch über ihr Rauchen nie beklagt. Eine Weile standen sie still und fast ehrfürchtig im Mondlicht. Zurück im Haus schlug Bill vor, ein Feuer im Kamin zu machen und noch etwas zu trinken. Hope war einverstanden, zog sich zum Umziehen schnell ins Schlafzimmer zurück, und als sie herauskam, kniete Bill vor dem Kamin, in dem das Feuer schon brannte. Er legte noch einen kleinen Scheit hinein, zog den Schirm vor und erhob sich. Hope ging in die Küche zurück, schaltete dort das Licht aus, und anschließend tat sie das gleiche im Wohnzimmer. Bill ließ sich am Ende des Sofas nieder, und sein Drink stand auf dem Couchtisch. Hope setzte sich zu seinen Füßen auf den Boden, direkt zum Feuer, mit einem Glas Weißwein. »Es ist schon nach Mitternacht, und ich bin noch kein bißchen müde«, sagte sie.

Bill strich ihr über das Haar. »Du bist schön«, sagte er. Sie griff nach seiner Hand, und starrte weiterhin in die Flammen des Feuers. Sie sah wirklich hübsch aus; das lange Haar fiel ihr sanft über die Schultern, sie trug ein flauschiges mädchenhaftes Kleid, und sie wirkte zart und unschuldig.

»Bill«, flüsterte sie, »ich bin so glücklich. Ich meine, es ist ein großes Glück, daß jeder von uns die Kinder des anderen mag, nicht wahr?«

»Das kann man wohl sagen. Es wird wunderbar sein, wenn wir ein eigenes Haus wie dieses haben und sie dann alle zusammen darin spielen können.« Einen Moment lang saßen sie schweigend beieinander und beobachteten das Feuer. Dann rutschte Bill leicht auf dem Sofa hin und her. »Hopie«, sagte er. »Was meinst du, was ich mit Sandi machen soll?«

Hope blickte ins Feuer und nicht zu Bill. »Ich denke, du solltest dich noch einmal mit ihr treffen und feststellen, wie du dich dann fühlst«, sagte sie.

»Ich möchte sie aber gar nicht noch einmal sehen. Ich wußte schon sechs Monate, bevor ich dich traf, daß es zwischen Sandi und mir vorbei war. Doch sie hört nicht auf, mich anzurufen. Sie hat mich gestern neunmal im Büro angerufen, davon rief sie viermal an, um zu sagen, daß sie nie wieder anrufen wird.«

»Tja, ich denke nur, es ist besser, du sagst ihr persönlich, daß du sie nicht mehr wiedersehen willst«, meinte Hope. »Du mußt das schon tun, denke ich, denn bisher hast du nur mit ihr am Telefon gesprochen, und sie denkt wahrscheinlich, wenn sie dich auch nur noch einmal treffen könnte, würdest du dich anders entscheiden. Ich habe dir schon von vornherein gesagt, daß ich nicht erst sechs Monate mit dir zusammensein möchte, und dann stellt sich heraus, daß du immer noch in Sandi verliebt bist.«

»Um Himmels willen, Hopie«, sagte Bill, »ich möchte sie genausowenig wiedersehen, wie ich möchte, daß du Lionel wiedersiehst.« Hope seufzte ein wenig. Diese Gespräche hatten noch jedesmal in einer Sackgasse geendet. Die Diskussion über Sandi führten sie schon, seit sie Bill kannte, und sie hatte ihn schon oft gedrängt, Sandi vorzugsweise zum Mittagessen zu treffen, um ein für allemal die Sache zu klären. Immer wenn

Hope mit einem Mann Schwierigkeiten hatte, versuchte sie ein Mittagessen zu arrangieren. »Es ist neutrales Gebiet«, erklärte sie, »und in einem Restaurant läßt sich niemand so leicht gehen.« Auch Tom Masters hatte sie damals bei einem Mittagessen erklärt, daß es mit ihnen beiden nicht recht klappte – zwei Wochen nach der Hochzeit. Hope wußte genau, daß Bill immer noch eifersüchtig auf Lionel war, er hatte Angst, daß Lionel wieder in Hopes Leben treten könnte. Ihre Beziehung zu Lionel war durchaus ernsthafter Natur gewesen und lag noch nicht so weit zurück.

Freundschaft für einen Mann zu empfinden bedeutete Hope sehr viel, vielleicht war es sogar noch wichtiger für sie, als einen Liebhaber zu haben, doch wenn sich beides kombinieren ließ, so wie bei Bill, so war das für sie das höchste.

Hope hatte auch schon andere Männer mit zur Ranch eingeladen, aber keiner von ihnen hatte den Aufenthalt je so sehr genossen, wie Bill es jetzt, bei seinem ersten Besuch, zu tun schien.

Hope warf einen kurzen Blick auf Bill und spürte seine Zufriedenheit. Er lächelte zu ihr hinab. »Eines Tages werden wir unseren eigenen Kamin haben, Hopie, mit einem schönen Haus drumherum.«

»Zunächst müssen wir uns etwas einfallen lassen, um etwas mehr Geld zu bekommen.« Damit lenkte Hope das Gespräch wieder auf die Fernsehwerbung. Hope war der Meinung, daß sie selbst durchaus fähig sei, in einigen Werbespots des Fernsehens mitzuwirken. Sie war jung und hübsch genug und hatte auch schauspielerische Erfahrung zu bieten. Zwar war sie trotz einiger Angebote niemals einem regelmäßigen Schauspieljob nachgegangen, weil es zu viel Zeitzugeständnisse erforderte – wie beispielsweise um fünf Uhr aufzustehen –, doch als Statist hatte sie in einigen Filmen mitgewirkt. In einem Film über die Zeit der großen Wirtschaftskrise hatte sie ein blasses Make-up getragen, in einer anderen Statistenrolle trat sie im Kostüm der Prostituierten auf, und dann war sie noch an einer TV-Serie beteiligt gewesen, dessen Produzenten sie persönlich gekannt hatte. Schließlich arbeitete sie auch in der Serie ›It Takes a Thief‹ mit, bis sie den Star, Robert Wagner, kennenlernte. »Ich denke, ich habe ihm nicht genug geschmeichelt«, meinte Hope im nachhinein. Als sie nichts als ›langweilige Kleinigkeiten‹ drehten durfte, beschloß sie, »daß hübsche Leute sich nicht für Nebenrollen eignen«, und sie nahm mehr oder weniger Abstand von dieser Art Arbeit.

Bill mixte noch weitere Drinks, und sie unterhielten sich über ihre gemeinsame Zukunft, über das Haus auf dem Land, das sie eines Tages haben würden, und wie wunderbar es war, daß sie sich gefunden hatten. »Ich dachte immer, ich wäre glücklich«, sagte Bill, »doch jetzt freue ich mich jeden Tag darauf, abends zu dir zu kommen, und wenn ich daran denke, ich könnte das nicht mehr tun, möchte ich lieber tot sein.«

»Du wirst immer zu mir kommen«, erklärte Hope. »Und über das Sterben mach dir einstweilen keine Gedanken. Denk daran, du bist erst vierzig.«

»Der Tod macht mir in Wirklichkeit gar keine angst«, sagte Bill. »Wenn du tot bist, bist du eben tot, und das war's dann. Was mir wirklich Sorgen macht, ist der Gedanke, alt und krank zu werden.« Hope kannte seine Ängste, er hatte ihr erzählt, wie sein Vater langsam an Krebs dahingesiecht war. Sie hatte versucht, ihm den Glauben an Gott näherzubringen und ihn von einem Leben nach dem Tod zu überzeugen, doch er war nur schwer zu beeinflussen. Außerdem war sie sich selbst über ihr Verhältnis zur Religion noch nicht ganz im klaren.

Die Existenz Gottes und das Leben nach dem Tod stellte sie nicht in Frage, wohl aber die Wege, die die Kirche den Gläubigen wies. Eine ihrer Freundinnen hatte sie das Ave Maria gelehrt, als sie noch kleine Mädchen waren, und eine Zeitlang hatte Hope Rosenkränze gesammelt, um sie an die Wand zu hängen. Doch als sie älter wurde, lernte sie so viele Katholiken kennen, die sie für schuldbeladen hielt, daß sie es ablehnte, sich weiterhin mit dieser Religion zu beschäftigen. Offiziel! gehörte sie zur Episkopalkirche, schon durch die Mitgliedschaft ihrer Mutter in dieser Kirche, doch Hope hatte sich bei ›All Saints‹ nie richtig wohl gefühlt. Sie erinnerte sich noch an eine sehr einsame Phase ihres Lebens, wo sie regelmäßig zur Kirche gegangen war. »Niemand hat mir je das Gefühl gegeben, daß ich zu Gottes großer Familie gehörte.« Deshalb war sie nicht mehr hingegangen, obwohl ihr der Pastor dort eigentlich gut gefiel, der Pfarrer Kermit Castellanos. Er hatte sie im Krankenhaus besucht, als sie K. C. zur Welt brachte, und er hatte ihr einige Blumen vom Altar mitgebracht. Ihm zu Ehren hatte Hope ihrem Baby auch die Initialen K. C. gegeben. Doch sie hatte sich geweigert, K. C. taufen zu lassen. »Grundsätzlich soll doch damit der Teufel ausgetrieben werden, nicht wahr?« hatte sie Pfarrer Castellanos gefragt.

»Nun ja, wir ziehen es vor, es als eine Art Anfang zu sehen«, doch er stimmte ihr zu, daß der ursprüngliche Sinn des Rituals eher die Verbannung des Teufels war. »Ich weigere mich zu glauben, daß es in einem so kleinen Baby etwas Böses gibt«, sagte Hope. Sie war nicht der Ansicht, daß irgend jemand grundsätzlich böse war, für sie gab es nur zwei Kategorien von Menschen: gute und nicht so gute.

»Du wirst nicht ernstlich krank werden«, tröstete Hope jetzt den nachdenklichen Bill. »Du bist prima in Form, du bist auf dem absoluten Gipfel deines Lebens. Wenn wir dann alt werden, dann langsam und in Ehren. Wir werden noch nicht einmal unsere Haare färben lassen, wenn sie grau werden.«

»In Ordnung«, sagte Bill lachend. »In der Zwischenzeit schlafen wir lieber ein wenig. Es ist schon fünf Uhr.«

Aber Hope spürte keinerlei Bedürfnis, zu Bett zu gehen. Sie wollte bis Tagesanbruch beim Feuer sitzen, dann Kaffee kochen und anschließend zu einer kleinen Wanderung aufbrechen, am unteren und oberen See vorbei und ein Stück den Berg hinauf, von dem sie wußte, daß er jetzt mit knospenden Wildblumen übersät war. Schließlich sah sie doch noch ein, daß Bill recht hatte. Angesichts des für ein Uhr mittags angekündigten Besuchs seitens des Reporters konnte etwas Schlaf nicht schaden. Hope erhob sich vom Fußboden, sie fühlte sich etwas steif, deshalb stand sie noch einen Moment lang da und blickte in das erlöschende Feuer. Bill nahm sie in den Arm und vergrub sein Gesicht in ihrem Haar.

»Ich liebe dich«, flüsterte er. »Und ich bin so glücklich.«

In dieser Nacht schlief Hope nicht besonders gut. Irgendwann gegen Morgen hörte sie Autos am Haus vorbeifahren, dann döste sie wieder ein und vernahm kurz darauf Geräusche vom Dach: Es klang, als ob jemand übers Dach lief. Sie weckte Bill, sagte ihm, was sie gehört hatte, doch er war sich ganz sicher, daß da niemand sei.

Als sie Bill im Haus herumlaufen hörte, stand sie auf und ging in die Küche, wo Bill schon Kaffee gemacht hatte. »Es ist halb elf«, sagte er, »da dachte ich, ich dusche und rasiere mich mal und räume ein wenig auf.«

Hope goß sich eine Tasse Kaffee ein. »Das Haus ist doch aufgeräumt«, sagte sie gähnend. Sie stellte ihre Tasse auf den Tisch neben dem Telefon und wählte Jim Webbs Nummer, doch niemand ging ran.

»Ich habe einen kleinen Spaziergang gemacht«, sagte Bill. »Es ist wirklich unglaublich schön hier. Die Bäume sind voller Orangen. Und dieser Berg da, wie hoch ist der wohl?« Bill stand vor dem Waschbecken und sah zum Fenster hinaus.

»Keine Ahnung«, sagte Hope. »Er heißt Schlangenkopf-Berg, das weiß ich.« Sie zündete sich eine Zigarette an und ging zurück ins Schlafzimmer. Sie zog die Vorhänge auf und saß in ihrer üblichen morgendlichen Apathie noch eine Weile auf der Bettkante, dann ging sie zurück ins Bett. Sie schlief wieder für kurze Zeit ein, aber als das Telefon klingelte, war sie wach. Sie ging ins Wohnzimmer hinüber. Bill hielt den Hörer in der Hand und sprach gerade: »Warten Sie in Springville!« Hope schüttelte nur den Kopf. »Es ist doch zu umständlich für dich, den ganzen Weg dorthin zu fahren«, sagte sie. »Gib ihn mir mal, ich werde ihm den Weg erklären.«

Bill gab ihr den Hörer. »Fahren Sie denselben Weg zurück, den Sie nach Springville reingefahren sind«, sagte Hope zu dem Mann am Telefon, »ungefähr eine Meile. Halten Sie nach einer schlammigen Straße Ausschau und biegen Sie dann links ab. Sie kommen über eine kleine Brücke und halten am ersten Tor links an. Dort warten Sie dann, bis Bill das Tor aufmacht.«

Hope legte auf und wandte sich an Bill: »Warte ungefähr zehn Minuten und dann geh zum Tor und laß ihn rein.« Sie ging ins Bad, wusch ihr Gesicht, putzte sich die Zähne und wickelte ungefähr ein halbes Dutzend Lockenwickler ins Haar. Im Schlafzimmer nahm sie eine braune Hose, eine passende Weste und eine rosa Seidenbluse aus ihrer Tasche und zog sich schnell an. In der

Küche holte sie eine Flasche Chablis aus dem Kühlschrank, öffnete sie und schüttete ein Glas ein. Sie vertrat die Ansicht, daß sich die Gäste unwohl fühlen, wenn sie sahen, daß man nur für sie eine neue Flasche aufmacht, und deshalb goß sie immer ein wenig ab, bevor jemand kam. Sie stellte das Glas in den Kühlschrank, nahm die Flasche und einige Gläser mit ins Wohnzimmer und stellte sie auf den Couchtisch. Dann ging sie wieder ins Bad, sah sich ihr Gesicht genauer im Spiegel an und überlegte, ob sie Make-up auflegen sollte oder nicht. Als sie mit Tom zusammen war, hatte sie viel Make-up benutzt, doch Bill fand sie ungeschminkt hübscher, und sie war ganz aus der Übung gekommen; sie schminkte sich nur noch, wenn sie zu einer Party gingen. Während sie noch darüber nachdachte, hörte sie schon ein Auto vorfahren, und dann wurden Männerstimmen laut. Sie öffnete das Badezimmerfenster, und da sah sie ihn.

Er war groß und gutaussehend mit dunklem, gewelltem Haar und stark gebräunter Haut. Er trug dunkle Baumwollhosen, ein weißes Hemd und eine Lederjacke. Er sah Bill an, und mit der einen Hand, in der er eine geschnitzte Pfeife hielt, gestikulierte er in Richtung des Berges, während die andere Hand in seiner Tasche steckte, was ein vollendetes Bild von männlicher Lässigkeit und zwangloser Eleganz bot.

Hope sah ihn mindestens eine Minute lang an, bevor sie sprach. Meine Güte, dachte sie, dieser Typ ist eine Wucht! Er sieht aus wie Robert Wagner. Wenn ich nicht in festen Händen wäre, könnte ich mich mit ihm einlassen, und das würde nur Unruhe bedeuten. Er ist ein Ladykiller.

»Kommt doch!« rief sie, und beide Männer drehten sich zum Fenster um. »Kommt doch ins Haus.«

Als sie am Spiegel des Badezimmers vorbeiging, warf Hope noch einen prüfenden Blick hinein und lächelte. Das hat sich geklärt, dachte Hope. Kein Make-up! Bei diesem Typen ist es besser, wie eine Vogelscheuche auszusehen. Bill und der Gast saßen im Wohnzimmer, als Hope hereinkam und erhoben sich beide. »Hopie, das ist Taylor Wright«, sagte Bill.

Der Mann lachte. »Hallo«, sagte er.

»Hallo, Taylor«, sagte Hope. »Woher stammt denn Ihre traumhafte Bräune?«

»Ich war Ski laufen«, sagte Taylor. Hope setzte sich aufs Sofa. Bill goß jedem Wein ein und setzte sich in einen Stuhl am Aussichtsfenster, Taylor nahm in dem Schaukelstuhl Platz, der dicht am Kamin stand.

»Woher kommen Sie, Taylor?« fragte Hope.

»Ich komme aus dem Mittleren Westen.«

»Daher stamme ich auch«, sagte Bill.

Taylor grinste. »Ich weiß.«

Allmählich wurde Hope nervös. Sie stand vom Sofa auf und reichte Käse und Cracker herum, setzte sich wieder einen Moment und erhob sich dann abermals. Taylor hingegen schien sich wie zu Hause zu fühlen.

»Tatsächlich war ich im Mittleren Westen verheiratet«, fuhr er fort. »Ich habe zwei Töchter und eine Enkeltochter.«

»Wie ein Großvater sehen Sie aber nicht aus«, meinte Hope.

»Ich bin schon einundfünfzig«, sagte Taylor.

Hope und Bill waren erstaunt. »Das ist unglaublich«, sagte Hope. »Sie sehen wie fünfunddreißig aus. Sind Sie sicher, daß sie schon einundfünfzig sind?« Alle mußten lachen.

»Ich bin sicher«, sagte er.

»Nun, warum nicht?« sagte Hope. »Bill ist vierzig, und er ist der am jüngsten aussehende Vierzigjährige, den ich kenne. Aber wenn Sie einundfünfzig sind, haben Sie ihn übertroffen.«

»Na ja, wie einunddreißig siehst du auch nicht aus, Hopie«, wandte Bill ein. »Ich würde sagen, wir alle haben einen Spielraum von circa zehn Jahren.«

Hope lachte. »Wir sind bestimmt die älteste Gruppe von jung aussehenden Leuten der Stadt.«

»Eine meiner Töchter hat gerade ein Baby bekommen«, sagte Taylor. »Sie leben alle im Mittleren Westen. Nun, da ich geschieden bin, habe ich noch ein weiteres Kind, einen kleinen Sohn, der drei Jahre alt ist. Er lebt etwas außerhalb von Paris bei seiner Mutter.«

»Ich habe auch einen dreijährigen Sohn«, sagte Hope. »Erzählen Sie mir von Ihrem. Wie heißt er?«

»Christian«, sagte Taylor. »Christian oder Chris.«

»Wie heißt Ihre Frau?« fragte Hope.

»Nun, wir sind nicht verheiratet«, sagte Taylor.

»Tja, ich bin nicht der Ansicht, daß Heirat immer die beste Lösung ist«, sagte Hope, »vielleicht hätte ich auch nicht heiraten sollen, aber wissen Sie, den Kindern zuliebe ist es, glaub' ich, ganz in Ordnung.« Sie erzählte etwas über Tom Masters, ihren letzten Ehemann, bis sie wieder aufstand und Wein nachschenkte.

»Für Kinder ist es beruhigend zu wissen, daß man verheiratet ist oder zumindest eine Heirat plant. Mein kleiner Sohn K. C. kommt immer zu Bill und mir ins Schlafzimmer und klettert in unser Bett.«

»Ja, das ist wirklich nett«, stimmte Taylor zu. »Wenn ich im Mitlleren Westen bin, schläft Chris auch bei uns im Bett.«

»Sind Sie oft dort?« fragte Hope.

»Jeden Winter. Ich lebe dort im Winter, deshalb bewahre ich meinen Pfeifentabak auch in einer Dose auf, wegen der Feuchtigkeit. Ich reise auch sehr viel. Wie ich Bill schon erzählt habe, bin ich die letzten drei Jahre nicht in den USA gewesen. Ich bin gerade erst wiedergekommen und weiß gar nicht, was so vor sich geht.«

Hope zündete sich eine neue Zigarette an. »Sie haben nicht viel verpaßt«, sagte sie ruhig. Allmählich legte sich ihre Nervosität, und sie genoß die Unterhaltung.

»Ich habe beispielsweise seit drei Jahren keinen Film mehr im Kino gesehen«, sagte Taylor. »Was kann man sich denn zur Zeit so ansehen?«

»So gut wie gar nichts«, erklärte Hope. »Bill und ich gehen fast nie mehr ins Kino, die Filme sind alle so obszön und brutal. Einmal mußte ich mit meinem Mann in einen von diesen Filmen, denn zwei seiner Kunden spielten in dem Streifen mit, das ist mir noch gut in Erinnerung.«

»Welcher Film war das?« fragte Taylor interessiert.

»Im Tal der Puppen«, sagte Hope. »Die Sex-Szenen waren nur dämlich, das hätte ich noch verkraftet, aber die schrecklichste Szene war die, als die Frau im Bett lag und der Mann ihr eine Pistole in den Mund hielt und abdrückte. Mir ist schrecklich übel geworden.«

Taylor verzog den Mund zu einem leichten Grinsen. »Tja, jedem das seine«, sagte er. Sie tranken Wein und plauderten noch zwei Stunden lang miteinander. Taylor war ein unterhaltsamer Mensch, er erinnerte Hope sehr an Lionel, ihren früheren Freund. Er konnte aber auch aufmerksam zuhören, wenn Hope erzählte. Sie sprachen über das Fluoridieren des Wassers, das ihr große Sorgen machte, über kostenlose Schulmahlzeiten, die sie befürwortete, sofern die Kinder, die umsonst aßen, sich nicht separat anstellen mußten. »Wenn sie sich gesondert anstellen müssen und alle andern gleich wissen, daß sie für ihre Mahlzeit nicht bezahlen, sind sie sofort außen vor. Das hat meinen sehr zu schaffen gemacht«, erklärte Hope.

Sie unterhielt sich mit Taylor über ihre Kinder, ihr Leben und über die unterschiedlichsten Dinge in so angenehm gelöster Art und Weise, daß sie sich später kaum erinnern konnte, was genau sie eigentlich alles erzählt hatte.

Die Flasche Wein war fast leer, als Taylor auf seine Uhr blickte, eine schicke Seiko. »Wir machen nun besser ein paar nette Aufnahmen von Ihnen und dem typischen Junggesellen«, sagte er, »bevor es zu dunkel wird.«

»Wie sind Sie dazu gekommen, sich Bill als typischen Junggesellen auszusuchen?« fragte Hope.

»Nun, er fährt einen Sportwagen und hat einen Flugschein, und«, Taylor machte eine Pause, blickte dabei Hope aber weiter an, »er verabredet sich mit attraktiven Frauen.«

»Hmh, ich möchte lieber nicht auf die Fotos kommen«, sagte Hope ein wenig nervös. »Machen Sie nur Bilder von Bill.«

Bill schüttelte den Kopf. »O nein. Ohne dich bringen es die Bilder nicht, du mußt mitmachen.«

Widerstrebend willigte Hope ein. Es ist Bills großer Tag, dachte sie, und solange Taylor hier ist, kann ich ja auch mitspielen. »Also gut«, sagte sie. »Möchten Sie, daß ich mich umziehe?«

Taylor sah sie mit einem tiefen, festen Blick an. »Nein, Ihre Garderobe ist schon in Ordnung. Ich fände es schön, wenn Sie etwas Make-up auflegen könnten.«

»Ja, gut«, sagte Hope. »Bill, ruf doch bitte noch mal bei Jim Webb an und frag ihn, ob er nicht für uns ein Pferd bereitstellen kann.«

Im Badezimmer schminkte sie sich äußerst sorgfältig: Rouge,

ein wenig Lidschatten, Wimperntusche und zimtfarbener Lippenstift. Sie nahm die Lockenwickler aus dem Haar, bürstete es und ließ es in Wellen über ihre Schultern fallen. Taylor saß immer noch in seinem Schaukelstuhl, als sie zurück ins Wohnzimmer kam, Bill stand in der Küchentür.

»Ich kann Jim Webb nicht erreichen«, sagte Bill.

»Dann laß uns etwas spazierengehen«, schlug Hope vor. »Wir erreichen ihn dann sicher später.«

»Nur noch eine Minute«, sagte Taylor, stand von seinem Stuhl auf und trat näher an Hope heran. Er sah sie unverwandt an, blickte ihr fest in die Augen. »Sie sehen wunderbar aus«, sagte er. »Doch ich hätte gern noch ein wenig mehr Lidschatten.«

Zu diesem Zeitpunkt hatte Hope beschlossen, das Ganze als Fototermin zu betrachten, und ihr gefiel es, obwohl sie nicht dafür bezahlt wurde. Wieder im Badezimmer, legte sie so viel grauen Lidschatten auf, bis ihre Augen sehr dunkel und groß wirkten. Sie zog jene glänzenden Stiefel an, die sie wegen ihres Rückenleidens eigentlich nicht mehr tragen sollte, doch zu ihren engen Hosen sahen sie einfach großartig aus.

Bill hatte den Rest Wein in ein gelbes Plastikglas geschüttet, und die drei gingen durch den Hinterausgang hinaus. In seiner Jeanshose und in dem weißen Hemd, auf dem in schwarzen Buchstaben das Wort Liebe stand, sah Bill sehr lässig aus. Taylor trug seine Lederjacke, die er schon den ganzen Nachmittag anhatte, obwohl er doch im warmen Wohnzimmer gesessen hatte.

Die frühe Abenddämmerung des Winters brach schon an, als sie die Straße entlanggingen, vorbei an dem Orangenhain und dem Haus des Verwalters. Noch unterhalb des Tores, durch das der Weg weiter oben am See entlangführte, verließen sie die Straße in Richtung zum Fluß. Bill ging voran, und als Hope im feuchten Gras leicht ausrutschte, faßte Taylor sie bei der Hand. So schlitterten sie langsam den lehmigen Hügel zum Fluß hinunter. »Um Fotos zu machen, ist es hier zu dunkel, aber sonst ist es wunderbar«, sagte Taylor. Sie setzten sich auf die glitschigen Felsen am Flußufer und tranken den Rest des Weines aus einem Glas. Bill war etwas unterhalb von ihnen zu einem alten Wasserrad am Flußufer geklettert.

»Sie haben mir nicht Ihr Geburtsdatum genannt«, wandte sich Hope an Taylor, »aber ich weiß genau, was für ein Sternzeichen Sie sind. Leo, der Löwe.« Taylor lächelte und gab keine Antwort, doch Hope fühlte, daß sie recht hatte. Im Zuge ihrer Beschäftigung mit Astrologie hatte sie früher schon herausgefunden, daß die Charaktere der meisten Menschen erstaunlich deutlich mit ihren Tierkreiszeichen übereinstimmten. Bill war Jungfrau: ordentlich, gut organisiert und ein Perfektionist, was seine Arbeit betraf. Sie hatte am 21. Oktober Geburtstag und war demzufolge Waage, doch fast schon Skorpion. »Mondbeeinflußte Skorpion-Menschen neigen zu übersinnlichen Kräften«, sagte Hope. »Fast wie Hexen. Sie sind für Partys wie geschaffen: sie flirten gern, sind charmant, schwach und wunderbar.«

Flirten wollte Hope mit Taylor nicht, doch sie alberte mit ihm herum, neckte ihn und ließ ihn wissen, daß sie der Meinung war, er habe eine Million Mädchen an seinem Gängelband. Als sie vom Fluß wieder fortgingen und sie auf dem Weg wieder hügelabwärts rutschte, war es Taylor, der sie an der Taille faßte, ihr heraufhalf und ihr die Hand reichte.

Zurück im Haupthaus telefonierte Hope erst einmal. »Wir haben hier jemanden zu Besuch, der für einen Zeitungsartikel Fotos macht«, erklärte sie Jim Webb. »Wir brauchen ein schönes, sanftes Pferd, vielleicht Bonnie, würden Sie sie bitte striegeln und ihre Mähne bürsten, damit man sie vorzeigen kann, und sie für uns satteln.« Jim Webb sagte zu, und ein paar Minuten später klopfte er an die Tür. Hope stellte ihm Bill und Taylor vor, und die Männer schüttelten sich zur Begrüßung die Hand.

»Leider kann ich den Schlüssel für die Sattelkammer nicht finden«, sagte Jim Webb zu Hope. »Deshalb kann ich auch keinen Sattel holen.«

Bill sah Hope fragend an, doch Taylor machte eine lässige, beschwichtigende Handbewegung. »Haben Sie vielleicht ein Seil greifbar, aus dem Sie ein Halfter machen können, damit wir das Pferd daran führen können?« fragte er.

»Sicher«, sagte Jim Webb. »Ich habe hier irgendwo ein Seil liegen.«

»Dann holen Sie doch jetzt das Pferd, und legen Sie ihm das Halfter an«, entschied Taylor.

Hope hörte aufmerksam zu, wie Taylor den Mann dirigierte, und begriff, was für ein Typ er war: ein Macho, arrogant und fähig.

Als sie wieder hinausgingen, hielt sich Bill im Hintergrund, er lehnte sich an den Zaun, der die Straße eingrenzte, während sich Taylor mit Jim Webb über Seile und verschiedene Arten Halfter unterhielt, und über die Frage, ob sie vielleicht noch ein zweites Pferd brauchen würden. Hope nahm kaum an der Unterhaltung teil, denn auf dem Hof standen noch mehr Leute – Freunde von Jim Webb und seiner Familie, so vermutete sie –, und in deren Gegenwart wollte sie sich Jim gegenüber nicht als Chefin aufspielen.

»Bonnie ist wirklich ein sanftmütiges Pferd«, sagte Hope. »Die Kinder reiten auch alle auf Bonnie, sie ist ganz friedlich, vielleicht könnte Bill einfach ohne Sattel auf ihr sitzen.«

Taylor führte das Pferd am Halfter die Straße herunter, am Haupthaus vorbei. Bill ging neben ihm her, und Hope folgte ihnen. Als sie ein Auto auf der Straße herankommen sah, winkte und schrie sie, weil sie dachte, einer von Jims Kumpeln würde zu schnell fahren. »He, halt! Hören Sie auf damit. Bremsen Sie gefälligst, sonst verletzen Sie noch das Pferd.« Das Auto hielt plötzlich an, und Hope erkannte Terry, Jim Webbs Frau. Ach du meine Güte, sagte Hope zu sich selbst, ich habe ausgerechnet Terry angebrüllt. Das Fenster des Wagens war zwar geschlossen, doch nach Terrys Miene zu urteilen, hatte sie Hopes Schelte sehr wohl verstanden. Hope meinte, die Kinder auf dem Rücksitz gesehen zu haben, doch sie schämte sich so, Terry angebrüllt zu haben, daß sie sich umdrehte und im Orangenhain ein paar heruntergefallene Orangen aufsammelte, die unter den Bäumen lagen.

Als sie am Haus vorbeikam, ließ sie sie auf den Rasen fallen. »Wir können nachher davon frische Cocktails mixen!« rief sie den Männern zu und gesellte sich zu ihnen. »Lassen Sie mich das Pferd halten«, sagte sie. »Sie mag Frauen. Geht ihr doch schon mal zum Strand und macht ein paar Aufnahmen ohne Pferd. Ich bringe sie dann dorthin.« Bill und Taylor bogen von der Straße ab und schlenderten zu genau der Stelle, an der Bill und sie am Abend zuvor im Dunkeln gestanden und dem Rauschen des Flusses zugehört hatten.

Auf dem Weg den Hügel hinab verlor Hope die beiden aus den Augen. Das Pferd hatte den Kopf gesenkt und angefangen, Gras zu kauen. Es rührte sich nicht, und Hope wurde schon ganz rasend. »Verflixt noch mal, Bonnie!« Das Pferd bockte immer noch. Ich kann einfach nicht glauben, daß ich dieses blöde Pferd nicht unter Kontrolle bekomme, dachte Hope ärgerlich. Meine zehnjährige Tochter bringt dieses Pferd zu allem, was sie gerade möchte, und ich soll das nicht können! Sie verfluchte ihre eigene Unfähigkeit und hörte nicht auf zu toben, während sie an dem Pferd zerrte.

»Nun mach schon, dafür bist du doch schließlich hier!« rief sie so laut, daß Jim Webb und die Leute vor seinem Haus das auch hören konnten. Schließlich hörte Bill es auch und kam den matschigen Pfad wieder herauf, um das Pferd zu führen. Unten am Strand teilten sich Hope und Taylor den Wein aus dem gelben Glas, während Bill das Pferd hinunterführte. Hope scherzte wieder mit Taylor in einer neckenden, flirtenden Art, so wie sie es früher schon mit anderen gutaussehenden und charmanten Männern getan hatte, von denen sie genau wußte, daß sie ziemlich verdorben waren. Das Tal des Flusses lag im Schatten, und Bill und Taylor waren beide der Meinung, daß es nicht mehr hell genug war, um gute Bilder zu machen, doch Taylor fotografierte unaufhörlich mit seiner Yashica-Kamera, fotografierte Bill und das Pferd, Bill und Hope und Bill und Hope mit Pferd.

Die Art, wie Taylor sie mit der Kamera beobachtete, war Hope nicht geheuer, und so war sie froh, als er sagte: »Das reicht. Ich werde morgen noch ein paar Fotos schießen.«

Taylor führte Bonnie den Hügel hoch. Bill legte seinen Arm um Hopes Schultern. »Hör mal, ich glaube, du trägst ein bißchen zu dick auf mit diesem Burschen«, sagte er. »Ich denke, er könnte einen falschen Eindruck bekommen.«

»Na gut«, sagte Hope. »Ist es so besser?« Sie umarmte Bill und küßte ihn heftig.

Er lächelte. »Viel, viel besser.« Sie gingen Arm in Arm den

Hügel und die Straße hinauf bis zum Haus. »Bringen Sie eben das Pferd zu Jims Haus und geben Sie es dort jemandem!« rief Hope zu Taylor, der gerade um die Kurve hinter dem Orangenhain verschwand.

Im Schlafzimmer streifte Hope die Stiefel ab und zog sich dunkelblaue Cordhosen an. Sie ging auf die Veranda vor dem Haus, wo Bill schon auf dem Geländer saß, und sie schlang ihre Arme um ihn. »Mir scheint, wir werden diesen Kerl noch eine Weile am Hals haben«, sagte Bill.

»Mir ist es recht«, murmelte Hope. Sie fühlte sich beschwingt und ein wenig benommen vom Wein und vielleicht auch von der Schmerztablette. Sie nahm Robaxin für ihren Rücken und manchmal Valium oder Eupirin mit Kodein und gelegentlich eine Schlaftablette.

Taylor kam um die Ecke zur Veranda. »Wir haben gerade von Ihnen gesprochen«, sagte Bill, während sich Hope noch immer an ihn kuschelte. »Wir möchten Sie zum Abendessen einladen.«

»Sie können genausogut auch über Nacht bleiben«, sagte Hope. »Wir haben genug Platz hier.«

»Ich kann nicht über Nacht bleiben«, sagte Taylor. »Eine Freundin von mir kommt heute abend von einem Skiurlaub zurück, und ich treffe mich mit ihr in Bakersfield.«

»Na, ein wenig können Sie doch noch bleiben«, sagte Hope, und Taylor lächelte. »Ja, gewiß bleibe ich noch ein wenig.«

Sie mixten sich Cocktails mit dem Wodka, den Bill aus der Stadt mitgebracht hatte, und den großen Orangen, die Hope im Wäldchen aufgelesen hatte. Bill und Hope tranken nachher noch einen Gin Tonic. Als Bill den Kamin anzünden wollte, erinnerte Hope ihn, daß sie noch einiges aus dem Supermarkt brauchten.

»Wir können mit meinem Wagen fahren«, bot sich Taylor an, und so setzten sie sich zu dritt auf die vordere Sitzreihe des Lincoln, Taylor fuhr, und Hope saß in der Mitte. »Ich habe Fleisch, aber Milch und Butter brauche ich noch«, sagte sie zu Bill. »Und Holzkohle«, fügte er hinzu. In dem kleinen Lebensmittelladen, neben der Tankstelle in Springville, spielte Hope mit zwei Kindern, die an den Regalen herumtollten. Ein anderes Kind, höchstens drei Jahre alt, stand weinend in der Nähe der

Kasse, und Hope nahm den Kleinen auf den Arm und putzte ihm mit einem Taschentuch die Nase. Bill sammelte die Lebensmittel ein, und Taylor beobachtete Hope.

Im Getränkegeschäft, das etwas weiter unten an der Hauptstraße lag, kauften Bill und Taylor noch mehr Wodka, Gin und Bier, dann stapelten sie die Taschen auf dem Rücksitz und fuhren zur Ranch zurück. Das Tor stand noch offen, und als sie durchgefahren waren, fragte Bill Hope, ob er es schließen solle. »Nein, Jim Webb wird es später schließen«, sagte sie.

Bill mixte neue Drinks und ging zur Rückseite des Hauses, von wo man den Berg genau vor sich hatte, um den Grill anzuzünden. Taylor ging mit ihm, während Hope Geflügelleber-Brotaufstrich und Cracker auftischte, doch nur wenig später kam Taylor wieder herein. »Bill hat mir erzählt, daß Sie sich wegen seines Alkoholkonsums Sorgen machen«, sagte Taylor zu Hope.

»Nun ja, ich habe Alkoholiker gekannt, deshalb bin ich in diesem Punkt vielleicht besonders empfindlich«, sagte sie.

»Machen Sie sich darüber keine Sorgen«, sagte Taylor.

Hope und Taylor gingen zurück ins Wohnzimmer, wo sie etwas tranken und plauderten. Als Bill hereinkam, nahm Taylor ein Notizbuch heraus und fragte Bill, wo er geboren wurde und nach dem Namen seiner Eltern. Es war das erste Mal, seit er gekommen war, daß Taylor ein Notizbuch brauchte. Bill ging wieder raus und kam dann zurück und verkündete, daß die Steaks fertig seien. Hope sprang auf. »O verflixt, warum hast du mir nicht eher Bescheid gesagt? Der Wildreis ist noch nicht gar, und den Salat habe ich auch noch nicht gemacht.«

Bill wickelte das Fleisch in Folie und hielt es im Ofen warm, während Hope in der Nähe der Küche herumwirbelte. »Lassen Sie mich doch helfen«, insistierte Taylor. Daraufhin sagte ihm Hope, wo die Teller und das Silber waren, und er deckte den Tisch.

Als sie sich zum Essen setzten, Hope am Kopfende und die Männer jeweils auf einer Seite, war es schon fast neun Uhr. Hope fühlte sich zu müde zum Essen und auch ein bißchen krank. Sie stocherte in ihrem Salat und in dem Reis herum und legte schließlich ihr Steak auf Bills Teller. »Ich kann nicht mehr essen«, sagte sie. »Ich werde mich für einen Augenblick hinlegen.«

Sie holte sich ein Kissen aus dem Schlafzimmer, legte sich aufs Sofa und döste vor sich hin. Sie konnte hören, wie Bill und Taylor sich wie alte Freunde unterhielten; lachend und scherzend räumten sie den Tisch ab. Bill war ungewöhnlich redselig, er hatte getrunken und schien sich ausgezeichnet zu amüsieren. Während Taylor in der Küche das Geschirr stapelte, kam Bill zum Sofa herüber, beugte sich zu ihr hinab und schmiegte sich an sie. »Ich liebe dich«, sagte er, und Hope streckte ihre Arme nach ihm aus, legte sie um seinen Hals und gab ihm einen langen, warmen Kuß. »Es ist so verdächtig ruhig bei euch da drin«, rief Taylor mit stichelndem Unterton in der Stimme aus der Küche. Er betrat das Wohnzimmer, setzte sich in den Schaukelstuhl am Feuer, wo er schon den ganzen Nachmittag gesessen hatte.

Bill stocherte noch im Kaminfeuer, als Hope ihren Kopf vom Kissen erhob. »Ich will Sie ja nicht drängen«, sagte sie an Taylor gewandt, »aber was ist mit Ihrer Freundin, die heute abend nach Bakersfield kommt?«

»Oh, das ist kein Problem«, sagte Taylor leichthin. »Wenn ich sie nicht am Flughafen abhole, wird sie direkt zum Motel fahren.«

»Sie könnten sie abholen und mit ihr wieder hierher kommen«, bot Hope an, doch Taylor schüttelte den Kopf.

»Nein, ich werde lieber morgen wiederkommen.« Dennoch machte er keine Anstalten zu gehen, und Hope dachte, wenn sie sich für ein kurzes Schläfchen ins Schlafzimmer zurückziehen würde, würde er den Hinweis wohl besser verstehen. »Wieviel Uhr ist es?« fragte sie Bill.

»Ungefähr zehn Uhr.«

Hope stand vom Sofa auf. »Ich bin wirklich geschafft«, sagte sie zu Taylor, »bitte entschuldigen Sie mich jetzt, doch ich brauche dringend Schlaf. Ich sehe Sie dann morgen.« Taylor lächelte, als sie das Wohnzimmer verließ und durch die kleine Diele in das Eckschlafzimmer ging, mit Bill im Gefolge.

»Eigentlich möchte ich noch gar nicht ins Bett«, sagte sie zu Bill. »Ich werde nur ein Schläfchen halten. Weck mich bitte, wenn er gegangen ist.« Sie knöpfte ihre rosa Bluse auf, behielt jedoch ihre übrigen Kleider an, als sie sich in das Bett am Fenster legte, das Bill schon zurechtgemacht hatte. Jetzt deckte er sie zu, beugte sich über sie und küßte sie. »Ich liebe dich«, sagte er. Er ging um das Bett herum und knipste das Licht aus, schlich aus dem Zimmer und schloß die Tür hinter sich. Schon nach wenigen Augenblicken war Hope in einen tiefen, schweren Schlaf gesunken.

Plötzlich wurde sie wach. Das Zimmer war völlig dunkel, doch sie fühlte einen großen Schatten über sich. Dann wurde zwischen ihren Lippen gestoßen, und man versuchte ihr damit den Mund zu öffnen. Dieser Gegenstand war kalt, schwer und hart. Hope wußte, daß es eine Pistole war.

3

Im mittleren Teil des Landes arbeitete an diesem Wochenende ein Mann sehr eifrig für Hope Masters und Bill Ashlock, obwohl er noch nie etwas von den beiden gehört hatte. Er verbrachte den ganzen Freitagabend damit, in einer Sporthalle mitten in Chicago auf und ab zu gehen, und sich dabei ein Volleyballspiel anzusehen. In Zeiten wie diesen half es ungeheuer, einen ausgeprägten Sinn für Humor und eine verständnisvolle Frau zu haben. Robert Swalwell, von der Staatspolizei Illinois, hatte beides. Patricia hatte sich noch nie über seine Arbeit beschwert, die es mit sich brachte, daß sie die Kinder allein zu Bett bringen mußte. Anschließend pflegte sie dann eine Kanne Kaffee zu kochen und darauf zu warten, daß Bob nach Hause kam, wann immer das auch sein mochte. Wenn er mit einem Fall wie diesem beauftragt war, war seine Arbeitszeit ebenso schlecht wie seine Bezahlung. Die war zu dürftig, um damit gleichzeitig eine große Familie zu unterhalten und eine Hypothek abzubezahlen, so daß Pat zeitweise wieder arbeiten ging. In den ersten Jahren ihrer Ehe hatte Pat als Krankenschwester gejobbt, doch als die Kinder geboren wurden, hatte sie damit aufgehört. Innerhalb von acht Jahren hatte sie fünf Kinder zur Welt gebracht: vier Jungen und ein Mädchen. Jetzt, da die Kinder schon etwas älter waren, zwischen sieben und vierzehn Jahren, konnte die Mutter sie schon einmal eine Zeitlang allein lassen.

Neben seinem Sinn für Humor und seiner gutmütigen Frau hatte Bob Swalwell weitere Vorzüge. Er sah aus wie ein Polizist: groß und kantig, mit sehr hellen, besonders klaren blauen Augen, die eiskalt blicken, aber auch ansteckende Fröhlichkeit verbreiten konnten. Allerdings gab es an diesem Wochenende keinen besonderen Anlaß zu lachen. Bob Swalwell war mit der ernsten Aufgabe beschäftigt, einen Mann zu verfolgen, den er für wirklich bösartig hielt, die einzig durch und durch schlechte Person, die er je gekannt hatte.

Ein anderer Vorzug an ihm war, daß er seinen Beruf liebte. Manchmal war er sogar selbst überrascht, mit welcher Leidenschaft er seiner Arbeit nachging; denn als Kind hatte er nie davon geträumt, Polizist zu werden, und der Beruf seines Vaters hatte auch nicht in diese Richtung gedeutet. Er hatte seinen Vater nicht einmal gekannt, der schon gestorben war, als Bob sechs Monate alt war. Bob wuchs bei seinen Großeltern auf, an der Südseite von Chicago, und obwohl seine Mutter später einen Mann heiratete, der den Jungen gut leiden konnte, war er als Junge immer sehr ruhelos und unstet gewesen und hatte die höhere Schule nicht abgeschlossen. Er arbeitete hier und dort, und als er eines Tages auf einer Baustelle sich mit einem Preßlufthammer abmühte, sah er sich und seine Kollegen genauer an und stellte fest, daß einige im Alter von sechzig oder fünfundsechzig Jahren noch immer schufteten und schwitzten und keine Zeit hatten, ihre Blessuren auszukurieren. Er beschloß, doch lieber an die Zukunft zu denken, und so bewarb er sich bei der Staatspolizei, wo er ein Jahr später aufgenommen wurde.

Als er sich am 1. Januar 1959 bei der Polizeiakademie meldete, hatte er einen Kater, und es amüsierte ihn, daß die Wahl des Zeitpunktes für den Beginn einer Karriere genau auf den Morgen nach Silvester gefallen war. Für ihn wurde es eine schöne und ehrenvolle Karriere, auch wenn die Arbeit sich oft genug in Routine erschöpfte. »Im ersten Jahr putzt du den Stern blank und möchtest die ganze Welt wieder in Ordnung bringen«, erinnerte er sich später voller Selbstironie. Er arbeitete von einer kleine Baracke in der Vorstadt Elgin aus, nur vier Männer patrouillierten durch den Irrgarten von Autobahnen, die nach Chicago führen. Betrunkene Fahrer, Raser, einige flüchtige Fahrer – doch zum größten Teil bestand Bobs Arbeit darin, Leute anzuhalten, Strafmandate zu schreiben, Verwarnungen auszusprechen oder einfach jemandem zu helfen.

Er wäre gerne zur Kriminalpolizei gegangen, doch es schien sich nie die Möglichkeit zu bieten, so blieb er auf der Straße und hatte geregelte Arbeitszeiten.

Manchmal, wenn er des Nachts um zwei Uhr eine Tankstelle auf dem Lande kontrollierte, ertappte er sich bei der Hoffnung, einen Einbrecher verhaften zu können. »Nach einer gewissen Zeit läßt die Aufregung beim Schreiben eines Strafzettels einfach nach«, sagte er. Aber er hatte sich seinen Sinn für feine Ironie und sein Mitgefühl für andere erhalten. Nach einem Jahrzehnt Polizeiarbeit war er weder blauäugig noch zynisch. Er kümmerte sich immer noch um das Wohl seiner Mitmenschen. »Wenn sich ein Polizist schon nicht mehr um die anderen sorgt, wer, zum Teufel, sollte es dann wohl tun?« pflegte er zu sagen. »Das Leben ist so verflixt kurz – was erreichen wir schon damit, wenn wir zynisch werden? Ein bißchen Mitgefühl bewirkt oft so viel und kostet keinen Pfennig.«

Er tat viel für die Leute, mit denen er zusammenarbeitete, insbesondere für das jüngste Mitglied der Truppe, einen Schweden namens Swen Ljuggren, kurz ›Gus‹ genannt. Sie wurden ziemlich gute Freunde, und manchmal fuhren sie zusammen auf Streife. An diesem Abend jedoch, dem 26. Mai 1969, war Gus allein unterwegs. Es war zehn Minuten nach neun, als er auf der Richtung Süden führenden U.S.12 ein Auto anhielt: einen 1968er Chevy, der nur ein Nummernschild hatte.

Normalerweise hätte Gus wegen eines solch nichtigen Vergehens kein Auto angehalten, doch sein Streifenwagen hatte ein neues Funkgerät, das er testen wollte. Deshalb winkte er den Chevy auf den Seitenstreifen, parkte seinen Wagen davor, stieg aus und ging zum Fahrer des Chevy hinüber, einem dunkelhaarigen Mann, um die dreißig, sehr gut gekleidet, in einem dunklen Anzug mit weißem Hemd und Krawatte. Gus sagte ihm, er habe nur ein Nummernschild, und er werde davon jetzt Meldung machen. Der Mann war so freundlich und kooperativ, daß Gus ihn einlud, neben ihm im Streifenwagen Platz zu nehmen, während er seinen Funkspruch hinausschickte, und der Mann nahm Gus' Einladung an. Gus machte seinen Funkspruch um 9 Uhr 14, er gab das Kennzeichen des Chevy durch. Der Schwede hatte nicht den leisesten Verdacht, der Chevy könnte gestohlen sein; er wollte lediglich feststellen, wie lange es mit der neuen Anlage dauerte, einen Funkspruch durchzugeben und beantworten zu lassen. In der Zwischenzeit unterhielt er sich mit dem Mann, der sich als Werbefachmann ausgab und Gus seine Visitenkarte übergab. Gus hingegen erzählte, daß er gerade einen Anteil an einem Yachthafen erworben habe; der Mann sagte, er könne ihm vielleicht helfen, für diese Einrichtung zu werben. Als der Mann sagte, er müsse noch etwas aus seinem Auto holen, dachte sich Gus nichts dabei und blieb im Polizeiwagen sitzen. Der Mann kam zurück, öffnete die Tür zur Beifahrerseite und schoß Gus in den Kopf, mit einem kleinen blauen Stahlrevolver, Kaliber 25 mm.

Es war Bob Swalwells erster Tag bei der Kriminalpolizei. Obwohl es nur eine zeitlich begrenzte Sache war, ein Aushilfsjob, fühlte er sich in der Zivilgarderobe, die man hier trug, sehr wohl: ein dunkelblauer Anzug mit Weste und eine kleine goldene Nadel am Umschlag seines Revers, die nicht größer als ein Zehncentstück war und auf der *State Police* stand.

Er war gerade auf dem Weg, seinen Morgenkaffee zu trinken, als um neun Uhr achtzehn der Funkspruch kam. »Ich bin angeschossen worden«, sagte Gus. Er war gerade noch imstande, die Straße und den Ort durchzugeben, bevor seine Stimme erstarb. Als Bob Swalwell an den Ort des Geschehens kam, kochte er vor Wut. Obwohl Gus wie durch ein Wunder überlebte – die Kugel trat etwas unterhalb des rechten Ohres ein und steckte nur 1 cm unter der Haut seines linken Ohres –, hatte der Schütze den Schweden ganz offensichtlich töten wollen. Und das nahm Swalwell ihm sehr übel.

Gus hatte Frau und Kinder, so wie Bob und die meisten anderen Polizisten, und das Gefühl verbreitete sich, daß es jeden von ihnen hätte treffen können. Als Bob den Schweden im Krankenhaus besuchte, unterhielten sie sich ziemlich forsch-fröhlich und vermieden jeden Anflug von Gefühlsduselei.

»Du hast aber Glück gehabt«, meinte Bob am Ende.

»Glück, du Idiot!« tobte Gus. »Wenn ich Glück gehabt hätte, dann hätte er mich nicht getroffen.«

Wieder zurück in den Baracken, bat Bob inständig darum, die Verfolgung des Schützen übernehmen zu dürfen. Diese Bitte trug er so oft und so hartnäckig vor, daß sein Lieutenant schließlich einwilligte.

Als Gus das Bewußtsein verloren hatte und auf den Beifahrersitz gesunken war, lag die Visitenkarte, die der Mann ihm gegeben hatte, noch unter seinem rechten Bein. Mit dieser Karte begann Swalwell seine Nachforschungen.

G. Daniel Walker
AD – BIZ Inc.

Mit den beiden Adressen, die auf der Karte standen – 740 North Rush Street, Chicago, und 803 Main Street, Geneva, Wisconsin –, rollte er die Sache von hinten auf und setzte sich Stück für Stück das Bild eines Mannes zusammen, den er nie zuvor gesehen hatte.

G. Daniel Walker war achtunddreißig Jahre alt, verheiratet und hatte einen drei Jahre alten Sohn. Er besaß ein Haus am Lake Geneva, er sprach wie ein erfolgreicher Werbemanager, und er kleidete sich auch so, wie man es von einem Mann dieser Branche erwartete. Er hatte für zwei Werbeagenturen in Toledo gearbeitet und für eine in Chicago. Seine erste eigene Agentur, die er 1965 aufgemacht hatte, wurde ein Fehlschlag, der zweite Versuch mit Ad-Biz Inc. hingegen schien sich prächtig zu entwickeln. Und doch war der Chevy, mit dem Gus ihn angehalten hatte, gestohlen. Warum fuhr ein solcher Mann in einem gestohlenen Auto?

Bob Swalwell unternahm weitere Schritte, stellte unermüdlich Fragen, und die Antworten, die er erhielt, versetzten ihn zunehmend in Erstaunen. Gerald Daniel Walker, auch bekannt als Daniel Wayne Walker oder Daniel Wayne Wagner, war in Toledo, Ohio, am 10. August 1931 als einziges Kind von Virgil Walker und Irene Massie Walker geboren. Virgil war Antiquitätenhändler, Irene Hausfrau gewesen, und der Junge schien eine normale Erziehung genossen zu haben. Er war regelmäßig zur Schule und zur Kirche gegangen.

Swalwell traf sogar eine Nonne, die Walker gekannt hatte, Schwester Mavis. Der Gesuchte soll auh bei der Armee in Korea gedient haben. Zu dem Zeitpunkt, als er auf Gus geschossen hatte, war er bereits achtmal verhaftet worden. Angefangen hatte es mit einem Urteil wegen bewaffneten Raubes in

Toledo, damals war er zweiundzwanzig Jahre alt gewesen. Später wurde er wegen bewaffneten Raubes zu zehn Jahren Haft im Staatsgefängnis von Florida verurteilt. Er entkam, wurde wieder gefaßt und später auf Bewährung entlassen. Innerhalb von zwei Jahren wurde er wieder wegen des gleichen Vergehens überführt, diesmal in Columbus, Ohio, und zu zehn bis fünfundzwanzig Jahren im Ohio-Staatsgefängnis verurteilt.

Jeder, den Swalwell über Walker befragte, sagte das gleiche: Der Mann sei ein richtiger Schmeichler, von angenehmem Äußeren und clever, ein guter Erzähler und fast noch ein besserer Zuhörer – jemand, der mit seinem Charme alles erreichen könne.

Die Akten schienen dies zu bestätigen: als er Gefangener in Ohio gewesen war, hatte Walker um die Privatsekretärin des Gefängnisdirektors geworben und sie später geheiratet. Er kam 1963 auf Bewährung frei und wurde schließlich am 1. Mai 1966, dem Jahr, in dem sein Sohn Drew geboren wurde, entlassen. In diesem Jahr eröffnete er auch die Ad-Biz-Agentur und verdiente ziemlich viel Geld. Sein Einkommen lag ungefähr bei fünfundvierzigtausend Dollar im Jahr. Dann fing er an, solche Dinge wie einen kleinen Hubschrauber zu stehlen, und seinem Nachbarn entwendete er das Zelt, das er dann später in seinem eigenen Hof aufschlug.

Swalwell konnte aus diesen Informationshappen nur den einen Schluß ziehen, daß Walker aus reinem Spaß an der Sache Leute beraubte oder gar ermordete. Offensichtlich genoß er den Kitzel der Aufregung dabei. Einige seiner Kumpane sagten, daß Walker ihnen gestanden habe, er hätte die Raubzüge in Florida ›nur aus Jux‹ gemacht und die Beute der Wohlfahrt zukommen lassen. Der Inhaber eines Fotogeschäfts in Arlington Heights, den Walker beraubt hatte, sagte, Walker hätte ihm Gedichte rezitiert. »Er braucht wohl das gewisse Extra, um sein Leben interessant zu machen«, schloß Swalwell. »Er benutzt die Leute nur. Er könnte jemanden erschießen, und anschließend direkt neben der Leiche sitzen und Mittag essen, und es würde ihn überhaupt nicht tangieren. Er ist ein schlechter Charakter. Ein amoralisches Wesen.«

Zusammen mit den kleinen Verbrechen wie den Diebstählen

förderte Swalwell auch dunklere Angelegenheiten zutage. Eine junge Frau, die in einem Luxusapartment im Lake Point Towers, Chicago, wohnte, erzählte noch mit Schrecken davon, wie Walker unerwartet eines Nachts in ihr Apartment gekommen war und sie mit einem anderen Mann vorgefunden hatte, eine Pistole zog, seine Lieblingswaffe war der kleine Stahlrevolver Kaliber .25, und dem Mann in den Kopf geschossen hatte. Er wickelte ein Handtuch um den Kopf des Mannes, um das Blut aufzusaugen, schaffte ihn in sein Auto und fuhr mit ihm zum O'Hare-Flughafen, wo er ihn aus dem Auto stieß. »Verschwinde aus Chicago«, warnte Walker den Mann, »und wag es nicht, zurückzukommen.« Walker kehrte dann zurück in das Apartment der Frau, zog erneut die Waffe und hielt sie ihr an den Kopf. »Wenn ich dich noch mal mit einem anderen Mann erwische«, sagte er zu ihr, »wird es dir genauso gehen.«

Walker war zu jener Zeit schon verheiratet, doch inzwischen schien sein Charme schien bei seiner Frau Edna schon verblaßt zu sein. Zumindest arbeitete sie mit Swalwell zusammen, half ihm und seinen Kollegen bei den Recherchen und bei der Jagd nach dem Verbrecher in Chicago. Edna war ein ausgezeichneter Köder, denn Walker wollte das Kind – er hatte sich schon einen Vater-Sohn-Paß ausstellen lassen, auf dem sowohl er als auch das Kind abgebildet war. Ein Polizeiwagen folgte Edna überallhin, und mindestens einmal wurde Walker erkannt, als er dem Polizeiwagen hinter Edna folgte. Swalwell war sich sicherer denn je, daß Walker dieses Spiel nur aus Abenteuerlust und Spaß betrieb. Eines Tages rief Walker die Polizei an, um den Beamten mitzuteilen, wo er sich demnächst aufhalten würde. Jetzt wußte Swalwell endgültig, daß Walker dieses Spiel nur aus Abenteuerlust trieb. Es war ein Katz-und-Maus-Spiel. Es gab noch mehrere eigentümliche Situationen während der drei Wochen, die Walker auf freiem Fuß war, wie beispielsweise die Nacht, als Swalwell mit einem anderen Polizisten zu einem Haus in der Division Street fuhr, wo ein Freund von Walker wohnte.

Sie durchsuchten das Haus, einschließlich eines Kriechganges auf dem Speicher, wo der zweite Polizist, der über 250 Pfund wog, eingeklemmt wurde. Später erfuhren sie, daß während der ganzen Zeit, in der sie versuchten, ihn wieder herauszuziehen, Walker nur eine Armlänge entfernt in einer dunklen Spalte versteckt war.

Die Suche nach G. Daniel Walker endete am 12. Juni 1969 nach einer wilden Verfolgungsjagd durch die Straßen von Chicago, woran die Staatspolizei von Illinois, die Polizei von Chicago, das FBI und eine kleine alte Dame mit Spazierstock beteiligt waren; sie stand auf dem Gehweg, als die Sirenen an ihr vorbeischrillten, und sie gestikulierte wild mit ihrem Stock – dort ist er lang! Bei La Bagh Woods, einem kleinen Wald am Rande der Stadt, lief Walker vom Auto aus in den Wald und befreite sich von seinen Kleidern, während er hinter den Bäumen verschwand. Der Hubschrauber verlor ihn aus den Augen, doch eine Truppe von Polizisten fand ihn schließlich, ausgestreckt liegend, hinter einem Holzstapel. Die Pistole, mit der er auf Gus geschossen hatte, lag in seiner Nähe. Er wurde verhaftet wegen versuchten Mordes und gefährlicher Körperverletzung, noch im selben Jahr brachte man ihn zur Verhandlung.

Das Gericht bestimmte einen Strafverteidiger für ihn, doch Walker zog es vor, sich selbst zu verteidigen, was er mit solcher Ausdruckskraft und Fertigkeit tat, daß seine Verurteilung für einen Moment ernstlich in Frage stand. Walker rief einen Arzt in den Zeugenstand, der eine kleine, runde Wunde an Walkers Bein – eine Wunde, von der Swalwell überzeugt war, daß Walker sie sich selbst zugefügt hatte – begutachten sollte, inwiefern sie vielleicht von einem Pistolenschuß stammen könnte. Walker behauptete, Gus nur versehentlich angeschossen und in der Verwirrung sich auch noch selbst ins Bein geschossen zu haben. In seinem Plädoyer betonte er sein Herzleid als Vater. »Wenn Sie mir glauben, lassen Sie mich heute abend nach Hause zu meinem Sohn gehen.« Sein Appell war so ergreifend, daß sich die Geschworenen sieben Stunden lang berieten. Doch das Urteil lautete schuldig, und am 5. Dezember 1969 wurde Walker zu sechzehn bis zwanzig Jahren im ersten Anklagepunkt und zu acht bis zehn im zweiten verurteilt. Obwohl die Strafen zeitgleich liefen und Walker direkt in die Berufung ging, war dennoch anzunehmen, daß er für einige Zeit im Staatsgefängnis von Illinois in Joliet sicher verwahrt sein würde. Es war ein trostloses Gefängnis von alter Bauart, mit hohen Mauern, und nicht für eine hohe Ausbruchsrate bekannt.

Bob Swalwell legte wieder seine Uniform an, patrouillierte wieder auf den Straßen und las weiter Dostojewski, doch er ließ sich keine Information über Walker entgehen. Sogar in Joliet, eigentlich ein Ort, der jeden für immer verschlang, war Walker überdeutlich präsent. Er flanierte dort in seinem üblichen extravaganten Stil, verlangte, daß seine Zelle neu angestrichen würde, erledigte für andere rechtliche Angelegenheiten und reichte persönlich Klage ein gegen Gefängnisbeamte, veranlaßte so, daß man ihn von Zeit zu Zeit wegen der einen oder anderen Sache vor Gericht gehen ließ, und so trieb er, wie Swalwell es zusammenfaßte, ›jeden zum Wahnsinn‹. Die Liste seiner Verstöße wurde immer länger und seltsamer, sie reichte vom ›Lügen‹ über ›Versuchtes Einschüchtern von drei Lieutenants‹ bis zu der Tatsache, daß man Drogen in seiner Zelle fand.

Einer von Walkers Prozessen ging um Schikanierung; er erklärte, man hätte ihn geschlagen, und ein Gefolge von Anwälten und reformfreudigen Bürgern stattete ihm Besuche ab. Eine Anwältin der Rechtshilfe war eine große, schlanke Frau mit langen dunklen Haaren und einer großen runden Brille: Marthe Purmal, genannt ›Marcy‹.

Swalwell betrachtete sich selbst als einen ziemlich fortschrittlichen Polizisten, der die Meinung vertrat, daß es im Gefängnis einiger Reformen bedürfe. Doch ihm war völlig klar, daß Walker diese Leute wie alle anderen auch nur für seine Zwecke benutzte. Er kannte Walkers Charme und Schläue, und so wunderte es ihn auch nicht sonderlich, als er am Morgen des 31. Januar 1973, auf dem Weg zur Arbeit, durch einen Funkspruch erfuhr, daß Walker ausgebrochen war.

Swalwell wußte, daß an diesem Tag die Entscheidung des Obersten Gerichtshofes bezüglich Walkers Berufung gefällt wurde; er wußte, daß der Antrag abgelehnt worden war, und er wußte auch, daß auch Walker davon gehört haben würde. Bob Swalwell war immer noch wütend auf Walker, der beinahe seinen Freund und Kollegen umgebracht hätte, und er war wild entschlossen, diesen Verbrecher wieder hinter Gitter zu bringen. So bat er, wie bereits vor mehr als drei Jahren, mit diesem Job beauftragt zu werden. »Es ist jetzt Sache des Gefängnisses«, wurde Swalwell gesagt. »Lassen Sie doch die Justizbehörde damit zurechtkommen.«

»Es ist nicht nur Angelegenheit des Gefängnisses«, sagte Swalwell, »es ist auch eine persönliche Angelegenheit. Gus ist mein Freund.« Er sprach so laut und wütend, daß sie schließlich nachgaben.

Wieder einmal war Walker auf der Flucht, und wieder war Swalwell hinter ihm her, in seinem dunkelblauen, dreiteiligen Anzug und der Nadel an seinem Revers. Doch diesmal war es schwieriger. Edna hatte sich von Walker scheiden lassen und war mit ihrem Sohn weggezogen. Ad-Biz war auch nicht mehr im Geschäft.

Walker war nicht direkt von Joliet ausgebrochen, sondern aus einem Krankenhaus, wohin er durch eine List gelangt war, die selbst Swalwell, der sehr gut über Walkers Erfindungsreichtum Bescheid wußte, für ziemlich ausgekocht hielt. Walker hatte über innere Blutungen geklagt, Spuren davon in seinem Urin vorgewiesen, um seine Behauptung zu untermauern. Als die Gefängnisärzte auch nach zahlreichen Tests keine Erklärung für das Auftreten des Blutes vorbringen konnten, bekam Walker die gerichtliche Anweisung zur medizinischen Behandlung in einem gewöhnlichen Krankenhaus und wurde so in das Illinois Research Hospital in der South Wood Street überwiesen.

Es war ein ganz gewöhnliches Krankenhaus, das in keiner Form mit dem Gefängnis zusammenhing, es wußten deshalb auch nur die wenigsten von Walkers speziellem Status. Er trug keine Gefängniskleidung, ja, nicht einmal Klinikwäsche, sondern einen weichen Flanellpyjama und einen kostspielig aussehenden Hausmantel. Zwar waren auch Wachmänner des Gefängnisses in drei Wechselschichten rund um die Uhr für Walkers Bewachung eingeteilt, doch einige von ihnen schienen lieber in der Lounge, neben Zimmer 701, wo Walker lag, das Fernsehprogramm zu verfolgen. »Wir haben ein gegenseitiges Abkommen«, sagte Walker zu seinem Bettnachbarn des Zweibettzimmers, Robert Pietrusiak. »Ich belästige sie nicht, dafür lassen sie mich auch in Ruhe.« Pietrusiak hatte zwar nie gesehen, daß Walker irgendeiner Wache Geld zugesteckt hatte, doch er konnte sich entsinnen, daß Walker ihm erklärt hatte, die Wachen im Gefängnis seien notorisch unterbezahlt. »Geld öffnet alle Türen«, soll der Häftling dann mit einem verschmitzten Lächeln hinzugefügt haben. Als Walker sich weigerte, sich vom Krankenhauspersonal Blut abnehmen zu lassen, gab man ihm Nadel, Vakuumbehälter und Röhrchen und erlaubte ihm, es sich selbst allein im Bad abzunehmen. Zu dem Zeitpunkt, als jemand herausfand, daß Walker Blut aus seinem Arm unter seinen Urin mischte, war es längst zu spät. Gerade um sieben Uhr morgens am Mittwoch, dem 31. Januar, als die Wachen sich abwechselten, verließ Walker Zimmer 701 und sagte, er gehe runter, um zu duschen. Er stieg in den Fahrstuhl, der von Armond Lee bedient wurde, und kam nicht mehr zurück.

Bob Swalwell und sein Partner in diesem Fall, Willard Rowe, ›sammelten‹ ihre erste interessante Teilinformation, als sie sich mit Bob Pietrusiak und seiner Frau Catherine unterhielten. Sie berichteten, Walker habe ihnen Marcy Purmal, die Anwältin von der Rechtshilfe, vorgestellt, die Walker öfter besucht habe und die zu ihm eine Beziehung zu haben schien, die sich von dem üblichen Verhältnis zwischen Anwalt und Klient stark unterschied. Sie sagten, sie hätten beobachtet, wie Marcy den Häftling geküßt und sein Knie gestreichelt habe, manchmal konnten sie auch nichts beobachten, wenn die beiden den Vorhang, der um Walkers Bett lief, zuzogen. Da gab es dann ausgedehnte Phasen, in denen nichts besprochen wurde. Einmal hörten sie auch lautes Gelächter, als sich die beiden ein Dokument des Gerichts laut vorlasen. Die Verantwortlichen in Joliet, die vermutlich von ihrem quertreibenden Häftling genug hatten, hatten versucht, ihn in ein anderes Gefängnis zu verlegen, doch Walker hatte einen Prozeß angestrebt, um zu bleiben.

Er erklärte Pietrusiak, daß er in Joliet eine eigene Zelle mit separatem Büro habe, von wo er seine juristische Arbeit erledige, und daß die Verantwortlichen der Strafanstalt ihn loswerden wollten, weil er gerichtlich gegen sie vorginge und er auch für seine Mitgefangenen Prozesse gewinne. Er erzählte ihm auch, daß er bei den anderen Gefangenen sehr beliebt sei und von ihnen akzeptiert würde. Jedenfalls hatte der Richter zu Walkers Gunsten entschieden, und Marcy und Walker schienen zu feiern. Pietrusiak konnte eine Flasche erkennen, in der entweder Gin oder Wodka war, den Walker mit Orangensaft mixte. Er glaube, Walker hätte den Alkohol die meiste Zeit versteckt gehalten, obwohl eine Stationsschwester, Patricia Coates, Swalwell erzählte, Walker habe ihr eines Abends ein Glas Wodka angeboten, das sie aber abgelehnt habe.

Schwester Coates und drei andere Schwestern vertraten die Ansicht, Walker sei nicht ausreichend bewacht worden. Zwei Schwestern berichteten, sie hätten an zwei verschiedenen Abenden beobachtet, wie der diensthabende Wächter auf der Couch im Fernsehzimmer geschlafen habe. Ferner bestätigten alle, daß Walker ein schwieriger Patient gewesen sei, niemandem erlaubt habe, auch nur in die Nähe seines Nachttischchens oder Bettes zu kommen; er habe auch ungewöhnlich viele Telefonanrufe empfangen. Walker hatte den Schwestern erklärt, er mache sein Bett selbst, sie sollten ja nicht auch nur in seine Nähe kommen, aber wenn eine Krankenschwester oder eine Dame aus dem Labor sich Walker einmal näherte, flirtete dieser heftig mit ihnen, versuchte sie anzufassen oder zu kneifen.

Auch Catherine Pietrusiak, die selbst als Sozialarbeiterin in einem Krankenhaus arbeitete, in dem auch zuweilen Strafgefangene behandelt wurden, zeigte sich höchst erstaunt über die große Bewegungsfreiheit, die Walker im Illinois Research genoß. In dem Bezirkskrankenhaus, in dem sie arbeitete, sagte sie, wurden die Gefangenen üblicherweise mit Handschellen an ihre Betten gefesselt, oder sie durften das Bett nur verlassen, wenn ein Wächter direkt neben ihnen stand. Sie hielt es auch für sehr ungewöhnlich, daß Walker sich selbst Blut abnehmen durfte, und eines Abends hatte sie eine Schwester nach dem Grund gefragt. »Nun ja, es ist nicht gerade die übliche Vorgehensweise des Krankenhauses«, stimmte die Schwester zu, »doch in diesem Fall ist das schon in Ordnung.«

Frau Pietrusiak hielt sich oft in Zimmer 701 auf, nicht nur während der Besuchszeiten, denn ihr Mann mußte sich einer ernsten Operation unterziehen. So hatte sie oft Gelegenheit, Walker zu beobachten. Sie bemerkte, daß er sich jeden Morgen die Haare wusch, sie sorgfältig fönte und sogar Haarspray benutzte. Er schien immer peinlich adrett und gepflegt zu sein, immer auf Gesellschaft vorbereitet, was nicht nur Marcy betraf, sondern auch eine junge Frau, die er C. J. nannte. Die Pietrusiaks hörten, wie der seltsame Patient Marcy mit C. J. aufzog und umgekehrt. C. J. brachte gewöhnlich Erdnußbutter und Obst mit, Walker erklärte Bob Pietrusiak, daß C. J. eine Gesundheitsfanatikerin sei und kein Fleisch esse, dennoch brachte C. J. auch einmal ein Salami-Sandwich mit.

Die Pietrusiaks fanden Walker ansprechend, seinen Charme gewinnend. Er erzählte freimütig über seine Gefängniskarriere und erwähnte, daß er in Florida in einer Sträflingskolonne gearbeitet habe. Er sagte, er sei eingesperrt worden, weil er versucht habe, ›einigen Gewerkschaftsführern etwas unter die Arme zu greifen‹. Er erzählte weiter, daß seine Frau und zwei Kinder in der Schweiz lebten, denn seine Frau sei hier in ein Verbrechen verwickelt gewesen, und er verbüße dafür die Strafe, während sie auf der Flucht sei. Er sagte, er habe einen Ermittlungsbeamten verletzt, der mit einer Vorladung zu seinem Haus in Wisconsin gekommen sei, doch er sagte niemals, daß er ihn erschossen habe.

Einmal, so hatte Walker erzählt, sei er in Ohio von zwei Männern gekidnappt worden, und man habe ihm mit einem Revolver Kaliber .38 dreimal in den Kopf geschossen und ihn am Straßenrand liegen lassen, damit er elendig verrecken würde, er jedoch sei auf allen vieren davongekrochen, habe Hilfe geholt und sich anschließend blendend erholt.

Nach seiner schweren Operation war Bob Pietrusiak auf die Intensivstation und später in ein anderes Zimmer gelegt worden, aber er und seine Frau verkehrten immer noch freundschaftlich mit Walker. Catherine hatte ihn sogar einmal gebeten, auf ihre Handtasche achtzugeben, als sie mit Bob zu einem Test irgendwo im Krankenhaus unterwegs war. Walker sagte, er wolle gern darauf aufpassen. Dienstagabend, am 30. Januar, schauten Catherine und Bob auf einen Besuch bei Walker in Zimmer 701 vorbei. Marcy war auch schon da. An diesem Abend fragte Walker die Pietrusiaks zum erstenmal, wo sie wohnten. Catherine überraschte diese Frage, weil sie sich schon darüber unterhalten hatten, daß das Ehepaar in Aurora, einem etwas entfernt gelegenen Vorort, wohnte, und sie hatten sich über die lustig gemacht, ›die in der Wildnis wohnten‹.

»Aurora«, sagte Catherine.

»Ich meinte, wo dort in Aurora?« fragte Walker lächelnd.

»Siebenhunderteinunddreißig, Talma Street.«

»Wo genau?« fragte Walker wieder, und Catherine wiederholte die Adresse. Walker lachte. »Ich werde euch noch eines Tages besuchen«, sagte er. Auch die Pietrusiaks mußten lachen. »Sicherlich«, sagte Bob. »Wenn wir erst Gitterstäbe vor dem Fenster unseres Gästezimmers angebracht haben, sind Sie uns jederzeit willkommen.« Daraufhin mußten sie alle lachen.

»Sie werden unseren Hund ausführen müssen«, sagte Catherine.

»Wann werden Sie hier entlassen?« fragte Walker.

»Dieses Wochenende«, sagte Pietrusiak. »Am zweiten oder dritten Februar.«

Marcy blieb die ganze Zeit über sehr still. Die Pietrusiaks hatten den Eindruck, sie sei aufgeregt, sonderbar nervös. Catherine deutete auf eine weiße Schachtel von Marshall Field, die auf Walkers Bett lag. »Haben Sie noch einen Pyjama bekommen?« Sie hatte schon vormals Geschenkkartons auf Walkers Bett gesehen, und Walker hatte immer seine Geschenke gezeigt – Schlafanzüge, ein neuer Hausmantel etc. Dieses Mal öffnete Walker die Schachtel nicht.

»O ja«, sagte er, »ein Pyjama.« Er legte schnell seine Hand auf den Deckel der Schachtel. »Er ist sehr schön.« Dann wechselte er das Thema. »Was haben Sie eigentlich die ganze Zeit über mit Ihrem Auto gemacht?«

»Oh, es ist in der Garage«, antwortete Bob Pietrusiak.

Niemand wußte so recht, was er noch sagen sollte; die Atmosphäre schien merkwürdig gespannt zu sein. »Tja«, sagte Bob dann, »ich werde dann wohl besser wieder auf mein Zimmer gehen.« Walker lud die beiden ein, doch am nächsten Abend noch einmal wiederzukommen, damit sie zusammen Monopoly spielen könnten.

Um halb sieben des nächsten Abends, am 31. Januar, kam ein Mann an die Hintertür des Hauses Telma Street 707, wo

Robert und Gwen Dreyer lebten, und fragte nach dem Haus der Pietrusiaks. Es war schon dunkel, doch das Außenlicht der Dreyers leuchtete, so daß sie den Fremden deutlich sehen konnten: Metallrandbrille, außergewöhnlich akkurat und gepflegt, langes dunkles Haar, und in der Hand hielt er eine Geschenkschachtel. Er erzählte ihnen, er habe Mr. Pietrusiak im Krankenhaus besucht und sei nun vorbeigekommen, um ein Geschenk für ihn abzugeben.

Später erhielt Marcy Purmal einen zwei Seiten langen Brief von Walker. Der erste Teil des Briefes war auf den 31. Januar, Mitternacht datiert:

> Ich grüße Dich, meine Schöne –
> Obwohl dieser Brief Dich wahrscheinlich nicht gleich erreichen wird, besteht doch kein Grund, ihn deswegen nicht zu schreiben. Wie Du siehst, bin ich im Moment wohlversorgt, was dazu geführt hat, daß ich mir zunächst eine Schreibmaschine und einen Kassettenrecorder zugelegt habe. Mit vier Dollar – das war alles, was ich hatte, als alles zusammenbrach und Du anfingst (Ooooophs! Die alten Schreibmaschinenfinger sind auch nicht mehr das, was sie einmal waren, doch mit der Möglichkeit, Dir zu schreiben, werden sie bald wieder zur Höchstform auflaufen, ja, sie vielleicht sogar noch um einiges übertreffen). Wie ich bereits sagte, es wurde also ziemlich hart, es mit den reizenden braven Leutchen in den weißen Häubchen auszuhalten, die den ganzen Tag meinen Körper beobachten, nichtsdestotrotz habe ich es ja bis zu einem sicheren Hafen geschafft und habe noch ganze zwei Dollar übrig – wer sagt es denn! Sparsam, wie ich sein kann!
>
> Nun aber zum Geschäft. Ich werde Dich bestimmt nie vergessen, Marcy, genauso, wie ich immer daran denken werde, welchem Druck Du zur Zeit ausgesetzt sein wirst, und ich vergesse auch nicht unser gemeinsames Wochenende, was fürs erste verschoben werden muß. Darüber hinaus werde ich Dich, Deine Liebe und meine Liebe zu Dir und die Tat-

sache, daß ich nicht für immer ohne Dich sein kann, mir immer vor Augen halten – wenn auch nur die geringste Möglichkeit besteht, werde ich Dich unverzüglich nachkommen lassen.

Für heute – ich bin total erschöpft und außerdem müde. Ich werde mir ein heißes Bad einlaufen lassen und den Tag darin abspülen, dann schlüpfe ich zwischen meine mattblauen Laken und träume von Dir. Wenn es eben geht, werde ich anrufen und Dir Neues mitteilen, sobald es mir mein Zeitplan ermöglicht.

Die zweite Hälfte des Briefes war datiert auf 1. Februar 1973, 10.00 Uhr.

Guten Morgen, mein Schatz –
Obwohl ich nicht wie geplant in Deinen Armen geschlafen habe, habe ich recht erholsam geruht. Sie hat doch etwas Ermüdendes, diese Flucht, fürchte ich . . .

Nun gut, ich habe bereits geduscht, bin mit einem Heißluftkamm durch meine Locken gefahren und habe schon einige Tassen Kaffee getrunken, habe drei Eier mit einem getoasteten Zwiebelbrötchen gegessen – na, wer sagt es denn! Du hast mich ja auch immer zu einem guten Frühstück überredet. Der Tag ist ziemlich trübselig, trotzdem habe ich wieder zu meinem Jogging-Training zurückgefunden, obwohl meine Beine noch nichts davon zu wissen scheinen. Ich habe gar nicht gewußt, wie schlecht es um meine Kondition bestellt ist, bis ich bei einem Lauf über eine Meile schon nach der Hälfte aufgeben mußte, um nicht noch der Länge nach aufs Gesicht zu fallen. Oh, mach Dir keine Sorgen, meine Liebe, ich beabsichtige, etwas dagegen zu tun.

Meine Träume sind ausgefüllt mit der Vorstellung, Du würdest aus Deiner Hose steigen, anstatt sie schlaftrunken wieder anzuziehen, wie Du es tatest. Ah ja, ich erinnere mich auch noch an die allerkleinste Regung, besonders, als Du . . . Ich liebe Dich! Liebe Dich wirklich! LIEBE! Ich bin sicher, Du kannst das allmählich nicht mehr hören, doch ich bin verrückt nach Dir – so wahnsinnig, daß ich mich sofort nach dem Aufstehen auf meinen Labello gestürzt habe, und ich fühle mich auch heute dazu verleitet, statt dessen werde ich jetzt an dieser Stelle Schluß machen und in die Stadt eilen, um mir Unterwäsche, einen Rasierer, Zahnbürste und sonstiges zu besorgen. Ich liebe Dich und werde in Kürze zurück sein. Ich verspreche es.

Ich möchte, daß Dich der Brief so schnell wie möglich erreicht. Denk bloß immer an das Eine. Ich liebe Dich.

Ciao . . .

Ein untrügliches Gefühl, so etwas schon einmal gesehen zu haben, beschlich Swalwell, als er Walkers alte Aufenthaltsorte durchcheckte: das Luxusapartment in Lake Point Towers, die Bars und Cocktail Lounges von Chicagos besten Hotels, einen illustren Ort in der Rush Street, genannt The Cedars; und das Apartment in der Division Street, wo Swalwells Freund auf dem Dachboden eingeklemmt gewesen war.

C. J., die zweite Frau, die Walker im Krankenhaus regelmäßig Besuche abgestattet hatte, war, wie sich später herausstellte, eine Hausfrau, die für eine Reform des Strafvollzugs eintrat. Am 27. Januar 1972 hatte sie, zusammen mit G. Daniel Walker, ein gemeinsames Konto bei der Oak Park Savings and Trust Bank eingerichtet. Am 2. Februar um 10.15 Uhr – zwei Tage nach Walkers Flucht – löste sie das Konto Nr. 479761 auf und erhielt einen Scheck über 398,31 Dollar. Herrn Ridolfi, einem Bankangestellten, teilte sie mit, daß sie den Scheck ihrem Anwalt übergeben werde.

Einige von Walkers Freunden und Bekannten warteten nicht erst, bis die Polizei sich bei ihnen meldete. Eine Frau aus Gurnee rief die Polizei an und berichtete, daß Walker ein ehemaliger Freund von ihr sei; er habe soeben angerufen und nur gesagt: »Ich bin hier« und dann aufgelegt. Der Chef der Polizei von Gurnee und einer seiner Männer fuhren zum Haus der Frau hinaus und beobachteten es. Ein Ehepaar aus Glenview teilte der örtlichen Polizei mit, daß sie Walker im Krankenhaus besucht hätten. Sie boten nun ihre Mitarbeit bei der Suche des Verbrechers an. Bei ihrem Besuch, sagten sie, hätten sie Marthe Purmal kennengelernt, die sie Walkers Anwältin und Freundin nannten. Marcys Apartment am South Shore Drive wurde von Beamten des Illinois Staatsgefängnisses umstellt.

Im Laufe der Zeit wurde die Suche vertieft, viele andere Behörden wurden mit einbezogen, unter anderem auch das FBI: Doch es war Swalwell, der fest entschlossen war, den Mann zu fassen, der auf seinen besten Freund geschossen hatte.

Es war auch Swalwell, der den ganzen Tag und auch die meisten Nächte damit verbrachte, jeder auch noch so kleinen Spur nachzugehen; er studierte genauestens den Inhalt der Kartons, die Walker in seiner Zelle zurückgelassen hatte – immerhin waren es neunundzwanzig Stück. Und es war auch Swalwell, der den ganzen Weg nach West Lake fuhr, nachdem er von Inspector DiSantis von der Melrose Park Police einen Anruf erhalten hatte, der ihn in Kenntnis setzte, daß ein Arzt des West-Lake-Krankenhauses ein ›merkwürdig handelndes Subjekt‹ gemeldet hatte. Die Beschreibung paßte haarscharf auf Walker. Das gleiche widerfuhr ihm noch zweimal.

Robert Pietrusiak wurde, wie vorgesehen, am Freitag, dem 2. Februar, aus dem Illinois-Research-Krankenhaus entlassen. Kurz nachdem er und Catherine zu Hause in Aurora angekommen waren, rief er die Polizei an. »Jemand hat in unserem Haus gewohnt«, sagte Pietrusiak, »er hat hier gegessen, in unserem Bett hat jemand geschlafen, und wir vermissen zahlreiche Dinge.«

Vor allem das Auto. Darüber hinaus fehlten eine graue, tragbare Smith-Corona-Schreibmaschine, ein schwarz-silberner Panasonic-Kassettenrecorder, eine Yashica-Kamera, ein Scheckheft mit zehn Schecks der Continental Bank, Chicago, Konto-Nr. 62539700255, ein grauer Samsonite-Diplomatenkoffer, ein knielanger, hellbrauner Herrenmantel mit Pelzfutter, achtzehn Kreditkarten und zehn Tankkarten. Doch was Catherine noch mehr verwunderte, daß ihr aus dem Badezimmer Haarspray, Shampoo und Cremespülung sowie eine Schere und ein Nagelknipser entwendet worden waren. In der Küche stellte sie fest, daß Geschirr gebraucht und wieder gespült worden war; im Wohnzimmer war eine Zeitschrift, die sie hatte herumliegen lassen, ordentlich auf einen Stapel Post gelegt worden. Als sie ihre Handtasche durchsuchte, dieselbe, die sie neulich noch dem Zimmernachbarn ihres Mannes, Walker, zur Beaufsichtigung gegeben hatte, stellte sie fest, daß ihr zweiter Hausschlüssel fehlte.

Die Beamten McDonald und Beale von der Polizeistation in Aurora kamen zuerst im Hause der Pietrusiaks an und suchten alles nach Fingerabdrücken ab. Andere Beamte von Joliet schlossen sich an.

In der Küche überprüfte man ein Glas, das jetzt in der Spüle stand und von dem Catherine wußte, daß es vorher nicht dort gestanden hatte. Es war zwar schon gespült worden, doch bei der Untersuchung kamen doch noch zwei Abdrücke zum Vorschein, an der unteren Hälfte des Glases. Der Polizeibeamte McDonald nahm das Glas mit, um es im Labor untersuchen zu lassen.

Am unteren Ende des Blocks, Talma Street 707, identifizierte Gwen Dreyer anhand eines Fotos aus der Verbrecherkartei S. Daniel Walker als denjenigen, der am Mittwoch an dem Hintereingang ihres Hauses erschienen war und sich nach dem Haus der Pietrusiaks erkundigt hatte. Sie sagte aber, zu dem Zeitpunkt, als sie ihn gesehen habe, hätte er eine Goldrandbrille getragen und sei ordentlich frisiert gewesen.

Wenig später meldete sich eine Verkäuferin aus einem Delikatessengeschäft, die versicherte, daß Walker vor kurzem in ihrem Geschäft aufgetaucht sei. Man habe seine Kreditkarte aber nicht akzeptiert. Und auch in einem Bekleidungsgeschäft konnte man sich an Walkers Besuch erinnern.

Am Ende der Woche kam Swalwell sich vor wie der Repräsentant eines zweitklassigen Fotogeschäfts, das überall Gratisproben verteilt. Rowe und er hatten in allen erdenklichen Kaufhäusern jeglicher Branche Walkers Verbrecherfotos verteilt. Walker entwischte ihnen trotzdem. Obwohl er jede Menge Spuren hinterließ, war er ihnen dennoch einen bis anderthalb Tage voraus. Jetzt war er schon neun Tage auf der Flucht. Swalwell fuhr in die Stadt zurück, um mit C. J.s Anwalt zu sprechen, doch er war nicht in seinem Büro.

Wieder zurück an seinem Schreibtisch, führte er unzählige Telefonate, um nicht untätig herumzusitzen. Er wußte so gut wie jeder andere, daß es zur Polizeiarbeit gehörte, Spuren nachzugehen, die sich als falsch herausstellten. Man hatte viel Laufereien, bei denen nichts herauskam, man fuhr viel durch die Gegend, um mit Leuten zu sprechen, die aber gar keine Auskunft erteilen wollten, und dann plötzlich, wenn man fast resigniert hatte und meinte, alles wäre umsonst gewesen, kam oft eine Wende. Er wußte das; so etwas war ihm schon einmal passiert. Dennoch fühlte er sich jetzt etwas entmutigt. Er warf den Hörer nach einem fruchtlosen Anruf zurück auf die Gabel und schob den Stapel Papiere auf seinem Schreibtisch beiseite, all diese nervenden Einzelinformationen, die einfach nicht zusammenpassen wollten. Hol's der Teufel! dachte er. Ich werde jetzt zum Abendbrot nach Hause gehen und mich erst mal ablenken. Früher, als er auf den Straßen patrouilliert hatte, war immer noch genug Zeit für ihn gewesen, um gemeinsam mit den Kindern zu essen, ihnen bei den Hausaufgaben zu helfen und am Samstag auf dem Hof mit ihnen Fußball zu spielen. Jetzt sah er sie kaum noch.

Pat und die Kinder freuten sich, ihn an diesem Tag endlich einmal wieder früher zu sehen. Es war Freitag, der 9. Februar, zur Abendbrotzeit, ungefähr dieselbe Zeit, als sich ein Schmuckhändler in einem Hotel in Ann Arbor anmeldete.

»Jeder Tag ist wieder anders«, hätte Bob Swalwell geantwortet, wenn man ihn gefragt hätte, warum er die Polizeiarbeit so gerne machte. »Keiner nimmt einen an die Hand, man muß sich ganz auf seine eigene Kraft und Initiative verlassen, und man weiß nie, was am nächsten Tag passiert.« Am nächsten Tag fuhr Marcy Purmal zum Flughafen. Zu diesem Zeitpunkt arbeitete Marcy bereits mit den Behörden zusammen. Insbesondere kooperierte sie mit der Justizbehörde, ein Team von Justizvollzugsbeamten war mit Waffen in ihr Apartment eingezogen. Marcy hatte von einer Entführungsdrohung ihres entflohenen Klienten berichtet und hatte zugestimmt, daß man ihr Telefon abhörte. Marcy erzählte ihnen, daß sie vor dem Anbringen der Abhöranlage einen Anruf von Walker erhalten habe, der sie gebeten hatte, sich mit ihm am Flughafen zu treffen, und Marcy hatte zugestimmt. »Ich hatte das Gefühl, der Flughafen sei ein sicherer Ort für mich, mit so vielen Leuten um mich herum«, erklärte sie später. »Meine Idee war, ihn dort zu treffen und ihn zum Aufgeben zu überreden.«

Kurz nach drei Uhr hatte Marcy ihren kleinen, gelben Wagen auf der Parkebene B geparkt, war eine Zeitlang durch die Flughalle spaziert und hatte sich Auslagen der Geschäfte angesehen. Im Fenster eines Restaurants sah sie, daß einige Staatspolizisten sie beschatteten, und sie beschloß, ›sie ein wenig an der Nase herumzuführen‹. Sie versteckte sich hinter einer Säule, und als ein Pendelbus vorbeifuhr, sprang sie schnell auf.

Zwei Justizbeamte hatten sie, gerade bevor sie in den Bus sprang, entdeckt und gesehen, wie sie sich mit einem Mann in einem hellbraunen Regenmantel unterhielt. Sie versuchten, dem Bus zu folgen, doch dann liefen sie zurück zu ihrem Auto. Als sie es schließlich schafften, den Bus rechts ranfahren zu lassen, hatte er bereits einmal vorher angehalten. Marcy saß immer noch drin; der Mann im hellbraunen Regenmantel nicht mehr.

Swalwell war wütend, daß man ihn nicht eher über Marcys nachmittägliche Aktivitäten informiert hatte, und zwar bevor sie ihr Apartment verließ. Als er am O'Hare-Flughafen ankam, ließ er die Beamten vom TWA-Schalter ausrufen, doch bis schließlich alle vollzählig waren, war es fast 17 Uhr. Als sie die Parkebene B nach Marcys Wagen absuchten, war der inzwischen auch weg.

Murrend gab er einen ISPERN-Funkspruch aus, man solle nach Marcys gelbem Cabrio mit einer 72er Zulassung von Illinois, WK 970 suchen. Der Polizist Frank Waldrup erkannte den Wagen, der gerade O'Hare verließ, und hielt ihn an. Marcy kurbelte die Scheibe herunter. »Was machen Sie denn?« fragte sie.

»Es hängt mit Gerald Daniel Walker zusammen«, sagte Waldrup knapp.

Marcys Gesichtsausdruck veränderte sich nicht. »Ja, natürlich weiß ich, von wem Sie reden«, sagte sie schnippisch. »Aber ich habe ihn nicht gesehen.«

Frank Waldrup bat Marcy, mit ihm zum Streifenwagen zu kommen und ihm ihren Führerschein zu zeigen. Als sie ihre Handtasche öffnete, sah er einen Stoß Rechnungen.

»Wie weit würden Sie gehen, um einen Klienten zu schützen?«

»Nun, ich würde beispielsweise niemanden verpfeifen, wenn es das ist, was Sie meinen«, antwortete Marcy kühl.

»Was machen Sie eigentlich hier draußen am Flughafen?«

»Oh, ich habe nur einen kleinen Ausflug unternommen«, sagte Marcy lässig. »Es ist ja auch ein schöner Tag, um irgendwohin zu fahren, wo es warm ist.« Sie lächelte zwar, doch Waldrup bemerkte sehr wohl, daß sie nervös war. Sie rauchte eine Zigarette nach der anderen und blickte dauernd zur Uhr.

Auch Swalwell entging ihre Nervosität nicht, als der Polizist Rowe sie ins Büro des U.S. Marshals auf dem Flughafen brachte. »Bin ich verhaftet?« frage Marcy.

»Nein, nicht doch«, meinte Swalwell, »es handelt sich hier nur um eine Befragung.« Er kam gleich zur Sache. »Sind Sie hierhergekommen, um sich mit Walker zu treffen?«

»Klagen Sie mich wegen irgend etwas an?«

»Ich beschuldige Sie nicht«, sagte Swalwell ruhig, »ich stelle lediglich Fakten fest.« Ihm fiel selbst auf, daß er sich wie ein Polizeihäscher anhörte, als er ihr die Fakten aufzählte, die er über Walker und sie wußte. Er sagte gerade heraus, daß ihre Beziehung zu Walker über das übliche Anwalt-Klient-Verhältnis hinausginge. »Was tun Sie hier auf dem Flughafen?« fragte er schließlich.

»Ich bin nur hergekommen, um die Flugzeuge abfliegen zu sehen«, sagte sie mit jener Nonchalance, die schon Waldrup irritiert hatte. Dann sah sie Swalwell ernst an. »Wenn ich wüßte, wo Walker sich aufhält, würde ich mich mit ihm in Verbindung setzen und versuchen, ihn zum Aufgeben zu überreden«, beteuerte sie. »Das letzte Mal habe ich ihn am Abend des 30. Januar im Krankenhaus gesehen, seitdem nicht mehr.«

Swalwell zeigte sich wenig beeindruckt. »Sie lügen«, sagte er und konfrontierte sie mit der Aussage, daß sie mit Walker zusammen im Krankenhaus getrunken habe und daß sie sich geküßt hätten.

»Das ist nicht wahr«, trotzte Marcy. »Nichts davon ist wahr.« Swalwell starrte sie minutenlang an, doch sie wurde nicht schwach. »Kann ich jetzt gehen?« fragte sie.

»Ja«.

Am Montagmorgen rief Bob Swalwell als erstes Mort Friedman, den Oberstaatsanwalt des Staatsanwaltsbüros von Cook County, an. Er erläuterte ihm noch einmal alle Fakten über Walker und seine Freunde. Swalwell bat Friedman um seine Hilfe, und Friedman sagte prompt zu. Er stellte Vorladungen für Marcy, C. J. und Mark Kadish, der jetzt ihrer beider Anwalt war, aus und auch für die Oak Park Savings und Trust, wo C. J. und Walker ihr gemeinsames Konto hatten. Das Anhörungsverfahren wurde direkt für den nächsten Morgen angesetzt.

Der Rest des Tages war ein einziges, hektisches Durcheinander. Swalwell und Trooper Rowe trafen sich mit Ronald Tonsel von der Justizbehörde, um für Lane und Hepner ein Treffen mit einigen ehemaligen Mithäftlingen von Walker zu arrangieren, die nun auf Bewährung entlassen waren.

Swalwell wußte von der juristischen Hilfe, die Walker für einige seiner Mithäftlinge geleistet hatte, und war der Ansicht, daß ihm einige von denen vielleicht jetzt behilflich sein würden. Swalwell mochte Ronald Tonsel nicht besonders, er hielt ihn für arrogant, und es war unbequem, mit ihm zusammenzuarbeiten. Doch Tonsel war damit einverstanden, einige seiner Leute nach Lake County zu schicken.

Swalwell erhielt einen Anruf von FBI-Agent Baucom, der Neuigkeiten von Walkers ehemaliger Freundin hatte; Walker hatte sie morgens angerufen. Sie hatte zu Walker gesagt, wenn er sie noch mal anriefe, würde sie das FBI verständigen. Jetzt war sie völlig verängstigt. Agent Baucom bekräftigte sie in ihrer Meinung und dankte ihr für die Mitteilung.

Die Justizbeamten Lane und Hepner riefen an, um mitzuteilen, daß sie einem Hinweis nachgingen und auf der Suche nach einer Kellnerin namens Leslie wären, die im Melvins arbeitete, in der Nähe des Cedars auf der Rush Street.

Und Mort Friedman, der Staatsanwalt, teilte Swalwell mit, daß Marcy einen Anruf von Walker bekommen habe. Sie hatte ihm erzählt, wo und um welche Zeit sie vor dem Ausschuß erscheinen sollte, und was sie zu sagen gedächte. Friedman berichtete, Walker habe gesagt, daß er sich, so lange sie nicht angeklagt würde, nicht sehen lassen wollte.

Irgendwann an diesem Tage erschien ein Mann, auf den die Beschreibung Walkers paßte, im Büro der Rechtshilfeorganisation in der South Halsted Street und lieferte eine schwarze Handtasche ab. Um acht Uhr am nächsten Morgen verließ Marcy ihr Apartment und fuhr zur Hyde-Park-Bank. Anschließend begab sie sich zum Büro der Rechtshilfe, wo ihr William Stephans, Mitglied der Bewährungskommission, ins Büro folgte. Alan Dackerman von der Rechtshilfe reichte Marcy die Handtasche, und Stephans brachte die Tasche schnell zum Büro des Staatsanwalts. Swalwell, der nur vier Stunden geschlafen hatte, wartete dort bereits. Er öffnete die Tasche, sie enthielt eine Uhr, einige Bücher und drei kurze Mitteilungen, die jeweils mit der Hand auf die Mitte eines Blatt Papiers geschrieben waren:

Wenn ich dort sein könnte,
wo ich hoffe, daß diese
bald sein werden –
D.

Spar Deinen Körper
für mich auf – doch
mach Dich hübsch
wie am 30. November
D.

Gott schuf kleine grüne
Äpfel – doch
gottverflixt, werde ich
niemals mit Dir schlafen?
D.

Das Papier stammte vom Mariot-Hotel in Chicago an der West Higgins Road. Swalwell und Rowe überprüften es, jedoch ohne Ergebnis. Sie überprüften auch alle übrigen Luxushotels im Umkreis des Mariotts, ohne etwas herauszufinden. Dennoch hinterließen sie allen Portiers ein Foto von dem Gesuchten.

Später erhielt Marcy noch einen Brief, der ebenfalls auf den Montag datiert war.

Bin gerade zurück von diesem alten Nachbarschafts-Rechtshilfe-Büro, wo ich Deine Handtasche deponiert habe – Du kannst es mir glauben, es war eine spaßige Situation, wie ich dort lustig hereinspaziert bin und mich zwei überraschten Sekretärtypen gegenübersah: »Hallo, kennen Sie Marcy Purmal?« Zwei Köpfe nickten. »Gut, ich möchte diese Handtasche hier für sie abgeben. Ich vermute, es ist sinnlos zu fragen, ob Alan da ist.« Die beiden Sekretäre schüttelten den Kopf. »Na schön. Dann sagen Sie Marcy, daß ein Dan Walker dies hier für sie abgegeben hat.« Obwohl ich noch andere Dinge für Dich habe, muß ich zugeben, daß sie xxx (diese gottverdammte Schreibmaschine hat ihren eigenen Dickkopf und ist Dir auch sonst sehr ähnlich – sie bumst nämlich auch nicht!), wie ich also schon sagte, habe ich noch andere Sachen für Dich, doch die brauchen mehr Platz als die kleine Tasche. Irgendwo, zu einem späteren Zeitpunkt, mein Schätzchen. Es tut mir leid, daß es keine hübschere Tasche aus echtem Leder ist und all der andere Kram, doch harte Dollars sind momentan etwas knapp, und das einzige, was mir bei Dunhill gefiel, hätte über zweihundert Mäuse gekostet. Ich würde mich aber trotzdem schwarz ärgern, wenn du dann mit all den tollen Sachen zu dem erstbesten, der im Krankenhaus landet, überläufst, nur weil der Dich anmacht. Sag mir, daß ich mehr für Dich bin als eine bloße Spielerei. Ach, verdammt noch mal, sag es mir schon!

Wie ich schon sagte, finde ich es wirklich beschissen, was Dir am Sonntag, oder vielmehr am Samstag, passiert ist. Ich hätte das nie von dir verlangen sollen, doch ich kann nur sagen, ich werde dir bis ans Ende aller Tage trauen, auch den Mitteln, die du dir selbst ausgedacht hast. Niemand ist an der Stelle, wo ich warten sollte, vorbeigekommen. Du hättest Dich auf meine Kosten in Sicherheit bringen können.

Und denk bitte an eines, mein Schatz, für den Fall, daß sie Dich irgendwann verhaften und anklagen, werde ich dafür sorgen, daß Du einen Handel eingehen kannst, damit die

Anklage fallengelassen wird. Ist das ein faires Angebot, mein Herzblatt?

Ich würde gerne hören, was sie Dich fragen und wie sie Dich behandeln, etc., etc. Um ihr Tagewerk ein wenig abwechslungsreicher zu gestalten, habe ich heute ungefähr mit jedem, den ich hier in der Nähe kenne, Kontakt aufgenommen, habe mich mit einigen verabredet und mich bei anderen nur gemeldet – eines steht mal fest, sie können ja nicht jeden überwachen, haha.

Nette Geschichte: Ich habe Donna angerufen, und sie fing sofort an zu betteln, ich solle ihr nicht weh tun. Was für einen beschissenen Ruf habe ich eigentlich, daß Leute, die mich einmal geliebt haben und von mir sogar ein Kind gekriegt haben, sofort anfangen zu weinen und zu zetern. Ich bin sicher, daß es wieder solche verlogenen Gerüchte sind, die sie über mich ausgestreut haben.

In einer Sache sind die ganz groß: wenn es darum geht, zwei Menschen gegeneinander auszuspielen, deshalb laß uns nicht darauf hereinfallen.

Wo immer ich auch hingehe, werde ich mit dir in Verbindung bleiben, entweder direkt oder durch einen Deiner Freunde – es bleibt Dir also überlassen, die Dinge, die Du von mir hörst, zu überprüfen, genauso wie ich es tun werden, was Dich betrifft. Es sind gefährliche Zeiten momentan, wie du ja jetzt sicher auch schon gemerkt haben wirst, und wenn wir erst einmal über den Berg sind, können wir uns über alle diese Idioten amüsieren, meine schöne Laura Lawyer.

Es ist nun Zeit, Dich anzurufen und diesen Brief abzuschicken. Übrigens, ich habe gerade ›shrimp de jonghe‹ gegessen. Mmmmmmmmmmm, lecker! Wie Du siehst, bist Du das einzige, was ich entbehren muß, seitdem ich abgehauen bin. Nun denn, man sagt ja immer, man kann nicht alles haben. Doppelt ernsthaft und wie der ganze Quatsch heißt, Du hast mich wirklich sehr beeindruckt, daß Du diese Strapazen auf Dich nimmst und trotzdem diesen liebevollen Unterton in der Stimme hattest, als ich Dich angerufen habe. Wahrscheinlich wirst Du ab jetzt, wenn ich Dich anrufe und

Du mir sagen willst, daß Du mich liebst, nur noch sagen, daß Du nichts mehr von mir willst. Das ist gut für die, die mithören. Liebe und so weiter.

Der Zwischenfall am Flughafen war typisch für die Verwicklungen und Verwirrungen, die der Fall Walker mit sich zog. Marcy Purmal bestritt heftig, daß sie an diesem Tag eine große Summe Geldes bei sich gehabt hätte. »Scheiße auch. Ich habe gar kein Geld. Ich arbeite für die Rechtshilfe.« Sie sagte, der Herr in dem hellbraunen Regenmantel sei ein Anwalt namens Fox gewesen, den sie kenne und den sie zufällig dort getroffen habe. Sie beharrte darauf, nur deshalb zum O'Hare-Flughafen gefahren zu sein, um Walker zum Aufgeben zu überreden.

Über diese Erklärung konnte Swalwell nur lachen. Er war der Ansicht, daß Marcy jetzt nur deshalb mit der Polizei zusammenarbeitete, weil sie begriffen hatte, daß sie bis zum Hals mit in einer Sache steckte, die ihr beruflich zum Verhängnis werden, ja, sogar zum Entzug ihrer Lizenz führen konnte. Er nannte sie eine ›Radikale‹. (Sie nannte ihn und seine Männer ›die SA-Männer‹.) Er glaubte auch nicht, daß Walker sich nach einem Treffen mit Marcy freiwillige stellen würde, und so kam er auf die Idee, sich auf dem Volleyballfeld der Universität von Chicago umzusehen. Gewöhnlich spielte Marcy dort am Freitagabend, und Swalwell dachte, vielleicht kommt Walker ja dort vorbei, denn er liebt ja Spiele.

4

Hope drehte ihren Kopf weg von diesem kalten, harten Ding in ihrem Mund. Sie ließ erst über ihr Bett, dann über das danebenstehende Bett rollen und rannte zur Schlafzimmertür hinaus, durch die Dielentür ins Wohnzimmer.

»Bill!« schrie sie. »Bill, hilf mir!«

Das Wohnzimmer war dunkel, doch im trüben Licht des glimmenden Kaminfeuers konnte sie Bill erkennen, der noch immer auf seinem Platz am Ende des Sofas saß. Seine Füße waren auf dem Couchtisch ausgestreckt. Sein Glas hielt er in seiner linken Hand, die er auf die Sofalehne gestützt hatte. Seine Augen waren geschlossen. Als sie durch das Zimmer lief, sah sie, daß der Schaukelstuhl leer war. Taylor ist fort, dachte sie plötzlich in einem Anfall von Panik, und ein Irrer ist hereingekommen.

»Bill, Bill, hilf mir!« schrie Hope immer noch. Sie kam zum Sofa und faßte Bill an die Schulter. Sie rüttelte ihn leicht, und sein Kopf wackelte und fiel nach hinten gegen das Sofa. »Bill, Bill, wach auf, hilf mir!«

Die Stimme kam von hinter dem Sofa aus der Dunkelheit des Eßzimmers. »Er kann dir nicht helfen. Er ist tot.« Doch Hope hörte nicht auf, Bill zu schütteln und zu schreien. »Hilf mir, wach auf, hilf mir!« Die Stimme kam wieder, todesruhig und monoton, daß Hope sie gar nicht erkannte. »Er kann dir nicht helfen, er ist tot.« Ein Mann faßte Hope von hinten an den Haaren und zog sie vom Sofa weg. Er hielt ihre Hände hinter dem Rücken fest und zerrte sie herum, mit dem Gesicht zum Kamin. In dem Moment, da sie Bills Schulter losließ, hörte Hope einen dumpfen Aufschlag. »Sieh dir das Blut an. Siehst du all das Blut? Er ist tot. Er ist tot.« Im blassen Licht des Feuers konnte Hope erkennen, daß ihre Arme und Hände voller Blut waren.

Augenblicklich mußte sie sich übergeben. Sie lief zum Badezimmer, aber der Mann folgte ihr und zerrte an ihren Kleidern. Die Bluse, die sie aufgeknöpft hatte, als sie sich hingelegt hatte, fiel dabei herunter.

Im Bad ließ sich Hope auf die Knie fallen und tastete im Dunkeln nach der Toilette, immer noch würgend und sich erbrechend.

»Los ins Schlafzimmer«, befahl der Mann und zerrte an ihr herum.

»Laß mich«, keuchte Hope. »Ich werde ersticken.« Starke Arme umfingen sie, Hope schnappte sich ein Handtuch und hielt es sich vor dem Mund, während der Mann sie ins Schlafzimmer schleppte. Er warf sie auf das Bett am Fenster, in dem sie geschlafen hatte. »Ich brauche keine Waffe, um dich zu töten«, sagte er. »Ich könnte dir mit einer Hand das Genick brechen.« Und er legte seine Hand in ihren Nacken. Sie hörte ein dumpfes Geräusch, dann fühlte sie, wie sich sein Körper auf ihren preßte. Er trug eine Art Pullover, sonst nichts. Hope lag völlig still und regungslos da, als er sie vergewaltigte. Bill ist nicht tot, Bill ist nicht tot, dachte sie immer wieder. Bill ist nur bewußtlos. Wenn dieser Mann aufgehört hat, mich zu vergewaltigen, wird er gehen, und ich kann endlich Bill helfen. Der Mann küßte sie wild und schmerzhaft, ihr Haar und ihren Hals, ihren Busen und ihren ganzen Körper, er faßte sie überall an, als wenn er hundert Hände hätte. »Wenn du es mir so spaßig wie möglich machst«, stöhnte er mit tiefer, keuchender Stimme, »werde ich dich vielleicht doch nicht töten.« Er hörte nicht auf, sie zu küssen, preßte seinen Mund auf ihren und zwang sie, die Lippen zu öffnen.

Plötzlich sprang er auf, sie hörte, wie er im Dunkeln mit den Armen um sich schlug. »Ich habe gehört, daß du eine richtige Partymieze bist, ein richtig lockerer Typ«, sagte er barsch. »Ich habe gehört, daß du richtig tolle Sachen machst und daß du es gerne oral treibst.«

»Nein, nein, nein«, stöhnte Hope. »Laß mich in Ruhe. Ich kann überhaupt nichts, laß mich.« Dann war er plötzlich wieder auf ihr und küßte sie und scheuerte sich an ihr. »Und ich kann auch gar nichts für dich tun?« fragte er. »Was willst du, daß ich tue? Stehst du auf Oralsex? Analsex?«

»Nein, nein«, stammelte Hope wieder. »Ich möchte gar nichts tun. Ich kann gar nichts. Laß mich.« Stöhnend und schweratmend vergewaltigte sie der Mann noch einmal. »Du tust mir weh«, sagte Hope japsend, doch das schien ihn nur noch wilder zu machen. Sie wußte nicht, wer der Mann war, doch sie hatte das Gefühl, als wäre sie zusammen mit einem Gorilla in einem Käfig.

Dann lag er ganz still und schwer auf ihr. Hope fror, die Kälte in dem Zimmer war unwirklich. Hope fühlte sich der Gegenwart des Bösen hilflos ausgeliefert, und das ängstigte sie mehr als alles andere.

Er hob leicht seinen Kopf. »Ich kann dich nicht am Leben lassen«, sagte er. »Du könntest mich wiedererkennen.« Hope jammerte wieder. »Du weißt, daß ich ungefähr 1,83 Meter groß bin, etwa neun Kilo Übergewicht habe, und du weißt, daß mein Haar am Hinterkopf dünner wird.«

»Ich weiß gar nicht, wovon du redest«, gab Hope zurück. »Es gibt Millionen Leute, auf die diese Beschreibung paßt. Ich weiß nicht, wer du bist, und ich werde dich auch nicht wiedererkennen. Bitte geh. Nimm mein Auto und geh.«

Der Mann erhob sich langsam. Sie lag reglos auf dem Bett und hörte, wie Klebestreifen abgerissen wurden, dann wurde sie auf die Seite gerollt. Er zog ihre Hände auf ihrem Rücken zusammen, preßte ihre Füße hoch, dann band er ihre Gliedmaßen in dieser schmerzhaften Position mit Klebeband zusammen.

»Schrei bloß nicht«, warnte er sie. »Wenn du auf die Idee kommst, nach dem Verwalter zu schreien, bringe ich ihn um, und dich auch.« Er deckte sie zu. Als er die Decke um ihren Hals legte, beugte er sich über sie und drückte sein Gesicht in ihre Wange. »Ich liebe dich«, sagte er. Sie hörte, wie die Tür geschlossen wurde. Eine lange Zeit war es ruhig, und man hörte kein Geräusch. Hope fühlte sich, als wenn sie Halluzinationen hätte und nichts von dem, was passiert war, Wirklichkeit wäre. Ihr Herz schlug so wild, daß sie das Echo im ganzen Zimmer zu hören glaubte. Sie fühlte, wie die Adern in ihren Handgelenken pochten und pulsierten, und ganz ruhig fing sie an, mit ihrer rechten Hand unter ihrer Decke an dem Ende des Klebestreifens zu ziehen. Sie arbeitete sehr langsam und ruhig. Nach einer scheinbar endlos langen Zeit hörte sie ein Geräusch im Zimmer. Da war wieder jemand, er machte Lärm, war aber nicht so wild und brutal wie dieser ungestüme, bestiengleiche Mann, der sie überwältigt hatte.

Er zog die Decke zurück und fühlte nach ihren Händen. »Oh, sehr schlau«, sagte er ungerührt. »Du hast deine Hände losgebunden.«

»Es tat so schrecklich weh«, sagte Hope. »Ich werde nicht versuchen, irgend etwas zu unternehmen. Ist Bill wirklich tot? Oh, bitte, sag mir doch, daß er nicht tot ist. Bitte geh und schau nach, ob er wirklich tot ist.«

»Ich habe ihn gesehen, und er ist tatsächlich tot«, sagte der Mann ganz ruhig.

Hope fing an zu stöhnen. »O mein Gott, mein Gott, warum ausgerechnet Bill?« Stechender Schmerz bohrte sich durch ihren Kopf und hämmerte in ihrem Schädel. Es kam ihr vor, als müsse er jeden Moment platzen. Bilder von Bill flackerten in ihrem Kopf auf wie in einem irren Reigen. Bill, wie er sie festhielt, wie er sie küßte und zärtlich sagte: »Ich liebe dich.« Bill, wie er K. C. in der Luft herumwirbelte, Bill, wie er lachte. Hatte er es geahnt, hatte er gelitten?

»Nein«, sagte der Mann. »Er hat die Pistole nie gesehen.«

»O warum, warum ausgerechnet Bill?«

»Weil er mit dir zusammen war.«

»Mit mir?« Hope konnte das nicht begreifen. »Du meinst, er ist meinetwegen tot?«

»Genau, so ist es.«

»Warum ich? Aber warum ich?«

»Weil dich jemand umbringen wollte«, sagte der Mann.

Sie schien das alles nicht verstehen zu können. »Warum möchte irgendwer, daß ich tot bin? Ich habe in meinem Leben noch niemals jemandem etwas getan. Warum ich?«

»Weil du nächste Woche vor Gericht erscheinst«, sagte der Mann mit einer ruhigen sachlichen Stimme.

»O Gott, mein Gott«, sagte Hope. »Das sind doch nur ein paar hundert Dollar im Monat.«

Es war still. Als der Mann wieder zu reden anfing, wirkte er etwas verwirrt. »Nun ja, ich weiß es nicht, vielleicht geht es ja auch noch um etwas anderes.« Sie hörte, wie er vor dem Bett auf und ab ging. »Ich möchte da nicht mit hineingezogen werden. Das ist nicht mein Bier. Ich bin hier nur in letzter Minute mit hineingeraten.«

Er ging noch eine Weile auf und ab, blieb unvermittelt stehen, murmelte vor sich hin, dann sprach er wieder laut. Er ging eine Weile aus dem Zimmer. Wenn er dann wiederkam, strich er über ihren Körper, rauf und herunter, mit feuchten Händen in Handschuhen, die sich wie die eines Artzes anfühlten. Manchmal strich er auch mit der Pistole über ihre Haut. Einmal schob er ihr Gesicht mit einer Seite auf das Kissen. »Nicht bewegen«, warnte er sie. Ein Blitzlicht flammte auf. Er drehte ihr Gesicht zur anderen Seite, dann ein zweiter Blitz. Er machte ein weiteres Foto vom ganzen Gesicht. »Wenn ich mich dazu entschließe, dich am Leben zu lassen, was ich allerdings noch nicht getan habe, und du dich eines Tages dazu entschließt, die Behörden auf mich zu hetzen, wird die Organisation ein Bild von dir haben, und du wirst getötet werden«, sagte er. Er ließ ihre Hände unverbunden.

Irgendwann in dieser langen, langen Nacht – Hope hatte keine Ahnung, wie spät es war – erkannte Hope die Stimme und die Silhouette in der Tür, denn ihre Augen hatten sich allmählich an die Dunkelheit gewöhnt: Es war doch Taylor.

Sie nannte ihn nicht Taylor, und sie verriet ihm auch nicht, daß sie ihn nun doch erkannt hatte. Er schien aber davon auszugehen, daß sie es wußte, ein Teil der Unterhaltung bezog sich auf Samstagmittag. »Oh, warum hab ich dich hierherkommen lassen?« fragte Hope in die Dunkelheit. »Ich wollte nicht, daß du hierherkommst. Ich habe dich nicht eingeladen, aber Bill wollte, daß du kommst, und ich konnte ihm nie etwas abschlagen.«

»Es hätte nichts geändert«, sagte Taylor. »Ich wäre sowieso gekommen. Es gibt einen Auftrag für dich.«

Hope schien auch das nicht verstehen zu können. »Einen Auftrag, einen Auftrag«, murmelte sie.

»Nun, ich bin enttäuscht worden«, sagte Taylor in einem sachlichen Ton. »Du solltest ungefähr fünfundvierzig Jahre alt sein und erwachsene Kinder haben, außerdem solltest du drogensüchtig und eine Alkoholikerin sein, die ihren Kindern Drogen gibt und sie sexuell mißbraucht und zugrunde richtet.«

»Die Kinder«, wiederholte Hope. »Was wäre passiert, wenn ich die Kinder mitgebracht hätte?«

»Die Kinder hätten auch hier sein müssen«, sagte er, »Und die beiden älteren Kinder sollten auch umgebracht werden, nur der jüngste sollte überleben. Ich würde dich am liebsten nicht töten, doch nun muß ich es wegen des Auftrags tun«, fuhr Taylor fort. »Ich hätte dich umbringen sollen, als du geschlafen hast. Wenn ich dich am Leben lasse, werde ich Schwierigkeiten bekommen.« Sie hörte ihn am Fenster vorbeigehen, während er weiterredete. »Dies ist nicht meine Angelegenheit, mir gefällt das nicht. Ich habe nur einmal eine Frau umgebracht, doch die war fünfundvierzig und Spion im Arabisch-Israelischen-Krieg. Doch du bist ein guter Mensch und eine gute Mutter. Jeder, der ein häßliches, wildfremdes Kind mit einer laufenden Nase auf den Arm nimmt, muß einfach eine gute Mutter sein. Ich möchte lieber sterben, als zurück ins Gefängnis zu gehen. Warum, zum Teufel, haben sie dich auch nicht letzte Woche erwischt, als ihr aus dem Restaurant gekommen seid, das kann ich nicht begreifen.«

Hope versuchte seinem wilden Redefluß zu folgen.

»Restaurant?« fragte sie. »Restaurant?«

»Als du und Bill letztes Wochenende in dem Restaurant gewesen seid«, sagte Taylor ungeduldig. »Er hätte euch folgen sollen, als ihr das Restaurant verlassen habt, und euch dann erwischen, als ihr nach Hause fuhrt.«

Restaurant? Brown Derby! Jetzt erinnerte sie sich. Sie und Bill waren in sein Apartment gefahren, und nicht zu ihr nach Hause.

Taylor setzte die Unterhaltung mit Hope fort, er schien eine ganze Menge über Bill und auch über sie zu wissen. Er kannte ihre Adresse am Drive, er wußte, wo ihre Mutter wohnte, kannte auch die Alarmanlage im Hause ihrer Mutter. Hope kam es vor, als würde ihr Hirn in Stücke gerissen. Sie konnte nicht mehr auseinanderhalten, was sie Taylor am Samstag erzählt hatte, oder was er von Bill gehört haben konnte oder vielleicht von jemand anderem.

Jemand anderes. »Wer möchte mich töten?« zwang sich Hope zu fragen.

»Dein Mann.«

»Welcher Mann?« platzte Hope heraus. »Ich habe zwei Ehemänner.«

»Du hast zwei Ehemänner?« wiederholte er. »Tja, ich weiß nicht, welcher Ehemann, aber dein Mann möchte dich töten.« Wieder hörte er sich böse und verwirrt an. »Ich wollte diesen Job nicht, aber der Typ, der es machen sollte, hat sich verbrannt, und jetzt bin ich hier.«

Langsam und in beängstigenden Einzelheiten breitete Taylor seine Geschichte über den Auftrag aus. Er erzählte Hope, daß ihr Mann in eine Angelegenheit verwickelt sei, die mit einem Herrn von der Organisation zu tun hätte. Dieser habe ihm zweiundvierzigtausend Dollar geliehen – was Taylor als ›Familiengeld‹ bezeichnete –, und ihr Mann habe nun eine ziemlich hohe Lebensversicherung auf Hopes Namen abgeschlossen, so daß im Falle von Hopes Tod ihm die Versicherungssumme zufiel, und er dann seine Schulden zahlen könne. Die Versicherungssumme läge bei zweihunderttausend Dollar, und er, Taylor, bekäme 36 000 Dollar, wenn er den Auftrag ausführte. Er berichtete, daß er sich mit ihrem Mann im Beverly Hilton getroffen habe, und dabei wären ihm von ihrem Mann genaue Auflagen gemacht worden. Er wollte ein Blutbad, sagte Taylor, ein Massaker wie bei Sharon Tate, mit geschlachteten Körpern und Blutlachen, denn das würde gute Publicity für ihn und sein Geschäft bringen.

»Hattest du jemals Analverkehr mit deinem Mann?« fragte Taylor.

»Nein«, sagte Hope.

»Nun, habt ihr häufig von so etwas gesprochen?«

»Nein. Warum, in Gottes Namen, fragst du mich das?«

»Weil er sagte, ich solle ein Stück Holz aus der Zunderbüchse nehmen und es in dich hineinrammen.«

Hope hörte völlig starr vor Entsetzen zu, als er weitererzählte. »Ich bin mehr für einen netten sauberen Mord. Dein Mann hat mir erzählt, daß du jede Menge Pillen nimmst, und ich brauchte dich nur zu irgendeiner Party mitzunehmen und da die Tabletten gegen irgendein Gift auszutauschen. Ich hätte es aber auch wie einen Schlaganfall oder eine Herzattacke aussehen lassen können, mit einer Nadel in deinem Auge oder einem Eispickel im Ohr. Als ich nach dem Abendessen in der Küche war, hatte ich mir schon zwei Eispickel rausgelegt, die ich hätte benutzen können. Auf einer Party oder im Gedränge kann man damit jemanden zwischen die Rippen stechen und sich dann schnell davonmachen, es dauert mindestens zwei Minuten, ehe derjenige dann zusammenbricht. Die Wunde ist so winzig klein, daß man sie kaum bemerkt, und jeder denkt, der Arme hätte einen Herzinfarkt gehabt.«

Hope konnte nicht glauben, daß einer ihrer Männer solcher Äußerungen fähig sein könnte, und sie glaubte, es müsse eine schreckliche Verwechslung vorliegen.

»Wo hast du meinen Mann getroffen?« fragte sie.

»Im Beverly Hilton Hotel.«

»Hat er einfach zu dir gesagt: ›Ich möchte ein Blutbad, ähnlich wie bei Sharon Tate?‹«

»O nein«, sagte Taylor. »Er hat ziemlich detailliert beschrieben, was er wollte.«

»Mein Gott«, sagte Hope. »Wie lange hat die Unterhaltung gedauert?«

»Ungefähr zwanzig Minuten«, sagte Taylor. »Er hat viele Einzelheiten beschrieben, weil er meinte, wenn du auf spektakuläre Weise ums Leben kämst, sei das ein gefundenes Fressen für die Presse, und die Publicity würde seinen Geschäften dann zugute kommen.«

Die groteske Geschichte wurde für Hope langsam auf erschreckende Art durchsichtiger. Sie konnte sich an ihre Überraschung erinnern, als Tom ihr erzählt hatte, er träfe sich mit jemandem im Beverly Hilton. Sie wußte ja, wie sehr er das Hilton haßte, und sie wußte auch noch, daß sie ihn gefragt hatte, warum er ausgerechnet dorthin ging, wo man irrsinnig lange brauchte, um einen Parkplatz zu finden. Sie hatte auch noch deutlich Toms fast schon besessenes Interesse am Mord von Sharon Tate vor Augen.

Tom hatte sogar über diese Art von Mord ein Buch gelesen – und Tom las so gut wie nie ein Buch. Trotzdem konnte sie immer noch nicht glauben, daß er hinter Taylors Wahnsinnstat steckte.

»Sag mir, wie er aussah.« Es hatte sie einige Überwindung gekostet, diese Frage zu stellen.

»Ich fand, er sah nicht besonders aus«, sagte Taylor in strengem Ton. »Ich mochte ihn überhaupt nicht. Er ist schmierig.«

O mein Gott, dachte Hope. Das Wort paßte in der Tat auf Tom: schmierig. Er war sehr gepflegt und gut gekleidet, doch er mußte fünfmal am Tag sein Gesicht waschen, und morgens glänzte sein Gesicht, denn sein Haut war sehr fettig. Du lieber Himmel, dachte sie, Taylor muß Tom wirklich getroffen haben. Woher sollte er sonst wissen, daß Tom eine fettige Haut hatte? Daß er sich so maßlos für den Mord an Sharon Tate interessierte? Aber wenn es wirklich Tom war, hieß das auch, daß er den Verstand verloren hatte und die Kinder vor ihm geschützt werden mußten. Vor allem das Baby.

»Die Kinder«, sagte sie wieder. »Ich muß zurück zu den Kindern. Der Kleine braucht mich.«

»Keine Sorge, Tom wird den Kleinen am Sonntag nehmen«, erklärte Taylor.

»Nein, nein«, sagte Hope. »Tom hat ihn noch nie an einem Sonntag bei sich gehabt. Egal, wie sehr ich ihn auch darum gebeten habe, ob ich krank war oder was auch immer – am Sonntag hat er niemals den Kleinen genommen.«

»Ist mir egal«, sagte Taylor sanft. »Er wird ihn diesmal schon nehmen.« Hope dachte daran, wie der kleine pummelige K. C. immer Bill entgegengelaufen war. Oh, K. C., wenn ich jetzt sterbe, wirst du dich jemals auch nur erinnern, daß du eine Mutter gehabt hast, die dich liebte?

Als Hope in Tränen ausbrach, fing Taylor an zu schreien: »Hör sofort auf damit, hör auf!« Er kniete sich aufs Bett, schüttelte sie und stieß sie mit der Waffe. »Ich kann es nicht ertragen, wenn eine Frau weint!« schrie er.

Hope hörte auf zu weinen. Sie grub ihren Kopf ins Kissen, damit ihre Nase nicht mehr lief, und sofort hatte Taylor sich wieder beruhigt. Er entfernte sich vom Bett und redete normal weiter. »Bill war sowieso zu langweilig für dich«, sagte er geduldig. »Du brauchst etwas Aufregenderes.«

»Er war überhaupt nicht langweilig!« schrie Hope. »Er ist einer der hellsten Köpfe auf dieser Welt. Nur weil er eher still ist, denken Sie, er wäre dumm, doch Sie wissen ja gar nicht, was er alles macht, wenn er so ruhig ist. Er könnte beispielsweise gerade ein Lied komponieren oder sich gerade etwas Tolles für einen neuen Film ausdenken. Er ist sehr kreativ und hat gute Ideen, was nicht heißt, daß er ständig darüber spricht. Außerdem ist Bill ein sehr guter Mensch, und er liebt die Kinder, und ich verlasse mich voll und ganz auf ihn, und . . .«

Taylor unterbrach sie. »Ich möchte nichts mehr von ihm hören«, sagte er ärgerlich.

Hope versuchte etwas munterer zu klingen. »Und im übrigen irrst du dich, ich brauche nichts Aufregenderes. Ich hatte schon mal etwas in der Art«, sie dachte an Lionel, »und es hat mich zuviel Nerven gekostet, es macht mich krank.«

»Aber du hast mir den ganzen Tag mit deinem Hintern etwas vorgewackelt.« Taylor hörte sich verletzt an.

»Was soll das nun wieder heißen?«

Taylor versuchte ihr zu beschreiben, wie er das meinte, doch in der Finsternis konnte sie seine Gesten nicht erkennen. »Meinst du etwa die Art und Weise, wie ich mich auf einem Stuhl hin und her setze?«

»Ja, genau«, sagte er.

»Oje, das ist wegen meines Rückens«, sagte Hope. »Ich bewege mich dauernd, um bequemer zu sitzen.«

Taylor seufzte. »Ich konnte ja nicht ahnen, daß es deswegen war.«

Hope hatte den Eindruck, daß er sich über diesen Irrtum wirklich schämte, und sie versuchte, aus seiner Stimmung ihren Vorteil zu ziehen. »Sieh mal, es macht mir nicht besonders viel aus zu sterben«, sagte sie. »Ich glaube, daß es irgendwie weitergeht nach dem Tod, und ich habe keine Angst davor, zu sterben. Tatsächlich wollte ich sogar schon oft sterben. Wenn es wirklich stimmen sollte, daß Bill tot ist, dann sind auch all meine Hoffnungen für die Zukunft mit ihm gestorben, und mir ist sowieso alles egal. Das einzige Problem ist, daß die Kinder niemanden außer mir haben, und das bedeutet, daß sie getrennt werden würden, denn meine Mutter wird nicht mit allen drei Kindern fertig. Wenn die drei aber getrennt sind, wird sie das seelisch und moralisch zerstören.«

»Es tut mir ja auch leid«, sagte Taylor. »Ich weiß auch, daß du recht hast mit dem, was du über die Kinder sagst, und jedesmal, wenn ich dich gerade töten will, muß ich an das Kind im Supermarkt denken, das du auf den Arm genommen hast, und ich bin zutiefst gerührt. Doch ich muß dich töten, denn du kannst dir denken, daß bei einem Tötungsauftrag nicht vorgesehen ist, Zeugen am Leben zu lassen. Es tut mir wirklich leid, daß ich diesen Job übernommen habe, und ich will dich auch gar nicht umbringen. Du hast süße Füße.«

Hope glaubte erkannt zu haben, daß ihre Angst Taylor nur aufregte und ihn allenfalls zu Brutalitäten verleitete. Sie mußte ruhig, vielleicht sogar witzig wirken. »Darf die verurteilte Person, bevor Sie sie töten, noch eine letzte Zigarette rauchen?«

»Nein«, sagte Taylor streng. »Es ist nicht gut für dich.«

»Du machst dir Sorgen um meine Gesundheit?« fragte sie erstaunt.

Taylor schien selbst auch überrascht zu sein. »Ach herrje! Ich schätze, das tue ich wirklich.« Er schwieg, und es entstand eine längere Pause. »Ich weiß einfach nicht, was ich tun soll«, bekannte er schließlich. »Ich weiß es wirklich nicht. Ich weiß nicht, ob ich dir trauen kann. Wenn ich dich leben lasse, wirst du dich vielleicht später rächen wollen.«

»Du kannst mir vertrauen«, sagte Hope eifrig. »Ich werde auch nicht rachsüchtig werden, das wäre gegen meine Religion.«

»Das weiß ich eben nicht genau«, sagte Taylor nachdenklich. »Ich bin mir nicht im klaren, ob ich dir trauen kann.«

»Sieh mal, wenn Haß mir Bill zurückbringen würde«, sagte Hope, »dann würde ich dich hassen, wie du noch nie zuvor gehaßt worden wärst. Doch ich kann Bill nicht zurückholen, deshalb bringt es mir auch nichts, dich zu hassen und auf Rache aus zu sein.«

Sie fühlte, daß er sich diesen Argumenten nicht verschloß, und sie redete weiter. Sie war immer noch völlig verschreckt, mehr jedenfalls, als sie sich bis jetzt hatte vorstellen können, erschreckt zu sein, ohne vor Angst zu sterben. Sie erinnerte sich, einmal gehört zu haben, das beste Mittel, mit seiner Angst fertig zu werden, sei, darüber zu reden und die Ursache zu ergründen. Wer vor Schlangen Angst hat, sollte sie beobachten und sich für sie interessieren, um etwas über sie zu lernen. Aus diesem Grund redete Hope mit Taylor nonstop, und sie versuchte ihn dazu zu bringen, über sich selbst zu sprechen. Er erzählte ihr, daß er mit neunzehn jemanden umgebracht hätte und dann nach Europa verschwunden sei; die Organisation – er sprach nie von ›Mafia‹ – habe dieses Verbrechen immer wieder gegen ihn in der Hand gehabt und ihn damit erpreßt, Aufträge für sie zu erledigen, doch er werde es allmählich leid, Leute umzubringen, seine Motivation ließe stark nach. »Ich möchte aussteigen aus diesem Killergeschäft«, sagte er. »Ich kann das doch nicht ewig so weitermachen. Langsam werde ich auch älter, und es genügte schon, wenn ich auf jemanden träfe, der vielleicht nur ein bißchen jünger und etwas schneller ist als ich.« Dennoch gab er zu, die sexuelle Seite des Tötens zu mögen. »Eine Waffe, die losknallt, ist, als hätte man zehnmal hintereinander einen Orgasmus«, sagte er, und Hopes Mut sank. Schnell steuerte sie die Unterhaltung zurück auf den philosophischen Aspekt des Tötens.

»Sieh mal, ich glaube, daß niemand einen anderen Menschen töten sollte«, sagte Hope ernst. »In diesem Punkt sind wir also definitiv unterschiedlicher Meinung, doch was die Tatsache angeht, daß du außerhalb der Legalität tötest oder außerhalb der sozialen Akzeptanz, wohingegen andere mit Zustimmung der öffentlichen Moral töten – das macht für mich überhaupt keinen Unterschied. Ich glaube nicht, daß man jemanden töten darf, nur weil er in einem anderen Land lebt oder weil er eine andere Hautfarbe hat. Ich denke auch nicht, daß man jemanden, der Furcht hat und wegläuft, töten sollte. Auch die vielen anderen Gründe, aus denen jeden Tag Menschen andere Menschen töten, kann ich nicht akzeptieren. Wenn man mit sozialer Absicherung tötet, kann ein Held aus einem werden, doch du tötest einfach, sozial gesehen nicht korrekt, was dich in meinen Augen nicht schlechter macht als die anderen. Du bist auch nicht schlechter als ein Soldat, der eine Frau erschießt, oder als ein Polizist, der ein Kind in den Rücken schießt. Wahrscheinlich bist du sogar noch besser. Du bist besser als dieser Lieutenant Calley. Du bist besser als die wirklich schlechten Menschen, die mich kennen und dich trotzdem schicken, um mich umzubringen.«

Taylor schien sich geschmeichelt zu fühlen. »Oh, ich hege keinen persönlichen Haß gegen dich«, preßte Hope weiter hervor. »Ich habe nicht das Bedürfnis, dich anzugreifen oder Rache an dir zu üben oder sonst etwas in der Art. Ich bin nicht auf deiner Seite, aber ich bin auch nicht auf der Seite jener Hälfte der männlichen Bevölkerung Amerikas, die ausgezogen ist, um andere Menschen grundlos zu töten. Ich bin sogar gegen die Leute, die auf Tiere schießen. Wenn du mich also wirklich töten mußt, verstehe ich deinen Standpunkt, bitte dich nun aber auch, meinen zu verstehen. Du mußt mir die Chance geben, etwas zu unternehmen, meine Kinder zu versorgen. Dann kannst du mich ja erschießen. Doch laß mich zuerst meine Mutter anrufen.«

»Nein, du kannst deine Mutter nicht anrufen«, sagte Taylor.

»Du kannst eine Waffe gegen meinen Kopf halten, während ich mit ihr spreche«, schlug Hope vor. »Wenn ich mich vergewissert habe, daß meine Mutter die Kinder bekommt und sie schützen kann, dann kannst du mich erschießen.«

»Nein«, sagte Taylor.

»Dann laß mich wenigstens ein Testament aufsetzen, in dem ich darum bitten kann, daß meine Kinder alle zusammenbleiben und von einer mir bekannten Familie aufgenommen werden.«

»Wie wird deine Familie an das Testament kommen?« fragte Taylor.

»Du könntest es für mich abschicken. Ich würde dir vertrauen, daß du den Brief abschickst, wenn du mir vertrauen würdest und ihn mich schreiben läßt.« Taylor antwortete nicht, und sie startete einen neuen Versuch. »Oder aber, ich schreibe einfach eine Notiz wegen der Kinder, und in der schreibe ich dann auch, daß ich für Bills Tod verantwortlich bin, und dann brauchst du mich gar nicht mehr zu töten, ich erschieße mich dann selbst, mit deiner Waffe.«

»Hope, du kannst gar nicht mit diesem Revolver umgehen«, sagte Taylor geduldig. »Selbst wenn du ihn halten könntest, würde er dich umwerfen. Er würde dich quer durchs ganze Zimmer fegen. Nein, das ginge nicht.«

Hope fiel jetzt erst einmal nichts Besseres mehr ein. Bevor sie wieder etwas sagen konnte, sprach Taylor mit gedämpfter Stimme.

»Ja, wirklich, du bist ein guter Mensch«, sagte er, »die meisten Menschen sind nicht halb so anständig, und ich möchte dir und den Kindern helfen. Nun muß ich aber erst mal darüber nachdenken.« Hope lag völlig regungslos, fast ohne zu atmen, während er vor dem Bett auf und ab ging. »Das war ein blöder Fehler, und ich wünschte mir verdammt noch mal, daß Bill noch lebte«, sagte Taylor. »Ich habe auch meine ethischen Prinzipien, und ich kann es nicht richtig finden, eine junge Mutter mit kleinen Kindern zu töten. Vielleicht sollte ich jetzt lieber deinen Mann umbringen, und du kassierst dann seine Sozialversicherung.«

Hope war zu fassungslos, um reden zu können. »Ich könnte das Haus anzünden, mit der Leiche drin, so daß man sie später nicht identifizieren kann.«

Er ging aus dem Zimmer, kam aber nach zwei Minuten zurück. »Wenn ich dir nur trauen könnte«, sagte er. Sie hörte, wie der Revolver wieder auf die Kommode gelegt wurde, ein schweres, dumpfes Geräusch, dann legte er sich auf Hope, klammerte seine Arme und Beine um sie und schmiegte seinen Kopf an ihre Schulter. Wenige Augenblicke später war er auch schon eingeschlafen. Wegen seines erdrückenden Gewichts und der Schmerzen in ihrem Körper und ihrem Kopf wurde Hope ohnmächtig.

Als sie wieder wach wurde, sah sie über ihre Schulter den Wecker auf der Kommode: sechs Uhr. Sie hörte ein Auto am Haus vorbeifahren. Jim Webb fährt weg, dachte sie. Sie bewegte sich sehr, sehr langsam und versuchte unter Taylor wegzuschlüpfen, der immer noch schlief. Doch er öffnete sofort die Augen und war hellwach und auf der Hut. »Was machst du da?«

»Ich muß ins Bad«, sagte Hope.

Er rieb sein Gesicht an ihrem. »Zuerst einen Kuß.«

Hope bewegte ihren Kopf soweit weg, wie sie ihn drehen konnte. »Ich habe meine Zähne noch nicht geputzt.«

Er lachte zaghaft, schwang sich auf und stieg aus dem Bett.

»Du kannst aufstehen. Doch denk daran, ich werde dich erschießen, wenn du fliehst, also schlag es dir aus dem Kopf, wegzulaufen.«

Er hatte seinen Pullover ausgezogen, und er schien ihre Bestürzung zu genießen, als er nackt im fahlen Licht durchs Zimmer schritt. Hope befreite sich aus dem Bett und stand schwankend auf, sie fühlte starke, krampfartige Schmerzen in ihrem Unterleib. Er folgte ihr ins Bad und setzte sich in der Tür auf den Boden, während sie zur Toilette ging.

»Ich möchte Bills Leiche nicht sehen«, flüsterte Hope. »Würdest du bitte die Tür zur Diele schließen, damit ich seine Leiche nicht sehen muß.«

»Sicher«, sagte Taylor liebevoll. Er stand auf, schloß die Tür und ging zurück zum Bad, wo Hope am Waschbecken stand. »Laß uns deine Hände waschen«, sagte er streng. Er drehte das warme Wasser auf und hielt ihre Hände, an denen überall getrocknetes Blut klebte, unter den Wasserhahn und wusch sie, wie man die Hände eines Kleinkindes wäscht, das gerade Matschkuchen im Sandkasten gemacht hat.

Wieder zurück im Schlafzimmer, setzte sich Hope auf die Bettkante. »Ich muß aus diesem Haus raus, oder ich werde verrückt«, sagte sie.

Taylor schüttelte den Kopf. »Nein, wir können erst dann gehen, wenn es nicht mehr weiter auffällt, ungefähr gegen Mittag.« Er streichelte ihr zart die Wange. »Ich werde Frühstück machen. Du bist so dünn, und ich möchte, daß du etwas zunimmst. Ich werde sehr gut auf dich aufpassen. Ich liebe dich.«

Die Gardinen waren immer noch zugezogen und verdeckten die Aussicht auf den winterlichen Sonnenaufgang. Hope wollte nichts essen. Taylor duschte und zwang Hope, nackt auf dem Fußboden des Badezimmers zu sitzen. Unter der Dusche summte und pfiff er. Er zeigte ihr seine Narben, insbesondere einen Schnitt quer über seinen Bauch und eine Beule auf seinen Rippen, von der er sagte, es sei eine Kugel. Den Revolver hatte er auf der Fensterbank des Badezimmers abgelegt.

Er wußte offenbar, daß sie nicht nach der Pistole greifen würde – und er hatte recht: Sie würde nicht damit umgehen können – genausowenig würde sie einen Fluchtversuch wagen. Um aus dem Haus zu laufen, hätte sie durchs Wohnzimmer gemußt, wo Bills Leiche war, sie wußte, daß sie es nicht konnte, und selbst wenn sie es täte, wo sollte sie hin? Wo sollte sie sich in diesem Gebirgsland verstecken? Sie hatte gehört, wie die Webbs abgefahren waren, und selbst wenn Jim allein im Wagen gesessen hatte, was würde es nützen, zu Teresa und den Kinder zu laufen? Taylor würde sie alle umbringen, und sie wäre dafür verantwortlich. Sie war ja schon für Bills Tod verantwortlich, wir Taylor gesagt hatte. Dieser Gedanke machte sie ganz verrückt, und sie versuchte, sich statt dessen auf Taylor zu konzentrieren, irgendwie mit ihm auszukommen, irgendwie zurück nach Hause zu den Kindern zu gelangen.

Taylor rasierte sich immer noch in guter Stimmung, dann fönte er sein langes, gewelltes Haar mit einem Fönkamm. Von der unteren Hälfte seines Halses an, wo der Pullover mit dem Schildkrötenkragen endete, war sein Körper sehr blaß.

Wieder im Schlafzimmer, zog er eine karierte Hose und Stiefel an und ein weißes Hemd. Er deutete auf einen kleinen Blutfleck auf seinem Hemd und runzelte die Stirn.

Plaudernd und summend kam und ging er rein und raus und versuchte, Hope weiterhin zum Essen zu überreden. Sie weigerte sich, doch sie versuchte höflich zu bleiben, das Spiel mitzuspielen, als wenn nichts gewesen wäre, als wenn sie ganz gewöhnliche Leute wären, die an einem Sonntag auf dem Lande morgens aufwachten.

Taylor sagte, es gäbe ein Problem, nämlich Bills Leiche. »Du könntest mir helfen, die Leiche und das Sofa zum Kofferraum des Autos zu schaffen, und wir könnten dann mit dem Wagen zu dem See fahren und beides dort versenken«, schlug er vor.

Hope starrte ihn an. »Ich versuche mit dir zusammenzuarbeiten«, sagte sie unsicher, »aber ich kann Bill nicht ansehen. Wenn ich Bill sehen muß, dann weiß ich genau, daß ich anfange zu schreien. Ich wäre dann nicht verantwortlich für das, was ich dann täte.«

»Okay«, sagte Taylor fröhlich. »Wir werden uns etwas anderes ausdenken.« Er sprach wieder davon, das Haus anzuzünden. Er sagte, vielleicht könnten sie die Leiche mit zurück nach

L. A. nehmen und sie dort in Bills Apartment schaffen, dann würde er Tom Masters umbringen und seine Leiche hinaus zur Ranch bringen und Toms Fingerabdrücke überall im Haus verteilen. Er hatte jedoch immer noch Bedenken, Hope würde der Polizei davon berichten. Immer und immer wieder schwor sie, daß sie es nicht tun würde. »Wenn du mich jemals verpfeifst«, warnte er sie, »werden sowieso alle dein Foto haben, und du würdest ohnehin nicht mehr lange leben.«

»Mein Gott noch mal, was für ein Leben soll das denn werden? Selbst wenn du mich nicht tötest, wie soll ich denn weiterleben, ohne zu wissen, ob nicht plötzlich jemand hinter mir auftaucht, und mich erschießt. Vielleicht läßt sich der nächste, der diesen Auftrag kriegt, nicht so sehr davon rühren, daß ich kleine Kinder habe.«

»Mach dir keine Sorgen«, sagte er und streichelte ihre Hand. »Ich werde das schon regeln.«

»Du hast gesagt, du bekämst Geld für das Töten«, sagte Hope. »Wenn ich dir genausoviel Geld gäbe, würdest du mich dann gehen lassen?«

»Wieviel Geld hast du denn?« fragte er. »Wo ist deine Handtasche?« Er nahm ihre Tasche von der Kommode, und wühlte sie durch. Als er ihr Scheckbuch fand und hineinsah, lachte er. »Ich bestehle keine Armen.«

»Es liegt noch einiges auf Bills Konto«, sagte Hope. »Wenigstens sechshundert Dollar. Bill hat gespart, um ein Kleid für mich zu kaufen, das ich so gerne haben wollte.«

Taylor war plötzlich sehr interessiert. »Was für ein Kleid war das genau?«

»Ein weißes Spitzenkleid, recht altmodisch.«

Taylor nickte. Er hielt ein Schlüsselbund hoch. »Dies sieht wie ein Alarmanlagenschlüssel aus.«

»Ja«, sagte Hope.

Er lachte. »Das mag vielleicht einen gewöhnlichen Dieb abhalten, aber es hindert sicher keinen, der weiß, was er will«, versicherte er ihr.

»Siehst du, ich weiß ja, daß ich nicht viel Geld habe«, sagte Hope, »aber ich bin eine Menge Geld wert, meine Eltern sind viel Geld wert. Vielleicht könntest du mich als Geisel festhalten.«

»Mach dir keine Sorgen«, sagte Taylor. »Ich habe doch gesagt, daß ich alles in Ordnung bringe.« Er ging zum Fenster, zog den Vorhang an einer Ecke beiseite und schaute raus. »Bald werden wir einen kleinen Spaziergang machen«, sagte er.

Hope ballte ihre Hände zu Fäusten. »Ich kann nicht durchs Wohnzimmer gehen, wo Bills Leiche liegt«, beharrte sie. »Ich kann das einfach nicht.«

»Oh, ich verstehe«, sagte Taylor. Er ging aus dem Zimmer, und nach wenigen Minuten hörte Hope ein fürchterliches, schweres Schleifgeräusch. Ihr wurde schlecht, ihr Magen drehte sich, als dieses Geräusch lauter wurde. Dann kam Taylor wieder, immer noch freudestrahlend. »Alles fertig«, sagte er stolz. »Ich habe auch das Sofa zugedeckt, damit du kein Blut siehst. Ich habe meine Fingerabdrücke abgewischt, weißt du?« Er streckte ihr seine Hände nah vors Gesicht und hielt einen Lappen in der Hand.

»Nun bleibst du hier«, sagte er. »Und ich werde wieder gehen und überall Ordnung machen. Ich spüle das Geschirr vom Abendessen und werde alles zusammenkehren. Ich kann doch das Haus nicht so unordentlich verlassen. Das wäre nicht nett. Überhaupt nicht höflich.«

»O mein Gott«, stammelte Hope. »Laß das. Meine Eltern werden jemanden mit der Reinigung beauftragen, in Gottes Namen.« Doch er ging wieder hinaus und ließ die Dielentür offen. Sie konnte hören, wie er in der Küche mit dem Geschirr hantierte.

»Nun wollen wir dich mal anziehen«, sagte er, als er wiederkam. Er brachte ihr eine Unterhose, eine rote Kordhose und eine Bluse aus ihrer Tasche. »Steig jetzt einfach rein«, sagte er sanft, als er ihr die Unterhose mit sanftem Streicheln die Beine entlang, hochzog. Sie stand auf, und er zog ihr den Reißverschluß der Hose hoch, knöpfte ihr die Bluse zu und beugte sich zu ihr vor. »Küßchen.« Sie drehte sich wieder weg.

»Ich habe mir noch nicht die Zähne geputzt.«

Er lachte und griff nach einer Bürste, dann bürstete er ihr vorsichtig das Haar aus der Stirn. »Nun laß uns einen Spaziergang machen!«

Hope hielt ihren Blick fest am Boden, als sie durchs Wohnzimmer und durch die Küche gingen. Auf dem gefliesten Küchenboden bemerkte sie eine kalkweiße Spur, es sah aus wie Scheuerpulver. Sie gingen durch die Küche und den Vorratsraum hinaus in die Sonne.

Hope starrte die Orangenbäume an, sie waren tiefgrün und voller Früchte. Das Bermudagras unter ihren Füßen war weich. Sie starrte in den Himmel, und dann über den Zaun auf die Koppel, wo die Pferde grasten. Sie starrte alles an, doch sie konnte einfach nicht glauben, was sie sah. *Ich lebe. Ich lebe.*

Doch als sie die Kurve der Auffahrt erreicht hatten, in der Nähe des Verwaltungshauses, fühlte sie sich plötzlich krank. Ihre Beine drohten ihr den Dienst zu versagen. »Ich kann nicht mehr weitergehen«, sagte sie. »Ich bin einfach nicht stark genug.«

»Okay«, sagte Taylor fast freudig, »ich sehe ja, daß hier niemand ist, wir können also zurückgehen und mit dem Auto noch ein wenig herumfahren.« Sie gingen zum Haus zurück, doch an der Hintertür blieb Hope stehen. »Ich kann da nicht wieder hinein«, erklärte sie.

Doch Taylor überredete sie, einen Schritt in den Vorratsraum zu wagen, wo sie sich gegen die Waschmaschine lehnte, während er in die Küche ging. »Möchtest du ein Bier?« fragte er.

»Nein, aber eine Limonade.«

Er brachte ein Bier und eine Zitronenlimonade in den Vorratsraum, und sie standen dort eine Weile zusammen und tranken. Bevor er die Bierdose wegwarf, wischte er sie mit dem Futter seiner Jacke ab.

Als er sie zum Auto führte, hielt er Hopes Hand so liebevoll, wie es ein Liebhaber tun würde. Er setzte sie neben sich auf den Vordersitz. Dann fuhr er die Straße hinauf, am Haus des Verwalters und an zwei Seen vorbei, bis die Straße in einer Wiese endete, die übersät war mit Wildblumen, die gerade aufblühten. Als Taylor die verwirrte Hope aus dem Auto ins Gras führte, fing sie gewaltig an zu zittern, sie bekam kaum noch Luft. Das ist es, dachte sie plötzlich, er will mich hier umbringen. Ein abenteuerlicher Gedanke blitzte in ihr auf: Wenigstens war dies ein netter Ort, um zu sterben.

»Sind diese Blumen nicht wunderbar?« rief Taylor. »Ist es

nicht ein herrlicher Tag?« Hope setzte sich auf einen kleinen Felsblock ungefähr zehn Meter vom Auto entfernt, Taylor stieg höher hinauf zu einer Felsgruppe in den Bergen. Dort angelangt, drehte er sich um und lachte. »Solange es hier noch so schön ist, werde ich noch ein paar Fotos machen«, sagte er. Die Pistole steckte in seinem Hosenbund, als er jetzt Fotos von Hope machte. »Dreh dich um und lächle«, ordnete er an, denn Hope hatte versucht, ihm den Rücken zuzudrehen. Sie war sich sicher, daß er jetzt schießen würde, und sie wollte es nicht kommen sehen. Nach ungefähr einer halben Stunde nahm er sie wieder mit ins Auto, und sie fuhren die Straße hinunter zurück, durch das Tor, am Verwalterhaus vorbei. Nirgendwo waren Autos zu sehen, weit und breit kein Lebenszeichen. Er hielt seitlich beim Haus an, parkte das Auto und nahm dann ihre Hand in seine. »Hast du gedacht, ich würde dich dort oben umbringen?«

»Ja.«

Taylor lachte.

»Bitte zwing mich nicht, wieder ins Haus zu gehen«, bettelte sie.

»Aber wir müssen etwas wegen der Leiche unternehmen«, sagte Taylor.

»Laß ihn hier!« rief Hope schrill. »Laß ihn einfach hier. Ich muß nach Hause und meine Kinder in Sicherheit bringen, und meine Eltern bitten, mir zu helfen. Sollen sich doch die Behörden um ihn kümmern.«

»Warte hier«, sagte Taylor. Er ging ins Haus und ließ Hope im Auto sitzen, die ausdruckslos den Berg anstarrte. Abgesehen von dem zischenden Geräusch der Bewässerungspumpen im Orangenhain war die Welt völlig ruhig. Sie dachte plötzlich an etwas, was sie noch aus ihrem Auto brauchte. Sie stieg also aus dem Lincoln aus und ging über den Rasen zum Vega. Doch als sie die Wagentür öffnete und hineinschaute, konnte sie sich nicht mehr erinnern, was sie wollte, deshalb machte sie die Tür wieder zu und ging zurück zum Lincoln. Taylor kam herausgerannt. »Was machst du da?« wollte er wissen. Als sie es ihm sagte, schien er zufrieden zu sein. »Bleib jetzt im Auto«, sagte er. »Ich muß im Haus noch einiges erledigen, um mich zu schützen.« Schließlich kam er mit einer Handvoll Sachen aus dem Haus. Bills Aktentasche, ihrem Nachthemd und einigen anderen Kleidungsstücken von ihr. Er legte die Waffe zwischen sie auf den Sitz, setzte den Wagen zurück, wendete und fuhr die Straße hinunter. Hope sah nicht zum Haus hin, als sie daran vorbeifuhren, und auch nicht zu dem hügeligen Plätzchen oberhalb des Flußes, wo sie mit Bill Arm in Arm im Mondlicht gestanden hatte.

»Es liegt nun ganz bei dir«, versicherte ihr Taylor, als sie am Lake Success vorbeifuhren, der jenseits des Autofensters tiefblau wirkte. »Solange du für mich keine Bedrohung bist, werde ich mich um alles kümmern.«

»Aber was wollen wir denn machen?« sagte Hope. »Mein Gott, wir werden irgendwann die Polizei verständigen müssen.«

»Erst mal werden wir zurückfahren und uns vergewissern, daß die Kinder wohlauf sind, und dann könnt ihr alle zusammen in das Haus deiner Mutter ziehen«, sagte Taylor. »Aber wir müssen uns eine gute Geschichte ausdenken, die mich aus allem heraushält.«

»Ich bin aber eine verflixt schlechte Lügnerin«, sagte Hope. »Wenn du eine Geschichte erfindest, sollte sie von der Wahrheit nicht allzusehr abweichen, oder ich werde sie nicht behalten können.« Taylor sagte, sie müsse so tun, als ob Bill und sie den ganzen Sonntag über allein gewesen seien. »Ich werde sagen, daß mein Freund und ich den ganzen Samstagabend allein am Kamin gesessen haben – weil wir ja tatsächlich dort gesessen haben, und deshalb kann ich es behalten«, sagte Hope – und daß, nachdem sie sich dann zu Bett gelegt hätte, irgendwann in der Nacht ein Einbrecher gekommen sei. Sie würde es dann im weiteren Verlauf genauso erzählen, wie es auch geschehen sei. Allerdings würde sie behaupten, daß der Mann, nachdem er gegangen war, nicht mehr wiedergekommen sei und sie nicht die geringste Ahnung habe, wer er gewesen war. Weiter würde sie berichten, daß am Sonntag dieser gewisse Taylor gekommen sei, den sie nie zuvor gesehen habe, den Bill aber erwartet hatte. Er habe die Haustür unverschlossen vorgefunden, habe Hope schreien hören, die im Schlafzimmer gefesselt war, während Bill tot im Wohnzimmer lag. Er habe sie befreit und sie dann sofort zurück nach L. A. gefahren, bevor er noch die Polizei verständigte, weil sie sich wegen ihrer Kinder geängstigt habe.

Taylor beteuerte immer wieder, daß er die Situation schon meistern werde. Er fing wieder davon an, ob man die Leiche nicht doch in Bills oder vielleicht auch Toms Apartment bringen solle. Eine andere Möglichkeit sei, auch Tom umzubringen und dann dessen Leiche oder möglicherweise beide Leichen wieder zur Ranch rauszuschaffen. Er sagte, er wünschte sich, er hätte Bills Leiche irgendwo im Straßengraben lassen können, wo sie erst einmal für längere Zeit unentdeckt geblieben wäre, und man später dann einen Unfall hätte vermuten können. Taylor beteuerte in einem fort zwar, er würde schon alles in Ordnung bringen, doch er schlug so viele Möglichkeiten und Versionen vor, daß Hope ihm nicht mehr folgen konnte. »Ich werde dich Herrn ›Ich bringe es in Ordnung‹ nennen«, sagte Hope, worauf er herzlich lachen mußte.

»Weißt du, ob Bill eine Geburtsurkunde hatte?« fragte er.

»Ich glaube nicht«, sagte Hope. »Aus irgendeinem Grunde haben wir mal darüber gesprochen, ich weiß gar nicht mehr, worum es ging, und ich kann mich erinnern, daß Bill gesagt hat, er hätte keine.«

»Man weiß es nicht«, sagte Taylor kurz. »Bill hat mir erzählt, all seine Papiere seien in einem alten Koffer in seinem Apartment, dann werden wir dort eben nachsehen.«

»O mein Gott«, sagte Hope, »ich möchte nicht in Bills Apartment. Ich habe dort mit Bill so viele nette Stunden verbracht, daß ich dort nie wieder hingehen kann.«

»Wir müssen in seine Wohnung«, sagte Taylor freundlich, aber bestimmt. »Wir können nicht vor halb sechs zu deinem Haus, denn wenn Tom mit dem Kleinen zurückkommt und uns dort sieht, wird er wissen, daß du doch noch lebst, und er wird durchdrehen. Er könnte dich sogar an Ort und Stelle selbst umbringen.« Hope konnte es immer noch nicht begreifen, daß Tom dafür zahlte, daß sie umgebracht wurde; es war für sie nicht vorstellbar. Dennoch, Taylor hatte so viele Details gewußt, daß es glaubwürdig klang.

Taylor schien die Fahrt zu gefallen. Er erklärte ihr einige Raffinessen des Lincoln, unter anderem die, mit der man eine

Geschwindigkeit von 55 Meilen in der Stunde konstant beibehalten konnte.

Hope wollte gern schneller nach Hause. »Stell es auf fünfundsechzig Meilen«, sagte sie zu ihm.

»O nein«, sagte Taylor. »Das erste, wovor man sich hüten sollte, ist ein Strafzettel. Es sind die kleine Dinge, über die man in diesem Geschäft stolpern kann, und wir wollen doch nicht wegen eines Verkehrsvergehens angehalten werden.«

Er sprach ganz locker über seine Ansicht, wie man Dinge versteckt, wie man Autos beiseite schaffte, die man nicht mehr brauchte, wie man eine andere Identität annahm und unbemerkt durchkam. »Wenn du mehr über mich wissen willst«, sagte er, »lies mal *Der Schakal*. Ich bin der Schakal.« Sein Ton war jetzt drohend geworden. »Ist dir klar, daß wir von einem Auto verfolgt werden?« Als Hope sich automatisch umdrehen wollte, um das zu prüfen, packte er sie am Arm. »Dreh dich niemals um«, sagte er zu ihr. »Wenn man dich verfolgt, darfst du sie nie wissen lassen, daß du sie entdeckt hast.« Er hatte sich eine große Dose Tabak von der Ranch mitgenommen. »Wenn man so nahe wie ich am Wasser lebt, muß man seinen Tabak in einer Dose aufbewahren, oder er wird feucht und verdirbt«, erklärte er.

»Wo wohnst du denn?« fragte Hope. »Ich wohne in einem wunderbaren Haus am See, in einer kleinen Stadt in der Nähe von Paris«, sagte er.

»Oh, ich habe einen Freund, der aus Paris kommt«, sagte Hope und fing an, von Lionel zu erzählen. Taylor schien das sehr zu interessieren, und während sie sich unterhielten, war Hope von den Übereinstimmungen überrascht. Wie Lionel war auch Taylor, so behauptete er zumindest, in Frankreich stationiert gewesen, er hatte ebenfalls zwei Töchter und war auch in Korea gewesen, wo Lionel Kapitän der Marine gewesen war. Lionel hatte bei dem Film *Exodus* mitgewirkt und sprach fließend hebräisch; Taylor gab vor, im Arabisch-Israelischen Krieg auf der israelischen Seite mitgekämpft zu haben. »Ihr habt vieles gemeinsam, wie ihr so von einem Land ins andere gezogen seid«, sagte Hope.

Taylor lachte. »Ich würde gerne nach Europa zurückkehren«,

sagte er und fragte wieder, ob Bill keine Geburtsurkunde und einen Paß gehabt hätte. Hope hatte furchtbare Angst, er würde sie nach ihrem eigenen Paß fragen, sie selbst hatte einen gültigen Paß zu Hause in der Schublade, weil sie vor einigen Monaten überlegt hatte, mit Lionel nach Europa zu fahren.

»Ich habe eine großartige Idee!« rief er. »Wir werden nach Mexiko fahren und dort heiraten. Auf diese Weise kannst du nicht gegen mich aussagen, wenn ich geschnappt werde.«

»Oh, ich kann dich nicht heiraten, Taylor«, erklärte Hope, »weil ich rechtmäßig immer noch mit Tom verheiratet bin.« Gott sei Dank, dachte sie, Gott sei Dank, bin ich noch immer verheiratet. Dann fiel ihr ein, wenn er Tom umbrachte oder ihn töten ließ, würde sie gesetzlich für ihn frei sein, und der Gedanke, daß Taylor auf diese Idee kommen könnte, ließ sie erschauern. Noch ein anderer, fürchterlicher Gedanke machte sich in ihrem Hinterkopf breit. Bill hatte sich sterilisieren lassen, so daß Hope keine Anti-Baby-Pille nahm. Sie fürchtete, sie könne jetzt schwanger sein, und sagte das auch.

Taylor war außer sich vor Freude. Er griff nach ihrer Hand, und preßte sie an seine Lippen. »Oh, das ist die schönste Neuigkeit!« rief er. »Nichts könnte mich glücklicher machen. Oh, ich hoffe sehr, daß du schwanger bist.«

Allmählich wurde für Hope Gewißheit, was sie seit letzter Nacht schon befürchtet hatte, als Taylor so liebevoll und zärtlich wie früher Bill ihre Hand gehalten und ihre Wange gestreichelt hatte. Taylor wollte unbedingt in ihr Leben treten und Bills Platz einnehmen. Sie bemerkte, daß er so handelte, wie er annahm, daß Bill sich ihr gegenüber verhalten würde, und er erwartete, daß sie sich so benahm, als sei er Bill. Daher auch seine Wut, wenn sie sagte, sie habe Angst oder Schmerzen. Sie war sicher – während der Fahrt und auch später –, daß Taylor wollte, daß sie sich wie seine Frau benahm. Deshalb tat sie es auch.

Einmal hielten sie während der Rückfahrt an, um zu tanken. Als sie zum Handschuhfach griff und es öffnete, sah sie mehrere Brieftaschen darin liegen.

Auf der Weiterfahrt redete sie unaufhörlich, um ihn bei Laune zu halten. »Mein ganzes Leben habe ich auf den richtigen

Mann gewartet«, sagte sie. »Und nun sind Sie da – Mr. Wright!« Sie erzählte von ihrer Mutter und ihrem Stiefvater, und daß sie auch sehr schnell nach der Hochzeit ihrer Mutter geheiratet habe, weil sie mit ihrem Stiefvater nicht besonders gut ausgekommen sei. Er habe sie dauernd mit seinen eigenen Kindern verglichen, die zu ihrem Nachteil in Reichtum und mit stetigem Rückhalt einer Familie aufgewachsen seien. Sie erzählte Taylor, sie fühle sich wie das schwarze Schaf der Familie, und er nickte verständnisvoll. »Ich wette, wenn sich deine und meine Mutter getroffen hätten, hätten sie sich sicher gut verstanden.«

In der Tiefgarage von Bills Apartmenthaus dirigierte Hope ihn zu dem richtigen Parkplatz und wartete, bis er Bills Schlüsselbund ausprobiert hatte. Die Wohnung war dunkel und ruhig. Sie ging ins Bad, und dann setzte sie sich aufs Sofa, während Taylor sich durch den Koffer mit den Papieren durchwühlte. »Hier sind sie ja«, sagte er zu ihr, »genau wie Bill es gesagt hat. Nun, wo sind jetzt die Versicherungspolicen?« Er hatte sie schon vorher nach Bills Versicherung gefragt; er schien sich Gedanken um Bills Töchter zu machen.

»Oh, bitte, laß uns gehen«, sagte Hope. »Ich bin sicher, er hat sie alle im Büro«.

»Nein, hier hab ich eine«, Taylor war ganz begeistert. Er sagte, er sei froh, sie gefunden zu haben, denn er mache sich Gedanken um die Versorgung von Bills Töchtern.

»Halt deinen Kopf unten, damit dich niemand sieht«, sagte Taylor, als sie die steile Auffahrt entlangfuhren. Hope kroch ganz tief runter, und sobald er geparkt hatte, sprang sie heraus und rannte zu der Tür, die direkt ins Wohnzimmer führte. Es war schon dunkel, und die bewaldeten Hügel hinter ihrem Haus sahen finster und bedrohlich aus. Licha saugte Staub in Hopes Schlafzimmer.

»Wo ist K. C.?« schrie Hope, um den Lärm zu übertönen. Licha sah verwirrt auf und machte den Apparat aus.

»Mr. Masters hat ihn mitgenommen«, sagte sie. Hopes Herz blieb fast stehen. Mein Gott, es ist wirklich wahr, dachte sie. Es ist alles wahr über Tom. Sie zwang sich, nicht laut loszuschreien.

»Licha, wann will er K. C. zurückbringen?«

»Ungefähr um halb sechs«, sagte das Mädchen. Hopes Uhr im Schlafzimmer stand bereits auf viertel vor sechs.

»Licha, ich habe ein Problem«, sagte Hope und versuchte, ihre Stimme unter Kontrolle zu halten. »Jemand ist mit hierhingekommen, um mir zu helfen. Würden Sie jetzt bitte aus dem Zimmer gehen, und wenn Tom mit dem Kleinen kommt, sagen Sie ihm bitte nicht, daß ich schon zurück bin. Ich bin wirklich sehr beunruhigt über die Scheidung. Nehmen Sie einfach nur K. C. in Empfang, und bringen Sie ihn mir so schnell wie möglich, bitte.«

Licha wickelte den Schlauch um den Staubsauger und verließ das Schlafzimmer. Hope lief hinter ihr her. »Licha, wo ist Keith?« Licha sagte, sie habe ihn nicht gesehen. »Wo war er letzte Nacht?« fragte Hope. Licha sagte, er habe bei seinem Freund Danny geschlafen. Hope erinnerte sich vage daran, daß Keith am Sonntag mit Danny und dessen Vater zu einem Baseballspiel gehen wollte. Sie ging zurück zum Schlafzimmer und rief bei Danny an, doch dort meldete sich niemand.

Taylor war hereingekommen, und stand lächelnd in der Tür zum Schlafzimmer. »Mach dir keine Sorgen«, sagte er. »Es ist überhaupt kein Problem. Tom muß K. C. zurückbringen, weil er nämlich unter einer bestimmten Nummer um halb sechs einen Telefonanruf erwartet. Es ist der Anruf, um ihn wissen zu lassen, was passiert ist. Er wird K. C. vorher zurückbringen, denn er wird seine Tarnung jetzt durch nichts auffliegen lassen wollen. Er wird eine Zeitlang mit dem Mädchen sprechen, so daß sie sich sicher an ihn erinnert. Er wird bald kommen, mach dir keine Sorgen.«

Taylor hatte recht. Wenige Minuten später hörte Hope ihren Sohn K. C. mit Licha in der Küche. Sie wollte zu ihm rennen, doch sie stand eine Weile wie erstarrt im Schlafzimmer, bis K. C. durch die Halle zu ihr kam. Sie drückte ihn so fest an sich, als wollte sie ihn nie wieder loslassen.

Hope wußte, daß Hope Elizabeth nebenan bei den Pinskys auf einer Geburtstagsparty war. Sie rief schnell dort an, um zu sagen, daß sie im Hause sei; sie erzählte ihrer Tochter, daß sie ein Problem mit dem Auto gehabt hätten und Bill daher noch auf der Ranch geblieben wäre, um sich darum zu kümmern. Das Kind schien sich Sorgen zu machen, daß ihre Mutter bei einem Autounfall verletzt worden sei, deshalb sagte Hope, sie solle bei den Pinskys in den Hof gehen und sie, Hope, wolle ihr, vom Fenster aus, zuwinken. »Wenn du von der Party nach Hause kommen willst, ruf mich vorher an, damit ich weiß, wann du kommst«, sagte Hope. Sie war entsetzt bei dem Gedanken, daß die Kinder, und sei es nur für einen Moment, sich alleingelassen fühlten.

Sie winkte Hope Elizabeth vom Schlafzimmerfenster aus zu und ging ins Wohnzimmer, wo Taylor auf dem kleinen Sofa saß. »Kann ich jetzt meine Mutter anrufen?« bettelte Hope.

»Nein, ich möchte nicht, daß du jetzt mit deiner Mutter Kontakt aufnimmst«, sagte Taylor.

Statt dessen führte Taylor selbst Gespräche; wenigstens hörte Hope ihn im Schlafzimmer telefonieren. Einmal schien er jemandem zu erzählen, was er Tom zu sagen habe. »Das ist ja lächerlich«, sagte Taylor am Telefon, »Wir haben es mit einem echten Psychopathen zu tun. Es ist ein schlechter Auftrag, und ich muß ihn noch mal mit dir durchsprechen. Er erwartet aber deinen Anruf, also ruf ihn an, und sag ihm, es seien zu viele Leute auf der Ranch gewesen, aber es wird am Mittwoch erledigt. In der Zwischenzeit werde ich mich mit dir zusammensetzen und über die Sache reden.«

Hope war überzeugt davon, daß sie und die Kinder in tödlicher Gefahr waren, nicht nur von Tom wurden sie bedroht, sondern auch von dem Mittelsmann, der den Auftrag gekauft hatte. Sie hatte einen Verdacht, wer dieser Mittelsmann sein könnte, ein Mann, bei dem sich Tom fünftausend Dollar geliehen hatte, ohne sie zurückzuzahlen. Taylor sagte zu Hope, er könne ihr den Namen des Mittelmannes nicht nennen, doch als Hope den Namen aussprach, sagte Taylor, sie habe recht. Um sieben Uhr kündigte Taylor an, er würde Licha zur Bushaltestelle runter zum Santa Monica Boulevard fahren. »Du darfst das Telefon nicht anrühren und auch sonst nichts unternehmen, während ich nicht da bin«, sagte er. »Wenn du fortgehst, wirst du von den Leuten draußen umgebracht, und wenn du jemanden anrufst, muß ich dich selbst töten.« Hope fragte, ob sie duschen dürfe. »Ja, geh unter die Dusche und bleib dort, bis ich wieder da bin«, sagte er. Hope nahm K. C. mit in ihr Schlafzimmer und ging ins Bad. Sie drehte das Wasser voll auf, und es rauschte mit großem Getöse. Sie stand einfach nur da und heulte und heulte.

Als Taylor wiederkam, saß sie auf dem Badezimmerstuhl und hatte ein Handtuch um den Kopf gewickelt. »Ich wußte doch, daß du keine Dummheiten machen würdest«, sagte Taylor wohlwollend. »So ist es recht.« Sie trocknete ihr Haar und wickelte sich in ein langes, warmes Hauskleid. Im Wohnzimmer setzte sie sich wieder aufs Sofa, und K. C. spielte auf dem Boden. Taylor sah sich im Zimmer um und lächelte Hope an. Er setzte sich neben sie aufs Sofa und nahm ihre Hand. »Ich könnte richtig glücklich sein, wenn ich so leben würde«, meinte er.

Um neun Uhr kamen Keith und Hope Elizabeth nach Hause. »Ich muß dringend zu Bett gehen«, sagte Hope. »Ich bin völlig erschöpft.«

»Ja, geh du nur schlafen«, sagte Taylor Wright. »Nimm die Kinder mit auf dein Zimmer und schließ die Tür ab. Ich werde hier im Wohnzimmer sitzen bleiben und euch beschützen.«

Für Hope Elizabeth war es ein langer, ermüdender Tag gewesen, sie bekam einen regelrechten Trotzanfall, warf sich Taylor entgegen, trat ihm vors Bein und schrie: »Ich hasse dich! Du bist verrückt! Ich hasse dich!« Hope hatte ihr erzählt, Taylor sei ein Freund von Bill, doch sie hatte den Verdacht, ihre Tochter könne irgendwie im Gefühl haben, daß Bill nicht wiederkommen und Taylor seinen Platz einnehmen würde. Sie versuchte, das Kind zu beruhigen, aus Angst, Taylor könne sich aufregen und gewalttätig werden.

Aber der wurde leicht mit dem Mißtrauen des Kindes fertig, er lachte und beruhigte Hope Elizabeth und regte sich überhaupt nicht auf. In der Tat ging er wunderbar mit den Kindern um, er tollte mit Keith auf dem Wohnzimmerteppich und redete mit ihm über Fußball. Nun brachte er sie alle in Hopes Zimmer, verteilte die Kinder in dem großen Bett und gab ihnen einen

Gute-Nacht-Kuß. Hope ging zur Tür, um sie hinter ihm abzuschließen, und zwar von innen. Er nahm sie in den Arm. »Einen Gute-Nacht-Kuß noch«, bat er.

Als Hope am Montagmorgen aufwachte, hörte sie, wie Taylor pfeifend in der Küche Frühstück machte. Sie hörte, wie er Keith sagte, er würde ihn zur Schule bringen, und ihr Herz pochte.

»Bitte, laß ihn doch zu Hause bleiben«, bat sie.

»Keith muß zur Schule gehen«, beharrte Taylor. »Alles muß völlig normal aussehen.« Als Taylor mit Keith fort war, ging Hope in ihr Schlafzimmer und nahm den Telefonhörer ab. Schnell, bevor sie den Mut verlor, rief sie ihre Mutter an.

»Ich bin wieder zu Hause«, sagte Hope zu ihrer Mutter, »aber ich habe ein Problem, und ich wollte mich nur vergewissern, daß du heute abend zu Hause bist.« Honey sagte, sie ginge zu einer Party. »Es ist mir egal, was du vorhast!« schrie Hope. »Ruf mich heute abend an.« Sie hatte gerade aufgelegt, als Taylor hereinkam und das Telefon schellte. Es war ihre Mutter.

»Du hörtest dich so schrecklich an«, sagte Honey. »Ist irgend etwas nicht in Ordnung? Soll ich die Polizei schicken?« Taylor stand direkt neben Hope.

»O nein, nein«, sagte Hope. »Es ist nur eine persönliche Sache, und ich bin ein bißchen durcheinander. Ich wollte nur von mir hören lassen.« Sie legte auf, und sah Taylor an, ihr Herz schlug wild.

»Ich sehe, du hast deine Mutter angerufen«, sagte er freudig, »Das ist ja schön.«

Den ganzen Tag über schellte das Telefon ununterbrochen. Viele der Anrufe kamen von den Chip-Mitgliedern, die sich für Mittwoch zum Mittagessen ankündigten. Nach ein paar Anrufen schien Taylor überzeugt zu sein, daß sie nicht um Hilfe rief, wenn jemand anrief, und er verließ das Haus und sagte, er habe noch einiges zu erledigen. Er sagte, er würde versuchen, den Auftrag rückgängig zu machen, doch bis es soweit sei, seien sie und die Kinder in großer Gefahr. Die Organisation habe Leute, die sie beobachteten, und es seien Leute, die sie und ihre Kinder sofort erschießen würden, wenn sie sie zu Gesicht bekämen. Doch auch er selbst habe seine Helfer. Er sagte, der Mann, der dort drüben im Hof auf der anderen Straßenseite arbeite, sei kein richtiger Gärtner, sondern einer ›seiner Leute‹. Er sprach von einem gelben Auto, das einem seiner Leute gehöre, und im Laufe des Tages sah Hope auch ein merkwürdiges Fahrzeug in ihrer Auffahrt stehen: gelb mit braunen Streifen.

»Es ist nichts zu essen im Haus«, sagte er. »Du bist eine fürchterliche Hausfrau, weißt du das? Dein Zimmer ist ganz schön unordentlich.«

Er sagte es neckend und liebevoll, wie ein nachsichtiger Liebhaber. Er bestand darauf, daß sie zusammen mit ihm, Hope Elizabeth und K. C. zum Mittagessen fuhr, also fuhren sie zum *Hamburger Hamlet*, wo die Kinder und er mit Wonne große Hamburger in sich hineinstopften.

»Wie du ja schon gesehen hast, bin ich oft von zu Hause fort«, sagte Taylor zu Hope, als sie wieder zu Hause waren. »Ich glaube aber, daß du auch Schutz brauchst, wenn ich fort bin. Wenn ich dir eine kleine Waffe besorge und dir erkläre, wie sie funkioniert, würdest du sie benutzen?«

»Nein, nein«, sagte Hope, »ich hasse Waffen, und ich würde sie niemals anrühren.«

»Na gut«, sagte Taylor sanft. Es wirkte so, als wolle er ohnehin viel lieber über die Kinder reden, über ihren Schulalltag, ihren Sport, ihre Freunde, die üblichen Dinge eben, über die sich Eheleute unterhalten. Er schien entspannt und glücklich, pfeifend schlenderte er durchs Haus.

Den ganzen Montag über ging er ständig ein und aus in Hopes Haus. Einmal, als er fort war und das Telefon klingelte, war es Taylor. »Ich habe mitbekommen, daß ziemlich viele Damen zu deinem Mittagsempfang kommen«, sagte er leichthin. »Du bestellst besser noch ein paar Hors d'œuvres.« Hope war sich zu diesem Zeitpunkt sicher, daß ihr Telefon abgehört wurde. Immer, wenn Taylor für eine Stunde oder zwei das Haus verließ, rief er sie ein paarmal während dieser Zeit an, und wenn er wiederkam, konnte er ihr einen ausführlichen Bericht von Tom Masters Aktivitäten geben. Er sagte, Tom hätte im Scandia zu Mittag gegessen; und er habe eine neue Freundin. Er schlug wieder vor, Tom zu töten, die Kinder zu ihrer Mutter zu bringen, dann mit ihm nach Europa zu gehen oder sich in Rhodesien niederzulassen, denn, so sagte er, dort gebe es kein Auslieferungsgesetz.

Als Keith von der Schule nach Hause kam, balgte sich Taylor wieder begeistert mit ihm auf dem Teppich herum. Hope beobachtete die beiden und staunte, wie gut Taylor Ehemann und Vater spielte. Zur Abendessenszeit, als sie darauf beharrte, nichts essen zu wollen, ging Taylor mit Keith auswärts Pasteten essen. Sie blieben länger weg, als Hope erwartet hatte, und als sie zurückkamen, zeigte Keith seiner Mutter die neue Jacke, die Taylor ihm gekauft hatte.

»Kann ich jetzt meine Mutter anrufen und ihr sagen, daß wir kommen?« fragte Hope.

»Noch nicht«, sagte Taylor. »Nicht heute nacht.« Am späten Nachmittag hatte er ein Gewehr mit Zielfernrohr mitgebracht und es vor die Glasschiebetür im Wohnzimmer postiert, von wo aus man die Straße bis weit in die Ferne überblicken konnte. »Damit kann ich euch beschützen«, versicherte er.

Immer wieder wollte er ihr erklären, wie man mit der Waffe umgeht, doch Hope weigerte sich beharrlich. Schließlich sah sie kurz durch das Zielfernrohr, faßte es aber nicht an.

Er hatte noch einen Revolver mitgebracht, den Hope zufällig in einer unteren Schublade des Badezimmers fand. Sie ging zurück ins Wohnzimmer und bat ihn, ins Bad zu kommen. »Wie kannst du es wagen, hier eine Waffe zu verstecken, wo die Kinder daran gelangen könnten? Denkst du gar nicht daran, wie gefährlich das ist?«

Taylor sah verlegen aus. »Ja, du hast ja recht, es tut mir leid«, sagte er. Er nahm den Revolver und versprach, ihn irgendwo zu deponieren, wo die Kinder nicht drankommen könnten.

Hope brachte die Kinder in ihr großes Bett und setzte sich dann wieder zu Taylor ins Wohnzimmer. Sie wollte jetzt endlich mal ein vernünftiges Wort mit ihm reden. Sie hatte im großen Sessel in der Nähe des Kamins Platz genommen, Taylor saß auf dem Boden zu ihren Füßen und blickte ins Feuer.

»Taylor, es kann doch nicht so weitergehen«, sagte Hope. »Die Zeit vergeht – meine Güte, Taylor, wir müssen doch irgendwann die Polizei verständigen. Irgend jemand wird sonst bald die Leiche finden.«

»Ich möchte am liebsten für immer hier mit dir am Feuer sitzen«, sagte Taylor mit sanfter, fast verträumter Stimme. »Ich wäre dein Beschützer und würde mich immer um dich und die Kinder kümmern. Brächte die Kinder zu Bett und säße mit dir am Kamin.«

Er stand auf. »Doch jetzt muß ich noch mal weg, denn ich brauche dringend eine andere Identität.« Er gab ihr wieder die üblichen Anweisungen und ging dann eilig. Hope wollte eigentlich lieber schlafen, so streckte sie sich lang auf dem Boden neben dem Kamin aus und schloß die Augen.

Sie wurde wach, als Taylor wiederkam und mehrere Koffer ins Wohnzimmer schleifte. Ein großer, schwarzer Koffer, an dem ein Stück rotes Garn festgeklebt war. Taylor erklärte ihr, daß auf diese oder ähnliche Weise Gepäckstücke von der Organisation markiert wurden, die dann, an einer Busstation deponiert, von jedem, der eine neue Identität suchte, schneller erkannt werden konnten. Dann öffnete er den schwarzen Koffer, runzelte die Stirn, als er einige Kleidungsstücke rausfischte. »Schäbig, billig und die falsche Größe«, erklärte er. Er fing an, die anderen Taschen zu durchsuchen, und Hope gähnte. »Taylor, ich gehe jetzt zu Bett«, sagte sie.

Er sah sie nachdenklich an. »Nein, ich möchte, daß du aufbleibst und mir Gesellschaft leistest«, sagte er bestimmt. »Ich habe hier schließlich rumgesessen und dich und deine Kinder beschützt, da kannst du jetzt schon eine Weile mit mir hier sitzen. Ich bin auch ziemlich müde, und mir tut der Rücken weh.«

»Na, dann laß mich dir doch den Rücken massieren«, bot Hope an. Sie war froh, als er sie anlächelte. Er zog sein Hemd aus, legte sich auf den Teppich vor dem Kamin und streckte beide Arme über den Kopf weg nach vorn. Hope kniete sich neben ihn und massierte seinen Rücken, knetete seine Schultern, dann drückte sie mit festen Hieben an den Seiten seines Rückens entlang.

»Mmmm, schön«, murmelte er.

Hope war froh, daß es ihm gefiel, sie wußte, daß es ihn bei Laune halten würde, denn sie konnte gute Rückenmassagen verabreichen. Sie massierte Taylor immer noch, als Martha Padilla nach ihrem freien Tag nach Hause kam. Martha ging durch die

Küche ins Wohnzimmer, doch als sie sah, daß Hope einem Mann, der ohne Hemd auf dem Fußboden lag, den Rücken massierte, kehrte sie zurück in ihr Zimmer und ging zu Bett.

»Besser?« fragte Hope.

»Oh, schon viel besser.« Er seufzte. Er setzte sich auf, zog sein Hemd wieder an und schenkte zwei Gläser Wein ein. Hope legte eine Platte auf, und ein versonnen-trauriges Lied erklang. Hope saß in dem großen Stuhl am Kamin und trank ihren Wein. Taylor setzte seinen Wein auf dem Couchtisch ab und ging durchs Zimmer zur Rückseite des kleinen Sofas. Er beugte sich über die Lehne und stützte sich dabei mit den Armen auf. »Wirst du mir je vergeben können?« fragte er ruhig.

»Ja, ich verzeih dir«, gab Hope zurück. »Ich verstehe, daß dies alles ein schrecklicher Fehler war, und ich vergebe dir.«

»Würdest du mich heiraten?« fragte Taylor.

Hope schüttelte den Kopf. »O Taylor, ich glaube nicht, daß ich alles so perfekt verdrängen kann, daß ich dich heiraten könnte.«

»Ich kann ja damit aufhören, weißt du«, fuhr er fort, »ich kann mich bessern, jetzt sofort, morgen kann ich damit anfangen. Ich kann morgen am Tag einen Job als Anwalt annehmen und niemandem mehr etwas zuleide tun.«

»Du hast mir doch selbst erzählt, wie sehr du in der Organisation verstrickt bist«, erinnerte ihn Hope. »Du selbst hast gesagt, daß du da nie wieder rauskommst.«

»Ich habe mir eben etwas ausgedacht«, sagte er und erzählte ihr von seinen Plänen. Er würde Herzbeschwerden vorschieben und dann wegen Krankheit aus der Organisation austreten. »Wenn ich mich fünf Jahre lang von allen Unannehmlichkeiten fernhalte und Anwalt werde, würdest du mich dann heiraten?«

»Ja, ich denke, es wäre schön, wenn du Anwalt würdest«, sagte Hope, »doch ganz ehrlich, ich weiß nicht, wie ich in fünf Jahren fühlen werde. Ich weiß es schlichtweg nicht.« Sie setzte ihr Glas ab und erhob sich. »Taylor, ich muß jetzt wirklich zu Bett gehen.« Die Kinder hatten sich in Hopes Bett ausgebreitet und waren tief und fest eingeschlafen, deshalb schloß sie leise die Tür und ging in Keith' Zimmer. Sie krabbelte unter die Decke von einem der nebeneinanderstehenden Betten. Taylor ging in das andere Bett. »Komm rüber zu mir«, sagte er. »Ich möchte, daß du mit mir kuschelst.«

Hope wagte nicht, mit ihm über irgend etwas zu streiten. Sie kletterte aus ihrem Bett und legte sich zu ihm. Taylor nahm sie in den Arm. »Laß mich dich einfach nur festhalten«, murmelte er. Mit der sanften Zärtlichkeit eines Liebhabers küßte er sie an Hals und Mund. Hope schlief in seinen Armen, während er ihr immer und immer wieder sagte: »Ich liebe dich.«

5

Honey war der treffendste Kosename für Hopes Mutter. Sie war nicht dunkelbraun – Frauen ihres gesellschaftlier Ranges vermieden zuviel Sonne –, hatte jedoch eine gesunde Gesichtsfarbe und blondes Haar, das sorgfältig und ordentlich aus dem Gesicht gekämmt war. Wie ihre Tochter war auch sie eher klein, doch da sie gewöhnlich hochhackige Schuhe trug, aus Kroko oder handschuhweichem Leder, wirkte sie größer als Hope. Ihre Kleidung war elegant, konservativ und sah kostspielig aus – Chanel-Kostüme, rosafarbige Seidenkleider. Alles an und um Honey herum wirkte geschmackvoll: ihr Aussehen, ihre Kleidung, ihr cremefarbenes Briefpapier, ihr Wohnzimmer mit dem riesigen blassen Teppichboden, den zitronengelben Samtsofas und den Vasen voller taufrischer, perfekt arrangierter Blumen.

Die Beziehung zwischen Honey und Hope war einfach zu durchschauen. Wie Geschwister waren sie eifersüchtig und lagen miteinander im Wettstreit. Wie Geschwister zankten und kämpften sie, aber verließen sich auch gegenseitig auf den anderen in einer immer wieder auflebenden, intensiven, gefühlsmäßigen Verbundenheit. Honey sagte, Hope sei ein schwieriges Kind gewesen, Hope sagte, Honey habe versucht, über ihr Leben zu bestimmen. Und beide Frauen hatten recht.

Honey war in Kanada zur Welt gekommen, doch ihre Eltern waren nach Südkalifornien gezogen, als sie noch ein junges Mädchen war. Ihr Vater war ein erfolgreicher Geschäftsmann, für Beleuchtungsartikel aller Art, und Honey erinnerte sich gerne, an die ›unglaubliche Geborgenheit‹ ihrer Kindheit. »Als ich in Beverly Hills aufwuchs, war es ein nettes, kleines Dorf. Alle Ladenbesitzer kannten die Familien. Es war ein sehr traditionelles, konservatives Leben. Meine Familie war bekannt, wurde von der Gemeinde respektiert, und mit dem ganzen Mischmasch, der nach Kalifornien schwemmte, bin ich nie in Berührung gekommen.« Honey sprach nicht gern über ihre erste Ehe mit Hopes Vater, aber Hope brachte gern das Thema auf ihn. »Was war mit Jimmy und all seinen verrückten Freunden?« fragte Hope, wenn ihre Mutter von ›Mischmasch‹ redete.

»Ja, ja, das ist wahr«, sagte Honey mit nervöser Stimme. »Ich kam während meiner ersten Ehe mit der ›Hollywood-Seite‹ des Lebens in Berührung, und ich habe es gehaßt. Alles daran habe ich gehaßt. Gut, ich habe es genossen, wenn all diese phantastischen Musiker zu uns kamen. Es war einfach wunderbar, wenn George Szell auf unserem Klavier im Wohnzimmer spielte, begleitet von Jimmy auf dem Waldhorn; oder wenn John Barbirolli ›The Fire Dance‹ nur für dich spielte, damals als du noch klein warst.«

»Was war mit Frank Sinatra?« pflegte Hope dann zu fragen. »Du mochtest ihn doch, und auch Nancy.«

»Ja«, sagte Honey widerstrebend, »ich habe ihn kennengelernt, als er zum erstenmal nach Hollywood kam, um eine Radioshow zu machen. Sinatra war ganz reizend.«

Nach ihrer Scheidung ließ Honey ihre Tochter Hope bei ihren Eltern in Holmby Hills. Sie konnte sich darauf verlassen, daß ›Hope geborgen und beschützt‹ und wie ›eine Prinzessin‹ aufwachsen würde. Hope, so wiederholte sie, war ein ›sehr fröhliches Kind‹. Honey genoß das gesellschaftliche Leben – Weltreisen, teure Partys –, ihre Schönheit und ihr Reichtum hatten ihr das ermöglicht, bis sie schließlich Van heiratete und sich dann in das geregelte Leben der oberen Gesellschaftsschicht zurückzog.

Vans Familie war in der Gemeinde mindestens ebenso geachtet wie die Honeys. Er war in den Osten zur Schule geschickt worden, und nachdem er von der juristischen Fakultät in Yale zurückkam, trat er in eine alteingesessene, konservative Anwaltskanzlei ein und heiratete die reichste Frau der Vereinigten Staaten, mit Ölmillionen im Rücken, allerdings auch einem Ölskandal. Van hatte bereits mit seiner ersten Frau Kinder gehabt, und als er Honey heiratete, bekam Hope deshalb zwei ältere Stiefbrüder und eine Stiefschwester in ihrem Alter, Cynthia. Obwohl Cynthia nur an einigen Wochenenden zu Besuch kam, hatte Hope das Gefühl, daß ihre Mutter ihr Zimmer für Cynthia ausschmückte, deswegen kleidete Hope sich etwas schlampiger. Hope war fünfzehn, als ihre Mutter wieder heiratete. Obwohl Van sie gesetzmäßig adoptierte, verstanden sich die beiden von Anfang an nicht. Hope sagte, er erinnere sie an den amerikanischen Wappenadler: steif, unbeugsam und konservativ. Van meinte, sie sei undankbar. Hope war der Ansicht, daß alles an ihrer Mutter lag, die sich häufig bei Van über Hope beschwerte, der dann wiederum Hope beschimpfte, daß sie ihre Mutter unglücklich mache. Als Honey öfter Ohnmachtsanfälle bekam, schickte Van sie in die Scripps-Klinik, um sie gründlich untersuchen zu lassen. »Meine Tochter macht mir das Leben schwer«, erzählte Honey den Ärzten. Fortan fühlte sich Hope in ihrem Elternhaus immer wie das fünfte Rad am Wagen, ungeliebt und ungeachtet.

Auch nachdem sie mit einem Jungen aus der Nachbarschaft durchgebrannt war, spürte Hope, wie ihr Leben weiterhin mit dem von Honey und Van verschlugen blieb. Van hatte nicht nur das Vermögen seines Vaters geerbt, sondern auch dessen Vorliebe für Golf, und so spielte er oft mit Hopes Mann zusammen. Die vier spielten zusammen Bridge, wobei Hope öfter in Tränen ausbrach. Honey und Van hatten das erste Haus in Bennedict Canyon gekauft, in dem Hope lebte, nachdem Keith zur Welt gekommen war. Honey nannte es ein ›kleines Puppenhaus, einfach beneidenswert‹, und sie selbst hatte es ganz in Schwarz, Weiß und Grau eingerichtet. Später, nach der Scheidung und der neuen Ehe, als Hope ihr drittes Kind bekam, wurde ihr dieses Heim viel zu klein. Honey schaffte es, das Haus auf dem Drive zu kaufen, das zwar weniger Charme, dafür aber ein größeres Schlafzimmer hatte. Immer wieder wurde sie von ihrer Mutter daran erinnert, daß sie und Van ›für die nötigsten Grundlagen‹ gesorgt hätten.

Honey mißfielen fast alle Männer, mit denen Hope nach ihrer Trennung von ihrem Mann eine Beziehung hatte. Bill Ashlock jedoch gefiel ihr, obwohl sie ihn ja nur einmal gesehen hatte, kurz bevor sie mit Bill auf die Ranch gefahren war.

Ohnehin war Hopes Rebellion gegen die Mutter nie grenzenlos gewesen. Ihr Freund Michael Abbott wußte zu berichten, daß Hope auch sehr stolz auf ihre gute Kinderstube war. Er hielt sie für eine Person mit zwei Gesichtern. Sie hatte einen derben Zug, doch sie hielt sich durchaus auch für eine Patrizierin und benahm sich auch entsprechend. In der Tat gab es auffällige Parallelen im Verhalten von Mutter und Tochter. Beide rauchten viel. Hope pflegte kranke Katzen und kümmerte sich um fortgelaufene Kinder. Honey hatte stets ein Buch mit religiösen Gedichten auf dem Rand ihrer Badewanne liegen, daraus hatte sie sich eine Maxime herausgeschrieben und sie an ihre Kühlschranktür geheftet.

Ich suche, deshalb bin ich.

Montag war meistens einer von Honeys geschäftigen, gut geplanten Tagen. Sie und Van waren gerade vor zwei Wochen von einer Reise nach Guatemala zurückgekommen, und Honey mußte jetzt diverse Karten schreiben, sich mit einigen Leuten zum Mittagessen verabreden, das *Chip*-Treffen in ihrem Haus vorbereiten, die Hausmädchen mußten Instruktionen erhalten.

Am späten Montag nachmittag fuhr sie zu ihrem Stiefsohn, um zwei seiner Kinder abzuholen, die Van und sie später zum Abendessen ausführen wollten. Gegen acht Uhr war sie wieder zu Hause.

Honey rief dann bei Hope an. Sie hatte den Eindruck, ihre Tochter höre sich immer noch merkwürdig an, und daher wollte sie kurz mal vorbeischauen. Hope gab den Hörer an Taylor weiter, der gelassen und beruhigend sprach.

Er stellte sich als ein Freund von Bill vor und sagte, daß Hope und die Kinder wohlauf seien. Es seien einige Unannehmlichkeiten wegen der Scheidung aufgetreten, weswegen Hope etwas aufgeregt sei. »Bei diesen Scheidungen gibt es immer gesetzlich unschöne Momente«, sagte Taylor zu Honey und versicherte ihr, Hope käme am Dienstag vorbei und würde ihr alles erklären.

Als Hope am Dienstag morgen aufwachte, hatte Taylor bereits geduscht, war angezogen, und fröhlich wie immer bereitete er das Frühstück für die Kinder vor und machte Hope Elizabeth für die Schule fertig. Hope bat Taylor, sie doch aus der Schule zu lassen. »Ich bringe sie zur Schule und damit Schluß«, sagte Taylor bestimmt und ging mit dem Kind zusammen fort.

Als er zurückkam, sagte er ihr, daß Hope Elizabeth in der Schule sicher sei und den ganzen Tag von seinen Leuten beobachtet würde.

»Taylor, so kann es nicht weitergehen«, wandte Hope zitternd ein. »Jemand wird schließlich doch Bills Leiche finden. Mein Gott, es ist jetzt schon drei Tage her!«

»Du hast recht«, gab Taylor widerstrebend zu. »Was du jetzt tun müßtest, wäre, den Verwalter der Ranch anzurufen und ihm zu erzählen, jemand sei auf der Ranch, der ein Buch schreibt und nicht gestört werden wollte.« Als Hope sich weigerte, grinste Taylor. »Du mußt aber«, sagte er. »Du hast keine Wahl.« Doch als Hope die Nummer von Jim Webb wählte, ging niemand ans Telefon.

Keith und K. C. rannten ums Haus, kämpften miteinander und machten einen höllischen Lärm. »Bitte, laß uns zu meiner Mutter gehen«, bat Hope.

»Ihr könnt gehen, wenn ich es für richtig halte«, sagte Taylor. »Jetzt werde ich erst mal einige Einkäufe machen.« Er faßte sie bei der Hand. »Ich schulde dir noch ein altmodisches, weißes Kleid.«

»Oh, meine Güte, Taylor«, sagte Hope. »Ich will jetzt kein Kleid. Laß mich lieber zu meiner Mutter gehen.«

Taylor schüttelte den Kopf. »Ich werde dir jetzt dieses Kleid kaufen«, sagte er strikt. »Wo kaufst du normalerweise ein?«

»Nicht so wichtig, nicht wichtig«, sagte Hope und versuchte, ihre Stimme unter Kontrolle zu behalten. »Bitte, vergiß doch endlich das Kleid.«

»Es liegt alles bei dir«, beharrte Taylor. Schließlich gab Hope doch noch nach. »Gewöhnlich im *House of Nine*«, sagte sie.

»*The House of Nine*, wo ist das?« Hope beschrieb ihm den Weg und Taylor stand auf. »Auf geht's zum *House of Nine*«, sagte er strahlend. »Geh nicht ans Telefon und nicht an die Tür, während ich weg bin.«

Er erinnerte Hope daran, daß das Haus bewacht und das Telefon abgehört wurde und daß auf der anderen Straßenseite ein Mann wartete, der zu ›seinen Leuten‹ gehörte.

Hope setzte sich aufs Sofa, rauchte und störte sich nicht an dem Lärm, den die Jungen machten. Als es an der Tür klingelte, sprang sie auf, und ihr Herz schlug wie wild. Es klingelte immer wieder, also ging sie schließlich zum Küchenfenster und rief heraus: »Wer ist da?«

Es war das Kindermädchen von einem kleinen Jungen in K. C.s Alter, der ein paar Häuser weiter wohnte. Die Frau war sehr aufgeregt. Sie sagte, ihr kleiner Junge sei verschwunden, und sie habe gedacht, er sei vielleicht bei Hope. Hope sagte ihr, sie habe das Kind nicht gesehen, und als die Frau gegangen war, hatte Hope schreckliche Angst, das Kindermädchen könne die Polizei rufen. Wenn Taylor zurückkäme, würde er den Streifenwagen sehen und denken, sie habe die Polizei alarmiert. Sie hatte das Gefühl, ihn sprechen zu müssen, um es ihm zu erklären. Sie rief deshalb im *House of Nine* an, wo man sie kannte. »War jemand bei ihnen, um ein Kleid für mich zu kaufen?« fragte sie ganz außer sich. Die Antwort war nein. »Nun, wenn ein Herr zu ihnen kommt, der für mich ein Kleid kaufen will, bitten Sie ihn doch, mich sofort anzurufen«, sagte Hope.

Sie hinterließ ihre Telefonnummer, setzte sich wieder aufs Sofa und versuchte nachzudenken. Wenn dieser kleine Junge gekidnappt worden ist, schoß es ihr durch den Kopf, dann müssen da draußen tatsächlich Leute sein, die es auf uns abgesehen haben; vielleicht haben die den Kleinen mit K. C. verwechselt. Doch wenn Taylor seinen Leuten erklären konnte, daß es das falsche Kind wäre, würde alles wieder in Ordnung kommen. Sie mußte mit ihm reden; sie war auf ihn angewiesen. Doch in der Zwischenzeit wurde das Kind im Hof eines anderen Nachbarn gefunden. Als Taylor zurückkam, war in der Nachbarschaft alles ruhig. Hope platzte mit der Geschichte heraus und schilderte verzweifelt ihren Verdacht. Da legte er seinen Arm um sie und sagte: »Es ist schon gut. Alles wird wieder gut werden. Ich habe mich umgesehen, und es ist nun nicht mehr gefährlich, zu deiner Mutter zu gehen.« Er entschuldigte sich, daß er das Kind nicht gefunden hatte.

Nachdem Hope bei Honey angerufen hatte, um ihr zu sagen, daß sie vorbeikäme, erhielt sie von Taylor noch letzte Anweisungen. Sie sollte ihrer Mutter die Geschichte von dem unbekannten Einbrecher in der Nacht auftischen, wonach Taylor sie nächsten Morgen gerettet habe. Er warnte sie vor jedem Versuch, draußen Aufmerksamkeit zu erregen oder woanders hinzufahren als zu ihrer Mutter – dann müßten alle sterben.

Er selbst werde ihr im Lincoln folgen, um sicherzugehen, daß sie zusammen mit dem Jungen wohlbehalten bei Honey ankäme. Nach der Ankunft bei der Mutter solle sie sofort mit Honey zusammen den Wagen auf die untere Parkebene des Beverly Hills Hotels bringen, dann wieder in Honeys Haus zurückkehren und dort warten, bis sie wieder von ihm höre.

Gerade als sie gehen wollten, nahm Taylor den kleinen K. C. auf den Arm und drückte ihn, dann legte er seinen Arm um Keith. »Ich habe einige Geschenke für dich«, sagte er und führte ihn zum Eßtisch, wo unter anderem ein Kofferradio und ein Fönkamm lagen.

Als Hope das Auto sah, mit dem sie fahren sollte, klopfte ihr das Herz wild. Es war das gelbe Auto mit den brauen Streifen. Sie war sich sicher, daß die Bremsen bearbeitet worden waren und daß sie und die Kinder auf diese Weise sterben sollten, wenn sie die steile Straße hinunterrasten. Aber Taylor beruhigte sie, als sie ihm ihre Befürchtung eingestand. »Ich bin selbst mit dem Auto gefahren. Er ist vollkommen in Ordnung.« Hope setzte K. C. auf den Rücksitz und Keith auf den Beifahrersitz. Taylor fuhr aus der Ausfahrt und Hope hinterher. Als sie drehte und die Straße entlangfuhr, blieb er dicht hinter ihr. Sie fuhr so langsam, daß es Keith auffiel. »Was ist los?« fragte er. Der Junge fand, daß sich seine Mutter seit der Rückkehr von der Ranch merkwürdig benahm, sie war irgendwie nervös, ängstlich und müde, ihr Haar war völlig wirr. Man hatte ihm gesagt, er solle nicht ans Telefon gehen, obwohl es dauernd klingelte, und man hatte ihm auch gesagt, er dürfe an diesem Tag nicht zur Schule, doch keiner hatte ihm gesagt, warum. Keith war nicht beunruhigt, denn der Mann, mit dem seine Mutter zurückgekommen war, war wirklich nett gewesen. Taylor schien Kinder sehr gern zu haben, obwohl er ihn veranlaßt hatte, sein Zimmer aufzuräumen und auch im Badezimmer etwas wegzuräumen.

»Was ist los?« fragte Keith wieder während der Fahrt.

»Nichts.«

Doch Keith blieb hartnäckig: »Was ist los? Was ist los?«

»Jemand versucht, uns alle umzubringen«, platzte Hope heraus.

»Menschenskind, vielleicht wäre Hopie dann heute besser doch nicht zur Schule gegangen«, stammelte er.

»Nein, es ist schon gut«, sagte Hope, der es sofort leid tat, ihren Sohn eingeweiht zu haben. »Es ist alles in Ordnung. Wir gehen jetzt zu Honey, und es wird uns nichts passieren. Taylor hilft uns.«

Bevor Hope das Haus ihrer Mutter betrat, schaute sie sich rasch um. Taylor hatte auf der anderen Straßenseite geparkt und beobachtete sie. Sie fiel ihrer Mutter in die Arme. Honey rief ihre Haushälterin herbei, die die Jungen ins Arbeitszimmer bringen sollte, dann nahm sie Hope mit in ihr Schlafzimmer und schloß die Tür.

Hope versuchte die Fassung zu wahren, damit ihre Mutter nicht sofort anfing zu schreien. »Du mußt jetzt ganz ruhig bleiben«, sagte Hope zu Honey. »Du darfst nicht schreien, du darfst auch nicht hysterisch oder ausfällig werden. Bill ist tot, und jemand hat uns bedroht. Wir sind alle in Gefahr.« Sie versuchte ihren Ratschlag, ruhig zu bleiben, selbst zu beherzigen, als sie die Geschichte von Bills Ermordung erzählte. Dabei erwähnte sie den Vertrag, und die berufsmäßigen Killern und den Verdacht, daß Tom Masters darin verwickelt war; sie erzählte von dem Geschrei und der Kotzerei und dem geplanten Blutbad; und schließlich von ihrer Rettung durch einen Mann namens Taylor. Sie zeigte ihrer Mutter ihre Handgelenke, an denen noch Spuren des Klebebandes zu sehen waren. Ihre rechte Hand war etwas geschwollen und leicht gerötet und unter ihren Fingernägeln klebten noch Reste von getrocknetem Blut.

»Schätzchen, laß mich das für dich sauber machen«, sagte Honey, doch Hope riß mit einem Ruck ihre Arme aus dem Schoß ihrer Mutter. »Nein, nein«, beharrte sie, »dies bedeutetet sehr viel für mich. Jedesmal wenn ich kurz davor bin, den Verstand zu verlieren, sehe ich mir meine Hände an und weiß, daß alles in Wirklichkeit passiert ist.« Honey war äußerst schockiert über Hopes Aussehen: schmuddelig und zerzaust, die Haut grau, die Augenhöhlen eingefallen, sie sah genauso aus wie ihre Eltern, kurz bevor sie gestorben waren. Honey wollte Hope in ein Krankenhaus bringen. »Ich kann nicht einfach gehen, ehe nicht der Vertrag aufgehoben ist, verstehst du das nicht?« Hope fing an zu schreien. »Wenn ich morgen früh immer noch lebe, dann werde ich in ein Krankenhaus gehen.« Honey schlug vor, doch einen Arzt ins Haus kommen zu lassen. »Nein, nein«, sagte Hope. »Taylor hat gesagt, dein Telefon würde abgehört, und es wäre gefährlich irgend jemanden anzurufen.« Honey wollte Van anrufen, und auch die Schule, die Hope Elizabeth besuchte, von der Gefahr in Kenntnis setzen, doch Hope bestand darauf, daß sie Taylors Anweisungen folgten. »Er hat mir gesagt, daß er oder einer seiner Leute sich um Hopie kümmern werden, und ich verlass' mich auf ihn.« Plötzlich sprang Hope auf. »Meine Güte, das Auto. Wir müssen das Auto wegbringen.«

»Du kannst nicht fahren«, sagte Honey. »Du bist gar nicht in der Verfassung, ein Auto zu steuern.«

»Darüber wollen wir jetzt nicht streiten«, schrie Hope. »Der einzige Grund, warum ich immer noch lebe, ist, daß ich bis jetzt immer genau das getan habe, was man mir gesagt hat.«

»Können wir es denn wagen, das Haus zu verlassen?« fragte Honey.

»Ja«, sagte Hope, »wenn wir direkt zum Hotel fahren und sofort wieder zurück, ohne Aufmerksamkeit zu erregen.«

Honey wies ihre Haushälterin Kazue an, die Kinder solange im Arbeitszimmer zu beschäftigen, während sie mit Hope zusammen eine Besorgung machen müsse. Inzwischen hatte Honey vergessen, daß sie die Alarmanlage wieder eingeschaltet hatte, nachdem Hope mit den Jungen hereingekommen war; als sie die Haustür öffnete, gab es ein schrilles Geräusch. Hope fing an zu schluchzen. »Wenn jetzt die Polizei kommt, sind wir alle tot, tot, tot!«

Das Beverly Hills Hotel lag nur wenige Blocks von Honeys Haus entfernt, an der Ecke des North Canon Drive und Sunset Boulevard. Hope parkte den gelben Wagen auf dem unteren Parkdeck, ließ die Schlüssel im Auto und lief zurück zu Honeys Wagen. Sie waren nur knapp zehn Minuten fort, doch als sie zurückkamen, sagte Kazue, ein Mann habe angerufen und nach

Hope gefragt. Kazue hatte dem Anrufer gesagt, Hope sei nicht zu Hause.

Hope war außer sich. »Nun wird er mir nicht mehr trauen, er wird mir nicht mehr trauen!« Honey versuchte sie zu beruhigen und erinnerte sie daran, daß Taylor ja gewußt habe, daß sie den Wagen zurückbringen würden, er hatte es je selbst so verlangt. Sie gab Hope ein Glas Wein.

Rauchend saßen die beiden Frauen auf der Ecke des langen Sofas im Wohnzimmer und versuchten sich gegenseitig zu beruhigen. Sehr bald schon klingelte das Telefon. Als Honey abnahm, erkannte sie die Stimme des Mannes, mit dem sie am vorherigen Abend gesprochen hatte, und der gesagt hatte, er sei ein Freund von Bill und Hope habe ein kleines Problem.

»Wir waren gerade fort, um das Auto zurückzubringen«, sagte Honey.

»Ja, ich weiß«, sagte der Mann. Er wollte mit Hope sprechen. Ihre Unterhaltung dauerte nicht lange.

»Er sagte, er müsse den Standort wechseln und, werde wieder anrufen«, erzählte Hope ihrer Mutter, als sie aufgelegt hatte. »Wenn er wieder anruft, dann bitte ihn, hierher zu kommen«, sagte Honey. Doch als Taylor sich erneut meldete und behauptete, er müsse seinen Aufenthaltsort ändern, legte Hope einfach auf, und Honey wurde ungeduldig. »Du mußt ihm sagen, er soll hierher kommen, beharrte Honey. Als der vierte Anruf kam, ging Honey zum Telefon und gab Hope wieder den Hörer. Doch als ihre Tochter es auch diesmal nicht fertigbrachte, Taylor unmißverständlich aufzufordern, sich wieder bei ihnen blicken zu lassen, griff sich Honey den Hörer. »Bitte, kommen Sie sofort zu uns, und erklären Sie uns, was eigentlich vor sich geht, oder ich werde die Polizei verständigen«, drohte Honey.

»Rufen Sie nicht die Polizei«, warnte Taylor. »Ich kann jetzt nichts erklären, weil ich nicht länger am Telefon bleiben kann, sonst wird man das Gespräch zu mir zurückverfolgen. Ihr Telefon wird abgehört.«

Hope stand neben ihrer Mutter und hätte am liebsten losgeheult, doch sie wagte es nicht, aus Angst, nie wieder damit aufhören zu können. »Warum hast du das gemacht?« jammerte sie. »Warum hast du das getan?«

»Weil er einfach hier aufkreuzen und mit uns reden soll«, sagte Honey.

Hope tat ein paar tiefe Atemzüge. »Okay«, sagte sie. »Sei bitte sehr, sehr vorsichtig mit dem, was du sagst, wenn er hier ist. Hör einfach nur zu, was er sagt, und werde bitte, bitte nicht hysterisch. Er haßt hysterische Frauen. Sei nett zu ihm. Sei einfach freundlich und stell ihm nicht zu viele Fragen.« Zwischen Taylors Anrufen erhielt Honey auch etliche private Anrufe. »Ich kann jetzt nicht reden«, sagte sie dann und legte wieder auf.

Kurz nach drei Uhr klingelte Hope Elizabeth an der Tür, die wie gewöhnlich auf dem Heimweg von der Schule noch bei ihrer Großmutter vorbeischaute. Kurz danach rief Taylor abermals an, um zu sagen, er wisse, daß das Kind nun dort sei, und er jetzt auch vorbeikomme.

Hope ging ins Arbeitszimmer und nahm abwechselnd Keith und Hope Elizabeth mit in Honeys Schlafzimmer. Zuerst redete sie mit Keith. »Etwas ganz Schreckliches ist passiert, Keith, und ich muß dir jetzt davon erzählen. Ich möchte nicht, daß du weinst oder ein großes Theater machst. Ich möchte, daß du mir einfach zuhörst und keine Fragen stellst. Dann geh bitte wieder zurück und kümmere dich um deinen Bruder, denn dabei brauche ich jetzt deine Hilfe. Jemand hat Bill umgebracht, und jetzt will man auch noch K. C. entführen, ich möchte, daß du im Arbeitszimmer bleibst und ihn beaufsichtigst, während ich versuche die Dinge zu regeln.«

Sie erzählte ihrer Tochter dasselbe, denn sie hoffte mit ihrer Offenheit die beschützerischen Instinkte ihrer Kinder zu wecken. Ihre beiden älteren Kinder gingen nach dem Gespräch zurück ins Arbeitszimmer, sie waren zwar offensichtlich wie betäubt, weinten jedoch nicht. Es läutete an der Haustür, und Hope rannte zum Fenster. »Es ist Taylor! Es ist Taylor! Laß ihn herein«, rief sie ihrer Mutter zu, die schon zur Haustür geeilt war.

Honey löste die Kette an der Tür und schaltete die Alarmanlage ab. Sie öffnete einem elegant gekleideten Herrn die Tür, der sich als Taylor Wright vorstellte. »Ich bin Hopies Mutter«, sagte Honey. »Kommen Sie bitte herein.« Sie machte hinter ihm die Tür zu, verriegelte sie und stellte den Alarm wieder an.

»Hat Hope Ihnen erzählt, daß ich der Zeitungsfotograf bin, den Bill Ashlock auf die Ranch eingeladen hat, um dort ein Interview und Aufnahmen zu machen?« fragte er. »Ja«, sagte Honey, »Bill hat mich letzten Freitag angerufen, um mich zu fragen, ob ich etwas dagegen hätte, sie dorthin einzuladen. Sind Sie nicht derjenige, mit dem ich gestern abend gesprochen habe, als ich bei Hopie anrief?«

»Ja, genau der bin ich«, sagte er. »Es tut mir leid, daß ich Sie angelogen habe, aber Hopes Telefon wird abgehört, und ich mußte sehr vorsichtig sein mit dem, was ich sagte. Ich wußte nicht, was hätte passieren können, wenn sie gekommen wären oder die Polizei geschickt hätten.«

Honey hätte gerne noch einige Fragen gestellt, besann sich jedoch auf Hopes Mahnung, sie solle recht freundlich sein. »Kommen Sie herein und setzen sich«, bat Hope jetzt Taylor. »Möchten Sie etwas trinken?«

»Nein, vielen Dank«, sagte er. »Ich bin zu aufgeregt.« Er setzte sich ans Ende des Sofas, ganz nah zur Tür. »Sind die Kinder hier? Ich weiß, daß Hope Elizabeth hier ist, weil ich sie beobachtet habe, um sicherzugehen, daß nichts passiert.«

»Ja, sie sind alle hier«, sagte Honey. »Sie sind alle mit dem Mädchen im Arbeitszimmer.« Sie setzte sich auf das kleine Sofa. Taylor lächelte Hope an. »Hast du das Auto zurückgebracht?«

»Ja«, sagte Hope. »Bist du direkt dorthingefahren und sofort wieder hierher gekommen?«

»Ja.«

»Hast du ihn genau da abgestellt, wo ich es dir gesagt habe?«

»Ja, ich habe ihn auf der unteren Parkebene abgestellt.«

»Das ist brav«, sagte Taylor zufrieden. »Hast du angehalten und mit jemandem gesprochen?«

»O nein, nein«, sagte Hope. »Nein, das haben wir nicht.«

»Wie ist denn dieses Auto zu Hopes Haus gekommen?« fragte Honey. »Oh, meine Leute haben es für mich dorthin gebracht«, sagte Taylor locker. Hope machte sich noch einen Drink, und Honey beobachtete Taylor aufmerksam, während er sprach. Sie war von seiner Erscheinung beeindruckt: groß, kräftig gebaut, mit breiten Schultern. Sein braunes lockiges Haar war gut frisiert, gleichmäßig ungefähr vier Zentimeter unterhalb der Ohren abgeschnitten. Er schien braune Augen zu haben, doch er trug eine leicht getönte, große Brille, so daß man die Farbe nicht genau erkennen konnte. Er war ordentlich gekleidet, mit einem braunen Tweed-Jackett, einem blaßgelben Hemd und einer gold-braun gestreiften Krawatte, und er trug gut geputzte Lederstiefel. Augenscheinlich intelligent, gut erzogen, aus gutem Hause, dachte Honey. Er war ruhig und selbstbewußt, und er hatte ein angenehmes Lächeln.

Taylor berichtete Honey, wie er Bill am Freitag in der Stadt getroffen habe und sie geplant hatten, zur Ranch zu fahren. Er sei am Sonntagmorgen um halb zehn in Springville angekommen, doch als er von dort bei der Ranch anrief, um letzte Wegbeschreibungen zu bekommen, wie es mit Bill vereinbart war, meldete sich dort niemand. Er habe angenommen, daß Bill und Hope sich irgendwo draußen aufhielten, und so sei er einfach ein wenig in der Gegend umhergefahren, bis er schließlich den Weg zur Ranch gefunden habe, mit dem Namen der Ranch auf dem Tor. Er sei die kurvige Straße entlang gefahren und habe zwei Häuser gesehen und habe angenommen, daß Bill in dem größeren Haus zu finden sei. Er ging zum Hintereingang, fand die Tür unverschlossen und sei hineingegangen, dann habe er eine Frau schreien hören und sei durch die Küche ins Wohnzimmer gegangen, wo er Bill Ashlock erschossen auf dem Sofa vorgefunden habe. Den Schreien folgend, sei er ins vordere Schlafzimmer gelangt, wo er Hope nackt und gefesselt vorgefunden habe. »Sie war wirklich ein Fall für die Nervenanstalt und ist es seitdem geblieben«, sagte er.

»Sie war ja gefesselt, und so war es für mich offensichtlich, daß sie nichts mit Bills Tod zu tun haben konnte, und deshalb band ich sie los. Sie war vollkommen verängstigt, wollte nur raus aus dem Haus. Doch sie sagte, sie könne den Gedanken nicht ertragen, durch das Wohnzimmer gehen zu müssen, wo Bills Leiche liege, deshalb habe ich Bills Leiche in das hintere Schlafzimmer gebracht und eine Decke über das blutige Sofa gelegt und Hope gesagt, daß sie nun durch das Zimmer gehen könne. Sie lief durch den Vordereingang zu meinem Auto, und ich lief hinter ihr her.«

»Wie war sie gefesselt?« fragte Honey.

»Sehr, sehr professionell«, sagte Taylor. »Ihre Füße waren an den Knöcheln mit Klebeband zusammengebunden, ihre Beine waren hinter ihrem Rücken hochgezogen und ihre Hände mit den Füßen zusammengeklebt. Ich habe das Klebeband so vorsichtig, wie ich konnte, abgerissen, doch ich weiß natürlich, daß es weh getan haben muß, als ich es von der Haut abzog.«

»Woher wußten Sie, wer sie war?«

»Nun, Bill hatte mir alles mögliche von ihr erzählt, und ich wußte, daß sie mit Bill zusammen dort sein würde. Als wir beim Essen waren, hatte er mir ein Bild von ihr gezeigt.« Taylor schüttelte bedächtig seinen Kopf. »Wissen Sie, als ich sie dort liegen sah, konnte man sie kaum wiedererkennen. Der Mann, der ihrer Tochter das antat, muß verrückt sein.«

Hope ging rauchend im Zimmer auf und ab.

»Warum bist du so nervös?« fragte Taylor. »Setz dich hin, und entspann dich.« Dieser Aufforderung kam Hope augenblicklich nach.

»Nachdem Sie Hope befreit hatte, und die Ranch verließen, warum sind Sie dann nicht direkt zur nächsten Polizeiwache gefahren?« fragte Honey.

»Weil Ihre Tochter mir berichtet hatte, was dort passiert war, und sie sich nun um die Sicherheit ihrer Kinder die größten Sorgen machte. Sie sagte, Sie seien mit ihrem mexikanischen Mädchen zu Hause, und sie berichtete weiter, daß der Killer ihr gedroht habe, er würde sie und ihre Kinder umbringen, wenn sie die Polizei verständigen würde. Sie war beunruhigt, daß ihr Mann, von dem der Killer behauptete, engagiert worden zu sein, K. C. mitgenommen und ihn vielleicht noch nicht zurückgebracht hatte. Sie wollte nur eiligst nach Hause. Deshalb brachte ich sie nach Hause, und kurz nachdem wir dort angekommen waren, rief der Mörder an und wollte wissen, wer der Mann war, der sie nach Hause gebracht hatte. Und er sagte ihr wieder, daß, wenn sie die Polizei verständige, sie und ihre Kinder nie sicher sein würden, niemals.« Er sah Hope an. »Nicht sicher, für den Rest ihres Lebens.«

Hope stand plötzlich auf, machte ein paar Schritte und setzte sich dann wieder. »Er sagte weiterhin, daß wenn die Polizei verständigt sei, sie ihn nicht identifizieren dürfe, oder sie würde auch umgebracht werden.«

»Gibt es wirklich eine solche Organisation von berufsmäßigen Mördern?« fragte Honey. »Geht es um die Mafia?«

»Unterbrich ihn doch nicht«, sagte Hope. »Hör einfach zu und laß ihn reden.« Taylor sah sehr ernst aus. Er lehnte sich vor und drückte seine Handflächen gegeneinander.

»In Los Angeles spricht man nicht von der Mafia, sondern immer nur von der Organisation. Doch ich versichere Ihnen, daß es tatsächlich so etwas gibt. Ich weiß, daß Sie sich so etwas nur sehr schwer vorstellen können, weil man mit diesen Dingen in ihren Kreisen nur selten in Kontakt kommt, doch es gibt solche Organisationen und auch berufsmäßige Mörder. Sie töten, weil es ihr Geschäft ist. Für sie ist es eine Arbeit, wie jede andere auch, und sie werden dafür bezahlt, es zu tun.«

Honey starrte ihn an. »Woher weiß ich denn, daß Sie nicht auch einer von denen sind?«

»Das können Sie eben nicht«, sagte Taylor ganz ruhig. »Doch wenn ich einer wäre, hätte ich dann Ihre Tochter nach Hause gebracht und sie Tag und Nacht beschützt? Hätte ich die ganze Nacht mit einem Gewehr am Fenster gesessen, damit sie und die Kinder schlafen können? Tatsächlich ist es so«, fuhr er etwas brummig fort, »daß ich sehr müde bin, weil ich, anstatt zu schlafen, an ihrem Wohnzimmerfenster mit meinem Gewehr Wache gehalten habe. Die gläserne Schiebetür in Hopes Wohnzimmer ist absichtlich beschädigt worden, so daß man sie nicht mehr schließen kann. Sie haben das wahrscheinlich gemacht, da sie den Grundriß des Hauses kannten.«

»Ich habe durch das Zielfernrohr von Taylors Gewehr gesehen«, warf Hope ein. »Du würdest es nicht für möglich halten, wie weit man mit so einem Teleskop sehen kann.«

»Sie war in sehr großer Gefahr«, fuhr Taylor fort. »Sie alle stecken in Gefahr. Ich bin ziemlich sicher, daß jemand auf dem Dach des Hauses auf der anderen Straßenseite hockt und mit dem Zielfernrohr seines Gewehres auf die Vordertür ihres Hauses zielt.«

»Sind denn nicht auch Ihre Leute da draußen?« fragte Honey.

»Jetzt nicht mehr. Ich habe sie abgezogen, als ich hier ankam.

Es könnte sogar eine Bombe hier direkt unter Ihrem Haus angebracht sein, die gezündet wird, wenn Sie die Polizei anrufen. Haben Sie nicht in letzter Zeit Leute bemerkt, die Ihnen verdächtig vorkamen?«

Honey erinnerte sich plötzlich. Als sie Hope zum Beverly Hills Hotel gefolgt sei, habe sie zwei Männer in Overalls bemerkt, die bei einem Lastwagen standen, der vor dem Haus auf der anderen Straßenseite parkte. Sie wären immer noch dort gewesen, als sie mit Hope zurückgekommen sei. Eine Farbige habe auf den Stufen vom Hause ihrer Nachbarn gesessen. Außerdem erinnerte sie sich an den Vorfall des vorigen Tages, als ein Mann, den sie noch nie zuvor gesehen hatte, geradewegs über die Terrasse durch die Schiebetür ins Wohnzimmer spaziert war. Indem er die Hand vor Augen hielt, sah er sich im Wohnzimmer um; als er Honey sah, drehte er sich wortlos um, ging über die Terrasse und den Rasen zur Garage. Dort ging er hinein, kam dann mit einer Hacke wieder heraus und fing an zu arbeiten. Honey hatte angenommen, er sei ein neuer Arbeiter, den ihr Gärtner angestellt habe.

Taylor nickte verständnisvoll. »Mit all den Glastüren und Fenstern gibt es in diesem Haus keine Sicherheit vor einem Heckenschützen, der über ein Zielfernrohr verfügt.«

»Wann können wir denn nun die Polizei verständigen?« fragte Honey.

»Nicht, solange der Vertrag nicht aufgehoben ist. Ich habe mit meinen Leuten in Chicago gesprochen, und soweit sie das beurteilen können, existiert der Vertrag für Hope und die Kinder noch immer und« – hier machte er wieder eine Pause – »wahrscheinlich auch der für Sie und Ihren Mann, nun da Hope zu Ihnen gekommen ist.«

»Sie sprechen immer von Ihren Leuten«, sagte Honey. »Wer sind denn Ihre Leute? Sind Sie von der CIA oder vom FBI oder was?«

Taylor lachte. »Ich denke, je weniger Sie von mir und meinen Leuten wissen, desto besser«, sagte er sanft.

Zwei- oder dreimal schon war Honey an diesem Nachmittag trotz Taylors Warnung zum Telefon gegangen, um ihren Mann anzurufen. Doch jedesmal hatte Hope sie davon abgehalten.

»Mutter, Mutter, hör bitte auf das, was Taylor dir sagt.« Sie betonte das Wort Mutter, das sie eigentlich schon seit fünfundzwanzig Jahren schon nicht Honey gegenüber benutzt hatte.

Taylor erklärte ihr jetzt auch, warum sie nicht anrufen dürfe. »Wissen Sie, diese Leute haben auch in der Polizeibehörde ihre Verbindungsleute. Woher wollen Sie wissen, ob nicht gerade so jemand Ihren Anruf entgegennimmt? Sie haben überall Leute. Überall! Bei den Rechtsanwälten, in der Ärzteschaft und bei der Polizei. Sogar in höheren Positionen bei der Regierung.«

Honey versuchte sich auf all dieses einen Reim zu machen und fragte Taylor erneut, warum er nicht schon längst die Polizei informiert habe.

»Weil ich kein amerikanischer Staatsbürger bin«, lautete diesmal die Antwort. »Ich bin kein amerikanischer Staatsbürger, und diese Geschichte hier könnte mir alle möglichen Schwierigkeiten mit meinem Paß verursachen.«

Honey war entsetzt. »Ich kann unter diesen Umständen nicht verstehen, was das ausmachen kann?«

»Ich habe eine Leiche bewegt, eine Tatzeugin vom Ort des Verbrechens weggebracht und die Beweise für ein Verbrechen vernichtet«, gab Taylor, immer noch sehr geduldig, zurück. »Ich könnte alle möglichen Schwierigkeiten bekommen.«

»Das könnten Sie doch sicherlich auch den Polizisten erklären«, sagte Honey verärgert. »Sie hätten sie gleich zur Polizei bringen müssen. Ich kann verstehen, daß Hope so schnell wie möglich nach Hause wollte, um sicherzugehen, daß den Kindern nichts passiert, und offensichtlich war sie auch zu hysterisch, um eine vernünftige Entscheidung zu treffen, doch Sie scheinen doch eine vernünftige, intelligente Person zu sein, und Sie hätten wissen müssen, daß es besser gewesen wäre, direkt zur Polizei zu gehen.«

»Es war mir zu gefährlich«, wiederholte Taylor. »Und ich hätte mich in alle möglichen Schwierigkeiten begeben. Was ich nun tun sollte, ist, zu einem Anwalt zu gehen, eine Aussage hinterlegen und mit dem nächsten Flugzeug das Land verlassen. In der Tat« – er stand auf – »denke ich, werde ich jetzt wohl gehen.«

»O nein Taylor«, bat Honey, deren Wut plötzlich verraucht

schien, »Sie haben Hopie gerettet. Der Mörder hätte zurückkommen können, wenn Sie sie nicht weggebracht hätten, und Sie haben sie seither immer beschützt. Sicherlich wollen Sie doch jetzt nicht gehen, wo Sie doch ihr einziger Zeuge sind? Die Polizei braucht sicherlich jede Einzelheit, damit sie den Mörder finden und überführen können. Bitte, bitte bleiben Sie doch.«

Taylor sah Hope an und grinste. »Ich werde bleiben.« Er setzte sich hin und zündete sich eine Pfeife an. »Lassen Sie uns das Thema wechseln«, sagte er sanft. »Wissen Sie eigentlich, daß ihre Tochter schmuddelige, kleine Kinder auf den Arm nimmt und ihnen die Nase putzt?«

»Das wundert mich gar nicht«, antwortete Honey. »Sie ist so etwas wie die Mutter der Nation. Jeder scheint mit seinen Problemen zu ihr zu kommen. Unser Zahnarzt wundert sich schon, daß sie dauernd ihre mexikanischen Mädchen zu ihm bringt, um deren Zähne richten zu lassen, doch sie selbst läßt sich nicht behandeln. Sie hat den Leuten immer nur geholfen, und Bill Ashlock hat ihr geholfen. Bill war auf so wunderbare Weise hilfsbereit, und er hatte die Kinder wirklich gern.«

Völlig unvermittelt legte Taylor seine Pfeife auf den Tisch und stand auf. Hope erinnerte sich, daß er es nicht mochte, wenn man von Bill sprach. »Würdest du glauben, daß Taylor schon 51 ist?« fragte sie mit schriller Stimme.

»Im Ernst? Einundfünfzig?« staunte Honey. »Sie sehen aber bestimmt nicht danach aus.«

»Ich habe sogar schon Enkelkinder«, sagte Taylor, dessen Empörung sich gelegt hatte. Er setzte sich wieder hin und griff nach seiner Pfeife. »Ich frage mich gerade, was der Mörder wohl als nächstes unternehmen wird«, sagte er sinnierend. »Ich frage mich, ob er wohl Geld verlangt. Vielleicht hat er Hope deshalb hierherkommen lassen, weil er wußte, daß Sie ihre Geldquelle sind. Oh, das weiß er; er weiß alles über Sie. Er weiß, daß Ihr Mann zwei Herzinfarkte gehabt hat, und er war sogar schon im neuen Büro Ihres Mannes im Arco Tower.«

»Mein Mann hat mir schon oft gesagt, er würde niemals auch nur einen Pfennig bezahlen, wenn er mit einer Entführungsdrohung konfrontiert würde«, sagte Honey »und ich bin mir sicher, daß er bei dieser Sache genauso handeln würde.«

Während Taylor gedankenverloren an seiner Pfeife zog, brachte Honey zur Sprache, was ihr gerade einfiel. »Wie wurde Bill erschossen?«

»Er wurde von hinten durch den Kopf geschossen«, sagte Taylor. »Wahrscheinlich hat er gar nicht bemerkt, was passierte.«

»Ich frage mich, warum Hope den Schuß nicht gehört hat«, meinte Honey.

»Oh, wahrscheinlich hat er einen Schalldämpfer benutzt.« Taylor demonstrierte mit seinen Händen, wie Bill vermutlich erschossen worden war. »Wie in dem Buch ›Der Schakal‹. Haben Sie es gelesen?«

Honey war so perplex, daß sie nicht antwortete. Sie hatte es in ihrem letzten Urlaub gelesen, und die tödlichen Einzelheiten waren ihr noch lebhaft im Gedächtnis. Der Schakal. Ein Mann, der in die Identität eines anderen schlüpft und wieder hinaus. Ein kultivierter Mann, der sich in maßgeschneiderte Sachen kleidete und polierte Lederschuhe trug, ein Mann, der gutes Essen genoß und sich in den besten Hotels niederließ. Ein Mann, der es meisterlich verstand, sich zu tarnen; manchmal klebte er sich ein Pflaster auf die Wange, oder er trug eine große dunkle Brille.

Das Telefon klingelte, es war der Verwalter der Ranch. Jim Webb. Er sagte Honey, daß Hopes Wagen noch vor der Ranch stehe, doch er selbst habe sie nirgendwo gesehen. Ob denn alles in Ordnung sei. Honey hielt mit der Hand den Hörer zu und sagte Taylor, daß es Jim Webb sei. »Kann ich es ihm sagen?« fragte sie.

»Nein«, entschied Taylor.

Honey sprach wieder in die Telefonmuschel. »Hope ist hier bei mir, Jim«, sagte Honey. »Es hat sich etwas Tragisches auf der Ranch ereignet. Ich werde Sie so bald wie möglich anrufen. Bitte gehen Sie nicht ins Haus.«

Honey legte nach ein paar Abschiedsformeln auf und wandte sich an Taylor. »Montags geht Terry Webb, die Frau des Verwalters, für gewöhnlich ins Ranchhaus, um dort aufzuräumen und die Betten neu zu beziehen. Wahrscheinlich hat sie sich noch nicht hereingetraut, weil Hopies Auto noch dort steht. Ist es nicht schade, daß sie nicht wie gewöhnlich reingegangen ist, denn dann hätte sie bestimmt die Polizei gerufen, und die wären dann direkt zu Hopies Haus gekommen, um sie zu suchen.«

»Sie sollten froh sein, daß sie nicht zu Hopes Haus gekommen sind«, sagte Taylor in ernstem Ton. »Ich habe Ihnen doch schon erzählt, wenn die Polizei dort aufgetaucht wäre, wären alle getötet worden.«

»Aber wenn unser Telefon abgehört wird und sie diese Unterhaltung gehört haben«, sagte Honey ängstlich, »werden sie wissen, daß bald alles ans Licht kommt. Kann ich nicht doch jetzt die Polizei verständigen?«

»Nein, nein«, wiederholte Taylor. »Sie müssen warten, bis Hope Bescheid bekommt, daß sie die Polizei benachrichtigen darf.«

Er machte eine kurze Pause und nickte dann. »Sie haben jedoch recht. Er weiß sicher auch, daß die Zeit langsam knapp wird.«

Kurz vor sieben kam Van nach Hause. »Liebling, wir müssen dir etwas ganz Furchtbares erzählen«, sagte Honey, »doch du solltest dich vielleicht erst einmal setzen und etwas trinken und dich auf die schreckliche Neuigkeit vorbereiten. Vielleicht solltest du dir auch erst noch deine Tabletten holen für den Fall, daß du sie brauchst.«

Sie machte Van und Taylor miteinander bekannt. »Möchten Sie etwas trinken?« fragte Van den Besucher. Taylor bat um einen Sherry.

Van ging zur Bar in einer Wandnische, die mit einem Kühlschrank, einem Spülbecken und Falttüren versehen war. Er brachte die Drinks zum Sofa, und die vier nippten eine Weile schweigend an ihren Gläsern. Taylor schmauchte gemächlich an seiner Pfeife.

Hope konnte kaum ruhig sitzen bleiben. Ihre Hände waren ganz klamm, und sie fühlte sich benommen. Nachdem Kazue um sechs Uhr zu ihrem Sprachkurs gegangen war, hatte Hope die Kinder zu Bett gebracht, alle drei zusammen in das eine große Bett des zweiten Schlafzimmers, wo Hope selbst als Teenager gelebt hatte. Hope kannte dieses Zimmer in- und auswendig; sie mußte immer an die großen Fenster denken, die sich über eine ganze Wand des Raumes erstreckten und auf den hinteren Teil des Gartens hinausgingen. Die Vorhänge waren zugezogen, doch Hope erinnerte sich, was Taylor über die Leute draußen gesagt hatte und daß niemand im Hause sicher sei. Ihr war speiübel, und sie war so aufgewühlt, daß sie plötzlich mit ihrer Geschichte herausplatzte, die sie Van zu erzählen versuchte. Honey fing auch an zu reden, und Hope unterbrach sie ständig. Als sich Taylor einschaltete, hörten beide Frauen auf zu reden.

Van hörte zu, als Taylor die Geschichte erzählte, die er auch Honey aufgetischt hatte. Er fügte einige Details hinzu, die Honey noch nicht gehört hatte, über Drohanrufe, die Hope erhalten habe während der zwei Tage, die er in ihrem Haus verbracht hatte.

»Ist es nicht so, Hope?« fragte er, indem er sie scharf ansah.

»Mh-hmh«, sagte Hope aus Angst, er würde seine Waffe wieder hervorholen und sie alle erschießen, wenn sie ihm nicht zustimmte. Im Laufe des Nachmittags hatte Hope mehrmals beobachtet, wie Taylor sein Sakko kurz aufschlug, gerade lange genug, damit Hope einen flüchtigen Blick auf seine Waffe werfen konnte, die in seinem Hosenbund steckte. Gerade so, als ob er sie warnen wollte.

Van stellte sein Glas auf dem Couchtisch ab und stand auf. »Ich werde jetzt die Polizei verständigen«, sagte er entschlossen.

»Sie können die Polizei nicht anrufen«, erklärte Taylor. »Ihr Telefon wird abgehört, und wenn Sie die Polizei alarmieren, wird jeder hier in diesem Haus umgebracht.«

»Das ist mir egal«, sagte Van. »Ich bin jetzt dreiundsechzig Jahre alt, und ich habe niemals in meinen Leben gegen das Gesetz verstoßen. Ich verständige die Polizei.« Er ging zum Telefon, das am anderen Ende des Wohnzimmers auf einem Spieltisch stand. Hope schrie und war noch vor ihm am Telefon.

»Und was wird aus meinen Kindern?« brüllte Hope. »Du setzt nicht nur dein eigenes Leben aufs Spiel. Du verurteilst auch gleichzeitig meine Kinder, und sie hatten noch nicht einmal die Chance zu leben.« Van starrte Hope an, dann blickte er sich wieder zu Taylor um und fing an, im Zimmer auf und ab zu gehen. »Mein Verwalter und seine Frau auf der Ranch sind auch in Gefahr«, sagte Van.

»Und was ist mit Ihrer eigenen Familie hier an Ort und Stelle?« fragte Taylor. »Ihr Verwalter hat von einer Leiche nichts zu befürchten.« Die Feindseligkeit zwischen den beiden Männern wuchs mit jedem Schritt, den Van auf und ab wanderte. Taylor erwähnte nochmals, daß die Möglichkeit bestehe, daß eine Bombe unter dem Haus installiert sei, die gezündet würde, wenn er die Polizei verständige, und daß möglicherweise ein Heckenschütze in einem Baum säße. Van schüttelte unaufhörlich mit dem Kopf und hielt es dennoch für besser, wenn man sofort die Polizei anrief. Hope schien dem Zusammenbruch nahe zu sein.

Taylor sprach sehr ruhig. »Kennen Sie einen Anwalt, oder haben Sie einen Freund im Büro des Distrikt Staatsanwalts, den Sie bitten könnten, hierherzukommen?« fragte er Van, der ihn zornig anstarrte. »Das ist ja wohl das Mieseste, was man einem Freund antun kann«, sagte er spitz. »Jemanden zu bitten, hierher zu kommen, um dann womöglich auf unserer Schwelle erschossen zu werden.«

Bald kreiste die hitzige Diskussion der beiden Männer nur noch um die eine Frage, wen man verständigen solle. »Ich schlage vor, Sie rufen zunächst einen Strafverteidiger an und lassen sich von ihm einen Rat geben«, meinte Taylor. Wieder weigerte sich Van mit dem Einwand, daß jeder, der zum Haus käme, sich in Gefahr begebe. Im Laufe der Unterhaltung konnte Hope heraushören, daß Van die Absicht hatte, die örtliche Polizeistation von Beverly Hills zu verständigen, die ungefähr zwei Häuserblocks von ihnen entfernt war. »Ruf doch beim FBI an oder bei irgendeiner anderen übergeordneten Behörde«, bat sie Van inständig. »Wenn ich schon mit jemandem reden soll, dann möchte ich mit jemandem sprechen, der intelligent genug ist, mit so einer schrecklichen Angelegenheit fertig zu werden. Ich möchte nicht mit irgendeinem x-beliebigen, kleinen Dorfpolizisten reden.«

Hope hatte das Gefühl, Van ignoriere sie völlig. »Ich rufe die hiesige Polizei«, wiederholte er. »Sie werden schon wissen, was zu tun ist. Ich werde hinausgehen und von anderswo telefonieren und sie darum bitten, einen Zivilbeamten in einem neutralen Wagen zu schicken.«

Taylor stand auf. »Es wird besser sein, wenn ich hinausgehe, um zu telefonieren«, sagte er. »Ich bin schon dabei beobachtet worden, wie ich hier ein- und ausging, deshalb wird es nicht auffallen, wenn ich gehe.« Er erläuterte kurz seinen Plan, er wollte zur Polo Lounge des Beverly Hills Hotels gehen, einen Drink bestellen, um nicht aufzufallen, und dann nach kurzer Zeit die Herrentoilette aufsuchen, um vom Münzfernsprecher die Polizei anzurufen. »Sie kommen doch dann wieder, nicht wahr?« fragte Honey mit flehender Stimme. Taylor sagte, er würde zurückkommen. Er stand auf, winkte Hope kurz zu und war verschwunden. Van ging eilig ins Schlafzimmer und kam mit zwei Waffen zurück, einem Gewehr und einem automatischen Revolver. Vorsichtig legte er sie auf den Spieltisch im Wohnzimmer. Hope starrte auf die Waffen.

»Ich habe noch kein Testament gemacht«, sagte Hope zitternd. »Ich möchte jetzt mein Testament machen.« Flehentlich wandte sie sich Van zu. »Zeigst du mir, wie man das macht?«

»Schreib es einfach auf einen Zettel, und unterschreib es«, sagte Van. »Und vor allen Dingen muß ein Datum daraufstehen.«

Honey nahm ein Blatt von Vans Geschäftsbriefbögen, die auf dem Telefonbord in der Küche lagen, und gab ihn Hope.

Sie schrieb:

27. 02. 73
Im Falle meines Todes erlauben Sie bitte meinen Freunden, Herrn und Frau Pierce, die Vormundschaft für meine Kinder zu übernehmen. Tom Masters hat veranlaßt, uns alle zu töten, und mein erster Mann zeigt kein Interesse an den Kindern; er wäre auch nicht in der Lage, für sie zu sorgen. Bitte veranlassen Sie, daß die Kinder zusammenbleiben, sie sind eine kleine Familie für sich, und sie brauchen sich gegenseitig. Veranlassen Sie bitte, daß derjenige, der die Fürsorge für die Kinder übernimmt, auch in den Besitz all meines Vermögens und meiner Besitztümer gelangt. Hope Masters

Um neun Uhr erhielt Sergeant Billy Ray Smith in der Polizeistation von Beverly Hills Taylors Anruf. Es war eine friedliche Nacht auf der Wache, wie Dienstag abend fast immer. Die wenigen Anrufe, die eingingen, handelten von Hunden ohne Leine oder vielleicht um eine Alarmsirene, die versehentlich im Nachbarhaus ausgelöst wurde. Dieser Anrufer aber erklärte Sergeant Smith, daß er im Auftrag eines anderen von einer Telefonzelle aus anrufe, es handele sich um eine junge Frau, die in eine Mordgeschichte im Norden Kaliforniens verwickelt sei. Sergeant Smith konnte an der Stimme keine besonderen Merkmale erkennen – keine schleppende Aussprache, keinen ausländischen Akzent – abgesehen davon, daß sie aufgeregt klang. Der Anrufer erzählte, die junge Frau sei Zeugin eines Mordes gewesen, ein Mitglied der Mafia habe die Tat begangen. Er gab ihm die Adresse von Honey und Van und bat darum, sofort ein Zivilstreife dorthin zu schicken.

»Wie heißen Sie?« fragte Sergeant Smith.

»Taylor«, sagte der Anrufer.

»Haben Sie dieselbe Anschrift?«

»Nein, ich wohne woanders.«

»Dann geben Sie mir auch bitte Ihre Adresse«, sagte Sergeant Smith. Er stand der ganzen Sache ein wenig skeptisch gegenüber, doch wer weiß? – vielleicht versuchte dieser Typ auch, einen Polizisten in einen Hinterhalt zu locken oder so etwas Ähnliches. Taylor sagte, er wohne am Drive. »Geben Sie mir bitte ihre dortige Telefonnummer«, sagte Smith.

Taylor weigerte sich. »Schicken Sie nun Beamte dorthin, oder nicht?« wollte er wissen.

»Ich habe keine Zivilstreife«, sagte Sergeant Smith. Taylor wurde rasend. »Wenn ich auf den ganzen bürokratischen Kram warten soll, dann vergessen Sie es«, sagte er. »Ich werde das FBI verständigen.«

Er knallte den Hörer auf. Der Sergeant war überzeugt, daß das diese Geschichte erlogen war. Dennoch funkte er den Streifenwagen an, der sich in der Nachbarschaft aufhielt, und bat den Beamten am Steuer, William Clyde Stien, doch einmal bei der genannten Adresse nach verdächtigen Autos zu sehen.

Taylor rief im Haus an. Er sagte, die Beverly Hills Polizei

habe ihm nicht geglaubt, und man würde nicht kommen, weil er kein Anwohner sei. »Ich werde jetzt die Polizei in Porterville anrufen«, sagte er Hope. »Ich rufe dich dann zurück.«

»Wir können hier doch nicht einfach nur herumsitzen und warten«, meinte Van. Er griff zum Telefon und rief die Auskunft an. »Ich möchte die Nummer der Polizeiwache von Beverly Hills«, sagte er. Hope sah ihm schweigend zu, ihr Kopf schien zu platzen. Das ist es, dachte sie. Das ist es. Dann schrie Van fast ins Telefon. »Ein Mord, ein Mord – genau das habe ich gesagt, ein Mord!« Als Van anrief, hatte Sergeant Smith bereits den Familiennamen in seinem Adressenverzeichnis nachgeprüft und beschlossen, der Sache doch Beachtung zu schenken. Der Sergeant hatte Taylor die Wahrheit gesagt. Er hatte wirklich keine Zivilstreife, doch als dann Officer Stien zur Wache zurückkam und berichtete, daß er nichts Verdächtiges entdeckt habe, Sergeant Smith wies ihn an, seine Kleidung zu wechseln, und zusammen mit Officer Phil DeMond noch einmal dorthin zu gehen.

Officer Stien und sein Kollege DeMond legten die Uniform ab und fuhren das kurze Stück zu Honey und Van. Stien befestigte ihre beiden Dienstausweise an der Schreibmappe, die er dabei hatte, ging zur Tür und klingelte. DeMond wartete etwas weiter unten an der Auffahrt und sah sich etwas um. Das Licht über der Haustür brannte, und er konnte die ganze Front des Hauses, die Auffahrt und den Bürgersteig überblicken. Nichts sah verdächtig aus, nirgendwo schien etwas faul zu sein. DeMond sah, daß ein Mann am Fenster stand und sie durch die Vorhänge beobachtete. Dann öffnete eine Frau die Tür eine Spaltbreit, ließ aber die Kette davor. Stien zeigte ihr seinen Dienstausweis, doch Honey weigerte sich, ihn hereinzulassen; ihrer Meinung nach sah der Mann verdächtig aus. Van kam zur Tür, sah sich den Ausweis genauer an und entriegelte die Tür. Als Officer Stien in die Halle kam, sein Partner direkt hinter ihm, lief Hope auf sie zu. »Wenn Sie nicht von der Polizei sind, sondern zu denen gehören, dann erschießen Sie bitte mich!« schrie sie. »Ich bin diejenige, auf die der Vertrag abgeschlossen wurde, nicht meine Eltern!« Sie trug jetzt eine Waffe. Hope sagte später, sie habe sie gegen den Boden gerichtet. In seinem

Bericht schrieb DeMond: ›Sie schwang sie über ihrem Kopf‹. Stien sagte: »Sie zielte irgendwo hin, nicht direkt auf uns, doch sie hatte die Waffe gut im Griff, und es sah so aus, als könne sie sie bei Bedarf auch benutzen.«

»Ich möchte, daß Sie sich deutlich ausweisen«, verlangte Hope, und Stien zeigte ihr nochmals die Ausweise. Van nahm ihr die Waffe ab und entnahm ihr 5 Schuß Munition und legte sie auf den Tisch. Er blieb neben dem Tisch stehen. Hope, Honey und Officer Stien setzten sich. Officer DeMond blieb in der Nähe der Tür. »Ich denke, Sie sollten meiner Tochter einige Fragen stellen zu dem Verbrechen oder dem Mord, oder wie immer man es nennen will, was auf meiner Ranch passiert ist«, schlug Van vor. Officer Stien legte sich seine Schreibmappe auf den Schoß und nahm einen Stift. »Okay, was ist dort vorgefallen? Machen Sie zunächst einige Angaben zur Ranch. Wie heißt die Ranch?«

Honey legte die Stirn in Falten. »Wir möchten weder, daß der Name der Ranch oder unserer in den Zeitungen steht, oder so etwas.«

»Nun, Sie haben uns doch hierher bestellt«, erinnerte sie Stien. Van erklärte ihm die Regelung, die sie mit den drei anderen Familien hatten, die außer ihnen an der Ranch beteiligt waren. Er beschrieb gerade die Lage der Ranch, als Hope ihn unterbrach. »Laß mich es erzählen, laß mich ihnen die Geschichte erzählen.«

Als sie einmal angefangen hatte zu erzählen, konnte sie gar nicht mehr aufhören. Seit drei Tagen hatte sie schon mit der Polizei reden wollen, und nun sprudelte die Geschichte nur so aus ihr heraus: ein Einbrecher in der Nacht, der Hilferuf nach Bill und das Umherirren im Haus; das Gespräch über den Mordauftrag, der sich auf sie, Bill und die Kinder bezog; das viele Blut überall, das Übergeben, der Terror im Schlafzimmer. Meistenteils hörten die Polizisten nur zu, denn DeMond hatte festgestellt, wenn man sie unterbrach, um eine Frage zu stellen, neigte sie dazu, noch einmal alles von vorn zu berichten.

Honey hatte den Eindruck, daß Hope hysterisch und zusammenhanglos berichtete, und schließlich fiel es auch Hope selbst auf, daß sie sich wiederholte, doch was blieb ihr übrig: Niemand schien ihr zu glauben. Später erinnerte sich DeMond, daß sie von ihrer Scheidung von Tom Masters, von ihrer Fesselung und über Gummihandschuhe gesprochen hatte und davon, daß der Mörder für seinen Auftrag 3600 Dollar bekäme. Sie erzählte von einem Fotografen namens Taylor, der am Sonntag in einem weißen Lincoln auf der Ranch aufgetaucht sei und sie gerettet habe. Weiter erzählte sie, daß sie große Angst gehabt habe, die Polizei zu verständigen. Sie wolle Bill standesgemäß beerdigen lassen, ihn verbrennen lassen, wie es seinem eigenen Wunsch entspräche.

Die Polizisten konnten bestätigen, daß Hope etwas getrunken hatte und einen ausgesprochen nervösen Eindruck machte, und je länger die Frau erzählte, desto skeptischer wurden sie. Als sie ihnen erzählte, wie ihre Handgelenke zusammengeklebt worden waren, fuchtelte sie wild gestikulierend mit den Armen hin und her. »Sie verstieg sich geradezu in diese Geschichte mit dem Klebeband«, meinte DeMond später. Als Hope zu ihm sagte: »Sehen Sie? Sehen Sie hier?« und ihre Handgelenke präsentierte, wagte er es nicht, mit ihr zu streiten. Er stand ungefähr zwei Meter von ihr entfernt an der Tür, und obwohl er keine Klebespuren erkennen konnte, tat er so, als ob er welche gesehen habe. »Sie erzählte uns eine nicht enden wollende Geschichte, wobei sie dauernd alles wiederholte«, beklagte sich DeMond.« Sie hielt sich an der genauen Wiedergabe einiger Gesprächsfetzen fest, doch die einfachsten Fragen, die wir ihr stellten, um sie für unseren Bericht zu benutzen, beantwortete sie nicht.« So beispielsweise, als die Polizisten sie baten, den Einbrecher zu beschreiben. »Sie deutete auf mich«, berichtete DeMond, »und sagte: ›Er war ungefähr von Ihrer Größe und hatte in etwas Ihr Gesicht, vielleicht ein bißchen schwerer oder ein wenig dünner.‹« Stien berichtete, Hope habe den Einbrecher wie folgt beschrieben: »Möglicherweise Weißer oder Mexikaner, wahrscheinlich 180 cm groß und circa achtzig Kilo schwer, ein ziemlich großer, wohlgeformter Typ, lange dünne Haare, ungefähr schulterlang, und er hatte wahrscheinlich einen Schnauzbart oder einen Spitzbart.« DeMond meinte, sie habe ›Bart oder Schnäuzer‹ gesagt.

Das Telefon klingelte, und Van nahm ab. »Es ist für Sie«,

sagte er zu Officer Stien. Es war Sergeant Billy Ray Smith, der gerade einen Anruf von einem Polizisten aus dem nördlichen Porterville, Tulare County, erhalten hatte; von einem gewissen Sergeant Coley. Sergeant Coley hatte ihm von dem Anruf eines Mannes berichtet, der behauptete, daß seine Stieftochter Hope Masters heiße und sie ihm gerade eine schreckliche Geschichte erzählt habe, die sich auf seiner Farm in Springville abgespielt habe. Er sagte, es läge dort eine Leiche. Als Sergeant Coley zusammen mit einem anderen Polizisten den Mann bat, ihm noch weitere Einzelheiten zu erzählen und ihnen eine Wegbeschreibung zu geben, erklärte der Mann ihnen den Weg und gab ihnen die Kombination des Torschloßes. Doch danach brüllte er sie an: »Hören Sie doch auf mit diesem Scheiß und stellen Sie mir keine blöden Fragen mehr, schicken Sie lieber jemanden dorthin, um die Leiche zu finden, und unternehmen Sie etwas!« Danach hatte er aufgelegt. Daraufhin hatte Sergeant Coley aus Porterville Sergeant Smith in Beverly Hills angerufen, der nun seinerseits Officer Stien informierte.

»Was ist denn da los?« fragte Smith Officer Stien. »Ich bin mir nicht sicher«, sagte Stien. »Möglicherweise gibt es eine Leiche, in einem Haus auf einer Ranch in Tulare County.«

Sergeant Smith wies Stien an, im Hause von Hopes Mutter zu bleiben, bis er ihn zurückrufe. Stien setzte sich wieder und nahm seinen Schreibblock zur Hand. Hope erzählte weiter. Sie hatte über den Schnurrbart gesprochen, und als die Polizisten diesen Punkt aufgriffen: Wie lang war er? Ein paar Tage alt oder hippiemäßig? – verlor sich Hope wieder in einer ebenso langatmigen wie ungenauen Beschreibung. »Sie redete nur noch über den Schnurrbart«, sagte DeMond später genervt, und Stien meinte: »Ich hatte das Gefühl, es wäre eine große Sache.«

Dann klingelte das Telefon.

Jim Webb war so entsetzt, daß er nicht einmal zitterte. Er saß reglos wie ein Stein auf dem Badewannenrand und starrte auf den Boden. Die Kinder waren alle im Wohnzimmer, und Jim wollte für einen Augenblick allein sein. Es war so unglaublich, daß er kaum denken, geschweige denn sprechen konnte. Als seine Frau gesehen hatte, wie er mit einem kalkweißen, fremden Ausdruck im Gesicht ins Haus gekommen war, folgte sie ihm direkt ins Badezimmer. Doch auf ihre Fragen konnte Jim vor Entsetzen keine Antworten geben.

Ungefähr um neun Uhr, etwas zur gleichen Zeit, als Taylor vom Beverly Hills Hotel aus die Polizei angerufen hatte, war Jim Webb mit einer Taschenlampe in die Dunkelheit hinausgegangen, den schmutzigen Weg entlang, der die beiden Häuser verband, an dem Orangenhain vorbei, zur Hintertür des Haupthauses. Er hatte Handschuhe angezogen und Socken über seine Schuhe gestülpt, dann schloß er die Tür auf und ging hinein. Jim Webb konnte hinterher der Polizei auch nicht genau erklären, warum er das getan hatte. »Ich weiß nicht, warum ich hineingegangen bin. Ich weiß es einfach nicht. Ich hatte das Gefühl, daß dort etwas nicht stimmte, und ich wollte es herausfinden. Ich wollte nur, wissen Sie, ich habe nicht groß nachgedacht – manchmal hat man einfach das Gefühl, etwas tun zu müssen, und ich dachte, ich müßte dort hineingehen. Ich habe es einfach getan. Alles in mir sträubte sich eigentlich dagegen, doch etwas sagte auch: ›Ja, tu es‹, deshalb habe ich es getan. Wenn dort etwas faul war, wollte ich nicht mit dahineingezogen werden. Ich wußte nur, daß ich keine Fingerabdrücke hinterlassen wollte.«

Er war auch schon zweimal vorher an diesem Tag zum Haupthaus gegangen, denn er hatte den Eindruck, irgend etwas könne nicht in Ordnung sein. Sonntag, Montag und Dienstag hatte die ganze Zeit über der Vega vor dem Haus gestanden, aber es waren nie irgendwelche Leute zu sehen gewesen. Als Webb am Dienstagnachmittag an die Tür geklopft hatte, hatte sich niemand gemeldet, und er war wieder gegangen. Das zweite Mal hatte er durch die Fenster geschaut, obwohl es noch nicht sehr spät war, konnte aber wegen der Winterdämmerung, die in den Bergen schon recht früh einsetzt, nichts erkennen und leuchtete mit der Taschenlampe ins Haus. Durch das Fenster des Eckschlafzimmers sah er, daß die Betten völlig durchwühlt waren und die Decken zerknüllt dalagen, doch sonst gab es nichts Verdächtiges zu sehen. Als er an der Hintertür stand und durch den Vorratsraum in die Küche spähte, ließ er den

Lichtkegel seiner Taschenlampe auf dem Fußboden entlang wandern und erblickte eine lange, weiße Spur aus pudrigen Stoff, die über den ganzen Küchenboden bis hin zur Diele führte, an der das hintere Schlafzimmer lag. Jim wunderte sich über das weiße Zeug auf dem Boden, denn Teresa war doch eine wirklich gute Hausfrau. Jedesmal wenn sie zum Haus ging, um dort wieder Ordnung zu schaffen, nachdem am Wochenende jemand aus der Stadt da gewesen war, schrubbte sie den Küchenfußboden und überzog ihn mit einer frischen Wachsschicht. Jim wußte das genau, denn er hatte ihr schon oft beim Saubermachen geholfen; er wußte auch, daß einige der Besitzer ziemlich pedantisch sein konnten, besonders Hope Masters Mutter. Für die 150 Dollar, die sie an die Webbs monatlich zahlten, erwarteten die Eigentümer der Ranch schon einiges an Leistung.

Nach seinem zweiten Besuch im Haus hatte Jim Webb in Los Angeles angerufen und von Hopes Mutter von ›einer furchtbaren Tragödie auf der Ranch‹ gehört. Er hatte auch noch mit anderen telefoniert, unter anderem mit Hopes Stiefvater, der ihm mitteilte, die Polizei sei bereits verständigt, er solle nicht in das Haus gehen, und mit Nick Doughty, einem weiteren Eigentümer. Dann unternahm er seinen Vorstoß zum Haupthaus, bei dem er Handschuhe und Socken über seinen Schuhen trug. »Ich habe vielleicht angenommen, ich würde einen Verletzten vorfinden«, sagte er der Polizei, »oder vielleicht nur jemanden, der total ausgeflippt ist oder so, doch bei dem, was ich dort vorgefunden habe, nein wirklich, das habe ich nicht erwartet, wenn ich das geahnt hätte, wäre ich niemals freiwillig dort hineingegangen.«

Abgesehen von dem Licht im Vorratsraum war das Haus dunkel gewesen. Jim knipste das Licht in der Küche an, dann betrat er das Wohnzimmer, überall leuchtete er mit seiner Taschenlampe hin, er ging weiter in die beiden Schlafzimmer, auf der Ostseite des Hauses. Eines war aufgeräumt, und die Betten waren unbenutzt; im anderen Schlafzimmer, jenes, in das er schon von außen durch das Fenster gesehen hatte, war völlig durcheinander. Er begab sich zurück ins Wohnzimmer und leuchtete mit seiner Taschenlampe aufs Sofa. Er sah eine weiße

Decke, vielleicht ein Bettlaken oder eine Tagesdecke. Er schlich an der Eßecke vorbei in das vordere Schlafzimmer der Westseite, dort war alles in Ordnung und auch im angrenzenden Bad. Dann stand er in dem schmalen Gang zwischen der Eßecke und dem hinteren Schlafzimmer, dem letzten Schlafraum, dem einzigen, den er noch nicht kontrolliert hatte. Die Tür war geschlossen. Als er auf die Tür zuging, trat er auf eine lockere Bodendiele, die ein lautes Quietschen von sich gab. Er schob die Tür auf und leuchtete auf die frischgemachten Betten. Er leuchtete quer durchs Zimmer und schwenkte dann zum Fußboden. Dort entdeckte er ein langes Bündel, das direkt neben seinen Füßen lag, irgend etwas, was vollkommen eingewickelt war. Es sah aus wie eine Mumie.

Ob er die Tür hinter sich zugezogen und in der Küche das Licht wieder ausgeschaltet hatte, wußte er nicht, ebensowenig war ihm bewußt, ob er die Hintertür abgeschlossen hatte. Denn er hatte nur eines im Sinn gehabt: das Haus so schnell wie möglich zu verlassen, wieder in sein eigenes Heim zu kommen. Er ging auf direktem Wege ins Bad, wo er eine gute halbe Stunde brauchte, um sich zu beruhigen, bevor er die Polizei in Porterville benachrichtigen konnte. Anschließend ging er in sein Schlafzimmer, holte sich sein Gewehr, lud es, um für alle Fälle gewappnet zu sein.

Die Polizeiwache Porterville nahm seinen Anruf um 9.44 Uhr entgegen, vier Minuten nachdem der Mann angerufen hatte, der behauptete, von einer Telefonzelle in Beverly Hills anzurufen. Wenige Minuten später war der ortsansässige Polizist von Springville, Doyle Hoppert, unterwegs. Lieutenant Joe Teller war der zweite, der die Straße erreichte, die zur Ranch führt, gefolgt von Sergeant Coley und Detective Jack Flores. Lieutenant Teller entschied, daß sie die Wagen unten an der Hauptstraße stehenließen und zu Fuß zum Haus gingen, um mögliche Spuren besser ausmachen zu können. Die vier Männer stapften über den matschigen Weg zur Ranch, und in der Dunkelheit leuchteten sie mit ihren Taschenlampen vor sich her. Kein Mondlicht erhellte die Nacht. Das Haus schien in dieser kalten Regennacht auf unheimliche Weise in einem geheimnisvollen Dunkel zu lauern. Obwohl Teller meinte, er habe von einem

Seitenfenster aus ein schwaches Licht bemerkt. Sie folgten dem Licht zum Hintereingang an der Seite des Hauses. Die Tür war verschlossen. Hoppert schritt eilig den Weg wieder zurück, um sich von Jim Webb einen Schlüssel geben zu lassen. Im Vorratsraum verharrten sie einen Moment lang, dann trennten sie sich. Detective Flores ging durch die Küche in den hinteren Teil des Hauses. Lieutenant Teller verschwand im Wohnzimmer, wurde aber schon bald zurückgerufen. Er hetzte durch Wohnzimmer und Küche ins hintere Schlafzimmer. Er hielt den Strahl seiner Taschenlampe auf das lange, eingepackte Bündel auf dem Boden. Die Leiche lag mit dem Gesicht nach unten auf einem weißen Matratzenschoner und war völlig in eine gelbe Tagesdecke eingewickelt, der Kopf zeigte nach Süden.

Die Beamten vor Ort meldeten sich bei ihrer Wache. Captain Farris und Lieutenant Barnes, die man zu Hause erreicht hatte, kamen zur Ranch herüber, zusammen mit den Leuten von der Spurensicherung. Dann meldete sich Sergeant Coley wieder in Beverly Hills, und deshalb rief dann Sergeant Smith erneut bei Officer Stien an.

Stien und DeMond fragten Hope, wo sie ihr Auto stehen habe, und sie sagte, es sei noch immer auf der Ranch. Sie schlugen ihr vor, sie zur Wache mitzunehmen. »Was ist mit Taylor?« fragte Honey. »Bitte schicken Sie einen Streifenwagen los, um ihn zu suchen. Er muß noch in der Nähe sein. Sie sollten Ihre Männer am Flughafen nach ihm suchen lassen. Mir hat er gesagt, er würde am liebsten das Land verlassen. Bitte errichten Sie doch auch Straßensperren an allen Ausfallstraßen.«

Als Hope auf den Rücksitz des Polizeiautos kletterte, ging draußen ein kühler Regen nieder. Auf der kurzen Strecke zur Polizeiwache hielt Hope ihre Arme über den Sitz nach vorn, zwischen die beiden Männer. »Haben Sie schon jemals derart angeschwollene Hände gesehen?« fragte sie. Sie nickten. »Meinen Sie, daß die Schwellung wieder zurückgeht?« Wieder antworteten sie mit Ja.

Auf der Wache gab man ihr ein Formular, auf dem stand ›Haft-Verwahrungsliste‹. »Ich dachte, ich würde mit einem

Detective sprechen«, protestierte Hope. Sie sagten ihr, die zuständigen Herren seien momentan nicht da. »Was ist mit meiner Familie?« fragte Hope. »Ist irgend jemand bei ihnen, um sie zu schützen?« Für ihre Familie sei gesorgt, meinten die Beamten, und daraufhin unterschrieb Hope das Formular. Es enthielt ihren Namen, Adresse und persönliche Daten, ihr Beruf wurde mit ›Hausfrau‹ angegeben, und die Spalte für Anklage war ausgefüllt mit ›Verdacht auf PC 187‹. Dies war im Kalifornischen Strafgesetzbuch die Kennung für ›Verdacht auf Totschlag‹.

CBX 187 stand auf dem Nummernschild eines nagelneuen, weißen, zweitürigen Chevrolet Impala, der am Flughafen von Los Angeles bei der Firma Avis gemietet wurde. Das war etwa zur selben Zeit, als auf der Ranch das Opfer für tot erklärt wurde. Der Mann, der das Auto mietete, nannte sich William T. Ashlock und unterschrieb den Vertrag für den Leihwagen mit W. T. A.

6

Robert Pietrusiaks beigefarbener Buick wurde auf dem Parkplatz eines Supermarktes in Park Ridge, Illinois, gefunden. Diese Tatsache war jedoch nur für Robert Pietrusiak eine gute Nachricht. Der Wagen war jetzt mit einem neuen Nummernschild aus Missouri versehen: YG9-902. Der Leiter von *Dominic's Supermarket* berichtete, daß der Wagen, bevor man ihn am 22. Februar gegen zwei Uhr nachts dort entdeckte, schon mindestens eine Woche, wenn nicht zehn Tage dort gestanden habe. Er war völlig leer, bis auf eine ›Daily News‹ vom 31. Januar, auch Fingerabdrücke waren nicht zu finden. »Die Durchsuchung des Autos blieb ohne Ergebnis«, berichtete Bob Swalwell.

An demselben Wochenende, als Hope Masters und Bill Ashlock zur Ranch hinausgefahren waren, hatten Swalwell und all die anderen Leute, die mit der Suche nach G. Daniel Walker beschäftigt waren, noch weit mehr Informationen zu prüfen und mußten immer neuen Spuren nachzugehen. Eine große Anzahl Autos galt es zu überprüfen, insbesondere drei Mercury Montego.

Ronald Tonsel, der große, schlanke Justizbeamte, den Swalwell für arrogant hielt, hatte einen blauen Mercury Montego, Baujahr 1973, Kennzeichen ›Illinois BC 7806‹ entdeckt, der ihm gefolgt war, als er Marcy Purmal beschattete. Tonsel war der Meinung, der Fahrer könne Walker gewesen sein; weiß, männlich, dunkler Bart, Metallrandbrille. Die Überprüfung des Nummernschildes ergab, daß der Wagen bei der Budget-Autovermittlung in der Higgins Road gemietet war, die nicht weit von *Dominic's Supermarket* entfernt lag. Die Angestellten dort erklärten, daß der Wagen am 2. Februar von einem Robert Zierk aus Wheaton ›Illinois‹ gemietet worden war, der mit einer American-Express-Karte bezahlt hatte.

Frau Zierk schien überrascht, als sie von der Polizei einen Anruf erhielt. »Das Auto steht genau hier in unserer Auffahrt«, sagte sie. »Wir hatten mit unserem Wagen einen Unfall und haben diesen hier gemietet, solange unserer zur Reparatur ist.« Swalwell bat sie dennoch, bitte nachzusehen, ob auch beide Nummernschilder am Auto seien. Frau Zierk tat ihm diesen Gefallen und konnte bestätigen, daß beide Kennzeichen dort waren und der Wagen Wheaton auch niemals verlassen habe. Im übrigen sei das Auto auch braun und nicht blau.

Wieder ging Swalwell zur Autovermittlung und erkundigte sich, ob möglicherweise ein blauer Mercury Montegro vermißt würde. In der Tat, ein hellblauer Viertürer, Baujahr 1973, Kennzeichen BC 7803, war seit einem Monat unauffindbar. Swalwell informierte die Chicago P. D. Datenvermittlungszentrale, die alle Einheiten auf der Südseite beauftragte, nach dem gesuchten Fahrzeug Ausschau zu halten, welches vermutlich von dem flüchtigen G. Daniel Walker gefahren wurde. In derselben Nacht wurde die Standard Oil Tankstelle an der South Lake Avenue von einem bewaffneten Mann überfallen. Der Täter flüchtete in einem hellblauen 73er Mercury Montego, Kennzeichen: Illinois BC . . ., der Rest der Nummer war unbekannt. Swalwell hastete schnell zum Tatort, doch auch diesmal führte die Fährte nicht zu Walker.

Swalwell war nicht übermäßig enttäuscht, dennoch mußte er zugeben, daß ihm allmählich der Zeitfaktor zu schaffen machte. Beim letzten Mal, als er diesen Mann verfolgt hatte, nachdem Gus angeschossen worden war, hatte es achtzehn Tage gedauert, bis Walker im wahrsten Sinne des Wortes zu Boden gestreckt wurde, im Wald von La Bagh. Jetzt war der Verbrecher schon wieder über drei Wochen auf freiem Fuß, ohne daß die Polizei nennenswerte Hinweise verzeichnen konnten.

Immerhin blieb Swalwell noch die Hoffnung, daß ehemalige Mithäftlinge von Walker nützliche Informationen liefern könnten, und wenn Swalwell gerade mal ein bißchen Zeit hatte, fuhr er mit seinem Kollegen Rowe zu einem dieser ›Ehemaligen‹.

Swalwell hatte recht, wenn er annahm, daß Walter noch mit seinen Gefängniskameraden in Kontakt stand. Walker selbst bestätigte es. In einem Brief an Marcy fügte er eine Liste bei mit den Namen von elf Leuten, die ihm beim Untertauchen behilflich waren. Angeführt wurde sie von Namen – Leo, Tony und Sam –, die Swalwell nur zu gut kannte, obwohl er diesen Männern nie etwas hatte beweisen können. »Etwas zu wissen, aber es nicht beweisen zu können, ist noch viel frustrierender, als wenn man etwas gar nicht weiß«, stellte Swalwell zerknirscht fest.

Auf unerklärliche Art und Weise schaffte Walker es immer wieder, Swalwell und seinen Mitarbeitern wenigstens einen oder zwei Tage voraus zu sein. Sie waren alle gute Polizisten, doch Walker verstand sich meisterlich darauf, ›Katz und Maus‹ zu spielen. Wobei Walker sich nicht für das Opfer hielt. In einem der ersten Briefe, vom 6. Februar, sechs Tage nach seiner Flucht, nannte er sich selbst die ›Oberkatze‹. Er prahlte voller Schadenfreude damit, daß er sich in einem Gebäude aufgehalten habe, das die Polizei tags zuvor durchsucht habe:

> Ich saß in der Klemme wegen der ungefähr 16 Polizisten und 21 FBI-Leute und Staatspolizisten, die mich in dem Gebäude umringten – doch schade! Dieser alte Fuchs ist keine lahme Katze, denn in gewissen Momenten ist er die Oberkatze – ich habe richtig mit ihnen gespielt. Klar, tatsächlich! Gespielt mit ihnen, bis es weh tat. Ich kannte einen schnellen Fluchtweg, denn ich hatte mir den Laden vorher genau angesehen, und doch, als ich die aufgestellte Falle bemerkte – habe ich noch mit ihnen gespielt. Wie in alten Zeiten, nur doppelt so spaßig.

Einige von Walkers Briefen wurden von einem Boten abgeliefert wie die drei Zettel in der schwarzen Handtasche. Andere kamen per Post, und auf einigen stand der Name ›Charlie Brown‹ auf der oberen linken Ecke des Umschlags. In den Briefen verband Walker hemmungslos Dichtung und Wahrheit. »Er gibt ein kleines Häppchen Wahrheit preis und mischt es mit dem erfundenen Blödsinn, um einen zu verwirren«, stellte Swalwell fest. Auch der Blödsinn hörte sich ganz gut an wie beispielsweise die Informationen über sein Versteck bei einigen

›alten und sehr guten Freunden der Familie‹, die er in seinem Brief vom 6. Februar beschrieb:

Sie haben mich mit offenen Armen empfangen, schickten einen und zwei Begleitfahrzeuge für den Fall, daß es Probleme gab oder wir beschattet wurden. Wie immer muß man zunächst essen – deshalb fuhren wir in das kleine Haus einer alten Dame. Sie kannte mich nicht und ich sie genausowenig. Man hat uns auch nie miteinander bekannt gemacht. Neun Männer kamen zu ihr, sie brachte uns sehr viel Wein und bereitete dann ein Essen, wie Du es Dir nicht vorstellen kannst. Alles war selbstgemacht und schmeckte ausgezeichnet. Wir saßen alle an einem riesigen Küchentisch, waren laut, tranken Wein und später Kaffee, der so stark war, daß man ihn auch als Batteriesäure hätte verwenden können. Schließlich hatten der alte Herr und ich unser kleines Einzelgespräch. Er lehnte vieles an meinem Plan ab, und ich weigerte mich, vieles von dem zu tun, was er mir auftrug. Wir haben uns auf einen Kompromiß geeinigt – er hat mich zu Boden gezwungen. Doch ich kann Dir nicht sagen, wo, es gibt viele Stellen in der Stadt und in der finsteren Provinz, wo Häuser oder Apartments zur Verfügung stehen, in denen sich die Matratzen nur so stapeln, für den Fall, daß viele Leute untertauchen müssen (ein altes Überbleibsel aus den Kriegszeiten der Gang).

Mein Platz war und ist auf dem Fußboden. Es gibt einen Fernseher und reichlich zu essen und zu saufen. (Entschuldige mich, ein Anruf – ob ich mit in einem Team in den Osten fahren möchte, um einen Schmuckhändler hochgehen zu lassen? Mein Anteil wären vier Riesen. Nee. Ja, tatsächlich, ich hatte schon einige Angebote – der Auswahlprozeß, um herauszufinden, ob ich mit ganzem Herzen wieder bei der Sache bin oder nur wohl oder übel.) Wie auch immer, nachdem wir bei der alten Dame fertig waren und es langsam Zeit wurde, sich auf den Weg hinaus in die Nacht zu machen, kamen drei junge Mädels hereinspaziert im Alter zwischen siebzehn und zwanzig. Welche könnte mir wohl gefallen? Ich habe erklärt, ich würde Dir noch einige Tage zugestehen, um zur Vernunft zu kommen, bevor ich mich anderweitig umsehe – also beeil Dich besser, mein Schätzchen, eine sah nämlich so aus, als ob sie im Bett ganz große Klasse wäre.

Wie Du siehst, bin ich in Topform und bestens versorgt – wenn es Dir genauso geht ... Heute morgen kamen zwei Büttel vorbei und fragten, ob ich etwas anderes zu essen bräuchte oder Pfeifentabak vielleicht, außerdem brachten sie die Ablösung für meinen Babysitter mit – ja, klar, auch diese Jungs hier halten mich unter ständiger Bewachung. Weißt Du, schließlich muß hier ja auch jemand zur Tür gehen, das Telefon beantworten und darauf vorbereitet sein, mich von hier verschwinden zu lassen, wenn es Ärger gibt. Kürzlich bin ich auf ansteckende Krankheiten hin überprüft worden, und dann will ein Schneider noch meine Maße nehmen für Tropenkleidung, und dann kommt jemand zum Rasieren. Wenn die Zeit gekommen ist – werde ich aus der Stadt verschwinden und in die Ferne ziehen, und diesmal habe ich keine Zweifel, daß ich es schaffe, wenn nicht ein kleines Vögelchen unterwegs ausplaudert, wer ich bin.

Man könnte fast vermuten, ich sei glücklich – ich bin es aber nicht. Die ganze Sache hat seinen Preis, doch das Preisschild bemerkt man erst dann, wenn es zu spät ist.

Da er sowohl Walker als auch die Unterwelt von Chicago sehr gut kannte, schätzte Swalwell Walkers Anleihen beim Mafiajargon wie ›zu Boden strecken‹ und ›der alte Herr‹ eher als Übertreibungen ein, mit denen er sich wichtig machen wollte. Außerdem zweifelte er auch die Geschichte mit dem ›Preisschild‹ an und Walkers Seelenkummer. Doch wer konnte so etwas bei einem Mann wie Walker schon beurteilen? Glücklicherweise mußte Swalwell sich nicht um Walkers Seelenheil kümmern. Er bezweifelte jedoch nicht eine Minute lang, daß sich einige von Walkers ehemaligen Mithäftlingen um ihn kümmerten, und Swalwell mußte anerkennen, daß sie ihre Sache recht gut machten – bis jetzt. Selbst wenn ein Brief in Chicago abgestempelt war, mußte das nicht zwingend bedeuten, daß Walker noch immer in der Stadt weilte. Manchmal betonte Walker ausdrücklich, daß dem nicht so war.

Es ist sieben Uhr und soviel, ich bin wieder zurück in Denver mit einem ›Dr. Pepper‹, und die Badewanne füllt sich gerade mit extra heißem Wasser. Ich brauche das, ja tatsächlich brauche ich das wirklich. Heute früh war ich im Loveland Basin zum Skilaufen und dann drüben in Vail und heute nachmittag im riesigen ›Lions-Head‹-Gebiet. Ich hab' mir höllisch weh getan, aber es war toll. Nicht nur, daß ich mir dabei fast einen abgebrochen habe, ich habe mir auch noch meine neue Skihose ruiniert, die 59,95 Dollar gekostet hat. Das einzige, was mich davor bewahrt hat, daß mir das Blut am linken Bein entlangfloß, war ein süßer blonder Skihase, der bei mir war. Sie bestand darauf, daß ich direkt von der Piste mit zu ihr in ihre Hotelsuite kam, wo sie meine Wunde auswusch und das Bein versorgte. Anschließend mixte sie uns einen Drink. Ach ja, das Leben auf der Flucht kann die reinste Hölle sein. Eigentlich hatte sie ja nichts zu befürchten, denn die beiden anderen Herren, die mit uns zusammen Ski fuhren, nahmen an der Erste-Hilfe-Behandlung teil. Jimmy, 5 Jahre alt und Brad, 7 Jahre alt, beides ihre Söhne. Ehrlich gesagt, habe ich die beiden zuerst kennengelernt, und sie haben mir dann ihre Mami vorgestellt. (Vati war gerade dabei, genug Brötchen zu verdienen, um die Suite zu bezahlen, die 100 Dollar am Tag kostet.)

Sag den Jungs bei der Staatspolizei von Illinois, sie sollen in den nächsten Tagen nach einem Entflohenen suchen, der hinkt, haha. Bei Dir ist es jetzt schon 20.00 Uhr, und deshalb nehme ich an, daß Du gerade Volleyball spielst, oder macht ihr gerade aus, wer sich nach dem Spiel mit wem zusammentut – ich hasse Dich! Nein, nicht wirklich. Ich liebe dich und vermisse Dich, und ich will Dich (nicht unbedingt in dieser Reihenfolge, ich will Dich jetzt, jetzt sofort, junge Frau. Verdammt, es ist nun so lange her, daß ich mir sicher bin, inzwischen wieder zur Jungfrau geworden zu sein).

Ich muß jetzt das Wasser abstellen und mir einen Scotch eingießen (es ist immer noch die Flasche von Dir, mein Schnuckelchen).

Der Brief ging auf einer zweiten Seite weiter:

Hallöchen, es hat nicht so lange gedauert, huh. Sonny und Cher sind auf der Mattscheibe (Ich mag sie, ihn kann ich nicht aushalten).

Nun also, ich hab' da ein Problem. Nach all dem guten Essen und bei fünf Mahlzeiten am Tag stelle ich plötzlich fest, daß ich langsam fett werde. Was schlägst Du also vor? Wahrscheinlich würde eine strenge Bumsdiät sehr hilfreich sein. Kennst Du jemanden, den ich dazu gewinnen könnte, sich mir dabei anzuschließen. Jemand, der nicht Anna Anwalt ist und Angst davor hat, seine Lizenz zu verlieren und auch garantiert keine Jungfrau mehr ist oder etwa ein nettes Mädchen? (Was habe ich bloß an Dir gefunden, frage ich mich immer wieder. Ohhh, ich hab' da so eine Idee.)

Alles Liebe und so weiter ...

Dieser Brief war datiert auf Freitag, 16. Februar. Am nächsten Abend wurde Swalwell informiert, daß Ronald Tonsel von der Justiz und Willis Stephans, der Bewährungshelfer, der die schwarze Handtasche abgefangen hatte, auf dem Weg nach Vail, Colorado waren. Sie sollten dort um acht Uhr abends ankommen und sich dann mit einigen FBI-Mitarbeitern treffen; auch Marcy Purmal war mit an Bord des Flugzeuges.

Am Dienstag waren alle wieder daheim. Swalwell traf sich mit dem FBI-Mann Baucom, der berichtete, daß seine Leute Walker in Vail nicht gefunden hatten. Danach sah er Tonsel, der ihm alles weitere von der Reise berichtete. Wiederum machte Swalwell eine kurze Eintragung in sein Berichtsheft. »Die Ergebnisse der Reise waren negativ, und es hat sich nicht herausgestellt, daß Walker jemals in Vail, Colorado, gewesen ist.«

Swalwell war nicht überrascht, Walker selbst hatte gesagt, er würde weiter umherreisen. Doch es kümmerte Swalwell wesentlich mehr, daß einige Herren, die bei dieser Jagd beteiligt waren, nicht sofort die Informationen an ihn weitergaben; schätzungsweise wollten sie diejenigen sein, die Walker festnagelten und den Ruhm dafür einstecken. Auch Swalwell hätte gegen eine Belobigung nichts einzuwenden gehabt, und sicherlich war ihm auch schon der Gedanke gekommen, daß erim Falle eines Erfolgs seine Uniform für immer gegen den dreiteiligen Anzug eintauschen könnte. Aber er war der Ansicht, daß man sich den Ruhm auch teilen könnte, wenn nur dieser Mann, über den das FBI bereits eine dicke Akte angelegt hatte, endlich gefaßt würde.

Während FBI-Leute, die von Chicago aus von Baucom dirigiert wurden, Denver durchkämmten – wo sie ein bestimmtes Restaurant suchten, das Walker in seinem letzten Brief erwähnt hatte –, bearbeitete Swalwell sein Gebiet weiter. Als er noch einmal nach Park Ridge hinausfuhr, wo man Bob Pietrusiaks Auto gefunden hatte, sprach er mit Inspektor McDonald von der Wache in Park Ridge über einen dritten Mercury Montego.

Diesmal war es ein weißer, Baujahr 73, Kennzeichen Illinois BC 7962. Er wurde am 8. Februar, um 13.30 Uhr nachmittags, von einem Mann gemietet, der mit einer American-Express-Karte bezahlte, die, wie sich später herausstellte, gestohlen war. Der Mann hatte als seine hiesige Adresse das Mariott Hotel, Zimmer 102, angegeben. Als Firmenanschrift: ›Zipco‹ in der Peachtree Street in Atlanta, Georgia. Das Auto wurde bei der Budget-Autovermietung in der Higgins Road gemietet, die Swalwell inzwischen genauestens kannte. Als er mit Rowe dorthin fuhr, um dem Angestellten, John Bianchi, Walkers Bild zu zeigen, konnte Bianchi nicht mit Bestimmtheit sagen, ob es derselbe Mann war.

Dennoch fuhren Swalwell und Rowe hinaus nach Rosemont, denn die Kreditkarte gehörte einem Handelsreisenden aus Georgia, den man in seinem Hotelzimmer im Regency Hyatt House ausgeraubt hatte. Das Hotel war auch in der Higgins Road, doch außerhalb der Stadt, im Vorort Rosemont. Detective Wilezynski von der Polizeiwache in Rosemont berichtete ihnen von dem Raubüberfall.

Larry Burbage, ein Geschäftsmann aus Atlanta, hatte ausgesagt, er habe am Morgen des 7. Februar, um halb elf in seinem Zimmer Nr. 877 auf dem Bett gesessen. Die Zimmertür sei geschlossen, aber nicht abgesperrt gewesen, denn er habe auf seinen Chef Anthony Kupris gewartet, der nur kurz in die Halle gegangen war. Kupris bewohnte das angrenzende Zimmer, und auch die Zwischentür war nicht verschlossen gewesen.

Burbage wollte gerade telefonieren, als plötzlich ein Mann bei ihm im Zimmer stand und ihm einen kleinen Stahlrevolver entgegenhielt.

»Aufstehen«, befahl der Mann.

Burbage stand auf und sah sich den Mann genau an, er schien ungefähr 180 cm groß zu sein und etwa dreißig bis fünfunddreißig Jahre alt. Er trug eine Metallrandbrille, war korrekt gekleidet in einem dunkelblauen Anzug mit gelbem Hemd und gelber Krawatte. »Los, rein da«, sagte der Typ und bewegte sich auf die Tür zu, die die beiden Zimmer verband. »Leg dich aufs Bett mit dem Gesicht nach unten und gib mir deine Brieftasche«, befahl er und schloß die Tür hinter sich. Burbage gab ihm die Brieftasche mit fünfundachtzig Dollar drin. »Hast du noch mehr Geld irgendwo?« fragte der Typ mit dem Revolver. Burbage verneinte. »Hol alles aus deinen Taschen raus.« Auch das tat Burbage. »Nehmen Sie alles, was Sie wollen«, sagte er zu dem Mann, »aber lassen Sie mir meine Schlüssel«.

»Sie sind gar nicht der, auf den ich warte«, sagte der Mann abrupt. »Ich warte auf Kupris«.

»Er ist in der Halle.«

»Tja, dann werden wir wohl eine Weile warten müssen«, sagte der Mann leichthin. Dann befahl er Burbage, ins Bad zu gehen und sich auszuziehen. »Was hast du für eine Uhr?« fragte er, immer noch fröhlich.

»Es ist eine alte«, antwortete Burbage.

»Vergiß es.«

Als Burbage völlig nackt war, mußte er seine Hände auf den Rücken halten, und er wurde mit etwas gefesselt, was sich wie die Schnur eines Elektrorasierers anfühlte. Dann wurde ihm befohlen, unter das Waschbecken zu kriechen und sich nicht zu bewegen. Seine Füße wurden mit Krawatten gefesselt, die dann am Abflußrohr des Waschbeckens verknotet wurden. Wieder verschwand der Mann, und als er zurückkam, hatte er zwei Kopfkissen dabei, die er Burbage unter den Kopf legte. Daraufhin entfernte er sich. Als er nach einer Weile nicht zurückkehrte, schaffte es Burbage, sich zu befreien, wickelte sich ein

Badetuch um und wagte sich hinaus ins Zimmer. Als er Geräusche aus seinem eigenen Zimmer Nr. 877 hörte, ging er hinaus auf den Flur und fand dort ein Zimmermädchen, das über die Rezeption die Polizei verständigte.

Neben seinem Bargeld wurden Larry Burbage auch sein brauner Diplomatenkoffer und eine Handvoll Kreditkarten gestohlen, darunter war, neben einigen anderen, auch die American-Express-Karte, mit der am nächsten Tag bei Budget der weiße Mercury Montego gemietet wurde.

Detective Wilezynski berichtete, daß die American-Express-Karte das nächste Mal am 9. Februar im Mariott Hotel in Ann Arbor benutzt worden war. Die Person, die die Karte benutzt hatte, mietete Zimmer 109, wo ein Juwelenhändler namens Taylor Wright aus Benton Harbor, Michigan, in der Nacht zusammengeschlagen und ausgeraubt wurde.

Swalwell bat Wilezynski um die Adressen von Taylor Wright in Benton Harbor und von Larry Burbage in Lilburn. Anschließend rief er Baucom an, erzählte ihm die Geschichte und bat ihn, seine Leute in diesen Städten die beiden Geschäftsleute aufsuchen zu lassen und ihnen ein Bild von Walker zu zeigen.

Während eines Telefongesprächs am 17. Februar mit Marcy Purmal wechselte Walker plötzlich seine Tonart:

P.: Guten Morgen
W.: Wie geht es dir?
P.:. Oh, gut und dir?
W.: Ausgezeichnet. Ich dachte ich sollte mich mal wieder melden.
P.: Ach, das ist aber ganz reizend, wenn man bedenkt, was hier in letzter Zeit alles passiert ist.
W.: Ja, was gibt es denn?
P.: Ach, alles Scheiße. Mensch, sie reden ernsthaft darüber, daß sie mich anklagen wollen.
W.: Warst du denn schon vor dem Geschworenengericht?
P.: Ja klar, schon zweimal.
W.: Zweimal?

P.: Ja, und beim ersten Mal hatte Friedman den Vorsitz und dann Haddad.
W.: Uh-hm, du kannst ihnen aber doch nicht erzählen, was du nicht weißt, oder?
P.: Nein, aber da ist diese Sache mit der falschen Identifikation.
W.: Du meinst doch nicht . . .
P.: Da ist jemand, der behauptet, er habe mich mit dir um zwei Uhr nachts an einer Tankstelle an der North Side gesehen, verdammt noch mal.
W.: (Lacht) Um zwei Uhr nachts an der North Side.
P.: Mhm, mm-hm.
W.: Ach ja, und an welchem Tag?
P: Ich bin nicht ganz sicher. Sie haben es mir nämlich nicht genau gesagt, in welcher Nacht, beziehungsweise an welchem Morgen es gewesen sein soll.
W.: Mhmm. Beinahe hätte ich schon bei dir im Büro angerufen. Ich dachte, du wärst schon drüben.
P.: Genau da wollte ich auch gerade hin.
W.: Ja, wolltest du? Na, dann hast du ja deinen Job noch nicht verloren.
P.: Nein, noch nicht. Aber wenn es zu einer Anklage kommt, dann wird es Ärger geben. Sie haben nur noch nicht darüber entschieden, ob sie mich suspendieren oder was sie sonst machen sollen.
W.: Uh, mhm.
P.: Was könnte passieren?
W.: Ansonsten geht es dir aber gut, oder?
P.: Ja.
W.: Was soll das heißen?
P.: Es ist alles so fürchterlich kompliziert.
W.: An welchem Tag warst du vor dem Schwurgericht?
P.: Dienstag und Mittwoch.
W.: Dienstag und Mittwoch. Ich hatte eigentlich angenommen, wenn ich den Kontakt oder fast jeden Kontakt zu dir abbrechen würde, würden sie die ganze Angelegenheit fallenlassen.
P.: Schade nur, daß sie es nicht getan haben.
W.: Wir müssen einfach abwarten. Ich halte natürlich, ich

meine, ich stehe noch zu unserem Abkommen. Wenn sie dich anklagen, werde ich mich einschalten.
P.: Oh . . .
W.: Hört sich tatsächlich etwas komisch an. (Lacht)
P.: Als Anwalt weiß ich leider nur zu gut, wie ernst die Sache ist.
W.: Gibt es irgend etwas, was ich für dich tun kann, Liebes?
P.: Ich schätze nicht. Nicht, solange du dir nicht selbst schaden willst.
W.: Ich würde das selbstverständlich tun, aber ich kann mich nicht mit dir treffen. Ich bin ein wenig knapp mit . . .
P.: Hmm?
W.: Ich bin etwas weiter weg. (Beep) So, Liebes ich hab' kein Kleingeld mehr.
Vermittlung: Nur noch drei Minuten.
W.: Vielen Dank, mein Schatz. Halt die Ohren steif.
P.: Na, klar.
W.: Ich rede mit dir. Gibt es sonst noch etwas?
P.: Ja, wenn du Lust hast, ruf mich doch im Büro an.
W.: Ja, mach ich.
P.: Okay.
W.: Tschüs, mein Schatz.
P.: Tschüs.

Noch am selben Abend schrieb Walker einen Brief, in dem er nette Worte mit schwachen Drohungen mischte. Er benutzte unter anderem die folgenden Formulierungen:

> Ist es nicht merkwürdig, daß während unserer Unterhaltung am Telefon niemals der Satz ›Ich liebe Dich‹ gefallen ist? Ich habe Dir gesagt, daß ich nicht gut reden konnte, doch alles, was von Deiner Seite kam, waren lange Pausen und großes Schweigen. Man mußte Dir ja alles aus der Nase ziehen.
>
> Na gut, soviel zu den weniger wichtigen Dingen, die ich mir mal von der Seele reden mußte. Sollen wir nun mal wieder zu den interessanten Dingen übergehen?
>
> Wenn wir so weitermachen wie bisher, wird es nur darauf hinauslaufen, daß ich wieder eingesperrt werde und Du vor

Gericht gebracht wirst. Es ist schon komisch, denn beim ersten Ausflug mit der Illinois-State-Polizei bin ich einen Handel eingegangen wegen eines kleinen Sohnes, den sie festhielten, und diesmal scheinen sie Dich als Geisel ausgeguckt zu haben. Wegen der Anklageandrohung gegen Dich erwarten sie nun, daß ich aufgebe und mich stelle, um Dich zu retten. Das gefällt mir überhaupt nicht. Das habe ich schon hinter mir. Du bist also schon in Schwierigkeiten, und wir beide wissen auch nur allzu gut, daß wir uns an keiner Tankstelle oder sonstwo getroffen haben. Aus diesem Grunde kann ich auch nicht verstehen, was Du noch retten willst, indem Du dort im guten alten Chicago bleibst. Komm also mit mir, oder verabschiede Dich endgültig von mir. Der ängstliche Ton in Deiner Stimme kann mich gar nicht meinen.

Fürs erste bin ich jetzt weg – vorausgesetzt, es gelingt mir heute abend –, um alles ins Rollen zu bringen, und ich werde Dich in ein paar Tagen wieder anrufen. Ich erwarte dann eine Zusage und aussagekräftige Sätze und keine langen Pausen und Stille in der Leitung. Ich werde Dir nicht sagen, wann, wie oder wo – doch ich werde es zuwege bringen, das kann ich Dir versichern, mein Schatz.

Es ist für Dich endgültig die Zeit gekommen, wo Du Dich für mich entscheiden mußt, und Du kannst Dir nicht länger ein Hintertürchen in die andere Welt offenhalten. Entweder so, oder Du kannst Dich auch der Welt stellen, die Dich längst für schuldig hält.

Ich liebe Dich, Marcy, wenn wir es nicht zusammen schaffen würden, wären wir schon jetzt nicht mehr da, wo wir sind. Denk immer daran, daß sie Dich nur benutzen, um an mich heranzukommen. Laß sie es doch Geschworenengericht nennen, oder womit sie es auch immer versuchen. Doch ich sitze hier, in der Suite der Kiandra Lodge, und warte auf Drinks, die ich nicht brauche, und ein Abendessen, das mir keinen Spaß machen wird, um dann die halbe Nacht zu einem Flughafen zu fahren und von dort aus quer durchs Land an einen Ort zu fliegen, wo ich sicher bin.

Ich liebe und vermisse Dich – ich rufe Dich in ein paar Tagen an.

Was Marcy die ›falsche Identifikation‹ nannte, ging auf einen Zwischenfall an einer Tankstelle an der North La Salle Street zurück. Ein Tankwart, James Mager, berichtete, er habe am 5. Februar in einer Tankstelle, die rund um die Uhr geöffnet hat, gearbeitet, und gegen zwei Uhr morgens seien in einem gelben Karmann Ghia ein Mann und eine Frau vorgefahren. Während die Frau, die im Auto geblieben war, für das Benzin bezahlte, rannte der Mann in die Tankstelle und raubte die Kasse aus. Er winkte Mager mit einer Pistole zu sich herein, lief zurück zum Auto, und das Pärchen brauste davon.

Als Swalwell ihm fünf Fotos vorlegte, darunter das von Walker, identifizierte Mager dann Walker als den Dieb. Aus den fünf Frauenbildern suchte er das von Marcy heraus.

Doch dieser Verdacht blieb schließlich nichts weiter als eine Eintragung in Swalwells langem Berichtsheft, denn schon bald darauf arbeitete Marcy mit der Polizei zusammen, händigte ihnen Walkers Briefe aus und erzählte alle Einzelheiten wie beispielsweise die Tatsache, daß ihre Geschenke zum Valentinstag – die Uhr, die Bücher und die schwarze Handtasche – in einem Dunhill-Geschäft in Michigan gekauft worden wären. Die Tankstellenangelegenheit ging außerdem auch in der für die Polizei weitaus wichtigeren Erforschung von Marcys Beziehung zu Walker unter, und die Kardinalfrage lautete: Hatte sie ihm geholfen zu fliehen?

Swalwell machte nie einen Hehl aus seiner Meinung, daß sie ihm geholfen habe. »Kein Wenn und Aber.« Er glaubte auch, daß sie zumindest vorübergehend die Absicht gehabt hatte, gemeinsam mit Walker fortzugehen. In dem Brief, in dem Walker die Liste der elf hilfreichen Freunde beigefügt hatte, hatte er auch in Erwägung gezogen, Marcy in regelmäßigen Abständen 500 Dollar zu schicken, wovon sie die Hälfte benutzen sollte, um Rechnungen zu begleichen, ein Auto zu unterhalten, der Rest sollte gespart werden ›für den Moment, wo wir den Abflug machen‹. Mehr als einmal mahnte er sie, sie solle sich vergewissern, daß ihr Paß auch gültig sei.

Marcy versuchte immer, den Aussagewert dieser Briefe zu relativieren. »Ich glaube nicht, daß man auch nur ein Wort von dem glauben kann, was Walker schreibt«, erklärte sie. »Absolut gar nichts. Er hat eine blühende Phantasie. Ich habe sicherlich einige Fehler begangen, aber man muß ja auch mal einen Schlußstrich ziehen. Walker hat ab und zu vage Andeutungen über eine Flucht gemacht, als er erfuhr, daß seine Berufung abgelehnt worden war, und ich habe ihm ständig geantwortet: ›Auf diese Art und Weise sollte man die Sache nicht angehen.‹ Ihre jetzige Behauptung, ich hätte ihm bei der Flucht geholfen, ist nicht nur lächerlich, es ist völliger Quatsch. Bockmist.«

Auch diese Frage wurde irgendwann zweitrangig, nämlich in dem Moment, als Walkers Spur weiter in den Westen führte und die Spannung in Chicago nachließ. Die Vollzugsbeamten, die mit Gewehren vor Marcys Apartment gelauert hatten, wurden abgezogen, Marcy wurde nicht vor dem Geschworenengericht angeklagt.

Am Tag, als das Auto von Pietrusiak wieder aufgetaucht war, benachrichtigte der Erkennungsdienst Sergeant Lamb von der Staatspolizei Illinois in Aurora, daß die Fingerabdrücke auf dem Trinkglas, welches in der Spüle von Pietrusiaks Haus gefunden worden war, vom linken Zeigefinger und Daumen des Gerald Daniel Walker stammten. Sergeant Lamb berichtete weiter, daß man der Ansicht sei, Walker werde nach Illinois zurückkehren, obwohl er sich scheinbar zeitweilig in Vail, Colorado, aufgehalten habe. Das Büro des Staatsanwalts erließ gegen besagte Person einen Haftbefehl wegen Einbruch, Diebstahl und Autodiebstahl. Bob Swalwell, der doch allmählich ratloser war, als er sich selbst gegenüber eingestehen wollte, machte sich daran, nochmals seine vier Jahre alte Akte über Walker zu durchforsten. Obwohl er beim zweiten Mal schon das Gefühl hatte, daß er Walker jetzt besser kannte, sogar ›besser als ich mich selbst kenne‹, forschte er nochmals all die alten Berichte und Dokumente durch, bis er sie praktisch alle auswendig konnte. Geburtsdatum: 10. August 1931. Lieblingsgetränk: Martinis, Gin oder Fresca. Hobbys: Segeln, Segelschlitten fahren, Antiquitäten sammeln. Religion: ›Schlechtwetter-Katholik‹, was soviel bedeutete wie: Ist das Wetter zu schlecht zum Segeln, gehe ich zur Kirche. So hatte Walker es einmal dem Gefängnissoziologen erklärt. Was seine Familie betraf, so beschrieb Walker seine Frau Edna als ›eine Frau, wie man sie sich nur wünschen kann‹, seinen Sohn Drew als ›den tollsten Jungen der Welt‹ und seine Eltern Virgil und Irene als ›kalte, gefühllose Leute‹, die ihn in materieller Hinsicht verwöhnt hatten, es aber an menschlicher Zuwendung hatten fehlen lassen.

Der Bericht des Soziologen und der Untersuchungsbericht, der vor der Verurteilung von einem Bewährungshelfer angefertigt wurde, stimmten darin überein, daß Walker sehr wohl über eine sympathische Ausstrahlung verfügte. Der Bewährungshelfer Fred Connally jr. betonte ausdrücklich Walkers ›Freundlichkeit‹, seine Fähigkeit ›auf fremde Menschen zuzugehen‹ und beschrieb ihn als ›intelligent, redegewandt und, unter bestimmten Umständen, sehr kooperativ‹.

Bei der Lektüre dieses alten Berichtes hatte Swalwell das Gefühl, daß man den letzten Teil des Berichts als einen überzeugenden Beweis für Walkers Fähigkeit, auf andere Menschen einzugehen, ansehen konnte. Hier berichtete der Bewährungshelfer davon, daß Walkers Lebensinhalt darin bestehe, ›die Leute davon zu überzeugen, daß nicht materielle Dinge das Entscheidende im Leben sind, sondern die Anerkennung durch die Mitmenschen‹.

Sechs Monate später jedoch, als Walker von dem Gefängnissoziologen interviewt wurde, schien sein Charme etwas verblaßt zu sein. Walker wurde beschrieben als ›ein redegewandter, cleverer Mann‹, der in der Lage ist, andere zu beeinflussen. ›Oberflächlich betrachtet scheint er vergnügt und optimistisch, wahrscheinlich ist er, vom Sozialverhalten her, eher gesellig. Er ist aber auch eine egozentrische Person, die sich selbst in äußerst schwülstiger Art und Weise darstellt, augenfällig ist, daß er größten Wert legt auf Ansehen und Statussymbole. Es ist davon auszugehen, daß unter der großartig angelegten Fassade nur mangelndes Selbstbewußtsein versteckt werden soll.

Auffällig ist auch die Leichtigkeit, mit der man Walkers Gefühle ansprechen kann, und auch das Ausmaß, in dem er diese Gefühle impulsiv auslebt. Vom diagnostischen Standpunkt her gewinnt man den Eindruck, daß es sich hier um eine Persönlichkeit mit asozialem Verhaltensmuster handelt... Obwohl diese Person gesellschaftlich offen und gesellig erscheint, hat man den Eindruck, daß dies nur eine aufgesetzte Maske ist. Seine eigentliche, wahre Charakterstruktur ist grundsätzlich als krankhaft zu bezeichnen. Was die Gefühle anderer Menschen angeht, einschließlich die seiner Frau und seines Sohnes, handelt er völlig rücksichtslos. Aufgrund seines Tatendrangs, kombiniert mit der Fähigkeit, Leute zu beeinflussen, hatte er auf geschäftlicher Ebene gelegentlich große Erfolge zu verzeichnen, doch konnte dieser Glückssträhne auf Dauer keine Stabilität beschieden sein. Unter der Oberfläche lauert bei diesem Häftling ein erhebliches Potential an Wut und Aggressivität, das gelegentlich zu impulsiven Gefühlsausbrüchen führt. Diese Wut hat ihre Wurzeln in seiner Beziehung zweifellos zu seinen Eltern, während der frühkindlichen Phase. Diese Person kann als aggressiv und vielleicht auch als gemeingefährlich betrachtet werden.‹

Besonders ein Satz aus dem Gutachten über Walker, das vom Psychologischen Untersuchungsausschuß erstellt wurde, interessierte Swalwell, denn er bestätigte ihm, daß der Eindruck, den er von Walker schon lange vorher gewonnen hatte, der Wahrheit entsprach. Er war nicht erst durch das Lesen der Berichte darauf gekommen: ›Obwohl Walker sich, per Lippenbekenntnis, zu unseren gesellschaftlichen Werten bekennt, hat er sie in Wahrheit kaum verinnerlicht.‹ Mit dieser Einschätzung hatten die Psychologen Swalwell buchstäblich das Wort aus dem Mund genommen; allerdings hätte sich die Diagnose bei Swalwell etwas schlichter angehört: Walker ist ein Mann, der dich erschießen und dann direkt neben deiner Leiche sein Mittagessen einnehmen könnte. Ein von Grund auf schlechtes Früchtchen.

7

»Wenn Ihnen jemand etwas antun will«, erklärte Officer Stien der niedergeschlagenen Hope, als sie in der Beverly Hills Polizeistation in Gewahrsam genommen wurde, »sind Sie hier am sichersten aufgehoben.« Wie sie so auf der schmalen Pritsche ihrer Zelle lag und dem nächtlichen Regen lauschte, fühlte Hope sich jedoch alles andere als sicher. Sie ängstigte sich auch wegen der Kinder, die Bill verloren hatten, und wenn die Kleinen morgen früh aufwachten, dann war ihre Mutter auch fort. Vielleicht würden sie ja auch gar nicht mehr aufwachen, sie war sich zwar sicher, daß Taylor die Kinder nicht umbringen würde, aber was war mit der Bombe unter dem Haus? Vielleicht würde man auch ihre Eltern erschießen, und wenn die Kinder dann aufwachten, wäre das Wohnzimmer mit Leichen übersät.

Auch um sich selbst machte Hope sich ernsthaft Sorgen. Sie war die einzige Gefangene im Frauentrakt, und sie hatte noch deutlich Taylors Warnung im Ohr, daß ›die Leute von der Organisation überall lauern, sogar auf der Polizeistation und in Arztpraxen und Gefängnissen‹. Als jemand um ein Uhr nachts plötzlich ihre Tür aufsperrte und ihr sagte, daß der Anwalt erschienen sei, war Hope wie versteinert. Sie hatte diesen Mann noch nie zuvor in ihrem Leben gesehen.

Als der große, seriös aussehende, grauhaarige Mann dann aber anfing zu sprechen, faßte sie mehr Zutrauen. Er sagte nicht viel, denn aus Erfahrung wußte er, daß Gespräche in Gefängnissen nicht so ungestört waren, wie einem das ein überschaubarer Raum von 180 cm x 240 cm glauben machen könnte. Er erklärte ihr kurz, wer er war, und hörte sich dann eine Weile an, was sie ihm zu sagen hatte. Er bat sie, bei der Polizei keine weiteren Aussagen zu machen, und schlug vor, sie solle noch ein wenig schlafen, und um alles Weitere würde er sich dann am nächsten Morgen kümmern. Gott sei Dank ist jetzt endlich jemand aufgetaucht, der weiß, was er tut, dachte Hope, als sie wieder unter ihre Decke zurückkrabbelte.

Und Ned Nelsen stand in dem Ruf, genau zu wissen, was er tat. Schon seit über zwanzig Jahren praktizierte er im Strafrecht. Als er frisch von der juristischen Fakultät der Universität von Kalifornien gekommen war, hatte er zunächst als Protegé des berühmten Prozeßanwalts Grant Cooper gearbeitet und seine Laufbahn sofort mit einem Mordfall begonnen. Er gewann diesen aufsehenerregenden Prozeß, und in den folgenden zwei Jahrzehnten ist niemand, der von Ned Nelsen in einem Mordprozeß verteidigt wurde, verurteilt worden. Sogar im letzten Prozeß, den er führte, bevor er Hopes Verteidigung übernahm, erreichte er ein zufriedenstellendes Ergebnis, obwohl der Mann seinen Schwager mit einem Revolver aus einem Abstand von einem Meter direkt zwischen die Augen geschossen hatte. Das Opfer war zwar unbewaffnet gewesen, und der Schütze wußte dies auch, aber Nelsen plädierte auf Notwehr und kam damit durch.

Der Anwalt hatte sich vorab von Van und Honey den Fall erzählen lassen und zugestimmt, mit Hope zu reden. Ned Nelsen lehnte es äußerst selten ab, jemanden zu verteidigen; »doch es kommt vor«, so erzählte er, »daß sich einige Leute, nachdem ich ihnen die Gehaltsstaffelung erklärt habe, entschließen, sich einen anderen Anwalt zu suchen.« Seine Gehaltsvorstellungen waren nicht besonders schwierig zu erläutern: ein Vorschuß von 25 000 Dollar, und für die Dienste von Nelsen und seinem jungen Assistenten Tom Breslin zahlte man pro Tag 1000 Dollar oder sechshundert Dollar für Breslin allein.

Van kannte Ned Nelsen zwar nicht persönlich, war jedoch über dessen berufliche und gesellschaftliche Reputation informiert. Ned lebte in einem kultivierten, alten Haus in der Nähe des Hancock Parks von Los Angeles, zusammen mit seiner bezaubernden Frau und ihren reizenden Töchtern. Mit weltmännischem Charme führte er bei Gourmet-Essen, die er selbst zubereitet hatte, den Vorsitz. Er war ein leidenschaftlicher Jäger, wie man auch an seinen Erinnerungsstücken von der letzten Safari in Kenia unschwer erkennen konnte. Er trug eine Aktentasche aus Elefantenhaut, und über der doppelflügeligen Eßzimmertür waren die zwei Meter langen Stoßzähne angebracht worden. Zu dem Zeitpunkt, da er Hope kennenlernte, traf er gerade die letzten Vorbereitungen für ein alljährliches Wohltätigkeitsessen im Beverly Wilshire Hotel. Es handelte sich um ein gesellschaftliches Ereignis, bei dem man nur in Abendgarderobe und mit Einladung zugelassen war; als Vorsitzender dirigierte er die Gesellschaft durch neun Gänge und ein halbes Dutzend Weine. Man reichte Champagner zur Fasanenpastete und zur geräucherten wilden Stockente Consomme mit Sherry.

In seinem ruhigen, vertäfelten Büro hatte Ned Nelsen ein großes Glasgefäß, in dem er eine Million Dollar aufbewahrte, die er vorher durch den Papierwolf hatte laufen lassen.

Im Hinblick auf das anstehende Verfahren war Ned Nelsen jedoch nicht so optimistisch, wie er sich Hope gegenüber gab. Allerdings war er auch nicht der Ansicht, daß Hope ihren Verlobten Bill Ashlock getötet hatte, denn dazu fehlte ja das Motiv, so erklärte er. Was ihn beunruhigte, waren die zwei Tage, die sie mit dem Mann namens Taylor in ihrem Haus verbracht hatte – ohne einen direkten Fluchtversuch zu unternehmen oder ihre Eltern und die Polizei anzurufen oder irgend jemanden um Hilfe zu bitten. Er mußte Honey und Van mitteilen, daß es Beweismaterial gab, das Hope in die Angelegenheit verwickelte. Wenn Taylor nicht wieder auftauchte, würde Hope in ernsthafte Schwierigkeiten geraten. Ned Nelsen wäre es lieber gewesen, man hätte ihn verständigt, bevor Hope den Polizisten ungefähr zweieinhalb Stunden lang etwas von einem Einbrecher vorgestammelt hatte. »Dann hätte ich erst einmal ein ganz offenes Gespräch mit ihr darüber geführt, wer dieser Fremde nun wirklich gewesen ist«, sagte Ned mit leicht ironischem Unterton.

Die Verhaftung einer weiblichen Mordverdächtigen verursachte immer einigen Wirbel, aber diesmal war es auf der Polizeiwache in Beverly Hills eher ruhig – besonders im Vergleich zu dem Schauplatz im Norden. Im gesamten Gebiet von Tulare County herrscht nämlich eine Hektik, als wären sämtliche Detectives und Staatsanwälte von Telefonanrufen aus ihren Betten geholt worden.

Kurz nach Mitternacht verließen Sergeant Henry Babcock

und Detective Ralph Tucker Porterville in Richtung Los Angeles. Auf der hell erleuchteten Ranch zog Deputy Michael Scott zwei durchgehende Kreidelinien, die die Spur vom Wohnzimmer durch die Küche bis zu dem Schlafzimmer, in dem das Opfer lag, markierte. Er war auf der Suche nach Abdrücken und konnte tatsächlich an verschiedenen Stellen im Haus versteckte Fingerabdrücke sicherstellen.

Um 3.20 Uhr wurde Jack Flores, der schon seit drei Stunden Wache an der Tür zum Schlafzimmer schob, in dem die Leiche lag, endlich von dieser Pflicht abgelöst. Er verließ das Haus, ging am Orangenhain vorbei und wollte mit Jim Webb sprechen. Die Webbs waren noch auf, und Flores bat Jim, ihm einfach mal zu erzählen, was er von der ganzen Geschichte wußte.

Jim begann mit dem Freitagabend, als er mit seiner Familie spät nach Hause gekommen war, gegen elf Uhr. Sie hatten einen Wagen gesehen, der vor dem Haus parkte, und im Haus hatte noch Licht gebrannt. Am Samstag morgen fuhr Jim gegen sechs Uhr zur Arbeit und sah, daß noch ein anderer Wagen auf der Ranch parkte, ein neuer Lincoln, weiß mit blauem oder schwarzem Dach.

Nach der Arbeit fuhr Jim am Samstag zu seiner Mutter, die in der Cottage Street in Porterville wohnt, dorthin kam auch sein jüngster Bruder Edward, der mit seiner Frau Betty und dessen Schwester Sharon aus Ventura angereist war. Von diesen Verwandten erfuhr Jim, daß auf der Ranch Leute gewesen waren, die sie darum gebeten hatten, ein Pferd zu satteln. Als Jim das erfuhr, fuhr er mit einem seiner Brüder zur Ranch raus und sprach dort mit einer jungen Frau, die er als Hope erkannte – ihren neuen Familiennamen kannte er nicht. Jim berichtete, sie habe ihm erzählt, es sei ein Mann von der Los Angeles Times bei ihnen, der einige Aufnahmen machen wolle, und nun brauchten sie einen Sattel für das Pferd. Als Jim den Schlüssel zur Sattelkammer nicht finden konnte, rief er seine Frau Teresa an, die noch bei seiner Mutter war, und fragte sie, ob sie wisse, wo der Schlüssel sei.

Teresa wußte es nicht, deshalb fragte der Ranchverwalter Hope am Telefon, ob die ganze Sache nicht bis zum nächsten Tag Zeit habe. Sie meinte, nein, denn der Bursche von der

Times müsse noch am Nachmittag wieder fort. Hope erzählte Jim, ihre Mutter habe ihr sicher auch den Schlüssel zur Sattelkammer gegeben, und sie bat ihn nun, zu ihnen heraufzukommen, um sich das Schlüsselbund anzusehen, ob der richtige Schlüssel dabei war. Jim berichtete weiter, er sei hinübergegangen, habe geklopft und man habe ihm zwei Männer vorgestellt, von denen einer der Fotograf der Los Angeles Times gewesen sein sollte. Jim konnte sich an seinen Namen nicht erinnern, er sei ziemlich groß gewesen, ungefähr 180 cm oder 185 cm, dunkelbraune bis mittelbraune Haare, gut gekleidet; er habe einen dunklen Ledermantel getragen. Der andere Typ sei kleiner gewesen, mit lockigem braunem Haar, ungefähr fünfundzwanzig bis dreißig Jahre alt. Sein Name war Bill.

Diese beiden Männer und Hope seien die einzigen Leute gewesen, die er an diesem Wochenende auf der Ranch gesehen habe, sagte Jim Webb.

Jim und sein Bruder hatten noch einmal nach dem Vieh gesehen, und als sie nach ungefähr einer Dreiviertelstunde zurückkamen, war das Pferd vor dem Haus angebunden, aber von den Männern war niemand mehr zu sehen. Jim brachte das Tier zurück in den Stall, und dann machten sich die Webbs wieder zurück auf den Weg zu ihrer Mutter, um sich dort Jims Urlaubsdias anzusehen. Als sie losfuhren, kam ihnen der Lincoln entgegen, den Jim schon am Morgen gesehen hatte. Jim fuhr zur Seite, um ihn vorbeizulassen. Er sah, daß drei Leute im Wagen saßen, konnte aber nicht mit Bestimmtheit sagen, wer diese waren.

Als Jim und seine Familie am Samstag gegen neun Uhr abends nach Haus kamen, sah der Ranchverwalter, daß beide Autos, der Vega und der weiße Lincoln, vorm Haus standen; im Haus brannte Licht. Am Sonntag gegen sechs Uhr morgens fuhr Jim zur Arbeit und die beiden Autos standen immer noch da, und als er am Abend um halb acht wiederkam, war der Lincoln weg. Desgleichen am Montag. Der Vega parkte vor dem Haus, in dem ein Licht brannte, aber niemand war zu sehen. Am Dienstagmorgen bot sich das gleiche Bild. Als sich gegen Abend immer noch nichts geändert hatte, machte sich Jim langsam Sorgen, denn es erschien ihm doch reichlich ungewöhnlich, daß man nicht ab und an mal jemanden zu Gesicht bekam. Er fragte seine Frau, ob sie jemanden gesehen habe. Sie schüttelte mit dem Kopf. Auch seine Kinder hatten niemanden gesehen. Er versuchte es mit dem Summer, der zwischen seinem Haus und dem großen Haus eine Verbindung herstellte – ohne Erfolg. Auch auf seinen Telefonanruf meldete sich niemand.

Er ging zum Haus herüber und klopfte – keine Antwort. Er sagte, er habe durch die Fenster ins Haus gesehen, ob das nun rechtens war oder nicht, aber durchs Fenster habe er bemerkt, daß eine Decke oder etwas Ähnliches über dem Sofa gelegen habe. Ein schwacher Lichtschein kam irgendwoher, er habe angenommen, aus dem Bad. Er sei wieder nach Hause gegangen, habe sich eine Taschenlampe besorgt und damit in mehrere Fenster geleuchtet – ins Wohnzimmerfenster, ins Fenster des vorderen Schlafzimmers und an der Hintertür in die Küche –, doch er habe nichts entdecken können.

Er sagte, er habe nur ungern bei Hopes Vater anrufen wollen, weil er gehört hatte, daß er erst kürzlich einen Herzinfarkt hatte, doch in diesem Fall hielt er es für angebracht. Er rief also die Auskunft an, ließ sich die Nummer geben und rief dort an. Hopes Mutter war am Apparat. Er fragte sie, ob sie etwas von ihrer Tochter gehört habe. Daraufhin habe sie ihm geantwortet: »Sie ist gerade gekommen.« Jim erzählte ihr, er mache sich Sorgen, weil das Auto nun schon so lange unbewegt dort stehe und sonst niemand zu sehen sei. Hopes Mutter habe ihm dann berichtet, es habe sich eine schreckliche Tragödie abgespielt, und sie würde ihn wieder zurückrufen.

Gerade als er den Hörer aufgelegt hatte, rief ihn Mr. Nick Doughty an, er war einer der anderen Besitzer, der die Ranch zu führen schien, jedenfalls hatte Jim den Eindruck, daß er sein Chef war.

Jim berichtete ihm von dem Gespräch mit Hopes Mutter. Doughty sagte ihm, er solle auflegen, er riefe ihn zurück. Als er zurückrief, sagte er, er habe mit Honey und Van gesprochen, und die hätten ein Problem. Mr. Doughty riet ihm jetzt, mit seiner Frau und seinen Kindern die Ranch zu verlassen und die Nacht woanders zu verbringen. Für Jim hörte sich der Vorschlag gut an; er wollte nur noch auf den Rückruf von Hopes

Mutter warten, sagte Jim und versicherte Mr. Doughty, daß er alle Türen abschließen und im Haus bleiben würde.

Jim berichtete weiter, daß Van ihn gegen 21.30 Uhr angerufen und gesagt habe, seine Tochter habe ihm erzählt, ein Einbrecher sei im Haus gewesen und jemand sei erschossen worden. Es habe mit der Mafia zu tun, und seine ganze Familie sei bedroht worden. Van wollte auch die Polizei von Beverly Hills benachrichtigen. Jim und Van berieten noch kurz, ob man auch noch die Polizeistation in Porterville oder das Büro des Sheriffs benachrichtigen sollte, und schließlich rief Jim selbst den Sheriff an.

»Das ist alles, was ich bis jetzt zu der Sache sagen kann«, meinte Jim Webb gegenüber Detective Flores. Später hatte er noch mehr zu sagen.

Hope wachte früh auf, sie hörte, wie jemand auf dem Flur vor ihrer Zelle entlangging. »Hallo!« rief sie. Ein Mann kam zur Tür. »Sind Sie immer so früh auf?« rief er.

»Der Polizist gestern nacht hat gesagt, ich soll einfach rufen, wenn ich etwas brauche«, meinte Hope.

»Was brauchen Sie denn?«

»Ich hätte gerne Streichhölzer«, sagte Hope.

Der Mann brachte eine Schachtel Streichhölzer. »Werfen Sie keine Kippen auf den Boden«, warnte er sie.

»Ich pflege meine Zigaretten nicht auf den Boden zu werfen«, sagte Hope in einem Ton, der Hopes Mutter sicher bekannt vorgekommen wäre. »Außerdem wissen Sie ja gar nicht, wer ich bin und warum ich hier bin.«

Nachdem er ihr die Streichhölzer gebracht hatte, brachte er auch noch ein Frühstückstablett mit trockenen Cornflakes ohne Milch und schwarzen Kaffee in einer Metalltasse, der so heiß war, daß sie noch nicht einmal die Tasse anfassen konnte.

Eine Etage tiefer unterhielten sich Sergeant Babcock und Inspektor Tucker, die gegen 4.00 Uhr aus Tulare County angekommen waren, mit Officer Stien und DeMond und ihrem Chef, Lieutenant Mann.

Sie alle fragten sich, warum ein gedungener Mörder, der

dafür bezahlt worden war, Hope Masters, die Kinder und Bill Ashlock zu töten, zwar den Mann erschießt, die anderen jedoch am Leben läßt. Sie fragten sich auch, warum die Zeugin des Verbrechens den Tatort verlassen hatte und zwei Tage verstreichen ließ, ohne den Mord zu melden. Sergeant Babcock beschloß, Hopes Vater anzurufen und ihn für eine offizielle Aussage zur Wache zu bitten. Van kam noch vor sechs Uhr, und in seinem Anzug sah er so geschäftsmäßig und beeindruckend aus, daß Babcock ihn ›Sir‹ nannte.

»Sind Sie damit einverstanden, uns zu erzählen, was Sie über den Vorfall wissen, Sir?«

»Ich erzähle Ihnen, was ich darüber weiß,« sagte Van vorsichtig, »aber Sie sollten wissen, daß alle Informationen, die ich habe, von meiner Tochter stammen.«

Babcock nickte. »Also gut,« sagte er. »Fangen wir mal ganz von vorne an.«

Van atmete kräftig durch und sagte: »Meine Tochter war noch sehr aufgewühlt, als sie ihre Geschichte erzählte. Lassen Sie mich nur die wichtigsten Punkte wiedergeben, und dann kann ich Ihnen ja weitere Fragen beantworten. – Wie ich es verstanden habe, ist meine Tochter mit Bill zusammen am Freitag zur Ranch gefahren. Was sie am Samstag tagsüber gemacht haben, davon hat sie mir nichts gesagt. Am Nachmittag zog sie sich in eines der Schlafzimmer zurück, um ein Nickerchen zu machen. Sie bat ihn, sie rechtzeitig zu wecken, damit sie noch ein wenig Karten spielen könnten.«

Babcock unterbrach ihn. »Das hat Ihnen Ihre Tochter erzählt?«

»Ja.«

»Persönlich?«

»Ja.«

Babcock nickte. »Also schön, erzählen Sie weiter.«

»Sie schlief ein, doch sie wurde nicht von Bill geweckt, sondern von – dieser Person – diesem Einbrecher –, lassen Sie ihn uns – den Einbrecher – nennen, der sie betatschte und befummelte. Sie schaffte es, sich aus seiner Umklammerung zu befreien und nach Bill zu rufen. Sie rannte ins Wohnzimmer, das direkt am Schlafzimmer liegt. Es ist nur ein sehr kleines

Haus, von dem wir hier reden. Sie lief also ins Wohnzimmer und sah, daß Bill auf dem Sofa lag, rannte zu ihm, rief seinen Namen, faßte ihn bei den Schultern und schüttelte ihn. Sie sagte, sie habe bemerkt, wie sein Kopf gewackelt habe, als sie ihn schüttelte. Während sie noch so dastand, habe der Einbrecher auch schon hinter ihr gestanden und zu ihr gesagt: ›Nein, der kann dir nicht mehr helfen. Der ist tot.‹

Er sagte diesen Satz mehrere Male in ganz normalem Tonfall. Als meine Tochter schließlich aufhörte, Bill zu schütteln, sagte der Einbrecher: ›Sieh dir deine Arme an.‹ Sie blickte auf ihre Arme und merkte, daß sie völlig blutverschmiert waren. Ich habe vergessen zu erwähnen, daß sich das Ganze während der Nacht von Samstag auf Sonntag abgespielt hat. Meine Tochter war gar nicht in der Lage, uns zu sagen, wie spät es da gewesen ist. Sie hat nur gesagt, daß diese Person mindestens vier bis sechs Stunden bei ihr geblieben ist und daß er sie noch bei Dunkelheit verlassen hat.«

Wieder hakte Babcock ein. »Wie ist er von dort weggekommen? Hat sie das gesagt?«

Van runzelte die Stirn. »Nein, ich glaube nicht, daß sie das erwähnt hat. Sie meinen mit einem Fahrzeug oder zu Fuß? Sie hat es nicht gesagt und wenn, dann habe ich es vergessen. Soll ich weitererzählen?«

»Natürlich, bitte.«

»Der Mann packte sie, riß ihr die Kleider vom Leib und hat versucht, sie zu vergewaltigen, oder er hat es wirklich getan. Ich weiß nicht, ob es beim ersten oder zweiten Angriff auf sie passierte, sie hat jedenfalls gesagt, der Mann habe versucht, sie zu vergewaltigen, habe dann davon abgelassen, als er merkte, daß sie nicht mitspielte. Ich glaube, sie war schon vorher gefesselt worden, soweit ich weiß, waren ihre Arme hinter ihrem Rücken mit Klebeband gefesselt und auch ihre Füße. Ob sie nun auch noch am Bett festgebunden war, weiß ich nicht mehr. Es tut mir leid, daran erinnere ich mich nicht mehr. Meine Tochter hat erzählt, daß es ihr gelungen sei, den Mann von seinem Vorhaben abzubringen und sie nicht zu töten.«

»Was für eine Waffe hatte der Mann?« fragte Babcock.

»Meine Tochter meinte, er habe eine Handfeuerwaffe

gehabt, mit einem großen, breiten Lauf. Der Mann versuchte, ihr die Waffe in den Mund zu drücken, doch sie paßte nicht hinein.«

»Was passierte dann?«

»Irgendwann ist der Mann dann gegangen. Sie wußte nur, daß es ungefähr vier bis sechs Stunden war, nachdem sie aufgewacht war.«

»Und weiter?«

»Ich will Ihnen jetzt nichts erzählen, was ich nur vermute,« sagte Van vorsichtig. »Das nächste, wovon meine Tochter berichtete, war, wie dieser Tyler oder Taylor, der Fotograf, im Hause auftauchte.«

»Wann kam er ihrer Meinung nach dort an?«

»Sie weiß es nicht, doch an dieser Stelle ist dann dieser Taylor, der, wie Sie ja wissen, gestern abend in meinem Haus war, mit der Geschichte fortgefahren. Er sagte, er sei zwischen elf und zwölf am Sonntag mittag dort angekommen und habe Schreie aus dem Haus gehört. Er ging ins Haus und fand Bill auf dem Sofa liegen, er habe ihn zunächst nicht näher untersucht, sondern sei den Schreien folgend, zu meiner Tochter ins Schlafzimmer gelangt, die dort mit Klebeband gefesselt lag. Meine Tochter wollte aufstehen, um jemanden, ich weiß jetzt nicht mehr genau wen, anzurufen – doch um zu telefonieren, hätte sie durchs Wohnzimmer gehen müssen. Sie sei im Zustand höchster Aufregung gewesen, laut Taylors Aussage – ich nehme an, das soll heißen, sie war völlig hysterisch –, darum habe sie nicht den Raum mit der Leiche betreten wollen. Taylor versuchte ihr gut zuzureden und fragte sie, was er tun solle.«

»Das hat er Ihnen erzählt, genau so?« fragte Babcock. »So hat er das gesagt?«

»Und zwar in Hopes Anwesenheit«, sagte Van. Babcock nickte wieder.

»Er fragte sie also, was er tun könne«, fuhr Van fort. »Und sie sagte: ›Bring die Leiche weg.‹ Sie sagte: ›Bring Bill von hier fort.‹ Deshalb hat Taylor dann die Leiche weggeschafft. Er legte Bill auf ein Bett in irgendeinem der anderen Schlafzimmer. Ich weiß nicht, in welches.« Danach, so berichtete Van, hätten Hope und Taylor die Ranch in Taylors Wagen verlassen.

»Wissen Sie, wo sich dieser Herr zur Zeit aufhält?« fragte Babcock.

»Nein, weiß ich nicht.«

»Schließlich werden wir uns noch mit ihm in Verbindung setzen müssen«, sagte Babcock. »Es ist natürlich von dem Mann ein etwas ungewöhnliches Verhalten. Ursprünglich war er ja derjenige, der die Polizei informiert hat, und dann macht er sich rar. Da scheint doch etwas nicht zu stimmen.« Er machte eine kurze Pause und sagte dann: »Besitzt Ihre Tochter irgendwelche Waffen oder Pistolen?«

»Nicht nur, daß sie keine besitzt, sie hat auch eine höllische Angst davor«, sagte Van mit Nachdruck.

»Wie steht es mit Ihrer Frau?«

»Sie hat dieselbe Einstellung wie meine Tochter. Sie hat tödliche Angst davor.«

»Besitzen Sie selbst irgendwelche Waffen?«

»Ja«, sagte Van mit fester Stimme, »ich besitze ein 12 Kaliber Schrotgewehr, eine .45er Automatik und eine .38er Automatik und übrigens, soweit ich mich erinnern kann, ist keine von ihnen in den letzten zehn bis fünfzehn Jahren abgefeuert worden. Ich habe noch ein Gewehr, das ich einmal gewonnen habe, es ist jetzt auf der Ranch, weil ich seinerzeit einmal versuchen wollte, damit auf Eichhörnchen zu schießen, außerdem besitze ich noch eine .22er Woodsman Handwaffe.« Van erklärte, er habe die beiden Automatik-Revolver vor mehr als dreißig Jahren gekauft, als er noch bei der Marine gewesen war. Die Schrotflinte, der Colt und das Gewehr seien Geschenke gewesen.

»In Ordnung«, sagte Babcock. »Ich habe noch zwei oder drei weitere Fragen an Sie.« Tatsächlich wurden es vier. »Erstens, ist Ihre Tochter je zuvor verhaftet worden, wenn ja, warum?«

»Meine Tochter ist nie zuvor verhaftet worden, soviel ich weiß, es sei denn, wegen irgendwelcher Verkehrsdelikte.«

»Zweitens, warum glauben Sie, hat der Mann sie nicht getötet?« Van antwortete nicht sofort, und Babcock beugte sich in seinem Stuhl vor. »Ich frage Sie also«, rekapitulierte Babcock, »nach Aussage Ihrer Tochter ist dort ein Mann, der fürs Töten bezahlt worden ist. Der Mann sieht die Dame, eine Frau – eine

Zeugin –, die ihn identifizieren kann. Warum – warum also, hat er sie nicht umgebracht?«

»Ich kann Ihnen diese Frage nicht beantworten«, sagte Van bedächtig. »Glauben Sie mir, ich bin genauso verwirrt wie Sie.«

»Und noch etwas«, preßte Babcock hervor. »Warum haben Sie solange gewartet, um dieses Verbrechen zu melden?«

»Der Grund, den meine Tochter mir genannt hat und der auch von Taylor bestätigt wurde, ist die Tatsache, daß der Einbrecher, der Mörder, ihr verboten hat, irgend etwas den Behörden mitzuteilen. Er bliebe mit ihr in Verbindung und würde es sie wissen lassen, wann und ob sie überhaupt die Behörden verständigen dürfe. Er beobachte sie und ihre Familie – nämlich mich, ihre Mutter und ihre Kinder –, und wenn sie seinen Anweisungen nicht Folge leiste, würde jeder von uns getötet werden.«

»Sie war eingeschüchtert und, äh«, Van stotterte jetzt leicht, was ihm sonst nie passierte, »äh, wenn ich es einmal so formulieren soll, ich denke, daß es vielleicht einerseits ein Fehler war, aber andererseits war dort ein 45 Jahre alter Mann, der dem auch noch Vorschub leistete.«

»Lassen Sie mich Ihnen folgende Frage stellen«, fuhr Babcock fort. »Halten Sie es für denkbar, daß Ihre Tochter und dieser Mann irgend etwas mit dem Mord zu tun haben?«

»Ich, äh, ich denke ...«

»Halten Sie es für möglich?« forschte Babcock.

»Ich denke, ich denke, es ist absolut unvorstellbar, in jeder Hinsicht«, sagte Van.

»Sie halten es also nicht für denkbar, daß Ihre Tochter und dieser andere Herr als Täter bei diesem Mord in Frage kommen?«

Van stotterte nicht mehr, sondern sprach mit fester Stimme. »Ich denke, daß das völlig undenkbar ist.«

Hopes Kaffeetasse hatte sich gerade auf ein erträgliches Maß abgekühlt, als der Aufseher kam, um das Tablett abzuholen. »Ihr Anwalt ist hier«, verkündete er. Wieder erschien ein Fremder, wieder verlangte sie, leicht zitternd, seinen Ausweis sehen zu dürfen.

Tom Breslin hatte schon ziemlich schlechte Laune, als er in die Zelle geführt wurde und man die Tür hinter ihm schloß. Er war von Ned Nelsen mit dem Auftrag geweckt worden, sich unverzüglich zum Beverly-Hills-Gefängnis zu begeben und sich dort mit einer Frau namens Hope Masters zu unterhalten, es handele sich um Mord. Tom hatte fast eine Stunde damit verbracht, ein Geschäft zu finden, das schon so früh am Morgen geöffnet hatte, damit er sich einen Notizblock kaufen konnte. Er setzte sich auf die Kante von Hopes Feldbett und machte ein ernstes Gesicht.

Als er sich seine neue Klientin genauer betrachtete, wurde er doch etwas milder. In dem harten, weißen Licht der Zelle sieht sie wirklich mitleiderregend aus, dachte er – schlank, fast abgemagert mit riesigen dunkelroten Schatten um ihre Augen, sehr zittrig und sehr ängstlich. Er versuchte sie mit seinem offenen, irischen Lächeln aufzuheitern und mit ironischen Bemerkungen über die Zelleneinrichtung, insbesondere über die offene Toilette ohne Deckel, die ihm gegenüberstand. »Finden Sie das nicht auch sehr malerisch?«

Hope lächelte schwach, und Tom nahm sein neues Notizbuch hervor. Bevor sie anfing zu erzählen, ermahnte er sie, sich der Polizei gegenüber sehr höflich zu verhalten, am besten nichts Neues mehr zu erzählen. Er hatte nicht den Mut, ihr zu sagen, daß sie bereits zu viel ausgeplaudert hatte.

Van kam nach Hause, um seine Waffen zu holen. Er brachte sie zur Polizeiwache hinüber, während Honey sich anzog, und als er zurückkam, verließ sie gerade das Haus, um der Polizei ihre Aussage zu machen.

»Darf ich Hope sehen?« fragte Honey.

Die Beamten schüttelten ablehnend mit dem Kopf.

»Braucht sie irgend etwas?« fragte sie. »Wie geht es ihr?« Die Polizisten sagten Honey, ihre Tochter brauche nichts, es ginge ihr gut, und dann erinnerten sie die Dame, daß sie gekommen war, um ihre Aussage zu machen.

»Glauben Sie die Geschichte, die Ihre Tochter erzählt?« fragte Babcock schroff, als Honey die Erinnerungen der letzten Tage zusammengefaßt hatte.

»Voll und ganz«, sagte Honey. »Taylor, der auch ein sehr vernünftiger Mann zu sein scheint, hat sie geglaubt, und sogar Van, der erst später dazu kam.«

»Warum hat sich Taylor nicht selbst zur Verfügung gehalten?« wollte Babcock wissen.

»Ich weiß es nicht«, sagte Honey. »Vielleicht war es, weil er Angst hatte, noch einmal zum Haus zurückzukommen und von diesen Leuten getötet zu werden. Er – er hatte nämlich begriffen, daß er eine große Dummheit begangen hatte, indem er die Leiche fortgetragen und dann nicht direkt die Polizei verständigt hatte.«

»Halten Sie es bei einem professionellen Mafia-Killer für wahrscheinlich, daß er die einzige Zeugin für einen Mord am Leben läßt?«

»Nein, eigentlich nicht«, gab Honey zu, »es sei denn, sie konnte ihn davon überzeugen, daß . . .«

Babcock unterbrach sie wieder. »Wir reden von einem berufsmäßigen Mörder, richtig?«

»Richtig«, stimmte Honey zu.

»Es macht doch keinen Sinn, oder?«

»Nein, macht es nicht«, sagte Honey wieder. Sie sah Babcock an und klatschte inbrünstig die Hände zusammen. »Ich glaube, es ist ein großes Wunder.«

Babcock sah sie an, und vielleicht fiel ihm da zum erstenmal auf, daß sie nicht einfach irgendeine Bürgerin war, die er da befragte, sondern eine Mutter. »Wir sind hier nicht darauf aus, Ihre Tochter zu verfolgen«, sagte er etwas weniger barsch. »Aber wir haben uns mit der Leiche eines toten Mannes zu befassen.«

Alles, was Dr. Hayes wußte, als er zum Myers-Chapel-Beerdigungsinstitut in Porterville kam, war die Tatsache, daß die Leiche mit sehr viel Blut beschmiert war. Er sah das kleine Loch am Hinterkopf, das offensichtlich von einem Schuß herrührte, und schickte die Leiche zum Röntgen in das Sierra-View-Kreiskrankenhaus.

Als die Leiche zurückgebracht wurde, begann er, es war kurz nach vier in der Nacht, mit der Autopsie. Er ließ die Leiche bekleidet fotografieren, wegen der Anordnung der Blutflecken. Viel zusammengeklumptes, getrocknetes Blut war auf dem Hemd, sowohl vorn als auch hinten, außerdem auf der Hose, an den Händen und im Mund des Opfers. Die Hauptaustrittsquelle des Blutes schien der Mund zu sein.

Ein Mann vom Beerdigungsinstitut half Dr. Hayes dabei, das Opfer auszuziehen, und dann machte der Fotograf noch weitere Aufnahmen. Anschließend streifte Dr. Hayes seine Untersuchungshandschuhe über und fuhr mit seiner Arbeit fort. Er entdeckte keine Anzeichen dafür, daß ein Kampf stattgefunden hatte – keine Spuren an Fingerknöcheln und keine Haare unter den Fingernägeln. An der Verfärbung der Leiche sah er, daß der Tote sich in zwei unterschiedlichen Stellungen befunden haben mußte: zuerst angelehnt gegen einen festen Gegenstand, später mit dem Gesicht nach unten liegend.

Die Gehirnverletzung und der enorme Blutverlust des Opfers ließen Dr. Hayes vermuten, daß der Tod sehr schnell eingetreten war. Vermutlich hatte die Kugel den Schädelbasisknochen zertrümmert und war dann aus dem Gaumen wieder ausgetreten. Die Kugel war nur noch bruchstückhaft da. Die Kopfwunde hatte einen Durchmesser von drei Millimetern, und da sie an den Enden angesengt war und keine Pulverspuren aufwies, schloß er daraus, daß aus geringstem Abstand geschossen worden war, etwa 60 cm bis 1 m. Er schätzte, daß der Mann ungefähr seit einem bis zu drei Tagen tot sein mußte.

Lieutenant Becker war Beamter der Untersuchungskommission, die Todesfälle untersucht, die nicht eindeutig eine natürliche Ursache haben, und Dr. Hayes kannte ihn schon von anderen Autopsien. Von den Beamten, die sonst herumliefen, nahm Doktor Hayes keine Notiz, es sei denn, jemand würde ihm direkt bei seiner Arbeit helfen. Dr. Hayes nahm eine Blutprobe und schickte sie ins Labor, dort ergab die Analyse einen Alkoholgehalt von 23 Prozent, was soviel bedeutete wie elf oder zwölf Drinks. Er nahm auch eine Urinprobe, dessen Analyse

Spuren von Morphium aufwies. Diese konnten dann auftreten, wenn das Opfer innerhalb der letzten drei Tage Kodein, Heroin oder Morphium zu sich genommen hatte. Der Magen des Opfers enthielt Reis und eine dunkelbraune Masse, die vermutlich von Bohnen stammte, die sich eine bis fünf Stunden im Verdauungstrakt befunden hatten.

Dr. Hayes stellte keinen Totenschein aus. Auf die Unterlagen, die er zusammen mit den Proben ins Labor schickte, schrieb er ›John Doe‹.

Die Autopsie dauerte zwei Stunden, Dr. Hayes war der Meinung, dies sei eine völlig normale Zeitspanne für die Autopsie eines Mordopfers um vier Uhr in der Nacht. Ungewöhnlich kam ihm bei diesem Fall nur die äußerst gute körperliche Verfassung der Leiche vor. Man hatte ihm gesagt, der Tote sei dreiundvierzig Jahre alt gewesen. »Dieser Mann sieht nicht aus, als sei er schon 43«, sagte Dr. Hayes zu einem der Beamten. Der Mann mache einen viel jüngeren Eindruck.

Hope und Tom Breslin unterhielten sich noch, als jemand an die Zellentür kam und erklärte, die Beamten der Polizei von Tulare seien jetzt soweit, sie mit in den Norden zu nehmen.

Tom half ihr, als sie zitternd aufstand. Er drückte ihre Hand. »Machen Sie sich keine Sorgen«, sagte er. »Und reden Sie mit niemandem, bis Sie mich wiedersehen.« Er begleitete sie die Treppe hinunter zum Parkplatz hinter dem Gefängnis. Dort stellte er sich den beiden Polizisten vor. »Mrs. Masters möchte möglicherweise auf der Fahrt gern mit Ihnen reden«, sagte Tom, der bereits Hopes Vorliebe für Dauermonologe erkannt hatte. »Ich habe ihr geraten, nichts zu erzählen, und ich wäre Ihnen sehr verbunden, wenn Sie die Angelegenheit vorläufig nicht noch einmal mit ihr ausdiskutierten.«

Sergeant Babcock holte Handschellen hervor. »Bitte nicht so eng«, sagte Hope. »Meine Handgelenke tun mir noch sehr weh.« Sergeant Babcock legte ihr Handschellen an und führte sie auf den Rücksitz des Autos, wo es innen keine Türgriffe gab. Detective Tucker und er setzten sich nach vorn, und sie verließen Beverly Hills um 10.22 Uhr.

Cliff Einstein glaubte immer noch, daß Bill jede Minute hereinspazieren würde. Sie mußten an diesem Morgen ein sehr wichtiges Layout präsentieren, und Bill konnte diesen Termin unmöglich vergessen haben. Es war ein wichtiger Termin, eine Arbeit, an der Bill seit Wochen gesessen hatte.

Erst an diesem Morgen, es war schon Mittwoch, machte sich Cliff das erste Mal Sorgen um Bill, obwohl er ihn schon seit Freitag nicht mehr gesehen hatte. »Wo ist Bill?« hatte ihn schon am Montag jemand gefragt, als das Werbegenie nicht erschienen war, aber Cliff hatte sich da noch keine großen Gedanken gemacht. Bill hatte noch einige Urlaubstage, und er hatte auch einmal davon gesprochen, daß er ein verlängertes Wochenende bis Montag plane.

Als Cliff am Dienstag abend gegen halb sechs aus San Francisco zurückkam, berichtete ihm seine Frau, daß Fran Ashlock und Bills Freundin den jungen Werbemanager nirgends erreichen konnten und daher in ziemlicher Aufregung seien.

Jetzt fing auch Cliff an, sich zu beunruhigen, aber er rief bei niemandem an. »Wenn ich morgen ins Büro komme, wird er sicher da sein«, sagte Cliff zu seiner Frau.

Doch Bill war auch am Mittwoch morgen nicht da. Mehrere Angestellte und Sekretärinnen hatten vergeblich versucht, ihn zu erreichen. Der Produktionsleiter, Gene Wollenslegal, der in der Nähe von Bills Apartment wohnte, dachte, Bill sei möglicherweise krank. Deshalb fuhr er bei dem Apartment vorbei, um zu sehen, ob Bills Auto dort stand. Das Auto war nicht in der Garage, deshalb vermutete er, Bill sei immer noch auf der Ranch. Cliff war der Meinung, daß das fehlende Auto noch nicht viel zu bedeuten hatte, denn er wußte, daß Bill hauptsächlich bei Hope wohnte, doch in dem Augenblick hatte er keine Zeit mehr, sich länger darüber zu unterhalten, denn der Kunde für die Präsentation war gerade gekommen.

Cliff war der Meinung, daß Bills Layout großartig gemacht war: eine große weiße Tafel und in der Mitte das Bild von einer hübschen, ebenso ernst wie charmant aussehenden Frau, die eine langstielige rote Rose hielt. Das weiße Papier war schwarz umrandet und trug in schwarzen Großbuchstaben die Überschrift: Was ist, wenn sie zuerst stirbt? Cliff beschrieb gerade das Layout, als sich die Tür zum Vorführraum öffnete und eines der Mädchen ihn mit dringendem Handzeichen herauswinkte. Cliff entschuldigte sich und trat auf den Flur hinaus.

»Bill ist tot«, sagte das Mädchen. »Helen spricht gerade am Telefon mit jemandem darüber.«

Cliff rannte an Helen Linley, der Sekretärin, die immer noch telefonierte, vorbei in sein eigenes Büro. Helen war von dem Schock noch völlig durcheinander, versuchte aber trotzdem zu notieren, was der Anrufer sagte. Dann übernahm Cliff das Gespräch, am anderen Ende der Leitung war Van, Hope Masters Vater. Von ihm ließ Cliff sich alles das schildern, was man bisher über die Ermordung von Bill Ashlock wußte.

»Haben Sie irgendeine Ahnung, wer es gewesen sein könnte?« fragte Cliff, als Van zu Ende berichtet hatte. »Jemand, der auf Bill sauer war oder so?«

»Nein«, antwortete Van, »aber, um es deutlich zu sagen, er war hinter unserer Familie her, nicht hinter Bill. Er ist das unschuldige Opfer einer Sache, mit der er nichts zu tun hatte. Wissen Sie etwas über einen Fotografen, der etwas damit zu tun haben könnte?«

Cliff versuchte sich krampfhaft an Freitag zu erinnern und berichtete Van das wenige, was er von dem Fremden wußte, der Bill zum Mittagessen ausgeführt hatte. Der Mann hatte Bill drei Stunden lang interviewt und sich keinerlei Notizen gemacht. Cliff hätte sich gern noch länger mit Van unterhalten, doch er mußte dringend auflegen. Er gab Cliff aber die Telefonnummer seines Büros.

Cliff sah in Bills Personalakte nach und fand dort die Nummer von Bills Bruder in Columbus, Ohio. Er rief Robert Ashlock an und verließ dann sein Büro, um zu Fran zu fahren und es ihr schonend beizubringen. Mit Sandi telefonierte er nicht.

Als Van das Gespräch mit Cliff beendet hatte, rief er einen Bekannten bei der Los Angeles Times an. Er bat ihn herauszufinden, ob ein Reporter namens Taylor an einer Geschichte über die zehn begehrtesten Junggesellen der Stadt arbeite.

»Kann ich bitte Hope sprechen?« fragte eine männliche Stimme.
»Sie ist nicht hier«, sagte Honey, die in ihrer Wohnung saß. »Wer spricht denn da?«
»Hier spricht Taylor.«
»O Taylor!« rief Honey. »Gott sei Dank, daß Sie anrufen! Hope ist in einer hoffnungslosen Lage. Sie steht unter Mordverdacht.«
»Ich bin bei meinem Anwalt gewesen«, sagte Taylor ganz ruhig, »und er hat meine Aussage aufgenommen. Wo ist Hope jetzt?«
»Sie haben sie nach Visalia gebracht.«
»Ich werde dafür sorgen, daß sie meine Aussage direkt bekommen«, sagte Taylor.
»O Taylor, bitte rufen Sie doch bei der Polizei von Beverly Hills an und bestätigen ihnen, daß es Sie wirklich gibt«, bat Honey.
»So wie die mich gestern abend behandelt haben, ist mir die Lust vergangen, meine Zeit mit denen zu verschwenden«, verkündete er.
»Aber Taylor, Sie müssen mit ihnen reden. Die Polizei sucht Sie schon. Sie sind Hopies einziger Zeuge. Wovor haben Sie Angst? Es kann Ihnen doch nichts passieren.«
»O doch, bei meinem Beruf sogar sehr viel«, erwiderte er. »Ich bin kein amerikanischer Staatsbürger, und sie können mich daran hindern, das Land zu verlassen.«
»Würden Sie mir bitte sagen, wo man Sie erreichen kann?« fragte Honey.
»Nein«, antwortete Taylor.
»Sagen Sie mir wenigstens Ihren Nachnamen?«
»Nein.«
»Nennen Sie mir dann doch den Namen Ihres Anwalts?«
»Nein.«
Honey fing an zu weinen. »O Taylor, das können Sie doch nicht machen. Taylor, Hopie ist wirklich in ernsthaften Schwierigkeiten, und die Polizei braucht Ihre Aussage, um die Sache aufzuklären.«
»Es tut mir leid«, sagte er. »Wie geht es den Kindern?«
»Es geht ihnen gut«, antwortete Honey schluchzend, »aber sie brauchen ihre Mutter.«

Taylor schwieg einen Augenblick. »Wie hoch ist ihre Kaution?« fragte er.

»Sie ist noch nicht festgesetzt. Wahrscheinlich werden sie morgen Anklage erheben.«

»Also dann«, sagte Taylor leichthin. »Auf Wiedersehen.«

Honey brüllte in den Hörer: »Legen Sie nicht auf! Bitte legen Sie nicht auf! Das können Sie doch nicht tun, Taylor. Sie müssen Hopie helfen! Bitte, Sie müssen ihr helfen!«

»Ist Van heute nachmittag in seinem Büro?« fragte Taylor ganz ruhig.

»Ja, ich glaube schon«, konnte Honey gerade noch herauspressen.

»Ich werde ihn dort später anrufen«, sagte Taylor und legte auf.

Honey holte sich ein Taschentuch und stand einen Moment lang in der Küche, um sich wieder zu sammeln. Dann ging sie ins Arbeitszimmer, wo die Kinder vorm Fernseher saßen. Sie versuchte, ihre Stimme so natürlich und unbeschwert wie möglich klingen zu lassen. »Keith, weißt du eigentlich Taylors Nachnamen?«

»Ja«, sagte Keith. »Taylor Wright.«

Hope war nicht in Visalia. Zuerst wurde sie ins Untersuchungsgefängnis von Porterville gebracht, nach einer Fahrt, von der sie glaubte, sie würde sie nicht lebend überstehen.

Auf dem Rücksitz des Polizeiwagens saß sie gekrümmt von krampfartigen Rückenschmerzen, ihre Handgelenke hämmerten, weil die Handschellen so eng waren. Hinter dem Gitter, das Vordersitz und Rücksitz trennt, konnte sie hören, wie sich die Polizisten unterhielten. Sie hatte das sichere Gefühl, daß sie ihr auf diese Art Angst einjagen wollten. Am Anfang hatte sich die Polizei noch verständnisvoll gezeigt. »Ich kann verstehen, was Sie getan haben, es muß Notwehr gewesen sein«, sagte einer von ihnen.

»Nein, so ist es nicht gewesen«, beteuerte Hope. »Bill hätte mich niemals, niemals verletzt.«

Die Beamten redeten noch eine Weile mit ihr, doch als Hope

sich nicht mehr über Bill entlocken ließ, schienen sie ärgerlich zu werden. »Wir müssen sie einfach nur ins Loch sperren und überlassen sie dann den farbigen Lesben«, sagte einer der Polizisten laut.

Während der Fahrt, die nur durch einen kurzen Halt auf einer Raststätte unterbrochen war, bei der Hope nicht aussteigen durfte, war ihr fast ständig übel.

Als sie dann endlich wieder anhielten und ihr befahlen, auszusteigen, wußte Hope nicht, wo sie war. Die Männer führten sie in ein schmales Gebäude aus Schlackstein, das an der Rückseite von einem Stacheldraht umsäumt war.

»Ich muß in den Waschraum«, sagte sie, und jemand führte sie in einen kleinen Nebenraum mit kahlen Zementwänden und Pappe vor den Fenstern, ein düsteres Verlies mit einem Klobecken und einem kombinierten Trink-Waschbecken. Hope hatte den Eindruck, als wenn es in diesem Raum nach jahrealtem Urin und Erbrochenem roch; hier schien seit Jahren niemand mehr saubergemacht zu haben. Die Holzpritsche mit der Matratze war so dreckig, daß Hope Angst hatte, sich überhaupt hinzulegen. Aus Ekel und Angst, sich irgendeine ansteckende Krankheit einzufangen, benutzte sie auch nicht die Toilette.

Außerhalb des Raumes konnte sie Leute sprechen hören. Zweimal hörte sie das Telefon klingeln, und eine Stimme sagte, »Hope Masters ist nicht hier«. Sie trommelte gegen die Tür, als sie das hörte, aber niemand kam. Hab keine Angst, redete sie sich selbst immer wieder ein. Du hast ja einen Anwalt, und beizeiten wird dich jemand finden. Sei ganz ruhig! Sie knüllte ihren Pullover zusammen, legte ihn sich hinter den Kopf und versuchte, die Augen zu schließen. Nach einer geraumen Weile – sie konnte nicht mehr sagen, wann genau – öffnete jemand die Tür und befahl ihr herauszukommen. Man nahm ihre Fingerabdrücke ab, fotografierte sie, untersuchte sie nach Einstichen, dann legte man ihr wieder Handschellen an und brachte sie zum Streifenwagen zurück, der sie ins Bezirksgefängnis fahren sollte.

Im Bezirksgefängnis suchte Hope als erstes das kleine, blütenweiße Badezimmer auf. Gott sei Dank! dachte Hope und atmete auf. Ich kann eine saubere Toilette benutzen! Ich kann mich wenigstens ein paar Minuten entspannen. Ich kann mir die Hände waschen.

Noch einmal wurden dann Hopes Fingerabdrücke genommen, und sie machten auch wieder Fotos. Man gab ihr ein Bündel mit Kleidung: ein geblümtes Flanellnachthemd mit einer Nummer darauf, eine Unterhose, eine Jeanshose, ein hellblaues Hemd und ein Sweatshirt, ein Paar weiße Socken und Sandalen mit Gummiriemchen.

Die Aufseherin, Elisa Arenas, beobachtete Hope, wie sie aus ihrer eigenen Kleidung in das Nachthemd schlüpfte. Sie merkte, wie angespannt und nervös Hope war.

»Ich werde darum bitten, daß man Sie rüber ins Krankenhaus bringt«, sagte die Aufseherin. »Sie sollen Ihnen auch auf der Fahrt dorthin die Handschellen abnehmen, ich würde dafür die Verantwortung übernehmen.«

»Haben Sie keine Angst vor mir?« fragte Hope. »Wenn ich das getan hätte, dessen ich hier beschuldigt werde, dann hätten Sie doch sicher Angst?«

»Nein«, sagte die Oberin. »Vor Ihnen habe ich keine Angst. Ich habe nämlich eine ausgezeichnete Menschenkenntnis, müssen Sie wissen.«

Während der Autofahrt zum Krankenhaus trug Hope dann immerhin etwas weniger enge Handschellen. Im Krankenhaus war das Wartezimmer ziemlich überfüllt, und Hope setzte sich zusammen mit Elisa Arenas auf eine Bank. Wieder einmal kam Hope ihre eigene Situation recht unwirklich vor: Sie saß in einem Flanellhemd, mit Handschellen in einem fremden Zimmer, das voller fremder Menschen war. Sie hatte weder eine Ahnung, wie spät es war noch wo genau sie sich aufhielt. Sie wußte nur, daß es draußen dunkel war. Dennoch fühlte sie sich in dem Krankenhaus irgendwie sicherer als in dem kleinen Gefängnis von Porterville. Hier schien es wenigstens gewisse Regeln zu geben. In der Zeit, da die Aufseherin neben ihr auf der Bank saß, fühlte sie sich nur einmal bedroht: Ein junger Mann stand plötzlich vor ihr, beugte sich zu ihr vor und bot ihr ein Pfefferminz an. Er wußte, daß sie es nicht in die Hand nehmen konnte wegen der Handschellen, deshalb wollte er es ihr gleich in den Mund stecken. Hope senkte ihren Kopf, weil sie Angst hatte, das Pfefferminz könnte vergiftet sein.

Doch Hopes Hoffnung, hierbleiben zu können, zerschlug sich bald. In Anwesenheit der Aufseherin wurde Hope von einem Dr. John Wing Hing Wong untersucht. Er fand zwei Stellen an ihrem linken Unterarm, die noch Spuren von Klebeband aufzuweisen schienen, aber er stellte weder blaue Flecke noch ein Trauma fest, das im Zusammenhang mit der Vergewaltigung stand. Nach einer Untersuchung der Beckengegend sagte er, sie könne zurück ins Gefängnis gebracht werden.

»Wie lange wird es dauern, bis ich weiß, ob ich schwanger bin oder mich mit einer Geschlechtskrankheit angesteckt habe?« fragte Hope.

»Ungefähr drei Monate«, sagte der Doktor. Hope war entsetzt.

»Die Ärzte, mit denen ich bislang zu tun hatte, konnten einem so etwas innerhalb von drei Tagen oder maximal einer Woche sagen«, meinte Hope überrascht. Aber der Arzt ging darauf gar nicht ein, für ihn schien Hope gefühlsmäßig gestört und sehr redselig zu sein.

»Es tut mir leid, daß der Arzt Sie nicht dortbehalten hat, aber darauf habe ich keinen Einfluß«, sagte Elisa Arenas. »Haben Sie schon telefonieren können?«

»Nein«, antwortete Hope. Wieder zurück im Gefängnis, telefonierte sie kurz nach Mitternacht noch, getreu dem Motto: Wenn du schon eingesperrt wirst, bestehe wenigstens auf deinem Telefonat. Als Honey die Stimme ihrer Tochter hörte, fing sie an zu weinen.

»Ich habe nicht viel Zeit«, sagte Hope. »Hole mir Keith ans Telefon ... Keith, hör mir gut zu: Ich möchte nur, daß du weißt, daß ich in einem Gefängnis bin und schon bei einem Arzt war, es geht mir gut. Keith, ich möchte, daß du eines weißt, du bist immer mein Sonnenschein gewesen. Ich möchte, daß du deinen Bruder und deine Schwester solange aufmunterst, wie ich weg bin. Wirst du das für mich tun, Keith?«

»Ja, natürlich.«

»Ich liebe dich«, sagte Hope.

Im Arbeitszimmer seiner Großmutter legte Keith den Hörer

auf die Gabel und wandte sich seiner zehn Jahre alten Schwester zu. »Wir werden unsere Mama nie wiedersehen«, sagte Keith zu ihr.

Im Flur des Gefängnisses hängte Hope den Hörer ein, dann ließ sie ihr Gesicht gegen das Telefon sinken und fing an zu weinen. Elisa Arenas legte ihr eine Hand auf die Schulter. »Tun Sie sich das nicht an«, sagte sie sanft. »Ich weiß, wie Sie sich fühlen, aber lassen Sie sich nicht hängen. Das hilft weder Ihnen noch den Kindern.« Hope richtete sich auf. »Sie müssen jetzt mit mir kommen«, sagte die Aufseherin. Ein Aufzug brachte sie hinauf. »Ich werde Sie mit einem schwarzen Mädchen zusammenlegen, aber sie ist in Ordnung«, sagte Arenas.

»Könnte ich nicht eine Zelle für mich haben?« fragte Hope.

»Nein, Einzelzellen sind nur für besondere Fälle«, sagte die Aufseherin. Sie schwieg einen Moment lang. »Ich muß Ihnen noch eines sagen, wahrscheinlich werden die anderen Aufseherinnen nicht so nett zu Ihnen sein. Denken Sie immer daran, daß einige von ihnen noch jung und ängstlich sind. Wenn es unangenehm wird, halten Sie durch, bis ich zurück bin.«

»Wann werden Sie denn wiederkommen?« fragte Hope.

»Ich arbeite nur zeitweise hier«, sagte die Aufseherin. »Ich werde jetzt drei Tage nicht hier sein.«

Der Aufzug hielt an, und die Tür öffnete sich. Sie schritten einen langen Korridor entlang, an dem die Zellen lagen. Jede Zelle hatte Gitterstäbe zum Korridor hin. Plötzlich rief und schrie jemand, und Hope sah, wie Hände aus den kleinen Fenstern gestreckt wurden, die winkten und nach ihr griffen. Eine Hand hätte fast ihr Haar erwischt. Hope drückte sich näher an die Aufseherin.

Als sie etwa zwei Drittel des Flurs hinter sich hatten, blieb die Wärterin stehen und nahm einen Schlüssel von ihrem Gürtel. Sie öffnete die Tür, und Hope ging hinein. Das Geschrei auf dem Korridor verstummte, nur in einer Zelle, die am Ende des Ganges lag, blieb es laut. Hope erfuhr, daß dort eine Frau inhaftiert war, die auf Heroinentzug war. Die ganze Nacht hörte Hope diese Frau schreien und sich erbrechen.

8

Die Presse stürzte sich mit wahrem Heißhunger auf den Mordfall und produzierte Schlagzeilen wie diese:

Mitglied der besseren Gesellschaft von Beverly Hills wird wegen Metzelei auf Ranch in Visalia eingesperrt
(Los Angeles Times)

Mitglied der besseren Gesellschaft unter Mordverdacht festgenommen
(Oroville Mercury-Register)

Wegen Hinrichtung eines Managers: Dame der besseren Gesellschaft eingesperrt
(Santa Monica Evening-Outlook)

Dame aus den besseren Kreisen bestreitet Schuld an blutiger Mordtat
(Fresno Bee)

Getreu einer Vereinbarung mit ihrer Zellengenossin putzte die Dame der besseren Gesellschaft die Toilette und das Waschbecken mit Desinfektionsmittel, wofür ihr das Schrubbeb des Fußboden erspart blieb. Als man Hope mitgeteilt hatte, daß zweimal am Tag geputzt werden mußte, war sie zusammengezuckt und hatte einen stechenden Schmerz im Rücken gefühlt. »Wäre es dir recht, wenn ich die Toilette und das Becken putze und du den Fußboden schrubbst?« hatte Hope ihre Zimmergenossin gefragt.

Und Vanessa war einverstanden gewesen. Hope mochte diese Frau. Als Hope Mittwoch nacht in die Zelle gebracht wurde, waren sie nur zu zweit in einer Zelle mit acht Pritschen und einer Toilette. Doch Vanessa erklärte ihr, daß sich die Zellen am Wochenende wieder füllen würden, wenn die Nutten und Junkies hochgenommen wurden. Vanessa riet Hope, sich schon mal einige Decken zusammenzuraffen, denn später gebe es dann nicht mehr genug. Vanessa half Hope dann, sich die besten auszusuchen; Löcher hatten sie allerdings alle.

»Warum ist sie hier, Vanessa?« rief eine Frau den Flur herauf. Niemand konnte in die Zelle eines anderen sehen, doch jeder schien hier über alles Bescheid zu wissen.

»Oh, laßt sie in Ruhe!« rief Vanessa zurück. »Sie ist krank.« Einige der Frauen auf dem Flur warteten noch auf ihre Gerichtsverhandlung, andere büßten schon ihre Strafe ab. Vanessa erzählte Hope, sie sei schon seit zwei Monaten im Gefängnis, weil sie angeklagt werde, ein Auto gestohlen zu haben, und nun wartete sie auf einen öffentlichen Strafverteidiger. Sie sagte, sie habe für eine Alkoholikerin gearbeitet, sich um deren Kinder gekümmert, ohne Bezahlung, aber mit Verpflegung und Unterkunft. Manchmal durfte sie auch das Auto der Frau benutzen, deshalb hatte sie die Frau auch gefragt, ob sie den Wagen haben könne, um ihre Schwester in Los Angeles zu besuchen. Die Frau hatte es ihr erlaubt und dann Anzeige wegen Autodiebstahls gegen sie erstattet.

Trotz zusätzlicher Decken fror Hope immer noch, obwohl sie auch ihre Socken anhatte und über ihrem Nachthemd das Sweatshirt trug. Sie konnte kaum schlafen. Die Frau am Ende des Korridors schrie und erbrach sich die ganze Nacht, die Deckenbeleuchtung brannte rund um die Uhr, und dreimal in der Nacht machte eine Wache auf dem Gang die Runde und ließ ihre Waffe an den Gitterstäben der Zellen entlang klappern. Dazu rief sie immer und immer wieder die Namen der Inhaftierten: »Vanessa! Antworte mir! Vanessa! Hope! Hope! Hope!«

Als sie diesen Kontrollgang zum erstenmal kommen hörte, setzte sich Hope völlig konsterniert und erschrocken in ihrem Bett auf. Ihr Herz schlug wild, doch Vanessa sagte ihr, sie solle sich keine Gedanken machen. Die Wachen würden sich nur vergewissern, daß alle am Leben wären. Denn es gab immer wieder erfolgreiche Selbstmordversuche. Erst kürzlich sollte eine Frau, die mit gebrochenen Rippen eingesperrt worden war, tot in der Zelle gefunden worden sein. Sie hatte die ganze Nacht geschrien, bis eine Rippe ihre Lunge durchbohrt hatte.

Hope saß auf der Kante von ihrem Feldbett und unterhielt

sich mit Vanessa, als ein Aufseher erschien und sagte: »Kommen Sie, Ihr Anwalt ist hier.« Hope folgte der Wache den Korridor entlang bis zum Ende, wo sie Tom Breslin stehen sah. Sie blickte zu Tom und starrte dann den Mann an, den Tom bei sich hatte. Er war riesig. Nicht dick, aber sehr breit und muskulös. Er trug zwei oder drei Brillantringe und auch ein Brillantarmband. Er sah sehr smart und verschlagen aus, nach Hopes Einschätzung genau wie ein Schlägertyp von der Mafia. Ohne ein Wort zu sagen, drehte sie sich um und rannte zurück in ihre Zelle, wo sie sich hinter ihrem Bett verstecken wollte.

Sie wurde wieder herausgebracht und in ein kleines Zimmer ohne Fenster geführt. Dort saßen Tom und der riesige Mann und rauchten. Wieder schrak Hope zurück. »Es ist schon in Ordnung«, sagte Tom zu ihr, als er ihr Gene Tinch vorstellte. »Er ist Privatdetektiv, und Ned Nelsen hat ihn für diesen Fall engagiert.«

»Ich gäbe alles für eine Zigarette«, sagte Hope. Tom reichte ihr eine Packung Lucky Strikes, und kurz danach waren die drei von Qualm umhüllt und unterhielten sich. Tom sah ziemlich erschöpft aus. Nachdem er von Los Angeles hierhergefahren war, mußte er quer durch ganz Tulare County fahren, weil die ortsansässigen Behörden ihn, wie er es nannte, erst einmal auf ›den Rundkurs‹ geschickt und ungenaue Angaben gemacht hatten.

»Haben Sie heute nachmittag in Porterville angerufen und mich dort gesucht?« fragte Hope, denn sie hatte ja, als sie auf der dreckigen Toilette eingesperrt war, jemanden sagen hören: »Hope Masters ist nicht hier.« Als Tom sagte, er habe nicht angerufen, wußte Hope, wer der Anrufer gewesen sein mußte.

Tom hatte bis jetzt nur einen Teil von Hopes langer Geschichte gehört. Nun berichtete sie weiter, doch im Prinzip war es noch die gleiche Geschichte von dem Einbrecher in der Nacht, einem Mann mit Spitzbart, möglicherweise einem Mexikaner, und dem Mann, der sie gerettet hatte, der Mann namens Taylor. »Versuchen Sie sich etwas auszuruhen«, riet Tom der Gefangenen. »Ich komme morgen früh wieder.«

»Würden Sie mir dann wohl Zigaretten mitbringen?« fragte Hope.

»Natürlich«, sagte Tom. »Und übrigens, reden Sie nicht mit Ihrer Zellengenossin über Ihren Fall, man könnte sie vor Gericht gegen Sie aussagen lassen.«

Ziemlich früh am Donnerstag – Hope wußte ohne Uhr und ohne Fenster nicht zu sagen, wie spät es war – gab es einen unglaublichen, ohrenbetäubenden Lärm: Vierzig Zellentüren wurden gleichzeitig mit einem Ruck aufgezogen, und als alle Frauen auf den Korridor hinausgetreten waren, wurden alle gleichzeitig wieder zugeschlagen. Zum Frühstück drückte man Hope einen Löffel in die Hand, aber kein Messer oder eine Gabel. Es gab ungeheuer viel zu essen: Haferflocken, Eier mit Schinken, Toast, Pfannkuchen und Kaffee. Hope hatte immer noch schlimme Krämpfe, alles verursachte ihr Übelkeit. »O Gott, ich kann nichts davon essen«, sagte sie zu der Vertrauensaufseherin. »Könnte ich wohl nur ein Glas Milch bekommen?«

Die Aufseherin sagte nur: »Keine Milch im Gefängnis«, und Hope legte sich nicht mit ihr an. Sie hatte sogar Angst vor dieser kleinen, gedrungenen Frau mit den leicht indianischen Gesichtszügen. Vanessa erklärte Hope, daß einige Mitgefangene nur wegen ihres Strafmaßes zu Vertrauensaufseherinnen ernannt würden. Die kleine, korpulente Frau saß eine sechsmonatige Strafe wegen geduldeten Kindesmißbrauchs ab. Ihr Freund hatte die Geschlechtsorgane des drei Jahre alten Sohnes verstümmelt.

Um halb sechs Uhr war jeder angezogen, verköstigt, und die Zellen waren gesäubert. Danach gab es nichts mehr zu tun. Die Vertrauenshäftlinge hatten einen Fernseher, Radio und sogar Nähmaschinen in ihren Zellen. In der Tageszelle, die von den anderen Frauen benutzt wurde, gab es nur acht Bänke, die am Boden verankert waren, und einen Tisch, keine Zeitschriften oder Bücher, kein Fernsehgerät, nur ein einziges Puzzle war auf dem Tisch. Vanessa spielte gerade mit dem Puzzle, und Hope setzte sich zu ihr und half ihr, bis ihr plötzlich bewußt wurde, daß Vanessa in der nächsten Zeit wahrscheinlich kein neues Puzzle bekommen würde und deshalb wohl auch keinen Wert darauf legte, besonders schnell fertig zu werden. Darum ging Hope wieder und setzte sich auf eine Bank. Etwas unterhalb des Ganges hatte jemand in seiner Zelle ein Feuer gelegt, einige Frauen schöpften Wasser aus den Toiletten ihrer Zellen und redeten durch die Wasserrohre mit den Männern von der darunterliegenden Etage. Hope saß einfach nur da, sie wartete, hörte den anderen zu und las die Graffiti über der Toilette im Tagesraum. Sie fand es interessant, daß viele Frauen den Morgen zwar mit Sprüchen wie: ›Leckt mich doch kreuzweise am Arsch‹ begonnen hatten, die Graffiti jedoch etwas ganz anderes aussagten. Eine Kritzelei hieß: ›Ich bin rausgekommen, und du wirst es auch schaffen.‹ Eine andere lautete: ›Gott ist überall – sogar hier.‹

In der Wache von Porterville interviewte Jack Flores den 32jährigen Bruder von Jim Webb. Er bat Mr. Gerald Ray Webb, ihm nach bestem Wissen von dem Ereignis auf der Ranch zu berichten. Gerald berichtete, daß er und sein Bruder, zusammen mit ihren Familien, am Samstag von ihrer Mutter aus zur Ranch gefahren seien, wo Jim lebe. Dort wollten sie nach dem Vieh sehen und einige Farbdias machen, die Kinder hätten sich gern die neugeborenen Kälber angesehen. Als die ganze Gesellschaft, also vier Erwachsene und drei Kinder, gerade die Ranch verließen, um zurück zur Stadt zu fahren, hatte Gerald einen Mann Ende zwanzig gesehen. Der Mann hatte dunkles, lockiges Haar, war mittelgroß, hatte sonnengebräunte Haut und fuhr einen grünen Chevy Vega. Der Mann fragte die Webbs, wer sie seien. Als Gerald es ihm erklärt hatte, fragte der Fremde, ob irgend jemand von ihnen ein Pferd satteln könne. Sie sagten nein, aber Jim sei sicher nach der Arbeit gegen drei Uhr wieder auf der Ranch.

Gerald hatte auch einen zweifarbigen Lincoln Continental hinter dem Vega gesehen, den Mann darin jedoch nicht erkennen können.

Als Jim von seiner Arbeit im Kreiskrankenhaus zurück nach Porterville kam, hatte Gerald ihm erzählt, es sei jemand auf der Ranch, der darauf wartete, daß man ihm ein Pferd sattele. Jim fragte Gerald, ob er ihn nicht begleiten wolle, deshalb fuhr Gerald mit.

Als sie auf der Ranch ankamen, sah Gerald wieder beide Autos, doch keine Fahrer. Jim suchte nach dem Schlüssel zum Sattelschuppen, um einen Sattel herausholen zu können, doch er fand den Schlüssel nicht. Gerald erfuhr von Jim, daß noch vor wenigen Tagen jemand in den Schuppen eingebrochen war und einige Sättel gestohlen hatte. Gerald fragte Jim, ob sie nicht einfach das Scharnier aus der Tür heben könnten, doch Jim sagte, er habe es nach dem Einbruch so gut befestigt, daß man die Tür nicht mehr so leicht aus den Angeln heben könne. Sie versuchten durch das hintere Fenster hineinzugelangen, schafften es jedoch nicht. Deshalb rief Jim im Haupthaus an, um es ihnen zu erklären.

Während Jim telefonierte, blieb Gerald im Hof, und dort sah er, daß zwei Männer und ein Mädchen durch den Orangenhain spähten. Gerald sah den einen Herrn, der ihm zuvor schon aufgefallen war – dunkles, gelocktes Haar, Ende Zwanzig, mittelgroß –, und er sah noch einen anderen Mann: Er war größer, ungefähr 180 cm, ungefähr 85 kg schwer, sehr gut gekleidet, und er trug eine jener neuartigen Sonnenbrillen, die sich je nach Sonnenlicht unterschiedlich tönt. Er hatte eine sehr ausgefallene Pfeife, die an Sherlock Holmes erinnerte, und schien ein gutes Benehmen zu haben. Er hatte längere, braune Haare, gewellt, aber nicht lockig, die aussahen, als wären sie mit einem Heißluftkamm frisiert worden.

Der andere Mann war etwas kleiner, ungefähr 170 cm groß, sein dunkles Haar war etwas lockiger. Gerald sagte, der Mann habe keinen Schnurrbart gehabt, und das Mädchen habe ihn seines Wissens nach ›Bob‹ gerufen, aber da sei er sich nicht ganz sicher. Für Gerald Webbs Geschmack behandelte Hope ihn wie einen Büttel, den anderen Typen hingegen wie einen Würdenträger, denn später, als das Pferd Gras fressen wollte, und sich nicht bewegte, habe das Mädchen zu dem Typ mit den lockigen Haaren gesagt: »Hier, nimm du sie, deshalb bist du ja sowieso hier.« Dann habe der größere Typ schlicht das Pferd genommen und es weitergeführt. Als die drei dann gerade die letzten Bäume erreicht hatten, kamen Terry Webb und Geralds Frau die Auffahrt hochgefahren, und die junge Frau habe Terry etwas entgegengeschrien. Gerald hatte den Eindruck gehabt, als wenn sich die junge Frau aufführte wie der große Boß. Vielleicht, so fuhr er fort, habe sie ja auch etwas getrunken oder irgendeine Droge genommen. Sie habe sich jedenfalls nicht normal benommen und auch etwas gesagt von ›mächtig unter Strom stehen und sich dann mitten in den Fluß setzen und zuhören, wie die Kinder lachen‹. Gerald hielt das für unheimlich seltsam. Gerald erzählte weiter, daß die junge Frau, während Jim ein Lasso für das Pferd abschnitt, mehr oder weniger mit den Filmstars angegeben habe, mit denen sie schon zusammengewesen sei. Gerald kam es vor, als stände auch der lockige Typ unter Alkohol- oder Drogeneinfluß.

Gerald sagte, der Mann mit der Pfeife habe einen gebildeten und liebenswerten Eindruck gemacht. Seiner Meinung nach schien die junge Frau ihn beeindrucken zu wollen. Sie habe den Mann gefragt: »Wird es auch ohne Sattel gehen?« und darauf er: »Ja, es geht auch ohne.«

Auf dem Weg zur Ranch habe er, Gerald, noch zu seinem Bruder gesagt: »Das muß aber ein ziemlich feiner Stadtpinkel sein, wenn er dich heraufkommen läßt, um Pferde zu satteln.«

Irgendwann am Nachmittag fuhren Jim und Gerald hinauf hinter die Ranch, weil Jim ihm dort eine Stelle zeigen wollte, wo das Vieh möglicherweise durch die Umzäunung entwischt sein konnte. Zwei Leute saßen am Teich und angelten. Jim meinte, Gerald solle nur schon vorgehen, während er zunächst nachsehen wollte, wer dort angelte.

Als die Webbs gerade die Ranch verlassen wollten und an der zweiten Kurve der Straße waren, kam ihnen der Continental mit eingeschalteten Scheinwerfern entgegen. Es saßen drei Leute im Wagen, deshalb nahm Gerald einfach an, daß es dieselben waren, die er vorher gesehen hatte.

»Es gibt da eine Kleinigkeit im Zusammenhang mit dem Verstorbenen, die mich wundert«, sagte Detective Flores zu Gerald. »Wenn ich mich jetzt recht erinnere an Ihre Beschreibung, dann war der Typ Ende Zwanzig, circa 180 cm groß und ungefähr 80 kg bis 85 kg schwer, hatte gebräunte Haut, dunkles lockiges Haar und keinen Schnurrbart. Könnte es vielleicht sein, daß Sie sich da völlig vertan haben und er nicht dunkles, lockiges Haar und keinen Bart hatte?«

»Ich weiß, daß ich mich nicht geirrt habe«, antwortete Gerald.

»Sie haben ihm also so nah gegenübergestanden, daß Sie auch die leiseste Andeutung eines Bartes gesehen hätten?«

»Ja, ich glaube, das hätte ich gesehen«, sagte Gerald. »Ich weiß, daß er keinen Vollbart hatte.«

»Haben Sie etwas dagegen, mit mir zu der Kapelle zu gehen und sich den Toten einmal anzusehen?« fragte Flores.

»Nein, überhaupt nicht.«

Zwanzig Minuten später trafen Gerald Webb und Detective Flores beim Beerdigungsinstitut ein, wo Carson Dykes, ein Mitarbeiter des Hauses, schon auf sie wartete. Detective Flores sprach in sein Diktiergerät.

»Es ist jetzt 16.30 Uhr. Zu diesem Zeitpunkt befinden wir uns in der Leichenhalle von Myers Beerdigungsinstitut und wollen nun das Gesicht und den Kopf des Toten freilegen, damit Mr. Webb ihn ansehen und bestätigen kann, ob es sich um den Mann handelt, den er auf der Ranch gesehen hat. Mr. Webb würden Sie nun einen Blick auf diesen Herrn hier werfen und mir sagen, ob es der ist, den Sie auf der Ranch gesehen haben?«

»Ich glaube, ich gehe auf die andere Seite, um besser sehen zu können«, sagte Gerald. »Würden Sie dies hier noch ein wenig mehr herunterziehen.«

Carson Dykes zog noch ein wenig an dem Laken.

»Nein, er sieht überhaupt nicht so aus wie die Person, die ich auf der Ranch gesehen habe«, sagte Gerald.

»Würden Sie wohl bitte ein wenig lauter sprechen?« sagte Flores.

»Nein, dieser hier sieht nicht so aus wie eine der Personen, die ich am Samstag, dem 24. Februar 1973, auf der Ranch gesehen habe.«

Jack Flores machte eine kurze Pause. »Sagen Sie mir bitte, Mr. Webb, wie Sie zu diesem Schluß kommen, können Sie mir einige Merkmale beschreiben?«

»Der Herr, den ich gesehen habe – er hatte ungefähr die gleiche Statur, aber dunklere Haare, und es war lockiger, ich kann mich gar nicht daran erinnern, daß er einen Schnurrbart gehabt hat, und dieser Junge hier hat aber einen.«

»Ja, gut«, sagte Flores. »Wie steht es mit seinen Gesichtszügen – wie beispielsweise die Stirn, der Mund und die Wangenknochen oder die Nase?«

»Ich kann mich nicht erinnern, daß er so volle Lippen hatte

wie diese hier. Ich weiß jetzt zwar nicht, ob die Lippen jetzt noch genauso aussehen wie vorher oder ob sie nach dem Tod anschwellen oder so. Ist das ein typisches Merkmal? Nun zum Gesicht, ich weiß nicht, aber er sieht einfach nicht aus wie der, den ich gesehen habe.«

»Ich denke, das genügt vorläufig«, sagte Flores. Dann machte er wieder eine Pause. »Würden Sie trotzdem noch einmal genau hinschauen?«

Gerald sah noch einmal genau hin. »Nein, er sieht ganz und gar nicht aus wie der, den ich auf der Ranch gesehen habe.«

»In Ordnung«, sagte Detective Flores. »Vielen Dank.«

Gene Tinch war ein Privatdetektiv, wie er sonst nur in den besten Kriminalromanen vorkommt. Er trug einen Brillantring und ein goldenes Armband, welches auch mit Brillanten besetzt war, seine Geldscheine hielt er mit einer goldenen Klammer zusammen, und in seinem Auto hatte er immer auch eine Waffe bei sich. Er war groß und elegant, lustig und gesellig und dennoch ein knallharter Bursche. Früher war er Polizist in Los Angeles gewesen. In den fast zwanzig Jahren seiner Dienstzeit hatte man dreizehnmal auf ihn geschossen, und er hatte auf zwei Leute geschossen und sie getötet. Er hatte sich frühzeitig pensionieren lassen und, mit einem Partner zusammen, ein Detektivbüro aufgemacht. Der Name der Agentur lautete ›Die Blechgans‹.

Ned Nelsen hatte schon kurz nach Übernahme des Falles Honey und Van vorgeschlagen, einen Privatdetektiv einzuschalten. Und mit Gene Tinch hatte er vorher schon öfter zusammengearbeitet. »Wenn die Klienten es sich leisten können, engagiere ich immer einen Privatdetektiv«, erklärte Ned. »Ein Privatdetektiv kann sehr viel von der Laufarbeit übernehmen, die für den Anwalt zuviel Zeitaufwand bedeuten würde. Und meistens hat der Detektiv Kontakte und Zugriff auf Polizeiinformationen, die ein Anwalt nicht hat.« Obwohl Neds Mandant nicht gerade steinreich war, stimmten Honey und Van zu, Gene zu engagieren. Er sollte 150 Dollar für einen Achtstundentag bekommen, 2500 Dollar mußten sofort bezahlt werden sowie alle Spesen – Kilometergeld, Verpflegung, Hotels, die durch Quittungen belegt wurden. Ned hatte Gene zu Hause angerufen, und das erste, was der Privatdetektiv am Mittwoch morgen tat, bevor er mit Tom nach Tulare County fuhr, war, dreihundert Dollar in zwei Elektrotechniker zu investieren. Sie sollten in Honeys und Hopes Haus alle Wanzen entfernen, sofern welche installiert waren.

Nachdem er aber mit Hope gesprochen hatte, war Gene sich gar nicht mehr so sicher, ob er den Job überhaupt haben wollte. »Extrem ausgefallen und sehr unwahrscheinlich«, so schätzte Gene ihre Geschichte anfänglich ein. »Wenn man schon so lange Polizist gewesen ist wie ich und so viele Mordfälle bearbeitet hat wie ich und auch schon so viele verworrene Geschichten gehört hat wie ich – Geschichten, die, wie sich dann später herausstellte, nicht einmal annähernd der Wahrheit entsprachen, kann man doch wohl nicht von mir verlangen, daß ich hier sitze und ihr glaube, oder?« meinte er Tom gegenüber. »Nein, kommt nicht in Frage. Ich stelle ihr eine simple Frage, und sie braucht dreißig Minuten für eine Antwort, die absolut unbrauchbar ist.« beschwerte sich Gene. »Sie stottert vor sich hin, ich kann ihren Redeschwall nicht unterbrechen, und wenn ich schließlich doch mal eine Antwort bekomme, dann habe ich schon längst wieder vergessen, was ich eigentlich gefragt habe.«

Gene Tinch glaubte zwar nicht, daß Hope Masters beim Mordfall Bill Ashlock den Finger am Abzug hatte, aber die mehr schlecht als recht dahergestammelte Geschichte vom nächtlichen Einbrecher, der im Auftrag der Mafia handelte, konnte er auch nicht abkaufen. »Die Mafia interessiert sich für Kontakte, für Geld oder für Drogen«, sagte Gene. »Aber sie ist wohl kaum daran interessiert, irgendeiner beliebigen jungen Frau Schwierigkeiten zu machen.« Gene hatte das unbestimmte Gefühl, daß irgend etwas nicht stimmte und, so mußte er sich eingestehen, daß der Fall in gewisser Weise interessant war, deshalb entschloß er sich, sich eine Zeitlang mit ihm zu beschäftigen.

Sergeant Babcock und Detective Tucker mieteten sich im Mayfair in der Innenstadt ein, wo man als Polizist günstige Preise zahlte, dann meldeten sie sich im Büro des Sheriffs von Los

Angeles, am West Olympic Boulevard. Kurz nach Mitternacht, am Donnerstag, fuhren sie zu Tom Masters Apartment.

Sergeant Babcock sprach als erster. »Tom, ich werde Ihnen jetzt Ihre Rechte vorlesen, ich möchte, daß Sie mir genau zuhören: Sie haben das Recht zu schweigen. Alles, was Sie sagen, kann und wird vor Gericht gegen Sie verwendet werden. Vor der Vernehmung haben Sie das Recht, mit einem Anwalt zu sprechen, und er darf auch bei Ihrer Vernehmung anwesend sein. Wenn Sie sich keinen Anwalt leisten können und einen Anwalt haben wollen, haben Sie das Recht auf einen Pflichtverteidiger vor der Befragung. Nun, Tom, haben Sie verstanden, was ich Ihnen gerade vorgelesen habe?«

»Ja, habe ich«, sagte Tom Masters.

»Na gut, wollen Sie nun, daß wir mit der Befragung anfangen? Wollen Sie mit uns reden?«

»Ja, das will ich.«

Sergeant Babcock gab Tom eine Verzichtserklärung zur Unterschrift, dann kam er gleich zur Sache. »Ich habe Ihnen schon vor kurzem erzählt, daß Ihre Frau, die zur Zeit in Haft ist, uns berichtet hat, Sie seien für diesen Mord verantwortlich. Stimmt das so?«

»Nein, natürlich nicht«, sagte Tom.

»Könnten Sie sich einen Grund dafür denken, warum sie das ausgesagt hat?«

»Nein, für mich ist das völlig unverständlich«, sagte Tom. »Ich kenne keinen Grund, weshalb sie so etwas sagen sollte. Ich weiß es nicht.«

Tom erzählte der Polizei, daß er insgesamt ungefähr fünfmal auf der Ranch gewesen sei, das letzte Mal etwa vor neun Monaten, zusammen mit Hope und noch einem Ehepaar. Er sagte, daß er und Hope gewöhnlich zweimal pro Woche miteinander sprächen, doch jetzt habe er sie schon seit dem vergangenen Donnerstag nicht mehr gesprochen. Damals hatte er gegen halb acht K. C. zum Drive zurückgebracht, und anschließend sei er mit seiner Freundin Nadine in die Premiere von ›*Walking Tall*‹ gegangen. Er sagte weiterhin, er habe Bill circa fünf- oder sechsmal bei Hope getroffen, und er wußte, daß Bill einen kleinen grünen Triumph Spitfire fuhr. Hope hatte ihm gesagt, Bill sei vierzig Jahre alt.

»Was für eine Art von Beziehung unterhielt sie zu diesem Bill?« fragte Babcock. »War sie platonisch? War es bloße Freundschaft, oder was?«

»Ja, ich denke, es war – uh, soweit ich es beurteilen kann –, ich habe mich um ihr Privatleben nicht mehr so sehr gekümmert, als ich festgestellt hatte, daß es mir besser geht, wenn sie mit jemandem liiert war. Das bedeutete nämlich, daß ich Ruhe vor ihr hatte. Hm, sie hatte mal etwas mit einem Typen namens Lionel, an seinen Nachnamen kann ich mich nicht mehr erinnern, der ist zur Zeit in London, doch das war vor Bill.«

»Weshalb ist ihre Beziehung zu Ende gegangen?« fragte Babcock geradeheraus.

»Uh, ich weiß es nicht«, sagte Tom. »Ich weiß es wirklich nicht, aber ich weiß, daß er nach Europa gegangen ist, nach London, um eine besondere Fassung von Dr. Jekyll und Mr. Hyde zu drehen, oder so. Ich weiß, daß die Produktionsgesellschaft, bei der er angeblich arbeitete, einen Fernsehfilm gemacht hat, der so heißt.«

Sie unterhielten sich noch kurz über den Lincoln Continental, den Wagen von Hopes Mutter.

Tom sagte, er habe einen weißen Continental auf Hopes Auffahrt stehen sehen, als er am Sonntag K. C. nach Haus gebracht habe. Er habe genau ausgesehen wie der von Honey, bis auf die Farbe.

Er deutete kurz auf die junge Frau, die bei ihm war. »Der Grund, warum Nadine jetzt bei mir ist, ist der, daß sie das ganze Wochenende mit mir verbracht hat und vieles von dem, was ich gesagt habe, bestätigen kann. Ich habe gedacht, es wäre vielleicht besser, wenn sie hier ist.«

Babcock stimmte ihm zu.

»Außerdem wollte ich gerne jemanden bei mir haben, mit dem ich reden kann«, sagte Tom.

Er sagte, Nadine sei nicht bei ihm gewesen, als er am Samstag K. C. abgeholt habe, denn an diesem würde sie arbeiten, aber am Sonntag, als er ihn gegen 13.00 Uhr abgeholt habe, sei sie mitgekommen. Danach hätten sie sich in der Nähe von Nadines Apartment, am Strand von Playa del Rey aufgehalten. Gegen 18.00 Uhr hätten sie gemeinsam K. C. zurückgebracht.

»Die junge Dame war zu dem Zeitpunkt also bei Ihnen?« fragte Babcock.

»Ja«, sagte Tom.

Der Detective sprach jetzt Nadine direkt an. »Können Sie das bestätigen, junge Frau?«

»Ja«, sagte Nadine.

Tom sagte, er habe gewußt, daß Hope und Bill zur Ranch rausgefahren waren, denn er habe am Sonntag und auch am Samstag Bills Auto auf der Auffahrt stehen sehen.

»Gibt es vielleicht irgendwelche anderen Herrenbekanntschaften Ihrer Frau, die einen Lincoln Continental fahren könnten?«

»Genau weiß ich das auch nicht«, sagte Tom. »Ich weiß, daß sie einen Freund hat, mit dem sie öfter ausgeht, wenn sie nicht gerade eine feste Beziehung hat. Sein Name ist Michael Abbott, er ist Anwalt, das heißt, er kommt gerade von der juristischen Universität, und er ist einfach . . .«

»Jung«, fügte Babcock ein.

»Jung«, stimmte Tom zu. Er sagte, er wisse nicht, ob Michael einen Continental fahre, er wisse nur, daß sie ihn häufig sehe, und haben so einen Anwalt und Börsenmakler namens Gary. »Das sind alles wohlhabende Leute», erklärte Tom.

»Sagt Ihnen der Name Taylor irgend etwas?« fragte Babcock.

»Kennen Sie auch seinen Vornamen?«

»Nein.«

»Nein, Taylor allein sagt mir nichts.«

»Tyler?«

»Tyler, Tyler«, wiederholte Tom. »Nein.«

»Summer?«

»Nein.«

»Wie steht's mit Zeitungsreportern und Fotografen?«

»Es ist seltsam, daß Sie das jetzt erwähnen«, sagte Tom, der der Polizei jetzt von Hopes Anruf erzählte, von ihrem Vorschlag, die Reportage über die begehrtesten Junggesellen für Werbezwecke auszunutzen. Allerdings konnte sich Tom Masters nicht mehr erinnern, ob dieser Anruf donnerstags oder freitags erfolgt sei. Hope habe ihm aber den Namen des Journalisten nicht genannt. Dann fragten die Beamten Tom Masters nach möglichen Waffen, die er besaß, was er aber zurückwies. Sie wollten seine Bankkonten, seine Geschäfte erfahren, fanden aber nichts Auffälliges. Babcocks Frage, ob Hope Drogen oder Psychopharmaka nehme, verneinte Tom entschieden, erwähnte aber die Tabletten gegen Rückenschmerzen, die ihr die Ärzte verschrieben.

»Wissen Sie, ob Bill irgendwelche Waffen besaß?« fragte Babcock.

»Nein, weiß ich nicht.«

»Gibt es eine Waffe, die auf der Ranch aufbewahrt wird?«

»Nein, äh, nein«, antwortete Tom. »Das ist auch ein Punkt, den ich nicht verstehen kann. Ich könnte mir nur vorstellen, daß Van, ihr Vater, es nicht erlaubt, denn es kommen ja unterschiedliche Familien dorthin, von denen manche ja auch noch kleinere Kinder haben.«

»Wo wir gerade von der Ranch sprechen, die Polizei hat Jim Webb vernommen. Wissen Sie etwas von einem möglichen Streit zwischen Ihrer Frau, Bill und dem Verwalter?«

»Nein, zwischen denen gab es wohl keine Probleme.«

»Was für ein Temperament hat Hope, Ihre Frau? Ist sie ein gewalttätiger Typ? Als Beispiel sagen wir mal, wenn sie berauscht ist oder sich gut fühlt, könnte sie dann in einer besonderen Situation gewalttätig reagieren?«

»Nein, ich habe sie jedenfalls niemals so erlebt«, sagte Tom. »Ich habe nie erlebt, daß sie total aggressiv wurde. Ich kenne es zwar, daß, wenn sie etwas getrunken hatte, ich immer so meine Probleme damit kriege.«

Die Beamten interessierte das sehr, und sie hakten gleich nach: »Was für Probleme waren das?«

»Nun ja, sie war dann immer sehr albern, ihre Äußerungen waren dann kaum noch verständlich, und äh, sie hörte nicht auf zu trinken, obwohl sie wußte, daß sie es lieber lassen sollte, und äh – sie fluchte dann und beschwor damit Ärger herauf. Beispielsweise ist es passiert, daß wir uns mit meinem Unternehmensberater und seiner Frau verabredet hatten, damals, als wir noch zusammen wohnten. An einem solchen Abend hatte sie einmal drei bis vier Drinks getrunken. Das Zusammenwirken mit den Medikamenten, die sie nahm, erhöhte natürlich die

Wirkung des Alkohols – sie merkte nie, wann es genug war. Ich mußte sie dann buchstäblich ins Auto tragen und sie zu Hause ins Bett bringen, und da kippte sie dann um. Aber es kam dabei nie zu tatsächlichen Gewalttätigkeiten, nur zu kontrolliertem Benehmen, mehr die Scheiß-egal-Einstellung, wenn Sie wissen, was ich meine. So etwas habe ich allerdings bei ihr festgestellt.«

Jim Webb wies die Polizei darauf hin, daß er die junge Frau kaum kannte. »Sie wissen sicher mehr über uns, als unsereins über diese Leute«, erklärte der Verwalter. »Die kommen ja auch höchstens alle vier oder fünf Monate hierher.« Zu einem gemütlichen Beisammensein sei es nie gekommen, er sei nie von Hope Masters eingeladen worden. Jim wußte, daß sie lange blonde Haare habe und sich todschick anzuziehen pflege. Ansonsten könne er nicht viel über sie berichten. Was er noch erwähnen wolle, sei der Umstand, daß die Spur von Scheuerpulver auf dem Küchenboden wohl weder von seiner Frau noch von Hope Masters stamme. Seine Frau sei eine peinlich genaue Hausfrau, wie es bei den anspruchsvollen Besitzern auch gar nicht anders sein könne. Und Hope Masters habe, soviel er gehört habe, noch niemals in ihrem Leben irgend etwas putzen müssen.

Im Verlauf dieser Aussage gab Jim Webb zu, ins Haus gegangen zu sein und nicht nur hineingeleuchtet zu haben. Sergeant Richard Morris, der zusammen mit Detective Flores die Vernehmung leitete, war sehr freundlich, als er Jim Webb eine kritische Frage stellte: »Würden Sie uns bitte erklären, warum Sie nicht schon bei der ersten Gelegenheit, als man Sie fragte, was Sie über die vorliegende Situation berichten können, gesagt haben, daß Sie im Haus gewesen sind?«

Jim sagte, er sei erstens zu Tode erschrocken gewesen, und zweitens hätten die Polizeibeamten, als er sie Dienstag nacht verständigt hatte, ihn gebeten, nicht ins Haus zu gehen. Da habe er befürchtet, sich Ärger einzuhandeln, wenn er zugebe, bereits im Haus gewesen zu sein.

Vor diesem Gespräch mit Jim hatte Detective Flores mit Ed Pillstrom, einem Bekannten von Jim gesprochen. Ed Pillstrom sagte zu Flores, er habe Jim mit der Serie von Straftaten aufgezogen, die sich in letzter Zeit auf der Ranch ereignet hatten, und ihn gefragt, warum er die Leiche nicht gefunden habe, wo er doch dort arbeite. Daraufhin habe Jim angekündigt, noch einmal zur Wache zu gehen und seine Aussage über die Waffe richtigzustellen. Doch als Flores jetzt Jim nach einer Waffe fragte, beteuerte der Verwalter, niemals etwas von einer Waffe gesagt zu haben. »Ganz bestimmt nicht«, sagte er und fügte hinzu, daß Ed Pillstrom sich wahrscheinlich verhört hatte.

Bevor er erneut mit den Polizeibeamten sprach, wurde Jim von Detective Flores das Miranda-Gesetz vorgelesen, und nachdem sie am späten Donnerstag abend seine Aussagen aufgenommen hatten, forderte ihn der stellvertretende Bezirksstaatsanwalt auf, sich einem Test mit dem Lügendetektor zu unterziehen. Jim war damit einverstanden, doch vorher wollte er erst mal ein wenig schlafen und auch mit einem Anwalt sprechen. Aber der Bezirksstaatsanwalt wollte es gleich an Ort und Stelle über die Bühne bringen. »Ich werde Ihnen den besten Mann aus Bakersfield beschaffen, der kann innerhalb einer Stunde hier sein«, sagte er zu Jim. Dennoch wollte Jim lieber warten.

In Gedanken durchlief Honey immer und immer wieder den Abend, an dem Taylor auf ihrem Samtsofa gesessen und seine Geschichte erzählt hatte. Sie erinnerte sich, daß Taylor ihr vorgeschwärmt habe, wie Hope ein kleines Kind mit einer triefenden Nase auf den Arm genommen hatte, als sie im Lebensmittelgeschäft waren. Er hatte aber auch gesagt, er sei nicht vor Sonntag morgen auf der Ranch gewesen. »Wann könnte sich diese Episode also zugetragen haben?« fragte sie Van.

Honey erinnerte sich auch an Hopes Äußerung, Taylor sei schon einundfünfzig Jahre alt. Sie hatte das mit einer so merkwürdig schrillen Stimme ausgesprochen, daß es Honey jetzt so vorkam, als wenn Hope ihr dadurch hätte andeuten wollen, sich Taylor genau anzusehen. Genau das hatte Honey auch getan, daher konnte sie der Polizei auch eine minuziöse Beschreibung von Taylor aufschreiben, was die Beamten aber herzlich wenig zu interessieren schien. »Sie haben mir nur gesagt: ›Wenn Sie von ihm hören, dann sagen Sie ihm, er solle sich der Polizei stellen‹«, berichtete sie Van. Immer wieder sah Honey ihre Notizen durch und versuchte, sich genau an alles zu erinnern, was Taylor und Hope gesprochen hatten. Während sie über diese Erinnerungen nachdachte, fragte sie sich, warum Hope nicht schon in jenem Moment, da sie die Ranch verlassen hatte und in Sicherheit war, zum Telefon gegangen war, denn die öffentlichen Telefone an der Autobahn wurden doch wohl kaum abgehört.

Honey war wegen dieser ganzen Angelegenheit so durcheinander und ängstlich, daß ihr der Hörer in der Hand zitterte, als Tom Masters anrief. Er fragte, wie es Hope und den Kindern gehe. »K. C. geht es gut, und er wird bestens versorgt«, sagte sie. »Jemand wird sich in Kürze mit dir in Verbindung setzen.«

Sie beendete das Gespräch, so schnell sie konnte, und rief anschließend direkt bei der Polizei von Beverly Hills an. Sie sagte den Beamten, daß sie alle sehr beunruhigt seien und ob er nicht jemanden zur Bewachung des Hauses schicken könne.

»Der Fall liegt nicht mehr in unserem Zuständigkeitsbereich«, erklärte der Beamte. »Daher kann ich Ihnen auch niemanden schicken.«

Honey wurde ziemlich wütend. »Die Tatsache, daß ich seit vierzig Jahren in Beverly Hills lebe und hier auch ein Grundstück besitze, bedeutet Ihnen wohl gar nichts!« schrie sie. Van rief seinen Sohn Michael an, der in Los Angeles Hilfspolizist der Reserve war. Michael kam und kauerte den ganzen Nachmittag lang mit einer geladenen Pistole im Wohnzimmer.

Tom Breslin hatte Hope Zigaretten, eine Zahnbürste und einen großen Kamm mitgebracht. Es war das dritte oder vierte Mal, daß er sie im Gefängnis besuchte. »Machen Sie sich keine Sorgen«, versicherte er immer wieder.

Hope lag auf ihrer Pritsche und starrte die Decke an. Sie war in eine Einzelzelle für besondere Fälle verlegt worden, deshalb nahm sie an, am Freitag würde irgend etwas Besonderes passieren. Sie versuchte sich abzulenken und an nichts zu denken, besonders nachdem sie auch noch eine Radiodurchsage über den Mordfall gehört hatte – denn in der Zelle des Vertrauenshäftlings war das Radio auf volle Lautstärke eingeschaltet gewesen.

Später hörte sie einige der inhaftierten Frauen singen – manchmal aus einer Zelle, manchmal aus mehreren Zellen gleichzeitig. Wo die eine Frau aufhörte, setzte dann die andere ein. Hope konnte Vanessas Stimme heraushören – süß und klar und traurig –, doch die Lieder, die kannte sie nicht, es waren selbstgetextete, wie Hope bald feststellte. Klagelieder über ihre Männer und Kinder, über die Einsamkeit und die daraus erwachsenden Probleme. Mein Gott, dachte Hope, dies ist tatsächlich die Wirklichkeit. Dies ist der ›Jailhouse Blues‹.

Donnerstag, 1. März 1973

Frau Marthe C. Purmal
Rechtsanwältin
422 East 47th Street
Chicago, Illinois 60653

Marcy,
dies ist wahrscheinlich mein letzter Brief an Dich aus der Freiheit, ich fürchte, morgen muß ich in das Büro eines Bezirksstaatsanwaltes gehen und mein Innerstes nach außen kehren, um eine Frau aus dem Gefängnis zu holen, die unter Mordverdacht eingesperrt ist. Alles nur, weil sie sich weigert zu reden und mich damit deckt. Zur Zeit herrscht anscheinend Hochkonjunktur für Frauen, die meinetwegen in Schwierigkeiten und/oder ins Gefängnis kommen.

Zunächst einmal lege ich Dir die Story von den ersten Seiten der Zeitung von San Francisco bei, die Dir einen kurzen Überblick über das bewegte Leben des Lauf-Danny-Lauf! geben.

Außerdem schicke ich Dir ein Foto von Hopie (ihr Name ist Hope, aber sie wird Hopie genannt), ich habe diese Aufnahme in Hopies Garten in Los Angeles gemacht. (Ich wette, ich muß Dir später noch einiges erklären.) Ich habe einige hundert Fotos und Dias im Verlauf der letzten Zeit gemacht, um sie Dir zu zeigen, doch ich habe damit gewartet, sie Dir zu schicken, weil die Dinge, die ich Dir zusenden wollte, alle dazu neigen, letztlich in ›deren‹ Hände zu fallen.

Kommen wir jetzt lieber zu wichtigeren Dingen – während Du in Chicago sitzt und Dich selbst bemitleidest, daß Du Dich je mit mir eingelassen hast, und jammerst, ich hätte nur mit Dir gespielt, aus Angst, Du könntest angeklagt werden, währenddessen hat Hope schon zwei Nächte im Tulare Bezirksgefängnis verbracht, ist bereits angeklagt worden und schweigt dennoch, um mich zu schützen und um mir Gelegenheit zum Verschwinden zu geben. Darüber hinaus will sie sich sogar einer Gerichtsverhandlung aussetzen.

Also gut, wie Du aus dem Zeitungsartikel ersehen kannst, ist Hopes Vater Miteigentümer einer Ranch in Springville, in den Bergen von Kalifornien. Dort war ich zusammen mit Hopie, den Kindern und noch einigen anderen Freunden – das Haus hat mehrere Schlafzimmer, aber rate mal, wo ich geschlafen habe.

Hopies Tochter, Hope (10), hatte einen Termin beim Zahnarzt, und die anderen beiden Kinder (Keith 12, Casey 3) waren auch bereit, das wilde Leben auf der Ranch aufzugeben, und zwei Damen (namenlose Frauen aus der besseren Gesellschaft von Los Angeles) mußten nach L. A. zurück, was eine Fahrt von mindestens drei Stunden bedeutete. Andernfalls wäre die Leiche nicht die von William T. Ashlock gewesen, sondern die von G. Daniel Walker, denn B. Ashlock war der einzige Mann, der noch auf der Ranch war, und wurde so irrtümlich für Dein Herzblatt gehalten. Hopie war nackt und mit Klebeband gefesselt, sie wurde, bevor ich kam, vergewaltigt. Dennoch konnte sie mir eine ausführliche Schilderung geben von dem, was vorgefallen war und wer den Auftrag ausgeführt hatte. Ich verfrachtete sie in mein Auto und fuhr mit ihr zum Privatflughafen von Porterville, wo ich ein kleines Flugzeug mietete, mit dem wir dann nach Los Angeles flogen. Hopie habe ich dann zu Hause abgesetzt, um mich dann auf die Suche nach meinen speziellen Freunden zu begeben.

Unglücklicherweise ist bloß einer aufgetaucht, und seine Leiche habe ich einfach über einem Bett liegen lassen, wo ihn die Polizei sicher in Kürze finden wird. Wenn man mir genug Zeit läßt, werden sie sicher bald auch noch eine zweite finden.

In der Zwischenzeit hat Hopie versprochen, so lange zu schweigen, wie ich für die Vollendung meines Planes brauche. Leider ist der Verwalter der Ranch ins Haupthaus gegangen und hat dann Hopies Vater angerufen. Der fühlte sich angesichts einer Leiche in seinem Haus natürlich genötigt, die Behörden zu verständigen.

Bei der Befragung des Vorarbeiters hat dieser ausgesagt, Hopie sei mit einigen Freunden auf der Ranch gewesen. Die Polizei kam zu Hopie, doch sie und die Kinder weigerten sich, irgendwelche Fragen zu beantworten. Hopie hat es vorgezogen, ins Gefängnis zu gehen, damit ich meine Menschenjagd beenden kann.

Der von mir Gesuchte ist nach San Francisco abgereist, doch ich bin ihm schon dicht auf der Spur, und wenn alles gutgeht und ich ihn heute abend erwische, dann fahre ich in die Gegend von Tulare County und versuche, Hopie aus dem Gefängnis zu holen.

Für den Fall, daß alles schiefläuft, tut es mir wirklich leid, daß Du Dich wie ein zimperliches Miststück angestellt hast und es nicht über dich bringen konntest, was andere aber getan haben.

Komm mit mir, und wir amüsieren uns ein paar Tage. Es hat eine tolle Bumserei stattgefunden, eine, die Dir gefallen hätte, aber wer natürlich mit einem Polizisten und einem Staatsanwalt nach Vail fliegen muß, der muß schon eine hundsgemeine Nummer mit gebrochenem Herzen sein. Ich liebe Dich, Schätzchen, es ist schon erstaunlich, daß die Behörden mich nicht finden können, wenn Typen von ganz anderem Format es todsicher schaffen – bang! Bill Ashlock war ein toller Typ, Hope und er wollten heiraten (Du siehst, es gibt also nicht mehr viel dazu zu sagen). Wünsch mir Glück.

Alles Liebe usw.

9

Mary Bowyer, Vans Sekretärin, nahm den Anruf am Freitag, kurz nach Mittag, entgegen. »Van ist nicht da. Kann ich ihm irgend etwas ausrichten? Darf ich fragen, wer Sie sind?«

»Hier spricht Taylor.«

Die Sekretärin hielt den Atem an. »Mr. Taylor, wie ist Ihre Nummer, bitte? Ich werde veranlassen, daß man Sie zurückruft.«

»Es gibt keine Nummer«, sagte Taylor. »Ich bin Hopes Freund. Sie wird heute um drei Uhr in Porterville angeklagt werden. Ich will mit Van sprechen. Ich habe einige Informationen für ihn.«

»Warum fahren Sie nicht nach Porterville?« schlug Mary Bowyer vor. »Sie haben noch genug Zeit, um dort hinzukommen. Sie könnten Hope damit sehr helfen – sie alle brauchen Ihre Hilfe.«

»Ich will ja helfen«, sagte Taylor, »aber ich werde nicht persönlich dort erscheinen. Die Anklageerhebung wird heute nachmittag um drei Uhr im Gericht von Porterville stattfinden. Um diese Zeit werde ich dort auch anrufen.«

»Bitte, bitte rufen Sie schon vor drei Uhr dort an, bevor die Anhörungen stattfinden«, drängte ihn Mary Bowyer.

»Ich werde wahrscheinlich um zehn vor drei dort anrufen«, sagte Taylor. »Gibt es einen Anwalt, der mit dem Fall betraut ist?«

»Ja, sein Name ist Ned Nelsen«, antwortete Mary. Sie buchstabierte den Namen und gab Nelsens Telefonnummer durch. »Bitte fahren Sie doch nach Porterville«, sagte sie wieder. »Ist Ihnen eigentlich klar, was die Familie Ihretwegen durchmacht? Sie könnten Hopie entlasten, wenn Sie nur wollten.«

»Ich will ja helfen, aber ich muß es auf meine Weise tun«, erklärte Taylor. »Ich werde nicht persönlich dort erscheinen. Ich bin kein amerikanischer Staatsbürger, und ich werde mich nicht dort festhalten lassen. Ich würde mich ja selbst in die ärgsten Schwierigkeiten bringen. Ich habe die Telefonnummer des Gerichts und werde dort anrufen. Gibt es eine Möglichkeit, wie Sie Van erreichen können?«

»Ich weiß nicht«, sagte Mary. »Er ist jetzt auf dem Weg nach Porterville, aber ich werde es versuchen.«

Als sie aufgelegt hatte, rief sie Mildred Maguire an, Ned Nelsens Sekretärin; doch die war in ihrer Mittagspause. Kurz vor zwei rief Mildred sie zurück, und Mary berichtete ihr aufgeregt von Taylors Anruf. »Was meinen Sie, was ich tun soll?«

Während die Sekretärinnen sich noch berieten, mietete am Freitag, dem 2. März, um 13.45 Uhr ein Mann am Flughafen von San Francisco einen neuen, goldbraunen Thunderbird, Zulassung Kalifornien 139GFK.

Janet Bender, die Angestellte von Hertz, füllte den Mietvertrag aus: William T. Ashlock, Checkmate Productions, 211 South Lafayette Park Place, Los Angeles, Kalifornien.

Hope wußte, daß sie furchtbar aussah, als sie zur Anklageerhebung im Gericht von Porterville erschien. Die Aufseherin Arenas hatte ihr ein Gummiband gegeben, damit sie sich ihre Haare zusammenbinden konnte, doch der Reporter hatte recht, als er sie als ›bleich, zerbrechlich und sehr dünn‹ beschrieb.

›Sie trägt eine sackartige Kordsamthose und eine herunterhängende Strickweste, insgesamt macht sie einen erschöpften Eindruck.‹ Sie wurde durch den Hintereingang, den Gefangeneneingang, in den Gerichtssaal geführt. Honey und Van saßen bereits auf einer der schmalen Pinienholzbänke, die dem Gerichtssaal eher den Anschein einer schlichten Dorfkirche gaben. Die einzigen Farbflecken bildeten die amerikanische Flagge und die Fahne des Staates Kalifornien, die einen braunen Bären auf rotem Grund zeigt. Als Honey sah, wie ihre Tochter hereingeführt wurde, die krank, ängstlich und erbärmlich wirkte, fing Honey an zu weinen.

Ned Nelsen und Tom Breslin standen mit Hope am Tisch des Verteidigers, als der Richter George Carter hereinkam. Er gähnte und lächelte dann die Anwälte an. »Meine Herren, Sie werden sich mit mir gedulden müssen«, sagte er. »Ich bin sehr müde. Ich komme gerade erst von meiner Juristenprüfung.«

Hope stand dicht zwischen Tom und Ned und klammerte sich an einen schwarzen Pullover und eine Schachtel Zigaretten, als Ned erklärte, er hoffe, daß die Anklage gegen Hope fallengelassen würde, wenn der Mann, der ihnen als Taylor bekannt sei, gefunden werden könne. »Obwohl Mrs. Masters kein gutes Urteilsvermögen bewiesen hat«, erklärte Ned, »hat sie jedoch sicherlich nicht Mr. Ashlock umgebracht.« Aber als der stellvertretende Bezirksstaatsanwalt James Heusdens darauf drängte, sie nicht bis zur Voruntersuchung gegen Kaution freizulassen, nickte Richter Carter und ordnete an, daß man sie wieder in Gewahrsam nehmen solle.

Ein kurzes Schweigen herrschte im Saal, dann hörte man eine Stimme mitten aus dem Gerichtssaal. »Ich möchte mich zu Wort melden.« Die Leute im Gericht rumorten, als Van nach vorne ging und neben Hope stehenblieb. Er legte seinen Arm um ihre Schulter, sah Richter Carter direkt in die Augen und sprach mit fester Stimme.

»Meiner Tochter geht es nicht gut«, sagte Van, »und ich weiß nicht, was ihr noch ein paar Tage im Gefängnis an weiteren gesundheitlichen Schäden verursachen könnten. Ich mache mir große Sorgen um sie.«

Der Gerichtssaal war nun völlig verstummt, als Van in Kurzform die Geschichte von dem Wochenende auf der Ranch wiedergab, wie sie ihm seine Tochter berichtet hatte.

»Wir bemühen uns noch, die Identität des Mannes herauszufinden, der auf die Ranch kam, die Leiche fand und meine Tochter entdeckte, die ans Bett gefesselt war«, sagte Van. »Dieser Mann hat meine Tochter nach Los Angeles zurückgebracht, aber er weigert sich, seinen Namen zu nennen – oder zumindest seinen richtigen Namen –, denn er ist angeblich kein amerikanischer Staatsbürger. Er behauptet, freiberuflicher, ausländischer Journalist zu sein, und hat meiner Frau gegenüber am Telefon erklärt, daß er eine schriftliche Aussage an den Bezirksstaatsanwalt in Visalia schicken werde. Er ist noch immer in der Stadt. Er muß hier irgendwo in der Nähe stecken. Ich hoffe, daß wir ihn finden werden, aber jemanden wie ihn zu finden, ist recht schwierig. Ich brauche meine Tochter, um alle unbekannten Faktoren aufzuklären.«

Van verbürgte sich persönlich dafür, daß seine Tochter zur Anhörung am 15. März wieder vor Gericht erscheinen würde, und fügte hinzu, daß sie und ihre Kinder fast vollständig von ihm wirtschaftlich unterstützt würden, so daß sie für eine Flucht ohnehin keine eigenen Mittel habe. Richter Carter sah zunächst Van und dann die junge Frau eindringlich an. Er hatte überhaupt kein Mitleid mit ihr. So wie er es sah, hatte es einen Toten gegeben, und auf irgendeine Art und Weise war dieses Mädchen in die Angelegenheit verwickelt, und vielleicht hätte es ohne die Drogen und all dieses Zeug dort keinen Toten gegeben. Dennoch war er von Van und dem, was er gesagt hatte, sehr beeindruckt, deshalb ordnete er eine Pause an, um zu bedenken, ob Hope Masters gegen Kaution freigelassen werden konnte.

»Hier ist noch einmal Taylor«, sagte der Anrufer. »Konnten Sie Van erreichen?«

»Nein«, sagte Mary Bowyer, »konnten Sie es?«

Es war 15.35 Uhr.

»Ich habe angerufen«, meinte Taylor. »Ich hatte einen Gerichtsdiener oder so jemanden am Telefon, aber man wollte niemanden aus der Verhandlung holen. Ich konnte auch keine Nachricht hinterlassen, weil ich keine Nummer angeben konnte, unter der man mich erreichen kann. Sie haben also noch nichts von Van gehört?«

»Nein«, sagte Mary spitz, »das habe ich Ihnen doch schon gesagt.«

»Versuchen Sie doch noch einmal, Van telefonisch zu erreichen«, sagte Taylor, »ich rufe Sie dann später zurück. Wie geht es Hope?«

»Hopie ist krank, und die Zeit im Gefängnis war ihr nicht sehr zuträglich«, entgegnete Mary. »Mr. – wie sagten Sie, sei Ihr Name?«

Der Mann lachte. »Nennen Sie mich einfach Taylor, Schätzchen. Niemand kennt meinen Namen, und dabei wollen wir es auch belassen.«

Mary Bowyer versuchte, Taylors Mitleid zu wecken. »Wie können Sie Hopie das nur antun? Sie ist so krank und so sensibel.«

»Es gibt angenehmere Orte als das Gefängnis«, gab Taylor zu, »aber machen Sie sich keine Sorgen, sie wird heute rauskommen, und Van und Honey werden schon dafür sorgen, daß sie die Fürsorge erhält, die sie braucht. Wie geht es den Kindern? Sind sie bei Honey und Van?«

»Ich bin sicher, daß für die Kinder gesorgt wird«, sagte Mary, »aber sie brauchen sicherlich ihre Mutter. Warum stellen Sie sich nicht und helfen Hopie?«

»Sie wird meine Hilfe schon bekommen, aber auf meine Weise«, sagte Taylor bestimmt. »Ich bin kein Amerikaner, und ich bin in eine internationale Dreiecksgeschichte verwickelt. Ich kann nicht persönlich erscheinen und riskieren, festgehalten zu werden. Hopie ist zwar zart, aber es wird sich schon alles zum Guten für sie wenden. Ich will ja helfen, ich habe eine eidesstattliche Erklärung abgegeben, die die ganze Sache erklären wird. Es ist zu schade, daß ich nicht mit Nelsen oder Van sprechen konnte. Versuchen Sie jetzt, Van zu erreichen. Ich rufe später wieder an.«

Wieder rief Mary bei Neds Sekretärin an, und sie beschlossen, daß es keinen Sinn habe, sich in Porterville zu melden, ohne etwas Neues vorweisen zu können. Beide Damen hatten versucht, den Anruf zurückverfolgen zu lassen, doch man hatte ihnen gesagt, daß so etwas nicht ohne weiteres möglich wäre.

Virginia Anderson, die Gerichtsangestellte, sah nicht sooft zur Uhr, deshalb konnte sie auch nicht mehr mit Bestimmtheit sagen, wann genau sie den gutgekleideten Herrn in der hintersten Bank des Gerichtssaales zum erstenmal bemerkt hatte. Sie sah ihn dort kurz vor Hope Masters Anklageerhebung und während des ersten Teils der Anhörung vor der Pause. Sie war ganz begeistert von seinem guten Aussehen, er trug einen weißen oder elfenbeinfarbenen Rollkragenpullover und ein kamelhaarfarbenes Sakko. Er hatte dunkelbraune Haare. Obwohl sie ihn nur hatte sitzen sehen, schätzte sie ihn auf 1,80 m und 85 kg. Sie dachte, er wäre vielleicht Anwalt, sie hatte zwar nicht beobachtet, daß Hope Masters mit ihm sprach oder ihm irgendwelche Zeichen machte, doch sie hatte bemerkt, wie sich Mrs. Masters umgedreht hatte.

Während der Pause, die von 15.30 Uhr bis 16.00 Uhr dauerte, wie Mrs. Anderson schätzte, händigte ihr ein Angestellter eine Notiz für Mr. Nelsen aus, die besagte, daß ein Mr. Taylor angerufen habe. Virginia Anderson konnte sich nicht daran erinnern, den Fremden nach der Pause noch einmal gesehen zu haben, aber sie hatte ihn auch nicht gehen sehen.

Auch William Thompson, dem Gerichtsdiener, war das entgangen, obwohl er ebenfalls den makellos gekleideten Herrn neben der Tür hatte sitzen sehen. Thompson arbeitete nun schon seit zwölf Jahren in diesem Gerichtssaal und kannte fast jeden, der hier hereinkam, aber diesen Mann hatte er nie zuvor gesehen. Der Gerichtsdiener wußte aber genau, wo der Mann gesessen hatte, dieser Platz war schon seit jeher einer der bevorzugten, er hatte schon viele gesehen, die dort gerne sitzen wollten, vielleicht, weil er am nächsten zur Tür lag und man von dort aus am schnellsten den Raum verlassen konnte.

Richter Carter hatte keineswegs übertrieben, als er gesagt hatte, er sei müde. Er war gerade erst aus San Francisco zurückgekehrt, wo er eine dreitägige juristische Prüfung über sich hatte ergehen lassen. Für ihn war das eine äußerst strapaziöse, ja sogar erniedrigende Erfahrung gewesen. Obwohl er Friedensrichter war, nannte man ihn Richter, er war aber kein Anwalt, und er hatte gehört, daß sich am vorhandenen System bald etwas ändern würde, das Gericht ein Gemeindegericht werden und die Anforderungen an den Richter strenger gehandhabt würden.

George Carter fühlte sich wohl im Gericht, nach fünfzehn Jahren als Bewährungshelfer, deshalb wollte er seinen Platz dort auch gerne behalten und besuchte abends die Juraschule. Dies bedeutete aber, daß er nach einem anstrengenden Arbeitstag noch nach Frisco und wieder zurück fahren mußte. Er war schon müde, bevor er überhaupt im Gericht anfing. Manchmal war der Bodennebel auf der Strecke so dicht, daß die Straßen quasi geschlossen waren, trotzdem kämpfte er sich durch die 150 Meilen, und das dreimal in der Woche.

Er hatte Jim Heusdens dazu überredet, mit ihm zur Juraschule zu gehen, und Jim hatte die Prüfung direkt bestanden und war nun stellvertretender Bezirksstaatsanwalt; doch George war schon einmal durchgefallen und hatte es nun noch einmal versucht. Er fing langsam an zu glauben, daß es im Alter von 53 Jahren all der Mühe nicht mehr wert war. Er dachte, es sei womöglich besser, den ganzen Kram zu vergessen und sich wieder voll und ganz seiner Familie, seinen Rindern und seiner Mandarinenplantage zu widmen.

Unterdessen mußte er sich jedoch über eine Freilassung auf Kaution Gedanken machen. Wenn er nicht so müde gewesen wäre, wenn er die Nacht vorher gut geschlafen hätte, so dachte er hinterher, hätte er es wahrscheinlich nicht getan. Doch er war so müde und erschöpft, daß er schließlich nachgab und verkündete: »Ich habe entschieden, eine Kaution für Hope Masters in Höhe von 50 000 Dollar anzusetzen.«

Hope sank vor Erleichterung zusammen. Tom Breslin strahlte. Hope war völlig entsetzt gewesen, als Richter Carter verkündet hatte, daß er gerade erst sein Examen gemacht hätte, und während der Verhandlungspause hatte sie sich bei Tom darüber beschwert. »Ich dachte immer, Richter müßten ein gewisses Maß an Erfahrung mit Gesetzesdingen haben«, sagte sie ärgerlich. »Ich wußte nicht, daß man sie direkt von ihrer Farm weg als Richter ernennen kann.«

Aber Tom mochte Richter Carter, er strahlte etwas Ruhiges, Bedächtiges aus, er hatte ein friedvolles, faltiges Gesicht, das irgendwie freundlich zu sein schien. »Er ist ein netter Kerl«, hatte Tom zu Hope gesagt. »Mir macht es gar nichts, wenn jemand sein Examen nicht abgelegt hat. Es gibt genug gute Leute, die es nicht haben.«

Der Antrag des Staatsanwalts, keine Kaution festzusetzen, war für Tom Breslin eine unangenehme Überraschung gewesen. Er hatte damit gerechnet, daß die Summe auf 50 000 Dollar festgesetzt würde. Van hatte diesbezüglich auch schon Vorbereitungen getroffen und diesen Betrag von seiner Bank in Los Angeles auf ein Konto einer hiesigen Bank überwiesen, um im Zweifelsfall innerhalb weniger Minuten einen gedeckten Scheck vorweisen zu können.

Ned Nelsen begleitete Hope durch die Tür, vorbei an den aufgebrachten Reportern und Fotografen der Presse aus Los Angeles und San Francisco. Hope versteckte ihr Gesicht unter ihrem schwarzen Pullover, aber die Kameras standen nicht still, und das Foto der Nachrichtenagentur UPI zeigte später eine magere, kopflose Person und trug die Überschrift: *Kamerascheu.*

Hopes Stiefbruder Michael fuhr mit einem schwarzen Cadillac vor das Gerichtsgebäude. Ned öffnete schnell die Tür und schubste Hope buchstäblich auf den Rücksitz. Ned und Van schüttelten sich die Hand, und Tom drückte Vans Hand mit besonderer Herzlichkeit. Tom hatte Van an diesem Tag zum erstenmal gesehen und war sehr beeindruckt von ihm.

»Er spielte sich nicht unnötig auf, aber man wußte auch so, welchen sozialen Status er hatte«, erklärte Tom. »Er ist derjenige gewesen, der Richter Carter umgestimmt hat.« Ned sagte Van, er würde ihn am nächsten Morgen anrufen, dann stieg Van nach vorn zu Michael, und Honey setzte sich nach hinten neben Hope. Nun lächelte Honey wieder, sie sah schick und bezaubernd aus in ihrem Nerzmantel.

Die Kameras surrten immer noch, als der Wagen die Morton Street zur Main hinunterfuhr und von dort aus zur Autobahn. Es dauerte nur wenige Minuten, und der Wagen hatte die Stadt verlassen, vorbei an Plantagen mit Olivenbäumen, die buschig und stämmig mit ihren silbriggrünen Blättern zu den ältesten Bäumen der Erde gehören. Der Cadillac fuhr auf die Autobahn Richtung Süden.

Es war gerade eine Woche her, daß Hope diese Autobahn in die entgegengesetzte Richtung gefahren war, als sie mit Bill zusammen zur Ranch fuhr. Eine Woche nur. Von einem Freitag bis zum nächsten; vom Traum zum ausgesprochenen Alptraum; eine Woche voller Blut, Terror und Herzschmerz, gekrönt in kunstvoll dramatischer Weise von der Szene, als der Stiefvater, mit dem sie niemals ausgekommen war, nach vorne an ihre Seite trat und seinen Arm um ihre zitternden Schultern legte. »Meine Tochter fühlt sich nicht wohl. Ich mache mir große Sorgen um sie.« Nun war Hope aber wieder sicher behütet in den weichen, komfortablen Sitzen des Autos ihres Stiefvaters; sie schlief jetzt friedlich gegen die Schulter ihrer Mutter gelehnt.

»Ich mochte Bill«, sagte Martha Padilla ein bißchen wehmütig. »Er war sehr nett zu mir.« Martha und ihre Zwillingsschwester Mary waren im Büro des Sheriffs und redeten mit Sergeant Babcock und Detective Tucker. Martha sprach Spanisch, und ihre Aussagen wurden von einer Dolmetscherin übersetzt.

Martha berichtete, daß Mr. Ashlock und Mrs. Masters am vorigen Freitag mit Hopes Kombiwagen zur Ranch gefahren waren, und Bills kleines, grünes Auto hatten sie auf der Einfahrt stehen lassen. Als Martha am Montag abend gegen 23.00 Uhr zurückkam, war keiner der Wagen mehr da. »Zwei neue Wagen standen dort, ein weißer und ein gelber.« Sie hatte keines der beiden Autos vorher gesehen.

Im Haus habe sie einen Mann angetroffen, von dem Mrs. Masters sagte, er sei ein Freund von Bill. »Er hatte lange Haare und sah nicht schlecht aus«, erinnerte sich Martha. »Nicht zu dick, nicht zu dünn, mittel.« Sie erinnerte sich, daß er zu ihr gesagt hatte, sie solle nicht zuviel essen, sonst würde sie fett werden. Martha war seine Pfeife aufgefallen, weil sie so groß und merkwürdig war; sie schien aus der Rindes eines Baumes geschnitzt worden zu sein. Er hatte Martha erzählt, daß sie aus London stamme.

Dies war am Dienstag morgen, sagte Martha. Am Montag abend hatte sie nicht mit ihm gesprochen, weil er mit Mrs. Masters zusammen im Wohnzimmer gewesen sei, und die Tür zur Küche sei zu gewesen. Martha hatte die Tür geöffnet, die beiden gesehen und die Tür wieder geschlossen.

»Ich sah sie dort am Boden liegen«, sagte sie. »Sie massierte gerade seinen Rücken.«

»Haben Sie sie zusammen im Schlafzimmer gesehen?« fragte Babcock.

»Nein, nur im Wohnzimmer«, wiederholte Martha. »Sie hatten Decken und viele Koffer um sich. Im Schlafzimmer waren die Kinder.«

»Haben die beiden in dieser Nacht zusammen geschlafen?«

»Sie hatten die Tür zur Küche geschlossen«, sagte Martha. »Sie lagen auf dem Boden im Wohnzimmer, als ich sie sah – auf dem Teppich –, und ich habe sie während dieser Nacht nicht noch einmal gesehen.«

»Haben Sie gesehen, daß sie sich küßten oder umarmten?«

»Nein, was ich gesehen habe, daß sie beide auf dem Fußboden waren und sie ihm den Rücken massierte.«

»Haben Sie getrunken?«

»Ja.«

»Hatte Bills Freund sein Hemd ausgezogen?«

»Ja.«

»Ist er die ganze Nacht geblieben?«

»Ja.«

»Wissen Sie, wo Bills Freund geschlafen hat?«

»Ich glaube, sie haben beide auf dem Teppich im Wohnzimmer geschlafen.«

»Haben Sie gesehen, daß sie beide dort lagen, als Sie nach Hause kamen?«

»Ja.«

Martha sagte, als sie Dienstag morgen aufgestanden sei, sei der Mann in der Küche gewesen und habe Frühstück gemacht, und da habe sie mit ihm geschwatzt. »Hat Mrs. Masters irgendwelche Anrufe bekommen, während Sie im Haus waren?«

»Ja«, sagte Martha. »Einer davon kam von Bills Chef, und Mrs. Masters sagte mir, ich solle ihm ausrichten, sie sei krank, und Bill sei noch auf der Ranch.«

»Hat Mrs. Masters Ihnen irgendwelche Anweisungen bezüglich der Anrufe gegeben?«

»Ja, sie hat gesagt, wenn jemand anruft, soll ich es aufschreiben und niemandem sagen, daß sie zu Hause ist. Ich sollte immer sagen, daß ich nicht weiß, wo sie und Bill sind. Sie sagte mir auch, sie ginge ins Krankenhaus, denn sie sei sehr krank.«

»Haben Sie gesehen, daß Mrs. Masters geweint hat oder aufgeregt war?«

»Ich sah, daß sie verzweifelt war, sie war traurig und sehr schwach, und ihre Augen sahen ganz traurig aus. Sie war sehr betrübt.«

»Warum befand sie sich in diesem Zustand?« fragte Babcock.

»Ich weiß es nicht.«

»Wie viele Anrufe erhielt sie am Dienstag?«

»Ein Mann hat ungefähr zehnmal angerufen, aber ich weiß nicht, wer er war.«

»Sagt Ihnen der Name Mr. Webb etwas?«

»Nicht, daß ich wüßte.«

»Oder der Name Troy vielleicht?«

»Nein.«

»Haben Sie gehört, daß Mrs. Masters Bills Freund mit Namen angesprochen hat?«

»Ja, aber ich kann mich an seinen Namen nicht mehr erinnern.«

»War es vielleicht der Name Lionel?«

»Nein, daran erinnere ich mich nicht.«

»Wie ist es mit Tyler oder Taylor?«

»Ich erinnere mich nicht.«

Detective Tucker fragte Martha dann, ob Hope ihr erzählt habe, daß sie vergewaltigt worden sei.«

»Nein, nichts«, antwortete Martha. »Das einzige, was ich gesehen habe, war, daß sie krank oder schwach war, ihre Augen blickten traurig, und sie schien durcheinander und völlig kraftlos. Sie wollte sich hinlegen und sich ausruhen.«

»Hat Mrs. Masters sich benommen, als wenn sie Angst um ihr Leben hätte?«

»Sie war sehr nervös. Ich weiß nicht, warum. Sie suchte nach ihren Beruhigungstabletten.«

»Hat sie viel geraucht?«

»Mit Bill hat sie viel getrunken. Doch wenn sie von Ausflügen zurückkam, die sie mit Bill unternahm, dann sahen ihre Augen so aus, als wenn sie Marihuana geraucht hätte. Sie nahm Medizin und Tabletten, aber ich weiß nicht wogegen.«

»Gab es irgend etwas, was Bills Freund mit ins Haus gebracht hat?«

»Er hat mehrere Koffer mitgebracht. Viele! Es waren drei

schwarze, und die sind immer noch im Schrank. Ich habe sie gestern dort gesehen. Ich glaube, es sind dieselben. Die anderen hat er mitgenommen.«

Taylor rief Mary Bowyer zehn Minuten vor fünf wieder an. »Haben Sie Van erreicht?«

»Nein«, sagte Mary. »Ich habe angerufen, aber man hat mir nur das gleiche gesagt, was man Ihnen auch schon gesagt hat.«

»Sie sind jetzt wahrscheinlich schon auf dem Heimweg«, sagte Taylor. »Werden sie wohl zu Van und Honey fahren?«

»Ich denke schon«, antwortete Mary. »Warum rufen Sie nicht dort mal an?«

»Nein, ich werde Ned Nelsen anrufen, das wird wahrscheinlich das beste sein«, meinte Taylor.

»Sie hatten etwas von einer eidesstattlichen Erklärung gesagt«, erinnerte sie ihn. »Was werden Sie nun damit machen? Die wird niemandem helfen, solange Sie die nur bei sich tragen. Warum lesen Sie mir sie nicht vor? Oder schicken mir eine Kopie davon?«

»Ja, ich habe eine vierseitige eidesstattliche Erklärung, vielleicht bringe ich sie zu Nelsen.«

»Hauptsache, Sie übergeben sie an irgendwen, damit sie noch etwas nützen kann«, sagte Mary spitz. »In Ihren Händen bewirkt sie gar nichts. Rufen Sie doch die Familie heute abend an, sie brauchen doch so dringend Hilfe.«

»Hören Sie auf, sich zu sorgen«, sagte Taylor. »Es wird schon alles gut werden. Ich bin sicher, Hope ist jetzt bei ihrer Familie, und es geht ihr gut.«

Mary Bowyer war durch seinen freudigen Tonfall sehr verärgert. »Unsere Unterhaltung führt doch zu nichts«, sagte sie. »Rufen Sie sie heute abend zu Hause an.«

»Regen Sie sich nicht so auf«, meinte Taylor. »Ich habe heute in dieser Angelegenheit mindestens zwanzig Telefonate geführt, und es werden wohl noch mehr werden, bis alles vorbei ist. Aber ich mache es auf meine Art.«

In Coco's Cafeteria in Long Beach sagte Fran Ashlock aus, Bill habe niemals irgendwann Ärger gemacht und sei keine gewalttätige Person gewesen. Bill sei so sanftmütig, daß sie schon öfter die Geduld verloren habe. Fran sagte, daß sie und Bill sich fast jede Woche gesehen hätten, obwohl sie schon seit einiger Zeit getrennt voneinander lebten. Sie wisse auch von seinen weiblichen Freunden, auch von Hope Masters. Sie sagte, daß Bill seine Beziehung zu Hope mit ihr diskutiert und dabei angedeutet habe, daß er möglicherweise nicht mit der ›schnellebigen Situation‹ fertig werden würde.

In Juniors Coffee Shop in Altadena sagte Sandi, Bill sei ein friedliebender Mann gewesen, der unangenehmen Situationen gerne aus dem Weg gegangen sei, und sie könne sich nicht vorstellen, daß ihm irgend jemand aus persönlichen Gründen habe etwas zuleide tun wollen. Sandi war zwar sehr aufgeregt, als sie sprach, doch die beiden Polizisten hatten den Eindruck, daß sie zur Zusammenarbeit bereit war. Sie sagte, Bill habe ihr gerade vor zwei Monaten, kurz vor Weihnachten, erzählt, daß er bei Hope Masters eingezogen sei, doch sie betonte auch, daß niemand auf den anderen eifersüchtig gewesen sei. Sie habe sich auch trotz Bills neuer Beziehung weiterhin von Zeit zu Zeit mit ihm getroffen.

An diesem Wochenende rief Taylor an. Privatdetektiv Gene Tinch hatte ein Aufnahmegerät mit dem Telefon gekoppelt, und wegen des Recorders und der Leute, die an den vier Nebenanschlüssen mithörten und im Hintergrund Anweisungen und Ratschläge gaben, war es manchmal schwierig, Taylor richtig zu verstehen. Gene war ganz aufgeregt. Endlich eine Gelegenheit, Aufschlüsse über diesen schwer faßbaren, mysteriösen Mann zu erhalten!

Taylor wollte mit Hope sprechen, die aber nicht zu Hause war. Honey sagte ihm, sie sei zu einem Verhör mitgenommen worden.

»Wer hat sie mitgenommen?« fragte Taylor beunruhigt.

»Ihr Anwalt und ein weiterer Herr«, antwortete Honey.

»Dann hat sie die Leute also gekannt, dann ist es ja gut«, sagte Taylor erleichtert.

»O Taylor, sie ist wegen Mord ersten Ranges angeklagt worden. Sie wollten sie zuerst nicht einmal gegen Kaution freilassen.«

»Ja, ich weiß«, sagte Taylor.

Bei seinem zweiten Anruf war Hope zu Hause. »Wie geht es dir?« fragte er. Ohne auf eine Antwort zu warten, sagte er: »Ich weiß, daß es dir schlecht geht. Ich werde in der Nähe bleiben und versuchen, dich aus diesem ganzen Durcheinander herauszuholen.«

»Oh, bitte tu das«, flehte Hope, die überaus dankbar war, seine Stimme zu hören. »Wir haben drei Privatdetektive, die sich überall mit dir treffen können.« Sie gab ihm die Privatnummer von Gene.

Taylor redete von dem Vertrag und dem Mann im Hintergrund. »Er ist aus Chicago gekommen«, sagte Taylor.

»O Gott, ich kann nicht glauben, daß mir jemand so etwas antun will«, jammerte Hope und fühlte sich ganz benommen. Sie machte eine Pause. »Ich mache mir Sorgen um dich.«

»Warum sorgst du dich um mich?« fragte Taylor.

»Ich möchte nicht, daß du verletzt wirst«, sagte sie. »Weißt du das?«

»Irgendwann trifft es jeden«, sagte er schroff. »Ich muß genießen, was ich tue. Man nimmt jahrelang, und plötzlich ist man an der Reihe, etwas zu geben.«

Hope wußte nicht, was sie sagen sollte. »Kannst du mich später noch einmal anrufen?« fragte sie.

»Natürlich«, sagte Taylor begeistert. »Paß auf dich auf. Lebwohl«

Kurz darauf rief Taylor bei Gene Tinch an. »Hope hat mich gebeten, Sie anzurufen«, sagte er. »Was hat sie Ihnen bis jetzt erzählt?«

Gene gab ihm eine kurze Zusammenfassung von Hopes Geschichte über den Mafiavertrag, den Einbrecher, den Mann mit dem Spitzbart. »Das ist grundsätzlich richtig«, sagte Taylor. »Trotzdem sind da noch einige Ungereimtheiten.«

»Würden Sie sie für mich entwirren?« fragte Gene.

»Der ursprüngliche Vertrag lautete auf Hope und die beiden älteren Kinder«, erklärte Taylor. »Der ursprünglich damit Beauftragte wurde von Cleveland aus entsandt, doch der hat nur das Geld ausgegeben, aber seinen Auftrag nicht erledigt. Deshalb ist er in einem schäbigen Motel am Sunset Boulevard liquidiert worden, so ungefähr vor zwei Wochen. Er wurde mit derselben Waffe getötet, die auch auf der Ranch benutzt wurde, und die Kugeln dürften übereinstimmen.«

Ein Mord in einem Motel, dachte Tinch. Das ist auf jeden Fall etwas, was wir nachprüfen können. »Können Sie mir etwas darüber erzählen, was auf der Ranch passiert ist?« fragte er.

Taylor stotterte eine Weile weiter, er sagte, er habe Bills Leiche weggebracht. »Meine Leute haben herausgefunden, daß das Klebeband in einer Drogerie gegenüber von Sears in Porterville gekauft worden ist«, fuhr er fort. Er machte eine kurze Pause. »Ich war auch in Porterville am Tage der Anklageerhebung, aber ich habe dann dort mit zwei Polizeibeamten gesprochen und wußte dadurch, was los war.«

»Ich würde mich gerne mit Ihnen treffen und einmal über die ganze Angelegenheit sprechen«, sagte Gene. »Wenn Sie schon mit den Beamten gesprochen haben und wissen, worum es geht, dann wissen Sie ja auch sicher, wie wichtig Sie für Hopes Verteidigung sind.«

»Wir werden uns wahrscheinlich nie persönlich kennenlernen«, antwortete Taylor. »Ich werde Ihnen aber eine Kassette zukommen lassen, die ich mit meiner Aussage besprochen habe. Bitte rufen Sie Hope an und versichern Sie ihr, daß ich in der Nähe bleibe und versuche, ihr da herauszuhelfen. Ich weiß, daß ihr Vater fünfzigtausend Dollar Kaution aufbringen mußte, und wenn sie Geld braucht, werden meine Leute dafür sorgen, daß sie welches bekommt. Bitte versichern Sie ihr, daß ich mit ihr in Kontakt bleibe.«

Gene rief sofort einen Bekannten bei der Polizei von Los Angeles an, und er erhielt auch ziemlich schnell einen Rückruf.

Es war am Freitag, dem 23. Februar, als aus dem Hollywood

Hills Motel am West Sunset Boulevard ein Mord gemeldet worden war. Das Opfer wurde als Richard Orin Crane identifiziert, er war arbeitsloser Ingenieur aus dem Staat Washington und hatte sich am Vortag unter seinem richtigen Namen um 13.10 Uhr im Zimmer 8 des Hotels eingemietet. Er war allein angekommen und fuhr einen acht Jahre alten Rambler Geländewagen. Richard Crane war ein großer Mann gewesen, 180 cm groß, 80 kg schwer und 32 Jahre alt. Als er am Freitag nicht abreiste, öffnete der Manager mit dem Generalschlüssel das Zimmer und fand Crane über dem Bett ausgestreckt, mit einer Schußwunde im Kopf.

Weder die Polizei noch die Presse schenkten diesem Fall sonderliche Beachtung. Aber Gene Tinch war alarmiert. Es war ihm nun völlig klar, daß Taylor, wer immer er auch war, ein bedrohlicher Faktor war.

Hope fühlte sich äußerst schlecht. Es schmerzte sie überall, sie hatte starke Unterleibsblutungen und Krämpfe. Honey versuchte sie zum Essen zu überreden, doch Hope fürchtete, alles wieder zu erbrechen. Honey hatte ihre Gynäkologin angerufen, die schließlich in Golfkleidung erschien – ihre medizinischen Instrumente hatte sie in eine braune Papiertüte gesteckt. Die Ärztin setzte Hope auf Flüssignahrung. »Versuchen Sie nicht, ein ganzes Glas auf einmal zu nehmen, und machen Sie sich keine Sorgen«, sagte Dr. Holmes. Hope fühlte sich sofort besser, sie vertraute dieser Ärztin, die sie schon ihr halbes Leben lang betreute und ihr vor Jahren geraten hatte, mit dem Stillen aufzuhören, als sie drastisch an Gewicht verloren hatte.

Dr. Holmes war gegangen, das Haus lag jetzt ganz im Dunkeln, und Hope ruhte hellwach im Gästezimmer ihrer Mutter. Das Bett hatte Übergröße, und alle drei Kinder schliefen bei ihr, nicht nur, weil es in diesem superteuren Haus nur zwei Schlafzimmer gab, sondern auch, weil sie ihre Mutter, nachdem sie wieder zu Hause war, nicht mehr aus den Augen ließen. Sie klammerten sich an sie, kletterten über sie weg und grabschten an ihr herum, besonders K. C. und Hope Elizabeth, bei denen es wie ein Zwang zu sein schien. Jede Nacht klammerte Hope

Elizabeth beim Einschlafen ihre Hand so fest um die ihrer Mutter, daß Hope es nur mit jemandem vergleichen konnte, der über dem Abgrund baumelt und sich an ein Seil klammert.

Hope durchlitt jetzt so viele Ängste, daß sie ihre Gedanken kaum ordnen konnte: Angst vor einer Bombe unter dem Haus, vor einem Heckenschützen mit einem Gewehr mit Zielfernrohr. Sie hörte Schritte, die immer wieder unter dem großen Fenster entlanggingen, rauf und runter. – War es Gene Tinch? Ein Polizist?

Einige Nächte nach ihrer Freilassung konnte sie es nicht länger aushalten. Nachdem sie sich von den schlafenden Kindern losgerissen hatte, kroch sie aus dem Bett und schlich aus dem Gästezimmer in Honeys Schlafzimmer. »Ich muß mit dir reden«, flüsterte Hope. Honey wachte sofort auf, griff sich ihren Morgenmantel und folgte Hope durch das Bad und das Gästezimmer ins Arbeitszimmer. Hope schloß die Tür und schaltete ein schwaches Licht ein. »Ich muß mit dir reden«, sagte sie wieder und setzte sich auf das Sofa, Honey saß neben ihr.

»Reg dich nicht auf«, sagte Hope. »Und sag bloß nichts zu Van oder zu sonst jemandem. Ich muß es dir einfach erzählen, denn wenn ich getötet werde, dann muß es jemand wissen. Einer muß die Wahrheit erfahren.«

Honey starrte Hope an, und ihr Gesicht verriet ihre innere Spannung. Hope starrte einen Moment lang stur geradeaus auf die dunkle Wand des Arbeitszimmers, dann drehte sie sich um und ergriff Honeys Hände.

»Es ist Taylor«, sagte Hope, und ihre Stimme klang so dringend wie ein Zischen. »Taylor ist derjenige, der ins Schlafzimmer kam, Taylor hat Bill umgebracht.«

Honey befreite ihre Hände aus Hopes Griff und klammerte sie nun um die Hände ihrer Tochter. Sie zog sie zurück in ihren Schoß und preßte sie fest zusammen. »Alles wird gut, Hopie«, sagte sie.

Doch Nacht für Nacht lag Hope hellwach im Bett. Sie war von ihrer Angst ganz aufgezehrt; sie wagte die Kinder immer noch nicht aus dem Haus gehen zu lassen. Die Kinder wurden unruhig, zankten sich, und ununterbrochen klingelte das Telefon. Van und Hope stritten sich, und Honey stellte sich weinend zwischen sie. In diesem Haus, das mit drei Kindern und drei Erwachsenen vollgestopft war und in dem ständig fremde Leute ein und aus gingen, fühlte Hope sich gefühlsmäßig gestrandet. Besonders nachts, wenn sie in der Dunkelheit lag, sehnte sie sich schmerzlich nach jemandem, mit dem sie reden konnte, jemandem, der sie wirklich verstand. Sie dachte an Bill. Sie dachte an Lionel. Und sie dachte an Taylor.

10

Als es am Abend an der Tür klingelte, öffnete Van die Tür einen Spaltbreit, ohne die Kette zu lösen. »Sonderzustellung«, sagte ein junger Farbiger und reichte Van einen großen, braunen Umschlag durch den Spalt.

Van legte ihn auf den Tisch und rief Ned Nelsen zu Hause an, »Was soll ich machen?« fragte Van. »Öffnen oder nicht?«

»Rufen Sie Gene Tinch an«, schlug der Anwalt vor.

Van rief also den Privatdetektiv an und bat ihn um Rat. »Öffnen Sie ihn«, sagte Gene. »Ich bleibe solange am Telefon.«

Van benutzte eine Eiszange aus dem Barfach, um den Umschlag zu halten, während er ihn mit der Schere öffnete. »Es ist eine Kassette drin«, teilte er Gene am Telefon mit.

»Ich komme sofort rüber«, sagte Gene daraufhin.

Van informierte Ned, und der sagte, er würde auch kommen und Tom Masters mitbringen. Auf diese Weise hatte sich eine ganze Reihe Zuhörer gefunden, um sich Taylors erste Kassette anzuhören. Das war sicherlich nicht im Sinne dieses Mannes, wie schon der Anfang seiner Kassette zeigte:

»Ich möchte nicht, daß irgendwer von deiner Familie zuhört, auch nicht einer deiner Anwälte. Ich möchte nur, daß du den Anweisungen folgst, die ich dir gebe.

Ich werde bis zum bitteren Ende bei dir bleiben, und ich werde dich aus dieser Sache rausholen. Ich werde das Land nicht verlassen. Ich werde nicht einmal die Gegend verlassen, bis ich nicht weiß, daß alle Anklagen gegen dich fallengelassen wurden. Ich werde alles tun, was in meiner Macht steht, um deine Probleme für dich zu lösen. Probleme, die wahrscheinlich grundsätzlich von Handlungen meinerseits herrühren. Doch darüber will ich mich jetzt nicht auslassen, denn noch weiß ich ja nicht, ob diese Aufnahme in falsche Hände gerät oder nicht.

Ich möchte, daß du weißt, daß dein Telefon abgehört wird. Ich möchte jedem, der dies mitanhört, versichern, daß ich weder das Papier noch den Umschlag oder die Kassette angefaßt habe. Sie können also sicher sein, daß es weder Fingerabdrücke noch irgendwelche anderen Spuren gibt, die mich verraten könnten. Nun denn, kommen wir zur Sache.

Ich war gestern in Porterville, allerdings nicht im Gerichtssaal, denn ich war mir nicht ganz sicher, was du tun würdest, wenn du mich erkannt hättest. Ich hatte zwar meine äußerliche Erscheinung so verändert, daß ich bezweifle, daß du mich überhaupt erkannt hättest. Aber es bestand immerhin die Möglichkeit, daß du mich erkannt und plötzlich gerufen hättest: ›O Taylor, hilf mir!‹, deshalb mußte ich ein wenig auf Distanz bleiben.

Aber ich habe dich gesehen. Durch ein Fernglas habe ich deutlich gesehen, daß du die Hölle durchgemacht hast, und es gibt keinen Zauberspruch, den ich jetzt in dieses Mikrofon flüstern und sagen kann. Natürlich tut es mir leid, aber nun ist es einmal passiert. Du hast es hinter dir. Jetzt weißt du, wie es ist.

Nun bist du ja wieder zu Hause. Ich habe heute schon mal versucht, dich anzurufen, aber deine Mutter sagte mir, du seist zur Befragung bei der Polizei. Tja, ich weiß zwar nicht, was das alles zu bedeuten hat, aber ich hoffe, bevor dich diese Kassette noch erreicht, habe ich noch Gelegenheit, ein paar Worte mit dir zu sprechen und zu erfahren, wie es im Augenblick steht. Ich muß dich allerdings vorwarnen, ich werde nicht stundenlang mit dir sprechen, denn da ich weiß, daß dein Telefon angezapft ist, muß ich auch davon ausgehen, daß man den Anruf zurückverfolgen läßt, um festzustellen, von wo ich anrufe. Haben sie mich erst einmal ausgemacht, werden sie sofort jemanden losschicken, um mich festzunehmen.

Ich schätze, ich werde dringend gesucht. Wenn ich meinen Informationen Glauben schenken kann, war einer der Hauptgründe, warum man dich gegen Kaution hat gehen lassen, die Annahme, du würdest die Polizei schließlich nach Absprache oder rein zufällig zu mir führen.

Ich werde dennoch versuchen, so nah wie möglich bei dir zu bleiben, um deine Interessen zu wahren. Deine Familie und die unterschiedlichen Leute um dich herum meinen es sicher gut, aber ich glaube nicht, daß sie für diese Situation gerüstet sind. Der Anwalt, den sie für dich engagiert haben, Ned Nelsen, scheint mir für diesen Fall nicht der Richtige zu sein. Oh, ich weiß, daß er einen guten Ruf hat, doch wenn sich die Dinge so entwickeln sollten, daß die Anklagen gegen dich fortbestehen, würde ich vorschlagen, einen anderen, ganz bestimmten Anwalt zu beauftragen. Ich weiß auch schon wen, ich habe bereits mit ihm gesprochen. Dieser Anwalt ist, wie sollen wir sagen, über alles informiert und ist deshalb besser in der Lage, dich zu beschützen.

Offensichtlich scheine ich durch meine Quellen besser informiert zu sein als irgendwer aus deiner Familie.

Ich habe mich nach den Kindern erkundigt. Ich weiß, daß sie nicht zur Schule gehen. Ich habe gestern mit Keith telefoniert, und wie ich schon sagte, ich bin in der Nähe, Liebes. Ich werde auch weiter in der Nähe bleiben. Ich helfe dir da raus. – Dr. Eisenbart heilt die Leute, auf seine Art.

Ich habe übrigens ein tolles weißes Kleid entdeckt. Oh, es ist wunderbar. Ja, ich weiß, daß es jetzt nicht die Zeit ist, über so etwas zu reden, aber trotzdem, ich habe eins gefunden.

Ich muß zugeben, es interessiert mich brennend, wie du es im Gefängnis angetroffen hast. War es so, wie du es dir vorgestellt hast? Ich bin sicher, es war nicht so.

O na-na, lächle mal. Du könntest wenigstens ein bißchen lächeln. Ich werde dafür sorgen, daß du in diesem Haus bleibst, zusammen mit den drei Kindern, und daß es dir in Zukunft besser geht als bis jetzt. Also, halt die Ohren steif. Ich werde versuchen, dich anzurufen, und werde später wieder zu dir zurückkommen. Alles Liebe.

Bin schon wieder da. Du warst nicht erreichbar. Mir scheint es langsam so, als wenn ich nicht bis zu dir durchkäme. Weißt du, man hat dich dort, in diesem Bezirksgefängnis, richtig unter Verschluß gehalten. Ich habe schon mehrere Male dort angerufen und habe mit dem Typen von der Aufsicht gesprochen und versucht, ihn dazu zu bringen, dich ans Telefon zu holen und – eh, außerdem habe ich noch mit dem Kriminalbeamten gesprochen, der in dem Fall ermittelt, mit den Gerichtsdienern drüben in Porterville und auch mit dem dortigen Bezirksstaatsanwaltsbüro, wo man dich zunächst festgehalten hat. Ich habe also mit einer ganzen Reihe von Leuten gesprochen, und für den Fall, daß mir etwas passiert, und angesichts deiner Lage habe ich eine eidesstattliche Erklärung formuliert, die ich dir jetzt einmal vorlese – die übliche äußere Form, Los Angeles County im Staate Kalifornien, und dann heißt es:

Der Unterzeichnende möchte unter Eid die folgende Aussage machen:

1. Ich bin kein amerikanischer Staatsbürger, und die Anweisungen meiner Regierung verbieten es mir, mit örtlichen oder innerstaatlichen Behörden in Kontakt zu treten und somit meine Identität und Aufgabe innerhalb dieser Grenzen bekannt werden zu lassen.

2. Durch reinen Zufall wurde ich in eine Situation gebracht, wodurch die Gesetze des Staates Kalifornien und vielleicht auch der Vereinigten Staaten gebrochen worden sind. Am 25. Februar 1973 wurde mir der Mord an einem Weißen männlichen Geschlechts, der für William T. Ashlock gehalten wird, auf einer Ranch in Springville, Kalifornien, bekannt. Die Leiche des Obengenannten lag auf dem Sofa in obenerwähntem Haus, mit dem Gesicht nach unten, in einer Lache von getrocknetem Blut, und die Beine lagen auf dem Couchtisch.

3. Im vorderen Schlafzimmer entdeckte ich außerdem die Person Hope Masters, weiß, weiblich, ungefähr einunddreißig Jahre alt, ca. 43 kg, lange blonde Haare. Hope Masters war nackt, und ihre Hände waren hinter ihrem Rücken mit Klebestreifen zusammenbunden, ihre Füße und Knöchel waren auf eine Weise gefesselt, die mir beim Lösen der Fesseln klar machte, daß Hope Masters sich nicht hätte selbst fesseln können. Deshalb habe ich ihre Geschichte von dem Einbrecher und dem Mord an dem Mann auf dem Sofa geglaubt.

4. Auch damals hatte ich, genausowenig wie jetzt, das Bedürfnis, mit innerstaatlichen Behörden in Konflikt zu kommen. Deshalb hatte ich für die Bitten und Aufforderungen der Hope Masters, sie vom Tatort wegzubringen, ein offenes Ohr. Darüber hinaus hatte ich auch größtes Verständnis für den hysterischen Zustand von Hope Masters, die die Leiche des Mannes nicht sehen wollte, wenn sie das Schlafzimmer verließ. Um die Leiche zu entfernen, habe ich aus freien Stücken und nach Aufforderung von Hope Masters ein Laken, einen Bettüberwurf und einen

Matratzenschoner auf den Boden gelegt, die Leiche darin eingerollt und sie aus dem Wohnzimmer durch die Küche in ein hintengelegenes Schlafzimmer gezogen. Danach habe ich Hope Masters in das Auto, das ich fuhr, geleitet.

5. Anschließend bin ich in das Haus zurückgegangen und habe alles aufgehoben und weggeräumt, was ich angefaßt hatte und was möglicherweise auf meine Identität hinweisen könnte, beispielsweise Fingerabdrücke auf dem Klebestreifen, mit dem Hope Masters gefesselt war, oder Ähnliches. Ich habe nichts weggenommen oder versteckt, was eventuell die Mordwaffe bei dem Mord des Mannes auf dem Sofa gewesen sein könnte.

6. Ich habe Hope Masters in ihr Haus nach Beverly Hills, Los Angeles, gebracht und bin dort geblieben, um sie und ihre drei Kinder zu schützen, bis Dienstag, den 27. Februar 1973. Zu dieser Zeit wurden Hope und ihre drei Kinder in das Haus ihrer Mutter und ihres Stiefvaters geleitet.

7. Die ganze Zeit, die der Erklärende mit Hope Masters verbracht hat, äußerte und zeigte sie mehrmals Anzeichen der Angst um ihr Leben und das ihrer Kinder. Mutter und Kinder wollten sich in keinem Raum ihres Hauses aufhalten, in dem ich nicht auch anwesend war. Die Angst lag hauptsächlich in dem Glauben der Hope Masters begründet, daß ihr Ehemann einen oder mehrere Männer bezahlt hätte, um sie, Hope Masters, und zwei ihrer Kinder zu töten, nämlich den älteren Sohn Keith und ihre Tochter Hope. Die Ereignisse auf der Ranch waren der Anlaß für ihre Furcht.

8. Nachdem ich Hope Masters und ihre Kinder zum Hause ihrer Mutter begleitet hatte, ging ich fort und verließ Hope. Später erkundigte ich mich per Telefon nach Hopes Sicherheit und ihren Plänen.

9. Nachdem beschlossen war, daß man die Behörden verständigen müsse, ist der hier Erklärende aus dem Haus gegangen, um die Polizeiwache in Beverly Hills zu benachrichtigen. Die Polizisten jedoch waren nur sehr schwer davon zu überzeugen, daß ein Verbrechen begangen worden war. Deshalb rief ich Hope Masters an und sagte ihr, sie möge ihren Stiefvater bitten, doch seinerseits bei der Polizei von Beverly Hills anzurufen. Ich selbst habe unterdessen das Büro des Sheriffs in Porter-

ville angerufen, wo mit den gleichen Schwierigkeiten zu kämpfen war.

10. Aus einem Telefonat mit der Mutter von Hope Masters ist mir bekannt, daß Hope Masters verhaftet wurde und von Los Angeles in den Bezirk gebracht worden ist, wo sich die Ranch befindet. Deshalb habe ich diese eidesstattliche Erklärung aufgesetzt, um den Glauben und das Wissen des Erklärenden kundzutun, daß Hope Masters nicht William T. Ashlock getötet oder seinen Tod verursacht hat und daß Hope Masters nicht daran beteiligt war, die besagte Leiche wegzuschaffen. Ich habe dies aus meinem eigenen, freien Willen heraus getan, weil Hope zu ängstlich war, das Wohnzimmer zu durchqueren. Ich habe sie auch aktiv darin bestärkt und sogar darauf bestanden, sich nicht an die Polizei zu wenden und den Tod von William T. Ashlock zu melden. Nicht nur aus dem Grund, meine eigene Identität geheimzuhalten, sondern auch, um Hope Masters zu schützen, die Angst hatte, daß ihr Ehemann, Tom Masters, ihr und ihren Kindern nach dem Leben trachtete. Hope Masters hat erst bei unserer Begegnung auf der Ranch meine Bekanntschaft gemacht. Sie kennt weder meine wahre Identität noch weiß sie, woher ich komme oder aus welchem Grund ich mich in den Vereinigten Staaten aufhalten könnte.

Soweit die Erklärung, die ich unterzeichnet habe. Ich bin mir nicht ganz sicher, ob dies die Aussage ist, die du dir vorgestellt hast. Ich denke, je mehr Tatsachen bekannt sind, um so besser würde es für dich sein. Deshalb werde ich dir noch ein paar kleine Informationen zukommen lassen, die dir weiterhelfen können.

Die Kugel, die man in William T. Ashlocks Leiche gefunden hat, stammt aus derselben Waffe, die mit einem weiteren Todesfall in Zusammenhang steht. Es gab da einen arbeitslosen Ingenieur aus der Gegend von Oregon, der ursprünglich für die Aufgabe bezahlt worden war, dich und ein oder zwei deiner Kinder sowie Bill Ashlock zu töten. Er sollte sich daran machen, euch zu folgen und seinen Auftrag schon seit längerem ausgeführt haben, doch er tat es nicht. Er hatte den größten Teil seiner Bezahlung, die man ihm für diesen Auftrag hatte zukommen lassen, bereits ausgegeben; man fand ihn und hat ihn beseitigt. Ich weiß, wo sein Auto steht. Ich kenne alle wesentlichen Fakten dieser Geschichte, und ich bin sicher, daß du glaubhaft machen kannst, daß du dich zum Zeitpunkt des Verbrechens woanders aufgehalten hast.

Es gibt noch weitere kleine Feinheiten, nur ich weiß eben nicht, wer diese Aufnahme in die Hände kriegt und ob man dir blind vertrauen kann und du niemanden erlaubst mitzuhören.

Es ist nicht etwa so, daß ich dir persönlich nicht trauen würde, aber ich weiß auch, daß du dich in einer unmöglichen Situation befindest. Du bist von deiner Familie und vielen Fremden umgeben, die dich durch ihre vielen Fragen völlig durcheinanderbringen. Behalte die Nerven und bleib ruhig. Sei nicht aufgeregt. Und um Himmels willen erzähl der Polizei nicht noch mehr Geschichten. Du hättest niemals ohne Anwalt eine Aussage machen sollen.

Du bist wirklich eine äußerst nette Person. Nettes Mädchen. Du hast wirklich viele wertvolle Eigenschaften. Du hast auch welche, die ich nicht leiden kann. Ja, tatsächlich – warte mal eine Minute. Ich hole mir mal eben eine Liste, die ich mir zusammengestellt habe, als ich versucht habe, dich im Gefängnis telefonisch zu erreichen.

Das erste war, du solltest aufhören, alle möglichen Tabletten zu nehmen. Das zweite, du solltest wenigstens fünf Kilo zunehmen. Drittens solltest du im Haushalt ordentlicher werden, deine Schubladen schließen, deine Kleidung aufräumen etc. etc. Viertens solltest du warten. Nur warten können. Fünftens solltest du diese Rückenmassagen nicht verlernen. Oh, ich dachte, du würdest an dieser Stelle ein wenig lächeln können. Ja, vermutlich ist dir momentan nicht nach Späßen, aber wer weiß. Du kannst ruhig in einer schlimmen Lage wie dieser einmal lächeln. Ganz sicher. Für ein Lächeln sollte man immer Zeit haben.

Von Zeit zu Zeit werde ich mich mit dir in Verbindung setzen. Es wird immer schwieriger, dich zu beobachten und dir einen gewissen Schutz zu garantieren. Im Gefängnis warst du meiner Meinung nach sicherer aufgehoben. Wenn ich schon nicht an dich herankam, dann konnte es ja auch kein anderer. Aber irgendwer wird es in nicht allzu ferner Zukunft schaffen. Dazwischen fungieren zwar die Heinis von der Polizei, die dich bewachen, als Puffer, aber wer weiß. Einer oder zwei von ihnen könnten meine Männer sein. Man weiß nie, was passiert. Es ist schon eine verrückte Welt. Ich werde tun, was ich dir gesagt habe, und zwar zum gegebenen Zeitpunkt. Ich denke, wir beide wissen, wovon wir reden. Er spielt schon die ganze Zeit in diesem Stück mit, aber er wird dich sicherlich nicht kriegen. Nein, dafür werde ich schon sorgen, daß er nicht an dich rankommt. Vertrau mir nur ein ganz klein bißchen. Ich habe dich doch bis jetzt auch nicht völlig hängenlassen, oder? Ich hätte ja auch in derselben Minute, in der ich wußte, daß man dich verhaftet hat, einfach verschwinden, mich gemütlich zurücklehnen und über die Zeitungsberichte amüsieren können. Nein, das habe ich nicht getan, sondern bin das Risiko eingegangen, in deiner Nähe zu bleiben. Ich bin das Risiko eingegangen, dir zu helfen, aber du mußt mir jetzt auch vertrauen, daß ich die Situation im Griff habe, wenn die richtige Zeit gekommen ist, damit du von diesem Individuum nie wieder belästigt wirst. Dafür sorge ich dann schon.

Das ist, glaube ich, im Moment alles, was mir einfällt. Ich schalte jetzt ab und schau mal, ob ich dich erreichen kann. Also – versuch anständig zu bleiben. Leg ein paar Pfunde zu. Nimm nicht mehr diese Pillen. Massiere ja nicht jemand anderem den Rücken. Warte und sei geduldig. Ich werde es schon schaffen. Okay? Gib den Kindern einen Kuß von mir. Bye-bye.

Bin schon wieder da, es scheint, man kann dich heute überhaupt nicht erreichen. Es ist jetzt ungefähr zwanzig Minuten vor fünf an einem Samstagnachmittag, und ich liege ausgestreckt auf einem Sofa. Der Kassettenrecorder steht auf dem Couchtisch neben mir, und ich frage mich, was ich dir am besten alles erzählen sollte. Wenn es nur eine Möglichkeit gegeben hätte, daß ich dich hätte an die Hand nehmen und dir hätte sagen können, warum du ins Gefängnis mußtest. Daß ich dir hätte sagen können, daß es jemanden gibt, der sich sorgt, dich nicht verläßt und der sich nur um dich und die Kinder kümmern will und bemüht ist, daß du glücklich wirst . . .

Laß dich überraschen, es war doch bis jetzt ganz spaßig. Laß mal sehen, wie lang die Kassette noch ist. O ja, ich kann mich noch ein wenig mit dir unterhalten, und dann werde ich sie sofort abschicken, weil ich möchte, daß du sie am Montagmorgen direkt hast. Ja, ich frage mich, was du wohl so im Moment alles tust, außer dich mit Inspektoren und Anwälten zu unterhalten, Däumchen zu drehen und zu viele Zigaretten zu rauchen. Weißt du, du rauchst wirklich zu viel. Ja, du solltest das ein bißchen einschränken. Es ist jetzt an der Zeit, viele Veränderungen in deinem Leben vorzunehmen. Ich werde dir auch Gelegenheit geben, mir zu sagen, was dir an mir nicht gefällt, weißt du, es ist nämlich eine Sache, die auf Gegenseitigkeit beruhen sollte. Klar, kannst du mir dann auch meine Macken aufzählen, solange ich dir auch sagen kann, was mir nicht paßt. Nun denn.

Ach Gott, wie ich die Kinder jetzt schon vermisse. Sicher, sie fallen einem schon mal ganz schön auf die Nerven und sind lästig, aber sie sind alles in allem schon tolle Typen. Ich kann mich gar nicht darüber beruhigen, wie niedlich Hope Elizabeth war an dem Morgen, als ich sie zur Schule gebracht habe. K. C. ist natürlich ein kleiner Sonnenschein, aber in dem Alter sind Kinder das ja meistens. Was Keith betrifft, so könnte ich mir gut vorstellen, daß wir miteinander auskommen, zusammen könnten wir Sport treiben und die Dinge erleben, die Vater und Sohn üblicherweise zusammen unternehmen, aber an dem Morgen, als ich Hope zur Schule fuhr, war sie eine völlig andere Person als die, die sonst immer mit harten Teilen um sich wirft. Es könnte sich eine nette Beziehung daraus entwickeln . . . hm, sehr nett. Ich fand deine Familie sehr beeindruckend und amüsant. Ich habe nämlich eine Schwäche für die Mama. Natürlich gefällt mir die Mutter am besten. Ich mag sie eben auf eine andere Art und Weise, obwohl du manchmal eine Nervensäge bist. Herrisch. Allein die Idee, mir sagen zu wollen, was zu tun ist, hat mich schon für dich eingenommen. Meiner Meinung nach sind wir doch gut miteinander ausgekommen.

Ja, das wäre schön, wenn man so etwas jeden Tag haben könnte: Die Kinder zu Bett bringen, sich gemütlich vor einen Kamin setzen und Zeit für sich zu haben. Ach, wahrscheinlich wird es nie dazu kommen. Es wird niemals wahr werden. In solchen Momenten werde ich immer an ein Lied erinnert, weißt du: ›Wir hätten es diesmal fast geschafft, mein Freund.‹ Wie ging das noch mal? Na, ich denke, du weißt schon, welches Lied ich meine.

Ich mag dich. Es muß einfach so sein, sonst wäre ich längst nicht mehr hier. Du hast mir zwar versprochen, du würdest mir schreiben, wenn ich im Gefängnis wäre, aber ich frage mich, wie lange du das wohl durchhalten würdest. Du machst mir nicht den Eindruck, als wenn du ein Typ wärst, der gern Briefe schreibt. Nein, ich glaube kaum, daß du dich hinsetzen und mir jeden Tag oder jede Woche einen Brief schreiben würdest. Nein, dein Leben muß weitergehen, aber weder hier noch da.

Nimm nicht mehr all diese Pillen. Werde etwas dicker. Möchtest du den Rest der Liste auch noch einmal hören? Der Rest der Liste ist – werde eine gute Hausfrau. Viertens war, warte ab. Fünftens, spar dir die Massagen auf.

He, du kannst nie wissen, wann ich plötzlich bei dir auftauche und sage: He, hallo Leute. Ich bin sicher, du würdest mich nicht erkennen. Gestern war ich schon ziemlich nah bei dir. Vielleicht werde ich der alte, glatzköpfige Mann sein und schmierige Flecken vom Zigarrenrauchen in meinen Mundwinkeln haben und aussehen, als käme ich gerade aus dem Lebensmittelmarkt, wo ich arbeite, wer weiß.

Ich habe die Qualitäten eines Chamäleons. Mein Aussehen kann sich völlig verändern. Du hast nur eine Seite von mir kennengelernt, es gibt noch viele andere.

Ich kann mich in alles mögliche verwandeln, dadurch bin ich in Sicherheit, ganz nah bei dir, um dir zu helfen, die Bruchstücke zusammenzufügen. Scheu dich nicht, mich um irgend etwas zu bitten.

In der Zwischenzeit werde ich mich weiter umhören und noch mehr Informationen ausgraben, die dich weiter entlasten . . . Also Kleines, ich möchte dir eigentlich noch einige Zärtlichkeiten zuflüstern, aber ich fürchte, dies ist weder der richtige Ort noch die Stunde für so etwas. Denk daran, daß du irgend etwas an dir haben mußt, das einen kaltschnäuzigen, herzlosen Hund wie mich dazu bringen konnte, hierzubleiben und dir zu helfen. Okay? Alles Liebe für dich. Dicker Kuß, nur für dich. Gib auch den Kindern einen Kuß von mir. Bye-bye.

Tom Breslin fühlte, wie ihm kalte Schauer den Rücken herunterliefen, als er dieser Aufnahme zuhörte. Er hatte das Gefühl, in seinem ganzen Leben noch nie so etwas Böses gehört zu haben.

Der 43jährige Anwalt hatte von Anfang an den Verdacht gehegt, daß dieser Mann namens Taylor mehr war als der Ritter in dem weißen Lincoln, der die Schöne gerettet hat. Ned und Gene waren ebenfalls der Meinung, daß Taylor auf der Ranch eine wesentlich düstere Rolle gespielt haben mußte. Gene sagte, er habe bei Taylors erstem Anruf sofort bemerkt, daß er lügt. »Der Mann klang einfach zu glatt, seine Antworten kamen zu schnell.«

Doch da Hope keine Neuigkeiten über ihn preisgegeben hatte, stand ihr Team dann doch vor einem Rätsel. »Jetzt ist sie getrennt von ihm«, hatte Gene gesagt. »Sie ist ihn los. Warum nimmt sie weiterhin die Schuld auf sich?«

Sie waren davon überzeugt, daß Hope Angst hatte, doch warum und wovor, das wußten sie nicht, denn die ›Mafiageschichte‹ hatten sie verworfen. »Es gibt hier keine Mafia«, hatte Tom zu Hope gesagt. »Jemand, der mit der Organisation zu tun hat, wird es dir sicherlich nicht erzählen, davon kannst du ausgehen.« Tom war erstaunt, wie tiefgreifend ihre Angst dennoch zu sein schien, besonders nachdem sie ihn an diesem einen Morgen angerufen hatte. Er hatte K. C. im Hintergrund schreien hören können, die älteren zankten sich, und der Staubsauger dröhnte. »Tom, hier geht es zu wie in einem Irrenhaus. Meinst du, es wäre in Ordnung, wenn die Kinder draußen im Hof spielen würden?«

Nun, da er hier in Honeys Wohnzimmer saß, wurde Tom einiges klar. Er hörte einem Mann zu, der so besänftigend und fürsorglich sprach, der Hope ein weißes Kleid kaufen wollte und sie mit seiner Stimme förmlich streichelte. Triefend vor Romantik und Nostalgie spielte er brillant, aber grausam mit ihren innersten Gefühlen, mit ihren bis auf das letzte ausgehungerten psychischen Bedürfnissen.

Vor allem verstand er es, ihr Bedürfnis nach einem starken, fürsorglichen Mann anzusprechen, der ihr Leben für sie ordnete.

Diese Kassette war nicht einfach nur die Erzählung eines Raubmörders, dachte Breslin. Dies war der Liebesbrief eines Mannes, der eine Frau völlig besitzen wollte – Körper, Geist und Seele.

Tom sah Hope an, sie saß auf dem Teppich im Schneidersitz,

ihren Kopf hatte sie nach vorn gebeugt, so daß ihr langes Haar über ihr Gesicht fiel. Er wußte nicht, was sie dachte oder fühlte. Stimmen schwirrten durch den Raum – aufgeregte, skeptische, verwirrte Stimmen –, aber Hope schien sie gar nicht wahrzunehmen.

Tom und Ned waren an ihren Schreibtischen beschäftigt, als früh am nächsten Morgen ein Anruf kam. Paul Luther vom FBI fragte, ob er zu ihnen kommen könne. »Selbstverständlich«, sagte Ned. Dann rief er Gene Tinch an. Als Paul Luther im Laufe des Vormittags eintraf, kam er gleich zur Sache. »Gibt es einen gewissen Dan Walker, der in Ihren Fall verwickelt ist?«

Niemand sagte etwas. »Ich weiß, daß Sie der Schweigepflicht unterliegen, aber wir führen auch Ermittlungen durch«, sagte Luther. »Ich frage Sie nochmals. Kennen Sie einen Dan Walker?«

Tom Breslin holte zunächst tief Atem. »Fragen wir doch mal so, kennen Sie einen Typen namens Taylor Wright?« fragte Tom.

Paul Luther lächelte. »Ja«, sagte er.

Wenig später starrte Hope auf das Verbrecherfoto eines zerzausten, langhaarigen Mannes, und in ihren Augen war ein gewisses Leuchten.

Sofort blitzten andere Bilder in ihr auf: die Hände in den Hosentaschen, das Gestikulieren mit der Pfeife, ein charmantes Lächeln, selbstbewußt und gelassen. Meine Güte, dieser Typ ist wirklich ein Hit, dachte sie. Er sieht aus wie Robert Wagner. Er ist ein Frauenheld. Sie schloß ihre Augen.

Paul Luther sah sie sehr verständnisvoll an. Hope war ausgemergelt, mit ihren großen, dunklen Schatten unter den Augen wirkte sie richtig hohläugig. Paul Luther sprach sehr ruhig mit ihr, doch Hope hörte ganz andere Stimmen: »Ich kann dich nicht am Leben lassen, du könntest mich identifizieren. Wie sollte ich das können? Ich weiß ja gar nicht, wer du bist. Ich weiß nicht, ob ich dir trauen kann. Du kannst mir trauen, du kannst mir trauen.«

Hope öffnete die Augen und blickte Paul Luther geradeheraus an. »Ja«, sagte sie.

11

Bob Swalwell war schon wütend gewesen, als er hörte, daß Walker aus dem Illinois-Research-Krankenhaus geflohen war. Er war auch wütend darüber gewesen, daß er sich zunächst nicht mit dem Fall beschäftigen durfte. »Es ist jetzt Angelegenheit des Gefängnisses«, wurde ihm gesagt. »Lassen Sie doch die Justizbehörde sich darum kümmern.«

Aber nun, fünf Wochen später, wußte Swalwell genau, daß die Wut, die er damals gefühlt hatte, überhaupt nichts war, verglichen mit dem Zorn, der jetzt in ihm aufwallte. Er hatte darum ersucht, sich bei der Jagd an der Westküste beteiligen zu dürfen, und es war abgelehnt worden. »Das liegt jetzt nicht mehr in unserem Zuständigkeitsbereich«, sagte man ihm. »Der Staat Kalifornien kann sich nun darum kümmern.« Swalwell brüllte und schlug mit der Faust auf den Tisch. Er dachte an seinen Kumpel Gus, der noch so jung war, und an dessen kleine Kinder, man hatte ihn kaltblütig in den Kopf geschossen, und wenn er dann an den Mann dachte, der Gus das angetan hatte und der ihnen jetzt entkommen war, dann fühlte er sich völlig hilflos. Gerade weil er sich so hilflos vorkam, verlor er fast die Kontrolle über sich. Plötzlich griff er zum Telefon und rief einen Bekannten an, der pensionierter FBI-Agent war, um ihn zu bitten, seine Beziehungen spielen zu lassen. Obwohl er den Mann eigentlich gern mochte, hörte sich Swalwells Stimme rauh und herrisch an.

Sechs Stunden wartete Swalwell, dabei rauchte er eine Zigarette nach der anderen und trank viel zu viel Kaffee. Er war inzwischen völlig frustriert.

Voller Bitterkeit dachte Swalwell daran, daß Walker während der ganzen Zeit unter der Sonne Kaliforniens frei herumlief und sie alle zum Narren hielt. Er machte Idioten aus ihnen. Swalwell erfuhr erst von Walkers Brief aus Kalifornien, als Trooper Rowe bei Marcy Purmal anrief, sie bestätigte ihm, daß sie ihn sofort an Mr. Tonsel von der Justizbehörde weitergeleitet habe.

Swalwell rief daraufhin bei Tonsel an, der ihm die Existenz des Briefes bestätigte und hinzufügte, daß Agent Baucom vom FBI gerade sein Büro verlassen habe. Als Swalwell nach dem Inhalt des Briefes fragte, bekam er zur Antwort, er müsse sich schon in Tonsels Büro begeben, um darüber Auskunft zu erhalten.

So dauerte es bis zum Dienstag, dem 6. März, bis ein wütender Swalwell eine Kopie von Walkers Brief in den Händen hielt, zusammen mit dem Zeitungsartikel vom Mord an William T. Ashlock. Baucom berichtete Swalwell, daß eine Frau namens Hope Masters des Mordes angeklagt sei, aber er persönlich hielt es auch für möglich, daß Walker in diesen Mord verwickelt sei. Später rief Baucom ihn noch einmal an, um ihm zu sagen, daß die Eltern von Hope Masters das Foto von Walker eindeutig als das Foto des Mannes identifiziert hätten, den sie unter dem Namen Taylor kannten.

Wenn sie mich jetzt nicht bald auf die Suche gehen lassen, dachte Swalwell, dann werde ich wohl erst das ganze verdammte Büro in kleine Stücke schlagen.

Aber endlich kam die Genehmigung. Swalwell packte seine Pistole und einige andere Sachen zusammen und führte noch ein paar Telefonate, um den Leuten mitzuteilen, daß er nach Kalifornien ging, um Walker zu stellen. »Bringen Sie ihn bloß nicht wieder hierhin zurück«, sagte der Gefängnisdirektor von Joliet.

Am 6. März gab das FBI eine umfassende Suchmeldung heraus. Bundesweit gesuchter Flüchtling – Dringend – Gerald Daniel Walker, auch bekannt unter den folgenden Namen, Gerald D. Walker, G. Daniel Walker, G. Daniel R. Walker, G. Daniel Wayne Walker, Richard P. Walker, Hugh C. Dennis, John R. Marcus, Joseph G. Painter, Robert S. Pietrusiak, Richard Smith, Daniel Stone, Daniel W. Williams, wird wie folgt beschrieben: weiß, männlich, geb. 8. 10. 1931 in Toledo, Ohio, braunes Haar, braune Augen. Er hat die folgenden unveränderlichen Kennzeichen: alte Schußwunde an der rechten Hüfte, Stichwunde im Unterleib, Verfärbung in der Mitte der Oberlippe, Leberfleck oberhalb der rechten Augenbraue, Kennummer des Sozialamtes 301-24-1357, beim FBI 599-125-8.

Und in dieser Suchmeldung wurde auch die bewegte Vorgeschichte dieses Verbrechers aufgerollt.

Walker schoß einem Autobahnpolizisten des Staates Illinois in den Kopf, nachdem dieser ihn in einem gestohlenen Wagen angehalten hatte. Nach einer rasanten Verfolgungsjagd wurde Walker gestellt, und während er seine Strafe noch verbüßte, entfloh er am 31. 1. 1973. Seit seiner Flucht soll er am 26. 2. 73 in der Gegend von Los Angeles gesehen worden sein. In diesem Zeitraum tätigte er einen Anruf nach Chicago und schickte einen Brief aus Los Angeles mit dem Poststempel vom 1. 3. 1973 und einen weiteren aus San Francisco, gestempelt am 3. 3. 1973, in dem er andeutete, nach Los Angeles zurückkommen zu wollen. Art und Weise seiner Reise: unbekannt. Es hat uns außerdem die Nachricht erreicht, daß er in der letzten Zeit versucht hat, einer weiteren Person mit einem kleinkalibrigen Revolver in den Kopf zu schießen, doch die Kugel prallte ab, und das Opfer überlebte. In seinem Brief vom 3. 3. 73 hat er zugegeben, daß er nach seiner Flucht schon wieder jemanden getötet hat. Er muß als sehr gefährlich und hochgradig brutal eingestuft werden. Ihm sind wahrscheinlich alle Mittel recht, um einer Verhaftung zu entgehen. Er hat bereits Vorstrafen wegen bewaffneten Raubüberfalls im Wiederholungsfall aus Florida und Ohio. Im Anschluß an seine Flucht durchwühlte er das Haus eines Bekannten, Robert Pietrusiak in Illinois, und nahm etliche Kreditkarten an sich. Möglicherweise benutzt er diesen Namen zur Zeit.

»Woraus schließen Sie, daß dieser Typ schießen würde, wenn wir ihn zu fassen kriegen?« fragte Paul Luther eine nachdenkliche Hope.

»Weil er mir gesagt hat, er würde lieber sterben, als zurück ins Gefängnis zu gehen«, antwortete Hope.

»Wie viele Leute, glauben Sie, werden wir benötigen?« fragte Luther. »Meinen Sie, er würde sich auch mit zwei oder drei Leuten auf einmal anlegen?«

»Vielleicht ja«, sagte Hope.

»Wie ist es mit fünf?«

Hope dachte darüber nach. »Mit fünf Leuten nimmt er es vielleicht nicht auf.«

So entschloß man sich, fünf bewaffnete Polizisten auf einen Einsatz vorzubereiten. Schließlich wurde die Zahl verdreifacht.

Gary Le Pon, der stellvertretende Manager des Sheraton-Universal-Hotels in Hollywood, kümmerte sich normalerweise nicht um das Einchecken seiner Gäste, doch wegen der Cocktail-Stunde, um 18.46 Uhr am Dienstag, dem 6. März, gab es soviel zu tun, daß Mr. Le Pon den Gästen persönlich die Anmeldeformulare aushändigte. Einer seiner Gäste war sehr gut gekleidet, rauchte Pfeife und fiel dadurch auch auf, daß er sich ungefähr noch eine Stunde in der Hotelhalle aufhielt, entspannte und in bester Laune mit mehreren Leuten unterhielt, obwohl er sofort seinen Zimmerschlüssel – Nr. 1102 – in Empfang genommen hatte. Mr. Le Pon legte die Anmeldekarte, die der Mann in seiner eigenen Handschrift ausgefüllt hatte, in die Registratur: William T. Ashlock, 865 Hyde Park, San Francisco, Firmenname: Checkmate. In der Spalte: Sollen wir für Ihren nächsten Aufenthalt in einem Sheraton-Hotel oder Motel bereits reservieren? hatte der Mann *Nein* angekreuzt.

»Von nun an wird hier jeder an allen vorhandenen Informationen teilhaben können«, sagte Lieutenant Barnes; so hatte es auch schon Captain Stoyanoff im Büro des Sheriffs in L. A. ausgedrückt. Deshalb berichtete er Brown und Parker von seinem Gespräch mit Ray Clark, dem Beamten des Illinois Staatsgefängnisses. Dieser hatte in Tulare County angerufen wegen zweier Briefe, die nach Chicago geschickt worden waren, wovon der eine einen Poststempel aus L. A. vom 1. März 1973 trug und der andere in San Francisco am 3. März 1973 abgeschickt worden war. Ein Zeitungsausschnitt lag dem ersten Brief bei, der vom Mord an einem William T. Ashlock berichtete, der erschossen auf einer Ranch in der Nähe von Springville, Kalifornien, gefunden worden war.

Ein Beamter aus Tulare hatte noch Chicago zurückgerufen und sich den Brief am Telefon diktieren lassen. Ein weiterer Brief – ›sehr viel kürzer, ohne Datum und Unterschrift‹ – wurde in Chicago fotokopiert und nach Kalifornien geschickt.

Entweder bin ich verrückt, oder ich habe mehr Glück als Verstand, meine Liebe, denn ich habe gerade einen ganzen Tag in einem überfüllten Gerichtssaal verbracht, wo mir uniformierte Polizisten, Beamte in Zivil, der Bezirkssheriff und mehrere Bezirksstaatsanwälte Gesellschaft geleistet haben. Außerdem bin ich auch noch von den Reportern draußen fotografiert worden, Sieg! Hopie ist gegen Kaution wieder frei!

Ich kann also nur vermuten, daß meine Tarnung exzellent, mein Benehmen perfekt war. ... da war ich also, meine Hand nie weit von meinem Revolver entfernt, und meine Gedanken immer nur mit der Idee beschäftigt, wer wird es als erster bemerken, und mit dem berühmten Lächeln – in der Art von O-Gott-hört-denn-dieser-Bockmist-niemals-auf-ich-kann-es-nicht-mehr-hören. Natürlich hätte Hopie bald die ganze Show platzen lassen, denn sie war die einzige, die die ganze Wahrheit über mich kannte, und ich gab ihr eine Frist von drei Minuten, um zu sagen: ›Beweg deinen Arsch hier raus! Ich werde das schon schaffen, aber verzieh dich!‹ (Ich habe nicht geglaubt, daß sie der Typ ist, der ruhig dasitzt und sich fragt, ob ich wohl irgendwelche Spielchen mit ihr spiele, allerdings hatte sie mich schon in Badehose gesehen, auch auf einem Pferd reitend und vor einem knisternden Kaminfeuer erlebt – von alledem hast Du noch nichts gesehen, deshalb sollte ich Dich auch im ungewissen lassen.)

Du mußt schon zugeben, für den Fall, daß es schiefgeht und ich wieder zurück in meine Zelle muß, habe ich reichlich Material für einen Roman gesammelt. Während der Niederschrift würde ich auf Dich warten. Ja, sogar inmitten all dieser Aufregung vermisse ich Dich ein wenig – aber unsere Zeit wird schon noch kommen, da bin ich ganz sicher, wenn Du mir nur treu bleibst, und daran denkst, daß ich Dich liebe.

Hope hatte Tom Breslin sehr ins Herz geschlossen im Verlauf der langen, zahlreichen Arbeitsbesprechungen, die sie mit ihm in seinem Büro führte. Sie vertraute ihm über diese Ranchgeschichte hinaus auch sehr viel Persönliches an, obwohl bei ihren Gesprächen immer der Kassettenrecorder mitlief. Sie erzählte Tom, daß sie ein ›häßliches Entlein‹ gewesen sei, und als sie sich in ›ein nicht mehr ganz so häßliches Entlein‹ verwandelt habe, hätten sich alle Freundinnen eifersüchtig von ihr abgewendet. Sie hatte immer das Bedürfnis gehabt, nicht nur Spielzeug eines anderen zu sein, sondern sie wollte sich nützlich und unentbehrlich machen.

Tom wußte, daß er so etwas wie ein Beichtvater für sie geworden war, eine Vaterfigur, deshalb war er auch nicht besonders überrascht, als sie sich eines Tages bei ihm meldete, ohne daß sie verabredet waren. »Tom, hier spricht Hopie. Meinst du, du könntest mit mir irgendwo hingehen, ohne daß wir beschattet werden?« Tom sagte, das sei möglich. »Dann komm doch bitte gleich hierher«, bat sie. »Ich muß unbedingt mit dir reden. Es ist wirklich wichtig.« Sie machte eine kurze Pause. »Es ist wegen Taylor.«

Tom sagte, er sei schon unterwegs. Er informierte Ned und erklärte seiner Sekretärin, daß er wahrscheinlich den ganzen Nachmittag fort sei. Als er sein Sakko anzog, ließ er seinen geladenen Revolver in die rechte Jackentasche gleiten.

Hope wartete bereits an der Tür, den Pullover, die Sonnenbrille und eine Schachtel Zigaretten in der Hand. Als sie die Haustür zuzog, konnte Tom noch hören, wie sich die Kinder drinnen stritten und der Staubsauger dröhnte. Honeys Mädchen versuchte verzweifelt, das Haus in seinem ursprünglich makellosen Zustand zu erhalten.

Tom grinste Hope an. »Ganz schön stressig, was?«

»Oh, bei Gott«, murmelte Hope und stieg ein.

»Wohin soll's gehen?« fragte Tom.

»Laß uns zum Strand fahren.«

Am Meer fuhr er in nördliche Richtung im Schatten der Felsen die Küstenautobahn entlang. Dann hielten sie an, Tom kaufte in einer Imbißbude zwei Dosen Bier, und gemeinsam machten sie sich auf den Weg die Hügel hinunter zum Strand. Hope setzte sich dicht an die Wasserlinie, wo der Sand wegen der Feuchtigkeit dunkelbraun ist, zog ihre Knie bis unters Kinn und fragte: »Glaubst du, daß uns hier jemand zuhören kann?«

Tom sah sich um, doch der Strand war bei diesem leicht frostigen Wetter völlig leer. »Niemand kann uns hier hören, Hopie«, sagte er sanft, öffnete eine Bierdose und reichte sie ihr rüber. Sie hielt sie in der Hand, ohne Tom dabei anzusehen.

»Es ist Taylor«, sagte sie. »Als er ins Schlafzimmer zurückkam, wußte ich, wer es war, Tom. Ich wußte, daß es Taylor war.«

»Also gut, Hopie«, sagte Tom und lächelte. »Weißt du, Gene, Ned und ich haben gewettet, wem von uns dreien du es wohl zuerst sagen würdest. Ich bin wirklich froh, daß du es nun ausgesprochen hast.«

»Zuerst schien er sehr wild und brutal zu sein«, fuhr Hope fort. »Doch danach war er sanfter.« Sie vermied es, Tom anzusehen, und blickte starr auf irgendeinen Punkt in der Ferne. »Tom, ich fühlte mich so kalt«, sagte sie. »Ich glaube, ich habe in meinem ganzen Leben noch nie ein so eiskaltes Gefühl in mir gespürt. Als ich ihm sagte, daß ich friere, hat er mich mit Decken zugedeckt. Er hat mich zugedeckt, und ich glaube, damit hat er mir das Leben gerettet.«

Paul Luther, ein leise sprechender älterer Mann, stand kurz vor seiner Pensionierung und zeigte sich sehr verständnisvoll. »Ich kann Ihnen bei Ihrem Problem nicht helfen«, sagte er Hope, »aber vielleicht können Sie mir bei meinem helfen. Sie sind unsere einzige Chance, diesen Mann zu stellen. Es ist äußerst wichtig, daß Sie ihn bitten, weiterhin mit Ihnen zu telefonieren, wenn er anruft. Sie müssen erreichen, daß er in der Nähe bleibt. Meinen Sie, Sie könnten alles so handhaben wie bisher?«

Hope sagte, sie wolle es versuchen, und Luther gab anschließend auch Honey Anweisungen. »Wenn Ihre Tochter anders gehandelt hätte, dann wäre sie sicherlich getötet worden«, sagte er. »Sie müssen ihn jetzt noch genauso behandeln wie den Mann, der Ihre Tochter gerettet hat. Schmeicheln Sie ihm. Sorgen Sie dafür, daß er hier in der Gegend bleibt, und wir werden ihn kriegen.«

Trotzdem zitterten Hope die Hände, als sie beim nächsten Mal zum Hörer griff.

»Wie geht es dir?« fragte Walker.
»Ich bin krank«, antwortete Hope.
»Hast du die Grippe, oder was?«
»Die ganze Sache macht mich krank!«
»O ja, die seelischen Leiden«, sagte er in verständnisvollem Ton.
»Die Polizei arbeitet nicht mit uns zusammen«, klagte Hope. »Wir wissen überhaupt nichts. Der einzige, der etwas erreicht, ist Gene Tinch. Er ist korrekt, er ähnelt dir ein bißchen. Er ist der einzige Bursche . . .«
Walker unterbrach sie. »Und sonst, wie geht's sonst?«
»Mir geht es gut.«
»Hast du etwas mit der Post bekommen?«
»Ja, sie ist gekommen.«
»Es kommt noch eine, die etwas ausführlicher ist, da kannst du dann deine Anwälte zuhören lassen.«
»Du hast dich geirrt, als du sagtest, ich würde dir nicht schreiben«, murmelte Hope. »Ich würde dir schreiben. Ich weiß ja, wie das ist im Gefängnis.«
Walker lachte. »Als ich das letzte Mal anrief, war ich nicht in der Stadt, doch ich bin jetzt in der Gegend hier, ganz in der Nähe.«
»Der einzige, mit dem man rechnen kann, ist Gene«, sagte Hope. »Er ist raffiniert, er erinnert mich an dich.« Ihre Stimme zitterte. »Oh, ich habe solche Angst. Ich glaube, ich geh' daran kaputt.«
»Komm schon, reiß dich zusammen«, sagte Walker streng. »Das Schlimmste, was dir passieren kann, ist, daß sie dich ins Gefängnis sperren.«
»Ich kann aber nicht noch mal dorthin zurück«, stöhnte Hope. »Diese Leute da, die hassen mich. Sie können es gar nicht erwarten, daß sie mich in die Finger kriegen.«
»Weil du was Besseres bist«, erklärte Walker. »Ich muß jetzt los.«
»Wirst du mich noch mal anrufen und mir sagen, daß du noch da bist?« fragte Hope.
»Gib mir einen Kuß«, sagte Walker. »Ich liebe dich.«

Am Flughafen von Los Angeles traf Robert Swalwell den FBI-Agenten Robert Sage, der ihn in die Stadt fuhr. Im Mayfair, wo sie ihm ein Zimmer reserviert hatten, war aus der zwölften Etage schon fast eine Polizeiaußenstelle geworden. Dort traf er den FBI-Agenten Luther und Detective Kenneth Pollock, vom Büro des Sheriffs von L. A. Dort waren außerdem Lt. Forrest Barnes, Sergeant Henry Babcock und Detective Ralph Tucker, aus Tulare County, sowie Gene Parker und Jim Brown, die inzwischen auch wieder in Los Angeles waren. Alle saßen sie auf den Wasserbetten verteilt, und der Raum war völlig überfüllt. Jeder berichtete nun von seinen Erkenntnissen.

Die Leute aus Tulare redeten von ihrem Mordfall, von William T. Ashlock. Die Jungs aus L. A. vom Mord an Richard Orin Crane. Die Männer vom FBI berichteten über verschiedene Schwerverbrechen, die von unterschiedlichen Agenten aufgespürt worden waren, sowie vom betrügerischen Gebrauch der American-Express-Karte 045-567-1008-500 AX, von Larry Burbage, am 17. Februar 1973 in Denver, Colorado. Der gelbe 73er Ambassador, der damals bei Hertz gemietet worden war, war gerade erst auf dem Parkplatz des Beverly Hills Hotels gefunden worden.

Dann sprach Swalwell. Während er redete, ging er auf und ab und gestikulierte mit seiner Zigarette. Er erzählte von Robert und Catherine Pietrusiak, Taylor Wright, Marcy Purmal, von Gus und schließlich von G. Daniel Walker. »Dieser Typ hat ein Händchen dafür, in jede Rolle zu schlüpfen, die ihm gerade paßt«, sagte er. »Er kleidet sich nur vom Feinsten, ißt nur das Beste und fährt die teuersten Autos. Er hat die Fähigkeit, sich auf die unheimlichste Art und Weise ruhig zu verhalten. Er ist sehr, sehr raffiniert, und er kennt eine ganze Reihe Lücken im Gesetz. Er ist ein sehr guter Zuhörer, und er kann sehr überzeugend wirken. Sie könnten zu ihm hingehen und mit ihm reden, und er würde es todsicher schaffen, Sie davon zu überzeugen, daß er nicht derjenige ist, den Sie suchen.«

Swalwell fuhr fort zu erzählen und ging dabei weiter rauchend auf und ab. Groß und langgliedrig, mit dem attraktiven, narbigen Gesicht und seinen blauen Augen fesselte er seine Zuhörer, und es schien niemanden zu stören, daß er das Kommando übernommen hatte. Er war mit Leib und Seele Polizist, Parker und Brown bemerkten, daß er sich mit den FBI-Agenten auf einer sprachlichen Ebene bewegen konnte, genauso wie er sich mit ihnen unterhalten konnte, ohne ihnen das Gefühl zu geben, sie seien Hinterwäldler. Jim Brown machte ihm daher das höchste Kompliment auf seiner Rangliste: nicht eingebildet.

Sie schmiedeten zusammen Pläne. Sie wollten sich über die ganze Stadt verteilen und sich dabei besonders auf die besten Hotels, die besten Restaurants und Bars konzentrieren. Über den Nachrichtendienst wollten Lt. Gerry Weins und Sgt. Housner alle Informationen und Fotos über Walker weiterleiten: an die Straßenbeamten, die Beamten der Metro und an das Rauschgiftdezernat. Walkers Gesicht sollte sich bei jedem Hotelangestellten, jedem Oberkellner und jeder Cocktailserviererin in den Lokalen einprägen. Hope Masters Haus und das ihrer Mutter sollten ununterbrochen überwacht werden. Sie würden ein weitreichendes und dichtgesponnenes Netz auslegen, durch das nicht einmal G. Daniel Walker hindurchschlüpfen könnte.

Wie zuvor schon in Chicago, gab es auch jetzt wieder viele falsche Hinweise, vielleicht weil jetzt alle allzu einsatzbereit waren. »Allmählich sehe ich Walker schon überall«, bekannte Gene Parker seinen Kollegen. »Ich sehe ihn mindestens fünfzigmal am Tag.«

Als ein dunkelhaariger Mann, der einen grünen Pullover trug, sehr nervös in einem beigefarbenen Mercedes andauernd an Honeys Haus vorbeifuhr, kam dies Brown und Parker doch sehr verdächtig vor. Zu diesem Zeitpunkt nahm man allgemein an, daß Walker einen Mercedes fahre. Es war jedoch ein fast aussichtsloses Unterfangen, jeden Mercedesfahrer in Honeys Nachbarschaft zu identifizieren. Diese Frustration kam auch in Jim Browns Bericht zum Ausdruck. »Sehr viele Mercedes-Benz in Beverly Hills, angefangen mit schwarzen, dunkelblauen, dunkelgrünen und natürlich auch alle anderen Farben.«

Doch der beigefarbene fuhr unentwegt weiter auf und ab, manchmal fuhr er U-förmige Schleifen, und ein anderes Mal schien er Parker und Brown auf deren Kontrollfahrt sogar zu folgen. Da die Anweisungen ganz klar besagten, daß niemand, aber auch wirklich niemand, den Versuch machen durfte, die verdächtige Person zu verhaften, schrieb Brown sich wenigstens das Kennzeichen auf. Die Informationszentrale des LASO stellte anhand der Nummer fest, daß der Besitzer in einem Apartmenthaus im Osten von L. A. wohnte, also begaben sich die beiden zusammen mit Barnes und Swalwell und zwei Beamten der Polizei von L. A. zu dieser Adresse.

Swalwell war sehr skeptisch. »Dies sieht mir nicht nach Walkers Geschmack aus«, sagte er. »Es ist einfach nicht ausgefallen genug und liegt auch zu weit ab.« Dennoch näherten sie sich vorsichtig. Barnes blieb im Auto am Funkgerät. Als sie im Haus waren, stellten sich Parker und Brown auf die eine Seite der Wohnungstür, und die beiden Polizeibeamten auf die andere. Swalwell klopfte an. Sie hörten Geräusche aus der Wohnung, und Swalwell klopfte noch einmal etwas fester. »Komme schon, komme schon!« rief eine Stimme. Als der Bewohner die Tür öffnete und fünf Männer mit Pistolen vor sich stehen sah, weiteten sich seine Augen angsterfüllt.

»Um Gottes willen«, stammelte er. Der Mann trug einen langen, blaugeblümten, seidenen Hausmantel und hielt einen winzigen Pudel auf dem Arm. Als man ihm die Situation erklärte, zeigte er sehr viel Verständnis und bat sie alle, auf eine Tasse Tee hereinzukommen.

Am 8. März, um elf Uhr, wurde Swalwell von Ted Hoffman, der Nachtschicht in West Hollywood hatte, benachrichtigt, daß ein gewisser Robert McRae, Hotelangestellter im Holiday Inn, Hollywood, Walker per Foto identifiziert hatte. Er hatte auf dem Bild den Mann erkannt, der sich vor ungefähr anderthalb Wochen dort eingemietet hatte. Als Mr. McRae von Swalwell und einigen anderen Beamten, darunter Brown und Parker, befragt wurde, beschrieb der Portier haarklein die Art und Weise, wie sich Walker unterhielt, wie er sich kleidete. Er erinnerte sich, daß der Mann schon kurz nach seiner Ankunft sehr viel telefoniert habe. Die Beamten fragten Joseph Abdenauer, den Hotelmanager, ob er ihnen Einsicht in seine Unterlagen gäbe. Er war sehr hilfsbereit und brachte sie ihnen. Doch nachdem sie alle Gästelisten von Februar und Anfang März durchgesehen hatten, fanden sie darunter keine Namen, die Walker benutzt haben könnte, auch die Telefonnummern auf den Zetteln für Ferngespräche, stimmten nicht mit der von Hope Masters oder der ihrer Mutter überein.

Es war Freitag, der 9. März, und Brown und Parker waren gerade in ihr Zimmer im Mayfair zurückgekehrt, als Lieutenant Barnes laut an ihre Tür klopfte. »Es tut sich was im Morddezernat«, sagte Barnes. Im Büro des Sheriffs von Los Angeles saßen Parker, Brown und Barnes zusammen mit Swalwell, Babcock und Tucker und hörten aufmerksam zu, als Lieutenant Antonoff sie von Frau Ashlocks Anruf informierte. Man hatte sie davon in Kenntnis gesetzt, daß William T. Ashlocks Kreditkarte im London Shop des Sheraton-Universal-Hotels benutzt worden war.

Swalwell nickte, ein Geschäft, das sich London Shop nannte, und dazu noch im Sheraton-Hotel war, das hörte sich wirklich nach Walker an, dazu kam noch der Mut, die Karte eines toten Mannes zu präsentieren, dessen Name zur Zeit in allen Zeitungen stand. Sie stürzten sich in den dichten Verkehr eines Freitagnachmittags, fuhren die völlig überfüllte Stadtautobahn entlang, und als sie schließlich das Sheraton erreichten, durchforsteten sie schnell, aber unauffällig die Halle, den Speisesaal und die Bar. Swalwell sprach mit leiser, eindringlicher Stimme mit dem Sicherheitsbeauftragten des Hotels, Evans Hall. Dann las er die Gästeliste durch: William T. Ashlock, 1102. »Fällt Ihnen die Neigung des linkshändigen Schreibens auf?« sagte Swalwell zu Parker. »Das ist Walker.«

In der Halle des Sheraton liefen die zahlreichen Gäste wie in einem Ameisenhaufen umher. Man unterrichtete Swalwell aufgeregt, daß Gouverneur Ronald Reagan jeden Moment anläßlich einer Abendgesellschaft zum Essen erwartet werde.

»Meinen Sie, daß es zu einer Schießerei kommen könnte?« fragten die Angestellten, als sie sich Zimmer 1102 näherten.

Swalwell warf ihnen einen seiner eiskalten Blicke zu. »Könnte sein«, sagte er. »Bitte verschwinden Sie jetzt von hier.«

Swalwell klopfte an die Tür. Niemand öffnete. Er klopfte noch einmal. Dann nahm er den Generalschlüssel, den Evans Hall ihm gegeben hatte, und steckte ihn lautlos ins Schloß. Er drehte den Schlüssel rum und stieß dann mit seinem rechten Knie die Tür auf.

Es war niemand im Zimmer. Es gab nichts zu sehen, kein Gepäck, keine Kleidung, keine persönlichen Gegenstände, bis auf eine Dose Haarspray im Bad. Es war 18.25 Uhr. Michael Moore, der Verkäufer des London Shops, sagte, der Kunde sei gegen 16.00 Uhr im Geschäft gewesen und habe eine Lederjacke gekauft. Michael Moore hatte einen Kassenzettel geschrieben und dem Mann erklärt, er müsse die Kreditkarte überprüfen und würde ihm dann die Jacke auf sein Zimmer bringen lassen. »Vielen Dank auch«, habe der Kunde gesagt, sich noch ein wenig im Geschäft umgesehen, bevor er dann gegangen sei.

Neun bewaffnete Beamte durchsuchten zusammen mit Evans Hall und James Briscoe, der als Detektiv für Fran Ashlock arbeitete, noch einmal das ganze Hotel – die Geschäfte und Bars, den Speisesaal sowie die Außenparkplätze und die Tiefgarage. Die Sicherheitsbeamten des Hotels installierten ein Doppelschloß an der Tür von Zimmer 1102 und bewachten den Flur. Kurz vor Mitternacht gab Swalwell auf. Das Zimmer war immer noch leer, Walker spurlos verschwunden.

Kurzzeitig fühlte sich Swalwell doch entmutigt. Sogar für einen so tollkühnen Verbrecher wie Walker war ein Vorsprung von zwei Stunden ziemlich eng, und die Wahrscheinlichkeit, daß er sich inzwischen aus L. A. abgesetzt hatte, wurde immer größer. Es war bekannt, daß er die großen, interessanten Städte bevorzugte, deshalb wurden die Suchmeldungen auch in beide Richtungen verschickt – an die Polizei in San Francisco und nach San Diego. Swalwell und Parker fuhren zurück ins Mayfair und unterhielten sich über Walker. Die Tatsache, daß keinerlei Kleidung mehr im Zimmer war, war schon ein schlechtes Zeichen. Aber Walker hatte Hope Masters regelmäßig angerufen, er schien sich gerne mit ihr zu unterhalten. Das wenigstens war ein Lichtblick.

Walkers zweite Kassette wurde in Hopes Briefkasten am Drive deponiert. Walker rief Hope an, um es ihr zu sagen, Gene

Tinch verständigte sofort die Polizei, doch als die Beamten zum Haus kamen, war dort niemand zu sehen. Van und Gene fuhren ebenfalls zum Drive, holten die Kassette und brachten sie mit zu Honey.

»Diese Kassette darf von deinen Anwälten und auch von deiner Familie angehört werden, damit sie für deine Verteidigung genutzt werden kann«, begann Walker und betonte nochmals, er sei ›kein amerikanischer Staatsbürger‹ und halte sich seit ›ungefähr vierzig Tagen‹ auf dem amerikanischen Festland auf. Er sei auf illegalem Wege ins Land eingereist wegen verschiedener Angelegenheiten, die einige ausländische Regierungen beträfen.

Walker sagte, daß er niemals von Hope Masters gehört habe, sie nie getroffen und von ihrer Existenz nichts gewußt habe, bis er am Freitag, dem 23. Februar, zu einem ungefähr vierstündigen Mittagessen mit Bill Ashlock zusammengewesen sei, dabei habe Bill ihm ein Bild von ihr gezeigt. »Ashlock war vollkommen begeistert von dieser Frau«, stellte Walker fest.

Bis sie sich zum Essen getroffen hätten, sagte er, hätte er auch Ashlock nicht gekannt, aber er habe ihn ›aus weiterer und näherer Entfernung beobachtet‹. Er habe eine Akte über ihn angelegt, die nicht nur Daten über Bills familiären Hintergrund wie Schulbildung, Militärdienst und beruflicher Werdegang, einschließlich Gehalt und Steuerabzüge enthalte; seine Ehe, Kinder und seine Trennung von Fran sondern auch weniger wichtige Informationen enthalte wie beispielsweise die, daß Fran 3668,02 Dollar vom Verkauf des gemeinsamen Hauses in der Winthorp Avenue erhielt.

Walker sagte, er habe sich Ashlock gegenüber als freiberuflicher Journalist ausgegeben, um ›eine schnelle und weitgreifende Freundschaft‹ zu entwickeln, die dann auch auf schnellstem Wege zur Bekanntschaft mit Bills Partner bei Checkmate, Richard Miller, führen sollte. Walker versprach sich davon, daß er dann mit Miller zusammen an Regierungsprojekten arbeiten und Filme im Ausland drehen könne.

Als Bill ihn auf die Ranch eingeladen habe, sei er dankbar darauf eingegangen und dorthin gefahren – am Samstag. Er habe Hope Masters zum erstenmal gesehen, wie sie sich aus dem Badezimmerfenster gelehnt habe, mit riesigen Lockenwicklern im Haar.

Als sie im Wohnzimmer bei Wein und Käse zusammengesessen hatten, fand Walker diese jetzige Frau ›sehr liebenswürdig, eine niveauvolle Person ... sehr angenehm‹, obwohl es ihn anfangs sehr gestört hätte, daß sie offenbar nicht stillsitzen konnte.

Walker gab eine detaillierte Beschreibung des Nachmittags – wie sie das Pferd geholt hatten und zum Fluß spaziert waren und Hope ›ziemlich dreist‹ mit ihm geflirtet habe. »Sie akzeptierte einfach, daß ich die Person war, die ich vorgab zu sein, Ashlock war auch ganz zufrieden, ich war zufrieden, und ich glaube, daß Hope Masters einen wunderschönen Nachmittag verlebt hat.«

Sie fuhren zum Supermarkt, wo Hope das Kind mit der laufenden Nase auf den Arm nahm, und dort kauften sie Bier, Gin und Wodka. Wieder zu Haus, zog sich Hope um und setzte sich barfuß im Wohnzimmer hin und schwatzte drauflos. »Sie saß offensichtlich am liebsten mit angezogenen Beinen auf dem Sofa. Es war betörend, sie zu beobachten. Es war ganz deutlich, daß sie eine ›gute Erziehung‹ genossen hatte ... Ich hatte keine Schwierigkeiten, mich mit Hope zu unterhalten, und auf diese Weise lernte ich sie recht gut kennen. Sie erzählte von einigen Erfahrungen, die sie mit ihren beiden Ehemännern und den Kindern gemacht hatte, und beschrieb in groben Zügen, wie ihr bisheriges Leben verlaufen war.«

Hope aß nur sehr wenig zu Abend, döste kurze Zeit auf dem Sofa und ging dann ins Schlafzimmer. Walker sagte, er sei noch bis 23.30 Uhr geblieben und habe sich mit Bill verabredet, um am nächsten Tag noch einige Aufnahmen zu machen, danach habe er die Ranch verlassen. Das Tor zur Ranch sei zwar verschlossen gewesen, aber er habe die Zahlenkombination gekannt: ›Dreißig-Null-Sechs, wie das Gewehr.‹

Auf dem Feldweg habe er einen jungen Mann mit langen Haaren und Schnurrbart gesehen, der Arbeitskleidung trug, wie es auf einer Ranch üblich ist, deswegen habe er angenommen, daß er zur Ranch gehörte, obwohl ihm das später natürlich zweifelhaft erschienen war.

Als er am Sonntag morgen gegen 9.45 Uhr zurückgekommen sei und sein Auto abgestellt habe, erschien ihm alles völlig normal. Doch als er die Tür vom Wagen abschloß, hörte er »Schreie, die aus dem Haus kamen. Die Schreie konnten nur von einer Frau stammen, offensichtlich von Hope Masters. Sofort stürzte ich durch den kleinen Seiteneingang herein, durch die Speisekammer und durch die Küche ins Haus, doch alles schien noch genauso zu sein wie abends vorher. Ich lief ins Wohnzimmer und fand Ashlock halb auf dem Sofa, halb auf dem Couchtisch. Sein Gesicht und sein Oberkörper lagen auf der Sitzfläche des Sofas, seine Beine lagen auf dem Couchtisch, und seine Füße hingen vom Tisch herab . . . Es hing immer noch der Geruch von Tod in der Luft dieses Raumes. Hope Masters schrie immer noch. Sie war im vorderen Schlafzimmer . . . Ich betrat den Raum . . . sie heulte und schrie, sie war splitternackt. Ihr Haar war völlig zerzaust. Ihre Hände waren auf dem Rücken an den Gelenken zusammengebunden, und ihre Fußknöchel waren auch gefesselt. Aus ihren konfusen Erzählungen konnte man unmöglich entnehmen, was vorgefallen war. Sie war völlig durcheinander.«

Während er Hope befreite, bemerkte Walker, daß ihre Hose und Unterhose am Fußende des anderen Bettes lagen, und der Rest der Kleidung, die sie am Abend vorher getragen hatte, war im angrenzenden Badezimmer über den Boden verstreut. Walker sagte, Hope sei »nur so damit herausgesprudelt, daß sie vergewaltigt worden und jemand beauftragt worden sei, die Kinder zu töten. Sie selbst sei aus ihr nicht bekannten Gründen verschont worden.«

Walker fand niemanden, als er das Haus durchsuchte. Er ging am Orangenhain vorbei, klopfte beim Verwalter an und ging dann zur Scheune, aber es war niemand zu sehen. Hope Masters schrie immer noch so laut, daß man sie von draußen hören konnte, deshalb ging er wieder zum Haus zurück, um mit ihr zu reden.

»Sie erzählte mir, sei sei mitten in der Nacht aufgewacht. Es sei ein Einbrecher dagewesen. Daß der Mann – äh, äh, er habe ihr die Kleider vom Leib gerissen. Sie sprang aus dem Bett, und rannte, um Hilfe schreiend, zu Bill Ashlock. Als sie zum Sofa kam ... faßte sie ihn an, und er fiel zur Seite, aber als sie auf ihre Arme sah, war sie überall voll Blut. Der Mann – der Einbrecher – sagte ihr immer wieder, daß Ashlock tot sei, nahm sie wieder mit ins Schlafzimmer und vergewaltigte sie, redete mit ihr, und irgendwann im Verlauf dieser nächtlichen Unterhaltung – zu der Zeit, als ich nicht auf der Ranch war – sagte der Mann, er sei dafür bezahlt worden, um Hope Masters und ihre beiden älteren Kinder zu töten.«

Walker wiederholte dann wieder die Gründe, warum er nicht die Polizei gerufen hatte.

Obwohl er Hopes Geschichte für ›sehr phantastisch‹ hielt, willigte er ein, die völlig verwirrte Frau nach Los Angeles zurückzufahren. Er habe die Leiche aus ihrem Gesichtsfeld schaffen müssen, sonst wäre Hope nicht durchs Wohnzimmer gegangen.

Er habe ihre Handtasche durchsucht, ›um sicherzugehen, daß keine Waffe darin war‹; dann führte er sie zu seinem Auto und ging selbst zurück ins Haus, um seine Fingerabdrücke zu beseitigen.

Als sie Richtung Süden fuhren, habe Hope etwas detaillierter erzählt, was in der Nacht geschehen sei, und beschrieb genauer, was für ein ›Blutbad‹ dort stattfinden sollte.

Sie kamen gegen 16.00 Uhr oder 16.30 Uhr am Drive an, das Mädchen war am Staubsaugen, und die Kinder waren nicht zu Hause. Hope erzählte, sie hätten einen Autounfall gehabt, und Bill sei noch dort geblieben, um das Auto reparieren zu lassen.

Walker sagte, Hope habe ihre Mutter angerufen, und als diese kurz darauf zurückgerufen habe, habe Hope ihr von einem Unfall auf der Ranch erzählt.

Sogar als die Kinder alle wohlbehalten wieder zu Hause waren, habe Hope sich immer noch gesorgt, wie lange sie wohl noch sicher sein würden, denn der Mann, der Bill getötet und sie vergewaltigt hatte, hatte sie davor gewarnt, die Polizei anzurufen. Gegen 18.00 Uhr bekam Hope einen Anruf. Als sie auflegte, sah sie ›sehr blaß und sehr ängstlich‹ aus und sagte ihm, Walker: »Es war er, er war es.« Der Anrufer sagte, er wisse, daß sie wieder zu Hause sei, und sie solle bloß niemanden anrufen, er wollte auch wissen, wer der Fremde war, der jetzt bei ihr sei.

»Hope war ein sehr ängstliches Mädchen«, erklärte Walker. »Es schien auch ganz offensichtlich, daß sie in der Klemme saß.« Zu diesem Zeitpunkt, sagte Walker, habe er ihr ihre Geschichte geglaubt.

Er berichtete dann, wie er Hopes Mutter kennengelernt habe und Van, den Vater, der ihm unsympathisch sei, weil er sich mehr Sorgen um den Verwalter der Ranch als um seine Tochter zu machen schien.

Dann hieß es weiter: »Hope hat mit mir nichts zu tun. Sie wußte nicht, wer ich war. Offensichtlich befindet sie sich in der mißlichen Lage, einen Ehemann zu haben, der ihr etwas antun möchte. Die zuständigen Behörden mögen bei der Befragung verschiedener Quellen etwas schwerfällig sein, doch mir geht es nicht so. Ich habe Leute zu meiner Verfügung, die mich schnellstens informieren.

Ich habe auf diese Weise herausgefunden, daß dies nicht der erste Anschlag auf Hopes Leben war. Es gab da einen Hoch- und Tiefbauingenieur aus der Gegend von Portland, der dafür bezahlt worden war, Hope und ihre Kinder zu töten. Dieser arbeitslose Ingenieur fuhr einen ziemlich alten, hellblauen Rambler Geländewagen. Er war groß und trug einen Schnurrbart. Er hielt sich in der Gegend von Los Angeles auf und benahm sich, als sei er Millionär ... Er hatte sich wahrscheinlich auf den Weg gemacht, um Hope zu töten. Das Geld, das man ihm im voraus gezahlt hatte – unter der Voraussetzung, den Auftrag auszuführen –, nahm er mit und verlustierte sich davon mit zwei Striptease-Tänzerinnen vom Sunset Strip. Eine war die slawische Tänzerin aus dem ›Classic Cat‹ und die andere eine junge Rothaarige aus dem ›Phone Booth‹. Das Vergnügen währte jedoch nur kurze Zeit, er wohnte in einem ziemlich schäbigen Motel am Sunset Boulevard, in Zimmer sieben, wenn meine Informationen stimmen. Die Leute, von denen er das Geld genommen hatte, statteten ihm gelegentlich einen Besuch in seiner Unterkunft ab ... Er konnte ihnen weder das Geld zurückgeben, noch hatte er den Auftrag ausgeführt ... Man gab nur einen Schuß auf ihn ab und ließ ihn im Zimmer liegen. Die Leiche wurde von der Polizei von L. A. gefunden. Sein blauer Rambler ist auf einem Parkplatz am Sunset geparkt, der direkt angrenzt an einen Ort, der ›Gazzari's‹ heißt.«

Außer dem toten Ingenieur habe noch ein zweiter Mann den Auftrag erhalten, ihn jedoch ›aus gewissen Gründen‹ nicht ausgeführt. Ursprünglich stamme der Auftrag aus dieser Gegend, doch dann sei er nach Chicago weitergeleitet worden, zu einem kleinen Häuptling der Ölindustrie, der Geld ausleiht für, wie soll man sagen, für kriminelle Aktivitäten. Walker war nicht bereit, mehr über diese Person zu erzählen, außer daß der Mann ihm, Walker, behilflich gewesen sei, an bestimmte Informationen zu gelangen. Dieser Boß schien sogar alles zu wissen, was auf der Ranch passiert war, und es schien ihm auch nichts auszumachen, daß Hope noch lebte, außer dem Umstand, daß sie den Schützen, den man zur Ranch geschickt hatte, identifizieren könnte.

Um Walker zu beweisen, daß er nicht log, habe dieser Mann ihm einige Details genannt, einschließlich der Tatsache, daß der angeheuerte Killer ein paar Gummihandschuhe, eine Rolle Klebeband und noch einen dritten Gegenstand in einem Geschäft in Porterville gekauft hatte.

Walker beendete seine Ausführungen mit dem Angebot, eine umfassende Aussage zu Hopes Gunsten zu protokollieren, aber vorzugsweise in Rhodesien, Algerien, Bulgarien, Albanien oder Hongkong, in einem Land also, das nicht an die USA ausliefere. Er schlug Rhodesien vor und meinte, ein Treffen von drei Tagen sei angebracht, damit Hopes Anwälte die Möglichkeit hätten, ihn zu verhören. Er meinte, eine Villa sei der richtige Rahmen, damit alles derart arrangiert werden könne, um seine Identität geheimzuhalten. »Ich werde alles tun, um Hope zu helfen. Wenn sie Geld braucht, werde ich dafür sorgen, daß ihr festgesetzte Beträge zukommen. Ich kann nur immer wieder versichern, daß ich weiß, daß sie unschuldig ist. Wenn es nach mir gegangen wäre, hätte ich mehr dafür getan, die Behörden nicht zu verständigen.«

Walker attackierte abschließend noch einmal Vans ›unausgegorene Eile‹, die Polizei einzuschalten, und auch Hopes Anwälte, indem er behauptete, nur ›einer faulen Bande von Rechtsverdrehern‹ sei ein bestimmter, gerichtsmedizinischer

Test nicht bekannt, der mit Hilfe von nuklearen Reaktionen der Haut feststellen kann, ob eine Person aus einer Waffe geschossen hat. Dieser Test könne noch neunzig Tage nach dem mutmaßlichen Schuß durchgeführt werden.

»Wenn jemand nun glauben möchte, daß ich persönlich etwas mit dem Verbrechen zu tun habe, ist das völlig in Ordnung«, sagte Walker aalglatt, ja fast erheitert. »Ich mache mir keine allzu großen Sorgen darum, daß ich von der hiesigen Polizei verhaftet werden könnte, und deshalb macht es mir auch nichts, wenn durch diese Behauptung Hopes Sache gedient werden könnte und ich jetzt an ihrer Stelle verdächtigt würde.«

Die große Überraschung an Walkers langwieriger Erzählung war, daß er zugab, bereits am Samstag auf der Ranch gewesen zu sein. Im allgemeinen stimmte seine Aussage mit der von Hope überein, eine Ausnahme bildete natürlich die Frage nach der Identität des Schurken.

Walker hatte recht, was die Farbe des Wagens des toten Ingenieurs anging. Im Polizeibericht war zwar zu lesen, der Wagen sei beigefarben gewesen, doch Richard Cranes Rambler war nicht beige, er war blau. Man fand ihn auch genau dort, wo Walker angegeben hatte.

In der Zimmernummer des Motels jedoch irrte sich Walker, die Leiche wurde in Nr. 8 gefunden und nicht in Nr. 7.

Gene Tinch brachte die Kassette zum Büro des Sheriffs von L. A., dort fertigte man Kopien und verteilte sie. Gene brachte eine davon in das Sheriffbüro von Tulare County.

In Porterville entdeckte Gene auch das Geschäft, von dem Walker gesprochen hatte, es hieß Cobb und befand sich gegenüber von Sears. Der Privatdetektiv sprach mit der Angestellten dort, die sich auch erinnern konnte, daß am Samstag, dem 24. Februar, ein Fremder im Laden gewesen war und nach Untersuchungshandschuhen aus Gummi gefragt hatte. Die Angestellte, die das eigentliche Verkaufsgespräch geführt hatte, war zur Zeit nicht da. Gene Tinch leitete diese Information an das Büro des Sheriffs weiter.

Als Gene in die Drogerie zurückkam, war die Verkäuferin, die die Handschuhe verkauft hatte – Juanita White –, immer noch nicht wieder zurück, und die andere Angestellte, Donna Brookman, erzählte ihm, daß die Leute des Sheriffs ihr verboten hätten, irgend etwas auszusagen. Beim dritten Mal war Mrs. White wieder bei der Arbeit, verweigerte aber ebenfalls die Aussage.

Schließlich überlegte es sich die Verkäuferin doch noch anders und machte eine Aussage bei der Polizei. Donna Brookman beschrieb den verdächtigen Kunden als zwischen dreißig und vierzig Jahre alt, ungefähr 180 cm groß und 80 kg schwer, dunkelbraunes, etwas lichtes Haar. Er trug entweder einen dunklen Anzug oder sportliche Kleidung und sah sehr geschäftsmäßig aus, sagte Donna. Beide Verkäuferinnen versicherten, daß sie sich an den Kunden genau erinnern könnten, denn solange sie schon für Cobbs arbeiteten, habe noch nie jemand dünne Wegwerf-Handschuhe verlangt.

Als Gene in die Drogerie zurückkam, sagte man ihm, Mrs. White sei verreist, aber niemand wußte, wohin oder für wie lange. Gene wurde schrecklich wütend, und die schlechte Stimmung, die zwischen Hopes Privatdetektiv und der Polizei von Tulare geherrscht hatte, schlug augenblicklich in offene Feindschaft um.

»Diese Penner im Büro des Sheriffs dort wußten ja nicht einmal von den Handschuhen, bis ich es ihnen erzählt habe«, platzte Gene wütend heraus. »Anschließend verbieten sie der Verkäuferin, mit mir zu reden und sagen ihr, sie soll die Stadt verlassen. Wir arbeiten hundertprozentig mit diesen Typen zusammen, und sie bekommen von uns alle Informationen, als Dank dafür sagen sie uns dann, wir sollen uns zum Teufel scheren.«

Nicht nur, daß man ihm bei der Drogerie in die Quere gekommen war, nein, Gene hatte den Eindruck, daß man es bei der Polizei in Tulare ganz persönlich auf ihn abgesehen hatte. Der stellvertretende Bezirksstaatsanwalt James Heusdens warf Gene vor, er habe sich dem Pächter einer Tankstelle gegenüber als Polizist ausgegeben, als er Walkers Spur verfolgt habe. Der Privatdetektiv stritt dies energisch ab und zeigte Heusdens die

Karte, mit der er sich dem Tankstellenpächter gegenüber ausgewiesen hatte. Diese wies Gene als Mitglied der Polizei von Los Angeles aus – als Mitglied im Ruhestand. Heusdens war aber immer noch nicht überzeugt, und Gene hatte sich noch nicht beruhigt, besonders als der Staatsanwalt dann noch von ihm wissen wollte, warum weder Hope noch Honey oder Van den gesuchten Walker im Gerichtssaal erkannt hätten, wenn sogar Angestellte des Gerichts ihn anschließend auf Fotos wiedererkannt hätten. Gene beharrte darauf, daß Walker am Tage der Anhörung nicht dort gewesen sei und daß der gutaussehende Fremde sicherlich Hopes Stiefbruder Michael gewesen sei. Mit dieser Erklärung gab Heusdens sich nicht zufrieden, und schließlich schrien sie sich gegenseitig an. Alles in allem verhärteten sich die Fronten zwischen den Beamten aus Tulare und den Männern, die Hope liebevoll als ›mein Team‹ bezeichnete, dermaßen, daß Gene es ablehnte, als Sheriff Bob Wiley ihm einen Assistenten zur Seite stellen wollte. »Ich will ihre Hilfe nicht und brauche sie auch im übrigen gar nicht«, blaffte Gene. »Lassen Sie mich einfach in Ruhe.«

Am Freitag, dem 9. März, war bereits eine Woche vergangen, nachdem Hope gegen Kaution freigelassen worden war. Jeder wußte jetzt, daß Taylor in Wirklichkeit Walker war.

»Du warst heute nicht zu Hause«, sagte Walker. »Zwei Typen in einem hellbraunen Auto sind dauernd um euer Haus herumgekurvt.«

»Sie haben mich heute nach Porterville gebracht«, erklärte Hope. »Sie haben dort alles weggenommen, auch mein Erbrochenes, einfach alles haben sie mitgenommen.«

»Ich habe versucht, dich dort anzurufen, weil ich wußte, daß du dort warst, aber sie stellen auf diesen Anschluß keine Anrufe mehr durch«, sagte Walker.

»Es sieht momentan wirklich schlecht für mich aus«, sagte Hope.

»Ich habe eine Überraschung für dich«, sagte Walker.

»Noch eine Kassette?« fragte Hope.

»Nein, etwas viel Besseres.«

»Ein anderes Beweisstück?«

»Genau, während du im Gefängnis warst.«

»Sie werden es uns nicht abkaufen«, sagte Hope niedergeschlagen. »Sie glauben gar nichts. Sie sind der Meinung, ich sei eine Art Sex-Fanatikerin.«

»Na, das ist ja wohl ein Hammer«, sagte Walker. »Und das, wo du noch nicht einmal küßt, bevor du dir die Zähne geputzt hast.«

Bei Walkers letztem Anruf von Samstag, dem 10. März, stellte er die Frage, vor der Hope schon lange Angst hatte. »Hat man dir irgendwelche Fotos gezeigt?«

Hope versuchte der Frage auszuweichen. »Sie sagten, sie hätten Drogen im Haus gefunden, aber wir haben doch . . .«

Walker unterbrach sie brüsk. »Haben sie dir irgendwelche Fotos gezeigt?«

Hope versuchte es noch einmal. »Ballistisch gesehen . . .« fing sie an.

»Haben sie dir Fotos gezeigt?«

»Nein«, sagte Hope leise.

»Dann haben sie auch nicht begriffen, daß du nicht weißt, wer ich bin.«

»Ja, vermutlich«, murmelte Hope. »Hör mal, paß gut auf dich auf. Ich möchte nicht, daß du meinetwegen getötet wirst. Ich möchte überhaupt nicht, daß noch irgendwer meinetwegen getötet wird!«

»Mir geht es gut«, sagte er fröhlich. »Ich werde leben.«

»Sie haben so viele Leute, die aussagen, daß ich eine sexsüchtige Drogenabhängige bin«, sagte Hope verzweifelt. »Wir glauben, daß dies alles zu einer endlos langen Voruntersuchung führen wird, es sei denn, es würde sich in der Zwischenzeit irgend etwas ergeben.«

»Ich denke schon, daß sich etwas ergibt«, sagte Walker.

Die Polizisten Gene Parker und Jim Brown saßen mit einem Brandy-Cola in Swalwells Zimmer und hatten sich ihre Samstagabendlektüre vorgenommen: die einundfünfzig Seiten lange Abschrift von Walkers zweiter Kassette. Brown und Parker dachten gerade daran, zeitig schlafen zu gehen, als das Telefon klingelte.

»Ken Pollock. Hier ist ein Mann abgestiegen, im Howard Johnson, Nord Hollywood, unter dem Namen Taylor Wright.«

»Wann?« fragte Swalwell hastig.

»Um 21.35 Uhr, gestern abend.«

Achtzehn Polizisten, bis an die Zähne bewaffnet, näherten sich dem Hotel in Hollywood.

»Er ist es«, sagte Fillmore Pajean Crank, der Manager des Hotels, als er auf das Verbrecherfoto sah.

Swalwell strahlte übers ganze Gesicht.

Fillmore Crank beschrieb den Wagen, den der Mann fuhr, und gab der Polizei freie Hand, sich im Motel zu bewegen, einschließlich der Zimmer auf der sechsten Etage; die Polizisten verschanzten sich im Zimmer neben 609 – dem Zimmer von Walker – und in dem auf der anderen Seite des Korridors liegenden Raum. Ein Funkspruch wurde an alle Einheiten der Polizei von Los Angeles durchgegeben und an alle, die zum Büro des Sheriffs gehörten: Der gesuchte ›Walker‹ fährt einen braungoldenen Thunderbird mit der kalifornischen Zulassung 139 GFK; keine Einheit soll diesen Wagen anhalten, wenn möglich soll er auf sein Hotelzimmer gelangen können.

Die Polizisten verteilten sich überall im Hotel, auf dem Parkplatz und in den Zimmern des sechsten Stockwerks. Brown und Parker saßen in der Bar am Fenster und beobachteten durch einen Spalt in den Vorhängen den Parkplatz. Die Bar war geschlossen, dunkel, ruhig und kalt.

»He, Parker.«

»Was ist?«

»Kannst du mir sagen, was wir hier eigentlich machen? Wofür halten wir uns eigentlich? Für Kojak?«

Zwei Uhr. Drei Uhr. Vier Uhr. Schließlich fuhr ein Auto auf den Parkplatz, beide Männer bebten buchstäblich vor Anspannung.

»He, Brown.«

»Was ist?«

»Weißt du eigentlich, daß wir bei dieser Sache draufgehen könnten?«

Pause.

»Ja, ich weiß.«

Der Himmel wechselte die Farben: von Schwarz ins Metallische, dann zeigte er sich Rosaorange und Gelb. Parker blinzelte ins Licht. Um acht Uhr morgens wechselten die Männer aus L. A. die Schicht, aber Swalwell und die Männer aus Tulare blieben.

Man wechselte die Standorte und stellte Überlegungen an, ob man die Aktion nicht abblasen sollte. Walker mußte den Braten gerochen haben, er würde nicht zurückkommen. Swalwell schüttelte den Kopf, er dachte an all die teuren Kleidungsstücke auf Zimmer 609. Irgendein Gefühl sagte ihm, daß Walker wiederkommen würde.

Brown und Parker fuhren hinauf in den sechsten Stock. Gene warf einen begeisterten Blick auf den Teppichboden. »He, Mann, das sieht aber gemütlich aus«, sagte Gene und legte sich der Länge nach auf den Boden.

»Du hast geschnarcht wie ein Walroß«, erzählte Brown ihm später.

Um 10.25 Uhr rauschte es in ihren Sprechfunkgeräten, und plötzlich waren beide Männer auf den Beinen.

»Gesuchte Person kommt gerade ... Er parkt das Fahrzeug ... Jetzt steigt er aus ... Er verschließt das Auto ... Er kommt herein!«

Walker steckte den Schlüssel in die Tür zu Zimmer 609, und der Korridor erwachte zum Leben. »Keine Bewegung!« schrie Swalwell. Walker wurde ins Zimmer gestoßen und gegen eine Wand gelehnt. Brown und Parker hielten ihn an einem Arm fest. Swalwell und Ken Pollock am anderen und hoben ihn leicht vom Boden an.

»Wo ist deine Waffe, Bürschchen?« keuchte Swalwell.

»In meinem Taillenbund, in meinem Bund!«

Swalwell riß Walker den Revolver heraus, und hielt ihm dann die Polizeiwaffe vors Gesicht, fast bis auf die Nase. Nur für einen Augenblick dachte Parker, Swalwell würde abdrücken. In diesem Moment – nur ein oder zwei Sekunden lang – sah er, daß Walker Todesangst im Gesicht geschrieben stand.

Dann trat Swalwell einen Schritt zurück, und da erst schien Walker zu realisieren, daß er es mit Polizisten zu tun hatte, und er lächelte.

Swalwell warf Walkers blauschwarzen .38er Colt Cobra Special, blauschwarz, auf das Bett. Brown, Parker und Pollock ließen den Verdächtigen aus seiner schwebenden Position wieder herunter, und Swalwell legte ihm Handschellen an und schubste ihn in einen Sessel. Gene Parker stand vor Walker und las ihm erst seine Bürgerrechte vor und dann die Anklage: Mord, keine Haftverschonung gegen Kaution. Walker lächelte immer noch, während das Zimmer schon von Männern gestürmt wurde. Jim Brown nahm dem Verhafteten seine Brieftaschen ab. »Wieviel Geld haben Sie?«

Walker lächelte nur. »Einhundertsechsundachtzig Dollar und dreiunddreißig Cent.«

Jim überschlug grob die Anzahl der Geldscheine und Münzen und kam auf die gleiche Summe. In der schwarzen Brieftasche von Bill Ashlock fand er die Kreditkarten des Ermordeten, seinen Führerschein, seinen Pilotenschein, zwei Fotos von seinen Töchtern, drei Fotos von Hope Masters, Bills Büchereikarte, eine Telefonkarte und zwei Fotos von Sandi.

In der braunen Brieftasche waren die Kreditkarten von Taylor Wright, eine Fahrerlaubnis aus Michigan auf den Namen Taylor Wright, aber mit einem Foto von Walker.

Plötzlich, mitten in all der hektischen Betriebsamkeit, warf sich Swalwell auf das Bett und grinste Walker an. Es war keineswegs ein humorvolles Grinsen, Parker sollte später sagen, daß es unheimlich wirkte.

»Du nichtsnutziger Abschaum«, keuchte Swalwell. »Heute nacht werde ich endlich wieder gut schlafen.«

Doch bis es soweit war, gab es noch viel zu tun – sondieren, fotografieren und Walker hinter Schloß und Riegel bringen. Brown und Parker saßen auf dem Rücksitz und hatten Walker zwischen sich eingeklemmt. Officer Aliano saß vorn, er fuhr mit seinem eigenen Wagen. Niemand redete ein Wort. Walkers Mund war zu einem matten Lächeln eingefroren. Auf der Polizeiwache von Nord Hollywood wurde er eingesperrt. Anschließend fotografierte man ihn nackt von vorn. Swalwell erhielt einen Abzug von diesem Foto, um es für Gus mitzunehmen. Als sie alle ziemlich spät zum Mayfair zurückkehrten, konnten sie doch nicht direkt einschlafen. Jeder hatte eine Flasche gekauft, und sie unterhielten sich noch über Walkers Verhaftung.

Im Grunde waren sehr viele Leute an seiner Ergreifung beteiligt gewesen: Hopes Team, die Sekretärinnen, Hotelangestellte. Mit ihren Telefonaten hatte auch Hope dazu beigetragen, den Verbrecher zu fassen.

»Ich habe es kommen sehen«, sagte sie zu Tom Breslin, »während der letzten zwei Tage hat Taylor es sicher auch geahnt. Seine Stimme hörte sich ganz anders an zum Schluß, so, als wollte er sagen: Kriegt mich doch, hier bin ich. Er war wie eine Motte, die über der Flamme kreist und dabei immer näher an das Feuer gerät.«

Vielleicht hatte Walker sich auch selbst hereingelegt. Brown und Parker aber bestanden immer darauf, daß es Swalwell gewesen war, der Walker geschnappt habe. Sie fühlten sich ihm sehr verbunden. Das merkten sie auch, als sie ihn am Dienstagmorgen zum Flughafen brachten. Swalwell kehrte nach Chicago zurück. Keiner von ihnen sprach während der Fahrt darüber, sie lachten nur herzlich über das Souvenir, das Swalwell für Gus dabeihatte.

Aber danach sprachen Brown und Parker darüber, wie Swalwell den Verbrecher gefangen hatte. Swalwell hatte Walker ausgezeichnet beschreiben können, er hatte ihnen umfangreiche Hintergrundinformationen geliefert; überdies war er mit Walkers Gewohnheiten und seiner Denkweise außerordentlich vertraut gewesen. Swalwell hatte Walker unbedingt fassen wollen, und aus diesem Grunde war es ihm auch gelungen, alle anderen ähnlich stark zu motivieren. Parker umschrieb es mit einer Redewendung, die er in seiner Kindheit auf der Farm gelernt hatte: »Ohne Swalwell hätten wir an der Brust des Knechtes gesaugt.«

II

12

»Wo bist du jetzt?«

»In Visilia.«

»Visalia ist viel besser als Porterville.«

»Schauen wir mal. Jetzt, nachdem du weißt, wo ich bin, erwarte ich von Zeit zu Zeit einen Brief von dir.«

»Du bekommst welche, wenn man mir sagt, daß ich dir schreiben darf.«

»Das kann ich verstehen.«

»Meine Anwälte können uns wohl nicht beide verteidigen. Es würde zu einem Interessenkonflikt führen, oder so.«

»Oh, ich denke schon, daß sie jemand anders finden werden, der den Fall übernimmt. Ich habe nichts mehr zu verlieren. Ich habe das Spiel gemacht und verloren.«

»Ich werde an dich denken.«

»Danke.«

»Paß auf dich auf, und – und es tut mir leid, daß das Ganze passiert ist.«

»Ist schon in Ordnung. Gib den Kindern einen Kuß von mir.«

»Mach' ich.«

»Hat Gene heute jemanden zu dir ins Haus gebracht, der aufpaßt?«

»Sie beobachten mich nur ab und zu.«

»Ich würde vorschlagen, sie sollten dich etwas öfter bewachen.«

»Warum? Wegen der Sache mit dem Vertrag?«

»Weil ich jetzt hier bin.«

»Du meinst, weil du jetzt im Gefängnis bist und mich nicht mehr beschützen kannst?«

»Genau.«

»Ja, äh, ich bin mir eigentlich sicher, daß sie mich hier beschützen.«

»He, hast du dir die Zähne geputzt?«

»Noch nicht.«

»Oh, und ich habe schon gedacht, ich bekäme einen ganz dicken Schmatz.« Walker machte ein Kußgeräusch ins Telefon, und Hope schickte einen Kuß zurück.

In der Polizeistation von Nord Hollywood hatte sich Walker geweigert, irgend etwas auszusagen, dort hatte er noch nicht einmal seinen Namen genannt. Statt dessen hatte er darum gebeten, seinen Anwalt anrufen zu dürfen. Am Sonntagmittag rief er Gene Tinch an. Der Detektiv fuhr nach Nord Hollywood und verbrachte dort den Nachmittag mit ihm. Obwohl Walker von den Ereignissen des Tages etwas zerzaust wirkte, war Gene doch beeindruckt. »Redegewandt, gut erzogen, ein exzellenter Schwindler und Hochstapler«, berichtete Gene. Walker hatte sich gut im Griff, er wirkte fast lässig, als er nochmals von den Begebenheiten auf der Ranch sprach. Es schien Gene fast so, als ob Walker mehr oder weniger das Verbrechen gestand. Er bestand darauf, daß Tom Masters den Vertrag für Hope finanziert hatte und daß er Tom in Beverly Hills getroffen habe, um alles zu arrangieren. Walker sagte auch, der Vertrag habe enthaltet, daß er Rauschgift mit zur Ranch nehmen sollte, um es dort zu verstreuen.

Walker identifizierte die Waffe, die man ihm bei seiner Verhaftung abgenommen hatte, als diejenige, die benutzt worden war, um Bill Ashlock, Richard Crane und noch zwei weitere Leute umzubringen. Er erzählte Gene, er sei in Vail, Colorado, in Reno und in San Francisco gewesen und habe sich im allgemeinen ›ziemlich schnell auf die Reise gemacht‹ und verschiedene Autos an unterschiedlichen Orten verschwinden lassen. Insbesondere wollte er von Gene wissen, ob das Auto und das Gewehr mit dem Zielfernrohr schon gefunden worden seien.

Walker bat Gene, Hope darum zu bitten, ihm zu schreiben. »Warum haben Sie sie nicht getötet?« fragte Gene. »Das wäre doch das cleverste gewesen, was Sie hätten tun können, Ihren Auftrag ausführen und verschwinden, stimmt's?«

Walker schien aber dafür auch keine Erklärung zu haben.

Nach Herausgabe des Durchsuchungsbefehls wurde Walkers Fahrzeug durchsucht: man fand unter anderen Kreditkarten von Robert Pietrusiak und die eidesstattliche Erklärung, die Taylor schon auf Kassette gesprochen hatte.

Hope wog nur noch knapp über dreißig Kilo, als sie mit ihren Kindern wieder in ihr Haus am Drive einzog. Ihre Hände zitterten derart, daß sie kaum eine Kaffeetasse halten konnte. Als Tom sie darauf hinwies, daß dieses Zittern im Gerichtssaal den Eindruck erwecken könnte, daß sie sei schuldig, ließ sie sich ein Rezept für Stelazin aufschreiben.

Hope hatte immer noch Angst. Sie hatte Van gebeten, einen privaten Wachmann zu engagieren, doch ihr Stiefvater weigerte sich; selbst dann noch, als sie ihm anbot, etwas von der Summe abzuziehen, die ihr rechtmäßig zustünde, lehnte er wieder ab. »Wenn du das Geld jetzt anbrichst, kommst du doch kurze Zeit später wieder mit etwas Neuem an«, erklärte Van. Hope nahm ihm seine Einstellung wirklich übel. Wenn sie an die 3000 Dollar dachte, die ihrer Mutter monatlich zur freien Verfügung standen, und sie mußte oft daran denken, ärgerte sie sich auch über ihre Mutter. Sie fühlte sich im Stich gelassen und sehr einsam – ein eisiges, leeres, verzweifeltes Gefühl, das sie Tom Breslin zu erklären versuchte.

»Bitte doch einen Freund, bei dir zu bleiben«, schlug Tom vor. »Aber besser wäre eine Freundin.«

»Ich habe keine Freundin«, sagte Hope. Über das Thema Männerbekanntschaften und Freunde hatte Hope mit Gene und Ned schon ausführlich gesprochen. Sie hatte allerdings das Gefühl, die beiden versuchten nur von ihr zu erfahren, mit wie vielen Männern sie schon geschlafen hatte. »Sie haben zwar das Recht auf ein normales Sexualleben, Hopie«, sagte Gene, »aber wir wollen nicht erleben, daß in letzter Minute noch fünfzig Typen in den Gerichtssaal marschieren.« Als Hope die Männer aufzählte, Tom Masters, Michael, Lionel und Bill, schienen sie ihr nicht zu glauben. »Es tut mir leid, wenn ich nicht Ihren Erwartungen entspreche«, hatte Hope gesagt. »Was soll ich denn anderes sagen? Mehr waren es nicht.«

Nun, als Hope wieder mit ihnen sprach, kamen sie zu dem Entschluß, daß Hope für einige Stunden einen Mann im Haus bei sich haben könne.

So kam Lionel wieder zu ihr. Er kaufte ein und kochte, er sang den Kindern alte englische Balladen vor, und wenn sie eingeschlafen waren, setzte er sich zu Hope aufs Sofa, nahm sie in den Arm und sagte ihr, es würde schon alles wieder gut.

Etwa gegen elf Uhr, wenn Lionel gehen mußte, ging Hope meist direkt ins Bett, doch sie konnte fast nie einschlafen. Sie hatte sich die Privatnummer von Gene Tinch ganz oben auf ihrer Wandtafel mit Telefonnummern notiert, direkt unter die Notrufnummer. Sie rief ihn häufig gegen zwei oder drei Uhr nachts an, aber Gene wußte nie recht, was sie ihm eigentlich sagen wollte. Ab und an kam Gene bei ihr vorbei, meistens nur, um ein Pläuschchen zu halten und sie aufzumuntern.

Hopes Hoffnung, daß sie nach Walkers Verhaftung entlastet und frei sei, wurde rasch zerstört. Das machte ihr schon der Artikel in der ›Tulare Advance Register and Times‹ unmittelbar nach Walkers Verhaftung deutlich:

›Beide sind unter Mordverdacht, aber die offiziellen Stellen haben noch keinen Kommentar dazu abgegeben, welchen der beiden sie besonders in Verdacht haben, mit dem Kleinkaliberrevolver Ashlocks in den Kopf geschossen zu haben.‹ Nicht einmal die Veröffentlichung eines Großteils von Walkers zweiter Kassette, auf der er Hopes Unschuld beteuerte, schien zu helfen. Als der Inhalt dieser Aufnahmen auf unbekanntem Weg bis zum *Los Angeles Herald Examiner* durchsickerte, fand Hope ihren Namen auf der Titelseite in der Schlagzeile wieder.

Da Jim Heusdens, der Staatsanwalt, sich so lange gegen die Freilassung der ›Frau aus der besseren Gesellschaft‹ gesträubt hatte, haßte sie ihn. Sie hielt ihn für ungebildet und hinterwälderisch. Er wiederum sah in ihr nur ein arrogantes, kleines Früchtchen, eine Jet-Set-Biene, die von Drogen und Alkohol abhängig war, eine Menge Geld hatte und sich mit lauter reichen Freunden verlustierte. Darüber hinaus war er davon überzeugt, daß sie schuldig sei.

Heusdens hatte seine berufliche Laufbahn als Fernsehtechniker begonnen, dann war er der örtlichen Polizei beigetreten.

Zunächst war es ihm nicht leichtgefallen, sich vom Bürger zum Gesetzeshüter zu entwickeln, er erinnerte sich, wie es ihn große Überwindung gekostet hatte, Weihnachten Menschen zu verhaften. Doch im Laufe der Jahre, in denen er sich vom Streifenpolizisten zum Lieutenant hochgearbeitet hatte, änderte sich auch seine Einstellung. »Nach siebzehn Jahren Dienst, meine Güte, da hätte ich sogar meine eigene Mutter an Weihnachten in Haft nehmen können«, erklärte Heusdens.

1969 hatte er dem Vorschlag seines Freundes George Carter zugestimmt, noch eine juristische Ausbildung zu absolvieren, räumte er aber immer wieder ein, er wisse gar nicht recht, warum er diesen Streß auf sich nehme. Nachdem er einen Aufnahmetest bestanden hatte, meldete er sich bei Humphreys, einer Jura-Schule, in Frisco an. Für Heusdens war es ebenso wie für Carter äußerst anstrengen gewesen, den ganzen Tag zu arbeiten und danach noch dreimal in der Woche die lange Fahrt nach Frisco und zurück auf sich zu nehmen. Heusdens erlangte den Abschluß beim ersten Versuch und fing direkt an, im Büro des Bezirksstaatsanwalts zu arbeiten. Dort verdiente er nur 904 Dollar im Monat, und das war weniger, als er als Polizist verdient hatte.

Aber trotzdem liebte er seine Arbeit. Von seinem allerersten Fall an – Trunkenheit am Steuer – nahm ihn die aufregende, spannende Atmosphäre des Gerichtssaals gefangen. Für routinemäßige Anwaltsaufgaben hatte er nicht viel übrig: »Es ist immer das gleiche, wenn man ein Testament aufsetzt, es ändern sich nur die Namen. Der Gerichtssaal ist das einzig Wahre!« lautete sein Credo. »Wenn die Beweise nicht gerade übermächtig sind, dann bin ich der Meinung, daß derjenige einen Schwurgerichtsprozeß gewinnt, der die bessere Schau abzieht. Wenn man nur abgedroschene Phrasen herunterleiert, zu leblos, zu wenig anschaulich spricht, dann wird man kaum beachtet. Man muß den Geschworenen etwas anbieten können. Eine Jury ist wie jemand, der ein Auto kaufen will, vielleicht kaufen sie es nicht, aber sie sehen es sich ganz sicher an. Man muß sich die volle Aufmerksamkeit und das Interesse der Geschworenen sichern. Immer wenn ich das Gefühl habe, daß ich nicht mehr ihre ungeteilte Aufmerksamkeit besitze, dann tue ich irgend etwas, um sie wieder wachzurütteln, wie etwa meinen Aktenkoffer hinfallen zu lassen oder ein Glas Wasser umzuschütten. Vielleicht verdrücke ich sogar ein paar Tränen, man muß auch die emotionelle Seite ansprechen, um ein gefühlvolles Urteil zu erwirken.«

So sehr er die Arbeit im Gerichtssaal auch mochte, besonders wenn er dort jemanden anklagen konnte, so reichte er doch im Büro des Bezirksanwalts seine Kündigung ein, als man dort seine Bitte um eine fünfprozentige Lohnerhöhung immer wieder abschlägig beschieden hatte. Er wollte in Zukunft privat tätig sein, dann würde er ja auch von Zeit zu Zeit im Gerichtssaal stehen, nur eben auf der anderen Seite. Der Fall ›Staat Kalifornien gegen G. Daniel Walker und Hope Masters‹ würde seine letzte Schlacht werden.

Kurz nachdem man Bills Leiche gefunden hatte, mußte sich Heusdens mit dem Fall beschäftigen. Er hatte versucht, Jim Webb dazu zu überreden, noch spät in der Nacht einen Lügendetektortest machen zu lassen – »Ich besorge Ihnen den besten Mann aus Bakersfield, der kann innerhalb einer halben Stunde hier sein!« Auch sonst hatte er mit Feuereifer daran gearbeitet, alle Mittel der strafrechtlichen Verfolgung auszunutzen. Hope hatte die Auswirkungen dieses Eifers schon am ersten Tag, als sie Heusdens sah, gespürt, zunächst bei der Anklageerhebung, und später, als sie hörte, daß die Drogerieverkäuferin verschwunden war, um nicht mehr als Zeugin vorgeladen werden zu können. Sie fragte Tom Breslin, ob man Jim Heusdens nicht wegen böswilliger Machenschaften verklagen könne.

Tom sagte, daß sie das auf keinen Fall tun könnten. Er sagte, Jim hätte sicherlich seine Gründe. »Er hat zwar fast alles getan, um uns zu behindern«, gab Tom zu, »aber alles mit legalen Mitteln. Vielleicht war es ethisch betrachtet nicht richtig, aber jedenfalls war es nicht illegal. Bei einem Staatsanwalt, besonders wenn dieser vorher Polizist war, ist erst einmal jeder schuldig, bis er seine Unschuld selbst bewiesen hat. Viele Staatsanwälte spielen solche Spielchen mit einem, besonders wenn man sich auf ihrem Spielfeld befindet, und nicht auf seinem eigenen.«

Das Spielfeld hatte natürlich außerordentliche Bedeutung.

Tulare County, insbesondere die Gegend von Porterville, war konservativ, ländlich und fundamentalistisch eingestellt, deshalb betrat Hope auch völlig fremden Boden, als sie in den Gerichtssaal von Porterville einzog. Hopes Team hatte das schon relativ früh erkannt und tat alles, was in seinen Kräften stand, um die Atmosphäre zu entspannen. Einige Tatsachen ließen sich nicht ändern: die eineinhalb Scheidungen, der Alkohol und das Rauschgift auf der Ranch, ihr Rendezvous dort mit einem noch-verheirateten Mann. Aber man konnte ihr immerhin raten, im Gerichtssaal ihre Zigaretten nicht offen zu zeigen und Kleider anstatt Hosen zu tragen. Am Tag der Anklageerhebung hatte Tom Breslin schon Honey beigebracht, sie kleide sich gefährlich chic. Von Anfang an hatten die örtlichen Zeitungen die Ranch als ›luxuriös‹ und ›Nobelherberge‹ bezeichnet, und als Jim Heusdens erfuhr, daß Ned Nelsen pro Tag mehr verdiente als er im ganzen Monat, sagte er, er sei nicht neidisch, sondern nur noch mehr entschlossen, den Fall zu gewinnen.

Man hatte Walker Hand- und Fußschellen und eine Kette um die Hüfte angelegt, als man ihn am 13. März zur Anklageerhebung in den Gerichtshof von Porterville brachte. Zwei Tage später erschienen Hope und ihre Anwälte in dem Saal, und Richter Carter verkündete, daß ihre Voruntersuchung und die von Walker auf Antrag des Staatsanwaltes zusammengelegt worden seien, der Termin sei verschoben worden. Hope trug ein geliehenes, hochgeschlossenes, schwarzes Kleid, kein Make-up, und ihr blondes Haar trug sie in einem festen Knoten. Tom Breslin warf ihr einen prüfenden Blick zu. »So schlicht nun auch wieder nicht«, sagte er zu ihr. »Niemand würde sonst glauben, daß der Kerl ausreichend an dir interessiert gewesen wäre, um dich zu beschützen.« Beim nächsten Mal erschien sie also in einem rosafarbenen Wollkleid mit einem runden weißen Kragen, das auch geliehen war, ihr Haar trug sie offen, doch es wurde aus der Stirn mit einer silbernen Spange zurückgehalten. Dazu schwarze Lackschuhe. Mit einem Make-up von Max Factor, das die Augenringe kaschierte, sah sie jetzt aus wie eine Fünfzehnjährige.

»Wenn du lächelst, hält man dich für gefühllos«, hatte Tom Breslin zu ihr gesagt. »Wenn du weinst, glauben sie, du seist schuldig. Mach also ein völlig normales Gesicht und vor allen Dingen, sieh Walker nicht an.« Als Hope dann ein klirrendes Geräusch im Gerichtssaal hörte, etwas von ihr entfernt, am Tisch des Staatsanwalts, blickte sie stur geradeaus.

Walker lächelte Ned Nelsen an. »Haben Sie gehört, das war nicht das Klimpern von kleinen Ketten!« sagte er.

Eine Voruntersuchung ist kein Prozeß, erklärte Richter Carter, sondern nur eine Beweisaufnahme, um über eine Verhaftung zu entscheiden, Gründe abzuwägen, die dafür sprächen, daß Hope oder Walker das Verbrechen begangen haben könnten. Da man davon ausgeht, daß ein Beklagter unschuldig ist, solange noch nicht das Gegenteil bewiesen wurde, ist es nicht Sache der Verteidigung, einen Fall zu präsentieren, sondern es ist Angelegenheit des Staatsanwaltes, einen Fall zur Anhörung zu bringen, und die Beweislast liegt bei ihm.

Dennoch verlief die Anhörung fast genau wie ein Prozeß, Zeugen wurden vereidigt, verhört und ins Kreuzverhör genommen. Es gab sowohl aus verfahrenstechnischen als auch aus emotionalen Gründen laute Wortgefechte. Es waren keine Zuschauer zugelassen, keine Presseleute, auch keine Zeugen, bis zu dem Zeitpunkt, an dem man sie aufrief, damit sie ihre Aussage machten. Es gab auch keine Jury, nur die Hauptbeteiligten waren um den geschwungenen Tisch des Staatsanwaltes vor der Bank des Richters versammelt.

Gerald Webb sagte, er hätte Walker gegen 13.30 Uhr oder 14.00 Uhr am Samstag nachmittag in einem hellen Lincoln Continental auf der Ranch gesehen, und später habe er alle drei, sprich Hope, Walker und Ashlock, dabei beobachtet, wie sie mit dem Pferd einige Schwierigkeiten hatten.

Jim Heusdens bat Gerald, Hopes ›Benehmen und Einstellung gegenüber dem Toten‹ zu beschreiben.

»Sie reagierte frustriert und ein wenig aufgeregt darüber, daß ihr niemand mit dem Pferd half.«

»Könnten Sie das genauer beschreiben?« beharrte Heusdens.

»Es schien so, als ob sie wütend auf Mr. Ashlock war«, sagte Gerald Webb und fügte noch hinzu, daß er bemerkt habe, daß sie ›offensichtlich einen guten Eindruck auf Walker machen wollte‹. Der Zeuge erläuterte noch, warum er später Schwierigkeiten damit gehabt hatte, die Leiche in der Beerdigungshalle als Bill Ashlock zu identifizieren.

»Zu diesem Zeitpunkt hatte ich so meine Zweifel, denn, nun ja, da gab es noch andere Gründe«, sagte Gerald. »Das Zeugs aus dem Zimmer brannte mir stark in den Augen, ich meine, meine Augen tränten ganz stark, bevor wir gingen. Aber die augenfälligen Merkmale des Mannes in der Leichenhalle stimmten mit dem Mann, den ich in dem Vega auf der Ranch gesehen habe, überein, ja.«

Jay Powell, der öffentliche Verteidiger von Walker, versuchte zu verdeutlichen, daß Geralds Identifikation von Ashlock nun in unverantwortlicher Weise beeinflußt war von dem, was er zuvor von seinem Bruder gehört hatte, und von den Aufnahmen, die er in den Zeitungen gesehen hatte. Er fragte Gerald, ob er alles, was er vorher gesehen und gehört hatte, aus seinem Gedächtnis verbannen könnte.

»Das ist wohl etwas schwierig«, stöhnte Gerald. »Das ist ja ungefähr so, als wenn einem gesagt wird: ›Denken Sie nicht an einen Elefanten.‹«

»Also, Sie können es nicht, nicht wahr?«

»Ich kann Ihnen nach bestem Wissen sagen, daß ich, wenn der Bart nicht gewesen wäre, ihn für denselben Mann gehalten hätte. Doch der Bart hat mich völlig aus dem Konzept gebracht, wirklich, denn als ich den Mann sah, trug er eine dunkle Brille, und später in der Leichenhalle sah ich ihn ohne.«

»Als Sie mit Detective Flores gesprochen haben, da haben Sie ihm doch nach bestem Wissen erzählt, was sie wußten, nicht wahr?« fragte Jay Powell mit verständnisvoller Stimme.

»Ja, Sir, ganz sicher«, erklärte Gerald Webb.

Walker hatte handschriftlich den Antrag gestellt, ihm zu erlauben, als Nebenanwalt zu seiner eigenen Verteidigung auftreten zu können. Richter Carter hielt diesen Antrag und auch Walkers folgende Anträge für außergewöhnlich gut formulierte juristische Schriftstücke und nicht bloß für etwas, was man routinemäßig ablehnt. Er hielt Walker darüber hinaus für äußerst intelligent. Dennoch hatte er Walkers Antrag abgelehnt und ihn der Obhut von Jay Powell überlassen.

Powell war der perfekte Gegenspieler für Jim Heusdens. War der Staatsanwalt heftig und schnell erregbar, so war Powell finster, beherrscht und leidenschaftslos. Heusdens wurde melodramatisch ausschweifend, Powell dagegen einsilbig und präzise. Powell trug eine Brille mit Metallfassung und wich nur in einem Punkt von seinem ansonsten eher streng wissenschaftlichen Auftreten ab, jeden Tag, wenn er ins Gerichtsgebäude kam, trug er einen großen, schlappen Panamahut.

Hope durfte nicht zu Walker hinübersehen, aber gelegentlich fing sie einen Blick von ihm auf, und sie konnte merken, daß Walker, der sogar noch in Gefängniskleidung elegant wirkte, diesen Panamahut scheußlich fand. Vielleicht spielte dieser Hut sogar eine Rolle bei Walkers unausgesetzter Kritik an Powell. »Wenn Mr. Powell weiterhin die Vertretung für Walker übernehmen soll«, schrieb Walker an den Richter, »sollten seine Dienste auf ein angemessenes Niveau angehoben werden. Die Entscheidung liegt nun im Ermessen des Gerichts.« Er sagte, daß ihm ›jegliches Vertrauen und jeglicher Respekt vor Powell fehle‹.

Es gab eigentlich kein besseres Beispiel für die Unerschütterlichkeit von Jay Powell als seinen Kommentar, den er schließlich abgab, nachdem er unentwegt von Walker öffentlich kritisiert worden war. »Wir kommen blendend miteinander aus.«

Jay Powell war so bescheiden, daß er es noch nicht einmal schätzte, wenn man seine doch sehr beträchtlichen Referenzen und ausgezeichneten Zeugnisse erwähnte: Er konnte hervorragende Leistungen an der Universität von Los Angeles vorweisen und mindestens ein Dutzend Jahre juristischer Berufserfahrung, einschließlich seiner Arbeit in Melvin Bellis Büro. Jim Heusdens fühlte sich bemüßigt, dies auch zu erwähnen. »Jay hat für Melvin Bellis gearbeitet«, sagte Jim Heusdens, »nur arbeitet man nicht für Melvin Bellis, sondern man darf ihm höchstens die Akten hinterhertragen. Ich bin mir für so etwas immer zu schade gewesen.«

Der öffentlich bestellte Verteidiger war erstaunt über Walkers Intelligenz, seine Gelassenheit und seine weltmännische

Gewandtheit. Er stellte Walker eine Menge Fragen, aber er fragte ihn nie, ob er Bill Ashlock getötet hatte. »Ich frage niemals einen Mandanten ›Haben Sie es getan?‹«, sagte Jay Powell. »Ich will es gar nicht wissen. Es ist auch überhaupt nicht wichtig. Es hat gar keine Auswirkung auf meine Vertretung eines Klienten, für mich ist es einfach besser, wenn ich es nicht weiß. Selbst wenn mein Mandant sagt: Ja, ich habe es getan. Woher weiß ich, daß er nicht lügt? Vielleicht will er ja auch jemand anderen decken.«

Fortschritte in der Ermittlung ergaben sich erst, als die Polizei den Chevrolet Impala fand, mit dem Walker in San Francisco herumgefahren war.

Im Kofferraum des Impala fanden Parker und Brown eine braune Aktentasche mit den Initialen W. T. A., darin waren Zeitungen, ein Block Schreibmaschinenpapier, Briefpapier mit dem Geschäftsaufdruck von ›Borough & Carson‹ und eine Straßenkarte von Chicago. Ein grüner Samsonite-Diplomatenkoffer mit dem Namen Richard S. Dowell, der sich auch im Kofferraum befand, war verschlossen, doch keiner von ihnen wunderte sich darüber, als einer der kleinen Schlüssel, die Jim Brown nun ungefähr seit einem Monat mit sich herumtrug, zu dem Koffer gehörte. Unter der Gummimatte des Kofferraumbodens fanden sie Schecks mit dem persönlichen Namensaufdruck Taylor O. Wright III und Patricia Wright.

Der grüne Diplomatenkoffer brachte Brown und Parker auf die Spur des Versicherungsvertreters, der im Februar im Hilton in Omaha ausgeraubt worden war. Dieser Raub und noch eine ganze Kette von anderen Diebstählen führten zu einer Diskussion mit den zuständigen Behörden von Omaha über zwei weitere ungeklärte Mordfälle. Paul Luther hatte darüber berichtet, daß man zwei noch nicht identifizierte Leichen in einem Graben gefunden hatte, beide wiesen jeweils ein einziges Einschußloch im Kopf auf.

Währenddessen ging die Anhörung der im Mordfall Bill Ashlock Verdächtigen weiter.

Richter Carter hörte zwei Wochen lang allen Aussagen aufmerksam zu; einige von ihnen sprachen nicht zugunsten von Hope Masters, und alles, worüber er zu befinden hatte war, ob

›begründeter Verdacht‹ gegen sie bestand, und nicht, ob sie schuldig war.

Kurz nach 16.00 Uhr, am Mittwoch, dem 18. April 1973, entschied Richter Carter, daß G. Daniel Walker und Hope Masters dem ›Superior Court‹ überstellt würden, um dort wegen Mordes angeklagt zu werden.

13

Am 30. April beantragten Ned Nelsen und Tom Breslin, in Vertretung für Hope Masters, sowie Jay Powell, der G. Daniel Walker vertrat, vor dem Obergericht, daß die Anklagen gegen ihre jeweiligen Klienten aufgrund mangelnder Beweise fallengelassen würden. Powell vertrat außerdem die Ansicht, man habe seinen Mandanten ›illegal und verfassungswidrig‹ festgenommen.

Walker selbst legte sieben handgeschriebene Anträge vor, einschließlich des veränderten Antrages, in dem er darum bat, als Zweitanwalt für sich auftreten zu können; für diese Aufgabe benötige er ›auch das richtige Handwerkszeug‹.

Richter Jay R. Ballantyne lehnte die Anträge, die Anklagen fallenzulassen, ab, jedoch verfügte er, daß Walker sich selbst mitverteidigen dürfe und daß man ihm auch die nötigen Mittel dazu zur Verfügung stellen werde. Bei der Vorverhandlung, als beide Angeklagten auf nicht schuldig plädierten, hatte Walker wieder eine ganze Reihe Anträge vorbereitet, von denen zwei besonders interessant waren. Er bestritt, daß die Gerichte von Tulare County bei diesem Fall überhaupt zuständig seien, denn es sei gar nicht bewiesen, daß Springville zum Bezirk Tulare gehöre. Sein zweiter Antrag bezog sich offensichtlich auf Gerald Webbs Schwierigkeiten in Myers Beerdigungsinstitut und besagte: »Das Volk hat es in den zehn Akten der Voruntersuchung versäumt, zu beweisen, daß William T. Ashlock tatsächlich tot ist.« Am 14. Mai bekam Walker zwei Zellen zur Verfügung, in eine stellte man einen Campingtisch als Arbeitsplatz. Die weiblichen Vertrauenshäftlinge von Visalia hatten ihm sogar eine Steppdecke genäht.

»Vielleicht bin ich auf meine Art ein wenig irre, aber brutal bin ich nicht«, hatte Hope einst zu Tom Breslin gesagt. Im Verlauf der Tage und Wochen, die inzwischen vergangen waren, war es schon bald Sommer geworden, der Prozeß war wieder verschoben worden, die Spannungen innerhalb ihrer Familien verstärkten sich zunehmend, und Hope fühlte sich bald schon mehr als nur leicht irre.

Während der Voruntersuchungen blieb Keith bei Sharon und Bill Pierce, jenem Ehepaar, dem Hope auch das Sorgerecht für ihre Kinder hatte geben wollen, damals, als sie ihr Testament in der Küche ihrer Mutter auf ein Stück Papier gekritzelt hatte. Jetzt war Keith in der Schule gehänselt worden – »Ich habe gehört, deine Mutter sitzt im Knast.« Keith geriet immer öfter in Streitereien, deshalb hatten die Pierces den Jungen von der Schule beurlauben lassen, und Sharon Pierce hatte Hope bei einem Bibelkreis als Mitglied eingetragen.

Jetzt weigerte sich Keith, zurück in die Schule zu gehen, und Hope hatte nicht die Kraft oder den Willen, ihn dazu zu zwingen. Sie selbst hatte die Grausamkeit empörter Kleinbürger zu spüren bekommen. Eines Abends war sie mit Michael Abbott, der sie auf andere Gedanken bringen wollte, zum Essen in ein Restaurant gegangen, das sie kannte und wo sie sich wohl fühlte. Als der Mann am Klavier sie sah, spielte er ›As Time Goes By‹, danach hämmerte er ein paar schräge Akkorde, um die Aufmerksamkeit aller Gäste auf sich zu lenken. »Wie fühlt man sich, wenn man aus dem Kittchen raus ist?« rief er Hope durch den überfüllten Raum zu.

Honey, Van und Hope stritten nun ununterbrochen miteinander. Hope hatte es satt, von ihren Eltern andauernd vorgehalten zu bekommen, was sie hätte tun oder sagen sollen. Zudem war sie sehr enttäuscht, daß Van sich geweigert hatte, seinen Einfluß geltend zu machen, um ihr zu helfen.

Als Richter Ballantyne den Antrag abgelehnt hatte, die Anklage fallenzulassen, hatten sich Tom und Ned an das fünfte Berufungsgericht gewandt. Als sie bei der Berufungsverhandlung verloren, war Hopes einzige Chance, die noch offen war, eine Anhörung vor dem Obersten Gerichtshof des Staates.

Tom und Ned formulierten eine lange Bittschrift, um eine Anhörung zu erwirken, und führten im besonderen zwei Gründe an. 1.) Es gab keinen vernünftigen oder begründeten Verdacht dafür, daß die Angeklagte das Verbrechen begangen habe. 2.) Die Ungereimtheiten in Hopes Aussagen dürfen nicht als Beweis dafür angesehen werden, daß sie sich der

Dinge, derentwegen sie angeklagt wird, schuldig gemacht habe.

Selbst für einen Ned Nelsen war es kein Spaziergang, eine Anhörung vor dem Obersten Gerichtshof zu erwirken, und deswegen hatte Ned Van darum gebeten, in dieser Sache zu vermitteln. Insbesondere bat er Van darum, bei William French Smith, einem von Vans Partnern, ein gutes Wort einzulegen, denn der hatte ausgezeichnete Verbindungen nach Sacramento und könnte dabei behilflich sein, einen Anhörungstermin zu erwirken. Als Van das ablehnte, schrie Hope: »Ich bitte doch verdammt noch mal nur um eine Anhörung! Ich verlange doch nichts Illegales von dir. Ich bitte dich doch nur um deine Hilfe.« Die Anhörung wurde nicht gewährt.

Bereits am 2. März, als Hope noch hinter Gittern war und Van und Honey auf dem Weg nach Porterville waren, gelangte ein innerbetriebliches Schreiben auf Vans Schreibtisch, unterzeichnet vom Verwaltungsdirektor der Firma.

In der Nachricht drückte man Van zunächst Mitgefühl und große Anteilnahme darüber aus, daß sich seine Tochter in einer so mißlichen Lage befinde; in dem anschließenden längeren Abschnitt ließ sich der Direktor darüber aus, daß er schon von mehreren Mitgliedern der Firma eine Meinung zu diesem Fall eingeholt habe. ›Angesichts des Ansehens der Firma und der Tatsache, daß unser Name bereits in den Medien erwähnt worden ist, weil Sie schon lange Jahre bei uns arbeiten, ist es für den Ruf der Firma, aber auch für Ihr eigenes Ansehen von besonderem Interesse, daß der Fall von kompetenten Leuten behandelt wird.

In diesem Sinne sind wir der Ansicht, daß es Ihre Pflicht gegenüber der Firma verlangt, daß Sie den besten oder die besten Anwälte verpflichten, um Hopes Interessen zu vertreten. Als Senior-Anwalt in unserer Kanzlei und als ein Mann, den man mit dem Namen unserer Firma öffentlich in Zusammenhang gebracht hat, müssen Sie dafür Sorge tragen, daß man Hopes Verteidigung äußerst fachkundigen Leuten überträgt, und nicht etwa einem Anwalt, der höchstens gewöhnliche Kriminaldelikte zu behandeln weiß.‹

Als Van in sein Büro zurückkam und das Memo fand, bot er

auf der Stelle an, seinen Rücktritt einzureichen. Sein Angebot wurde nicht angenommen, doch Van machte die ›mehreren Mitarbeiter‹ ausfindig, die ihre Gedanken zu dem Fall geäußert hatten, und er spürte, daß die Verhaftung Hopes diese ziemlich geschockt hatte.

Vans eigenes Tagebuch enthält schwermütige Kommentare über die belasteten familiären Beziehungen. Am 15. März, als man den Termin für die Voruntersuchung verschoben hatte: ›Hopie sagte beim Mittagessen, daß die Art und Weise, wie ich mich verhalten hätte, mit Schuld daran sei, daß sie sich in dieser momentanen Zwangslage befände. Ich war eingeschnappt und bin es immer noch. Mir scheint es eher zwecklos, über die Dinge zu lamentieren, die passiert sind und die man nicht mehr ungeschehen machen kann.‹ An einem anderen Tag: ›Es ist nichts Besonderes gewesen, außer daß Hopie vorbeikam und wir uns mal wieder über die verschiedensten Dinge gestritten haben.‹

Van war ebenso erleichtert wie Hope, als sie wieder in ihr Haus am Drive einzog. ›Ich habe Golf gespielt. Honey spielte Karten. Hopie nahm ihr Auto und die drei Kinder und fuhr nach Hause. Gott sei Dank!‹

Wieder zu Haus am Drive wurde Keith zu einem widerspenstigen Schulschwänzer; Hope Elizabeth hingegen war zwar in der Schule eine Musterschülerin, aber wenn sie mal zu Hause war, warf sie sich oft zu Boden und heulte stundenlang, und zwar so laut und ausgiebig, daß sich selbst entfernter wohnende Nachbarn bemüßigt fühlten, telefonisch anzufragen, was los sei. Hope schwankte ständig zwischen depressiven Schüben und schrecklichen Angstzuständen, bis sie ihren Psychiater anrief und fragte, was sie denn machen solle.

Er sagte ihr, daß es völlig zwecklos sei, sie, Hope, allein zu behandeln. Er erklärte ihr, daß ihre Probleme die Probleme dreier Generationen seien. »Dieser Mordfall hat folgendes bewirkt«, sagte Dr. Elstead, »er hat alle bereits vorhandenen kleinen Probleme, die jeder hatte, derart aufgebauscht, daß sie nun Dimensionen erreicht haben, die man ohne einen Psychiater kaum noch bewältigen kann.«

Hope fand diese Erklärung sehr einleuchtend. Sie ließ sich

5000 Dollar ihres Treuhandfonds auszahlen und gab sie in Form eines Verrechnungsschecks als Vorauszahlung an den Psychiater, um für sich und die Kinder eine gewisse Behandlungsdauer zu garantieren. Als ihre Eltern dies herausfanden, waren sie sehr verärgert darüber.

Hopes Ärger resultierte auch zum Teil aus der Einstellung, die Honey und Van jetzt zur Schau stellten: Sie sahen sich genausosehr wie Hope als Opfer dieser Mordsache. Kaum war der Fall bekannt geworden, trafen zahllose Geschenke ein: Blumen, Pralinen und mitfühlende Schreiben – doch fast alle waren nur an Honey und Van adressiert. ›Mein Herz leidet mit Euch, Ihr zwei beiden Süßen . . .‹ Honey und Van wurden zum Abendessen eingeladen und übers Wochenende an ›einen verschwiegenen, ruhigen Ort, wo Ihr nichts weiter zu tun braucht als die Schiffe zu beobachten, die vorüberfahren‹. Honey zeigte Hope alle Briefe, was psychologisch nicht besonders geschickt war, besonders dann nicht, wenn darin Sätze standen wie: ›Meine liebe Honey, liebster Van, wenn unsere Kinder klein sind, dann treten sie uns auf die Füße, sind sie groß, dann trampeln sie auf unserem Herzen herum.‹

Am 19. Juni wurde ein neues Prozeßdatum festgesetzt, auf den 4. September, um neue Anhörungen abhalten zu können, die Walkers zwei Hauptanträge untersuchten. Mit diesen Anträgen wollte Walker die Beweise unterdrücken, die im Zusammenhang mit seiner Verhaftung angesammelt worden waren, aber auch den Haftbefehl als solchen niederschmettern.

Walker gründete seinen Antrag auf eine bundesmäßige Regelung, die im Falle Wang Sun getroffen worden war. Eine gerichtliche Verfügung, von der man auch als ›die Frucht des vergifteten Baumes sprach‹. Walker verdeutlichte es folgendermaßen: »Was schon im Ansatz schlecht ist, daraus kann sich nie etwas anderes als Böses und Illegales entwickeln.« Im Grunde wollte er damit andeuten, daß der Brief an Marcy, der das einzige war, was die Behörden in Händen hielten, um Walker mit der Ashlock-Affäre in Verbindung zu bringen, schon unrechtmäßig abgefangen worden war durch die Polizei von Illinois. Daraus folgerte er, daß alles weitere – die Enttarnung von Taylor als Walker, seine Verhaftung und die Beschlagnahmung des belastenden Materials – schon als gesetzwidrig und ungültig zu betrachten sei.

Auch seinen Antrag auf Aufhebung des Haftbefehls kommentierte Walker ausführlich:

In diesem Abschnitt bestand Walker darauf, daß die Polizei das Zimmer 609 im Howard-Johnson-Hotel vor seiner Verhaftung illegal durchsucht hätte, und er zitierte den Fall Stoner gegen den Staat Kalifornien, 1964. »Ebenso wie der Besitzer eines Hauses oder der Bewohner einer Mietwohnung ... hat der Bewohner eines Hotelzimmers Anspruch darauf, verfassungsmäßig gegen unzumutbare Durchsuchungen und Beschlagnahmungen geschützt zu werden.«

Sein zweiundfünfzigseitiger Antrag war zudem noch mit zahlreichen überflüssigen Albernheiten gespickt, er nannte die Polizei ›Besatzungstruppe‹ und berichtete, ein FBI-Agent habe stundenlang am Fenster gestanden, ›ohne auch nur einmal unter dem Bett nachzuschauen ... einem der beliebtesten Verstecke der letzten Jahrzehnte‹. Er machte sich auch über die Liste des persönlichen Eigentums lustig, die Jim Brown aufgestellt hatte. Walker bemängelte, daß er zwar eine Dose Rasierschaum, aber nicht den Rasierer aufgeschrieben hatte.

›Warum sollte ein Mann Rasierschaum besitzen, und nicht das nötige Werkzeug, um ihn einsetzen zu können?‹ ... Außerdem sei eine Dose Albert V05 Haarspray notiert worden, aber weder Kamm noch Bürste. ›Das Gericht wird sich doch sicherlich bereits ein kritisches Urteil über das Haar des Angeklagten Walker, seine Länge und Fülle gemacht haben und wird zu der plausiblen Schlußfolgerung gelangt sein, daß es seine Länge und Form nicht in der Zeit der Gefangenschaft erreicht hat, deshalb fragt man sich doch wohl zu Recht, ob dieser Mann wohl nichts auf seinem Zimmer gehabt hat, mit dem er sich kämmt oder sein Haar in Form bringt?‹

Walker stellte eine Liste von den Dingen zusammen, die er getragen hatte, als er verhaftet wurde, und er bemerkte, daß die Liste der Polizei diese Kleidungsstücke nicht aufführte. ›Von der Inventurliste der Staatsanwaltschaft könnte man vermuten, daß Walker bei seiner Verhaftung völlig nackt gewesen ist.‹

Schließlich bemerkte er noch, daß der Durchsuchungsbefehl

für den Thunderbird aufgrund von drei eidesstattlichen Aussagen ausgestellt worden sei – eine davon unterschrieben und zwei mündlich vereidigt –, und daß die in dem Wagen gefundenen Gegenstände nicht ordnungsgemäß von einem offiziell beauftragten Gerichtsschreiber notiert und beurkundet worden seien.

Alle Argumente griffen natürlich ineinander. Wenn die Verhaftung nicht rechtens war, dann war die Durchsuchung natürlich auch nicht rechtsgültig, hatte man die Autoschlüssel, die man im Thunderbird gefunden hatte, illegal beschlagnahmt, dann war auch die Durchsuchung des Autos, das man mit diesem Schlüssel öffnete, den Impala am Flughafen von San Francisco, nicht gesetzlich einwandfrei. Schließlich ließ sich wieder alles auf den Brief zurückführen: Fängt der vergiftete Baum erst an zu blühen, kann man die Vergiftung der Früchte nicht mehr verhindern.

Jim Heusdens hatte immer den Eindruck gehabt, daß es eine Person gegeben hätte, welche die Vergiftung des Baumes hätte verhindern können, in der Tat, sie hätte ihn bis auf den Stumpf umhauen können. Marcy Purmal hätte zu der Anhörung vorgeladen werden können, um unter Eid auszusagen, daß ihre Post nicht illegal beschlagnahmt worden war, sondern daß sie Walkers Nachrichten freiwillig, wenn auch mit Widerwillen, der Polizei von Illinois ausgehändigt hatte.

Auch ohne Marcy, meinte Jim Heusdens, hätte er mit einem verdammten Argument die Sache abgewehrt – beispielsweise die Sache mit der Durchsuchung des Hotelzimmers. »Wie kann die Durchsuchung eines Hotelzimmers ungesetzlich sein, wenn das Zimmer vorher schon auf ungesetzliche Weise gemietet worden ist, nämlich mit einer gestohlenen Kreditkarte?« sagte er kochend vor Wut. »Der Typ ist gar nicht der rechtmäßige Bewohner, denn er wird ja auch nicht die Rechnung für das Zimmer bezahlen. Er ist nur ein ganz verdammter, unbefugter Eindringling!«

Doch es zählte zu diesem Zeitpunkt überhaupt nicht, was Jim Heusdens getan hätte. Er war Anfang des Sommers aus dem Büro des Bezirksstaatsanwalts ausgeschieden und praktizierte nun als Rechtsanwalt in der Marton Street in Porterville, ganz in der Nähe des Gerichts. Nun war ein anderer Assistenz-Bezirkstaatsanwalt, Joseph Haley, mit der Angelegenheit betraut worden. Doch dies geschah erst nach Heusdens Erfolg während der Voruntersuchung und seiner Vorarbeit, die er im Anschluß daran im späten Frühling leistete.

Er hatte sich mit Gene Parker und mit Jim Brown zusammengetan und eine Reise in den Mittleren Westen unternommen. Sie verbrachten einen netten Abend mit Bob Swalwell – mit gutem Essen, gutem Wein und anregenden Gesprächen unter Polizisten –, und am nächsten Tag gingen die drei Detectives zusammen mit Jim Heusdens zu Marcy Purmal. Obwohl Marcys Anwalt versichert hatte, daß sie mit den Behörden zusammenarbeiten wolle, hatten Brown und Parker das Gefühl, daß diese Zusage nur solange galt, wie sie sie noch nicht aufgesucht hatten.

Marcy sagte, sie habe die Namen Taylor Wright, Larry Burbage, Dick Miller, Richard Crane, Bill Ashlock oder Hope Masters bis zur Untersuchung nie gehört. Auch habe Walker ihr gegenüber niemals eine Werbeagentur erwähnt, und soweit sie es beurteilen könne, habe er auch vorher niemals Kontakte an der Westküste gehabt. Dennoch konnte sie sich vage daran erinnern, daß Walker sich einmal zu der Werbefigur ›Captain Crunch‹ aus der Fernsehwerbung geäußert hatte, von der er behauptete, daß er sie erfunden habe oder doch wenigstens an der Erfindung beteiligt gewesen sei, und sie glaubte, daß man Walker vielleicht 1968 wegen eines Werbegeschäfts nach Kalifornien geschickt hatte.

Als man Marcy nach Partys in Walkers Krankenzimmer befragte, sagte sie, einige Anwälte hätten Walker dort besucht, weil sie an Reformen im Strafvollzug interessiert gewesen wären, aber von Partys wisse sie nichts. Als man Marcy eine Reihe von Fotos zeigte, identifizierte sie eines von Walker. Und auch eines von Hope Masters, denn sie hatte einmal ein Foto von ihr, zusammen mit einem Brief von Walker erhalten. Sie bestritt, Bill Ashlock zu kennen, außer dem Namen nach aus dem Brief, doch sowohl Parker als auch Brown bemerkten, daß sie eine ganze Weile Bills Foto in den Händen hielt und es mit einem breiten Grinsen betrachtete.

Als sie nach Visalia zurückkamen, unterhielten sie sich mit Walker über seine Aktivitäten. Jim Brown hielt Walker für sehr freundlich und geistreich und für einen höchst interessanten Mann. Jim war oft dazu abgestellt worden, Walker auf seinen regelmäßigen Besuchen in die Bibliothek zu begleiten, montags, mittwochs und freitags jeweils zwei Stunden. Als Walker ihm verriet, daß er für sein Leben gern Geleefrüchte esse, brachte Jim ihm diese Süßigkeiten tütenweise mit.

Eines Tages rief Walker Jim Brown zu Hause an und sagte ihm, er möchte doch bitte einen Kassettenrecorder mit ins Gefängnis bringen, weil er ein Geständnis ablegen wolle. Als Jim mit dem Recorder zum Gefängnis eilte, lächelte Walker und sagte: »Ich gestehe: Ich habe es nicht getan.«

Einige Gespräche, die Walker mit Ned Nelsen am Telefon führte, dauerten über eine halbe Stunde. Als das Büro des Sheriffs Walkers Telefonrechnung von über 500 Dollar bekam, erlaubte man ihm nur noch zwei Telefonate pro Tag. Schließlich kam noch eine weitere Rechnung. Walker hatte bei der ›Western Union‹ angerufen und jede Menge Telegramme verschickt. Als das Büro des Sheriffs dort die vorliegende Situation erläuterte, willigte die ›Western Union‹ ein, die Kosten zu tragen, und im Anschluß daran durfte Walker seine beiden Anrufe pro Tag nur noch mit Jay Powell führen.

Seine Briefe schrieb er jedoch weiterhin, darunter auch lange Briefe voller Neuigkeiten an Ned Nelsen, die ihn auf den neuesten Stand von Walkers juristischen Fortschritten brachten. Er schrieb Ned von einem neu entdeckten Beweisstück, es handele sich um einen medizinischen Untersuchungsbericht, der besagte, daß Bill Ashlock nicht von hinten erschossen worden war, sondern durch den Mund, und er erzählte Ned anschließend ausführlich von seinem Besuch auf der Ranch. Er schickte Ned einen großen Umschlag mit einer Anlage für Hope – Bills Totenschein. William T. Ashlock wurde im Krematorium von Fresno verbrannt, unter der Aufsicht der Leute von Myers Bestattungsunternehmen. Seine Asche wurde im Meer verstreut.

Sterbeort: Springville
Sterbebezirk: Tulare
Aufenthaltsdauer: 3 Tage

Walkers Versuch, Aussagen als nicht beweiskräftig erklären zu lassen, umfaßte nur Gegenstände, die seine eigene Person betrafen. Beweisstücke, die sich für Walker nachteilig auswirkten, waren für Hope natürlich hilfreich – die Kreditkarten, die geladene .38er, die Einweg-Gummihandschuhe.

Als Van seiner Stieftochter mitteilte, sie könne sich nur noch einen Anwalt leisten und nicht mehr zwei, entschied Hope sich für Tom Breslin. Ned Nelsen war älter, reicher und stand mehr oder weniger, mit ihren Eltern auf einer Stufe. Tom hatte ihr in ihren schlimmsten Stunden beigestanden – im Gefängnis von Beverly Hills und in der Nacht in Visalia. Tom war für sie so etwas wie eine jugendliche Vaterfigur geworden, eine Art Beichtvater. Es war also Tom Breslin, der sich nun Tag für Tag, den ganzen Sommer lang, die Anhörungen zur Abschmetterung des Beweismaterials anhören mußte; und er war es auch, der zum Gericht nach Visalia fuhr, als Richter Ballantyne seine Entscheidung verkünden wollte. Am Freitag, den 31. August 1973, begann ein endlos langes Wochenende mit dem ›Tag der Arbeit‹. Die Sache – das Volk des Staates Kalifornien gegen G. Daniel Walker und Hope Masters – sollte am Dienstag, dem 4. September, zum Prozeß kommen.

Walkers Antrag, das Beweismaterial für ungültig erklären zu lassen, hatte Tom nicht weiter überrascht. »Das ist gute alte Sitte des Gefängnisrechts«, erklärte er, »und darin ist Walker recht versiert. Er ist tatsächlich fast ein juristisches Genie.« Breslin hatte mit Ned Nelsen und auch mit Staatsanwalt Joe Haley endlose Besprechungen geführt und sich seine Strategien zurechtgelegt. »Wenn das Beweismaterial abgelehnt wird, müssen Sie in die Berufung gehen«, sagte Tom immer wieder zu Haley. »Sie können den Prozeß nicht führen ohne diese Beweise gegen Walker. Ohne sie haben Sie keine Chance, Walker zu überführen.« Und das leuchtete Joe Haley auch ein.

Es herrschte knisternde Spannung im Gerichtssaal, als Richter Ballantyne hereinkam und seinen neunseitigen Beschluß vorlas. Er stimmte Walker zu, daß der Brief an Marcy Purmal ungerechtfertigterweise abgefangen worden war und somit alles, was aus diesem Brief resultiere und Walker mit dem Mordfall Ashlock in Verbindung bringe, ungesetzlich war: die Durchsuchung seines Hotelzimmers, seine Verhaftung, die Beschlagnahme seiner persönlichen Sachen.

Die Staatsanwaltschaft hatte zwar angeführt, daß der Gebrauch von Taylor Wrights Kreditkarte eine Information gewesen sei, die mit dem Brief gar nichts zu tun hatte, doch Richter Ballantyne sagte, daß dieser Punkt ›von der Staatsanwaltschaft nicht genügend ausgearbeitet worden sei‹, und er gab deshalb Walkers Antrag in allen Punkten statt. Alle Beweisstücke und diesbezüglichen Aussagen sollten gestrichen werden.

Nichts von alledem, was die Polizei über den Verdächtigen herausgefunden hatte, konnte folglich bei Walkers strafrechtlicher Verfolgung als Beweis benutzt werden, in einem Prozeß, in dem er wegen Mordes angeklagt werden sollte. Walker, der kälteste, cleverste Killer, den Tom Breslin je gesehen hatte, konnte man schon fast als entlastet betrachten.

Walker lächelte, als Richter Ballantyne seine Entscheidung verlesen hatte. Jay Powell lächelte auch. Doch dann erhob sich Joe Haley und verkündete, daß die Staatsanwaltschaft eine Berufung beantrage.

Richter Ballantyne hörte Haley zu und machte sich eine Notiz. Er verkündete, daß der Prozeß wegen des Berufungsantrags automatisch um dreißig Tage verschoben würde. Er sah zu Tom Breslin herüber. »Mr. Breslin«, sagte Ballantyne, »der Prozeßtermin war auf den Tag nach diesem verlängerten Wochenende angesetzt, doch durch diesen Antrag entsteht natürlich eine Verzögerung. Sind Sie damit einverstanden?«

Es hörte sich eher nach einer juristischen Formalität und nicht nach einer Frage an. Für Tom Breslin klang sie allerdings wie eine himmlische Symphonie.

»Euer Ehren«, sagte Tom feierlich, »ich kann dieser Verzögerung nicht zustimmen, ohne vorher mit meiner Mandantin gesprochen zu haben.«

»Nun, dann seien Sie bitte so freundlich und setzen Sie sich mit Ihrer Klientin in Verbindung und bitten Sie sie um ihre Zustimmung«, sagte der Richter leicht ungeduldig.

Tom nickte ehrerbietig, entschuldigte sich kurz und verließ den Gerichtssaal.

Nach ein paar Minuten kam er wieder zurück und machte ein noch ernsteres Gesicht. »Es tut mir furchtbar leid, Euer Ehren, aber ich kann meine Mandantin nicht erreichen, und ich bin nicht befugt, in ihrem Namen auf ihr Anrecht auf eine rasche Verhandlung zu verzichten. Wir sind für den Prozeß bereit und deshalb werden wir auch, wie geplant, am Dienstag zur Verhandlung erscheinen.«

Der Staatsanwalt warf ihm zornige Blicke zu. Walker und Jay Powell tuschelten miteinander. Der Richter sah Tom fest in die Augen, und Tom erwiderte diesen Blick. Dann bat der Richter Tom Breslin und Joe Haley in sein Zimmer.

Hinter verschlossener Tür mußte sich Tom fürchterlich ein Lachen verkneifen, als er noch einmal wiederholte, was er schon im Gerichtssaal gesagt hatte. »Wir sind für die Verhandlung gerüstet, Euer Ehren. Ich kann nicht im Namen meiner Klientin auf einen raschen Prozeßtermin verzichten, ohne ihre ausdrückliche Zustimmung eingeholt zu haben. Deshalb werden wir zum Prozeß erscheinen. Ich vermute, daß sich das Verfahren gegen den Mitangeklagten durch den Antrag des Staatsanwalts automatisch um dreißig Tage verschiebt, oder? Wir gehen also getrennt in die Verhandlung.«

Dem Staatsanwalt wurde nun allzu deutlich klar, worauf Breslin hinauswollte; aber die Erleuchtung kam etwas zu spät. Tom erläuterte es trotzdem noch mal ausführlich. Alle Beweisstücke gegen Walker waren für nicht zulässig erklärt worden. Ohne dieses Beweismaterial hatte die Staatsanwaltschaft praktisch nichts gegen ihn in der Hand. Als Mitangeklagte konnte Hope von ihrem Recht Gebrauch machen, nicht gegen Walker auszusagen. Wenn Hopes Verfahren jetzt getrennt von Walkers weitergeführt würde, konnte man und würde man sicherlich auch alle Beweisstücke, die zu Walkers Gunsten ausgeschaltet worden waren, in Hopes eigenem Verfahren zur Anwendung bringen.

Wenn jetzt alle diese Beweisstücke durch Hopes Verhandlung an die Öffentlichkeit gelangten, hatte Walker dadurch eine vollständige Aufstellung, die er zur Vorbereitung auf seine eigene Verhandlung benutzen konnte. Dadurch wäre er der Staatsanwaltschaft um einiges voraus, wenn ihm der Prozeß gemacht würde, das heißt, wenn es überhaupt so weit käme. Die Zulassung von Beweismaterial in Hopes Verhandlung und die gleichzeitige Ablehnung desselben Materials in Walkers Verhandlung würde juristisch gesehen so viele Probleme aufwerfen, daß zur Lösung dieser Verwicklungen buchstäblich Jahre ins Land gehen würden. Darüber hinaus könnte Walker leicht geltend machen, daß verstärkt Vorurteile gegen ihn aufgebaut würden durch die Enthüllung des Beweismaterials in Hopes Verhandlung. Daraus ergäbe sich natürlich die Gefahr, daß er sich letztlich völlig vom Haken losreißen könnte.

Diese Ausführungen, so einleuchtend sie auch sein mußten, waren für den Staatsanwalt deswegen nicht weniger schmerzlich, und er starrte Tom fassungslos an.

»Natürlich ist es selbstverständlich«, fuhr Tom liebenswürdig fort, »daß wir zur Zusammenarbeit bereit wären, wenn die Anklagen gegen meine Mandantin fallengelassen würden. Meine Klientin könnte dann als Zeugin für die Staatsanwaltschaft aussagen.«

Haley schüttelte den Kopf. »Wir können die Anklage nicht so einfach fallenlassen«, sagte er langsam.

Tom grinste. »Okay«, sagte er fröhlich, »wir gehen dann am Dienstag zur Verhandlung.«

»Wie wäre es denn, wenn wir sie wegen eines geringeren Vergehens anklagen würden, beispielsweise, weil sie die Polizei nicht verständigt hat?« bot Haley widerwillig an.

»Nein, danke«, sagte Tom. »Einstellung des Verfahrens.«

Richter Ballantyne sah den Staatsanwalt an. »Mr. Haley«, sagte er ruhig, »wie ich die Dinge sehe, berufen Sie sich auf die Tatsache, daß Hope Masters mit Mr. Walker schon bekannt war, bevor er auf die Ranch kam. Haben Sie für diese Behauptung stichhaltige Beweise?«

Wieder schüttelte Haley den Kopf. »Nein, dafür haben wir keine Beweise«, murmelte er.

»Nun, dann«, sagte Ballantyne scharf, »dann sehe ich auch nicht, wie Sie einen Schuldspruch gegen sie erwirken wollen, Sie scheinen mir in diesem Fall besser dabei zu fahren, wenn Sie mit ihr zusammenarbeiten.«

Haley machte noch einen weiteren Versuch. »Ich würde darüber nachdenken, ihr Immunität zu verschaffen, wenn sie aussagen würde«, sagte er.

Tom lehnte erneut ab. Er hatte mit Ned über diese Möglichkeit gesprochen, doch sie waren übereingekommen, daß in der Watergate-Ära das Wort ›Immunität‹ einen schalen Beigeschmack bekommen hatte.

»Nein, vielen Dank«, sagte Tom. »Es läuft alles auf ein völliges Fallenlassen aller Anklagepunkte hinaus.« Als Haley noch zögerte, holte Tom die Kopie vom Paragraphen 1099 des Strafgesetzbuches von Kalifornien hervor, die er ganz zufällig bei sich hatte, und reichte sie dem Staatsanwalt. »Sind zwei oder mehrere Personen wegen desselben Verbrechens angeklagt, kann das Gericht jederzeit, bevor die Angeklagten mit ihrer Verteidigung begonnen haben, auf Antrag des Staatsanwalts verfügen, daß einer der Angeklagten nicht länger strafrechtlich verfolgt wird und so als Zeuge für die Staatsanwaltschaft zur Verfügung steht.«

Tom ging sogar noch einen Schritt weiter, denn er hatte sich nun schon so weit vorgewagt, und sagte, er wolle, daß man die Aufhebung der Anklage gegen seine Mandantin erst bekannt machte, nachdem die Verhandlung bereits eröffnet sei, nachdem die Geschworenen bereits vereidigt waren und auch der erste Zeuge schon ausgesagt hatte. Während seiner juristischen Nachforschungen war Tom darauf gestoßen, daß ein Angeklagter, der zu diesem Zeitpunkt von der Anklage freigesprochen wird, so behandelt werden muß, als ob er sich bereits einer Verhandlung gestellt hat und danach nie mehr wegen derselben Anklagen vor Gericht gestellt werden darf, sogar, wenn er anschließend das Verbrechen gestehen würde.

Richter Ballantyne nickte Tom wohlwollend zu. »Tja, Mr. Breslin«, meinte er, »es scheint so, als wenn Sie sich auf diesen Fall gründlich vorbereitet hätten.«

Jetzt versuchte Tom, sich möglichst bescheiden zu geben.

Aber er hatte sich tatsächlich vorbereitet, er hatte geschuftet, und die Tatsache, daß alle seine vorherigen Bemühungen, in diesem Fall für Hope etwas zu erreichen, gescheitert waren, machten diesen plötzlichen Erfolg um so größer.

»Also gut«, sagte Haley schließlich, denn letztlich blieb ihm nicht mehr viel anderes dazu zu bemerken. Tom diktierte, unter welchen Bedingungen Hope bereit sein würde, einer Verschiebung ihrer Verhandlung zuzustimmen, solange die Revision der Staatsanwaltschaft gegen Walkers Antrag auf Beweisablehnung lief. Dieses Schriftstück wurde von beiden Anwälten unterschrieben, und Richter Ballantyne fungierte als Zeuge. Nur Hope selbst, ihre Eltern, ihre Anwälte und die Staatsanwaltschaft sollten wissen, daß sie nicht wegen Mordes angeklagt werden würde.

Walker und Jay Powell sollten es natürlich nicht wissen, es sei denn, es würde ihnen durch irgendein legales Mittel gelingen, an diese Information zu gelangen. Wenn das Verfahren dann schließlich begann, die Geschworenen vereidigt wären und der erste Zeuge seine Aussage gemacht hätte, dann sollten offiziell alle Anklagepunkte gegen sie fallengelassen werden; danach würde sich die Verhandlung nur noch mit Walker beschäftigen, und Hope Masters würde als Kronzeugin für die Staatsanwaltschaft aussagen.

Als er mit dem soeben ausgehandelten und unterschriebenen Vertrag in seinem Koffer wieder auf dem Weg nach Los Angeles war, sang Tom laut die Lieder mit, die aus seinem Autoradio schallten. Seit Monaten war er nicht mehr in so guter Stimmung gewesen. Er fühlte sich wie der Erzengel Michael, der mit dem Satan gerungen und gesiegt hatte. Honey weinte vor Freude, und Van war von diesem sogenannten *Arrangement* begeistert.

Nur Hope war entsetzt: »Ich kann einfach nicht gegen ihn aussagen«, stöhnte sie. »Sei mir nicht böse, Tom, denn ich weiß sehr zu schätzen, was du für mich getan hast, ich finde es wirklich großartig, aber ich kann nicht gegen ihn aussagen. Ich habe ihm versprochen, es nicht zu tun. Ich habe gesagt, daß ich nie, niemals gegen ihn aussagen würde, und ich habe es ihm bei dem Leben meiner Kinder geschworen! Ich kann es also nicht tun, Tom, verstehst du das nicht?«

Irgendwo verstand Tom das sehr wohl. »Sie hatte es versprochen, und für Hopie war die Sache damit erledigt«, sagte er zu Gene Tinch. »Ein Versprechen ist ein Versprechen. Das war ihre Einstellung.« Doch obwohl er es verstehen konnte und Hope ihrer Beharrlichkeit wegen sogar bewunderte, brüllte Tom sie an.

»Du mußt es einfach tun, Hopie«, beschwor Tom sie. »Es gibt gar keine andere Möglichkeit, du mußt es tun! Ich weiß, was du Walker versprochen hast, aber so ein Versprechen zählt doch nicht, denn es ist unter Zwang gegeben worden. Es war nicht deine eigene, freiwillige Entscheidung. Es verpflichtet dich zu nichts.« Als sie immer noch den Kopf schüttelte, übte Tom mehr Druck aus. »Hopie, Hopie, nun hör mal zu, du mußt es tun. Es ist deine einzige Chance. Wenn du es nicht tust, wirst du den Prozeß über dich ergehen lassen müssen und möglicherweise«, hier zögerte Tom kurz und fuhr dann fort, »vielleicht mußt du danach für eine sehr, sehr lange Zeit ins Gefängnis.«

Hope war so verzweifelt, so durcheinander und aufgeregt, daß sie Reverend Castellanos, von der ›All Saints Episcopal Church‹ anrief und ihn darum bat, er möge doch gleich zu ihr kommen. Sie sagte, sie sei schon seit Jahren nicht mehr in seiner Kirche gewesen, aber sie kenne sonst niemanden, an den sie sich wenden könne. Sie erklärte ihre verzweifelte Lage. »Was meinen Sie denn, was ich tun soll?« fragte sie den Pfarrer.

»Was glauben Sie denn, was Gott wollte, das Sie tun?« antwortete er mit einer Gegenfrage.

»Ja, das weiß ich eben nicht«, sagte Hope. »Ich kann mich einfach nicht entscheiden, was in diesem Fall richtig oder falsch ist. Ich meine, ich habe es ihm schließlich versprochen, und als ich das tat, da habe ich es auch so gemeint.«

»Ich glaube, Gott will, daß Sie die Wahrheit sagen«, antwortete Reverend Castellanos. »Jedoch ohne böswillig zu sein, ohne Haß und Rachegefühle. Ich glaube, Gott will, daß Sie die Wahrheit sagen, so wie Sie sie empfunden haben.«

Sie redeten weiter über die Vorfälle auf der Ranch. Er versuchte, ihre Schmerzen und ihr Leid und das Leiden ihrer Familie mit dem von Jesus Christus in Verbindung zu bringen. Kreuzigungen können in unterschiedlichsten Formen stattfinden, meinte Reverend Castellanos, und die Bürden, die manchen Leuten in ihrem Leben auferlegt werden – Alkoholismus, ungeratene Kinder, unheilbare Krankheiten oder aber, wie in ihrem Fall, Vergewaltigung, Mißbrauch und Mord –, haben sehr viel mit dem Leid zu tun, das man Christus angetan hat. »Erwarten Sie, daß Sie besser behandelt werden als Jesus?« fragte der Reverend sanft.

Hope dachte darüber nach. »Ich glaube, ich verstehe Sie«, sagte sie schließlich.

»Nun gut«, erklärte sie Tom. »Ich werde es machen.«

»Okay, Hope«, sagte Tom erleichtert. »Das ist gut, das ist ganz toll.«

»Weißt du, Tom, mir war innerlich wie äußerlich so kalt«, fuhr sie fort und blickte dabei ins Leere. »Mir war so kalt, ich habe noch nie vorher im Leben eine solche Kälte verspürt. Er hat mich zugedeckt. Ich glaube, er hat mir dadurch das Leben gerettet.«

Tom sah sie sprachlos an. Seine Hochstimmung war längst verflogen. Er hatte zwar immer noch das Gefühl, mit dem Teufel gerungen zu haben, aber er war sich nicht mehr so sicher, daß er auch gewonnen hatte.

»Wie fühlt man sich? Wie geht es Ihnen jetzt?« riefen die Reporter Hope zu. Die Verhandlung in Visalia unter der Leitung des Richters Ginsburg war wie geplant verlaufen, und Hope hatte bereits eine schriftliche Stellungnahme, die sie der Presse übergeben konnte; auch Honey und Van hatten eine eigene Stellungnahme, doch die Reporter schienen sich mehr für einen mündlichen Kommentar zu interessieren.

Tom sprach mit Bill Bell vom Los Angeles Herald Examiner. »Dies ist keine Strafaussetzung«, sagte Tom begeistert. »Dies ist ein ganz eindeutiger Freispruch.«

Schließlich gab Hope es auf, ihre getippte Stellungnahme zu verteilen. »Ich fühle mich großartig«, sagte sie, und dieser im Tumult hervorgestoßene Kommentar wurde in fast allen Tageszeitungen zitiert.

Als sie in ihrem Zimmer im Lampliter Hotel allein war, öffnete sie den Briefumschlag. Walker hatte einen Brief geschrieben, in dem er ihr für ihre ›freundlichen, gutgemeinten Ratschläge‹, dankte, die ihm durch Jay Powell übermittelt worden seien; aber er schrieb auch: ›Es wird mir schwerfallen, zu lächeln, wenn du aus dem Fall raus bist.‹ Er hatte einen Zeitungsausschnitt beigefügt, in dem der Bezirksstaatsanwalt Robert Bereman bestätigt, daß sein Büro Überlegungen angestellt hätte, ob die Verhandlung nicht umgekehrt hätte ausgehen müssen, daß man also Walker Straffreiheit angeboten und er dafür gegen Hope ausgesagt hätte. Walker erklärte in seinem Brief, daß er aber nicht auf diesen Handel eingegangen sei. ›Es war eigentlich so beschlossen, daß man dich vor Gericht bringt, und mir wurde dafür Straffreiheit garantiert‹, berichtete er ihr. ›Aber weil ich nun mal eine sture Person bin, habe ich nicht ernsthaft darüber nachgedacht, sondern mich dazu entschlossen, mein Schicksal in die Hände der Jury zu legen.‹

Noch etwas war dem Brief beigefügt: eine frische, langstielige gelbe Rose. Ein plötzlicher Gedanke kam Hope in den Sinn, die Sprache der Blumen: von irgendwoher aus ihrer italienischen Vergangenheit erinnerte sie sich, daß Gelb die Farbe für Verrat war.

Das Gerücht, daß Hope Masters aussagen würde, reichte aus, den Gerichtssaal bis auf den letzten Platz zu füllen. Der Verhandlungsraum von Visalia hatte nichts von der alten Atmosphäre eines Gerichtshofes, er war modern, mit Neonlicht erleuchtet. Am Zeugenstand war ein Mikrofon installiert, was den Eindruck verstärkte, auf einer Bühne zu stehen. Die ersten Fragen, die Joe Haley seiner Zeugin stellte, sollten dazu dienen, Hopes moralisches Empfinden aufzuzeigen, um den schlechten Eindruck zu zerstreuen, der sich daraus ergab, daß eine verheiratete Frau mit ihrem Liebhaber zu einer Ranch in die Berge gefahren war und einen schon leidenden Ehemann zurückließ. Er unterstrich, daß Hope und Tom schon lange getrennt seien, nicht mehr zusammenlebten und von ihr bereits die Scheidung eingereicht worden war.

»Waren Sie und Bill Ashlock nur gute Freunde, oder was?«

»Nun, wir betrachteten uns wie verheiratet«, sagte Hope züchtig. »Wir waren zwar noch nicht gesetzlich verheiratet, aber wir hatten vorgehabt zu heiraten, sobald meine Scheidungsverhandlung, die für die Woche nach unserem Ranch-Wochenende angesetzt war, entschieden worden war.«

»Waren Sie in Mr. Ashlock verliebt?«

»Ja«, antwortete Hope.

Als nun die Zuhörer richtig eingestimmt worden waren, führte Haley seine Zeugin zurück zu dem Samstag nachmittag, an dem sie Walker zum erstenmal durch das Badezimmerfenster sah. »Kommt rein und macht euch einen Drink«, hatte Hope gesagt. Sie saßen zusammen und tranken ein Gläschen. Sie gingen zum Fluß hinunter, wo Walker Aufnahmen machte. Sie fuhren nach Springville, wo Hope mit dem Kind spielte. Sie kauften noch ein paar Spirituosen, fuhren dann zurück zur Ranch und redeten und tranken noch eine Weile. Nach dem Abendessen holte sich Hope ein Kissen und legte sich kurz auf dem Sofa hin, doch schon bald darauf ging sie in das Schlafzimmer.

»Sind Sie eingeschlafen?« fragte der Staatsanwalt.

»Ja, das bin ich.«

»Können Sie sich erinnern, aufgewacht zu sein?«

»Ich erinnere mich, daß ich von jemandem aufgeweckt wurde, der mich betatschte und versuchte, mir einen Gegenstand aus Metall in den Mund zu schieben. Ich war mir fast ganz sicher, daß es sich um einen Revolver handelte.«

»Konnten Sie die Person erkennen, was ihre äußere Erscheinung betraf?«

»Es war absolut dunkel. Ich konnte überhaupt nichts sehen. Ich konnte nur jemanden fühlen, der mit seiner Hand meinen Körper befummelte und mir mit der anderen dieses Ding in den Mund stopfte.«

»Was haben Sie getan?«

»Ich habe mich seitlich über das andere Bett hinweggerollt und bin dann zur Tür gerannt. Ich lief zu der einzigen Lichtquelle im Haus, nämlich zur Glut, die noch im Kamin glimmte.«

»Wissen Sie, wo die andere Person war, als sie ins Wohnzimmer liefen?«

»Ich – ich konnte spüren, daß sie hinter mir war.«

»Haben Sie Bill gesehen?«

»Ja, ich sah Bill.« Hope sprach sehr leise, als sie erzählte, wie sie zum Sofa gelaufen war, wo Bill gesessen hatte, den Kopf gegen das Sofa gelehnt, und seine Füße auf dem Couchtisch ausgestreckt hatte. Sie habe nach ihm gegriffen, und sein Kopf habe gewackelt. Sie habe angefangen zu schreien. ›Bill, wach auf, wach auf! Hilf mir! Bill!‹ Dann habe sie eine Stimme gehört.

»Ich hörte ihn sehr deutlich. Er sagte: ›Halt dich nicht mit ihm auf, er ist tot.‹ Es war eine sehr kalte, monotone Stimme.« Die Person stand plötzlich hinter ihr und zog sie von Bill fort, sie hörte, wie Bills Leiche abrutschte und fiel.

»Sie sprachen von ›einer Person‹. Haben Sie zu diesem Zeitpunkt schon gemerkt, daß diese Person jemand ist, den sie schon einmal gesehen hatten?«

»Nein, Sir.«

»Erkannten Sie die Stimme?«

»Nein, Sir.« Sie habe im Schein der Glut das Blut an ihren Armen gesehen und sich übergeben müssen. Sie sei ins Bad gelaufen, ihre Kleider wurden ihr weggerissen, während sie lief. Im Bad kniete sie vor der Toilette, und als ihr die Person die Hose wegriß, fiel sie der Länge nach hin. Sie wurde gezogen, in das Eckzimmer geschleppt und dort aufs Bett geworfen. Sie hörte ein ›dumpfes Geräusch‹, als er den Revolver hinlegte.

»Was passierte, als er den Revolver weggelegt hatte?«

»Er vergewaltigte mich und machte lauter schäbige Dinge mit mir, begrapschte mich und sagte schweinische Sachen zu mir.«

»Waren Sie völlig angezogen oder ausgezogen? Hat er Sie in irgendeiner Form gefesselt?«

»Er legte meine Arme oberhalb meines Brustkorbs zusammen, die nun unsere Körper voneinander trennten, und dann legte er sich auf meine Arme.«

»Ich frage nochmals: Zu diesem Zeitpunkt, hatten Sie da schon erkannt, wer die Person war?«

»Nein, Sir.«

»Erinnern Sie sich daran, ob er zu diesem Zeitpunkt bekleidet oder unbekleidet war?«

»Ich hatte den Eindruck, daß er obenherum bekleidet, unten aber unbekleidet war.«

»Hatten Sie Angst?«

»Ich war völlig außer mir und auch wegen Bill völlig aus der Fassung.«

»Sie sagen, der Fremde hat sie vergewaltigt?«

»Ja, er hat mich vergewaltigt, und er sagte ›Laß uns‹ – er sagte eine Menge so fürchterlich schmutziger Sachen, wie ich sie nie zuvor gehört hatte.«

»Ist er, soweit Sie das beurteilen können, zu einem Höhepunkt gekommen?«

»Ich weiß es nicht.«

»Wie lange ungefähr hat das ...«

»Er hat mich mehrmals vergewaltigt. Wenn er nicht – wenn er gerade nicht mit mir verkehrte, dann befummelte und begrapschte er mich am ganzen Körper. Es war für mich alles ein völliger Alptraum.«

»Und dann – was tat die Person dann?«

»Das einzige, was für mich irgendeinen Sinn zu haben schien, war, daß er sagte, er wisse oder habe irgendwo gehört, daß ich eine flotte Person sei, und er schlug oralen und analen Verkehr vor und alle möglichen Varianten. Ich meine, er sprach von Dingen, von denen ich noch nicht einmal gehört hatte. Und ich sagte: ›Nein, nein, nein. Du kannst meinetwegen machen, was auch immer du willst, aber ich kann nichts von alledem machen. Ich bin wirklich krank, weißt du. Ich bin einfach fertig.‹ Daraufhin vergewaltigte er mich wieder.«

»Haben Sie während dieser Zeit noch andere Leute im Haus gesehen?«

»Ich habe niemanden gesehen.«

»Nach dem zweiten Mal, was geschah dann?«

»Er drehte mich auf die Seite, faßte meine Hände und Füße hinter meinem Rücken, und ich hörte etwas wie das Geräusch von Klebeband, das man von einer Rolle abreißt. Ich spürte, daß er meine Handgelenke und meine Knöchel zusammenband, etwa in der Art, wie man ein Kalb zusammenschnürt.«

»Dann, was geschah danach?« fragte Staatsanwalt Haley.

»Dann verließ er den Raum und schloß die Tür.«

»Konnten Sie irgend etwas hören?«

»Nein, ich versuchte immer zu lauschen, ich hoffte, er hätte – ich würde hören, wie er geht, aber ich hörte nichts. Ich wartete einen Augenblick. Besonders das eine Handgelenk tat mir sehr weh, denn durch den Klebestreifen wurde mir das Blut abgeklemmt, und deshalb fing ich an, ganz langsam daran zu ziehen. Ich hatte bereits vier oder fünf Lagen des Klebebandes abgezogen, da kam jemand ins Zimmer, den ich nicht sehen konnte, und tat etwas, was Bill immer getan hatte. Er hielt seine Wange ganz dicht an mein Gesicht, seinen Mund nah an mein Ohr, und sagte sehr sanft: ›Ich liebe dich.‹ Dann ging er hinaus und zog die Tür zu.«

»Was die Stimme betrifft, hörte sie sich wie die gleiche Stimme an, die Sie . . .«

»Eine Sekunde lang dachte ich, Bill würde noch leben. Ich wußte nicht was oder wer, und ich dachte, ich hätte schon Halluzinationen.«

»Sind Sie danach im Schlafzimmer geblieben?«

»Ja, ich war dort eine lange Zeit allein.«

»Ist jemand zurück ins Zimmer gekommen?«

»Später kam jemand herein, und diesmal ließ er die Tür vom Wohnzimmer offen. Es war zwar immer noch kein Licht an, doch inzwischen hatten sich meine Augen an die Dunkelheit gewöhnt, und auch in dem spärlichen Licht, das vom Wohnzimmer aus durch den Gang ins Zimmer drang, konnte man etwas erkennen.«

»Und haben Sie die Person erkannt?«

»Nicht gleich, aber nach einer Weile schon.«

»Wieviel Zeit brauchten Sie?«

»Ich weiß es nicht. Nach einem kurzen Gespräch, das stattfand, erkannte ich, daß es Taylors Stimme war.«

»Die Person, die Sie als Taylor Wright kannten?«

»Ja.«

»Worüber haben Sie gesprochen?«

»Er kam ins Zimmer und trat zu mir herüber und nahm die Decke von mir. Ich war jedenfalls zugedeckt, und unter der

Decke war ich gefesselt, und er kam herüber und sagte: ›Dann laß uns doch mal schauen, was mit dir passiert ist‹ oder: ›Was mit dir los ist?‹ Er zog die Decken zur Seite und sagte: ›Oh, das ist aber niedlich, hast du deinen Arm befreit‹ oder so ähnlich, und ich sagte: ›Ich habe keine Mätzchen versucht, ich habe es bloß abgemacht, weil es mir so sehr weh tat.‹ Er sagte: ›Das ist schon in Ordnung‹, deckte mich wieder zu und fing an zu erzählen. Und von da an weiß ich nicht mehr genau, in welcher Reihenfolge das Gespräch verlief.«

»Als er anfing zu erzählen, wo hielt er sich da, von Ihnen aus betrachtet, auf?«

»Er ging im Zimmer auf und ab.«

»Wann haben Sie erkannt, daß es sich um Taylor Wright oder den Mann, der sich als Taylor Wright ausgab, handelte?«

»Ich weiß nicht, aber ich weiß genau, daß ich es irgendwann wußte, daß es Taylor war, denn ich sagte zu ihm: ›Bitte geh und sieh nach, ob Bill wirklich tot ist.‹«

»Zu dieser Zeit, hatten Sie da die Person bereits erkannt?«

»Ich wußte, daß es Taylor war.«

»Als Sie das über Bill gesagt hatten, was hat Mr . . . Was hat der Angeklagte daraufhin gemacht?«

»Er sagte: ›Ich habe ihn gesehen, und er ist ganz bestimmt tot.‹«

»Was haben Sie geantwortet, oder haben Sie nichts gesagt?«

»Ich sagte: ›Warum? Warum ausgerechnet Bill?‹«

»Hat er daraufhin irgend etwas geantwortet?«

»Er sagte: ›Jemand will deinen Tod.‹ Und ich darauf: ›Ich? Warum meinen Tod? Ich habe niemals jemanden in meinem Leben verletzt.‹ Er sagte: ›Du gehst doch nächste Woche vor Gericht, oder?‹ Ich mußte wegen meiner Scheidung zu Gericht, und ich sagte: ›Ja, aber alles, worum es dabei geht, sind doch nur ein paar hundert Dollar. Niemand würde einem anderen so etwas antun wegen ein paar lumpiger hundert Dollar.‹ Darauf sagte er: ›Tja, ich weiß nicht, ich weiß sowieso nicht, worum es überhaupt geht, jemand möchte, daß du stirbst, das ist alles.‹«

»Haben Sie etwas darauf gesagt?«

Hope schüttelte den Kopf. »Mr. Haley, ich kann Ihnen wirklich nicht mehr genau sagen, wann ich was gesagt habe. Ich kann mich noch an gewisse Dinge erinnern, die ich gesagt habe, und auch an einiges, was er gesagt hat, doch ich weiß beim besten Willen nicht mehr, was ich in diesem bestimmten Moment gesagt habe. Ich habe gefragt: ›Wer möchte, daß ich sterbe?‹ Und nach einer Weile sagte er, es wäre mein Ehemann, darauf fragte ich: ›Welcher denn?‹«

»Hat er geantwortet?«

»Er sagte, er könne es mir nicht sagen.«

»Erinnern Sie sich noch an andere Teile der Unterhaltung?«

Zusammenfassend sagte Hope, daß Walker den Eindruck gemacht habe, als wenn er sich wegen Bills Tod sehr schlecht gefühlt habe; er hätte sie, Hope, auch töten müssen, da sie ja eine potentielle Zeugin gegen ihn sein könnte. Aus seinen Erzählungen konnte sie entnehmen, daß ihr Mann sich bei einem Bekannten von der Mafia Geld geliehen hatte – oder wie man es auch immer nennen will: »daß mein Mann, zusammen mit einem anderen, ›der Familie‹ einen Betrag in Höhe von 42 000 Dollar schuldete. Er hatte einen Versicherungsvertrag auf mein Leben abgeschlossen, und anschließend hatte er den Auftrag erteilt, mich umbringen zu lassen. Der erste Mann, der den Auftrag erhalten hatte, soll mit mir am Wochenende davor in einem Restaurant gewesen sein, hatte aber den Auftrag nicht ausgeführt.«

›Warum hat dich der Kerl letztes Wochenende verpaßt, als du das Lokal verlassen hast?‹ habe Walker sie gefragt, und sie, Hope, habe geantwortet: ›Vielleicht weil wir nicht bei mir zu Hause, sondern in Bills Apartment übernachtet haben, was wir sonst so gut wie nie getan haben.‹

Hope erinnerte sich, daß Walker gesagt hatte, daß der erste Mann, der den Auftrag hatte, sie zu töten, verbrannt worden sei, was soviel hieß, daß er getötet worden war, wie sie erst später begriff. Walker alias Taylor Wright habe ihr erzählt, daß er im Alter von neunzehn wegen Mordes verurteilt worden, dann aber aus dem Gefängnis geflohen und nach Europa gegangen sei, wo er danach auch die ganze Zeit gelebt habe. Sie konnte sich auch an vieles erinnern, was sie über ihren Mann gesprochen hatten, von dem Walker sagte, er habe ihn im Beverly Hilton getroffen. Walker hatte gesagt, er bevorzuge es, jemanden zu vergiften oder mit einem Eispickel zu töten, und er habe auch einen in der Küche bemerkt, als er nach dem Abendessen das Geschirr gespült hätte. Doch ihr Mann hätte auf einem ›Blutbad bestanden‹. Walker erzählte Hope, daß ihr Mann das Baby das ganze Wochenende über bei sich behalten wolle, wobei Hope sich nicht erinnern konnte, daß er das jemals zuvor getan hatte.

Walker schien sich nicht darüber im klaren zu sein, was er mit Hope machen sollte. »Er wußte nur zu genau, daß das einzig Vernünftige wäre, mich zu töten, denn sonst war ich eine potentielle Zeugin, und er wollte lieber sterben, als zurück ins Gefängnis zu gehen. Doch er sagte, daß es ihm leid tue mit Bill, daß es eine wirklich schlimme, fürchterliche Sache sei, daß er mich nicht töten wolle, aber auch nicht wisse, was er machen solle. – Wir erwogen immer wieder alle Möglichkeiten, vor und zurück, wie ein Richter und eine Jury«, sagte Hope. »Ich versuchte ihm zu erklären, wofür ich gebraucht würde, weshalb es nicht gut sein würde, wenn er mich tötet. Ich versprach ihm, ich würde nie gegen ihn aussagen, und schwor beim Leben meiner Kinder, daß ich es nie tun würde.«

Hope versagte die Stimme. Sie sah zu Walker hinüber und schnell wieder weg. Er lächelte sie an. Sie fühlte sich merkwürdig benommen. So widerwillig sie auch zugestimmt hatte, auszusagen, so sehr wünschte sie sich jetzt, daß Haley nie damit aufhören würde, ihr Fragen zu stellen, sie wußte, wenn er damit aufhörte, fing das Kreuzverhör an. Obwohl das Gericht verfügt hatte, daß entweder Jay Powell oder der Angeklagte selbst, als sein eigener Anwalt, die Zeugin befragen konnte, hatte Hope keine Zweifel darüber, wer sie befragen würde: der Mann, von dem sie glaubte, daß er sie vergewaltigt, sie terrorisiert und ihr gedroht hatte, der Mann, der ihr einen eiskalten Revolver gegen ihren Körper gepreßt und gemurmelt hatte: ›Ich liebe dich!‹ Der Mann, der Bill umgebracht hatte.

Alles schien ihr völlig unwirklich zu sein, ähnlich wie die Nacht im Schlafzimmer auf der Ranch unwirklich zu sein schien: verrückte Szenen aus einem verrückten Film: Bill, der tot auf dem Sofa saß, mit einem Drink in der Hand, die Glut im Kamin, der Terror in der Dunkelheit, vergewaltigt und bedroht, aber gleichzeitig mit einem Revolver gestreichelt werden. Sie hatte geglaubt, sie hätte sich alles nur eingebildet, gefangen in den Klauen eines fürchterlichen Alptraums. Doch dann kam das Tageslicht, und Walker war bei ihr – er half ihr, beschützte sie, redete mit ihr und erklärte ihr alles und zeigte ihr, daß alles sinnvoll zusammenhängt. Jetzt, als Bill nicht mehr da war, kümmerte sich Walker um sie. Sie erinnerte sich, wie sehr sie in den zwei Tagen in ihrem Haus befürchtet hatte, daß es zwischen ihm und der Polizei zu einer Schießerei kommen und Taylor sein Leben verlieren würde. Sollte es zu einer Schießerei mit der Polizei kommen, würde Hope hoffen, daß Walker gewinne, denn sie hatte das Gefühl, daß niemals sie oder die Kinder erschießen würde. Er würde sich vorher ergeben.

14

In dem Prozeß des Staates Kalifornien gegen G. Daniel Walker wurden ingesamt achtundneunzig Zeugen befragt, das ganze Verfahren dauerte annähernd zwei Monate. Einige der Stimmen und Gesichter waren bereits bekannt, andere wieder waren neu hinzugekommen. Es wurden die üblichen, sinnlosen Fragen gestellt – Dr. Hayes wurde beispielsweise gefragt, ob die Person, an der er in Myers Beerdigungsinstitut die Autopsie vorgenommen hatte, wirklich tot war –, doch es gab auch einige äußerst spitzfindige Fragen: ein Meteorologe wurde nicht nur gefragt, ob es in der Nacht vom Samstag, dem 24. Februar 1973, in Los Angeles geregnet hatte, sondern ob es im Bereich des ›Casa-Bella‹-Pizzaladenc geregnet hatte. Es gab immer wieder die üblichen Verwirrungen und Widersprüche: Ein Pathologe sagte aus, Bill Ashlock sei in den Hinterkopf geschossen worden, und ein Radiologe meinte anhand der Röntgenaufnahmen, die noch vor der Autopsie gemacht worden waren, feststellen zu können, daß Bill die Kugel von vorne durch den Mund geschossen worden war.

Unter den alten Veteranen der Voruntersuchung war auch Gerald Webb, der aus Hazel Park, Michigan, anreiste (wohin er inzwischen umgezogen war), um Walker als den Mann zu identifizieren, den er an dem besagten Samstagnachmittag gesehen hatte. »Ich glaube nicht, daß ich ihn vergessen werde«, erklärte Gerald. »Das werde ich sicher nicht.«

Als Joe Haley sagte: »Keine weiteren Fragen«, stand Walker auf. Er nickte kurz dem Richter zu und wandte sich dann ganz Hope zu.

Die Gerichtsstenographin, Shirley Askins, eine forsche, zackig aussehende Frau mit lockigem, grauem Haar, hatte darauf geachtet, wie Walker die Geschworenen ansah. »Wenn er jemanden ansieht, dann gibt er ihm seine volle, ungeteilte Aufmerksamkeit«, sagte Shirley. Walker starrte Hope so intensiv und durchdringend an, daß man regelrecht sagen konnte, er fesselte sie mit seinem Blick. Während er Honey und Van befragte, hatte man ihm befohlen, am Tisch der Verteidigung stehenzubleiben und den Zeugen nicht näherzukommen; diese Distanz unterstrich noch die dramatische Situation.

Hope versuchte, seinen Blick zu erwidern. In ihrem Kopf hämmerte es, alle Muskeln ihres Körpers schienen angespannt zu sein. Dann lächelte Walker. »Mrs. Masters, ich muß Ihnen ein paar Fragen stellen«, sagte er in einer sympathischen, verständnisvollen Weise. »Es ist für Sie sicher sehr ermüdend. Ist es das erste Mal, daß Sie vor Gericht eine Aussage machen?«

»Ja«, sagte Hope. Sie lächelte ein wenig zögernd. Tom Breslin bemerkte, daß sie sich durch Walkers beruhigende Annäherung entspannte.

»Mrs. Masters, versetzen Sie sich in Ihren Gedanken noch einmal zurück, zum Freitag, dem 23. Februar 1973«, sagte Walker sanft. »Lebte Mr. Ashlock zu der Zeit schon bei Ihnen?«

»Ja, Sir«, antwortete Hope.

Walker lächelte. »Kommen wir nun zum Samstag, dem 24. Erhielten Sie dort im Haupthaus irgendwelche Anrufe, bevor jemand dort eintraf?«

»Ja.«

»Und wer rief an?«

Hope fing an, sich über Walkers verständnisinnigen Ton zu ärgern.

»Sie riefen an«, sagte sie ein wenig gereizt.

Walker führte sie mit seinen Fragen zur Ankunft des ›Besuchers‹ und zu dem darauffolgenden Trinken, Essen und Reden der drei Leute, er kam auf den Spaziergang zu sprechen und die Geschichte mit dem Pferd. »Nun, Mrs. Masters, als Sie drei dann mit dem Pferd losgingen, um Bilder zu machen, haben sie da überhaupt Aufnahmen gemacht?«

»Sie haben doch die Aufnahmen gemacht.«

»Ich habe die Fotos gemacht«, wiederholte Walker. Er grinste. »Habe ich viele Fotos gemacht?«

»Es schien so, als wenn es nicht übermäßig viele gewesen wären, aber doch einige.«

»Können Sie sich noch daran erinnern, was Sie für Kleidung trugen, als die Fotos gemacht werden sollten?«

»Ich trug eine beigefarbene – meine Güte, ich weiß nicht, ob es tatsächlich Wolle ist, aber es war irgendein Strickstoff, aus dem die Hose war, sie hatte einen schmalen Streifen, dazu eine passende Weste und eine rosa Crêpe-de-Chine-Bluse, die wie ein Herrenhemd geschnitten ist.«

»Und dann haben Sie sich umgezogen?«

»Ja, weil ich in dem Fluß naß geworden war.«

»Und was haben Sie dann angezogen?«

»Ich bin mir nicht ganz sicher, aber ich weiß, daß ich eine andere Hose angezogen habe. Entweder eine rote oder eine dunkelblaue Samtkordhose, denn mehr hatte ich nicht mitgenommen fürs Wochenende, aber welche es war, daran erinnere ich mich nicht.«

»Damit ich mir nur ein genaues Bild machen kann«, erklärte Walker freundlich, »sagen Sie mir doch, was Sie persönlich mit zur Ranch genommen haben an Kleidung?«

»Ich hatte die bereits beschriebenen Sachen mit, eine bräunliche Samtkordhose mit einem braun-weiß gestreiften Pullover und eine bunte Weste, eine dunkelblaue Kordhose mit einer lilafarbenen Bluse, ein Nachthemd und wahrscheinlich eine Jacke oder einen Pullover.«

»Nun zum nächsten Tag, was haben Sie mitgenommen, als Sie die Ranch verließen?«

»Ich weiß, daß ich meine beigefarbene und meine braune Hose hatte, die Bluse und die Weste auch.«

»Also haben Sie noch gepackt, bevor Sie die Ranch verlassen haben?«

»Nein«, sagte Hope schroff. »Ich nahm nur mit, was auf dem Bett lag.«

Walker hielt ihr ein Foto hin, Beweisstück des Angeklagten, HH. »Ist auf diesem Bild das Bett zu sehen, von dem Sie die Kleidung aufgenommen haben, als Sie am Sonntag die Ranch verließen, um nach Beverly Hills zu fahren?«

»Sie wissen, daß ich in einem so schrecklichen Zustand war, ich kann mich nicht mehr erinnern, wo die Kleidung gelegen hat«, gab Hope zu.

»Also sind Sie sich nicht sicher, daß sie auf dem Bett lag?«

»Ich weiß, daß sie im Schlafzimmer war. Ich habe einfach nur aufgehoben, was mir vor die Füße kam, die Kleidung, die Sie mir angezogen haben, und das ist alles. Ich glaube, ich muß die Kleidung in Ihr Auto gelegt haben. Ich hatte auf jeden Fall nicht viel zu tragen, denn das einzige, was von allen Sachen jetzt bei mir zu Hause ist, ist eine Hose und ein Nachthemd.«

»Was ist mit den restlichen Sachen passiert?« fragte Walker interessiert.

»Ich weiß es nicht«, sagte Hope. »Ich denke, die Polizei hat sie an sich genommen. Der Rest der Sachen ist im Ranchhaus verschwunden, und ich weiß nicht, wo sie hingekommen sind.«

»Mrs. Masters, was trugen Sie, als Sie ins Schlafzimmer gegangen waren, um ein Nickerchen zu machen?«

»Ich bin mir ziemlich sicher, daß ich noch meine rosa Hemdbluse trug. Ich habe wahrscheinlich meine Weste ausgezogen, und die einzige Hose, die fehlt, ist die blaue Kordhose.«

»Haben Sie das rosa Oberteil noch?«

»Nein, habe ich nicht«, sagte Hope. Walker erinnerte sie daran, daß sie ausgesagt hatte, sie habe sich übergeben müssen, als sie bemerkt habe, daß ihre Arme und Hände voller Blut gewesen seien.

»Trugen Sie zu diesem Zeitpunkt noch die rosa Bluse?«

»Ich denke, ich hatte die Bluse noch an, und einige Blutflecken müssen auch auf der Bluse sein.«

Mr. Haley wandte ein, daß die Fragen alle unwichtig seien.

»Was haben sie für eine Bedeutung, Mr. Walker?« fragte Richter Ginsburg.

»Die Zeugin hat gesagt, daß Teile ihrer Kleidung fehlen, und sie kann darüber keine Rechenschaft ablegen«, erklärte Walker. »Sie weisen Blutspuren auf. Die Inventarliste der Polizei enthält keine blutbefleckte Kleidung, die man auf der Ranch gefunden hat.«

»Also gut«, sagte Ginsburg. »Fahren Sie fort, und beantworten Sie die Frage.«

»Ja, ich bin mir ziemlich sicher, daß auch Blutflecken auf der Bluse sein müssen«, sagte Hope.

»Mrs. Masters, macht Ihnen der Anblick von Blut etwas aus?« fragte Walker sanft.

»Ja.«

»Aber wenn Sie die beiden Blusen wiedersehen würden, wären Sie in der Lage, Ihre Bluse wiederzuerkennen, ist das korrekt?«

»Ja.«

Walker grinste und nahm eine Papiertüte vom Verteidigertisch. »Mrs. Masters, wir wollen Ihnen nun etwas zeigen, was als Beweisstück, YY, des Angeklagten ausgewiesen ist, und fragen Sie . . .«

»Ist Blut darauf?« unterbrach Hope.

». . . und fragen Sie, ob Sie dieses Kleidungsstück hier herausholen würden und es sich ansehen könnten.«

Hope sah ängstlich zum Tisch der Verteidigung. »Jay, ist da Blut drauf? Ich möchte es nicht sehen, wenn Blut drauf ist.«

»Ich kann keine Fragen stellen«, sagte Jay mit gequälter Stimme.

Walker veranlaßte Powell dazu, die geöffnete Tüte vor sie zu halten. »Ist dies dieselbe Bluse, die Sie getragen haben, als Sie die Leiche angefaßt haben?«

»Es sieht aus, als wenn es meine rosa Bluse wäre, ja.«

»Warum holen Sie sie nicht aus der Tüte?« fragte Walker.

»Ich möchte nicht«, sagte Hope.

Richter Ginsburg sah erst sie an und dann Walker. »Sie muß es nicht«, sagte er.

Also nahm Walker die Blusen aus der Tüte, eine rosa- und eine dunkellilafarbene Bluse. Hope wußte, wenn sie blutbefleckt gewesen wären, hätte man von allen Seiten ›Oohs‹ und ›Aahs‹ gehört. Es war aber kein schockiertes Gemurmel im Gerichtssaal zu vernehmen, denn es gab keine Blutflecken oder Verschmutzungen auf Hopes Kleidung.

Walker redete weiter in der dritten Person: ›er‹, ›der Besucher‹, ›der Eindringling‹, und gewöhnlich tat Hope es auch. Das ließ das Gespräch verrückt und imaginär wirken. Tom Breslin hatte das Gefühl, daß Hope jeden Moment diese Illusion vergessen könnte und in die häßliche Realität zurückkehren würde, wo ihr bewußt werden würde, daß dieser Mann ihr all die unaussprechlichen Dinge angetan hatte.

»Als der Eindringling in Ihr Schlafzimmer kam, was hat er dann gemacht?«

»Er legte seine Hand um meinen Hals – nun, er hat mich auf das Bett gedrückt und mich davor gewarnt, zu schreien.«

»Mrs. Masters, wie oft wurden Sie vergewaltigt?«

»Ich glaube, es war zweimal, aber man konnte nie genau sagen, wann das eine aufhörte und das andere anfing.«

»Wissen Sie, ob der Mann einen Orgasmus hatte?«

»Nein, weiß ich nicht.«

»Mrs. Masters, nachdem der Eindringling Sie vergewaltigt hatte, ist er danach noch eine Zeitlang bei Ihnen im Bett geblieben?«

»Er ist immer wieder aufgestanden und zurückgekommen. Zeitweise, als er mir die obszönen Vorschläge machte, stand er neben mir, er betatschte mich und kam dann zurück ins Bett, er bewegte sich zwar, aber er war immer dicht neben mir.«

»Ich glaube, Sie sagten, der Eindringling sei von der Taille an abwärts nicht bekleidet gewesen, doch oben herum habe er irgendein Kleidungsstück getragen?«

»So kam es mir in der Dunkelheit jedenfalls vor.«

»Haben Sie während dieser Nacht überhaupt geschlafen?«

»Einen kurzen Moment lang.«

»War der Einbrecher im Zimmer, während Sie schliefen?«

Joe Haley sprang auf. »Ich erhebe Einspruch, es ist wohl ganz klar, daß jemand, der schläft, schlechterdings nicht wissen kann, ob sonst noch jemand im Zimmer ist.«

Walker grinste und nickte. »Ich glaube, der Staatsanwalt hat recht. Daran habe ich nicht gedacht, Euer Ehren. Ich ziehe die Frage zurück.« Walker drehte sich wieder zu Hope um. »Mrs. Masters, haben Sie gesehen, daß der Einbrecher in dieser Nacht schlief?«

»Sie meinen, die Person, von der ich da noch nicht wußte, wer es war?«

»Ja.«

»Tja, ich weiß nicht«, antwortete Hope. »Sehen Sie, es hängt davon ab, wer es war.«

In der Pause erklärte Tom Breslin seiner Mandantin noch einmal die Sachlage, nur diesmal etwas lauter. »Du verwässert deine Aussage, verdammt noch mal! Du bist viel zu milde mit ihm.«

»Nun, aber er nimmt mich doch nicht hart ran«, sagte Hope.

»Das ist mir scheißegal«, erwiderte Tom. »Hopie, du mußt einfach härter mit ihm umspringen.«

Als Walker mit seinem Kreuzverhör fortfuhr, erwähnte er als erstes die Rückfahrt von der Ranch zu ihrem Wohnhaus, dann kam er darauf zu sprechen, daß sie am Sonntagabend eine Zeitlang allein im Haus gewesen sei.

»Du bist gegangen, als ich in der Dusche war«, sagte Hope.

Tom Breslin bemerkte, daß sie Walker in der zweiten Person ansprach – ein gutes Zeichen.

»Habe ich Sie in der Dusche eingesperrt?«

»Nein, aber du hast gesagt: ›Es ist besser für dich, wenn du in der Dusche bleibst.‹«

»Hatten Sie Ihre Kleider noch an?«

»Nein.«

»Habe ich Ihnen die Kleider ausgezogen?«

»Nein, aber du hast es mir befohlen.«

»Mrs. Master, um welche Dusche im Haus handelte es sich?«

»Die Dusche am großen Schlafzimmer.«

»Und angrenzend daran liegt Ihr Schlafzimmer?«

»Ja.«

»Gibt es ein Telefon in diesem Schlafzimmer?«

»Ja.«

»War Ihres Wissens nach dieses Telefon an dem Abend funktionstüchtig?«

»Ich denke schon«, gab Hope zurück.

Walker grinste. »Wie kam der Angeklagte Walker mit Ihren Kindern zurecht?«

»Sehr gut.«

»Hat er ihnen angst gemacht?«

»Nein.«

»Mrs. Masters, wenn Sie sich nun bitte an Montag, den 26. Februar, erinnern wollen, an den nächsten Morgen, wer hat da für die Kinder das Frühstück zubereitet?«

»Das warst du«, sagte Hope mürrisch.

»Als Walker zurückkam, nachdem er Keith zum Schulbus gebracht hatte, hat er sich dann umgezogen und ist zum Joggen gegangen?«

»Ich glaube nicht.«

»Hat er geduscht und sich rasiert?«

»Wahrscheinlich, ich bin sogar ziemlich sicher.«

»Haben Sie irgendwelche Anstalten gemacht, das Haus zu verlassen, haben die Autoschlüssel genommen, seine Kleidung oder irgend etwas?«

»Nein, habe ich nicht.«

»Mrs. Masters, als Ihr Sohn Keith nach Hause kam, ist der Angeklagte dann mit ihm irgendwohin gegangen?«

»Ja, du und Keith, ihr seid weggegangen.«

»Als Walker und Keith wiederkamen, hatte Keith da eine neue Jacke?«

»Ja, hatte er.«

»Mrs. Masters, wie lange waren Walker und Keith an diesem Abend fort?«

»Einige Stunden, glaube ich. Es war eine recht lange Zeit.«

»Sie waren zu der Zeit allein, bis auf ihre anderen beiden Kinder?«

»Ja, das war ich.«

»Haben Sie irgendwelche Telefonate geführt?«

»Möglich, daß ich meine Mutter angerufen habe.«

»Mrs. Masters, stand Ihnen an diesem Abend ein Auto zur Verfügung?«

»Nein, nicht daß ich wüßte. Ich wußte nicht, wie man mit Bills Auto umgeht, wenn es überhaupt da war, ich kann nicht mit einem Schaltgetriebe umgehen. Später dann war da ein Auto. Ich kann mich nicht erinnern, wie und wann es dort hingekommen war.«

»Wo haben Ihre Kinder Montag nacht geschlafen?«

»Alle haben sie in meinem Bett geschlafen, und ich hatte Ihnen befohlen, die Tür zu verriegeln.«

»Als die Kinder im Bett lagen, was haben Sie und der Angeklagte Walker dann gemacht?«

»Ich saß im Wohnzimmer, habe dir einen Drink gemacht und

massierte deinen Rücken, denn du warst stinkwütend auf mich gewesen, danach habe ich zugeschaut, wie du deine Koffer und Taschen durchgekramt hast.«

»Sind Sie zu Ihren Kindern ins Schlafzimmer gegangen?«

»Nein, da war für mich kein Platz mehr. Ich ging in das Zimmer meines Sohnes.«

»Welches Bett haben Sie benutzt?«

»Das, was am nächsten zur Tür steht.«

»Haben Sie später gesehen, daß der Angeklagte Walker das Zimmer betreten hat?«

»Ja, entweder habe ich es gesehen oder gehört oder habe es jedenfalls bemerkt.«

»Ist er in Ihr Bett gestiegen?«

»Ich glaube, er hat noch eine Weile an meinem Bett gesessen und mir etwas erzählt, aber ich war so müde, daß ich mich nicht wachhalten konnte.«

»Ist der Angeklagte Walker dann in das andere Bett gegangen?«

»Ja.«

»Sind Sie dann zu dem Angeklagten ins Bett gekrochen?«

»Nein.«

Walker wurde plötzlich ganz formell. »Ihrer Aussage nach haben Sie den Angeklagten Walker vor Samstag, dem 24. Februar, als er auf die Ranch kam, nicht gekannt, ist das korrekt?«

»Ja.«

»Ihrer weiteren Aussage nach waren bei ihrer Vergewaltigung in dem Schlafzimmer der River Valley Ranch keine Lampen an, ist das korrekt?«

»Ja.«

Walker grinste. »Mrs. Masters«, sagte er vergnügt, »ist es nicht eine Tatsache, daß Sie eine Narbe haben, die von den Schamhaaren Ihres Unterleibs zur rechten Seite hin verläuft und von einem Kaiserschnitt stammt?«

»Ja«, sagte Hope knapp.

Joe Haley bemerkte, dies sei unwesentlich.

»Was hat die Frage für einen Sinn?« fragte Richter Ginsburg.

Walker blickte sehr ernst drein. »Euer Ehren, wir versuchen zu beweisen, daß die Zeugin versucht, uns zu täuschen.«

»Du hast mich am Morgen nackt gesehen«, sagte Hope.

»Moment mal, Moment«, sagte Ginsburg.

Doch Hope fuhr wütend fort: »Du hast mich am Morgen auf der Ranch nackt gesehen, du hast mich angezogen und mich auch vorher gezwungen, nackt auf dem Fußboden im Badezimmer zu sitzen, während du geduscht hast. Du hast mich mehr als einmal nackt gesehen.«

»Ich glaube nicht, daß ich irgendeine Aussage gehört habe . . .« setzte Walker an.

»Du weißt genau, daß es stimmt«, blaffte Hope.

»Würden Sie uns die Geschichte erzählen?« fragte Walker in amüsiertem Ton.

Hope war kurz davor, ihn anzuschreien. »Die Geschichte war die, daß du duschen wolltest«, sagte sie gepreßt. »Du hast mich aus dem Bett geholt und mich auf den Fußboden im Badezimmer gesetzt und die Tür zur Dusche offengelassen, ich durfte nichts anziehen oder mir wenigstens ein Handtuch umlegen.«

»Wann war das?«

»Das war am Morgen.«

»An welchem Morgen?« Walker hörte sich noch immer belustigt an.

»Der Morgen, nachdem Bill umgebracht worden war.«

»Das heißt also, am Sonntag morgen?«

»Ja.«

»War der Angeklagte Walker zu diesem Zeitpunkt nackt?«

»Als er unter der Dusche stand, war er es.«

»Und Sie sind also in der Lage, uns zu erzählen, ob der Angeklagte Walker beschnitten ist oder nicht, nicht wahr?«

»Oh, Euer Ehren«, protestierte Haley. »Ich kann beim besten Willen keine Sachdienlichkeit in dieser Frage erkennen.« Der Richter war einer Meinung mit ihm.

»Mrs. Masters«, sagte Walker ganz ruhig, »haben Sie jemals, vor 1973 in einem Motel mit dem Angeklagten Walker zusammengewohnt?«

»Nein«, sagte Hope.

»Mrs. Master, wann haben Sie das letzte Mal außerhalb dieses Gerichtssaals allein mit dem Angeklagten Walker gesprochen?«

»Ich denke, das war in dem Anwaltszimmer da drüben, vor ein paar Tagen. Ja, ich weiß nicht, ob das zählt, denn die Anwälte waren ja auch dabei.«

»Können Sie sich an ein Telefongespräch mit dem Angeklagten am Donnerstag nachmittag letzter Woche erinnern?«

»Das war ja nicht privat . . .« fing Hope an. Haley erhob Einspruch, und die Jury wurde hinausgeschickt, während Walker anbot, den Nachweis des Gesprächs zu liefern. Walker erklärte dem Gericht, daß er sich mit Jay Powell, Hope und Tom Breslin getroffen habe. Hope und er, Walker, hätten sich gemeinsam die Aussagen angesehen, die Hope dem Bezirksstaatsanwalt gegenüber gemacht hatte. Die junge Frau habe dabei ›angedeutet, daß sie alles aussagen würde, was der Angeklagte von ihr hören wolle, sie könne sich an Dinge erinnern oder sie vergessen, ganz wie er es wolle. Zu dieser Zeit habe der Angeklagte Walker sie dazu ermahnt, daß er einzig und allein wünscht, daß Mrs. Masters die Wahrheit sagt.‹

»Darf ich dazu auch mal etwas sagen?« fragte Hope.

»Nein«, sagte Ginsburg.

Als die Jury zurückkehrte, kam Walker sofort auf die vorangegangene, außergerichtliche Besprechung zurück. »Haben Sie dem Angeklagten Walker gegenüber geäußert, daß Sie sich bei ihrer Aussage an Dinge erinnern oder sie auch vergessen könnten, wie immer er es von Ihnen verlange?«

»So habe ich das nicht gesagt«, protestierte Hope. »Ich haben nur gesagt, was das Abbrennen des Hauses mit Bills Leiche oder mit beiden Leichen betrifft, so könne ich, um eine genaue Identifikation zu verhindern, mich sowohl an das eine als auch an die andere Version erinnern, denn du hast von beiden Möglichkeiten gesprochen.«

Joe Haley unterbrach hier. »Hat er angedeutet, was er damit meinte, als er von ›beiden Leichen‹ sprach?«

»Mich«, antwortete Hope.

»Mrs. Masters, hat der Angeklagte daraufhin zu Ihnen gesagt: ›Alles was wir wollen, ist, daß Sie die Wahrheit sagen.‹«

»Ja, das hat er«, bestätigte sie.

Walker grinste. »Keine weiteren Fragen«, sagte er.

Jim Heusdens war völlig außer sich, als er hörte, daß man Hope Masters freigesprochen hatte. »Sie lassen die Anklage fallen, ohne zu wissen, was sie überhaupt sagen wird!« sagte er, explodierend vor Wut, zu seinem Kompagnon Ray Donahue. »Ihre Aussage ist gar nicht entscheidend. Die Beweise, die sie erbringen kann, die haben wir sowieso schon.« Seine Aufregung darüber war aber noch gelinde, verglichen mit dem Gemütszustand, in den Heusdens durch einen Anruf vom Bezirksstaatsanwalt Robert Bereman gestürzt wurde. Man hatte Joe Haley mit schweren inneren Blutungen ins Krankenhaus bringen müssen, und er war außerstande, die Verhandlungen weiterzuführen. Bei einem so komplizierten Fall, der noch dazu, nebenbei bemerkt, für die Staatsanwaltschaft nicht besonders gut stand, war es zu spät, noch einen neuen Mann mit Haleys Vertretung zu betrauen. Bereman bat Heusdens darum, den Fall als ›Staatsanwalt in besonderem Einsatz‹ wieder zu übernehmen.

Jim Heusdens besprach die Angelegenheit mit Ray Donahue. Sie kamen überein, daß Heusdens zurückgehen sollte – »Wir können die Sache ja nicht einfach hängen lassen.« Und sie verabredeten außerdem, daß wenn man Heusdens anbot, ihn nach dem alten Tarif bezahlen zu wollen – 904 Dollar im Monat –, solle in einer großartigen Geste seine Dienste ehrenamtlich anbieten.

Auf diese Weise kehrte James Heusdens am 10. Dezember zu dem Fall – der Staat Kalifornien gegen G. Daniel Walker – zurück. Er wurde nach dem Tarif des ›Sonderstaatsanwalts‹ bezahlt und bekam 15 Dollar pro Stunde, was zwar nicht annähernd dem Gehalt von Ned Nelsen oder Tom Breslin entsprach, doch die Herausforderung schien es wert zu sein.

Als er den Fall übernahm, war Jim Heusdens eher pessimistisch. Er hatte nicht das Gefühl, daß Hope als Zeugin der Staatsanwaltschaft eine große Hilfe gewesen war, und er befürchtete, daß Walkers betörender Charme die Jury für ihn eingenommen hatte. »Wenn man mit Walker zusammen ist, hat man wirklich nicht das Gefühl, es mit einem bösartigen Mann zu tun zu haben«, erklärte Heusdens seinem Kompagnon. »Ich glaube, deshalb ist er auch immer so gut davongekommen. Die

Leute begreifen einfach nicht, was für ein böser Mann er ist.« Obwohl Heusdens und Breslin nie darüber gesprochen hatten, so waren sie doch gleicher Ansicht; sie wußten, daß das Böse in der Verkleidung des Alltäglichen eine tödlichere Gefahr bedeutet als das Böse, was ganz offen in Erscheinung tritt. Jim Heusdens bemerkte, auf welch wunderbare Weise Walker sich verkleidet hatte. »Ich glaube nicht, daß wir je in der Lage sein werden, das Steuer noch einmal umzureißen«, sagte er zu seinem Partner.

Aber er war fest entschlossen, sein Möglichstes zu versuchen, was bei Jim Heusdens gewöhnlich bedeutete, daß es ein höchst extravaganter Versuch sein würde. So schwang er dann im Gerichtssaal zwei Damenunterhosen umher, von denen er behauptete, sie seien mit zwei von Walkers Briefen angekommen. Als Jay Powell Einspruch einlegte, wandte Heusdens sich mit einem Lächeln an ihn und sagte: »Ich erlaube Ihnen, sie zu untersuchen, bevor ich sie dem Gericht übergebe, Mr. Powell.«

Jay zuckte zurück. »Ich werde es meinem Nebenanwalt überlassen, sie zu überprüfen, während ich noch etwas durchlese«, sagte er knapp.

Die Unterhosen dienten lediglich zur Effekthascherei, aber die Briefe, so beteuerte Heusdens, seien für den Fall von besonderer Bedeutung, genauso wie die Aussage der Frau, die diese Briefe bekommen habe; sie sei durch eine Vorladung hierher berufen worden und habe zweitausend Meilen weit anreisen müssen: Marcy Purmal.

Eine Geschworene, deren Mann Offizier bei der Army war, meinte, Marcy habe ein militärisches Aussehen: sie trug ein Kostüm, kein Make-up, sah streng und geschäftsmäßig aus. Marcy sprach nicht mit Walker im Gerichtssaal und er auch nicht mit ihr, Jay Powell führte das Kreuzverhör. Doch als einige Geschworene beobachteten, wie Marcy den Angeklagten betrachtete, waren sie sich ziemlich sicher, welche Gefühle sie Walker gegenüber hegte, der sie hofiert, sie auf den Arm genommen, nur mit ihr gespielt hatte, und zwar ein sehr grausames Spiel, bei dem er alle Spielregeln bestimmt hatte. Marcys Schicksal war das typische Beispiel für das, was Bob Swalwell schon immer als ›Walkers gefährlichste Charaktereigenschaft‹ bezeichnet hatte: seine Fähigkeit, andere Leute, insbesondere Frauen, manipulieren zu können.

Die Geschworenen konnten nur einen kurzen Blick auf Marcy werfen, bevor sie hinausgeschickt wurden, während die beiden Seiten über die Zuverlässigkeit von Marcys Aussage verhandelten. Marcy erklärte, sie sei von einem Bundesrichter beauftragt worden, bei zwei Prozessen in Illinois Walkers Interessen zu vertreten. Einmal ging es um die Haftbedingungen im Gefängnis und zum anderen um sein Gesuch, aus dem Gefängnis Joliet an einen anderen Ort verlegt zu werden. Marcys Aussage zog sich endlos in die Länge, andauernd wurde sie von den Einwänden Jay Powells unterbrochen, der die Ansicht vertrat, ihre Aussage verletze die Schweigepflicht zwischen Anwalt und Klient.

»Was aus diesen Briefen soll denn unter die Schweigepflicht zwischen Anwalt und Klient fallen, Mr. Powell?« fragte Ginsburg. Als Jay meinte, allein schon die Beantwortung dieser Frage würde diese Schweigepflicht verletzen, war Ginsburgs Geduld zu Ende.

»Wir werden hier keine Spielchen treiben«, erklärte er. »Ich werde hier keine Beweismittel ausschließen, Mr. Powell, weil Sie der Ansicht sind, sie wären nicht zulässig. Schon bevor ich mit diesem Fall in Berührung kam, lagen bereits sechzig schriftliche Gesuche und unzählige Anträge vor, von denen fast alle abgewiesen wurden. Bei fast jedem Beweisstück wurde aufgrund irgendeiner juristischen Theorie Einspruch erhoben, und bei näherer Betrachtung waren die meisten dieser Einsprüche eine bloße Farce. Sie können versichert sein, daß ich nicht die Schweigepflicht zwischen Anwalt und Klient einschränken oder verletzen möchte, trotzdem sehe ich in diesem Fall keine Veranlassung, sie als Grund dafür zu benutzen, um dieses Beweismittel auszuschalten.« Ginsburg hatte so entschieden, weil die Briefe keinen juristischen Inhalt hatten und somit auch keine Schweigepflicht zu berücksichtigen war. Nur zwei Briefe wurden überprüft – der Brief vom 1. März, der vom Mord an Ashlock berichtete, und ein weiterer, datiert am 6. Februar, der von einem Schmuckverkäufer berichtete. Als die Geschworenen wieder Platz genommen hatten, zeigte Heusdens den früheren Brief vor.

»Erkennen Sie diesen Brief?« fragte er die Zeugin.

»Ja, ich erkenne ihn wieder«, antwortete Marcy.

»Wurde er mit der gewöhnlichen Post zugestellt?«

»Ja, soweit ich weiß.«

»Haben Sie diesen Brief irgend jemandem gegeben?«

»Ja«, sagte Marcy. »Er wurde durch Polizeibeamte in Illinois an das Staatsanwaltsbüro weitergeleitet.« Walkers Augen waren auf Marcy geheftet – kalt und bedrohlich.

»Wer hat den Brief geschrieben?« fuhr Heusdens fort.

»G. Daniel Walker.«

Bei seinem Kreuzverhör wies Powell darauf hin, daß der Brief mit der Maschine und nicht mit der Hand geschrieben war. »Gibt es etwas, wodurch Sie außer an der Schrifttype erkennen, daß der Brief von Mr. Walker stammt?« fragte er.

»Am Stil«, sagte Marcy. »Außerdem gibt es im Brief bestimmte Wendungen, wodurch ich weiß, daß er von G. Daniel Walker stammt.«

Jay Powell zog verächtlich eine Augenbraue hoch. »Haben Sie eine wie auch immer geartete Ausbildung in Literatur und Stilkunde, Miss Purmal?«

»Ich lese ausgesprochen viel«, antwortete Marcy. »Bücher.«

»Haben Sie sich, unabhängig davon, schon einmal mit unterschiedlichen Literaturstilen beschäftigt und sie miteinander verglichen?«

»Nicht in rein wissenschaftlichem Sinn, versteht sich«, sagte Marcy kühl.

»Miss Purmal, stimmt es nicht, daß Sie pro Tag sehr viele Briefe erhalten?«

»Ja«, stimmte Marcy zu. »Wenn Sie die Dinge, die mit meinen Fällen und Büroangelegenheiten zu tun haben, mit einbeziehen.«

»Bekommen Sie häufig mit der Maschine geschriebene Briefe?«

»Ich habe sie nie gezählt«, sagte Marcy.

»Ich hatte Sie nicht danach gefragt, ob Sie sie je gezählt haben, danke sehr«, sagte Jay Powell übertrieben ärgerlich.

»Betrachten wir mal die maschinengeschriebenen Briefe, die Sie erhalten. Stellen Sie bei diesen Briefen vergleichende Stiluntersuchungen an?«

»Nun, die meisten von ihnen sind nicht so lang wie dieser hier«, sagte Marcy gelassen. »Gewöhnlich sind sie sehr kurz und unterscheiden sich dadurch bereits von einem Brief wie diesem.«

»Wenn ich Sie also recht verstehe«, fuhr Jay Powell fort, »einige der Briefe, die Sie bekommen, sind lang und einige kurz, ist das Ihre Aussage?«

»Einige Briefe sind länger als andere und einige kürzer als andere«, sagte Marcy.

Diesmal verlor Jay Powell seine Selbstbeherrschung. Er funkelte sie zornig an. »Miss Purmal, ist es nicht so, daß Sie Mr. Walker gegenüber voreingenommen sind und Vorurteile gegen ihn haben?«

Jim Heusdens sprang auf. »Euer Ehren, dies könnte ein sehr großes Problem aufwerfen«, warnte er. »Wenn sie sagt ›ja‹, dann würde die Staatsanwaltschaft natürlich nachforschen, warum dem so ist.« Die Frage wurde zurückgezogen. Als Jay Powell jedoch sagte, er würde die Zeugin nicht entlassen, sondern er verlange, daß sie abrufbereit bliebe, schickte Richter Ginsburg die Geschworenen raus und fragte Mr. Powell nach seinen Gründen.

Bevor Jay noch antwortete, unterbrach Jim Heusdens erneut. »Aus Rücksicht auf Miss Purmal bitte ich darum, den Gerichtssaal räumen zu lassen«, schlug er vor. Die Zuschauer wurden hinausgescheucht, und Jay Powell beantragte, daß auch Marcy ausgeschlossen würde.

»Ich erhebe Einspruch, Euer Ehren«, sagte Marcy ärgerlich. »Ich möchte wissen, was hier geredet wird. Ich halte es für unfair, meinen guten Ruf in Zweifel zu ziehen.«

Ginsburg sah die junge Frau an. »Ich denke, unter den gegebenen Umständen hat Miss Purmal ein Recht dazu, zu bleiben«, sagte er.

Jay Powell erklärte, daß die Verteidigung Marcy noch als Zeugin brauche, da er auf der Liste der Zeugen der Anklagevertretung die Namen zweier Herren gefunden habe – Swalwell und Pietrusiak. »Wenn Mr. Pietrusiak in den Zeugenstand tritt, wird er aussagen, daß er zur selben Zeit wie Mr. Walker im Krankenhaus gewesen ist, daß Miss Purmal nachts in Mr. Walkers Zimmer gekommen ist, ihn dort fast jede Nacht besucht hat und daß sie eine Affäre mit Mr. Walker gehabt hat. Weiterhin wird er berichten, daß Mr. Walker ihm erzählt hat, daß er tagsüber Besuch von einer anderen jungen Frau bekäme und daß er dieses Mädchen netter fände als sie, wodurch Miss Purmal dann so wütend geworden ist, daß eine Auseinandersetzung stattgefunden hat.«

»Euer Ehren, ich lege gegen das alles Einspruch ein«, sagte Marcy außer sich.

»Einen Augenblick bitte, Miss Purmal«, sagte Ginsburg.

»Und ich werde Swalwell fragen«, fuhr Powell fort, »ob Miss Purmal verhaftet wurde bei dem Versuch, Walker eine größere Summe Geldes auf einem Flughafen zu übergeben.«

Jim Heusdens konnte kaum glauben, was er da hörte, und er bezweifelte stark, ob es später sonst jemand glauben würde. »Euer Ehren, darf ich wohl eine Bemerkung zu Protokoll geben?« fragte er. »Ich möchte nur fürs Protokoll anmerken, daß es hier um Aussagen geht, die der Verteidiger macht. Ich denke, er hat gesagt, daß jede Unterhaltung mit Miss Purmal vertrauliche Mitteilungen beinhaltet habe und somit der Schweigepflicht unterläge.«

»Ich habe das zur Kenntnis genommen, Mr. Heusdens«, sagte Ginsburg. Er sah Marcy einen Moment lang an. Eine von Richter Ginsburgs Töchtern war auch gerade kurz davor, sich bei der juristischen Fakultät einzuschreiben. »Ich werde es nicht zulassen, daß Miss Purmal in diesem Gerichtssaal verunglimpft wird«, sagte Richter Ginsburg ganz ruhig.

»Danke sehr, Euer Ehren«, sagte Jay förmlich.

Ginsburg sah Marcy immer noch an. »Sie sind entlassen, Miss Purmal. Wenn Sie das Bedürfnis haben, eine wie auch immer geartete Aussage machen zu wollen, dann tun Sie das bitte. Ich habe den Eindruck, daß Sie sich unter Druck gesetzt fühlen. Sie müssen es nicht, es liegt ganz bei Ihnen.«

Jay Powell unterbrach sofort. »Offensichtlich hat sie dies alles sehr mitgenommen«, sagte er etwas sarkastisch, »und ich bin mir sicher, daß sie etwas Derartiges im Moment ablehnen würde.«

»Also gut. Die Angelegenheit ist also jetzt entschieden«, sagte Ginsburg. Bis heute weiß nur Marcy allein, ob sie gerne eine Aussage gemacht hätte, denn nur sie wußte, was noch hätte gesagt werden müssen.

Weder Swalwell noch Pietrusiak wurden in den Zeugenstand gerufen, denn dadurch wäre der Jury bekannt geworden, daß Walker ein geflohener Sträfling aus dem Staatsgefängnis von Illinois war. Die Kenntnis über eine frühere Verurteilung würde wahrscheinlich die Voreingenommenheit der Geschworenen bewirken, entschied Ginsburg. Mit einer Ausnahme beschränkten sich also Jim Heusdens Zeugen auf die Leute, die nur in Zusammenhang mit dem Verbrechen auf der Ranch Aussagen machen konnten. Für die Staatsanwaltschaft war diese Ausnahme von großer Bedeutung – und auch das Beweisstück, das zusammen mit diesem Zeugen ans Licht der Öffentlichkeit gelangte.

Taylor Wright hatte Walker schon auf einem Verbrecherfoto identifiziert, noch bevor irgendein Beweisstück abgelehnt worden war, und seine Kreditkarten waren auch schon lange vor dem 11. März benutzt worden. Er hatte sogar eine Stimme von einer Tonbandaufzeichnung identifiziert, die ihm von Parker und Brown vorgespielt worden war, als diese im Frühling in Chicago waren. Er identifizierte sie als die Stimme des Mannes, der ihn in einem Hotelzimmer des Mariott in Ann Arbor brutal zusammengeschlagen und ausgeraubt hatte. Fast alles, was Taylor Wright damals gestohlen worden war und was man bei Walkers Verhaftung wieder aufgefunden hatte, war als ›unzulässige Beweise‹ zurückgewiesen worden – die Kreditkarten, das Rasierset und auch die Kleidung. Doch ein Beweisstück war nicht darunter gewesen.

Ein winziges, glitzerndes Objekt, das Heusdens nun an seiner ausgestreckten Hand in die Höhe hielt, um die Aufmerksamkeit aller Anwesenden darauf zu lenken, schwang hin und her. »Können Sie dies identifizieren?« fragte er.

»Es gehört mir«, sagte Taylor Wright. »Ich habe es zu meinem Schulabschluß bekommen.«

»Können Sie uns sagen, was T. O. W. bedeutet?«

»Taylor Ortho Wright.« Das kleine glänzende, goldene Medaillon an der Kette durfte dann als Beweisstück für den Fall aufgenommen werden. Seine Bedeutung lag keinesfalls in der Größe dieses Beweisstückes – es war so klein, es bedeckte kaum den Boden einer Teetasse –, sondern wichtig war der Ort, an dem es gefunden worden war. Es war weit vom ›vergifteten Baum‹ entfernt eingepflanzt gewesen.

Tom Masters sagte aus, ein G. Daniel Walker sei ihm nicht bekannt, und er habe ihn auch nie getroffen. »Erkennen Sie hier im Gerichtssaal jemanden, mit dem Sie eventuell schon einmal geschäftliche Beziehungen hatten?« fragte Heusdens.

»Nein, so direkt nicht«, sagte Tom.

»Mr. Masters, haben Sie jemals jemanden engagiert, um Bill Ashlock umbringen zu lassen?«

»Nein, das habe ich nicht.«

»Haben Sie je jemanden engagiert, um Hope Masters umbringen zu lassen?«

»Nein, das habe ich nicht.«

Jay Powell stellte die Fragen für die Verteidigung. »Mr. Masters, haben Sie sich jemals Geld geliehen von einer Institution, welche die ›Mafia‹ oder ›die Organisation‹ genannt wird?«

»Nein«, sagte Tom. »Wenn ja, dann geschah es ohne mein Wissen.«

»Haben Sie Verbindungen zur Mafia oder zu Unterweltkreisen?«

»Nicht, daß ich wüßte.« Tom sagte, er habe mit seinem Nachbarn und einem anderen Herrn ein Geschäft abgewickelt, »bei dem ich ihnen für fünftausend Dollar Anteile meiner Firma verkauft habe«.

»Also gut«, sagte Powell. »Trifft es zu, daß Sie Ihre Frau ›eine zweite Sharon Tate‹ genannt haben und von dieser Vorstellung besessen waren?«

»Nicht daß ich mich erinnern könnte.« Er sagte dann noch, daß Hope manchmal Tabletten nehme, und das Zusammenwirken der Tabletten mit Alkohol mache sie »sehr angriffslustig, unnahbar, sehr ausgeflippt«.

»Mr. Masters, wie hält Hope es mit der Ehrlichkeit, der Aufrichtigkeit und der Wahrheitsliebe?« fragte Jay Powell ernst.

»Nun, ich hatte immer den Eindruck – ja, ich denke im Grunde – oder, wenigstens bis zu der Zeit an diesem besagten Wochenende, ist sie eine ehrliche Person gewesen. Meiner Ansicht nach war ihr Problem immer die Art und Weise, wie sie die Antworten anderer Leute bewertet, Ereignisse deutet und ihre Neigung, auf gewisse Situationen übertrieben zu reagieren. Man sagt etwas zu ihr an einem Tag, und drei Tage später gibt sie es dann ganz anders wieder. Das war das einzige, was mir daran das Leben schwer gemacht hat.«

Am 20. Dezember wurde Hope als Zeugin der Verteidigung erneut nach Visalia berufen. Als Walker sie befragte, spürte sie schnell, daß die Tonbandaufzeichnungen, die sie in den ersten Tagen der Ermittlungen, kurz nachdem sie gegen Kaution entlassen worden war, mit Tom Breslin aufgenommen hatte, bereits die Runde gemacht hatten.

»Mrs. Masters, können Sie sich noch daran erinnern, daß Sie zu uns gesagt haben, Sie seien am 26. Februar in Ihrem Haus in das Schlafzimmer Ihres Sohnes gegangen und hätten sich dort in eines der Betten gelegt, und der Angeklagte Walker hätte sich später in das andere Bett begeben.«

»Ja«, antwortete Hope.

»Erinnern Sie sich auch, ausgesagt zu haben, Sie hätten zu keiner Zeit das zweite Bett aufgesucht, in dem der Angeklagte Walker lag?«

»Ja, doch jetzt sehe ich, daß ich damals im Irrtum war, denn . . .«

»Sie haben sich in das zweite Bett gelegt und sich an den Angeklagten Walker gekuschelt, stimmt's?«

»Wenn ich das auf dem Tonband gesagt habe, dann wird es wohl so gewesen sein, ich werde es wohl irgendwie verdrängt haben«, antwortete Hope. »Aber ich hatte ja auch drei Tage bzw. drei Nächte lang nicht geschlafen.«

»Aber Sie gingen rüber in Walkers Bett und kuschelten sich an ihn, ist das korrekt?«

»Das habe ich auf das Tonband gesprochen«, konterte Hope.

»Hatten Sie und Walker Geschlechtsverkehr, während Sie bei ihm im Bett lagen?«

»Nicht, daß ich mich erinnern könnte.«

»Haben Sie sich umarmt oder geküßt?«

»Ich glaube, auf der Tonbandaufzeichnung habe ich gesagt, daß er unentwegt an mir herumgegriffelt hat.«

»Können Sie sich noch daran erinnern?«

»Nein, überhaupt nicht.«

Walker nickte. »Sie können also nicht mit Bestimmtheit behaupten, nachdem Sie sowohl mit dem Eindringling als auch mit Walker im Bett gelegen haben, ob Walker und der Einbrecher ein und dieselbe Person ist?«

»Nein«, sagte Hope.

»Ist es nicht eine Tatsache, daß Walker, als er mit Ihnen zusammen im Bett gelegen hat, zärtlich war, wohingegen der Einbrecher brutal vorging?«

»Ich kann mich wirklich nicht mehr daran erinnern, aber da ich meine eigene Stimme vom Tonband gehört habe, glaube ich, daß es wohl so gewesen sein muß.«

»Erinnern Sie sich, Mr. Breslin gegenüber gesagt zu haben, daß der Einbrecher und Walker zwei verschiedene Personen seien?«

»Ich erinnere mich nicht, aber wenn du eine Abschrift meiner Aussage hast, sehe ich sie mir gerne an.«

Walker bat darum, zwei Ausschnitte von dem Tonband vorzuspielen, aber Richter Ginsburg verlor allmählich die Geduld. »Fragen Sie sie ganz einfach, ob sie diese Aussagen gemacht hat«, ordnete er an. »Wenn sie sich nicht erinnert oder es abstreitet, dann können Sie die Bänder ja immer noch vorspielen.«

»Mrs. Masters«, sagte Walker, »können Sie sich noch daran erinnern, ihrem Anwalt gesagt zu haben, daß Taylor, als er das Schlafzimmer auf der Ranch betrat, nachdem sie vergewaltigt worden waren und nachdem Sie die Leiche von Bill Ashlock gefunden hatten, ein völlig anderer Mann war als der, der Sie vergewaltigt hatte und der der Einbrecher gewesen war?«

»Ich habe möglicherweise etwas in der Art gesagt, aber an die genauen Worte kann ich mich nicht erinnern.«

»War Walker wirklich ganz anders als der Mann, der Sie vergewaltigt hat?«

»Ja, er schien ganz anders zu sein.«

»Mrs. Masters, Sie haben außerdem Ihrem Anwalt gegenüber geäußert, daß Sie die Zeit, zu der Sie vergewaltigt wurden, genau festlegen könnten, nicht wahr?«

»Nein, ich glaube nicht, daß ich das gesagt habe.«

»Erinnern Sie sich, ihm gesagt zu haben, Sie hätten einen sehr festen Schlaf, und es wäre in der ersten Stunde gewesen, nachdem Sie eingeschlafen waren?«

»Ich habe so etwas in der Art gesagt. Weil ich so tief und fest eingeschlafen war, habe ich vermutet, daß ich gerade in meiner ersten Tiefschlafphase war, denn dann schlafe ich sehr fest.«

»Haben Sie Ihrem Anwalt nicht auch gesagt, daß Sie um sechs Uhr morgens aufwachten und der Angeklagte Walker habe in ihrem Bett gelegen und die Leiche von Bill Ashlock war im Wohnzimmer?«

»Ja, wahrscheinlich.«

»Ist es nicht so, daß Sie ihm auch berichtet haben, Walker sei zu Ihnen ins Bett gekommen, habe seine Arme und Beine um Sie gewickelt und sei eingeschlafen?«

»Ja, vielleicht nicht mit diesen Worten, aber so ist es gewesen.«

»Also, als Walker bei Ihnen im Bett lag, seine Arme und Beine um Sie gewickelt, sind Sie beide eingeschlafen, war es nicht so?«

»Ja, für kurze Zeit habe ich die Besinnung verloren.«

»Ist es aber nicht auch so gewesen, daß Sie Ihrem Anwalt gesagt haben, Walker sei erst wieder am Sonntag morgen zur Ranch zurückgekommen?«

»Ich glaube nicht, daß ich das zu meinem Anwalt gesagt habe. Ich habe vielleicht gesagt, daß das die Geschichte ist, die du erzählt hast.«

»Als Sie Ihre früheren Aussagen gemacht haben, hatten Sie wohl vergessen, daß Sie schon mit Walker auf der Ranch zusammen im Bett gelegen hatten?«

»Niemand hat mir die Möglichkeit gegeben, diese Tatsache zu erwähnen«, murmelte Hope.

»Mrs. Masters, wie viele Male wurden Sie auf der Ranch vergewaltigt?«

»Nun, ich würde sagen zweimal, aber beide Male gingen irgendwie ineinander über.«

»Walker hat Sie nicht vergewaltigt?«

»Ich weiß es nicht«, sagte Hope.

Juristisch formuliert, war es Jim Heusdens Aufgabe, seine Zeugin zu ›rehabilitieren‹. »Nun, Mrs. Masters«, sagte er, »Sie haben zu der Zeit, als man Sie verhaftet hat, des öfteren gelogen, nicht wahr?«

»Ich habe nur in einem einzigen Punkt gelogen«, erwiderte Hope stur. »Als es um die Identität der Person auf der Ranch ging.«

»Es war Mr. Walker, nicht wahr?«

»Ja«, sagte Hope.

»Dennoch sind Sie sich nicht absolut sicher, daß Mr. Walker jener erste Mann war, der Sie angegriffen hat?«

»Nein«, sagte Hope, »da bin ich mir nicht sicher.«

Jim Heusdens atmete tief durch. »Nachdem Sie sich jetzt alles noch einmal gut überlegt haben und die ganze Situation genauestens betrachtet haben, haben Sie da Ihre Meinung in diesem Punkt geändert?«

Jay Powell erhob Einspruch, und Jim Heusdens formulierte seine Frage noch einmal um. »Nach reiflicher Überlegung, Mrs. Masters, sind Sie nun zu dem Entschluß gekommen, daß der Einbrecher und Mr. Walker ein und dieselbe Person ist?«

Jay Powell legte erneut Einspruch ein. »Sie hatte bereits neun Monate Zeit, darüber nachzudenken«, beschwerte er sich. »Sie hat schon unter Eid ihre Aussage gemacht, und jetzt nach dem Kreuzverhör ändert sie ihre Meinung. Das ist spekulativ und eigennützig.«

»Euer Ehren«, fuhr Heusdens unbeirrt fort, »ich glaube nicht, daß sie je eine Chance hatte, diese spezielle Frage zu beantworten. Insbesondere nach der Befragung, die heute morgen stattgefunden hat, scheint mir eine Doppeldeutigkeit in dieser Frage zu liegen, die wir gerne geklärt wissen wollen.«

»Fahren Sie fort, Mr. Heusdens«, sagte Ginsburg. Der Staatsanwalt wandte sich wieder seiner Zeugin zu. »Nachdem Sie sich also genauestens vor Augen geführt haben, was an dem Abend geschehen ist, sind Sie der Ansicht, daß Mr. Walker der Einbrecher war?«

Einspruch von Jay Powell. »Die Formulierung ›nach reiflicher Überlegung‹ ist doppeldeutig.«

»Wahrscheinlich muß man dem zustimmen«, sagte Richter Ginsburg. »Sie können sie fragen, was sie momentan glaubt.«

»Was glauben Sie also zum jetzigen Zeitpunkt, wer in der besagten Nacht der Einbrecher gewesen ist?«

»Ich denke, daß es sehr wohl Mr. Walker gewesen sein könnte«, sagte Hope.

»Haben Sie nicht zu Mr. Breslin gesagt, daß es Mr. Walker gewesen ist?« fragte Heusdens beharrlich.

»Ja, ich habe ihm gesagt, daß ich das glaube«, gab Hope zu.

Walker nahm eine verzögerte Befragung wieder auf.

15

»Mein Name ist Daniel Walker, besser bekannt als G. Daniel Walker. Wobei ich jedoch sagen muß, daß ich in den vergangenen dreiundzwanzig Jahren ungefähr neunzig verschiedene Namen benutzt habe.« Der Zeuge grinste. Die Geschworenen blickten ihn erstaunt an. Der Staatsanwalt rutschte unbehaglich in seinem Stuhl hin und her: Jim Heusdens wußte nur zu gut, wenn ein Angeklagter direkt zu Anfang Fehler und Schwächen zugab, ließ ihn das ehrlich und offen erscheinen, und das wiederum machte seine Geschichte um so glaubwürdiger.

Es war eine sehr lange Geschichte. Walker sagte, sie habe im Jahre 1965 begonnen, als er durch eine Tänzerin der ›Shiding‹ Fernsehshow Hope Stagliano kennenlernte. In den Jahren zwischen 1965 und 1969, als er durch seine Werbeagentur an die Westküste kam, habe Hope des öfteren mit ihm im Regency Apartment Hotel gewohnt. Walker sagte, er habe Bill Ashlock 1965 in Chicago anläßlich einer dort stattfindenden Konferenz mehrerer Werbeagenturen kennengelernt, lange bevor sich Hope und Bill begegneten, und 1969 habe er Hopes Mutter getroffen. Er sagte auch, er habe am Sonntag, dem 28. Januar 1973, Hope und Bill zusammen in Chicago gesehen.

»Kennen Sie eine Anwältin namens Marthe Purmal?« fragte Jay Powell. Es war eine der Fragen, die Walker ihm auf eine Liste geschrieben hatte.

»Ja«, sagte Walker leichthin. »Miss Purmal ist, war und wird auch weiterhin meine Anwältin sein, und Miss Purmal war auch meine Geliebte.« Er erklärte, daß er bis jetzt alles in allem bereits einunddreißig Anwälte gehabt habe, die ihn bei den unterschiedlichsten Fällen vertreten hätten, und sie alle seien zu einem Anhörungstermin in Cook County am 5. Februar 1973 vorgeladen gewesen. Er habe verschiedene Freunde im ganzen Land angerufen, darunter auch Hope Masters, um sich nach einem Unterschlupf umzuhören, und am 6. Februar sei Hope auf dem O'Hare-Flughafen gelandet, von wo er sie abgeholt habe. Als sie am 7. wieder nach Los Angeles flog, sei er nach Vail geflogen, um sich zu verstecken und Ski zu laufen, während er darauf wartete, daß jemand Geld einsammelte, das ihm aus einer Alkoholkonzession zustand, die er im Namen seiner Frau verwaltete. Walker behauptete, er sei am 9. Februar in Vail gewesen und stritt ab, in Ann Arbor Taylor Wright überfallen zu haben. Als er am 10. Februar wieder nach Chicago zurückgekehrt sei, habe er vorgehabt, sich mit Marcy Purmal zu treffen, um sein Geld in Empfang zu nehmen, doch als er bemerkte, daß sie unter polizeilicher Bewachung stand, habe er sich sechs Stunden lang auf einer Damentoilette im O'Hare-Flughafen versteckt. »Ich ging auf eine der Toiletten, zog meine Schuhe aus und habe gehofft, daß keine der Damen bemerken würde, daß die Füße auf der Nachbartoilette die eines Mannes sind.«

Als er zwei Wochen später, am 23. Februar, nach Los Angeles gekommen sei, habe er dort Hope und eine andere Freundin, Danielle Gantou, in einem Restaurant getroffen. Er sei um 12.30 Uhr angekommen, Hope habe sich eine Stunde verspätet. Alle drei seien sie dann zu Alfie's am Sunset Strip gegangen, wo sie später auch Bill Ashlock getroffen hätten, der nach der Arbeit zu ihnen gestoßen sei. Da Bill bei Hope lebte, war sein Apartment jetzt frei, und Walker konnte sich dort verstecken, und er brachte seine Sachen noch am selben Abend dorthin. Alle vier hätten dann im Beverly Hilton einige Drinks genommen und seien nach dem Abendessen noch in zwei Lokalen am Strip gewesen, im ›Classic Cat‹ und im ›Phone Booth‹. Am nächsten Tag hätten zwei Stewardessen, Monica Jungnickel und Ingrid Kassler, mit Walker und Danielle zusammen einen Ausflug nach Disneyland unternommen. Als sie nach Los Angeles zurückgekehrt seien, hätten sie sich mit Hope und Bill im ›Scandias‹ zum Abendessen getroffen und seien anschließend noch in drei oder vier Discotheken gewesen. Am Freitag seien dann Monica und Ingrid zum Skilaufen gefahren, Hope, Bill, Walker und Danielle hätten daraufhin ein ausgedehntes Mittagessen im ›Brown Derby‹ eingenommen.

Am frühen Samstagmorgen sei er, Walker, von Bills Apartment ins Holiday Inn umgezogen und von dort nach dem Frühstück zur Ranch hinausgefahren. Und zwar aus zwei Gründen: einmal habe er Fotos für Bills Entwurf seiner Anzeigenserie – Was ist, wenn sie zuerst stirbt? – machen wollen, und außerdem habe er sich darüber orientieren wollen, ob sich das Haus des Verwalters Jim Webb als Versteck eignen würde, denn Jim, so sagte er, sollte in Kürze gekündigt werden.

Auf der Ranch hätten Hope, Bill und Walker dann gegessen, getrunken und sich über Tom Masters unterhalten und auch über einen Kinofilm, den Hope gesehen hatte, in dem einer jungen Frau ein Revolver in den Mund gestoßen worden war. Danach seien sie zum Fluß hinuntergegangen, um Fotos zu machen. Als sie wieder zum Haus zurückgekehrt seien, habe man Walker zwei Herren vorgestellt, Buddy und Lionel. Bill habe Hope gebeten, ihm 35 Dollar zu geben, damit er Lionel das Geld für die Joints geben konnte, die er gekauft hatte, doch da Hope nur noch vierzehn Dollar gehabt hätte, habe er sich dann das restliche Geld von Walker geliehen.

Als Lionel und Buddy in ihrem kleinen grünen ausländischen Wagen wieder abgefahren waren, sei er, Walker, zusammen mit Hope und Bill in die Stadt gefahren, wo Hope dann in dem Lebensmittelgeschäft mit dem kleinen Kind gespielt habe. Nach dem Abendessen, das Hope kaum angerührt habe, hätte sich Hope kurzzeitig auf dem Sofa hingelegt. Nach einem Abschiedstrunk mit Bill sei er selbst, Walker, gegen halb neun abends weggefahren; auf dem Weg nach Los Angeles habe er einmal bei einer Tankstelle in Earlimart angehalten, um Benzin zu tanken.

Walker beschrieb nun, wie er die Nacht in Los Angeles verbracht hatte: es sei regnerisch gewesen, er sei ins Restaurant ›Casa Bella‹ gegangen, anschließend habe er noch in einer Drogerie in der Nähe des Holiday Inn eingekauft und dort mit einer hübschen Blondine geflirtet, die er schließlich mit in Bills Apartment genommen habe.

Am Sonntag morgen habe er sie nach Hause gebracht, ins

Hyatt House am Sunset, dann sei er zurück ins Holiday Inn gefahren, wo er eine Notiz von Monica, der Stewardeß, vorfand, die sie wütend mit einem Lippenstift an seine Tür geschrieben hatte, denn er war ursprünglich für den vergangenen Abend mit ihr verabredet gewesen. Er habe Monica und Ingrid noch zum Flughafen gebracht, und dann sei er wieder zur Ranch gefahren, unterwegs habe er einmal zum Tanken und Kaffeetrinken angehalten und ein weiteres Mal, um Äpfel an einem Obststand zu kaufen. Er schätzte, er sei so gegen halb elf Uhr auf der Ranch angekommen. Das Tor war verschlossen, aber er konnte sich noch an die Zahlenkombination erinnern: 30-0-6. Oben am Haus, bemerkte er, daß Hopes Auto nicht mehr dort stand. Hope selbst habe im Orangenhain gesessen.

»Hat sie geweint?« fragte Jay Powell.

»Nein, sie ist keine Heulsuse«, sagte Walker, und er hörte sich an, als wenn er sehr stolz auf sie wäre. Hope habe ihm gewunken, und sie sei ihm entgegengelaufen. Aus dem, was sie erzählt habe, hätte er sich keinen Reim machen können, außer daß sie von diesem gräßlichen, furchtbaren Ort fort wolle. Walker wollte gern etwas zu trinken haben, deshalb sei Hope schnell durch den Seiteneingang ins Haus gerannt und habe eine Dose Bier und eine Limonade geholt. Dann seien sie in Walkers Auto den gewundenen Weg am Haus des Verwalters vorbei und vorbei am unteren See hinauf zur Weide gefahren. Hope sei sehr verärgert gewesen, als Walker Aufnahmen habe machen wollen. »Du Idiot, hörst du wohl auf?« habe sie ihn angefaucht. »Bill ist tot.«

Walker habe sie nicht ernst genommen, doch er habe ihr zugehört, weil sie ganz offensichtlich sehr aufgeregt gewesen sei.

»Hat sie da geweint?« fragte Jay.

»Nein, Hope ist keine zimperliche Heulsuse«, sagte Walker noch einmal. »Ich glaube nicht, daß ich sie je habe weinen sehen.«

Hope habe Walker erzählt, sie habe in ihrem Schlafzimmer geschlafen und plötzlich einen Schuß gehört. Sie habe sich im Bett aufgesetzt, das Licht sei eingeschaltet gewesen. Sie habe nach Bill gerufen. Eine dunkle Gestalt mit einer Taschenlampe sei im Türrahmen erschienen, und man habe sie k.o. geschlagen. Als sie wieder zu sich gekommen sei, wäre sie nackt und gefesselt gewesen. Durch das geöffnete Schlafzimmerfenster habe sie zwei verschiedene Stimmen gehört: eine davon sei die von Tom Masters gewesen. Sie habe sich von den Fesseln befreien können und sei ins Wohnzimmer gelaufen, wo Bill auf dem Sofa gesessen habe. Sie habe gedacht, er sei eingeschlafen, bis sie bemerkt habe, als sie ihn schüttelte, daß er blutüberströmt war und die Hälfte seines Kopfes fehlte. Sie habe laut geschrien. Jemand habe sie gegriffen und gesagt: »Er kann dir nicht mehr helfen, er ist tot.«

Hope sei wieder ins Schlafzimmer gebracht und dort auch wieder gefesselt worden. Die Person sei gegangen, und wieder habe sie draußen zwei Stimmen gehört, von denen sie die eine als die von Tom Masters erkannte bei der Unterhaltung, in der es darum ging, Benzin zu besorgen, um damit das Haus anzuzünden. Sie habe gehört, wie ein Auto abgefahren sei. Ein Mann sei in ihr Schlafzimmer gekommen und habe versucht, ihr seinen Penis in den Mund zu schieben, als sie sich weigerte, versetzte er ihr einen Schlag in den Magen und sagte ihr, sie würde getötet werden ›wegen ihrer Herumhurerei und weil sie ihre Kinder vernachlässige‹.

Schließlich sei wieder ein Auto angekommen. Die Stimme, die sie als Toms Stimme erkannt hatte, lamentierte darüber, daß er den ganzen Weg bis nach Porterville haben fahren müssen, um eine Tankstelle zu finden, die auch nachts geöffnet hatte.

Walker sagte, Hope habe sich zu diesem Zeitpunkt, als sie ihm die Geschichte auf der Bergwiese erzählt habe, selbst widersprochen dadurch, daß sie ihm erzählt habe, sie habe eine Vereinbarung mit dem Mann aus dem Schlafzimmer getroffen, daß er ihr Leben schonen werde.

Sie hörte, wie ein Auto vor dem Haus vorbeifuhr und wie Tom daraufhin sagte: »Herrgott noch mal, wir müssen uns aufteilen, irgend so ein Typ ist gerade hier vorbeigefahren, und er hat mich gesehen.«

Sie hörte daraufhin die hastenden Geräusche, wenn Leute es eilig haben, fortzukommen, eine Tür wurde zugeschlagen, ein

Auto fuhr ab. Sie konnte sich schließlich selbst befreien, stieg aus dem Bett, zog sich an, ging nach draußen und setzte sich unter die Orangenbäume, wo er, Walker, sie dann gefunden hatte.

Er aber habe ihr diese Geschichte nicht geglaubt, worüber sie ziemlich sauer wurde. Doch als sie wieder zum Haus hinunterfuhren, ließ er Hope im Auto sitzen und ging selbst ins Haus, wo er Bills Leiche fand. Damit niemand die Leiche durch das Fenster sehen konnte, brachte er sie in das hintere Schlafzimmer und legte sie dort aufs Bett. Er sammelte das Rauschgift zusammen und verstaute es in einem geheimen Versteck des Schrankes. Weder er noch Hope säuberten das Haus. Sie packte ihre Tasche, und während Walker ihre Sachen in seinem Auto verstaute, habe Hope Sandwiches für die Rückfahrt gemacht.

Auf dem Rückweg habe Hope ihm dann noch eine andere Version der Geschichte erzählt. Sie habe gesagt, sie hätte mit Bill zusammen auf dem Sofa gesessen, und plötzlich habe ein Mann hinter ihnen gestanden, der Bill mit einem Gewehr erschossen habe. Hope sei ohnmächtig geworden. Als sie wieder zu sich gekommen war, befand sie sich im Schlafzimmer, entweder mit oder ohne Kleidung, und sie war gefesselt. Sie erzählte Walker, sie habe mit dem Mann im Schlafzimmer einen Handel machen können und habe ihm zwei Schecks ausgestellt. Sie berichtete weiter, Tom Masters habe schon früher versucht, sie umzubringen, eines Abends nämlich, als sie mit Bill zum Essen ausgewesen wäre und anschließend nicht wie gewöhnlich in ihr Haus zurückgegangen wären, sondern in Bills Apartment. Sie hätten dort gesessen und noch Musik gehört, als Bill aufstand, um die Vorhänge zu schließen, es fiel ein Schuß, und die Kugel schlug direkt über seinem Kopf ins Haus ein. Hope sagte, sie habe über diesen Vorfall auch mit dem Kerl gesprochen, dem sie die Schecks ausgestellt habe.

Wieder zurück in Los Angeles habe Hope ihn zu einem Haus Nr. 1122 Gordon Street dirigiert, wo sie ein Mann namens Taylor besuchte, mit dem sie sich öfter traf. Walker wartete fast eine Stunde auf sie im Auto, bis sie dann schließlich Taylor mitbrachte und die beiden Männer einander vorstellte. Anschließend seien sie dann zu Bills Apartment gefahren, von wo Walker dann seine Sachen abgeholt habe, und auch Hope habe etwas mitgenommen. Im ›Farmers Market‹ hätten sie Brot und kalten Aufschnitt gekauft, dann seien sie zum Drive gefahren.

Walker habe das Mädchen zur Bushaltestelle gefahren und für die Kinder eine Pizza bestellt. Er und Hope hätten zusammen geduscht und danach seien sie in ihr Schlafzimmer gegangen und hätten miteinander geschlafen. Hope habe ihn angefleht zu bleiben, weil er die einzige Person war, die beweisen konnte, daß sie Bill nicht getötet hatte.

Deshalb blieb Walker bei ihr. Um den Anschein zu erwecken, daß Bill immer noch lebe, sollte er überall in der Stadt dessen Kreditkarten benutzen. Hope habe ihm einige von Bills Karten gegeben, obwohl er schon einige von Bill selbst bekommen hatte.

Am Montag morgen habe er zunächst gejoggt und danach Keith zur Schule gebracht. Er habe mit Honey, die zu ihrer Mutter gefahren sei und sich mit Taylor treffen wollte, telefoniert und von ihr erfahren, daß die Familie übereingekommen sei, ihm zu helfen. Jetzt aber müßte Walker auch ihr, Hope, helfen. Honey habe ihm erzählt, daß sie versuchen wolle, Jim Webb zu erreichen, um dafür zu sorgen, daß die Leiche noch nicht am selben Tag entdeckt würde.

Hope habe Bills Triumph zum Beverly Hills Hotel gefahren und danach seien sie und er in Bills Apartment gefahren, wo sie nach Bills Versicherungspolicen gesucht hätten und von wo Hope noch einige persönliche Gegenstände mitnehmen wollte – Fotos, Liederbücher und eine Collage. Als sie gerade gingen, hätten sie den Briefträger getroffen.

Walker sagte, er habe keineswegs die ganze Nacht wachgesessen und Hope und die Kinder mit einem Gewehr bewacht. Aber er berichtete, Hope habe ein Gewehr von Bill hervorgeholt, das er in den Kofferraum des Lincoln gelegt habe. Er berichtete, er sei mit Bills Kreditkarte einkaufen gegangen, zuerst allein und später mit Keith. Er habe Hope und die jüngeren Kinder in ein Hamburger-Restaurant zum Mittagessen eingeladen, dann habe er sie zu einem Supermarkt gefahren, zum Haus ihres Stiefbruders und danach in einen Park. Wieder habe er mit Honey telefoniert, die ihm erzählte, sie hätte Schwierigkeiten, jemanden auf der Ranch zu erreichen. Hope sei mit ihm zusammen nach Hollywood gefahren, um ein gelbes Auto mit braunen Streifen abzuholen, mit dem Hope dann zu sich nach Hause fuhr, und Walker sei ihr im Lincoln gefolgt.

Sie schliefen zusammen in der Nacht von Montag auf Dienstag. Dienstag morgen habe er Hope Elizabeth zur Schule gebracht, anschließend sei er wieder einkaufen gegangen und habe ein Zimmer im ›Wilshire Hyatt House‹ gemietet, mit Bills Kreditkarte. Hope sei ins Haus ihrer Mutter gezogen. Als er sie dort angerufen habe, habe sie ihm gesagt, Jim Webb sei ins Haus gegangen, um dort aufzuräumen, und wolle nun die Polizei anrufen.

Hope und Walker sowie Honey und Van hätten sich daraufhin im Wohnzimmer von Honeys Haus versammelt, um sich auf eine Geschichte zu einigen, die Hope der Polizei erzählen sollte: – ›Sie sei von einem Zeitungsmann gerettet worden, der Killer habe ihr gesagt, er arbeite im Auftrag der Mafia, und sie sei mit einem Klebeband gefesselt gewesen, so daß es ihr gar nicht möglich gewesen wäre, Bill zu töten; der Zeitungsreporter habe sie nach Hause gebracht und sie zwei oder drei Tage lang beschützt.‹

Walker sei also gegangen, um die Polizei zu verständigen. Van habe ihn noch spät abends im Hyatt House angerufen, um ihm zu sagen, daß man Hope festgenommen hatte. Walker fuhr nach San Francisco und habe am Mittwoch mehrere Male mit Honey telefoniert. Als Honey ihn gebeten habe, bei Hopes Anklageerhebung dabei zu sein, habe er es so geregelt, daß er nach Bakersfield flog, und dort habe Gene Tinch ihn abgeholt und ihn zum Gerichtssaal gebracht. Er sei verkleidet gewesen: dunkle Brille, andere Frisur und eine dicke Zigarre.

Zwei Tage, nachdem Hope gegen Kaution frei war, hätten sie und Gene Tinch sich mit ihm im Hilton in San Francisco getroffen, wo er endlos Kassetten besprochen hätte, um Hopes Geschichte zu unterstützen. Später wurde die Aufnahme montiert, und er besprach noch weitere Bänder, so zwischen sechs und zwanzig ungefähr. Um die ganze Geschichte glaubwürdig zu machen, fand Gene Tinch in den Akten des LAPD einen ungeklärten Mordfall, den Mordfall Crane; er sollte den

Aspekt des gemieteten Killers untermauern helfen. Ein ausgeklügelter Plan wurde ausgeheckt, um Tom Masters in ein Zimmer im Sheraton-Universal-Hotel zu locken, dort sollte er von der Polizei gefunden werden, und der Raum sollte voller Sachen sein, die mit Bills Kreditkarten gekauft worden waren. Ende der Woche, als er wieder in Los Angeles war, habe er sich mit Gene Tinch in der Cocktail Lounge des International-Hotel getroffen. Sie überarbeiteten den Plan nochmals, was das Komplott gegen Tom Masters betraf, doch am Sonntag, dem 11. März, wurden alle ihre Pläne zunichte gemacht, als man Walker im ›Howard Johnson‹ verhaftete und des Mordes an Bill Ashlock anklagte.

»Mr. Walker, haben Sie Bill Ashlock getötet?« fragte Jay Powell.

»Nein, das habe ich nicht.«

»Hat Hope Ihnen irgendwann einmal gesagt, daß sie Ashlock getötet hat?«

»Nein, das hat sie nicht.«

Die Geschworenen schienen es zu keinem Zeitpunkt für möglich gehalten zu haben, daß Hope es getan haben könnte. »Ich glaube nicht, daß sie bösartig genug ist, diesen Mann zu töten«, sagte ein Mitglied der Jury später. »Und ich glaube auch nicht, daß sie Walker zur Ranch bestellt hat, um ihn zu töten.« Obwohl die Jury über Mrs. Masters nicht gerade entzückt war, hielt sie diese Dame doch nicht für eines Mordes fähig.

Die Frage war nur, konnte man die Jury von Walkers Schuld überzeugen, denn es folgte nun eine überraschende Vielzahl von Zeugen der Verteidigung, die eine Reihe von Beweisen vorbrachten, die Walkers Reiseroute zu bestätigen schienen.

Harley Shwan, Tankstellenpächter in Earlimart, erinnerte sich an einen Herrn, der nachts zum Tanken angehalten und währenddessen seinen Hund gestreichelt hatte. Mr. Shawn konnte sich aber weder an das genaue Datum erinnern, noch konnte er Walker als den Kunden identifizieren.

Der Besitzer und Koch des Casa-Bella-Restaurants in L. A. identifizierte Walker als den nobel aussehenden Herrn, der noch kurz vor Ladenschluß zwischen 23.15 und 23.30 Uhr eine Pizza, Würstchen und ein Bier bestellt hatte. Er war sich über das Datum nicht mehr ganz im klaren, aber er erinnerte sich noch, daß es ein regnerischer Winterabend und zu dieser späten Stunde noch ein gutes Geschäft gewesen war: 5 Dollar, 30 Cent. Mr. Richardson, so der Name dieses Zeugen, hatte sogar noch den Kassenbon darüber bei sich und konnte ihn dem Gericht vorlegen, darauf war das Datum gedruckt: ›Samstag 24. 2. 73.‹ Er sagte, er habe definitiv Regentropfen auf dem Wagen des Kunden gesehen, einem Lincoln Continental, der vor dem Lokal gestanden habe.

John Aldrich, ein anerkannter Meteorologe, trat in den Zeugenstand und sagte aus, daß in der Nacht vom 24. 2. 73 von der Wetterstation dieser Region Regenschauer gemeldet worden waren.

Martha Sindlinger, eine Verkäuferin des ›Lee's Drugstore‹ am Hollywood Boulevard, sagte aus, daß Walker der Mann sei, der eines Nachts im Februar kurz vor Mitternacht in den Laden gekommen sei.

Robert McRae sagte aus, daß Walker am Sonntag morgen, dem 25. Februar, zwischen sechs und sieben Uhr im Holiday Inn in Hollywood bei ihm seine Hotelrechnung bezahlt habe und abgereist sei. Doch er habe ihn unter dem Namen ›Tony Tidd‹ gekannt. Er erinnerte sich daran, daß am selben Morgen auch Tennessee Ernie Ford leicht überstürzt abgereist sei, und McRae wußte auch noch, daß Mr. Tidd oder Mr. Walker in Begleitung zweier Stewardessen gewesen sei.

Ein kriegsversehrter Veteran, Joe Mandrelle, der nach eigenen Angaben sehr viel Zeit an einem Obststand in Porterville verbringt, identifizierte Walker als denjenigen, der eines Morgens gegen 10.00 Uhr – er wußte jedoch nicht mehr genau an welchem Morgen – dort angehalten hatte, um Äpfel zu kaufen. Mr. Mandrelle erinnerte sich, Mr. Walker gesagt zu haben: »Wenn Sie mal einen wirklich guten Apfel probieren wollen, dann nehmen Sie doch einen von diesen gelben dort, die sind wirklich lecker.«

Walker lächelte seinen Zeugen an. »Sie waren auch wirklich lecker«, versicherte er ihm.

Der Postbote, der die Route hatte, an der auch das Apartmenthaus lag, in dem Bill Ashlock wohnte, hieß William Suchman. Er war ein so vornehmer Mann, daß er Ashlock seinen ›Klienten‹ nannte. Er identifizierte Walker als den Mann, der ihm auf dem Korridor in dem Apartmenthaus begegnet war, an einem Montag – ja wahrscheinlich Montag, der 26. Februar –, zusammen mit einer Frau, die etwas auf dem Arm trug.

Sandis Aussage ließ kaum einen Zweifel daran, daß dieser Gegenstand höchstwahrscheinlich die Collage gewesen sei, die sie in Bills Wohnung hatte hängen sehen, als sie bei ihm gewesen war. Sandi, Bills Bekannte, sagte auch, daß sie ein Gewehr in Bills Wohnung gesehen habe. Sie sagte außerdem, in der Woche, bevor er zur Ranch gefahren sei, habe er sie dreimal angerufen, und bei einem dieser Gespräche habe er die Absicht geäußert, bei Hope wieder auszuziehen. Sandi sagte, sie hätten sich am darauffolgenden Dienstag zum Mittagessen verabredet gehabt.

»Er hat Ihnen erzählt, daß er mit Hope Schluß machen will?« fragte Jay Powell.

»Hm, hm«, sagte Sandi und nickte.

»Hat Mr. Ashlock Ihnen auch erzählt, daß er Hope bereits gesagt hat, daß er nicht mehr länger mit ihr zusammen sein wollte?«

»Nein«, sagte Sandi. »Bill hat mir gesagt, daß er das vorhatte. Ich habe nicht behauptet, daß er Hope etwas davon gesagt habe.«

Walker war nicht verboten, sich irgendeinem Zeugen zu nähern, außer Hope und ihrer Mutter. Als Linda Thornberry aussagte, sie sei Kellnerin im ›French-Corner‹-Speisesaal des Hilton Inn am Flughafen von San Francisco, kam Walker ganz nah an die Zeugin heran. Er sah ihr tief in die Augen. »Erkennen Sie hier irgend jemanden im Gerichtssaal, den Sie schon einmal bei Ihrer Tätigkeit als Kellnerin im Hotel gesehen haben?«

»Ich erkenne Sie wieder, den Angeklagten«, sagte Linda mit leiser Stimme. Sie berichtete, daß sie ihm ein Abendessen serviert habe, er habe sich als William T. Ashlock vorgestellt, doch er habe sie gebeten, ihn mit seinem Spitznamen anzusprechen, seine Freunde würden ihn ›Dar‹ nennen. Die Zeugin sagte aus, dies sei am Samstag, dem 3. März, geschehen. Am nächsten Tag habe sie ihn mit einer Frau und einem Mann zusammen in der Lounge des Hilton sitzen sehen. Der Mann sei ungefähr 180 cm groß und circa 90 kg schwer gewesen, hatte mittelbraunes Haar und trug einen dunklen Anzug, er habe Linda erzählt, er sei ein pensionierter Polizeibeamter. Die Frau war eine schlanke Blondine, 160 cm groß, ihre Haare waren hinten zusammengebunden, und sie habe einen sehr müden Eindruck gemacht. Linda Thornberry sagte, man habe ihr schon ein Foto von Hope Masters gezeigt. »Sie sieht genauso aus wie die Frau, die ich im Restaurant gesehen habe.« Trotz ihrer erstaunlichen Aussage konnte man einen schmerzlichen Ausdruck spüren, dessen Ursprung Jim Heusdens sofort zu ergründen suchte.

»Wie oft hatten Sie mit Mr. Walker eine Verabredung?«

»Drei Verabredungen«, sagte sie.

»Und während dieser Verabredungen hatten Sie da irgendeinen Kontakt zu Mr. Walker?«

»Ja, Sir«, sagte die Zeugin sanft.

»Haben Sie sich in Mr. Walker verliebt?«

»Ich zog es in Erwägung«, antwortete sie.

Während Linda erzählte, fühlte sich auch Jim Heusdens nicht besonders wohl in seiner Haut, und als er festgehalten hatte, daß das Restaurant, in dem sie Walker zusammen mit der Frau gesehen hatte, ein dunkler Raum gewesen war, der nur durch Kerzen erleuchtet war, stellte er ihr keine weiteren Fragen. Walker jedoch fuhr fort, Salz in die Wunde zu streuen. »Sie haben diese Frau besonders aufmerksam betrachtet, nicht wahr?« fragte er.

»Ja«, antwortete Linda.

»Lag es daran, daß Sie ein persönliches Interesse an dem Angeklagten hatten?«

Linda sah ihn an. »Es lag daran, daß ich ein wenig eifersüchtig war.«

Jay Powell war der Ansicht, daß die Wache des Gefängnisses ein besonders guter Zeuge für die Verteidigung sei. James Wendel, der von 1968 bis 1973 als Wachmann im Staatsgefängnis von Illinois gearbeitet hatte, identifizierte ein Bild von Hope Masters als dieselbe Frau, dessen Bild der Inhaftierte G. Daniel Walker in seiner Zelle gehabt hätte.

Mr. Wendel sagte aus, er habe Walker kennengelernt, als der Häftling das erste Mal eingewiesen worden sei, und habe ihn und das Bild acht oder neun Monate lang jeden Tag gesehen. Er sagte, er habe auch Briefe für Walker aufgegeben – einige seien an eine Nonne adressiert gewesen, an Schwester Mavis, einige an eine Frau namens C. J. und andere, die an eine Frau namens Hope Masters gegangen seien. Das Bild, das man ihm jetzt gezeigt habe, sei nicht das gleiche Bild gewesen, aber die Frau sei auf beiden Bildern dieselbe. »Ganz bestimmt, ein und dieselbe Person«, versicherte der Wachmann. Er erinnerte sich an ihren Namen deshalb so gut, weil es ein eher ausgefallener Name war, und deshalb, weil er Walker und die anderen freitags immer in den Laden des Gefängnisses begleitet hatte, und wenn Walker zu wenig Geld zum Einkaufen hatte, dann pflegte er immer zu sagen: »Nun, Hope ist ja auch noch da.«

»Ist Mrs. Masters jemals ins Gefängnis gekommen?« fragte Jim Heusdens, der Staatsanwalt.

»Soviel ich weiß nicht«, sagte Wendel.

Heusdens betrachtete sich eingehend den Überraschungszeugen. »Sind Sie nicht ein Freund von Mr. Walker?«

»Eine Beziehung innerhalb der Gefängnismauern.«

»Konnten Sie sich noch selbsttätig an alle Einzelheiten erinnern oder vielmehr deswegen, weil Mr. Walker Ihnen einiges erzählt hat, um Ihr Gedächtnis aufzufrischen?«

»Ich habe ein ausgesprochen gutes Erinnerungsvermögen«, erklärte der Wachmann.

Als wenn jemand ein Federkissen aufgeschlitzt und nun rücksichtslos alle Federn durch die Luft gewirbelt hätte, so ungefähr wirkte Walkers Aussage im Gerichtssaal. Alles, was Jim Heusdens nun zu tun hatte, war, die einzelnen Federn aufzufangen. »Sie haben hier einen Zeugen gehört, der eine lange Geschichte erzählt hat – ich denke, daß die Staatsanwaltschaft nun das

Recht hat, diese Geschichte in jedem einzelnen Punkt anzuzweifeln«, erklärte er dem Gericht gegenüber.

Der Staatsanwalt lud eine ganze Reihe von Zeugen vor, die Walkers Geschichte entkräften und widerlegen sollten, und als einer der wichtigsten Zeugen erwies sich dabei Miss Monaco, die Sekretärin von Bill Ashlock, die widerlegen konnte, daß Walker schon Jahre vor dem Ranchausflug Bill kennengelernt haben konnte. Dann wurde Hopes Sohn Keith in den Zeugenstand gerufen.

Honey vertrat später die Ansicht, daß Keith' Erscheinen vor Gericht sehr problematisch gewesen sei. »Ihm wurde im zarten Alter schon zuviel Verantwortung aufgebürdet«, sagte Honey traurig. »Er war schon der Mann im Haus, als er einfach nur ein kleiner Junge hätte sein müssen.« Keith war es gewesen, den Hope durch ihren Anruf aus dem Gefängnis mit der Versorgung seiner kleineren Geschwister betraut hatte; Keith war es auch, dem Hope erzählt hatte, daß jemand versuchen würde, sie umzubringen, als sie zusammen in dem gelbbraunen Auto den Hügel hinunter zu Honeys Haus gefahren waren. Keith war es nun auch, der als Zeuge vereidigt wurde und sich dann auf der äußersten Kante des riesigen Stuhls im Zeugenstand niederhockte, denn Jim Heusdens war davon überzeugt, daß der Junge die Geschichte seiner Mutter glaubhafter erscheinen lassen würde. Er sollte bestätigen, daß sie äußerst ängstlich gewesen war, und darüber hinaus sollte er ihren Namen reinwaschen.

»Hat Mr. Walker dir gesagt, sein Name sei Taylor?« fragte Heusdens den Jungen.

»Ja«, sagte Keith. »Als ich nach dem Basketballspiel nach Hause kam und er bei meiner Mutter zu Hause war, habe ich ihn nach seinem Namen gefragt, und er hat gesagt ›Taylor‹.«

»Hast du jemals gehört, daß deine Mutter Mr. Walkers Namen schon früher einmal erwähnt hat?«

»Nie«, sagte Keith.

»Wenn deine Mutter einen Freund hat – du weißt schon, einen jungen Mann –, hat sie dir dann immer gesagt, wie sie heißen, und sie dir vorgestellt?«

»Ja«, sagte Keith.

»Keith, bevor deine Mutter 1969 Mr. Masters geheiratet hat, hat sie euch da für einen längeren Zeitraum, sagen wir, für mehr als ein oder zwei Tage alleingelassen?«

»Nein, das konnte sie ja gar nicht«, sagte Keith, »weil wir ja ganz allein waren, nur Mutter, meine Schwester und ich, wir hatten ja keine Haushälterin oder sonst jemanden.«

Keith sagte aus, als seine Mutter am Sonntag von der Ranch zurückgekommen sei, habe sie auf ihn ziemlich still gewirkt. Beide, sowohl seine Mutter als auch Mr. Walker hätten ihm erzählt, daß Bill Schwierigkeiten mit dem Auto gehabt hätte, und deshalb sei er auf der Ranch geblieben. Die meiste Zeit, bis sie zum Haus seiner Großmutter gefahren wären, sei seine Mutter im Haus geblieben. »Sie war hin und her gerissen.« Hope und Mr. Walker hätten ihm, Keith, erzählt, daß Mr. Walker bei ihnen sei, um das Haus zu bewachen, damit niemand an K. C. herankäme. Keith sagte, der Mann habe ihm beteuert, er sei die ganze Nacht wachgeblieben, um sie zu beschützen. Am Dienstag, als er mit seiner Mutter im Auto fuhr, fragte Keith sie, was denn eigentlich los sei, und sie antwortete ihm, jemand würde versuchen, sie alle umzubringen. An diesem Abend, als er im Arbeitszimmer seiner Großmutter gesessen habe, um fernzusehen, habe er einen Mann gesehen, der am Fenster vorbeigegangen sei. Als er, Keith, das den Erwachsenen erzählt habe, soll Mr. Walker gesagt haben: »Es ist schon in Ordnung, es war nur jemand, der das Haus bewacht.« Nachdem Mr. Walker gegangen sei, habe sein Großvater alle Vorhänge zugezogen, den Alarm angestellt und Waffen ins Wohnzimmer geschleppt. Keith sagte, seine Mutter sei am selben Abend noch für vier oder fünf Tage weggegangen, und als sie zurückgekommen wäre, sei sie nie mehr irgendwohin gegangen. Seine Schwester und er seien fünfzehn Tage lang nicht in der Schule gewesen, doch nachdem Mr. Breslin und Gene ihre Zustimmung gegeben hätten, hätten sie wenigstens draußen spielen dürfen.

Als Jay Powell Einspruch erheben wollte, sagte Heusdens, dieser Zeuge würde die Aussage widerlegen, daß sich Hope acht Tage nach dem Mord in San Francisco aufgehalten hätte. Richter Ginsburg ließ den Staatsanwalt mit seiner Befragung fortfahren.

»War Hope jeden Tag zu Hause? Hast du sie immer gesehen?«
»Jeden Tag und jede Nacht«, antwortete Keith mit Bestimmtheit.

Walker lächelte den Zeugen an. »Soll ich Mister, Keith oder Sportskanone zu dir sagen?« fragte er freundlich.
»Keith«, sagte der Junge ernst.
»Erinnerst du dich noch an das Wochenende, das du bei deinen Verwandten verbracht hast?«
»Ja, ich war anderthalb Tage bei meinem Onkel«, sagte Keith.
»Also warst du gar nicht die ganze Zeit zu Hause?«
»Ich war aber keine acht Tage lang fort«, sagte Keith, »und ich weiß auch, daß meine Mutter nicht acht Tage lang in San Francisco war.«
»Könnte sie ungefähr vier Stunden lang dort gewesen sein?« fragte Walker sanft.
»Könnte sie, ja«, sagte Keith, »aber meine Großeltern hätten das bestimmt gewußt.«
Walker machte eine kurze Pause. »Keith, 1969, wie alt warst du da?«
»Zehn oder neun«, sagte Keith. »Neun, glaube ich.«
»Zu welcher Zeit mußtest du damals ins Bett gehen?«
»Um 20.30 Uhr«, sagte Keith, »ich hatte ziemlich strenge Bettzeiten.«
»Also wußtest du nicht, wo deine Mutter sich aufhielt, wenn du im Bett warst?«
»Doch, das wußte ich«, sagte Keith beherzt. »Ja, ich wußte es. Sie kam immer in mein Zimmer, jeden Abend, und hat mich zugedeckt.«
Walkers Lächeln war sehr wehmütig, als er dem Jungen diese Frage stellte: »Keith, du liebst deine Mutter sehr, nicht wahr?«
»Ja«, sagte Keith.
»Du würdest sie gegen niemanden auf der Welt eintauschen wollen, nicht wahr?«
»Nein«, sagte Keith.

»Mr. Walker ist ein guter Planer. Er plant die Dinge im voraus. Er weiß genau, was er tun wird, und er weiß auch, wann er sie zu tun gedenkt.« Mit diesen Worten begann der Staatsanwalt sein Schlußplädoyer. »Also, warum hat er Hope nicht umgebracht? Weil er dachte, er hätte sie unter Kontrolle! Sie müssen sich Mr. Walker ansehen und sich fragen: Ist Mr. Walker fähig, in jemand anderem so viel Angst zu erwecken, um die Dinge zu tun, die Mrs. Masters getan hat? Ist er fähig, so große Angst auszulösen? Kann er jemanden dazu bringen, eine solche Geschichte zu erzählen? Mrs. Masters hat drei Kinder – eines ist zwei Jahre alt, eines neun Jahre alt und das dritte dreizehn Jahre. Sie ist mit dem Angeklagten auf einer Ranch. Ihr Freund – den sie bald heiraten will – ist umgebracht worden. Ihre drei Kinder sind in Gefahr. Der Angeklagte ist zwei Tage lang bei ihr. Sie weiß noch nicht einmal, wer er ist! Und manchmal«, ließ Heusdens sich nicht nehmen, hinzuzufügen, »manchmal frage ich mich, ob ich überhaupt weiß, wer er ist! Ist er Taylor Wright? Ist er William T. Ashlock? Oder ist er G. Daniel Walker? Alles, was ich Ihnen sagen kann«, fuhr Heusdens fort und machte mit seinen Armen eine dramatische Geste, »ist dies: Kindermund tut Wahrheit kund! Keith ist hier in den Zeugenstand getreten und hat Ihnen die Dinge erzählt, die Sie bereits von seiner Mutter erfahren haben. Dabei mochte der Junge sogar den Angeklagten. Walker ist immer nett zu ihm gewesen. Aber Keith bemerkte auch, daß irgend etwas nicht stimmte, und deshalb fragte er seine Mama: ›Was ist eigentlich los?‹ Sie sagte daraufhin: ›Jemand versucht uns alle zu töten!‹ War also Mrs. Masters zu diesem Zeitpunkt überzeugt, daß jemand versuchte sie alle umzubringen? Die Antwort lautet: ja! Könnte Mrs. Masters auch in die Schießerei verwickelt gewesen sein? Antwort: ja. Könnte sie selbst geschossen haben? Die Beweismittel sagen: nein. Sehen Sie sie genau an. Sie können alle Fakten genau abwägen. So gut Sie sich auch vorstellen können, daß sie mit Walker ins Bett gegangen sein könnte – vielleicht hat sie es getan –, sind Sie auch davon überzeugt, daß diese Frau fähig ist, den Abzug zu betätigen und Mr. Ashlock eine Kugel durch den Kopf zu schießen? Ich kann mir das nicht vorstellen. Auf der anderen Seite gibt es vielleicht jemanden unter

Ihnen, der sich vorstellen könnte, daß Mr. Walker jemandem eine Kugel durch den Kopf jagt. Ich könnte mir vorstellen, daß Mr. Taylor Wright in einem bestimmten Augenblick am 9. Februar in Michigan so etwas durchaus befürchtet hat. Mr. Walker hat gesagt, er kenne Hope Masters und Mr. Ashlock schon sehr lange. Miss Monaco, die Sekretärin, war hiei im Zeugenstand. Nachdem Sie ihre Aussage gehört haben, glaubt da noch jemand von Ihnen, daß Mr. Walker Bill Ashlock gekannt hat? Meine Damen und Herren, ich will gar nicht erst versuchen, Ihnen den Charakter einer Person wie Mr. Walker zu erklären. Das einzige, was ich Ihnen erklären kann, ist, daß Mr. Walker die Charaktereigenschaften eines Individuums aufweist, das für seine eigenen Zwecke – und zur Erfüllung seiner persönlichen Wünsche – das Leben eines anderen Menschen zerstören würde! Wenn Mr. Walker also dort auf der Ranch war – und ich denke, dafür gibt es wohl ausreichende Beweise –, dann gibt es nur eine Person, die dieses Verbrechens fähig gewesen war.« Heusdens drehte sich mit Schwung um und deutete auf Walker: »Und diese Person sitzt dort drüben an dem Tisch, und er wird darauf warten, daß Sie hier wieder erscheinen und Ihr Urteil verkünden. Wir bitten darum, daß Sie ihn des Mordes für schuldig sprechen!«

Jay Powell war so ruhig und beherrscht wie immer, als er sein Schlußplädoyer für die Verteidigung hielt. »Wir haben es hier mit einem höchst ungewöhnlichen Fall zu tun«, sagte er ganz ruhig, »und ich bin mir sicher, daß Sie sich alle für den Rest Ihres Lebens an ihn erinnern werden, ganz egal, wie es ausgeht. Mrs. Masters hat uns also erzählt, daß sie erst an dem Wochenende, an dem der Mord geschah, Mr. Walker kennengelernt habe. Wir haben aber zwei Aussagen, einmal die von Mr. Walker, daß er sie schon seit Jahren kennt, und auch die des Ex-Lieutenants des Staatsgefängnisses von Illinois, Mr. Wendel. Mr. Heusdens hat versucht, Mr. Wendels Aussage anzufechten, indem er erklärte, Mr. Wendel habe einen schlechten Ruf unter dem Wachpersonal gehabt. Selbst wenn dem so wäre – ich kann das jedoch nicht bestätigen –, heißt das noch lange nicht, daß er keine Briefe von Mr. Walker an Hope Masters zur Post gebracht hat. Es bedeutet auch keinesfalls, daß er ihr Foto nicht schon vorher gesehen haben kann.

Wenn Mr. Walker der Mörder von Bill Ashlock wäre, warum hat er Hope dann nicht auch gleich auf der Ranch umgebracht? Warum ließ er sie leben? Obwohl sie die einzige Person war, die ihn identifizieren könnte? Wenn wir also glauben, daß Hope von Walker bedroht wurde und daher zu ängstlich gewesen ist, irgend etwas zu unternehmen, warum hat sie dann nicht Dienstagabend, als sie im Gefängnis und in Sicherheit war, gesagt, ›He, beeilt euch, Jungs, der Typ ist ein Killer‹? Sie hat nichts dergleichen gesagt.«

Der Anwalt des Angeklagten ging nun noch auf mehrere Widersprüche in Hopes Aussagen ein und sagte dann: »Meine Damen und Herren, Sie haben Mr. Walker hier nicht für den Raubüberfall in Ann Arbor, Michigan, zu verurteilen. Sie verurteilen ihn hier auch nicht für den Ausbruch in Chicago, Illinois. Sie müssen hier darüber urteilen, ob Mr. Walker in Tulare County einen Mord begangen hat, und ich denke, Sie werden zu dem Entschluß kommen, daß es der Staatsanwaltschaft nicht gelungen ist, Mr. Walker die Schuld an diesem Mord zweifelsfrei zu beweisen. Es steht außer Frage, daß Mr. Ashlock dort ermordet worden ist. Aber nur, weil Mr. Walker der einzige Angeklagte ist, der in diesem Prozeß noch übriggeblieben ist, muß das noch lange nicht heißen, daß Sie jetzt Mr. Walker für schuldig befinden müssen. Wir bitten Sie darum, genauestens zu überprüfen, ob nicht doch berechtigte Zweifel bestehen, und die Beweise sorgfältig gegeneinander abzuwägen, wir bitten Sie, Mr. Walker für nicht schuldig zu befinden.«

In seiner abschließenden Bemerkung an die Jury ging Heusdens noch kurz auf einige Punkte der Verteidigung ein, dann kam er zur Sache. Er beugte sich in vertraulicher Art und Weise zu den Mitgliedern der Jury vor, wie um mit ihnen zu plaudern. »Ich will Ihnen gar nicht verhehlen, daß Mrs. Masters eine aufgeblasene kleine Mieze ist. Sie benimmt sich zumindest so. Sie ist auch ziemlich keß. Doch nachdem man sie freigesprochen hatte, hätte sie sich hier in den Zeugenstand setzen und sagen können ›Ich habe Mr. Ashlock selbst erschossen‹, und sie hätte trotzdem ungehindert den Saal verlassen dürfen. Ihre Anklage war erhoben, die Jury war bereits vereidigt und zu diesem Zeitpunkt erst hat man sie freigesprochen, was bedeutet, daß man sie nie wieder für den Mord an Bill Ashlock hätte vor Gericht bringen können. Sie war also keineswegs dazu gezwungen, bei ihrer Aussage zu bleiben. – Mr. Powell sagt immer: ›Warum hat sie der Polizei nichts gesagt? Sie hatte doch reichlich Gelegenheit dazu!‹ Nun, ich frage Sie, meine Damen unter den Geschworenen« – Jim Heusdens sah dabei jede der Damen ernst an, wobei sein Blick besonders lange bei der schwangeren Frau verharrte –, »ich frage Sie, wenn Sie drei Kinder hätten, und Sie wurden ins Gefängnis gebracht, weil Sie in ein Verbrechen verwickelt wären, würden Sie dann mit dem Finger auf den Mann zeigen, der Ihnen Schlimmes angedroht hat, wenn Sie ihn verraten und damit das Leben Ihrer drei Kinder gefährden? Sie haben die Kassette gehört, auf der Mr. Walker erzählt hat von ›meinen Leuten‹, ›der Organisation‹, ›dem Vertrag‹.« Jim Heusdens schlug einmal heftig mit der Faust auf das Geländer der Juryloge. »Ich glaube nicht, daß es unter den Damen der Jury jemanden gibt, der das getan hätte! Und deshalb kann ich mir auch nicht vorstellen, daß Hope Masters so etwas hätte tun können! Sie haben doch die Tonbandaufzeichnungen gehört«, wiederholte er, und seine Stimme zitterte ein wenig vor Anspannung. »Glauben Sie etwa, das wäre für jemand anderen bestimmt gewesen? Sie haben das Geschwafel und die tolldreisten Geschichten gehört. Mr. Walker hat erwartet, daß ihm das jemand glaubt, genauso wie er Mrs. Masters und ihre Eltern alles glauben machen konnte. Doch, meine Damen und Herren, ich glaube nicht, daß Mr. Walker es geschafft hat, Sie alle« – und plötzlich deutete Heusdens in Richtung Jury – »ich glaube einfach nicht, daß er Sie damit überzeugen konnte und Sie davon abgebracht hat, ihn des Mordes für schuldig zu sprechen!«

Es war eine wunderbare, blumige Rede. Eine der Geschworenen war sogar versucht, zu applaudieren. Neben aller Extravaganz und der Show und neben dem festen Vorsatz, gewinnen zu wollen, ließ Jim Heusdens doch die Dramatik spüren, die in diesem Fall lag.

Er sank in seinen Stuhl und wischte sich mit dem Taschentuch den Schweiß von der Stirn, während der Richter den Geschworenen die letzten Anweisungen gab. Heusdens lehnte sich zu seinem Assistenten Jim Brown hinüber und murmelte: »Es ist wirklich wichtig, daß sie diesen Typen nicht wieder freilassen.«

Richter Ginsburg erinnerte die Jury daran, daß ein Angeklagter bei einem Verbrechen so lange als unschuldig zu betrachten ist, bis seine Schuld bewiesen wurde. Sollten begründete Zweifel an seiner Schuld bestehen, habe er Anspruch darauf, freigesprochen zu werden. Er sagte ihnen, sie müßten zwar kein Tatmotiv finden, dennoch könnte das Vorhandensein eines Motivs die Schuld beweisen, wohingegen das Fehlen eines Motivs eher die Schuld nahelegen könnte. Er definierte sowohl den juristischen Begriff ›Mord‹ – als ungesetzliches Töten eines Menschen in böser, vorsätzlicher Absicht – als auch den Begriff ›böswillige Absicht‹: der Wunsch, eine andere Person zu plagen, zu belästigen oder zu verletzen, oder die Absicht, etwas Ungesetzliches zu tun. Als er zum Abschluß seiner Anweisungen kam – die er sorgfältig aus seinem Gesetzbuch zitierte –, machte er eine Pause und sah die Jury ausdauernd an, dann fuhr er fort.

Richter Leonard Ginsburg hatte sich sehr, sehr sorgfältig überlegt, was er der Jury noch sagen wollte. In all den Jahren, in denen er dieses Amt nun schon bekleidete, hatte er noch nie zuvor einer Jury gegenüber eine persönliche Erklärung abgegeben. Doch er hatte auch noch nie vorher den Vorsitz bei einer Verhandlung gegen G. Daniel Walker gehabt. Die Geschworenen, die Walker für die Jury ausgewählt hatte, bestanden zu zwei Dritteln aus Frauen. »An dieser Stelle bin ich laut Verfassung des Staates Kalifornien dazu berechtigt, einen persönlichen Kommentar zu den Beweisen, den Zeugenaussagen und zur Glaubwürdigkeit jedes Zeugen abzugeben, der dem Zweck dienen soll, Sie in Ihrer Entscheidung des Falls zu unterstützen«, erklärte Ginsburg den Geschworenen.

Keiner der Anwälte hatte zuvor schon einmal einen persönlichen Kommentar eines Richters gehört, sie starrten Ginsburg allesamt überrascht an. Walker lächelte halbherzig.

»Mein Kommentar ist nur dazu gedacht, Ihnen als Hinweis zu dienen, und verpflichtet Sie zu nichts«, fuhr Ginsburg fort. »Sie sollten jedes meiner Argumente außer acht lassen, wenn sie im Gegensatz zu Ihrer persönlichen Meinung über Beweise und die Glaubwürdigkeit des Zeugen stehen. Meiner Meinung nach enthält die Aussage des Angeklagten Walker dermaßen viele Widersprüche, Unwahrscheinlichkeiten und so viel erfundenes, schmückendes Beiwerk, daß ich persönlich sie völlig außer acht lassen und ihr keine Bedeutung beimessen würde. Ich glaube außerdem, daß all die Zeugen, die der Angeklagte Walker aufgerufen hat, zwar alle guten Willens waren, jedoch an den eminent wichtigen Stellen ihrer Aussagen, beispielsweise bei den Datumsangaben und bei der Identifikation gewisser Personen, keine zuverlässigen Angaben machen konnten. Darüber hinaus bin ich der Ansicht, daß der vom Kläger erbrachte Indizienbeweis in diesem Fall nachweist, daß der Angeklagte die einzig anwesende Person war, neben Hope Masters, die wach, bei vollem Bewußtsein und in der körperlichen Verfassung war, das Verbrechen zu begehen, dessen er angeklagt ist. Als Motiv käme meines Erachtens die Absicht in Frage, das Ansehen und die Identität des Verstorbenen übernehmen zu können, dies ließe sich vortrefflich mit den Anstrengungen in Verbindung bringen, die der Angeklagte unternahm, um einer Gefangennahme durch die Behören von Illinois zu entgehen.«

Am Freitag, dem 11. Januar, um 16.03 Uhr, wurde die Jury in ihr Beratungszimmer entlassen und angewiesen, so lange dort zu verbleiben, bis sie ein einstimmiges Urteil gefällt hatte. Unter dem Protest einer Dame wurde Lois Bollinger, die große, attraktive blonde Buchhalterin, zum Obmann ernannt.

Als die Jury um 18.30 Uhr noch immer nicht zu einem Urteil gefunden hatte, schickte Richter Ginsburg alle anderen zum Abendessen. Jim Heusdens aß rasch eine Kleinigkeit mit seiner Frau Gwen und seinem Sohn und seinem Partner aus der Kanzlei. Seine Frau war mit dem Sohn aus Porterville hergefahren, um das Abschlußplädoyer zu hören. Sie diskutierten während des Imbisses über die Aussichten des Falles. Heusdens war der Ansicht, daß die Kommentare von Richter Ginsburg ziemlich eindeutig gewesen seien, aber bei einer Jury – besonders bei einer Jury, die über G. Daniel Walker zu befinden hatte – konnte man ja nie wissen. Von den drei Mordprozessen, die er vor Walkers Fall für die Staatsanwaltschaft geführt hatte, hatte er zwei gewonnen.

Hope öffnete die Augen, schloß sie wieder und machte sie wieder auf, gähnte und reckte sich. Sie hob ihren Kopf etwas vom Kissen hoch, doch in diesem Zimmer gab es keine Uhr, es war verdunkelt mit schweren Gardinen, so daß sie noch nicht einmal raten konnte, wie spät es war.

Sie stöhnte kurz und ließ sich wieder zurück aufs Kissen fallen, wobei sie sich die Decke teilweise über den Kopf zog. Als sie sich wieder einkuschelte, fiel ihr ein, daß sie gar nicht zu Hause war und auch nicht aufzustehen brauchte. Sie konnte den ganzen Tag im Bett verbringen oder zumindest solange sie wollte. Es würde ein wunderschönes, faules und erholsames Wochenende werden.

Während der langen Verhandlungsdauer mußte sie vierundzwanzig Stunden abrufbereit sein. Sie war immer noch müde; sie hatte sich noch nicht ganz erholt von der Virus-Infektion, die sie sich vor Weihnachten zugezogen hatte – als sie sich ihren Bodystocking und ihren Minirock anzog, um erneut vor Gericht auszusagen. Im Laufe dieses Monats, als alles so trübe und naßkalt war, hatte sie das dringende Bedürfnis verspürt, einmal heraus zu müssen, und darum hatte sie Heusdens angerufen. »Werden Sie mich am Montag brauchen? Wenn Sie mich entbehren können, würde ich gerne übers Wochenende wegfahren.«

»Nun, wir werden Sie am Montag nicht brauchen«, sagte ihr Heusdens.

Also waren Hope und Lionel ins La Costa, eines ihrer Lieblingshotels, gefahren, wo man am Swimmingpool liegen, lange schlafen, den ganzen Tag fernsehen und tun und lassen konnte, was einem gefiel, um dann die ganze Nacht zu feiern.

Die Tatsache, daß Hope wußte, daß sie nicht aufzustehen brauchte, machte sie hellwach. Sie krabbelte aus den Decken und setzte sich auf die Bettkante. Sie bürstete sich ihre Haare aus dem Gesicht, zündete sich eine Zigarette an und bestellte sich beim Zimmerservice Kaffee und Saft. Als es klopfte, öffnete sie die Tür, und ein lächelnder Ober rollte den Frühstückswagen ins Zimmer, der geziert war mit frischen Blumen und der Morgenzeitung. Während er noch rumhantierte, Eiswasser eingoß und die Serviette ausbreitete, griff Hope nach der Zeitung.

Walker verurteilt wegen Mord an Werbemanager

Sie bemerkte gar nicht mehr, daß der Ober das Zimmer verließ. Sie stand wie angewurzelt da. Sie fühlte sich alarmiert, durcheinander, aufgeregt, depressiv, traurig und sehr wütend. Als Lionel aufwachte und irgend etwas zu ihr sagte, herrschte sie ihn an, er solle sie in Ruhe lassen.

Schon wenige Minuten, nachdem sie sich in ihr Beratungszimmer zurückgezogen hatten, entschieden die Geschworenen, daß sie Walker für schuldig hielten. Keiner von ihnen schien auch nur die geringsten Zweifel zu haben. Doch es erschien ihnen eher albern, wenn sie sofort wieder hinausgingen und ihr Urteil verkünden würden, also unterhielten sie sich eine Weile und machten dann erst ihre Abendbrotpause, anschließend setzten sie ihre Unterhaltung fort. Sie führten eine schriftliche, geheime Abstimmung durch, bevor sie um 22.00 Uhr wieder in den Gerichtssaal kamen und sagten: »Wir, die Jury, halten den Angeklagten des Mordes für schuldig.«

Nach dem anfänglichen kurzen Schweigen, das auf das Urteil folgte, entfachten sich plötzlich aufgeregte Diskussionen im Gerichtssaal, und man schüttelte sich allseits die Hände. Richter Ginsburg bedankte sich bei den Geschworenen, der Protokollführerin, der Stenographin und dem Gerichtsdiener. Er beglückwünschte Jim Heusdens zu einer Leistung, die er als

›ungewöhnlich brillant‹ bezeichnete, und er drückte Jay Powell sein Mitgefühl aus, denn ›er habe eine solche Situation am Hals gehabt, die jeden Anwalt hätte erschauern lassen‹. Jim Brown war so erleichtert, als er das Urteil hörte, daß er einfach seine Arme auf dem Tisch verschränkte und seinen Kopf einen Moment lang darauf fallen ließ. »Meine Güte, ist das eine Erleichterung«, sagte er. »Was für eine Erlösung.«

Drei Wochen später beantragte Jay Powell in demselben Gerichtssaal einen neuen Prozeß.

Er behauptete erneut, daß Walkers Verhaftung gesetzwidrig gewesen sei, das Ergebnis eines zu unrecht beschlagnahmten Briefes, die Frucht eines vergifteten Baumes. Er sagte, die Staatsanwaltschaft habe Beweismaterial zurückgehalten; insbesondere ein Flugticket, welches darauf hingedeutet hätte, daß Hope Masters am 7. Februar 1973 von Illinois nach Kalifornien geflogen sei. Schließlich protestierte Powell noch gegen die persönlichen Kommentare von Richter Ginsburg, die er ›eine Vorverurteilung‹ nannte. Heusdens verteidigte diese Kommentare des Richters. »Wenn eine Aussage so unverfroren und weit hergeholt ist, dann ist es sogar die Pflicht eines Richters, eine persönliche Stellungnahme dazu abzugeben.« Er machte das Gericht auch darauf aufmerksam, daß Marcy Purmal ausgesagt hatte, sie habe höchstpersönlich Walkers Briefe an die Polizei übergeben. Er sagte, er habe noch nie von der Existenz des erwähnten Flugtickets gehört.

Richter Ginsburg räumte ein, daß das Gericht bei einer zweimonatigen Verhandlungsdauer auch einige Fehler machen könnte, doch wenn ihm tatsächlich welche unterlaufen wären, glaubte er kaum, daß daraus irgendwelche schwerwiegenden Konsequenzen entstanden wären. Er lehnte den Antrag auf ein neues Verfahren ab und verurteilte G. Daniel Walker zu lebenslanger Haftstrafe. So endete schließlich der Prozeß ›Der Staat Kalifornien gegen G. Daniel Walker‹.

Nachwort

Im Frühjahr 1978 vertauschte Bob Swalwell seine Uniform für immer gegen die Zivilkleidung, er trat einer Elitetruppe bei, die den Gouverneur von Illinois bewachte. Nach Walkers Verhaftung empfingen Swalwell diejenigen, die anfänglich sehr dagegen gewesen waren, daß er Walker so hartnäckig verfolgte, mit einem großartigen Bankett wieder in Chicago. Dort gab es neben einer riesigen Torte auch noch einen Verdienstorden des Superintendenten für ihn. Sein Kumpel Gus hatte sich das Foto, das man von dem splitternackten Walker im Präsidium von North Hollywood gemacht hatte, eingerahmt und auf seine Toilette gehängt.

Marcy Purmal ging nach dem Prozeß zunächst nach Jamaika und schloß sich später einer vornehmen privaten Anwaltskanzlei in Chicago an. Alles deutete darauf hin, daß sie eine vielversprechende Karriere vor sich hatte. Als sie einen Brief von Walker erhielt, vermutete sie, es sei ein freundschaftlicher Brief, ein Zeichen von Walker, daß er eine schriftliche Verbindung aufnehmen wollte, und sie warf den Brief ungelesen in den Papierkorb.

Gene Parker und Jim Brown wurden beide zum ›Polizisten des Jahres‹ ernannt und erhielten eine Plakette, Jim im Jahre 1974 und Gene im Jahre 1975. Jay Powell stieg zum Bezirksstaatsanwalt von Tulare County auf; anschließend ließ er sich mit einer privaten Kanzlei nieder, und in sein modernes Büro hing er sich ein gerahmtes Foto von Walker und den Schlußkommentar von Richter Ginsburg an eine Teakholzwand. Als Jim Heusdens für den Posten als Distriktstaatsanwalt kandidierte und verlor, gab er die Schuld daran der Cliquenwirtschaft von Visalia, die keinen Anwalt aus Porterville dulden wollte, um ihren Bezirk zu leiten. »Ich gehöre eben nicht zu dem erlesenen Club und will auch gar nicht dazugehören, selbst wenn sie mich ließen«, erklärte Heusdens. »Es ist nur zu ihrem Schaden und zu meinem Vorteil, verdammt.« Seine private Kanzlei florierte prächtig, und er kaufte sich eine kleine Ranch außerhalb von Porterville. Richter Carter ließ seine Pläne für eine juristische Karriere fallen und nahm einen Job beim Verkehrsgericht an. Richter Ginsburg ging in den Ruhestand, denn die meisten Kriminalfälle fand er langweilig und zu routinemäßig; fast immer ging es um Drogen.

Hope wohnte nach wie vor am Drive. Ihr Haus war immer noch bevölkert von Tieren und Menschen, lauter als je zuvor, es schien dauernd voller Teenager zu sein, die alles nach etwas Eßbarem durchstöberten und dabei laute Rockmusik hörten. Inmitten des ganzen Spektakels fühlte sich Hope trotzdem oft sehr einsam. Ihr älterer Sohn Keith, dem sie sich immer anvertraut hatte, schien plötzlich erwachsen geworden zu sein; er hatte die High School abgeschlossen und arbeitete als Sporterzieher in einer Schule für behinderte Kinder. Mit achtzehn hatte er seinen eigenen Freundeskreis. Ab und zu spielte Hope noch Schach mit Michael Abbott, doch die meiste Zeit verkroch sie sich in ihrem Schlafzimmer, um zu lesen, oder sah sich religiöse Talk-Shows im Fernsehen an.

Sie hatte immer noch so gut wie keine Freundinnen. Obwohl Hope schon als Gründungsmitglied seit Lebzeiten bei den ›Chips‹ Mitglied war, fand sie keinen gesellschaftlichen Anschluß. Als sie zum erstenmal nach ihrem Prozeß wieder am gesellschaftlichen Leben teilnahm, bei dem alljährlichen Bazar der Kolleginnen im Santa-Monica-Auditorium, bemerkte sie, wie es kurz nach ihrem Auftauchen plötzlich still wurde, sich einzelne Grüppchen bildeten und hinter ihrem Rücken aufgeregt getuschelt wurde. Nancy Reagan war nicht dort, aber Betty Haldemann und noch eine ganze Reihe anderer berühmte Frauen, die Hope kannten, aber keine von ihnen schien ihr irgend etwas zu sagen zu haben. »Die meisten von ihnen denken sicher, daß ich schuldig bin«, meinte Hope, »vielleicht nicht gerade schuldig in dem Sinne, daß ich Bill erschossen hätte, aber irgendwie schuldig.« Hope wurde nicht mehr länger im ›Who is Who‹ des Südwestens geführt.

Mit ihrer Mutter blieb Hope in ständigem Kontakt. Honey plante, Hope Elizabeth auf ein Internat in England zu schicken; Hope ärgerte sich darüber, daß sie versuchte, aus dem jungen

Mädchen die geschmeidige Prinzessin zu machen, die sie selbst schon nicht hatte werden wollen, außerdem war sie sehr ärgerlich, daß Honey behauptete, die Ereignisse des Jahres 1973 hätten sich in katastrophaler Weise auf Hope ausgewirkt.

Ungefähr ein Jahr nach dem Prozeß hatte der FBI-Agent Paul Luther Honey und Van besucht, um ein wenig mit ihnen zu plaudern. Er sagte, er habe sich schon immer dafür interessiert, welche Spätfolgen solche Gewaltverbrechen bei einer Familie auslösen könnten. Honey erzählte ihm, daß Hope verhärmt, verhärtet und psychisch so gut wie kaputt gemacht worden sei.

Hope selbst jedoch hatte das Gefühl, sie habe alles ziemlich gut überstanden. Bei dem Versuch, sich finanzielle Unabhängigkeit von ihrer Mutter und ihren Exehemännern zu verschaffen, hatte sie einen Kurs für Immobilienmakler belegt; und sie erhielt ihre Lizenz zu einer Zeit, in der diese Branche im Süden Kaliforniens gerade gute Geschäfte machte; die Schecks, die anschließend als Provisionszahlungen ins Haus kamen, schienen sie letztlich doch noch näher an ihren Stiefvater heranrücken zu lassen.

Van starb an einem Herzanfall im Frühling 1978. Kurz darauf führte Mary Bowyer, seine Sekretärin, ein langes Gespräch mit Hope. »Sie hat gesagt, Van habe ihr erzählt, ich sei sehr kompetent, und er hätte nie etwas an meinen Schreibarbeiten auszusetzen gehabt«, wiederholte Hope.

»Ich glaube, Van und ich haben uns schon am Anfang auf dem falschen Fuß erwischt. Er hat Mary erzählt, daß er sehr stolz auf mich war.«

Hope war seit 1973 nicht mehr auf der Ranch gewesen. Nachdem Van gestorben war und Honey damit drohte, ihre Anteile an der Ranch zu verkaufen, wenn Hope nicht mehr Interesse daran zeige, fuhr sie an einem Wochenende im Juli mit den Kindern dorthin. Außer, daß die Webbs durch einen jungen Sheriff mit Ehefrau ersetzt worden waren, hatte sich nichts verändert. Hope ging im Fluß schwimmen. Sie spazierte den Feldweg entlang, am unteren See vorbei, zu der Hochweide und setzte sich zwischen die Wildblumen im Schatten des Snailhead

Mountain und blickte nach unten auf das Haus und den Orangenhain. Die Kinder vergnügten sich mit Reiten.

Hope schlief auch wieder in demselben Schlafzimmer wie fünf Jahre zuvor und fand es überhaupt nicht beängstigend oder traumatisch. »Ich habe mich friedvoll und zufrieden gefühlt«, sagte sie. »Vielleicht liegt es daran, daß ich mich hier Bill nah fühlte.«

Als sie jedoch wieder zu Hause am Drive war, schloß sie sich mit einem Stapel von Bills Lieblingsschallplatten in ihrem Schlafzimmer ein und heulte vier Tage lang. In dem Chaos, das kurz nach seinem Tod über sie hereingebrochen war, hatte sie einfach keine Zeit zum Trauern gefunden. Sie weinte über Bill, aber auch über sich selbst und über Walker. Ihre Gedanken waren eine Mischung aus Angst, Wut und Schuldgefühlen und ein bißchen Stolz war auch dabei, ein Gefühl, Walker vorteilhaft beeinflußt zu haben.

»Walker und mich verbindet eine tiefe, merkwürdige Beziehung«, sagte Hope eines Tages Tom Breslin gegenüber. »Er hat mir gesagt, er würde nie wieder irgendein Verbrechen verüben, und das hat er auch nicht. Er hat niemandem mehr Schaden zugefügt. Ich weiß, er hat mich sehr schwer verletzt. Doch er hat mir gleichzeitig auch geholfen. Er hat die Polizei mit diesen Telefonanrufen verspottet, von denen er sehr genau wußte, daß man sie aufgezeichnet hat, er hat wirklich sehr große Anstrengungen darauf verwendet, warum auch immer, klarzustellen, daß noch eine andere Person auf der Ranch war und daß er immer noch in der Nähe war. Immer wieder hat er mir am Telefon versprochen: ›Ich werde dich nicht allein lassen.‹ Und das hat er auch nicht getan. Er hat mir einst auf der Ranch gesagt, er würde lieber sterben, als wieder zurück ins Gefängnis zu gehen. Dadurch, daß er in meiner Nähe geblieben war und mir half, hat er riskiert, lebenslang ins Gefängnis zu kommen. Und so ist es ja auch geschehen. Ich weiß ja jetzt, was es heißt, im Gefängnis zu sein, und der Gedanke daran, für immer im Gefängnis sein zu müssen, ist unerträglich. Das einzige, worum er mich gebeten hat, ist, ihm zu schreiben. Das ist ja wohl auch nicht zuviel verlangt. Wenigstens sehe ich das so. Was wäre passiert, wenn Walker das Land verlassen hätte, Tom? Was wäre, wenn ich allein dagestanden hätte?«

Eine Freundin von Hope hatte Walker im Fernsehen gesehen, wo er sich über die Haftbedingungen ausließ. »Er sieht ja schrecklich aus«, sagte sie Hope. »Kannst du nicht irgend etwas für ihn tun?«

Hope schickte einen Eilbrief an ›G. Daniel Walker, Haftanstalten von Kalifornien‹, weil sie nicht genau wußte, wo genau er inhaftiert war.'

»Das Leben ist hart, wie geht es dir?« fing sie an, und der Brief endete mit: »Es gibt immer Hoffnung.«

Walker schrieb zurück: »Dein Brief hat ungesagte, unausgesprochene und bisher nicht zugegebene Dinge eröffnet.« Sie fingen an, sich regelmäßig zu schreiben – trotz der Proteste ihrer Mutter, Tom Breslins, Gene Tinchs und sogar ihres Sohnes Keith, der inzwischen erwachsen war und die Dinge jetzt kritischer betrachtete; Keith war sehr wütend über das, was er die ›Liebesbriefe seiner Mutter an diesen Kerl‹ bezeichnete.

Hope bestritt, daß sie und Walker sich Liebesbriefe schrieben. »Ich habe nie etwas Bedeutungsvolles geschrieben«, beharrte sie. Sie schickte ihm Witze, ein Comicheft vom ›Krieg der Sterne‹ (adressiert an ›G. Darth Walker‹) und eine Packung romantischer Grußkarten, die er an seine Freundinnen verschicken sollte. Als Van gestorben war, sandte sie dem Häftling die Todesanzeige aus der Zeitung, und er antwortete ihr mit einer Beileidskarte.

Doch bald schien Walker über alles, was passierte, Bescheid zu wissen. Er informierte Hope davon, daß Fran Ashlock wieder geheiratet hatte und in den Mittleren Westen zurückgegangen war. Kurz nachdem Hope mit einigen Freunden in einem unbekannten kleinen Restaurant in der Nähe von ›Farmers Market‹ zum Mittagessen gewesen war, schrieb ihr Walker einen detaillierten Bericht über eben dieses Mittagessen mit der genauen Angabe über Ort und Zeit. Als Hope Elizabeth zu ihrem Geburtstag ein eigenes Telefon in ihr Zimmer bekam, rief Walker auf diesem Apparat an, obwohl es noch keine vierundzwanzig Stunden her war, daß man ihn installiert hatte – die Nummer war neu und noch nirgendwo registriert. Noch

Monate nach diesem Anruf bewahrte Keith ein dreißig Zentimeter langes Messer neben seinem Bett auf.

Hope wurde noch unheimlicher zumute wegen einiger Andeutungen in Walkers Briefen. Er sagte, sie könne erwarten, daß er ›auf einen Martini bei ihr vorbeischauen würde‹, und er sprach wieder darüber, nach Rhodesien zu gehen. Als er von einem Buch sprach, das in ihrem Regal stand, ›The Other Side of Midnight‹, hatte Hope das Gefühl, er wolle ihr damit erzählen, daß er Bill nach Mitternacht an jenem Samstag getötet hatte. Er sprach von dem Besucherandrang zu den Besuchszeiten im Gefängnis – »Die Wochenenden sind mörderisch« –, und unheilverkündend informierte er sie davon, daß es den Häftlingen nach den neuesten Bestimmungen erlaubt sei, zu heiraten. Und Hope erinnerte sich, wie Walker sie einst kurz nach der Rückkehr von der Ranch gefragt hatte, ob sie ihn heiraten würde, wenn er sich fünf Jahre lang nichts zuschulden kommen lasse. Also stand diese Frage nach fünf Jahren immer noch an. Es ist wie eine nicht beendete Unterhaltung, dachte Hope. Ich muß die Angelegenheit ein für allemal klären. Ich kann nicht einfach so weiterleben, ohne die Sache zu klären. Doch schriftlich ließ sich das nicht erledigen. »Ich muß ihm ins Gesicht sehen«, sagte sie Tom Breslin, »ich muß ihn auf mich wirken lassen.«

An seinem Geburtstag am 10. August rief Walker frühmorgens bei Hope an. Eine Woche später flog sie nach Fresno und blieb dort über Nacht, sie stand noch vor dem Morgengrauen auf und fuhr nach St. Quentin. Sie blieb bei Walker, bis die Besuchszeit zu Ende war. Sie blieb noch einmal eine Nacht in Fresno und besuchte ihn den ganzen nächsten Tag lang. Dann kam sie wieder nach Hause.

Hopes Tochter hatte eine neue Maxime an Honeys Kühlschranktür geklebt:

Eines der wichtigsten Zeichen des Erwachsenwerdens ist das Begreifen und Akzeptieren der Tatsache, daß niemals jemand alles versteht.

Hope hatte sich diese Anschauung längst zu eigen gemacht. »Jeder hat geglaubt, daß Walker mich nur aus zwei Gründen am Leben gelassen hat«, sagte sie. »Sex oder Geld. Entweder seien wir sexuell verrückt aufeinander gewesen, oder meine Eltern hätten ihn dafür bezahlt.«

Hopes eigene Erklärung begründete sich auf ein Gefühl, das ihr über dreißig Jahre lang noch aus der Zeit als einsame, kleine, acht Jahre alte Internatsschülerin in Westlake nachhing bis zu der Nacht, als sie mit Bill vor dem Kamin auf der Ranch saß und sie sich unterhielten. »Mein innigstes Bedürfnis ist es, für jemand anders von Bedeutung zu sein.« Und was bedeutete es schließlich anderes als eine weitere Ironie des Schicksals im Leben des kalifornischen Goldmädchens, das ein schmerzhaftes Rückenleiden und zu wenig Appetit hat, das viel zu dünn ist, deren Haus eine der feinsten Adressen hat und die doch berechtigt ist, sich Essensmarken zu holen. Eine Frau, die gewisse Privilegien hat und deren Leben doch so unsicher ist wie der Boden unter ihren Füßen?

Hope bürstete ihre langen, champagnerfarbenen Haare aus ihrem Gesicht. Sie hatte jenen Ausdruck in ihren rauchgrünen Augen, den ein Mann, der sie sehr gut kannte, als ›undurchdringlich‹ zu bezeichnen pflegte.

»Es scheint, als wenn niemand auf die Idee gekommen wäre, daß Walker mich vielleicht deshalb am Leben gelassen hat, weil er davon überzeugt war, daß ich ein guter Mensch und nützlicher Mensch bin, der nicht ganz wertlos ist.«

ENDE

Band 13 323

Joe McGinniss

Die Unschuld des Mörders

Wie ein Donnerschlag bricht das Unheil über eine amerikanische Familie herein. Eine schwangere Mutter und ihre beiden Kinder werden in ihrem Haus erstochen und erschlagen. Nur einer kommt mit Stichwunden und einem Schock davon: Jeffrey MacDonald, der Familienvater, der selbst die Polizei ruft.
Auch wenn viele Indizien gegen ihn sprechen – die Nachbarn, die Verwandten, der Gerichtspsychologe sind sich einig: Dr. Jeffrey MacDonald, Arzt und Angehöriger der Green Berets, kommt als Täter nicht in Frage. Er ist immer ein treusorgender Familienvater gewesen, tatkräftig, hilfsbereit und charmant dazu. Wie kein zweiter hat er den amerikanischen Traum gelebt. Warum sollte er selbst diesen Traum mit Blut besudelt haben?
Kein Verbrechen in den letzten Jahren hat Amerika mehr bewegt als dieses. Kein Buch hat die amerikanische Bestsellerliste länger angeführt als dieses.

BASTEI LÜBBE

Sie erhalten diesen Band im Buchhandel, bei Ihrem Zeitschriftenhändler sowie im Bahnhofsbuchhandel.